Jana Portas

Pfeif auf den Prinzen, ich nehm das Alpaka

W0219435

Montlake

Das Buch

Freund weg, Job weg: Die 27-jährige Amy Orgullo hat von München die Nase voll. Da kommt der Brief ihrer Tante gerade recht. Sie will ihre Estancia, eine Alpaka-Farm in Argentinien, für Touristen öffnen. Ob Amy helfen will? Und wie!

Sieben Wochen später beginnt für Amy das Landleben mit Tante Morena, Machos und viel zu starkem Mate-Tee. Die größte Herausforderung ist Nicolás, ein schweigsamer, gefährlich gut aussehender Gaucho. Ständig gerät Amy mit ihm aneinander, bis sie gemeinsam ein Alpakafohlen vor einer wilden Hundemeute retten. Plötzlich werden sie Freunde – und mehr. Aber Nicolás hat ein düsteres Geheimnis, das alles, was Amy zu lieben gelernt hat, auf den Kopf stellt.

Die Autorin

Jana Portas, Jahrgang 1991, studierte Deutsch und Geschichte und verbrachte nach dem Studium ein Vierteljahr in Argentinien, wo sie bei einem sozialen Projekt mitarbeitete und durch das Land reiste. Nachdem sie sich durch das Nahverkehrschaos von Buenos Aires gekämpft, in der Pampa eine waghalsige Reitstunde auf Gauchoart überlebt und die Höhenkrankheit in den Anden überwunden hatte, beschloss sie, einen Roman zu schreiben, der in diesem wunderschönen und spannenden Land spielen sollte.

Sie lebt mit ihrer kleinen Familie auf dem Land und denkt sich – unterstützt vom plüschigen Motivationsalpaka – neue Geschichten aus.

PFEIF *auf den* PRINZEN, *ich nehm das* ALPAKA

ROMAN

JANA PORTAS

Montlake

Deutsche Erstveröffentlichung bei
Montlake, Amazon Media EU S.à r.l.
38, avenue John F. Kennedy, L-1855 Luxembourg
April 2023

Umschlaggestaltung: Tom Howey, Berlin, www.tomhowey.com
Umschlagmotiv: © Taisiia Iaremchuk/Getty Images; © 4x6/Getty Images;
© Leontura/Getty Images
1. Lektorat: Ute Köhler
2. Lektorat und Korrektorat: Media-Agentur Gaby Hoffmann,
www.profi-lektorat.com
Gedruckt durch:
Amazon Distribution GmbH, Amazonstraße 1, 04347 Leipzig /
Canon Deutschland Business Services GmbH, Ferdinand-Jühlke-Straße 7,
99095 Erfurt /
CPI books GmbH, Birkstraße 10, 25917 Leck

ISBN: 978-2-49671-403-6
e-ISBN: 978-2-49671-402-9

www.montlake.de

Für Lena,
meine Lieblingsboluda,
und für Faisal,
what would Mama Coca have done without
Mr. Blue?

1 – Backe, backe, Kuchen

Handbuch für die gute Ehefrau
Halten Sie das Abendessen bereit. Planen Sie vorausschauend, evtl. schon am Vorabend, damit die köstliche Mahlzeit rechtzeitig fertig ist, wenn er nach Hause kommt. So zeigen Sie ihm, dass Sie an ihn gedacht haben und dass Ihnen seine Bedürfnisse am Herzen liegen.

Kuchen. Alles begann mit einem Kuchen. Jeder liebt Kuchen, Kuchen ist nie verkehrt. Aber für mich hatte dieser Kuchen eine ganz besondere Bedeutung. Ich brauchte Hilfe – und hoffte, einen Beitrag dazu selbst backen zu können.

Deshalb lagen auf meinem Küchentisch heute nicht nur meine Wörterbücher, der neueste französische Generationenroman und die bekannteste spanische Tageszeitung, sondern auch ein Rezept, das ich aus einer Illustrierten ausgeschnitten hatte.

Zum fünften Mal las ich mir die Anweisungen durch. »Omas legendärer Schokokuchen« lautete die verheißungsvolle Überschrift. Ich hatte mich nach langem Hin und Her für dieses Rezept entschieden, da das »Oma« nach viel erprobtem, zuverlässigem Vorgehen klang und ich Worte wie »legendär« und »Schoko« einfach mochte. Zugegeben, bei »Schoko« mochte ich nicht nur das Wort.

Meine Mutter erinnerte mich gerne daran, dass meine Vorliebe für Süßes früher oder später nur zu einem optischen Desaster führen konnte und ich dann als alte Jungfer in einen Fernsehsessel gequetscht meine Tage zubringen würde, lediglich umgeben von meinen unzähligen Katzen, die meine Pickel aufkratzten. Ihre Panik davor, mich unverheiratet durchs Leben gehen zu sehen, konnte locker mit Mrs Bennett aus »Stolz und Vorurteil« mithalten. Sie hatte mir kürzlich sogar ein »Handbuch für die gute Ehefrau« aufgenötigt. Leider überkam mich jedes Mal Brechreiz, wenn ich einen der Tipps las.

Im Motivieren war sie unschlagbar. Doch Mamás düstere Prophezeiungen schreckten mich nicht. Erstens war ich erst siebenundzwanzig, zweitens bekam meine Haut bei meinem Hauptjob im Kindergarten genug frische Luft und gesundes Essen und drittens gab es einen wunderbaren Mann mit dem klangvollen Namen Benjamin Winter an meiner Seite. Ben, mein Ben. Doch statt der üblichen Schmetterlingsattacke in meinem Bauch, wenn ich an ihn dachte, spürte ich heute etwas ganz anderes: Besorgnis.

Ben war ein Mann wie aus einem Werbespot für Hausfundamente, wie mein Vater sagte. Ruhig, stark und zuverlässig. Jemand, auf den man bauen konnte. Ein Luxusapartment natürlich. Doch in letzter Zeit wackelten die Mauern ein klein wenig. Es war mir nicht entgangen, dass er immer öfter Überstunden machte. Immer seltener mit mir ausging. Nicht darüber sprechen wollte, wann wir denn endlich zusammenziehen würden, und stattdessen betonte, wie wichtig ihm nach all der Arbeit sein Freiraum sei. Und sich ein Schnauben angewöhnt hatte, das er von sich gab, wenn ich von meinem Alltag im Kindergarten erzählte. Oder von dem Buch, das ich gerade las. Oder dass meine Mutter mir ein Paar High Heels geschenkt und ich mir beim ersten Probelauf den Knöchel verstaucht hatte. Dieses Schnauben war bestimmt humorvoll gemeint.

Aber ich konnte mir nicht helfen, irgendwie klang es trotzdem genervt.

In diesem Moment vibrierte mein Handy auf der Arbeitsplatte. Ein Anruf von Helen, meiner Lieblingskollegin im Kindergarten. Ich klemmte das Telefon zwischen Schulter und Ohr und lief so in der Küche umher, um die Kuchenzutaten zusammenzuklauben.

»Hey, Amy! Alles gut bei dir? Du schnaufst fast so laut wie dieses Walross-Ungetüm, das wir neulich beim Ausflug in den Tierpark gesehen haben.«

Wie stets schaffte Helen es, mich zum Lachen zu bringen, auch wenn sie sicher einen anstrengenden Arbeitsvormittag hinter sich hatte. »Du denkst doch dran, heute früher zu kommen, damit wir die Kulissen noch aufbauen können, oder?«

Heute war Tag der offenen Tür im Kindergarten und wir führten am Nachmittag ein Kinderstück über einen kleinen Esel auf. Ich hatte es herausgesucht und aus dem Spanischen übersetzt. Dieser Teil der Arbeit hatte mir fast noch mehr Spaß gemacht als die Proben mit den Kindern, was mich zum Nachdenken gebracht hatte. Schon seit meiner Schulzeit fertigte ich gerne auf eigene Faust Übersetzungen an, erledigte für ein Taschengeld kleinere Aufträge im Kinderbuchbereich oder sprang als Dolmetscherin für Freunde meiner Eltern ein. Spanisch und Deutsch waren meine Muttersprachen. Französisch und Englisch hatte ich in der Schule gelernt und auch danach weiterhin Konversationskurse besucht.

Ich mochte meine Arbeit im Kindergarten, mit meinem Chef kam ich jedoch nicht besonders gut aus. Manchmal sehnte ich mich nach einem ruhigen Arbeitsplatz, an dem ich selbst alles bestimmen konnte.

»Ich werde rechtzeitig von meinem Walrossfelsen herunterwatscheln und dich unterstützen«, versprach ich, während in mir eine Idee zu keimen begann. Eine Idee, wie ich mein

Leben umkrempeln könnte, damit es noch besser zu mir passte. Vielleicht konnte ich Ben heute Abend davon erzählen. Ben! Der Kuchen!

Hastig verabschiedete ich Helen und ging die restlichen Backutensilien holen.

Eine Viertelstunde später hatte ich Rührschüssel, Rührgerät nebst Aufsätzen, Teigschaber, Kuchenform, Backpinsel und einen äußerst dekorativen Tortenheber aus den verschiedensten Ecken zusammengetragen. Ich legte eine kurze Pause ein und machte mir einen Tee.

Dann öffnete ich Bens Social-Media-Profil, um nachzuschauen, was er heute mit seinen Kollegen zu Mittag gegessen hatte. Ah, Sushi-Tag. Davon wurde er eh nie richtig satt. Da würde ihm ein Schokokuchen abends bestimmt schmecken. Vielleicht landete dann sogar ein Foto von meinem Kuchen in seiner Story. Ich würde ihn besonders schön dekorieren und ein Puderzuckerherz darauf zaubern.

Ben sagte oft, dass seine Geschäftspartner es schätzten, ab und zu etwas Privates über ihn zu erfahren. Besonders gerne fotografierte er seine schlammbespritzten Turnschuhe nach der Joggingrunde, einen Becher Kaffee mit dem Hashtag #coffeetofly am Flughafen und eben Sushi, am liebsten mit Essstäbchen daneben. Ich hatte ihn aber auch schon mit einem Whiskyglas in der Hand auf dem Balkon seiner schicken Dachwohnung fotografiert oder mit kurzer Lederhose im flachen Wasser der Isar stehend. Wenn ihm das half, beruflich weiterzukommen, war ich gerne dazu bereit, auch wenn ich insgeheim manchmal genervt war, weil er auch am hundertsten Schnappschuss noch etwas auszusetzen hatte. Aber Ben war eben Perfektionist. Ich musste zugeben, dass er damit sehr erfolgreich war, sogar der jüngste Teilhaber in der Firma. Ich war unfassbar stolz auf ihn. Er hatte auch hart gearbeitet und es sich wirklich verdient.

Ach, mein Ben! Die Liste seiner Vorzüge war länger als ein Herr-der-Ringe-Marathon!

Heute vor vier Jahren hatten wir uns kennengelernt. Es war ein strahlender Wintertag gewesen, mit glitzerndem Schnee auf den Münchner Dächern. Davon hatte ich in der Buchhandlung allerdings nicht viel mitbekommen. Ich hatte gerade meinen Chai Latte ausgetrunken und das angelesene Buch zurück ins Regal sortiert, als mich jemand ansprach. »Verzeihung, ich suche ein Geschenk, etwas Witziges mit Tiefgang. Können Sie mir etwas empfehlen?«

Natürlich konnte ich. Ich führte ihn in die richtige Abteilung und zeigte ihm einige der Bücher, die infrage kamen. Dabei stellte ich fest, dass der Unbekannte Augen hatte, die mich an einen zugefrorenen Bergsee erinnerten, und einen ganz dezenten Duft nach einem besonders wohlriechenden Aftershave verströmte. Ahnung von Büchern hatte er allerdings nicht. Gemeinsam entschieden wir uns dann für Kerkelings »Der Junge muss an die frische Luft«, und mit dem zufriedenen Gefühl, eine gute Tat vollbracht zu haben, verließ ich wenig später das Geschäft.

Ben rühmte währenddessen an der Kasse meine Beratungsqualitäten und erkundigte sich nach meinem Namen. Zu seiner Bestürzung erhielt er zur Antwort: »Die Dame arbeitet nicht hier.«

Wie ich später erfuhr, betrat er die Buchhandlung von da an nahezu täglich, in der Hoffnung, mich noch einmal zu treffen. Er legte sogar eine Excel-Tabelle an, in der er Wochentag und Uhrzeit seiner Kurzbesuche notierte, falls ich jeweils nur zu bestimmten Zeiten in den Laden kam. Und eines Tages stand ich plötzlich wieder vor ihm. Klugerweise erwähnte Ben überhaupt nicht, dass er mich gesucht hatte. Er hatte sich überrascht gegeben über das erneute Zusammentreffen und mich spontan zu einem Tee ins Buchhandlungscafé eingeladen. Und wer konnte da schon Nein sagen?

Ich griff in die Mehltüte und ließ das fein gemahlene Mehl durch meine Finger rinnen. Vier Jahre waren wir jetzt zusammen. Wenn es nach mir ging, sollten viele weitere folgen. Heute gab es etwas zu feiern und ich würde mir die größte Mühe geben, dass es ein wunderschöner Abend wurde. Ein romantischer, inniger, liebevoller, lustiger, sexy Abend. So, wie ein Jahrestag sein sollte. Das würde uns guttun. Schnell wischte ich das Mehl an meiner Schürze ab und schob die Bücher zur Seite, um sie nicht vollzukleckern. Ich rührte den Teig zusammen und genoss die Düfte, die bald meine kleine Küche erfüllten. Frisch gebrühter Kaffee, von dem ich auch etwas in den Teig gab, fruchtig-süße Rosinen und die leicht herbe, schokoladige Note des Kakaos. Ich schmolz die Butter in der Mikrowelle, wog Mehl ab, unterzog die Eier einem Wassertest und brach mehrere Tafeln Schokolade in kleine Stückchen.

Nachdem ich alle Zutaten verrührt hatte, goss ich den Teig in eine herzförmige Backform, die ich extra für diesen Anlass gekauft hatte, und schob sie in den Ofen. Fertig. Jetzt durfte mein Wunderwerk fünfunddreißig Minuten backen und ich konnte mir eine kleine Pause gönnen.

Ich beschloss, meine Mutter anzurufen, um ihr von meinem Erfolg zu berichten. Sie dachte ja immer, dass ich keinerlei Talent zum Kochen hatte, und riet mir regelmäßig, etwas vom Chinesen zu holen und es als Eigenkreation auszugeben, wenn Ben zu Besuch kam. Ha, dabei konnte ich Fischstäbchen inzwischen an allen sechs Seiten gleichmäßig anbraten und die Spaghetti endeten nicht mehr in einem großen Klumpen auf meinem Teller. Und nun hatte ich sogar einen Kuchen gebacken.

Ich flitzte mit dem Handy am Ohr nach nebenan in mein Schlafzimmer, um es mir auf meinem Telefonier-Diwan bequem zu machen. Ich hatte das gute Stück aus dem Sperrmüll der Nachbarin gerettet und neu beziehen lassen. Jetzt watschelten Pinguine über Lehne und Liegefläche und streckten mir bunte Luftballons entgegen. Herrlich war das, nach solch hausfraulicher Hochleistung die Beine hochlegen zu können.

»Amy, Schätzchen, bist du's?«

»Mamá, du siehst doch die Nummer auf dem Display, natürlich bin ich es.«

»Zahlen waren noch nie meine Stärke«, antwortete meine Mutter unbekümmert. »Ich kann nur Rabattprozente zuverlässig berechnen.«

»Mamá, ich habe gerade einen Kuchen gebacken!«

»Wirklich?« Sie klang mild überrascht. »Wozu das denn?«

»Ben und ich haben heute Jahrestag. Ich will ihn überraschen und bringe ein paar Leckereien mit, wenn ich ihn heute Abend nach der Arbeit besuche.«

»Warum um Himmels willen hast du denn dann nichts gekauft? Torten gibt es schließlich in jedem Supermarkt. Die tauen ganz von alleine auf.«

»Ein selbst gebackener Kuchen schmeckt doch ganz anders.«

»Wenn du meinst … Aber wenn ich dir einen Tipp geben darf: Du hättest die Zeit lieber dafür benutzt, dich etwas aufzupolieren. Jeder Mann sieht gerne eine hübsch zurechtgemachte Frau. Der Magen ist seinem Herzen vielleicht näher, aber der Unterleib gibt die Richtung vor.«

Meine Mutter war die Herrin der ordinären Kommentare. Was hatte ich mich schon vor meinen Kindergartenfreunden, meinen Schulgefährtinnen und meinen Freunden beziehungsweise Ex-Freunden geschämt. Wobei es von Letzteren nicht allzu viele gegeben hatte. Wahrscheinlich, weil ich mich viel zu lange dem Modediktat meiner Mutter gebeugt hatte und mit Dauerwelle und Twinset nebst Perlenkette in Pumps herumgestakst war. In den Augen meiner Mutter schlossen sich damenhaftes Auftreten und Flachwitze auf Niveau einer betrunkenen Bauarbeiterkolonne nicht aus.

»Übrigens ist ein Brief aus Argentinien von Morena für dich gekommen.« Mamá erwähnte das sehr beiläufig. Ich wusste, dass sie die Cousine meines Vaters nicht besonders mochte und gerne darüber lästerte, dass diese nach Pferdemist roch und tagein, tagaus mit Gummistiefeln durch den Morast stapfte. Morena hatte die Farm von ihrem Vater übernommen, und soweit ich wusste, schlug sie sich mehr schlecht als recht durch. Wahrscheinlich wäre es an Papá gewesen, ihr unter die Arme zu greifen, aber Mamá wäre nie im Leben raus aufs Land gezogen. Als ich mich ankündigte, hatten sie Argentinien ja sowieso den Rücken gekehrt und nach beinahe zehn Jahren in Deutschland dann auch die deutsche Staatsbürgerschaft erhalten. Ich konnte mich nicht erinnern, jemals einen Brief von Morena bekommen zu haben. Allenfalls hatte sie in den Weihnachts- und Geburtstagskarten an meine Eltern Grüße für mich ausrichten lassen.

»Was schreibt Tante Morena denn?«

»Nenn sie nicht immer Tante, sie ist nur die Cousine deines Vaters! Und außerdem: Denkst du etwa, dass ich deine Post lese?«

Einen Brief von Tante Morena öffnete Mamá vielleicht aus Prinzip wirklich nicht. Aber sie hatte das Kuvert garantiert gegen das Licht gehalten, um zu sehen, ob sie nicht einige Wörter entziffern konnte.

»Er liegt auf dem Sekretär und müffelt vor sich hin. Ich schwöre, dass er immer noch nach Kuhstall riecht, obwohl er doch mit dem Flugzeug hierhergekommen sein muss. Du kannst ihn lesen, wenn du das nächste Mal vorbeikommst.«

»Mach ich.«

Meine Mutter wandte sich wieder wichtigeren Themen zu. »Was willst du denn dann heute Abend anziehen?«

Das war in der Tat eine gute Frage. Da ich vor dem Treffen mit Ben noch den Auftritt meiner Theatergruppe im Kindergarten überwachen musste, fiel alles, was unter »interessant und freizügig« lief, schon mal raus. Meine üblichen Kindergartenklamotten konnte ich aber auch nicht tragen, weil diese erstens Ben nicht gefielen und außerdem mein Chef auf ein seriöses Auftreten seiner Mitarbeiterinnen am Tag der offenen Tür bestanden hatte. Mich hatte er dabei besonders misstrauisch beäugt. Mich beziehungsweise meinen Schmetterlingspullover mit aufgestickten Perlen und Glitzersteinen. Die Kids freuten sich aber jedes Mal, wenn ich ihn anzog – und ich sowieso.

Ich diskutierte eine Weile mit meiner Mutter hin und her, die meinen Kleiderschrank ebenso gut kannte wie ich selbst. Das lag vor allem daran, dass sie mir mindestens die Hälfte der Kleider geschenkt oder aufgedrängt hatte. Wir entschieden uns schließlich für ein klassisches Ensemble aus Bleistiftrock und Bluse, unter der ich ein schwarzes Spitzentop tragen konnte, was wiederum Ben gefallen sollte. Ich sah es schon vor mir, wie ich perfekt frisiert und auf hohen Absätzen die Treppe zu Bens Wohnung hinaufstöckeln würde, am Arm einen Korb voll verführerischer Leckereien aus dem Delikatessenladen und in der Hand den köstlich duftenden Kuchen.

Kuchen? Verdammt, der Kuchen! Hatte der Wecker schon geklingelt? Hatte ich überhaupt einen gestellt? Ich verabschiedete mich schnell von meiner Mutter und raste hinüber in die Küche, kniete mich vor den Ofen und starrte angestrengt durch die Scheibe. Aus der Backform ragte ein schwarzer Klumpen hervor. Vorsichtig öffnete ich die Ofenklappe, um den Zahnstochertest durchzuführen. Blieb Teig daran hängen, dann war der Kuchen innen noch nicht durch. Auf meinen ersten Versuch hin tat sich gar nichts. Ich drückte fester. Der Zahnstocher brach ab. Himmel, das konnte doch nicht sein! Panisch schaltete ich den Backofen aus und holte die Kuchenform heraus. *Puta madre!*

Ich stürzte zum Fenster, um es aufzureißen, und fächelte mir in einigem Sicherheitsabstand mit einem Küchentuch Luft zu. Omas legendärer Schokokuchen qualmte vor sich hin und roch verdächtig verbrannt.

Ein absoluter Reinfall! Ausgerechnet heute. Das war doch hoffentlich kein schlechtes Omen, oder? Missmutig machte ich mich daran, den Kuchen aus der Form zu lösen, was ich nur unter Zuhilfenahme von schwerem Gerät schaffte, einem Fleischermesser und einem Schnitzelklopfer, mit dem ich von hinten auf die Form einhämmerte. Schließlich lagen mehrere verkohlte Stücke vor mir, die alles andere als appetitlich aussahen. Wenn man nicht direkt eine Rauchvergiftung davon bekam. Nein, diesen Kuchen konnte ich Ben auf keinen Fall vorsetzen. Aber was jetzt? Dummerweise hatte ich ihm bereits großspurig verkündet, was ich vorhatte. Eine Torte zu kaufen kam überhaupt nicht infrage.

Ich blickte auf die Uhr. 13:30 Uhr. Im Kindergarten musste ich zum Tag der offenen Tür mit Theateraufführung erst um 16:00 Uhr sein. Genug Zeit, um es noch einmal zu probieren. Zutaten hatte ich noch im Überfluss, da ich alles frisch eingekauft hatte.

Zum zweiten Mal machte ich mich daran, Eier, Mehl und Kakao zusammenzurühren. Nachdem ich die letzten verbrannten Teigreste aus der Form gekratzt hatte, füllte ich den frischen Teig hinein, stellte die Form in den Ofen und drehte das Gas auf. Dann räumte ich den schmutzigen Geschirrberg in die Maschine. Zum Glück hatte ich damals nicht auf Papá gehört, als er behauptet hatte, als einzelne Person brauche man keine Spülmaschine. Zwischendrin warf ich einen Blick in den Backofen. Warum war es darin so dunkel? Heizte er nicht? Ach, wie dumm. Ich hatte beim Gasaufdrehen ja ganz vergessen, den Zündfunken zu geben. Ich drückte auf den Knopf.

Wuuummm! Die Ofenklappe flog auf, eine Stichflamme loderte heraus, heiß glühte es in meinem Gesicht, ich stolperte rückwärts und landete auf dem Küchenboden. Das Rezept in meiner Hand schwelte vor sich hin. Einen Moment lang saß ich regungslos da. In meinen Ohren dröhnte es, der ganze Kopf summte. Langsam robbte ich nach vorne, hob die Hand und drehte das Gas ab.

***

»Oh – mein – Gott!« Mir stockte der Atem, als ich wenig später im Bad stand und in den Spiegel sah. »Das darf nicht wahr sein!« Die Stichflamme hatte meine Wimpern angesengt. Auch mein Pony war höchstens noch halb so lang und die angekokelten Haare rochen durchdringend nach Verbranntem. Ich bemühte mich, ein Schluchzen zu unterdrücken. Es sah furchtbar aus. Als langsam der Schock abklang, merkte ich auch, dass die Haut an Nase, Wangen, Stirn und Kinn unangenehm juckte. Zum Glück waren es keine richtigen Verbrennungen, eher wie ein Sonnenbrand. Ich ließ erst mal kaltes Wasser ins Waschbecken laufen, holte Luft und tunkte langsam den Kopf hinein. Kühlen und kurz innehalten. Mit dem Kopf im kalten Wasser harrte ich eine Weile aus. Es half, um wieder klarer denken zu können. Mittlerweile verstand ich auch, was eigentlich passiert war. Das Gas hatte sich im Ofen gesammelt, und als ich dann erst viel später den Knopf gedrückt hatte, war es explodiert. Ich konnte nicht fassen, dass ich so unbedacht gewesen war. Wenn ich ehrlich war, hatte ich sogar verdammtes Glück gehabt, dass nicht mehr passiert war. Mein Vater hatte mir bereits letztes Jahr empfohlen, mir einen neuen Herd zuzulegen, weil er die veraltete Technik für gefährlich hielt. Nun wusste ich, wieso.

Ich tauchte kurz auf, um wieder Luft zu holen. Dann wieder zurück ins Wasser. Solange ich den Kopf im Waschbecken hatte, konnte ich zumindest nicht mein deprimierendes Spiegelbild betrachten. Was sollte ich bloß tun? Mich für heute bei meinem Chef krankmelden und stattdessen zum Arzt gehen? Oder genügte eine Salbe aus der Apotheke? Den Kuchen konnte ich jedenfalls vergessen. Wahrscheinlich war der Ofen jetzt eh kaputt. Und selbst wenn nicht: Kochen oder backen würde ich damit garantiert nicht mehr. Ich musste mir einen neuen Herd kaufen. Ohne Gas.

Aber der Abend mit Ben, der Abend, der etwas Besonderes werden sollte, an dem ich ihm von meiner Idee, beruflich etwas Neues zu wagen, erzählen wollte, welche Chancen bestanden darauf noch? Sicher, er würde Verständnis haben. Allein die Vorstellung, wie enttäuscht er vermutlich sein würde, sorgte für ein nagendes Gefühl in meinem Bauch. War das nur Nervosität? Oder Angst?

Ich tauchte noch mal auf, anschließend wieder ab. Es half nichts. Ich musste den Schaden erst mal begutachten, dann entscheiden. Mir graute davor, nachher vor Herrn Huber zu treten. Mein Chef und ich surften auf ganz unterschiedlichen Wellenlängen. Weder konnte er mit meinem Humor etwas anfangen noch ich mit seinen Anordnungen. Er achtete sehr darauf, wie wir Erzieher und Kinderpfleger den Eltern gegenüber auftraten. Ein gepflegtes Aussehen war Einstellungsvoraussetzung. Und wir sollten auch nach einem Tag mit Fingerfarben, Karottenpüree zum Mittag und Schneespaziergang durch den Englischen Garten so aussehen, als hätten wir die letzten acht Stunden in einem Wellnesshotel verbracht. Frisch und ausgeruht und ohne Flecken auf der Kleidung. Aber vielleicht bekam ja sogar Herr Huber Mitleid, wenn er mich so sah.

Langsam hob ich den Kopf aus dem Wasser, angelte nach einem Handtuch, um das Gesicht ganz vorsichtig abzutupfen, und wagte dann einen Blick in den Spiegel. Okay, die Augenbrauen waren noch da, jedoch in deutlich angeschmurgelter Form. Gott sei Dank hatte ich zum Backen die restlichen Haare in einem Pferdeschwanz zurückgebunden. Wenigstens ihnen war nichts passiert. Probehalber legte ich einen Finger auf meine Nase. Die Haut fühlte sich druckempfindlich an, schmerzte aber zum Glück nicht. Ich hielt meinen Blick starr auf den Spiegel gerichtet. Nicht weinen, bloß nicht weinen, dann würde ich den ganzen Nachmittag nicht mehr aufhören. Traurig zupfte ich an meinen verbliebenen Haaren herum und versuchte probehalber, sie möglichst weit in mein Gesicht hängen zu lassen, um die Verwüstung etwas zu kaschieren. Auch keine gute Idee. Wenn ich nichts mehr sah, würde ich zu allem Unglück auch noch gegen eine Laterne laufen. Oder in einen Gully fallen.

Plötzlich fand ich mein normales Aussehen, mit dem ich sonst selten zufrieden war, gar nicht mehr so schlimm. Eine Nase mit einem deutlichen Stups war doch eigentlich ganz süß. Meine Lippen schafften es aus irgendeinem Grund nie, einen verführerischen Schmollmund hinzukriegen, aber außer Influencerinnen brauchte das auch kein Mensch. Und meine Augen waren zwar weder azurblau noch smaragdgrün, sondern eher ein Gemisch aus einer bunten blau-grau-grünen Farbpalette, aber zumindest mit schönen Klimperwimpern drum herum. Ehemals schönen Klimperwimpern. Auch meine Haut war im Winter zu blass und im Sommer zu sommersprossig. Aber was machte das schon, wenn man wenigstens normal aussah und nicht wie ein Reaktorunfall?

Hastig wandte ich mich ab. Vorsichtshalber würde ich bei meinem Hausarzt vorbeischauen und ihn um Rat fragen, ob er eine kühlende Salbe empfehlen konnte. Aber zuerst wollte ich zumindest ganz kurz Bens Stimme hören. Wenn ich ihm alles erzählt hätte, würde ich mich vielleicht nicht mehr ganz so schlecht fühlen. Ich ging in mein Schlafzimmer hinüber, wo das Telefon nach wie vor auf der Chaiselongue lag.

Es klingelte lange, bevor Ben abhob.

»Ja?«

Ich hätte mir ein »Hallo, Schatz« oder »Amy, schön, dass du anrufst« gewünscht, aber wahrscheinlich war er gerade im Büro und seine Kollegen hörten zu.

»Es ist alles so schrecklich, meine Haare sind angekokelt, na ja, zuerst der Kuchen und ich wollte dich doch überraschen, aber ich habe zu lange mit Mamá telefoniert und er ist richtig schwarz geworden und dann ist der Ofen explodiert und …«, sprudelte ich hervor.

»Wie bitte?« Ben klang verwirrt.

»Der Kuchen, den ich für dich backen wollte, ist verbrannt«, begann ich noch mal, diesmal langsamer.

»Aber, Amy, warum hast du auch versucht zu backen?« Er seufzte. »Wenn du unbedingt einen Kuchen willst, dann kauf doch lieber einen.«

»Aber … er war doch für dich.« Ich hasste es, wenn meine Stimme so hoch und piepsig wurde. Das geschah immer dann, wenn ich nahe daran war, in Tränen auszubrechen.

»Na ja, Schatz, das ist auch kein Weltuntergang. Kopf hoch! Wirf ihn doch einfach weg und wir bestellen heute Abend was beim Italiener.«

»Es ist aber … noch mehr passiert … meine Augenbrauen … sind abgebrannt.« Ich brachte die Wörter nur schwer heraus, weil ich das Gefühl hatte, vor unterdrücktem Weinen keine Luft mehr zu kriegen.

»Was? Amy, ich verstehe dich ganz schlecht. Mach dir keine Gedanken, ich bin nicht enttäuscht, okay? Du, ich arbeite sowieso gerade an einem wichtigen Projekt. Erzähl mir das einfach später. Dann können wir in Ruhe reden. Kuss! Bis nachher.«

Ungläubig lauschte ich dem Tuten, das anzeigte, dass er aufgelegt hatte. Langsam drückte ich auf den roten Knopf, lehnte mich auf meiner Chaiselongue zurück und schloss die Augen. Gut, er hatte nicht besonders enttäuscht geklungen, dass der Kuchen ausfiel. Aber statt das beruhigend zu finden, spürte ich das nagende Gefühl des Zweifels jetzt nur noch stärker. War es ihm etwa egal, wie wir unseren Jahrestag verbrachten? Ben hatte nicht mal versucht zu verstehen, was los war, oder mich zu trösten. Ständig gab es irgendein »total wichtiges« Projekt, das ihn bis spätabends im Büro hielt – oder daran hinderte, mir überhaupt zuzuhören. Wenn ich meine neuen beruflichen Pläne aber tatsächlich umsetzte, dann würde ich auch bald so wichtige Projekte haben. Das zumindest tröstete mich etwas. Übersetzer war kein geschützter Beruf und ich hatte durchaus auch als Quereinsteigerin Chancen. Natürlich durfte ich ohne Zulassung keine beglaubigten Übersetzungen, beispielsweise von Geburtsurkunden oder Ausweisdokumenten, vornehmen. Aber vielleicht konnte ich bei dem Kinderbuchverlag anfragen, für den ich schon häufiger nebenbei kleinere Texte übersetzt hatte. Wenn die mich weiterempfahlen …

Jetzt aber musste ich erst mal zum Arzt gehen und hoffen, dass der das Problem irgendwie in den Griff bekam. Seufzend machte ich mich auf die Suche nach meiner Versichertenkarte. Heute war definitiv nicht mein Tag. Ich hätte einfach weiter am Waschbecken stehen bleiben und den Kopf unter Wasser tauchen sollen. Da hätte ich zumindest meine Ruhe gehabt.

2 – Winter ade

Handbuch für die gute Ehefrau
Die meisten Männer sind hungrig, wenn sie heimkommen, und die Aussicht auf eine warme Mahlzeit (besonders auf seine Leibspeise) gehört zu einem herzlichen Empfang, so wie man ihn braucht.

Ben wohnte nicht einfach in irgendeiner Wohnung, nein, Benjamin Winter wohnte in einem Penthouse. Im Juli riss ich immer gerne den Witz, dass ich jetzt vom Sommer zum Winter hinauffuhr. Außer mir lachte niemand darüber. Jedes Mal, wenn ich in den blitzblank gewienerten Aufzug stieg, um direkt in die oberste Etage zu düsen, machten mich die vielen Amys in der rundum verspiegelten Kabine nervös. Normalerweise bemerkte ich erst bei dieser Gelegenheit, dass meine Bluse zerknittert war, das Preisschild hinten aus der Hose herauslugte oder ein Nutellafleck auf meinem Kragen prangte. Heute sparte ich mir das Suchen nach möglichen Unzulänglichkeiten. An meinem Aussehen war sowieso nichts mehr zu ändern.

Und auch nicht daran, was gerade im Kindergarten geschehen war. Die Kinder waren von meinem veränderten Aussehen so verstört gewesen, dass bei unserem Theaterstück einfach nichts hatte klappen wollen. Die Eltern hatten trotzdem höflichen Applaus gespendet, doch mein Chef hatte mich anschließend zu einem unangenehmen Gespräch in sein Büro gebeten. Er hatte mich schon ein paarmal verwarnt und mir wiederholt vorgehalten, dass ich nicht ins Team passte. Diesmal hatte ich es nicht hingenommen, vielleicht, weil ich nach meinem Gasunfall noch vollgepumpt war mit Adrenalin und schon so lange diesen Wunsch ausbrütete, mir etwas Eigenes aufzubauen. Auf weitere Auseinandersetzungen verspürte ich auch keinerlei Lust. Da kündigte ich lieber aus eigenem Entschluss und mit der Aussage, dass ich mich als Übersetzerin selbstständig machen wollte. Nun war es vorbei. Die Kinder würden mir fehlen und natürlich auch meine Lieblingskollegin Helen. Aber wir konnten uns ja ab und zu auf einen Kaffee treffen. Ab April musste ich mich nun selbst durchschlagen. Und ich freute mich darauf!

Jetzt wollte ich einfach nur noch zu Ben. Zu dem Ben, der mich in die Arme nahm, seinen Kopf an mein Haar legte und mir zuflüsterte, wie sehr er mich liebte. Der sein Handy mir zuliebe ein ganzes Wochenende lang auf dem Bücherregal liegen ließ und stattdessen nur mich anschaute, mit mir sprach. Der Ben, der mir Blumen mitbrachte und dann ständig niesen musste, weil er allergisch war. Der Ben, den ich die letzten Wochen so vermisst hatte und der sich mit mir über meine Pläne freuen würde.

Er hatte die Tür angelehnt gelassen, sodass ich direkt eintreten konnte. Dank unseres wenig informativen Telefongesprächs hatte er keine Ahnung, was ihn erwartete. Aber das war nicht meine Schuld. Ich hatte versucht, es ihm zu sagen.

Er stand direkt vor mir im Flur. Anscheinend war er selbst gerade erst heimgekommen, denn er hielt Werbesendungen in der Hand und trug noch seinen neuen dunkelblauen Anzug. Als er sich zu mir umdrehte, lächelte ich ihn zaghaft an.

Ben starrte zurück. Seine schmalen Augenbrauen verschwanden fast unter dem dunkelblonden Haaransatz. »Gütiger Himmel, Amy! Was ist denn mit dir passiert?«

»Der Backofen und ich hatten eine kleine Auseinandersetzung. Er hat gewonnen.«

»Um Gottes willen, Kleines, lass doch die Witze«, erwiderte Ben. »Das sieht sehr ernst aus. Ich finde das nicht gerade komisch.«

»Glaubst du, ich?« Meine Stimme klang nicht so fest, wie ich es mir gewünscht hätte. »Ich habe den Schock meines Lebens.«

Anscheinend merkte er, dass die Stimmung brenzlig wurde, denn in Bens Miene trat ein beschwichtigender Ausdruck.

»Na, du kleiner Unglücksrabe. Komm erst mal her.« Er breitete die Arme aus und zog meinen Kopf vorsichtig an seine breite, fitnessstudiogestählte Brust.

Wie immer roch er leicht nach Aftershave und Deo. Ich drückte mich fest an ihn, als wollte ich mich vor der ganzen Welt verstecken. Zum ersten Mal an diesem Tag hatte ich das Gefühl, gut aufgehoben zu sein. Ben war vielleicht manchmal ein bisschen zu ernsthaft und ungeduldig, aber dafür auch sehr verlässlich. In seinen Armen konnte ich Schutz suchen, egal, was passierte.

Nach einer Weile ließen wir uns auf einem der drei Sofas nieder, die zu einem gleichschenkligen Dreieck zusammengestellt in der Mitte des Raumes standen. Der Innenarchitekt hatte sich das ausgedacht und Ben wollte nicht zulassen, dass ich sie verschob. Gewissenhaft setzte er sich jeden Tag auf ein anderes, um sie gleichmäßig abzunutzen. Heute war das dunkelgraue dran. Er schenkte mir Wasser aus der Edelstahlkaraffe ein. Ich kuschelte mich an eines der Kunstpelzkissen und legte die Füße in Bens Schoß. Vielleicht würde er ja auf die Idee kommen, sie zu massieren, als kleinen Trost. Doch Ben streichelte nur abwesend darüber, bis ich sie wegzog, weil es kitzelte.

Ich schilderte ihm zuerst, wie es zu dem Unfall gekommen war, und suchte dann nach einem positiven Ausblick. »Der Arzt meinte, ich hätte Glück gehabt, dass es größtenteils nur die Haare erwischt hat und keine richtigen Brandverletzungen sind, sonst hätte ich schlimme Schmerzen. Ich soll noch mal kommen, falls die Haut sich ablöst. Aber das wird wieder.«

So, wie ich momentan aussah, konnte ich ja kaum vor die Tür gehen. Ben dachte sich das wahrscheinlich auch gerade, obwohl er nichts erwiderte. Ich blickte ihn aufmerksam an. Ben sah müde aus und nicht besonders glücklich. Mit vor Aufregung flatternder Stimme berichtete ich ihm, dass ich im Kindergarten gekündigt hatte und was ich zukünftig plante. Ben hatte mir schon oft gesagt, dass ich mir von meinem Chef nicht alles gefallen lassen sollte, bestimmt war er nun stolz auf mich.

Doch er nickte bloß und sagte leise: »Glückwunsch.«

Langsam machte mich sein Verhalten nervös. Mir fiel auf, dass er noch keine Anstalten gemacht hatte, sein Hemd und die Anzughose auszuziehen und in die coolen schwarzen Sportshorts zu schlüpfen. Mein Anblick musste ihn wirklich sehr mitgenommen haben.

»Amy, ich wollte eigentlich …«

Hastig unterbrach ich ihn. »Liebling, es tut mir wirklich sehr leid, dass ich unseren Jahrestag so versaut habe. Ich hätte wahnsinnig gerne für dich gekocht und gebacken.« Schuldbewusst streichelte ich über seine Hand. »Aber weißt du was, wir können es uns ja trotzdem gemütlich machen. Jetzt haben wir doppelt was zu feiern, ich freue mich auf die Veränderungen, die vor uns liegen, wenn ich mich selbstständig mache. Und die vier Jahre mit dir waren einfach wunderbar, da lassen wir es uns heute auf jeden Fall gut gehen. Ich habe den halben Delikatessladen leer gekauft! Oder wir bestellen eine Pizza, zünden ein paar Kerzen an und setzen uns mit Decken raus auf den Balkon. Ich glaube, heute ist es gar nicht so kalt, und man sieht so schön über die Dächer der Stadt hinweg. Das haben wir schon lange nicht mehr gemacht.«

»Jahrestag, genau«, kam es merkwürdig tonlos von Ben. Plötzlich schien er sich einen Ruck zu geben. »Wir sind ja heute seit vier Jahren zusammen. Und deshalb habe ich nachgedacht. Über uns, wie es so weitergehen soll.«

Ich starrte ihn mit großen Augen an. Es gab zwei Möglichkeiten. Entweder sagte er gleich etwas, das mich überglücklich machen würde. Oder etwas richtig Schlimmes.

»Das ist ja schon eine recht lange Zeit und wir kennen uns inzwischen ziemlich gut.«

Ich räusperte mich und nickte.

»Amy, du bist ein ganz lieber und süßer Schatz. Das auf jeden Fall. Aber …« Ben blickte mich nervös an. »Ich habe das Gefühl, dass du niemals so richtig erwachsen geworden bist. Und ein Mann wünscht sich eine gleichberechtigte Partnerin. Eine starke Frau, die ihn bei seiner Karriere unterstützt oder ihre eigene verfolgt, statt ihn panisch anzurufen, dass sie den Kuchen verbrannt hat. Verstehst du, was ich meine?«

Ich starrte ihn ungläubig an. »Ist das dein Resümee von vier Jahren Beziehung? Wie kannst du mir vorwerfen, dass ich nicht an meiner eigenen Karriere arbeite, wenn ich dir doch gerade von meinen Zukunftsplänen erzählt habe?« Ich konnte nicht verhindern, dass meine Stimme wütend klang. Vielleicht auch enttäuscht. Ich fühlte mich angegriffen und schaffte es nicht, Verständnis für Ben aufzubringen. Obwohl in mir eine Alarmglocke schrillte und mich zur Schadensbegrenzung aufforderte. Ben war der wichtigste Mensch in meinem Leben. Der, dem ich alles sagte, der, bei dem ich mich fallen lassen konnte, der, der mich sicher wieder auf den Boden zurückbrachte, wenn ich mich in meinen Wolkenschlössern verirrte. Offenbar gab es dabei ein Problem, von dem ich nicht geahnt hatte, dass es existierte.

Trotzdem musste ich in diesem Augenblick funktionieren. Entgegenkommen zeigen, nachfragen, sachlich bleiben. So stellte Ben sich ein Streitgespräch vor.

»Amy, du musst zugeben, wenn man es mal ganz neutral betrachtet … Das ist eine nette Idee, dich als Übersetzerin selbstständig zu machen, aber ob du das alleine schaffst, ist fraglich. Was dir fehlt, ist vor allem Selbstbewusstsein.« Ben sprach nun immer schneller, wahrscheinlich, um meinen Einwänden zuvorzukommen. »Du hast doch dauernd Schwierigkeiten damit, Entscheidungen zu treffen, dich mal wirklich für etwas einzusetzen und mit den Konsequenzen zu leben, ohne dass jemand anderes die Kartoffeln für dich aus dem Feuer holt.«

Das Sprichwort erschien mir absurd, überhaupt nicht zu mir passend. Ben hatte sich da in irgendwas hineingesteigert. Sicher war es der Schock wegen meines Unfalls mit dem Backofen. Er schien gar nicht zu verstehen, wie ernst es mir mit dem Plan war, als Übersetzerin zu arbeiten. Wir mussten diese Diskussion beenden. Etwas essen, dann würde die gute Laune zurückkehren. Ich ging neben dem Korb mit den Leckereien in die Hocke und schlug das Tuch zurück. Französischer Käse, in Knoblauch eingelegte Garnelen, ein Baguette, eine Artischocke, Wein aus Argentinien, belgische Schokoladentrüffel, Frischkäse und Oliven vom Viktualienmarkt. Stumm reihte ich alles neben dem Sofa auf. Gewinnend lächelte ich Ben an. »Schau mal, ich hab sogar die schwarzen Oliven gekauft, die magst du doch so gerne.«

Er starrte zu mir herunter.

»Und die Garnelen sind aus dem Atlantik, keine Aquakultur! Ich finde ja, dass man den Unterschied tatsächlich schmeckt. Man sollte wirklich …«

»Amy, hast du mir eigentlich zugehört?«

»Natürlich, ich dachte nur, ich dachte …« Ich verstummte, weil ich wusste, dass ich es nicht schaffen würde, die Tränen zurückzuhalten, wenn ich weiterredete.

»Wir haben gerade darüber gesprochen, dass es dir an Selbstbewusstsein fehlt.«

Wir hatten gesprochen. Von wegen! Ben hatte einen Monolog über meine Schwächen gehalten und meine berufliche Zukunft kleingeredet. Damit hatte ich überhaupt nicht gerechnet und die Enttäuschung darüber machte es mir unmöglich, ihm zu antworten.

Ben schien auch gar nicht an einer Erwiderung interessiert zu sein.

»Natürlich ist das nicht alleine deine Schuld. Meiner Meinung nach haben deine Eltern das verkorkst. Wir fahren ja heute noch nicht mal übers Wochenende weg, ohne dass du Daddy nach dem Weg fragst und Mummy dir hilft, den Koffer zu packen.«

Gut, meine Mutter kam tatsächlich sehr regelmäßig zu Besuch. Sie hatte allerdings einfach ein Talent dafür, meine Kleidungsstücke so zu rollen und zu schichten, dass doppelt so viel in den Koffer passte, als wenn ich ihn gepackt hätte. Andererseits nahm ich auch viel mehr mit, wenn sie beim Packen half, da man ihrer Meinung nach stets für alles gerüstet sein musste. Deshalb war auch für Stockholm im Dezember die Sonnencreme eingepackt worden und im Urlaub am Gardasee letzten Sommer hatte ich drei verschiedene Regenponchos dabeigehabt. Was nicht schlimm gewesen war, da wir sie aufgepustet und verknotet und dann damit Wasserball gespielt hatten. Das war doch schön gewesen. Warum dachte Ben nicht an so was zurück? Vielleicht ließ seine kritische Stimmung nach, wenn ich ihm einige der richtig schönen Erlebnisse ins Gedächtnis rief.

»Weißt du noch, als wir in Thailand den Elefanten gewaschen haben und er es so genossen hat, dass er sich in dem Wasserloch fast auf dich draufgesetzt hätte? Oder wie wir an Halloween spontan Topfschlagen mit den Nachbarskindern gespielt haben?«

Ben sah mich müde an. »Du hast die Kinder hereingebeten und mit ihnen rumgetollt. Ich habe währenddessen versucht, euch dran zu hindern, mein Parkett zu zerkratzen. Und in dem Elefantencamp waren wir, weil du Mitleid mit den ehemaligen Arbeitselefanten hattest und meintest, dass sie sich eine Wellnessbehandlung verdient hätten.«

»Schon, aber du hast dadurch coole Fotos für deinen Social-Media-Account bekommen. Und deine Sekretärin war ganz begeistert, als ich ihr auf der Weihnachtsfeier davon erzählt habe.«

»Ja, natürlich. Das schätze ich auch an dir, dass du zu allen so nett bist. Und deine Ehrlichkeit.«

Ben hatte immer gesagt, dass er mich dafür liebte. Doch in diesem Moment klang es eher nach einem müden Versuch, mich zu trösten, während er gleichzeitig mein Leben in Stücke riss.

»Ich liebe dich doch«, wandte ich leise ein.

Ben seufzte, dann schüttelte er den Kopf. »Wenn ich mir überlege, dass ich dich womöglich eines Tages heirate und du dann vielleicht auf die Idee kommst, eine größere Summe für eine bedrohte Tintenfischart im West-Pazifik zu spenden und für das Abendessen mit meinem Chef verbrannte Spiegeleier in Herzform brätst, dann gruselt es mich jetzt schon.«

Ein Eisschauer schien meine Wirbelsäule hinunterzuwandern.

»Meinst du das wirklich ernst?«, stammelte ich. Seit wann war Ben so verletzend sarkastisch? Seit wann bemühte er sich nicht mehr darum, meine Sicht der Dinge zu verstehen, wenn wir uns stritten? Nun brauchte ich die Tränen nicht mehr zurückzuhalten. Ich war zu geschockt, um überhaupt irgendeine Gefühlsregung zu zeigen. Gleichzeitig wusste ich: Das hier war ernst, verdammt ernst. Was dachte er eigentlich von mir? Was für ein Bild hatte er von unserer Beziehung?

Endlich sah Ben mich an. Doch sein Blick war nicht so warm und liebevoll, wie ich es gewohnt war. Eher so, wie ich ihn von geschäftlichen Telefonaten kannte.

Er schnaubte, genervt von mir. »Du machst gerne verrückte Sachen, ich dagegen finde alles peinlich, was improvisiert wirkt. Du kaufst Dinge aus einer Laune heraus, ich überlege vorher ganz genau, was ich brauche, und vergleiche Angebote. Du gehst gerne auf den Markt und lässt dir dort die Äpfel mit Druckstellen aufschwatzen, ich erledige alles online oder notfalls im Supermarkt. Du trinkst gerne Tee, ich Kaffee. Dir ist es egal, welches Auto du fährst oder ob der Lack eine Schramme hat, ich bin Stammkunde bei Mr. Wash. Merkst du was?«

»Du sagst dauernd nur ›ich‹ und ›du‹. Wieso gibt es für dich kein ›wir‹ mehr?«

»Weil das ›Wir‹ in diesen vier Jahren immer mehr geschrumpft ist. Anfangs haben wir davon profitiert, wie unterschiedlich wir sind. Es war schön, gemeinsam zu reisen, und du hast Lebendigkeit in meinen Alltag gebracht. Aber diese Momente sind immer weniger geworden. Du kannst mit meinen Kollegen genauso wenig anfangen wie ich mit deinen Freundinnen. Wir haben unterschiedliche Ziele im Leben. Ich glaube, wir passen einfach nicht zueinander«, endete er schließlich lahm.

»Und was heißt das jetzt?«

»Amy, komm schon, du hast doch längst begriffen, worauf ich hinauswill.«

Hatte ich. Aber ich wollte es nicht glauben.

Ben streichelte noch einmal über meinen Fuß in den dünnen Nylonstrümpfen. Anschließend klopfte er darauf, als würde er einen Hund verabschieden. »Ich halte es für besser, wenn wir uns trennen.«

In meinem Kopf drehten sich seine Vorwürfe und Erklärungen immer schneller im Kreis. Ich wollte ihn anschreien, wie ungerecht das alles war, dass er total übertrieb und übersah, dass ich heute einen enormen Fortschritt gemacht hatte, dass ich beruflich an einem Wendepunkt stand, der sich auch positiv auf unsere Beziehung auswirken konnte. Aber gleichzeitig fragte eine kleine Stimme in mir, ob er nicht in den meisten Punkten recht hatte. Ich brachte kein Wort heraus, um mich zu verteidigen. Stattdessen sprang ich auf und legte fahrig das Kissen an seinen Platz zurück, strich es glatt. Ben mochte es ja nicht, wenn ich Unordnung verursachte. Aber Ben hielt mich sowieso für eine durchgeknallte Irre, da machte das eigentlich auch nichts mehr aus. Wie in Zeitlupe schlich ich durch den großen, halb leeren Raum, während ich sehnlichst darauf hoffte, dass er mich zurückrufen würde.

Doch er seufzte nur. Wieder. Ich schlüpfte in meine Schuhe und griff nach meiner Handtasche. Mit der Hand an der Türklinke hielt ich noch einmal inne, wagte einen letzten Blick zurück.

»Amy?«

»Ja?« Hatte er endlich bemerkt, wie absurd das alles war? Er konnte seine Worte ja gar nicht ernst gemeint haben. Er war doch Ben, mein Ben.

Ich kannte ihn so gut, wusste, welches Gel er bevorzugte, um in der Früh seine Haare zu stylen, und von welcher Seite er für seine Postings am liebsten fotografiert wurde. Kannte seine Kleidergrößen, sogar seine Kragenweite, weil wir schon häufig zusammen Hemden gekauft hatten. Er mochte es, wenn ich ihn beriet, oder zumindest hatte er stets so getan als ob.

Ich wusste, wie er sein Frühstücksmüsli am liebsten aß, und dass ihm von Grießbrei schlecht wurde. Ich hatte drei seiner Lieblingssachbücher auf meinem Nachttisch liegen und las immer wieder ein Stück darin, um dann mit ihm darüber reden zu können. Ich kannte seine Familie, hatte mit ihm gemeinsam seinen Vater im Altersheim besucht. Ich wusste, dass er Tempotaschentücher nach dem ersten Schnäuzen wegwarf und gleich ein neues benutzte, dass er im Urlaub am liebsten Städtetrips unternahm, dass er eine teure Kamera besaß und damit Gebäude und Landschaften fotografierte. Ich wusste so viel, aber gekannt hatte ich ihn anscheinend nicht.

Ben blickte zu mir hinüber. »Pass auf dich auf«, sagte er leise.

Ich musste die Augen schließen, weil mir schwindelig wurde. Wie stellte er sich das vor, mich mit so einer Ansage nach Hause zu schicken? Das war grausam, das war … Es tat so weh. Ich sah noch einmal zu ihm hin. Wider besseres Wissen hoffte ich, ihn doch noch umstimmen zu können. Das hatte ich nicht verdient, nicht an unserem Jahrestag, nicht, nachdem es mir heute so übel ergangen war.

Doch Ben hatte sich bereits abgewandt und strich die Fransen seines peruanischen Mohairteppichs glatt, wo ich die schwarzen Oliven abgestellt hatte. Ich ging nach draußen. Mein Körper fühlte sich taub und leer an. Ich schaffte es nicht einmal, mit der Tür zu knallen. Das hätte nur Bens Urteil bestätigt, dass ich total kindisch war.

***

11.544 Kilometer entfernt krempelte Nicolás die Ärmel seines schwarzen Hemds nach oben. In San Antonio de Areco würde bald die Sonne untergehen. Doch die Hitze des Tages hing noch tief über der Pampa.

Er ritt auf einen Bachlauf zu. Träge strömte das Wasser dahin, die Oberfläche dermaßen glatt, dass der Himmel sich darin spiegelte. Ein Wolkenband reichte von einem Ufer zum anderen wie eine Brücke aus Träumen und Fantasie. Allerlei Buschwerk säumte das Ufer, Versteck für die kleinen Tiere. Maras, Meerschweinchen, Pampasfüchse, die von Fuegos trommelnden Hufen gewarnt in der schummrigen Sicherheit ihrer Erdlöcher blieben.

Wasser spritzte an Fuegos Flanken empor, als Nicolás den Hengst das sandige Ufer hinunter direkt in den Bach lenkte. Eine willkommene Abkühlung an diesem immer noch heißen Tag. Fuego schnaubte. Seine Bewegungen verlangsamten sich, als das Wasser tiefer wurde. Schaum wirbelte auf, umspielte Nicolás' Stiefel. Er legte den Kopf in den Nacken. Im Westen stand die Sonne tief, warf rot glühende Strahlen an die vorüberziehenden Wolken. Gleichzeitig nahm der Bachlauf das Farbenspiel auf, reflektierte es kaum weniger intensiv, bis Fuegos Bewegungen Wellen durch das Bild laufen ließen. Nicolás starrte auf die zerfließenden Farben. Für einen Moment schien sein Blick gefangen zwischen Himmel und Erde, oben und unten. Ein Verwirrspiel, wie in einem Spiegellabyrinth. Und gleichzeitig so passend für sein eigenes Leben. Oder das, was davon übrig war.

Fuego nahm das seichtere Wasser zum Anlass, um loszugaloppieren. Mit einem gewaltigen Sprung setzte er über die Anhöhe des Ufers hinweg. Steine stoben unter seinen Hufen zur Seite. Nicolás hinderte ihn nicht daran. Nur mit dem Wind im Gesicht fühlte er sich lebendig. Nur so konnte er für einen Moment vergessen. Die unendlichen Weiten der Pampa lagen ihm zu Füßen. Unendlich und doch nicht weit genug, um jemals vor dem davonlaufen zu können, was er getan hatte.

Ein einzelner Ombubaum warf einen tiefen Schatten auf die Graslandschaft. Die berühmten Verse von Ricardo Güiraldes kamen ihm in den Sinn: *Me he acostumbrado a estar solo, como el ombú se ha acostumbrado a la pampa.* – Ich habe mich daran gewöhnt, alleine zu sein, so wie der Ombubaum sich an die Pampa gewöhnt hat.

Nicolás war sein ganzes Leben lang alleine gewesen, doch er wusste nicht, ob er sich jemals daran gewöhnen würde. Der Ombubaum hatte es da leichter gehabt. Es hieß, dass er ursprünglich in den argentinischen Bergregionen heimisch gewesen sei. Doch längst war er mit seiner weithin sichtbaren, schattenspendenden Krone nicht mehr wegzudenken aus der Pampa. *Bella sombra*, schöner Schatten, wurde er genannt.

Die Legende erzählte, Gott habe die Pflanzen nach ihren Wünschen gefragt, als er sie schuf. Der Orangenbaum wünschte sich süße Früchte, die Palme elegante Höhe, der Kaktus Stacheln und bunt leuchtende Blüten. Doch als die Reihe an den Ombubaum kam, bat dieser nur darum, ein Schattenspender sein zu dürfen. Gott fragte, weshalb er keine duftenden Blüten haben wolle oder starkes Holz, aus dem man eine Wiege bauen könne, ein Boot für die Reise, einen Sarg für die letzte Ruhe. Doch der Ombú blieb bei seinem Wunsch und fügte hinzu, er wolle weithin sichtbar auf unendlichen Weiten sein – ein Anblick, der den Menschen das Gefühl der Heimat vermittle.

Nicolás ritt genau auf den Baum zu. Er kannte ihn seit seiner Kindheit. Einst war er mit seinem großen Bruder dorthin geflüchtet, als ein Gewitter über der Pampa aufzog. Zu zweit auf Robertos braver Stute. Als sie den Baum erreicht hatten, hatte Roberto sie frei laufen lassen, doch sie war instinktiv bei ihnen geblieben.

Der kleine Nicolás war unter das dichte Wurzelgewölbe des Ombubaumes geschlüpft. Von dort aus hatte er beobachtet, wie zuerst das Wetterleuchten über den Himmel zuckte, die Gewitterwolken alsbald ihre Blitze über die Pampa schleuderten und der Donner grollte wie ein hungriges Raubtier. Dann war der Regen losgebrochen. Roberto hatte neben ihm gekauert. Sein Messer in der Hand wie ein richtiger Gaucho, bereit, den kleinen Bruder gegen die Naturgewalten zu verteidigen.

Nicolás zügelte Fuego und sprang ab. Er trat dicht an den dicken, knotigen Stamm heran. Fuhr mit der flachen Hand über die helle, glatte Rinde. Seine Finger ertasteten Vertiefungen.

»Ein Blitz«, hatte Roberto erklärt. »Zur Erinnerung, dass wir hier gewesen sind, mitten im schlimmsten Gewitter.«

Die Rinde des Ombubaumes war weich genug, um mit einem Messer hindurchzuschneiden. Nicolás fuhr die Linien mit dem Finger nach, weit unten am Stamm, wo Roberto gesessen hatte. Ein wackeliger, unbeholfen gezogener Blitz. Und daneben ihre Anfangsbuchstaben. R & N. Eingeprägt für die Nachwelt, unter dem Kronendach des Ombú.

3 – Kommt ein Vogel geflogen

Handbuch für die gute Ehefrau
Machen Sie sich schick. Gönnen Sie sich 15 Minuten Pause, sodass Sie erfrischt sind, wenn er ankommt. Legen Sie Make-up nach, knüpfen Sie ein Band ins Haar, sodass Sie adrett aussehen. Er war ja schließlich mit einer Menge erschöpfter Leute zusammen.

»Schätzchen, komm in meine Arme!« Meine Mutter schwebte wie eine griechische Göttin in ein viellagiges fliederfarbenes Gewand gehüllt auf mich zu und drückte mich an ihren Busen. Sofort bereute ich es, meiner Mamá am Telefon von meinem Gasunfall, der Kündigung und dem Ende der Beziehung erzählt zu haben, bevor ich zu meinen Eltern gefahren war. Letzteres hatte bei Weitem das größte Entsetzen ausgelöst. Natürlich konnten sie nicht reagieren wie ganz normale andere Leute. Nein, in meiner Familie musste es immer Drama geben. Meine Mutter spielte die große Tragödin und mein Vater tigerte derweil unruhig im Wohnzimmer hin und her. Er kaute so gewalttätig an seiner Pfeife herum, dass ich befürchtete, der Stiel könnte jeden Moment brechen und Papá mit einem Mund voller Holzsplitter beim Arzt landen.

»Dieser *boludo*, dieser Saftsack, dreckiger kleiner Kretin!«

Meine Mutter ließ mich endlich los. »Santiago, hör sofort auf zu fluchen. Ben ist ein netter junger Mann. Nur eben etwas verblendet.« Sie wandte sich wieder mir zu. »Du wirst sehen, Schatz, er kommt sicher wieder zu dir zurück.«

»Das glaube ich nicht«, antwortete ich leise.

»Und selbst wenn – dann nimmt sie ihn auf keinen Fall zurück! Diesen *hijo de puta*, diesen hinterhältigen!« Papá pfefferte seine Pfeife auf das Terrakottatischchen, wo sonst das Teeservice thronte.

»Na, na, wir wollen doch nicht so unversöhnlich sein.« Meine Mutter probierte ein Lächeln, doch es war ihr anzusehen, dass sie selbst ziemlich erschüttert war. »Selbstverständlich nehmen wir ihn mit offenen Armen auf, wenn er zur Vernunft gekommen ist.«

»Einen Teufel werd ich tun!« Papá ließ seinen Zorn nun an den Zierdeckchen aus, die über die Sofalehne drapiert waren. Seine Fäuste hämmerten das Stickmuster platt wie eine vom Bulldozer überrollte Erdkröte. »Sich an mein Mädchen ranmachen und sie dann sitzen lassen, dem werde ich was erzählen, dem *cabrón* – dem Dreckskerl!«

»Ein kleiner Streit unter Liebenden, nichts, was man nicht wieder in Ordnung bringen könnte. Ein romantisches Dinner, ein wenig Champagner – sag, Liebes, sollen wir euch nicht ein kleines Wellnesswochenende sponsern?« Meine Mutter sah mich hoffnungsvoll an. »Und davor musst du natürlich zum Friseur. Hast du schon mal über künstliche Wimpern nachgedacht? Zumindest, bis deine wieder nachgewachsen sind! Sobald du wieder präsentabel aussiehst, gleich anschließend das Wellnesswochenende …«

»Ach, Mamá, ich glaube nicht, dass er erkennt, was er verloren hat, wenn ihm dabei eine rassige Thailänderin die Weichteile massiert.«

»Amalia!« Mamá griff sich ans Herz. Ihre lilafarbenen Kleiderschichten flatterten theatralisch um sie herum. »Ich habe dir schon hundertmal gesagt, dass dein Humor einfach nicht gesellschaftsfähig ist. Ben wird das auch bemerkt haben und deshalb …«

»Halt die Klappe, Mariela«, unterbrach mein Vater sie grob. »Du solltest auf der Seite unserer Tochter stehen und nicht diesem *perro*, diesem räudigen Hund, hinterherweinen. Ich wusste doch von Anfang an, dass der keine Ehre hat.« Er fegte die Zierdecken vom Sofa und wandte sich der Gummipalme zu, die in ihrem Topf zu schrumpfen schien, als er sich näherte. »Keine Eier hat der Kerl, keinen Anstand, kein gar nichts, *nada*! Macht einfach Schluss mit unserer *princesa*, ohne Begründung, zack, einfach so!«

Ich hatte meinen Eltern nicht erzählt, welche Vorwürfe genau Ben mir gemacht hatte. Mein Vater wäre dann erst richtig sauer geworden. Und meine Mutter beleidigt. Das wollte ich den beiden ersparen. Für sie war es sowieso bereits schlimm genug, dass der Mann, den sie seit Jahren als ihren potenziellen Schwiegersohn gehandelt hatten, mir nun den Laufpass gegeben hatte.

»Dabei wären die Kinder doch so hübsch geworden«, bedauerte meine Mutter schluchzend. »Argentinisches und deutsches Blut haben sich von jeher gut ergänzt. Oh, ich werde niemals ein kleines blondes Enkelkind in meinen Armen wiegen dürfen.«

Jetzt reichte es mir aber. »Hört auf! Beide! *Ich* bin diejenige, die verlassen worden ist. *Ich* bin diejenige, der es scheiße geht. *Ich* stehe nun alleine da. *Ich* habe meinen Job gekündigt und will mir was Neues aufbauen. Und *ich* werde auch damit klarkommen. Irgendwann, irgendwie. Mit euch hat das nicht das Geringste zu tun.«

Meine Mutter öffnete den Mund, um zu widersprechen, schloss ihn jedoch mit einem Blick auf mein Gesicht wieder. Mein Vater trat neben sie und legte den Arm um ihre Schultern. Zerbröselte Gummipalmenblätter verfingen sich im Chiffon.

»Wir wollen bloß, dass es dir gut geht, *mi reina*. Du bist das Wichtigste für uns. Verzeih deinem alten Vater, wenn er sich aufregt.« Papá strich verlegen über seinen Schnurrbart. »Du weißt doch, dass wir Argentinier wildes Blut haben.«

»Ja, aber ihr müsst nicht so übertreiben. Ich möchte da am liebsten gar nicht mehr drüber reden. Können wir nicht einfach Kaffee trinken und so tun, als wäre alles ganz normal?«

»Liebes, du erlaubst doch, dass wir dich unterstützen, oder? Jetzt, wo du keine Arbeit hast … Es ist irgendwie schade um den krisenfesten Job im Kindergarten. Sicher, das mit den Übersetzungen wird sich bestimmt schnell finden, du bist so eine talentierte junge Frau, allerdings bis dahin …« Meine Mutter betrachtete mich unglücklich.

Ich senkte den Blick und gab keine Antwort. Genau das war es, was Ben mir vorwarf. Dass ich abhängig von meinen Eltern war, dass ich unfähig war, auf eigenen Beinen zu stehen und mein eigenes Leben zu leben. Selbst Mamá und Papá gingen davon aus, dass ich es nicht so schnell schaffen würde, mich als Übersetzerin selbstständig zu machen und mich damit über Wasser zu halten. Wahrscheinlich dachten sie, dass es ganz normal sei, mir wieder jeden Monat eine bestimmte Summe auf mein Konto zu überweisen. Wirklich einschränken müssten sie sich dafür nicht, wenn sie auch nicht in Geld badeten.

Nur, dass ich es nicht wollte. Nicht so.

Ich setzte eine undurchdringliche Miene auf. »Ich habe noch das Geld auf dem Sparkonto. Das genügt.« Niemand sprach aus, wofür das Geld eigentlich mal gedacht gewesen wäre. Für eine

Hochzeit nämlich. Für meine Hochzeit. Für ein wunderschönes Prinzessinnenkleid mit Diadem, für eine Kutsche mit weißen Pferdchen davor, für zierliche Stühle auf einer Sommerwiese und einen Rosenbogen, unter dem wir getraut werden würden. Dafür hatte ich gespart, hatte Ben damals extra nicht auf seiner Geschäftsreise nach New York begleitet, damit ich das Geld zur Seite legen konnte. Ich war total naiv gewesen. Vollkommen bescheuert.

Mein Gesichtsausdruck war wohl doch nicht so undurchdringlich, denn mein Vater musterte mich besorgt. »Du könntest auch für eine Weile wieder hier einziehen, *mi amor*, die Wohnung ist viel zu groß für uns zwei alte Gimpel und dann wärst du nicht so alleine.«

Derart viel Feingefühl hatte ich meinem Vater gar nicht zugetraut. Er musste sich wirklich Sorgen um mich machen, wenn er es in Kauf nahm, dass ich seine geliebte Tageszeitung wieder als Unterlage für meine Nagellackexperimente benutzte und den Kühlschrank mit meinem Biozeug vollstellte. Er hatte das gehasst, als ich noch daheim gewohnt hatte.

»Nein, nein, das kommt gar nicht infrage. Ich komme schon klar. Ist doch kein Weltuntergang. Ich schaffe das mit links.«

»Klar!«

»Natürlich!« Meine Eltern beeilten sich, mir zuzustimmen. Ich registrierte, wie sie heimlich Blicke tauschten, und zog es vor, so zu tun, als hätte ich nichts bemerkt.

»So, kriegt man hier jetzt mal einen ordentlichen Kaffee, mit Schuss am besten?«, tönte ich forsch, um meine Niedergeschlagenheit zu verbergen.

Meine Mutter flatterte davon, um Kaffee, Sahne und Diättörtchen zu holen, und mein Vater führte mich in den Salon, wo ich sofort ganz in der Ecke des Sofas versank.

Vielleicht übersahen sie mich dort ja einfach und ich musste mir den Rest des Nachmittages keine Jammertiraden und Wutausbrüche mehr anhören.

»Hier, der ist für dich gekommen.« Mein Vater legte einen leicht zerknitterten Brief vor mich auf den Eichentisch. Neugierig drehte ich ihn um. Luftpost aus Argentinien. Ach ja, Tante Morena hatte mir ja geschrieben. Es schien Jahre her zu sein, dass Mamá mir am Telefon davon erzählt hatte. Probehalber hob ich den Brief an die Nase und schnupperte daran. Ich konnte keinerlei Stallgeruch feststellen. Wenn überhaupt, roch der Brief ein klein wenig nach Rauch. Vielleicht hatte er in der Speisekammer mit den geräucherten Würsten gelegen.

»Willst du gar nicht wissen, was sie schreibt?«

Mein Vater wollte ablenken, ganz klar. Aber ich war ganz dankbar dafür, dass er nicht weiter über meinen Ex-Freund schimpfte. Ex-Freund. Es tat weh, das zu denken. Ben war immer noch die wichtigste Person in meinem Leben. Er kannte mich, ich kannte ihn. Zumindest hatte ich geglaubt, ihn zu kennen. Aber anscheinend hatte ich einiges nicht mitgekriegt. Dass Ben darauf bedacht war, noch weiter Karriere zu machen. Dass er dafür eine repräsentative Frau an seiner Seite brauchte. Dass er der Meinung war, dass ich dafür nicht taugte.

Ich hatte geglaubt, er liebte mich so, wie ich war. Sonst hätte ich mich bei ihm doch nie so wohl und geborgen fühlen können, wie ich es getan hatte. Liebe konnte anscheinend wirklich blind machen. Ich war mit riesengroßen Scheuklappen durchs Leben gegangen – aber ich war glücklich dabei gewesen. Ich hatte mich an meinen bunten Klamotten gefreut und mir verrückte Spiele für die Kinder ausgedacht. Ich hatte Ben dazu überredet, mit mir wach zu bleiben und am Sommerhimmel nach Sternschnuppen zu suchen. Und dann hatte ich mir ganz fest gewünscht, dass wir zusammenbleiben würden. Dass er mir schon bald einen zarten Ring mit einem niedlichen Steinchen in der Farbe meiner Augen an meinen Finger stecken würde. Aber auch da hatte ich mich geirrt. Wenn Ben jemals einen Verlobungsring kaufen würde, dann wahrscheinlich einen, der nicht zu übersehen war und die Hand seiner Zukünftigen in ein glitzerndes Schaut-mich-an-wie-teuer-ich-war-Statement verwandeln würde. Einen, der auf einem Foto in den sozialen Medien fünfhundert Likes erhielt und als »[Werbung wegen Markennennung: Tiffany]« markiert war.

Papá räusperte sich. Hastig wischte ich mir über die Wangen und öffnete den Brief auf wenig elegante Art und Weise. Ein kleines Kärtchen fiel heraus und ein Foto.

Zuerst nahm ich das Foto in die Hand. Es zeigte ein imposantes altes Herrenhaus mit mehreren weiß gekalkten Gebäuden drum herum. Vor der Eingangstür waren an einem Holzbalken drei Pferde festgebunden, die mit ihren Schwänzen schlugen, wahrscheinlich, um die Fliegen zu vertreiben. Neben ihnen stand ein Mann in Pumphosen, Mütze und Halstuch. Er trug einen grimmigen Gesichtsausdruck zur Schau. Ob wegen des Fotos oder wegen seiner seltsamen Kleidung konnte ich nur raten. Das Haupthaus war mit Ziegeln gedeckt, die anderen Gebäude mit Stroh. Neugierig drehte ich das Foto um. »Estancia San Martín« stand in verblasster Schrift darauf.

Ich wandte mich der Karte zu.

> Amalia, *querida*, möchtest du nicht für eine Weile zu deiner alten Tante nach Argentinien kommen? Die Estancia ist auch alt und ich werde sie umbauen und für Touristen öffnen. Ich könnte deine Hilfe gebrauchen. Hast du Lust?

Keine Unterschrift.

Ich starrte auf die eckige, leicht schräg gestellte Schrift und versuchte, mir darüber klar zu werden, was ich da eben gelesen hatte.

Mein Vater, der über meine Schulter mitgelesen hatte, stieß einen empörten Schrei aus. »Also, das ist doch … Diese Frau kommt auch nie zur Vernunft!«

Meine Mutter tauchte mit einem vollen Tablett aus der Küche auf. »Was ist los?«, fragte sie neugierig.

»Morena will die Estancia umbauen. Ein Hotel will sie daraus machen. Eine Herberge für gelangweilte Touris!«

»Das schöne alte Anwesen!« Meine Mutter wollte sich ans Herz greifen, bemerkte aber gerade noch rechtzeitig, dass sie ein Tablett in den Händen hielt, und stellte es auf dem Wohnzimmertisch ab. »Ich habe ja schon immer gesagt, dass deine Cousine nicht ganz zurechnungsfähig ist. Kein Wunder, ständig bloß Pferde und Hunde und Wilde um sich herum.«

»Sprich nicht so über meine Familie.« Mein Vater war ein Meister darin, blitzschnell die Seiten zu wechseln, je nachdem, wo er größeres Potenzial für seine Streitlust sah. »Immerhin ist sie meine Cousine.«

»Cousine hin oder her, diese Frau wird San Martín noch zugrunde richten, denk an meine Worte!« Meine Mutter wirkte stolz und selbstbewusst, wie sie da mitten im Wohnzimmer stand und ihre düsteren Prophezeiungen von sich gab. Sie war einen Kopf größer als ich und hatte sich durch Poweryoga, Massagen und ausgewählte Ernährung eine jugendliche Figur bewahrt. Sie hatte mir seit frühester Jugend eingebläut, dass es vor allem auf die Haltung ankäme. »Brust raus, Bauch rein«, lautete einer ihrer deutschen Lieblingssätze. Nur leider hatte sie ihr energisches Wesen nicht an mich vererbt.

Mein Vater schenkte den Kaffee so schwungvoll in die Tassen ein, dass alles überschwappte. Eine braune Flut ergoss sich über Zuckerwürfel und Kaffeesahne. »Unsinn. Morena hat sich schon immer durchsetzen können. Sie wird für die Estancia kämpfen bis zum letzten Atemzug. Und sie wird die Gläubiger notfalls mit der Mistgabel zum Einlenken zwingen.« Mein Vater stellte die Kanne wieder ab, um streitlustig mit seinem Zeigefinger gegen meine Mutter wettern zu können. Er war kleiner als sie, wurde inzwischen leicht rundlich in der Taille und trug einen prächtigen, grau melierten Schnurrbart. Sein Haar war voll und dunkel wie eh und je, die braunen Augen blitzten lustig unter dichten Augenbrauen hervor. Im Anzug machte er eine ebenso gute Figur wie meine Mutter in den weit wehenden Abendkleidern, die sie so liebte.

Nun blickte sie ihn mit demonstrativ hochgezogener Augenbraue über seinen ausgestreckten Zeigefinger hinweg an. »Hältst du die Lage denn für so ernst, Santiago?«

»Morena hasst Touristen. Wenn ihr das Wasser nicht bis zum Hals stehen würde, wäre sie niemals auf eine solche Idee verfallen.« Mein Vater nahm eines der Zierdeckchen vom Sofa und tupfte damit in der Kaffeelache herum.

Statt es ihm aus der Hand zu nehmen, lehnte ich mich in die Sofaecke zurück und betrachtete wieder das Foto. »Die Arme, das muss schlimm für sie sein.«

Meine Eltern blickten mich überrascht an, als hätten sie ganz vergessen, dass ich auch noch da war.

»Kein Wunder, dass sie will, dass ich komme und ihr helfe«, fuhr ich fort.

»Sie will was?« Meine Mutter war mit zwei schnellen Schritten bei mir und riss mir den Brief aus der Hand. »Meine Tochter wird sich nicht mit diesen Viehbaronen herumtreiben, im Schmutz wälzen und Plumpsklos benutzen!«, rief sie gleich darauf empört.

»Mariela, du sprichst von dem Haus meiner Verwandten, in dem ich unzählige Schulferien verbracht habe!«, entgegnete mein Vater eisig. »Es kommt eben nicht jeder mit einem goldenen Löffel im Mund zur Welt wie gewisse hochnäsige Städterinnen.«

Sofort änderte meine Mutter ihre Strategie. »Wir waren uns doch einig, dass wir für unsere Tochter ein besseres Leben wollten«, jammerte sie. »Deswegen sind wir nach Deutschland gekommen. Und nun soll sie dorthin zurück, in diese rückständige Behausung? Die haben doch nicht mal fließendes Wasser. Sie wird Durchfall bekommen und eine Lungenentzündung.«

»Unsinn, Morena hat viele Modernisierungen durchführen lassen. Deshalb ist das Geld ja so knapp. Die Viehzucht bringt heutzutage immer weniger ein, aber an den Rindern wird sie sicher trotzdem festhalten. Den Getreideanbau hat sie ja schon lange aufgegeben und die Felder stattdessen verpachtet. Kein Wunder, dass sie sich etwas Neues überlegt hat.«

»Aber was hat Amalia denn damit zu schaffen? Sie kennt Morena doch gar nicht, sie war ja noch in meinem Bauch, als wir weggegangen sind.«

Mein Vater strich seine gesträubten Schnurrbartenden glatt. »Dafür ist eine Familie eben da. Da hilft man sich gegenseitig.«

»Dann flieg du doch rüber!«

»Das könnte dir so passen. Damit du jeden Tag mit deinen gackernden Freundinnen von meinem Portwein süffeln kannst! Nein, ich gehe ganz bestimmt nicht. Außerdem muss ja jemand das Geld verdienen, das du ständig ausgibst.«

Die beiden standen sich mit in die Hüften gestemmten Armen gegenüber. Wenn ich solche Szenen während meiner Kindheit nicht mindestens einmal wöchentlich miterlebt hätte, wäre ich der Meinung gewesen, sie verabscheuten sich bis aufs Blut. Aber weit gefehlt, ich kannte kaum ein anderes Paar, das eine so glückliche Ehe führte wie meine Eltern.

»Der Kaffee wird kalt«, sagte ich laut.

»Oh, Liebes, wie unbedacht von mir.« Meine Mutter flatterte herüber und teilte Teller, Besteck und Tassen aus. Natürlich vergaß sie auch die Serviettenringe mit unseren eingravierten Monogrammen nicht. Wir tranken unseren Kaffee schweigend, da niemand an eines der verfänglichen Themen rühren wollte. Als ich aufbrach, verschwand meine Mutter in der Küche, um mir einige der Diättörtchen einzupacken, und mein Vater winkte mich zu sich. Er blickte sich verstohlen um und beugte sich dann zu mir herunter. »Man muss deiner Mutter manchmal Kontra geben, sonst denkt sie, sie ist die Herrin im Haus«, flüsterte er. »Aber ich will selbstverständlich nicht wirklich, dass du zu Morena fährst, das wäre viel zu gefährlich. Dort in der Pampa herrschen raue Sitten, das wäre nichts für meine *reina*.«

Früher hatte ich es immer gemocht, wenn er mich *reina*, Königin, nannte. Aber heute stieg ein unerklärlicher Widerwillen in mir auf. Anscheinend dachte selbst mein Vater, ich sei ein kleines Püppchen, das man vor allem Argen beschützen musste, weil es selbst nicht dazu in der Lage war. Warum war mir das vorher nie bewusst geworden?

Traurig blickte ich meinen Vater an. »Auf Wiedersehen«, sagte ich und gab ihm einen Kuss auf die stoppelige Wange. Meine Mutter kam ebenfalls zur Tür und die beiden standen Arm in Arm da und winkten mir nach, als ich die Treppe hinunter zu meinem Auto ging.

***

Als ich nach zwanzig Minuten vor meiner eigenen Wohnungstür stand und den Schlüssel in der Hand hielt, fühlte ich mich so ausgelaugt wie noch nie in meinem Leben. Es war, als hielte jemand mein Herz in seiner Hand und drückte nun unbarmherzig zu. Wenn ich gleich aufsperrte, wäre da niemand. Kein Ben würde mich begrüßen und in die Arme nehmen, wie er es so viele Male getan hatte, wenn er früher von der Arbeit gekommen war, um mich zu überraschen. Er würde mich überhaupt nie wieder in den Arm nehmen. Meine Nase würde seinen Duft vergessen, diesen frischen, beruhigenden Geruch nach Duschgel und Aftershave. Meine Haut würde vergessen, wie es sich anfühlte, wenn er mit dem Finger leicht über die Härchen auf meinem Unterarm strich. Meine Lippen würden die Wärme vergessen, die sein Mund auf meinem immer ausgestrahlt hatte. Die Ruhe, die von seinem ganzen Körper ausgegangen war und sich auf mich übertragen hatte. Jedes Mal, wenn wir zusammen einen Film angeschaut oder am Samstagmorgen im Bett gekuschelt hatten oder Hand in Hand zur Isar hinunterspaziert waren.

Alles, was blieb, war nur sein Schatten, der hinter mir zu stehen schien und mir ins Ohr raunte, was ich verloren hatte. Am meisten schmerzte mich, wie Ben sich verhalten hatte. Eine herablassende und verächtliche Seite an ihm war zum Vorschein gekommen, die ich bis dahin nicht an ihm wahrgenommen hatte. Oder nicht hatte wahrnehmen wollen? Er hatte sich mies verhalten und ich konnte nicht umhin, mich zu fragen, ob dieser Wesenszug schon immer in ihm gesteckt hatte. Dann hatte ich die letzten vier Jahre an einen Mann verschwendet, der es eigentlich nicht wert gewesen war. Nun stand ich alleine da, mitten in einem Scherbenhaufen. Ich konnte niemals daraus hervorkommen, ohne mich daran zu schneiden.

Ich hatte das Gefühl, kaum Luft zu kriegen. Irgendetwas steckte tief in meinem Hals und hielt die Luft unbarmherzig von meiner Lunge fern. Gleichzeitig spürte ich das Pochen meines Herzens überall in meinem Körper. Die nervösen, zu schnellen Schläge, die in meinen Knien, meinen Fingern und an meiner Schläfe zu vibrieren schienen. Die Törtchen meiner Mutter lagen schwer in meinem Magen, sodass mir übel wurde. Angst. Ich hatte Angst. Angst vor der Zukunft. Angst vor dem

Alleinsein. Angst, als Übersetzerin nicht genügend Aufträge zu bekommen. Angst, wieder zu versagen. Angst, mein Leben zu verschwenden. Angst vor der Trauer, die hinter meiner heute mühsam zur Schau getragenen Gelassenheit kauerte. Die Tränen lauerten bereits in den Augenwinkeln, bereit, jederzeit hervorzubrechen, sobald ich meinen Panzer ablegte. Hastig versuchte ich, an etwas anderes zu denken.

Morena. Argentinien. Die Einladung. Völliger Blödsinn natürlich. Wie stellte sie sich das vor, dass ich einfach mal so spontan um die halbe Welt fliegen sollte, um eine Verwandte zu besuchen, die ich noch nie gesehen hatte? Und doch hatte es einen kurzen Moment gegeben, in dem mir die Idee nicht mehr so völlig abwegig erschienen war. Mehr als seine vorherige Zustimmung war es eigentlich das gut gemeinte Abraten meines Vaters gewesen, das mich zögern ließ. Mamá und Papá waren überzeugt davon, dass es das komplett Falsche für mich wäre. Aber sollte ich ihrem Urteil so blind vertrauen?

Seufzend steckte ich endlich den Schlüssel ins Schloss und sperrte die Tür auf. Nach wie vor hing der Geruch nach verbranntem Kuchen in der Luft. Und ich musste dringend einen neuen Backofen kaufen. Aber zuerst würde ich mich in meinem Bett verkriechen und die gesamte fünfstündige BBC-Verfilmung von »Stolz und Vorurteil« anschauen. Ich würde Mr Darcy anschmachten, dabei an Ben denken und heulen, bis meine Augen genauso rot waren wie der Rest meines Gesichts. Dazu würde ich Schokoeis direkt aus der Packung löffeln. Und zwei Wärmflaschen unter die Bettdecke stecken. Für jeden Fuß eine. Das brauchte ich gerade dringend. An Tagen wie diesem war alles erlaubt.

»Schnischnaschnappi, schnappi, schnappi, schnappi, schnischnaschnappi, ich bin Schnappi, das kleine Krokodil – wohn in Ägypten, das liegt direkt am Nil, schnischna …« Mein unsäglicher Klingelton, den mir eine Freundin in einer legendär albernen Silvesternacht eingestellt hatte, riss mich aus dem Schlaf. Und aus meinem Traum von Ben und mir in einer Zuckergusskutsche auf Mr Darcys Grundbesitz.

»Hä?«, murmelte ich eloquent und merkte dann, dass ich das Handy falsch herum hielt. Ich drehte es um einhundertachtzig Grad, sodass das Mikrofon nun tatsächlich in der Nähe meines Mundes war, und meldete mich etwas ausführlicher. »Was ist denn los?«

»Amalia? Du klingst so komisch …« Pause. »Hoffentlich störe ich nicht. Hier ist Morena, deine Tante Morena.«

Das durfte doch nicht wahr sein. Woher hatte sie meine Nummer? Ich musste wirklich ein Wörtchen mit meinen Eltern reden.

»Tante Morena, es ist ja wirklich schön, dass du anrufst, aber es ist gerade …«, ich warf einen Blick zu meinem Wecker mit den Leuchtzeigern hinüber, »halb drei Uhr nachts.«

»Du lieber Himmel, diese Zeitverschiebung ist doch größer, als ich dachte. Ich habe dich hoffentlich nicht geweckt?«

Was stellte sie sich vor? Dass ich gerade in irgendeiner Disco herumhüpfte? Die Kamasutrastellung Nr. 57 mit meinem Geliebten praktizierte? Oder am Bahnhof herumlungerte, um Crystal Meth zu kaufen?

»Natürlich nicht«, versicherte ich ihr schwach.

Tante Morena verstand entweder keinen Sarkasmus, oder sie war ähnlich wie meine Mutter Meisterin darin, nur das zu hören, was sie hören wollte.

»Oh, gut. Ich wollte nur fragen, ob du dich entschieden hast.«

»Entschieden wofür?« Ich gähnte. Derweil schienen meine schlaftrunkenen Gehirnzellen langsam die Arbeit aufzunehmen, denn es fiel mir wieder ein, dass sie mir einen Brief geschrieben hatte. Ich hatte bisher nicht darauf reagiert – und mir anscheinend damit diesen Anruf eingehandelt. »Aaaach … du meinst, ob ich dich besuchen komme?«

»Genau.« Erwartungsvolles Schweigen.

»Also, weißt du …«

»Du hast San Martín ja noch nie gesehen, oder?«

»… gerade ist es eigentlich nicht so passend. Ich versuche, mir hier etwas Neues aufzubauen.«

»Wir haben schon fünf Zimmer renoviert«, fügte Tante Morena hastig hinzu. »Du würdest eines davon bekommen. Es ist natürlich kein großer Luxus, nicht das, was du so gewöhnt bist, aber wir … na ja, wir haben versucht, es möglichst schön zu machen. Momentan ist es etwas knapp … mit dem Geld … nicht schlimm natürlich, gar nicht schlimm, aber wir bräuchten dringend Gäste auf der Estancia, also welche, die bezahlen, du natürlich nicht, aber die anderen.«

»Und du denkst, dabei kann ich dir helfen?«

»Genau.« Tante Morena klang erleichtert. »Weißt du, du bist ein kluges Mädchen und kannst viele Sprachen und Santiago hat mir immer wieder mal erzählt, dass du als Dolmetscherin einspringst, wenn jemand von euren Bekannten Hilfe braucht. Außerdem weißt du, wie man mit solchen Leuten umgeht, also – mit solchen Touristen halt. Und ich bin mein ganzes Leben noch nicht aus dem Städtchen hier rausgekommen. Wobei, da war die Hochzeit deines Vaters, aber die zählt nicht richtig, weil ich zu viel *vino tinto* getrunken hatte, und dann … Na ja, die Flecken gingen ja wieder raus – ist ja auch egal. Jedenfalls höre ich von Santiago ständig, wie gut du dich machst und was du alles gelernt und gesehen hast. Da dachte ich, du bist genau die Richtige für diese Aufgabe, du kannst uns dann vielleicht Tipps geben, wie wir mehr Leute bekommen und die Gäste begrüßen und alles erklären, auf Englisch oder so.«

Sie holte tief Luft, um weiterzureden. Derweil gingen meine Gedanken auf Wanderschaft.

Was Tante Morena gesagt hatte, stimmte eigentlich. Sprachlich konnte ich sicher weiterhelfen. Und Touristin war ich selbst schon oft genug gewesen, um mich in die Rolle hineinzuversetzen. Man musste natürlich schauen, dass die Estancia auf den entsprechenden Portalen vertreten war. Vielleicht konnte man den Reisebewertungsportalen einen Tipp geben. Oder die Verlage der größeren Reiseführer anfragen. Dann mussten wir aber auch etwas Besonderes zu bieten haben. Ein Alleinstellungsmerkmal sozusagen, das die Touris anlocken konnte.

Tante Morena hatte zunehmend hektisch weitergesprochen. »… weißt du, ich telefoniere eigentlich nicht so gerne, das macht mich nervös, dass man so viel sprechen soll und alles der Reihe nach und deutlich und dabei freundlich klingen. Ich denke dann so viel daran, wie ich spreche, dass ich ganz vergesse, was ich eigentlich sagen will.«

Komisch, das ging mir auch manchmal so. Wenn ich bei der Versicherung anrufen musste oder bei der Bank. Vielleicht hatten wir doch mehr gemeinsam, als ich bisher gedacht hatte.

»Hm, ja, ich weiß jetzt nicht genau, was ich noch sagen soll.«

»Also, eigentlich …«

»Ich verstehe natürlich, wenn du nicht willst«, warf Morena hastig ein. »Ganz klar, du hast dein eigenes Leben, was sollst du auch bei uns in der Pampa. Hm, na ja, aber ich dachte, ich frage einfach mal und …«

Endlich sah sie ein, dass das eine unmögliche Idee gewesen war. Wie sie schon gesagt hatte, ich besaß ja ein eigenes Leben.

Bei diesem Gedanken meldete sich sofort ein nagender Zweifel. Hatte ich das wirklich? Was hielt mich denn hier? Weder ein Freund noch eine erfüllende Arbeit, nicht einmal ein Haustier, das abends auf mich wartete. Die nächsten Wochen und Monate standen mir mit deutlichem Schrecken vor Augen. Wie ich bis April noch im Kindergarten weiterarbeiten würde, aber nebenbei dringend versuchen musste, mir Übersetzungsaufträge zu sichern. Wie ich Sonntagmittag zu meinen Eltern zum Essen fuhr und wir dabei alle so taten, als wäre der Platz neben mir nicht frei. Wie ich eines Tages Ben in der U-Bahn treffen würde, mit einer Frau im dunkelblauen Kostüm und mit Goldohrringen an seiner Seite. Wie ich ihm stammelnd gratulieren würde. Das wollte ich nicht. Auf gar keinen Fall. Damit würde ich mich kaputtmachen. An diesem Gedankenpunkt angekommen fiel mir die Entscheidung plötzlich sehr leicht.

»Tante Morena?«

»Es ist ja klar, dass das ein dummer Vorschlag war. Entschuldige bitte, ich hätte wirklich nicht …« Ihre Stimme wurde stetig leiser.

»Nein, nein – also, doch, doch, Entschuldigung, ich bin noch nicht ganz wach. Jedenfalls wollte ich sagen … ich komme.«

Verblüfftes Schweigen am anderen Ende. »Wi-wirklich? Ist das dein Ernst? Du kommst nach Argentinien und hilfst mit?«

Diesmal zögerte ich keine Sekunde. »Ja, das mache ich. Es wird doch Zeit, dass ich mein Heimatland mal ein bisschen kennenlerne.«

Aus dem Lautsprecher drang ein merkwürdiges Geräusch.

»Tante Morena?«

»Ja, ja, ich … freue mich einfach. Sehr. Auf dich.«

»Ich freue mich auch. Ich melde mich dann morgen, wenn ich nach einem Flug geschaut habe.«

»Mach das und – gute Nacht.« Bevor sie auflegte, hörte ich noch ein gemurmeltes: »Sie kommt wirklich, du meine Güte!«, das mich zum Lächeln brachte.

Jetzt war ich hellwach. Keine Chance, noch einmal Schlaf zu finden. Ich griff nach meinem Laptop und startete den Browser.

»Argentinien Essen« war das Erste, das ich in das Suchfenster eintippte. Automatisch klopfte ich das Kissen in meinem Rücken zurecht und widmete mich den bunten Bildern, die den Bildschirm bevölkerten. Ein merkwürdig zufriedenes Gefühl breitete sich in mir aus. Ich hatte eine Entscheidung getroffen. Alleine. Eine mutige Entscheidung. Es war mir egal, was meine Eltern dazu sagten, was irgendjemand dazu sagte. Ich würde endlich das tun, worauf ich selbst Lust hatte. Ein zweites Lächeln huschte über mein verschlafenes Gesicht. Abenteuer, ich kommeeeeeeeee!

4 – Hänschen klein

Ging allein

Handbuch für die gute Ehefrau
Seien Sie fröhlich, machen Sie sich interessant für ihn! Er braucht vielleicht ein wenig Aufmunterung nach einem ermüdenden Tag, und es gehört zu Ihren Pflichten, dafür zu sorgen.

Sieben Wochen später stand ich am Rande einer staubigen Landstraße und versuchte, meinen Rucksack in Richtung des Post-Bahnhof-Lotto-Tante-Emma-Ladens zu ziehen. Eigentlich hatte ich extra deshalb einen Rucksack für diese Reise gekauft, weil er so handlich war und ich mit ihm auf dem Rücken überallhin spazieren konnte. Dabei hatte ich allerdings nicht bedacht, dass es immer noch darauf ankam, wie schwer dieser Rucksack denn war. Nachdem ich erfahren hatte, dass in Argentinien die Jahreszeiten genau umgekehrt waren wie in Deutschland und ich den Sommer gerade verpasst hatte, wenn ich im April flog, hatte ich etliche warme Kleidungsstücke mit eingepackt. Momentan brauchte ich sie allerdings noch nicht. Jetzt gerade hatte es angenehme fünfundzwanzig Grad und ich trug mein Lieblings-T-Shirt. Audrey Hepburn aus »Frühstück bei Tiffany« war darauf zu sehen, wie sie eine riesige pinke Kaugummiblase formte.

Ohne mein aktuelles Outfit brachte der Rucksack exakt 22,5 Kilo auf die Waage. Auf den Schultern tragen konnte ich ihn nur, wenn ein freundlicher Mensch ihn mir vorher auf einen Tisch hob und ich dann bloß noch mit den Armen durch die Träger schlüpfen und den Beckengurt schließen musste. Ihn vom Boden aus auf meinen Rücken zu wuchten war ein Ding der Unmöglichkeit.

Also hatte ich ihn stattdessen gefühlt kilometerweit hinter mir her geschleift. Vom Gepäckterminal in Buenos Aires am Zoll vorbei nach draußen zum Taxistand. Von der Straße fünf Treppen rauf zu meinem Hostel. Am nächsten Tag dieselben Treppen wieder runter und zum nächsten Taxihalteplatz. Am großen Busterminal in Retiro eine Treppe hinauf zu einem der unzähligen Fahrkartenschalter. Von dort die Treppe wieder hinunter und zur Haltebucht des Überlandbusses. Und nun von dem kargen Stück Erde, auf dem mich der Busfahrer abgeladen hatte, hin zum einzigen Lebenszeichen, das es in dieser Einöde zu geben schien: dem bereits erwähnten äußerst vielseitigen Kramladen. Beobachtet wurde ich dabei von vier alten Männern, die auf einer Bank unter dem Vordach des Ladens saßen und Mate tranken. Da ich alles über Argentinier und ihr Nationalgetränk gelesen hatte, war ich nun entzückt davon, gleich einer so unverfälschten kulturellen Demonstration zu begegnen. Ich fragte mich allerdings, warum ich niemals mitbekommen hatte, dass meine Eltern Mate zubereiteten. Sie hatten den größten Teil ihres Lebens in Argentinien verbracht, so eine Gewohnheit gab man doch nicht einfach auf, oder? Aus den getrockneten Blättern des Mate-Strauchs, die es hierzulande in riesigen Packungen im Supermarkt zu kaufen gab, bereitete man einen Teeaufguss zu. Man trank diesen nicht etwa aus Tassen, nein, sondern aus ausgehöhlten

Minikürbissen, die häufig mit Blech beschlagen und mit allerlei Verzierungen versehen waren. Man stopfte das Matekraut einfach hinein, goss heißes Wasser drüber und schlürfte den Sud dann mithilfe einer Bombilla, einem Metallröhrchen. Am unteren Ende dieses Metallröhrchens war ein feines Sieb angebracht. Das verhinderte, dass man die Kräuterreste mit einsaugte. Die Argentinier tranken Mate, wo immer sie standen und saßen, der Jahresverbrauch pro Einwohner lag bei ungefähr sieben Kilogramm im Jahr. Zu diesem Zweck führten sie neben der Kalebasse, dem Kürbis, auch stets eine Thermosflasche mit einem Vorrat an heißem Wasser mit sich, sodass sie die Mate immer wieder aufgießen konnten.

Diese vier hatten ihre Thermoskannen schön parallel zueinander auf dem Boden abgestellt. Ich winkte versuchsweise. Ihre wettergegerbten Gesichter zeigten keinerlei Regung. Nur der Hund, der neben ihnen auf dem Boden lag und schrecklich ungepflegt aussah, wedelte sachte mit dem Schwanz.

Ich beschloss, mich nicht weiter um die Männerwelt zu kümmern, und stattdessen mein Gepäck und mich aus der Sonne zu bekommen. Also zog ich mit einigem Ächzen meinen Rucksack in Richtung Vordach. Als deutsche Staatsbürgerin war ich für die ersten neunzig Tage visafrei angereist und konnte meine Aufenthaltserlaubnis anschließend verlängern lassen. Da Tante Morena mir nichts für die Unterstützung mit den Gästen bezahlte, brauchte ich auch kein Arbeitsvisum. Aber wo blieb sie denn? Tante Morena hatte doch versprochen, dass sie mich abholen würde? Ich war bestimmt an der richtigen Haltestelle ausgestiegen. San Antonio de Areco hieß das Städtchen, das der Estancia am nächsten lag. Wenn mich nicht alles täuschte, waren es von hier aus noch etwa fünf Kilometer bis zur Farm San Martín, und die würde ich sicher nicht laufend überwinden und dabei meinen Rucksack hinter mir her zerren.

Gerade als ich die Entscheidung getroffen hatte, die schweigsamen, eventuell auch bereits verstorbenen Ältesten um Rat zu fragen, bog eine Kutsche mit lautem Peitschenknallen und »*Heya*«-Rufen um die Ecke. Darauf saßen zwei Personen in seltsamer Uniform. Der Größere von beiden trug eine schwarze Pumphose, die in beigen Stiefeln steckte, ein Leinenhemd und ein rotes Halstuch. Auf seinem Kopf thronte eine Art Schiebermütze, die allerdings keck nur auf der rechten Seite saß. Ich erinnerte mich, dass der Mann auf dem Foto, das Morena mir geschickt hatte, genauso gekleidet gewesen war. Neben ihm hockte eine Miniaturausgabe seiner selbst. Ein Kind von vielleicht sieben oder acht Jahren, das einen ebenso grimmigen Gesichtsausdruck zur Schau trug. Der einzige Unterschied bestand darin, dass der erwachsene Cowboy eine Brille auf der Nase hatte, ein älteres Modell, wenn man das leicht verbogene Drahtgestell näher betrachtete.

Der Mann zügelte die Pferde direkt vor meinen Füßen und sprang leichtfüßig vom Kutschbock. »Ich bin Gabriel«, rief er mir über die Schulter hinweg zu, während er bereits meinen Rucksack hochgehoben hatte, als wäre dieser mit Federn gefüllt, und ihn hinten auf die Ladefläche warf.

»*Hola*«, grüßte ich zurück. »*Soy* Amy.«

»Willkommen in San Antonio«, fügte er förmlich hinzu. »Wir freuen uns, dass du da bist.« Ich ging jede Wette ein, dass Tante Morena ihm diesen Begrüßungsspruch vorher eingetrichtert hatte, denn er sah nicht so aus, als ob er sich besonders viele Gedanken um Etikette machte. Gott sei Dank ähnelte sein Spanisch stark dem, das meine Eltern mit mir gesprochen hatten. Ich hätte meiner Mutter glatt zugetraut, irgendeinen Oberschichtakzent zu pflegen, mit dem ich mich hier komplett lächerlich gemacht hätte.

Gabriel schwang sich zurück auf den Kutschbock, während ich unten stand und mich fragte, wo ich sitzen sollte. Neben dem Cowboy und seinem Kind war kein Platz mehr für mich. Also blieb nur die Ladefläche, die verdächtig so aussah, als hätte man vor nicht allzu langer Zeit Schafe darauf transportiert, da ich einige ihrer Hinterlassenschaften ausmachen konnte. Vorsichtig kletterte ich über die Brüstung und ließ mich neben meinem Rucksack auf einem einigermaßen sauberen Stückchen Ladefläche nieder. Gabriel nickte zufrieden. Er rief den vier scheintoten Männern einen Gruß zu und fuhr im Kreis um das Gebäude herum, um auf die Landstraße zu gelangen.

Es dauerte nicht lange, bis der kleine Junge unruhig wurde und Gabriel bittende Blicke zuwarf. Dieser fuhr ihm kurz durch den Teil des schwarzen Haares, das nicht von der Mütze bedeckt war, und signalisierte ihm mit einem weiteren Schnalzlaut, dass er gehen konnte. Mit affenartiger Geschicklichkeit schwang der Kleine sich über die Sitzlehne und kletterte zu mir nach hinten, während der Wagen auf dem unebenen Weg wankte und schaukelte.

Ich streckte ihm eine Hand entgegen und zog ihn neben mich auf den Boden, bevor er bei dem nächsten Schlagloch aus dem Wagen geschleudert wurde. Dann saß er im Schneidersitz neben mir, drehte seine Mütze in den Händen und schaute mich aus riesigen braun glänzenden Augen an.

»Wie heißt du?«, fragte er nach einer Minute der gegenseitigen Musterung.

»Amy. Und du?«

»Santino. Aber so nennt mich niemand außer meiner Mamá. Die anderen sagen *Gauchito* zu mir.«

Kleiner Gaucho, übersetzte ich in Gedanken, oder Gauchokind.

»Du bist also ein Gaucho? So eine Art Cowboy?«

»Pah, Cowboy.« Er setzte eine finstere Miene auf. »Das ist was ganz anderes. Wir Gauchos sind frei und unabhängig und verteidigen unsere Ehre. Wir ziehen mit riesigen Rinderherden über die Pampa. Das Pferd ist unser bester Freund. Sonst brauchen wir niemanden.« Er machte eine kleine Pause und dachte nach. »Na ja, fast niemanden. Bis auf Mamá und Papá. Und sie sagen, dass ich noch nicht wegreiten darf, weil ich in die Schule gehen muss.« Missmutig kickte er einen kleinen Stein weg. »Dabei will ich gar nicht dorthin. Ein Gaucho muss bei seinem Pferd bleiben.«

»Dein Pferd versteht das sicher.« Ich konnte nicht widerstehen, ihm durch das dichte, lockige Haar zu wuscheln. Gauchokind ließ es sich mit einer Miene gefallen, als wäre er daran gewöhnt, dass die Frauen bei seinem Anblick übergriffig wurden.

»Gibt es außer dir denn noch andere Gauchos auf der Estancia?«

»Meinen Papá natürlich.« Stolz deutete er auf Gabriels Rücken. »Er bleibt nur wegen meiner Mamá und mir zu Hause. Früher war er auch immer mit den Rindern draußen.«

Ich überlegte, was »draußen« denn genau bedeuten mochte. Hatte er vierundzwanzig Stunden am Tag in der Pampa verbracht und nachts an sein Pferd gekuschelt geschlafen? So wild sah Gabriel doch gar nicht aus. Vor allem mit der niedlichen Brille.

»Dann gibt es noch Nicolás.«

»Wer ist das?«

»Ein Gaucho halt. Er trinkt Mate und reitet herum.«

Nette Beschäftigung. Verdiente er damit sein Geld?

»Nicolás sieht aus wie der Gaucho Gil. Das war der allererste Gaucho. Er hat Rinder von den Reichen genommen, um sie den Armen zu geben, die nichts zu essen hatten.« Gauchitos Augen leuchteten, als er von seinem Helden sprach.

»So eine Art Robin Hood also?«

Gauchito warf mir einen verächtlichen Blick zu. »Robin Hood, pah. Gaucho Gil war viel cooler! Er wurde kopfüber aufgehängt und gefoltert und dabei hat er noch Witze gemacht. Und dann ist sein ganzes Blut an ihm runtergeflossen und hat sein Halstuch rot gefärbt. Deswegen tragen alle Gauchos rote Halstücher.« Stolz präsentierte er sein Minihalstuch.

»Verstehe. Hat Nicolás den makabren Humor auch mit Gil gemeinsam?«

»Vielleicht. Aber das wissen wir nicht genau. Er redet nie.«

»Ist er stumm?«

Gauchito sah mich mit hochgezogenen Augenbrauen von der Seite an. »Nein, ich hab doch schon gesagt, dass er ein Gaucho ist. Gauchos schweigen, wenn es nichts zu sagen gibt.«

»Verstehe.« Na, das konnte ja lustig werden. Wenigstens hielt sich Gauchito selbst nicht an das Schweigegebot. Ich musste meine Chance nutzen, mehr über San Martín zu erfahren. »Wer lebt außer den Gauchos noch auf der Estancia?«

»Im Haupthaus wohnt die Señora. Das ist der Chef.«

Die weibliche Form des Wortes »Chef« wurde hier anscheinend nicht anerkannt. Mit der Señora musste er Tante Morena meinen. »Wie ist sie so?«

»Die Señora sagt meinem Vater immer, was er machen soll. Und sie hat furchtbar viele Sorgen. Sie sitzt jeden Tag über Papieren und macht lauter Falten in ihr Gesicht. Manchmal versucht sie auch zu stricken. Aber sie ist nett. Wenn jemand krank ist, kommt sie zu Besuch und bringt Wein mit, zur Stärkung.«

»Das ist wirklich … aufmerksam von ihr.« Ich musste ein Grinsen unterdrücken.

»Dann gibt es noch meine Mamá. Sie ist bei uns daheim der Chef. Rosa Linda und Clara Luz schlafen zum Glück im Haupthaus, sie sind Zwillinge, aber echt nervige. Kichern die ganze Zeit. Kochen können sie allerdings ganz ordentlich. Wir wohnen alle kostenlos bei der Señora. Das ist sehr freundlich. Und …«

Ich beugte mich zu ihm, um zu sehen, warum er nicht weitersprach. Die Wangen von Gauchokind hatten sich gerötet. »… und seit ein paar Monaten kommt auch Isabela tagsüber aus dem Städtchen zum Arbeiten«, beendete er schließlich seinen Satz.

Wenn sie so einen Eindruck auf den Jungen gemacht hatte, musste diese Isabela wirklich ungewöhnliche Fähigkeiten haben. Vielleicht schaffte sie einen Handstand auf einem galoppierenden Pferd oder so was Spaßiges.

Da mir sonst nichts einfiel, was ich ihn noch fragen konnte, verfiel auch ich in Schweigen und achtete zum ersten Mal auf den Weg. Wir waren bereits ein ganzes Stück von San Antonio de Areco entfernt. Die Kirche ragte über die anderen zumeist sehr klein und niedrig gebauten Gebäude hinaus. Neben uns erstreckte sich auf der einen Seite ein Bachlauf, auf der anderen entdeckte ich Bäume und ein komplett verrostetes Autoskelett, das zwischendrin stand. Zwei recht abgerissen aussehende Straßenhunde lagen davor in der Sonne und bewegten sich keinen Zentimeter, als unsere Kutsche vorbeirumpelte. Die Hunde waren hier wirklich sehr faul. Wie sie sich wohl ernährten, wenn sie den ganzen Tag nur herumlagen?

Gauchito krabbelte über die Ladefläche und lockte sie dabei mit aufmunternden Worten. Ich streckte die Hand aus, um ihn notfalls an seinem Hemd festzuhalten, damit er nicht herausfiel. Aber der Junge schien das Gepolter gewöhnt zu sein. Er hielt sein Gleichgewicht ohne Probleme.

Der eine Hund hob den Kopf und blickte uns nach. Mehr Reaktion konnten Gauchitos Schmeichelversuche ihnen aber nicht abringen.

»Hör auf, die Hunde zu locken!«, rief Gabriel über die Schulter zu uns nach hinten. »Ich habe dir das schon tausendmal gesagt! Und jetzt setz dich wieder hin, fehlt gerade noch, dass du vom Wagen fällst, deine Mutter würde uns was erzählen.«

Also hatten Gaucho-Eltern dieselben Probleme wie die deutschen. Das stimmte mich irgendwie froh. So unterschiedlich waren unsere Welten vielleicht gar nicht.

»Aber, Papá, sie sind doch so lieb.«

»Jetzt vielleicht noch.« Nach dieser kryptischen Bemerkung trieb Gabriel die Pferde mit einem Schnalzen an, schneller zu laufen, und wir nahmen an Fahrt auf. Ich klammerte mich an der niedrigen Holzumrandung fest, da mein Po zunehmend auf und ab geschleudert wurde.

Gauchito öffnete den Mund. Durch das Gepolter gab er nur hicksende Laute von sich: »Fffff-uuuu-eeee-gggg-ooo!« Dabei zeigte er auf eine etwas weiter entfernte eingezäunte Wiese.

F-u-e-g-o? *Fuego*, Feuer auf Spanisch.

Ein Brand? Wollte er mir das damit sagen? Mit zusammengekniffenen Augen hielt ich Ausschau nach etwaigen Rauchzeichen. Vielleicht hatte es schon lange nicht mehr geregnet. Bei diesen weiten Graslandschaften konnte dann schnell ein Feuer entstehen.

»Ich sehe kein Feuer«, rief ich ihm schließlich zu.

Er schüttelte den Kopf und deutete wieder.

Diesmal fiel mir auf, dass in Richtung seines Zeigefingers ein Pferd am Zaun entlang galoppierte. »Fuego?«, fragte ich.

»Das Pfe-herd ge-hö-hört Nicolás.« Gauchokind wurde genauso durchgeschüttelt wie ich. »Er ist der schnellste Hengst, den es gibt. Aber er duldet nur Nicolás auf seinem Rücken.«

Natürlich ging es wieder um ein Pferd. Das war hier wohl Gesprächsthema Nummer 1. Ich seufzte. »Sind wir bald da?«

In diesem Augenblick bog Gabriel von der *Straße* ab auf eine schön gekieste Auffahrt. Links und rechts erhoben sich verwitterte Steinquader. »San Martín« war auf dem rechten zu lesen. Das Holztor stand offen und wir fuhren hindurch, ohne anzuhalten.

Dahinter erwartete uns eine Allee aus Pampasgras und einer schlanken Pappelart, deren Namen ich nicht kannte, die aber definitiv sehr argentinisch anmutete. Ich hatte mich umgesetzt, sodass ich mittlerweile wie Gabriel in Fahrtrichtung schaute. Auf dem sandigen Boden zeichneten sich verschiedene Wagenspuren ab, also wurde sich doch nicht nur per Pferd fortbewegt. Vor uns kam das Haupthaus in Sicht. Ich war überrascht, deutliche Unterschiede zu dem Foto festzustellen, das Morena mir geschickt hatte. Von den frisch gestrichenen Wänden war der Efeu entfernt worden, was das ganze Gebäude heller und einladender wirken ließ. Rechts neben der zweiflügligen Eingangstür hatte Morena einen verglasten Wintergarten anbauen lassen. Verschiedene palmenartige Gewächse und Kakteen leuchteten mir in sattem Grün durch das Glas entgegen. An dem alten Holzpflock standen diesmal keine Pferde angebunden, stattdessen parkte ein Pick-up davor, dessen schlammbespritzte Seiten von abenteuerlichen Touren zeugten.

Gabriel brachte die Pferde zum Stehen und wie auf Kommando flog der rechte Türflügel auf. Eine ungefähr fünfundsechzigjährige Frau kam die Stufen heruntergestapft. Sie war nicht besonders groß, wirkte durch ihre kräftige Gestalt und das weiße, hochgekrempelte Männerhemd, das sie zu Jeans trug, aber sehr eindrucksvoll. Ich bemerkte, dass sie ein Bein leicht nachzog.

Verlegen stand ich auf und suchte nach einer Möglichkeit, einigermaßen elegant von dieser Kutsche hinunterzugelangen. Gauchokind war längst hinabgesprungen und Gabriel griff bereits nach meinem Rucksack. Ich entschied mich schließlich, mich auf die Kante der Ladeflächenumrandung zu setzen, meine Beine herumzuschwingen und mich von dort herabgleiten zu lassen. Ich landete mitten in einer Matschpfütze. Brauner Schmodder spritzte hoch und hinterließ ein hübsches Sprenkelmuster auf den Hosenbeinen meiner Tante. Ich starrte darauf. Tante Morena starrte darauf. Gabriel starrte darauf. Nur Gauchito kicherte.

»Hallo, äh, Amalia!« Falls Tante Morena sich über meinen seltsamen Auftritt ärgerte, zeigte sie es nicht.

»Amy«, korrigierte ich automatisch. »Ich heiße Amy.«

Braune Augen in einem ungeschminkten, wettergegerbten Gesicht musterten mich prüfend. Der Moment zog sich über Sekunden hin. Ich musste mehrmals schlucken, als mir eine gewisse Ähnlichkeit der Augenfarbe mit Papá auffiel. Was hätte ich dafür gegeben, ihn jetzt neben mir zu haben und seiner ruhigen Unterstützung gewiss sein zu können. Tante Morena schien mit diesem intensiven Blick mein Innerstes komplett erfassen zu wollen. Der Drang zu blinzeln oder den Blick abzuwenden überkam mich, aber ich hielt aus. Wahrscheinlich war das bereits der zweite Test. Den ersten hatte ich jedenfalls gründlich vermasselt. Schließlich erschien ein Lächeln auf ihren Lippen. Unsicher streckte ich ihr die Hand entgegen, doch Tante Morena übersah sie einfach und zog mich in eine feste Umarmung, die mit zwei Küsschen auf die Wange gekrönt wurde.

»Du bist da! Wie schön! Ich kann es immer noch nicht wirklich glauben, dass du gekommen bist! Ich meine, zu uns, hierher, freiwillig!« Sie strahlte. »Und so groß bist du geworden. Ich habe ja schon lange keine Fotos mehr von dir gesehen. Früher hat Santiago mir häufig Bilder geschickt, aber da warst du ein kleines knuddeliges Ding mit haufenweise Zahnlücken.«

»Mittlerweile hat sich das Gebiss vervollständigt«, antwortete ich vorsichtig.

Tante Morena lachte schallend, als hätte ich einen besonders gelungenen Witz gemacht. »Na los, komm rein! Ich will dir doch das Haus zeigen. Und du musst unbedingt was essen, bestimmt hast du Hunger. Mit so vielen Zähnen im Mund musst du ja ordentlich kauen können.«

Sie ging ein paar Schritte in Richtung Haus und ich beeilte mich, ihr zu folgen.

»Tante Morena?«

»Ja, mein Kind?«

»Das mit deiner Hose tut mir leid.«

Sie blickte an sich herunter. »Oh, das hatte ich ja ganz vergessen. Aber vielleicht gehe ich besser schnell und ziehe mich um. War wohl keine gute Idee, zu deinem Empfang meine beste und – äh – einzige Jeans anzuziehen …«

Nun fühlte ich mich gleich doppelt schlecht. »Bitte entschuldige die Umstände, ich könnte dir beim Auswaschen helfen!«

»Unsinn. Das bisschen Dreck.«

»Nein, wirklich, es war ja meine Schuld!« Wieder bemerkte ich, dass Tante Morena die wenigen Stufen immer mit dem linken Bein voran hinaufstieg. Anscheinend war das rechte verletzt. Hatte mein Vater nicht irgendwann von einem Unfall erzählt, den sie als junges Mädchen gehabt hatte? Ich traute mich nicht nachzufragen, aus Angst, in einem weiteren Fettnäpfchen zu landen. Inzwischen war mein Gesicht vor Verlegenheit wahrscheinlich fast wieder so rot angelaufen wie nach meinem Backunfall, und ich war froh, in die schattige Kühle des Hausflurs eintauchen zu können. Hier lagen allerlei Schuhe kreuz und quer übereinander herum.

Tante Morena bat mich, das gar nicht zu beachten. »Wir ziehen die Arbeitsschuhe aus, sobald wir das Haus betreten, und wenn wir wieder rausgehen, schnappt man sich einfach zwei, die von der Größe her ungefähr zusammenpassen – nicht, dass wir keinen Sinn für Mode hätten, das nun sicher nicht – wobei …«

Sie lotste mich auf die erste Tür zu, die ich öffnete. Mit dem nächsten Schritt stand ich im Wintergarten.

»Was wollte ich? Genau, ja. Warte kurz.« Tante Morena verschwand, um sich umzuziehen.

Ich konnte für einen Moment lang aufatmen. Gabriel, der uns hinterhergekommen war, legte den Rucksack vor mir ab und verabschiedete sich mit einem formlosen »*hasta luego*«, bis später.

Endlich ein Moment Ruhe. Ich blickte mich um und sah ein Holzbänkchen malerisch zwischen über und über mit rosaroten Blüten bedeckten Sträuchern stehen. Es kam wie gerufen. Die feuchte, warme Luft hier drinnen machte mich ganz benommen. Erst in diesem Augenblick merkte ich, wie sehr mich der lange Flug, der Jetlag, die kurze Nacht in einem Mehrbettzimmer im Hostel und schließlich die Weiterreise hierher angestrengt hatten. Wie schön wäre es jetzt, daheim in meiner Wohnung zu sein und mich mit einem Glas Hugo auf meiner gemütlichen Chaiselongue ausstrecken zu können. Aber meine Eltern hatten die Wohnung inzwischen untervermietet, dort hätte ich also so oder so keinen Platz mehr gehabt. In Ermangelung einer bequemeren Alternative ließ ich mich auf die Bank fallen und schloss kurz die Augen, nur ganz kurz.

»*Boludo, boludo*. Wasch deine Eier!«, riss mich eine Stimme unsanft aus meiner Lethargie.

Verblüfft blickte ich mich um. Ich hatte gedacht, dass ich alleine hier war, aber anscheinend hatte ich mich getäuscht. Wobei – so groß war der Wintergarten nun auch wieder nicht. Ich konnte problemlos von einer Ecke zur anderen schauen.

»*Adiós*, komm bald wieder.« Die Worte klangen verzerrt, als spräche jemand durch einen kaputten Telefonhörer. Ich drehte mich um und scannte meine nähere Umgebung. Dicht an den großen Glasfenstern standen Palmen und Kakteen vollkommen ungeordnet durcheinander. In einem großen, rundlichen Kaktus mit gelben Stacheln erkannte ich einen sogenannten Schwiegermutterstuhl – eine Pflanze, die ich zu gerne einmal mit dem Schreibtischstuhl meines ehemaligen Chefs ausgetauscht hätte. Mittig waren die Sträucher und Blumentöpfe angesiedelt – und meine bereits erwähnte Bank. Nur was sich im hintersten Teil des Raumes befand, konnte ich nicht sehen, da die Ecke sich meinen Blicken durch ein farnartiges Riesengewächs entzog. Versteckte sich dort jemand, um sich einen Spaß mit mir zu erlauben? War ich in irgendein seltsames Willkommensritual hineingestolpert, ohne es zu wissen?

»Hallo? Ist da jemand?«

»Hallo? Hallo? Putz das Pferd, Schlampe.«

In mir keimte ein Verdacht auf. Mit raschen Schritten eilte ich zur Wand und schob mit den Händen die Farnwedel beiseite. Auf drei wackeligen Beinen stand ein Marmortisch mit leicht abgeschlagener Oberfläche. In einem Vogelbauer darauf saß ein beeindruckend großer gelb-blau-grüner Ara und beäugte mich neugierig. »Gib Küsschen, *boludo*!«, krächzte er aufmunternd.

Boludo. Mit einer Welle der Wehmut erkannte ich eines der Lieblingsschimpfwörter meines Vaters. Hoden spielten im argentinischen Sprachgebrauch eine entscheidende Rolle. Ich hatte meinen Eltern von der Bushaltestelle aus nur eine kurze SMS geschrieben, dass ich gut angekommen sei. Sie wussten, dass sie die nächsten Tage mit keinem Anruf zu rechnen brauchten. Ich wollte mich erst einmal in Ruhe einleben, das hatte ich vor meiner Abreise sehr deutlich gemacht. Gerade bereute ich die Entscheidung allerdings fast. Es hätte so etwas Vertrautes gehabt, meinen Vater am Telefon fluchen zu hören.

»Na, du bist aber ein Schöner.« Ich streckte einen Finger durch das Käfiggitter dem Köpfchen des Aras entgegen.

»Steck ihn nur tiefer rein, sonst kommt er nicht hin, um dich zu zwicken.« Bei dieser erneuten unerwarteten Anrede erschrak ich dermaßen, dass ich gegen den Tisch stieß und den Käfig des Aras zum Schwanken brachte. Der Papagei schaukelte wild auf seiner Stange herum und überschüttete mich mit Schimpfwörtern. Eine junge Frau war neben mich getreten und rückte nun den Käfig wieder gerade. Wir waren fast gleich groß, aber damit endete die Ähnlichkeit auch schon. Die Fremde hatte langes, dunkles Haar, das ihr in dunkelbraunen Wellen bis fast zur Taille fiel. Die auffallend helle Haut brachte ihren rosa Lippenstift erst so richtig zur Geltung. Bei mir hätte das barbiemäßig kindisch ausgesehen, bei ihr betonte es nur die vollen Lippen und den hellen Teint. Die Augen blickten mich in einem morastigen Grün-Braun an, der mich ahnen ließ, dass sie meistens das bekam, was sie wollte.

Ihr Spanisch klang hart, als sie mich spöttisch anlächelte und sagte: »Wenn du damit fertig bist, hier herumzutrampeln und alles zu verwüsten, dann solltest du vielleicht mal vor die Tür gehen. Morena ruft nach dir.« Sie zog eine Augenbraue hoch. »Zumindest denke ich, dass sie dich meint, obwohl ich bisher nicht wusste, dass Gringos die Angewohnheit haben, ihren Dreck von anderen wegputzen zu lassen.«

Ich wusste, dass Europäer in Südamerika häufig als Gringos bezeichnet wurden, hatte aber nicht erwartet, dass es so beleidigend klingen würde. Wieso war sie so gemein? Wir kannten uns doch noch gar nicht. Ich hätte mich gerne verteidigt, aber mir fiel keine schlagfertige Antwort ein. Zurückbeleidigen war irgendwie nicht mein Stil. Stattdessen kehrte ich der unbekannten Zicke den Rücken, begleitet von den unermüdlichen Kommentaren des Aras. »Die Gringos, wasch die Gringos, iss das Pferd, *boludo*.«

Tante Morena kam mir jedoch schon auf halbem Weg entgegen. Sie drohte dem Vogel mit dem Zeigefinger. »Das sagt man nicht, böser, böser Messi!« Sie wandte sich mir zu. »Die Jungs machen sich einen Spaß daraus, ihm Kraftausdrücke beizubringen. Ich versuche immer, mit gutem Beispiel voranzugehen, aber ich habe das Gefühl, er merkt sich mit Absicht nur die schlimmen Wörter.«

»Böser Messi, Küsschen, Küsschen«, wiederholte der Ara. »Iss das Pferd, *adiós.*«

Ich brachte ein Lächeln zustande. »Ich finde ihn süß.«

»Das freut mich. Wir haben ihn ›Messi‹ getauft, weil er so einen wilden Haarschopf hat wie Lionel Messi. Und? Was sagst du hierzu?« Tante Morena zeigte auf ihren purpur-weiß gebatikten Rock mit hüpfenden Alpakas darauf.

Wenn ich ehrlich war, sah es furchtbar aus, aber das konnte ich wohl kaum zugeben. Stattdessen bemühte ich mich um ein ermutigendes Lächeln.

Tante Morena schien das zu genügen. »Das tut es hoffentlich für den Moment. Mein Kleiderschrank gibt nicht allzu viel Auswahl her, wozu auch, die Rinder werden bestimmt nicht fetter, wenn ich ihnen jeden Tag ein neues Ensemble vorführe. Früher hab ich mich schon manchmal schick gemacht, aber mittlerweile … Clara Luz hat jedenfalls gesagt, dass die Hose morgen wieder trocken sein wird. Du wirst sehen, dass ich dann wieder normal – na ja, herumlaufe – nicht, dass ich einen Rock schlimm fände, o nein, aber unpraktisch …«

»Mir ist schon einmal eine Hose aufgerissen, als ich mich gebückt habe. Das war auch sehr peinlich«, warf ich schnell ein.

»Wenn man die Nähte zum Platzen bringt, lässt sich das meist nur schwer richten.« Die junge Frau neben mir lächelte. »Besser man versucht gar nicht erst, sich in Hosen hineinzuquetschen, für die man nicht die richtige Figur hat.«

Schon wieder so ein Kommentar. Irritiert schaute ich sie an. Was hatte sie bloß für ein Problem mit mir? Und dann dieses engelsgleiche Lächeln dazu. Ich wusste schon mal, vor wem ich mich in Acht nehmen würde.

Tante Morena schien die Spitze überhört zu haben.

»Das ist übrigens Isabela. Sie hilft mir mit den Gästen«, erklärte sie.

»Wir haben uns bereits bekannt gemacht.« Isabela lächelte so lieblich, dass ich Lust verspürte, ihr einen Tritt zu versetzen.

»Küss den Boden, Schlampe«, steuerte der Papagei bei. Wenigstens er war auf meiner Seite.

Wenig erfolgreich unterdrückte ich ein Gähnen. Morena musterte mich prüfend. »Ich glaube, das reicht für heute an neuen Eindrücken. Ich habe Brot und Wurst hergerichtet. Iss noch ein bisschen was, das wirkt Wunder, glaub mir – in meinem Alter weiß man eine gute Mahlzeit zu schätzen. Genau, erst essen und dann kannst du ins Bett gehen.«

»Iss deine Eier«, empfahl Messi.

»Ich bin überhaupt nicht hungrig«, protestierte ich. Tatsächlich konnte ich nur noch an ein schönes, weiches Bett denken, seit Morena es erwähnt hatte.

»Vielleicht möchte sie lieber ein Blatt Salat«, warf Isabela ein.

»Unsinn. Grünzeug. Nach so einer langen Reise. Dein Vater wird mich vierteilen, wenn ich dich ohne anständiges Essen ins Bett lasse.« Tante Morena ging bereits mit energischen Schritten voraus und mir blieb nichts anderes übrig, als ihr zu folgen.

»Bis morgen, liebe Amalia.« Isabela klimperte mit den langen Wimpern. »Wir werden bestimmt beste Freundinnen.«

Da war ich auch ganz sicher.

»*Adiós*«, sagte ich an den Ara gewandt.

»*Adiós*, böser Messi, putz die Schlampe, *boludo*«, antwortete er prompt und brach dann in ein schrilles, krächzendes Gelächter aus, das die lächelnde Isabela neben dem Käfig wie eine Gestalt aus einem Gruselmärchen wirken ließ. Reizend die Bewohner hier, wirklich ganz reizend.

5 – Hoppe, hoppe, Reiter, wenn er fällt, dann schreit er (nicht)

Handbuch für die gute Ehefrau
Räumen Sie auf. Machen Sie einen letzten Rundgang durch das Haus, kurz bevor Ihr Mann kommt.

Am nächsten Morgen wachte ich sehr früh auf, da mein Körper sich noch nicht an die Zeitumstellung gewöhnt hatte. Kein Wunder, denn Deutschland war Argentinien um fünf Stunden voraus. Außerdem war ich früh ins Bett gegangen. Eine Weile wälzte ich mich in meinem gigantischen Bett herum und errichtete einen Wall aus Kissen, Laken und Wolldecke um mich her. Irgendwann wurde mir das aber zu langweilig und ich beschloss, mich etwas genauer auf dem Gelände umzusehen. Schließlich sollte das mein neues Zuhause sein. Auf unbestimmte Zeit.

Tante Morena hatte mir eines der ehemaligen Stallgebäude überlassen, das bereits für Touristen hergerichtet war. Hier hatte ich mich sofort wohlgefühlt. Mein Häuschen besaß alles, was sich eine romantische Seele wünschen konnte: ein kleines

Zimmerchen mit gemauerter Feuerstelle und einem dekorativen Holzkorb, daneben ein riesiges, komplett weiß bezogenes Bett mit Kopfteil aus rustikalem, dunklem Holz. Die Eingangstür leuchtete blau gestrichen. Direkt neben der Tür gab es die Miniausgabe einer Küche mit Wasserkocher, Mikrowelle und einem kleinen Kühlschrank, in dem ich bereits etwas Weißbrot, Joghurt und eine geräucherte Wurst entdeckt hatte.

Meine Pullis und die Unterwäsche hatte ich in den Eckschrank sortiert, nur die schlammige Jeans hing noch über einem der beiden Korbsessel. Auf einem niedrigen Tisch hatten vorerst meine Bücher und die umfangreiche Reiseapotheke, die meine Mutter mir aufgenötigt hatte, Platz gefunden. Daneben lag mein Laptop samt Ladekabel, denn ich hatte vor, auch von hier aus mit meinen Übersetzungen weiterzumachen, um nach und nach mehr Aufträge an Land zu ziehen. Ein Minikronleuchter verbreitete warmes Licht und warf einen dezenten Schimmer auf die alten Holzbalken an der Decke.

Der Durchgang zum Bad war sehr schmal, doch die schöne Einrichtung machte alles wett. Die Wände waren bis zur Hälfte meergrün gekachelt. Ein viereckiges weißes und sehr sauberes Waschbecken thronte mit vergoldeten Armaturen auf einem Holztisch. Daneben stand die Dusche, deren Glaswand zum Raum hin genug Licht einfallen ließ. Meine sorgfältig ausgewählten Beautyprodukte hatte ich vor der Dusche auf dem Boden aufgereiht. Da ich nicht zu viel hatte mitnehmen wollen, bestand das Sortiment lediglich aus Duschgel, meinem Lieblings-Öko-Shampoobar und Haarkur. Dazu Sonnencreme, Bodylotion und sehr wenig Schminkzeug, weil ich davon ausgegangen war, dass hier in der Pampa alle wie von Gott erschaffen herumliefen – zumindest, was das Gesicht betraf. Nachdem ich Isabela gesehen hatte, kam mir meine Annahme allerdings ziemlich naiv vor. Doch diesen Gedanken schob ich erst einmal beiseite. Vielleicht hatte ich wegen meiner Müdigkeit Isabela gestern als viel unfreundlicher wahrgenommen, als sie eigentlich war.

Ich schlüpfte in kurze Hosen, band meine Turnschuhe und zog den blau-weiß gestreiften Kapuzenpulli über, den ich mir in Deutschland extra noch gekauft hatte. Blau-weiß wie die argentinische Nationalflagge. Man sollte gleich erkennen, dass ich eine Patriotin war.

Die Tür sperrte ich gar nicht erst ab und genoss dabei das Gefühl der Freiheit. Wer sollte hier schon etwas klauen?

Gemächlich schlenderte ich an der alten Schmiede vorbei, wo rostige Hufeisen an die Wand genagelt hingen, und folgte einem schmalen Trampelpfad über eine Wiese hinweg. Er lief direkt auf ein kleines Häuschen zu, vor dem bunte Kinderkleidung an der Wäscheleine baumelte. Hier musste Gabriel mit seiner Familie wohnen. Mit dem Vordach, das von knorrigen Ästen gestützt wurde, und dem rankenden Efeu sah es meiner eigenen Behausung sehr ähnlich.

Dahinter erstreckte sich eine weitere Wiese mit schönen alten Obstbäumen darauf. Die Stämme waren so verwittert und verdreht, dass man ihnen anmerkte, dass sie dem argentinischen Wind und Wetter schon lange trotzten. In einiger Entfernung stand eine große Scheune, vielleicht ein Lagerraum für die Äpfel oder für Heu und Stroh. Eine von Pappeln gesäumte Allee führte davon weg und in einem großen Bogen Richtung Haupteingang des Geländes. Auf diesem Weg waren wir gestern bei meiner Ankunft doch gefahren, oder nicht? Normalerweise hatte ich einen guten Orientierungssinn, aber mein innerer Kompass schien sich erst an die südliche Hälfte der Erdkugel gewöhnen zu müssen. Wahnsinn, dass ich so weit weg von zu Hause war! Aber auch hier wuchs Gras, bloß etwas grüner und saftiger, als ich das von deutschen Wiesen gewohnt war. Unter einem Apfelbaum entdeckte ich eine etwas windschiefe

Bank und setzte mich darauf, um die ersten Sonnenstrahlen einzufangen.

Plötzlich erklangen trommelnde Hufschläge. Ein großes schwarzes Pferd mit flatterndem Zaumzeug galoppierte um die Ecke der Scheune, verfolgt von einem etwas kleineren gescheckten Pferdchen, auf dem ein Gaucho kauerte. Er ritt ohne Sattel und ich fragte mich, wie er sich bei diesem Tempo auf dem Pferd halten konnte. Zuerst dachte ich, es wäre Gabriel, aber dann fiel mir auf, dass er keine Brille trug und seine Gaucho-Kleidung bis auf das rote Halstuch komplett schwarz war.

Das fliehende Pferd preschte zwischen den Obstbäumen hindurch, der Reiter folgte im Slalom, während er sein Reittier mit lauten »*Heya*«-Rufen anfeuerte. Offensichtlich versuchte er, dem Rappen den Weg abzuschneiden. War er wahnsinnig? Der Hengst würde doch direkt in ihn hineinrasen, wenn er sich ihm mit seinem Pferdchen in den Weg stellte. Der Gaucho streckte seine Hand nach dem Zaumzeug aus, griff aber ins Leere, da sein Schecke einem weiteren Baum ausweichen musste. Sie fielen etwas zurück. Der Reiter konzentrierte sich nun wieder auf sein eigenes Pferd und trieb es in einem weiten Bogen auf das schwarze zu. Der Rappe schlug aus, sodass seine Hufe der Brust des Schecken bedenklich nahe kamen. Das kleinere Pferd scheute und wich aus. Darauf war sein Reiter anscheinend nicht gefasst gewesen. Ohne Sattel und Steigbügel hatte der Gaucho keine Chance, sich auf dem Pferd zu halten, und rutschte seitlich vom Rücken des Pferdes. Er landete schwungvoll auf dem Boden, wo er sich einmal überschlug und dann reglos liegen blieb. Die beiden Pferde hatten gewendet und donnerten nun knapp an seinem Kopf vorbei auf die Pappelallee zu.

Mit pochendem Herzen sprang ich auf. Mein Gott, was für ein fürchterlicher Unfall! Der Gaucho war sicherlich schwer verletzt. Ich rannte auf ihn zu und verfluchte gleichzeitig, dass mein Erste-Hilfe-Kurs schon so lange her war. Womöglich hatte er sich den Schädel gebrochen oder das Rückgrat oder sonst etwas Schreckliches. Beinahe wäre er auch noch unter die Pferdehufe geraten. Mir drehte sich der Magen um, als ich daran dachte. Das Gras war noch leicht nass vom Morgentau und ich rutschte mit meinen Turnschuhen mehr, als dass ich rannte. Da sah ich, wie der Gaucho sich allmählich aufrichtete und dabei seine linke Schulter rieb. Ich wurde langsamer. Gott sei Dank. Er war bei Bewusstsein und konnte sich offensichtlich auch bewegen. Was für ein Glück!

Nun sah ich auch, dass er nicht die geringste Ähnlichkeit mit Gabriel hatte. Seine Haare waren hellbraun und deutlich länger. Offen reichten sie wahrscheinlich bis zum Kinn. Er hatte sie im Nacken zu einem nachlässigen Pferdeschwanz zusammengebunden. Das Gesicht wies kantigere Züge auf, mit geraden Brauen und ausgeprägten Wangenknochen. In München hatte ich den Männern mit Man Bun nicht viel abgewinnen können, aber bei diesem Gaucho sah es überraschend gut aus. Irgendwie lässig, nicht so gestylt wie bei den Großstadtcowboys.

Überhaupt machte er eine gute Figur in den schwarzen Jeans und dem schwarzen Hemd. Als ich gedanklich an diesem Punkt angekommen war, rief ich mich hastig zur Ordnung. Der arme Mann hatte gerade einen stuntverdächtigen Sturz überstanden und das Erste, was mir auffiel, war seine Attraktivität. Jetzt war erst mal schnelles Handeln erforderlich. Vielleicht war es das Sicherste, ihn zu stützen, bis wir im Haupthaus waren und einen Arzt anrufen konnten, um ihn gründlich durchzuchecken. Eine Gehirnerschütterung war bei einem solchen Sturz durchaus wahrscheinlich. Warum hatte er auch keinen Helm getragen, sondern nur diese alberne Mütze, die jetzt einen guten Meter von ihm entfernt im Gras lag?

Er drehte den Kopf versuchsweise hin und her und drückte ihn schließlich mit der Hand zur linken Schulter hin, sodass der Hals gestreckt wurde. Ich konnte das Knacken bis zu mir hören.

»*Buen día*, kann ich helfen?«, rief ich atemlos. »Ich habe gesehen, wie Sie vom Pferd gefallen sind und …«

Blitzschnell wandte er sich um. Sein Blick traf mich und seine Miene verfinsterte sich augenblicklich. Inzwischen war ich stehen geblieben, noch einige Meter von ihm entfernt. Ich hob zögernd die Hand und öffnete den Mund, um ein weiteres leises »Hallo« anzubringen. Er starrte zu mir herüber, eine tiefe Zornesfalte prägte sich in seine Stirn. Dann stieß er einen Fluch aus und sprang auf, wobei er leicht schwankte.

»Geht es Ihnen gut?« Ich war zwischen Besorgnis und Unbehagen hin und her gerissen.

Ohne eine Antwort wandte er sich brüsk ab und stürmte davon, den beiden Pferden hinterher, die am Ende der Allee in langsamen Trab verfallen waren und sich gegenseitig mit ihren Nüstern anstupsten.

Sprachlos blickte ich ihm nach. So ein ungehobelter, unhöflicher Kerl! Was hatte ich denn bitte falsch gemacht, dass er so reagiert hatte? Unglaublich! Kein Wunder, dass meine Mutter immer behauptet hatte, die Argentinier auf dem Land seien unzivilisierte Wilde. Soeben hatte ich einen kleinen Vorgeschmack erhalten, wie man hilfsbereite Menschen hier behandelte.

Ich drehte mich ebenfalls weg und widerstand der Versuchung herauszufinden, ob es ihm gelang, die beiden Pferde einzufangen. Stattdessen stapfte ich zum Frühstücksbungalow hinüber. Sollte dieser Kerl doch machen, was er wollte. Ich würde mich erst mal mit ein paar Medialunas, den hiesigen fluffigen Gebäckteilchen, und einem heißen Tee stärken. Vielleicht gab es ja sogar Eier, wie der Ara Messi es prophezeit hatte. Und dann würde ich mich mal in Ruhe mit meiner Tante unterhalten, das hieß, wenn sie Zeit hatte. Mein Start hier verlief doch holpriger, als ich mir das erhofft hatte.

Ich saß nach wie vor wütend mampfend über meinem Frühstücksteller, als Tante Morena den Frühstücksbungalow betrat. Wieder trug sie ein weißes Leinenhemd. Die dunklen, von vielen Silberfäden durchzogenen Haare steckten in einem Dutt. »Gut geschlafen, meine Liebe?«

»Geschlafen ja, aber der Morgen war dann nicht so besonders unterhaltsam.« Ich war zu beleidigt, um höflich zu sein.

»Was war denn los?« Sie goss sich eine Tasse Tee ein und setzte sich zu mir an den Tisch.

Ich schilderte ihr den Vorfall in kurzen Worten.

»Nicolás ist vom Pferd gefallen, nein, wirklich?« Ich sah Tante Morena an, dass sie sich ein Lachen nur schwer verkneifen konnte.

»Ja, geschieht ihm recht, wenn er ohne Sattel reitet! Und er hat sich danach unmöglich benommen! Ich bin natürlich sofort hingerannt, um ihm zu helfen, und er hat bloß geflucht und ist abgehauen, als sei ich der Teufel persönlich.«

Tante Morenas Lächeln vertiefte sich. »Für einen Gaucho ist es extrem peinlich, vom Pferd zu fallen. Wenn ihn dann aber auch noch eine deutsche *turista* – obwohl ich allen gesagt habe, dass du zur Familie gehörst –, wenn so jemand wie du ihn beobachtet und ihm Hilfe anbietet, dann ist das sozusagen der Gipfel der Schande. Kein Wunder, dass er sich dermaßen schnell verzogen hat.«

»Ich wollte ihm doch nur helfen!«, erwiderte ich empört.

»Darum geht es nicht. Er hätte sich wahrscheinlich auch dann nicht von dir helfen lassen, wenn er bei dem Sturz beide Beine gebrochen hätte.«

»Das ist doch bescheuert!«

Tante Morena zuckte die Achseln. »Für einen Gaucho bedeutet seine Ehre alles. Dass er in seinem Stolz verletzt wird, ist das Schlimmste, was ihm passieren kann. Du solltest auf keinen Fall den Fehler machen, und die Geschichte …

nun ja … rumerzählen. Das wäre der Todesstoß für sein Selbstbewusstsein.«

»Natürlich nicht.« Nun war ich doppelt beleidigt. Für wen hielten diese Argentinier mich eigentlich?

»Aber gut, dass du mir davon berichtet hast.« Nun grinste Tante Morena wirklich. »Wenn Nicolás mal aufsässig werden sollte, weiß ich seit heute zumindest, womit ich ihn aufziehen kann. Haha, vom Pferd gefallen, zu komisch, urkomisch.«

Ich aß den letzten Happen meines Medialuna und stand auf, um mein Geschirr zur Spüle hinüberzutragen.

»Ich habe gedacht, dass ich dir gleich den Betrieb erkläre«, schlug Tante Morena vor.

»Gut.« Hauptsache Beschäftigung. Irgendwann zwischen der Aufregung über den Reitunfall und dem Frühstück hatte mein undankbares Gehirn Zeit gefunden, wieder an Ben zu denken. Wahrscheinlich war der unhöfliche Gaucho daran schuld. Noch ein Mann, mit dem ich nicht zurechtkam. Unglaublich, dass ich Tausende von Kilometern zurückgelegt hatte und Ben trotzdem noch in meinem Kopf herumspukte.

Ablenkung. Ich räusperte mich. »Papá meinte, dass du einen Teil der Ländereien verpachtet hast und auf den übrigen Weiden Rinder hältst?«

Morena tunkte ein Medialuna in ihren Kaffee. »Du weißt vielleicht, dass argentinische Steaks den Ruf haben, die besten der Welt zu sein. Das liegt daran, dass hier in der Pampa früher riesige Rinderherden frei herumzogen und weideten, wo es ihnen gefiel. Das Gras in der Pampa ist saftiger und leckerer als sonst wo. In den letzten dreißig Jahren ist aber viel passiert, viel Negatives. Weltweit ist die Nachfrage nach Sojabohnen enorm gestiegen und Argentinien gehört leider zu den weltweit größten Sojaproduzenten. Millionen Hektar werden mittlerweile für den Sojaanbau genutzt, und das sind Flächen, die früher den Rindern gehört haben. Um wettbewerbsfähig zu bleiben, haben viele Farmer umgestellt und mästen ihre Tiere jetzt innerhalb von wenigen Monaten mit Soja, Getreide und Wachstumshormonen, statt sie mehrere Jahre natürlich auf der Pampa grasen und aufwachsen zu lassen.«

Sie griff nach einer Gabel und spießte die einzelnen Gebäckstückchen, die sie rund um ihren Teller verstreut hatte, brutal auf. Wahrscheinlich hätte sie das am liebsten mit den gewinnorientierten Viehzüchtern gemacht.

»Hier in der Gegend um San Antonio herum weigern sich viele Estancieros, dabei mitzumachen. Wir wollen, dass es unseren Tieren gut geht. Dass sie ein schönes Leben haben, bevor wir sie essen! Aber dementsprechend produzieren wir natürlich viel weniger Fleisch als die Bauern mit künstlichen Mastbetrieben. Der Gewinn wird immer weniger und reicht nicht mehr zum Leben.«

Ich konnte Tante Morena ansehen, dass ihr das Thema naheging. Aber wie üblich suchte sie gleich wieder nach positiven Aspekten. »Eine Zeit lang haben wir es zusätzlich mit Schafen versucht – aber dieses Blöken ist wirklich nervtötend. Seit Neuestem haben wir Alpakas. Gabriel hat sie im Frühling zum ersten Mal geschoren. Alpakawolle ist wunderbar warm und angenehm auf der Haut. Außerdem sind sie sehr genügsam. In Peru, wo fast achtzig Prozent aller Alpakas leben, ist das Land auch eher karg. Außer Gras und Heu und regelmäßigen Wurmkuren brauchen sie nicht viel. Man muss nur ab und zu die Zehennägel schneiden. Und ganz nebenbei verwenden die Zwillinge das Alpakakacka als Dünger für unseren Gemüsegarten. Die Alpakas gehen für ihr Geschäftchen immer an dieselben Plätze, das macht es leicht, den Kot einzusammeln. Spannend, oder?« Tante Morena strahlte mich an.

Ich nickte und versuchte, begeistert auszusehen. Gut, dass ich so viel gefrühstückt hatte. Auf das Mittagessen mit selbst gezogenem und selbst gedüngtem Gemüse freute ich mich nun ja richtig.

»Aber wir brauchen dringend ein drittes Standbein. Ich habe meine Hoffnungen auf zahlungskräftige Gäste gesetzt, die hier auf dem Land mal durchatmen wollen, die Natur genießen, in Ruhe Mate trinken, ausreiten …«

»Das klingt doch toll!«

»Finde ich auch, aber um ehrlich zu sein, läuft es bisher nicht so gut wie erhofft. Es sind viel zu wenige Gäste. Vielleicht liegt San Martín einfach zu abgelegen.«

»Das braucht bestimmt bloß etwas Zeit.«

»Mir ist schon klar, dass die Gäste nicht einfach von selbst vor der Tür stehen werden. Man muss auch was dafür tun.«

»Hast du Ideen? Wie kann ich helfen?«

»Also, erst mal wollen wir eine Internetseite gestalten. Dazu brauchen wir schöne Fotos und ansprechende Texte. Außerdem müssen wir uns bei diesen Buchungsportalen anmelden, damit potenzielle Gäste uns überhaupt finden. Dann geht es darum, die Gäste, die kommen, zu empfangen, ihnen die Estancia zu zeigen, nach ihren Wünschen zu fragen und so weiter.« Tante Morena sah mich erwartungsvoll an.

»Toll! Ich fotografiere gerne und das Texten macht mir auch Spaß.« Vielleicht war die Schulung meiner Fotografierkünste durch Ben ja doch noch zu was gut. Wie er das jetzt wohl machte, wenn er niemanden mehr hatte, der ihn auf seinen Befehl hin knipste? Seine Follower würden sich wundern, dass nur noch Foodporn-Schnappschüsse in seinem Feed landeten statt meiner ästhetischen Fotos. Ha, selbst schuld!

Tante Morena atmete erleichtert aus. »Darauf hatte ich gehofft. Mir liegt eigentlich nichts davon. Lass uns hinübergehen. Dann kann ich dir auch gleich die übrigen Angestellten oder sagen wir besser … hm … die anderen Leute vorstellen.«

Seite an Seite schlenderten wir zum Haupthaus hinüber. Wieder fiel mir auf, dass Tante Morena leicht hinkte.

»Tut dein Fuß weh?«, fragte ich.

»Immer mal wieder. Das geht aber schon lange so. Leider, leider. Tja, ich bin in meiner Jugend mal von einem wütenden Stier umgerannt worden und der Bruch ist nicht gut verheilt.«

»Oh.« Mehr fiel mir dazu nicht ein. Ein wütender Stier? War das nicht entsetzlich gefährlich? Bisher hatte ich die berühmten argentinischen Rinderherden noch nicht zu Gesicht bekommen. Aber wenn dabei solche Unfälle passierten, war es mir sowieso lieber, weiten Abstand von ihnen zu halten.

Tante Morena zwinkerte mir zu. »Du solltest erst den Stier sehen! Ich warte bisher noch vergebens darauf, dass der Fuß mir als Wettervorhersage dient. Angeblich können die alten Weiber eine Wetteränderung doch immer in ihren morschen Knochen spüren.« Nun grinste sie. »Mal sehen, wann es bei mir so weit ist.«

»Du siehst eigentlich noch nicht besonders morsch aus.«

»Vielen Dank. Also hat es sich bereits gelohnt, dich hergeholt zu haben«, bemerkte Tante Morena trocken. »Ja, in der Tat. So bekomme ich wenigstens ab und zu ein nettes Kompliment.«

Diesmal führte sie mich nicht in den Wintergarten, sondern in das gegenüberliegende Zimmer, auf dessen Tür »Recepción« stand. Außer einem Schreibtisch mit einem Computer darauf und zwei Stühlen gab es nicht viel Einrichtung. Isabela saß hinter dem Schreibtisch. Heute trug sie ein schwarzes Spitzentop und dazu silberne Kreolen. Sofort kam ich mir in meinem blauweißen Argentinien-Pulli blöd vor.

»Guten Morgen«, zwitscherte sie. »Gut geschlafen? Bestimmt ist es toll, alleine in so einem großen Bett zu liegen, das eigentlich für zwei bestimmt ist. Als Single hat man doch viele Vorteile.«

Nein, ihr bösartiges Wesen hatte ich mir gestern definitiv nicht zusammenfantasiert. Wie zielsicher sie ins Schwarze traf. Gerne hätte ich auf dem härtesten Stückchen Boden geschlafen, wenn nur Ben neben mir gelegen hätte.

»Isabela wird dir jetzt das ganze Computerzeug zeigen, vor allem, wie man Mails beantwortet, Buchungen verwaltet und die Abrechnung erledigt. Dann kannst du das übernehmen, wenn sie nicht da ist. Angeblich ist es nicht schwierig – das behaupten zumindest alle ständig, aber ich glaube nicht, dass es so einfach ist, für mich zumindest nicht. Ich misstraue allem, was mit Batterie funktioniert.« Tante Morena ließ ihre Fingerknöchel knacken. »Da ist mir gute, ehrliche Handarbeit lieber.«

Ich verlor erst mal kein Wort über den Unterschied zwischen Batterien und Akkus. Tante Morena streckte den Kopf zur Tür hinaus und rief: »Rosa Linda! Clara Luz!«

Schöne Rose, übersetzte ich in Gedanken, und helles Licht. Zwei sehr anmutige, aber ungewöhnliche Namen.

Nach einem kurzen Moment des Wartens wurde Fußgetrappel laut. »Ich wusste doch, dass sie hier irgendwo sein müssen«, sagte Tante Morena zufrieden. Die Tür wurde aufgestoßen und zwei identisch aussehende Mädchen erschienen im Zimmer.

»Amy, das sind Rosa Linda und Clara Luz, unsere beiden … tja … Hausmädchen. Sie richten jeden Tag das Essen her, außer montags, da haben sie frei. Sie putzen auch die Zimmer. Außerdem sind sie nur im Doppelpack verfügbar, Zwillinge, verstehst du? Da ist das angeboren.«

»*Buenos días.*« Die eine versuchte einen Knicks, der aber recht schief geriet, woraufhin beide zu lachen begannen.

Die Zwillinge waren klein, drall und kicherten genauso albern, wie Gauchito es erwähnt hatte. Ich schätzte sie auf achtzehn oder neunzehn. Beide trugen das Haar in Zöpfen, geblümte Kleider und saubere weiße Schürzen. Als ich ihre Gesichter studierte, fiel mir auf, dass sie viel dunklere Haut hatten als Morena oder Isabela und eher wie Indios aussahen.

Rosa Linda lächelte mich an. »Wenn Sie Hunger haben oder etwas brauchen, können Sie einfach in die Küche kommen, da sind wir …«

»… eigentlich immer anzutreffen, Señorita Amy«, ergänzte Clara Luz.

Ich bedankte mich und erklärte, dass ich mich bereits auf das Mittagessen freute. Als sie gegangen waren und ihr Kichern verklang, wandte ich mich an Tante Morena. »Sie sehen so anders aus als ihr.«

»Das liegt daran, dass die beiden aus Bolivien stammen. Viele Leute von dort kommen nach Argentinien rüber, weil sie bei uns bessere Chancen zum Leben sehen. In Bolivien sind die Menschen ärmer und es gibt weniger Sozialfürsorge – kann man ihnen dann nicht verdenken, oder? Ich würde an ihrer Stelle auch gehen beziehungsweise kommen. Wir Argentinier stammen hauptsächlich von Europäern ab und haben daher andere Gesichtszüge als diejenigen Einwohner mit echt südamerikanischen Wurzeln.«

Tante Morena räusperte sich. »Wenn du magst, kannst du dann auch mal die Gäste begrüßen. Es sind nur fünf – momentan. Also, ich hoffe natürlich, dass es bald mehr werden, es müssen wirklich mehr werden, denn sonst … na ja, wir können auf jeden Fall Weiterempfehlungen brauchen. Ich dachte, du könntest vielleicht – weißt du, es sind zwei Franzosen dabei – ich verstehe nie, was die sagen …«

»Wenn du mir erklärst, wo ich sie finde, kann ich gerne mal bei ihnen vorbeischauen.«

»Genau.« Tante Morena lächelte erleichtert. »Frag sie einfach, ob es ihnen hier gefällt und ob sie noch irgendwas brauchen. Und wie lange sie bleiben wollen. Das wäre schon mal ganz hilfreich. Dieser Akzent ist wirklich furchtbar. Neulich hat die Frau irgendwas zu mir gesagt und ich dachte, dass sie einen Nachttopf haben möchte. Aber als ich ihr dann einen brachte, den schönsten, den wir hier besitzen – sogar noch von meiner Großmutter, die mit der schwachen Blase … deswegen war der Topf auch aus Porzellan und sehr hochwertig – da hat diese Madame den Nachttopf auf den Tisch gestellt und Blumen hineingetan! Wirklich, diese Franzosen haben seltsame Angewohnheiten.« Sie legte eine kurze Sprechpause ein und runzelte die Stirn. »Wo war ich? Ach ja, Isabela wird dir eine Liste geben, wer wo untergebracht ist.«

Kommentarlos schaltete Isabela den Drucker ein. Tante Morena setzte sich auf die Kante des Schreibtisches.

»Hast du dir schon überlegt, was du ansonsten so tun möchtest? Also, du musst natürlich nicht mehr tun – ich dachte nur … hoffentlich wird dir hier nicht langweilig. Du bist ja was ganz anderes gewohnt. Städte und so was.«

»Ich habe Bücher dabei! Und ich gehe gerne spazieren.« Ich merkte selbst, wie lahm das klang.

»Du könntest bei den hübschen Schlammpfützen vorbeischauen und darin herumhüpfen, dort fühlst du dich bestimmt wie zu Hause.« Isabela hielt ihre Finger still und zeigte mir ein Lächeln, das mich auf fatale Weise an den Joker aus Batman erinnerte.

»Tja, ich hätte da noch eine andere Idee.« Tante Morena lächelte auch. Bei ihr sah es jedoch bedeutend herzlicher aus. »Sag, Amy, hast du schon mal auf einem Pferd gesessen? Du könntest die Zeit nutzen und reiten lernen. Alle Gäste bei uns können Reitstunden dazubuchen. Vielleicht wird das Angebot mehr genutzt, wenn du ihnen davon erzählen kannst.«

Reiten? Ich? Heiße Angst durchzuckte mich bei der Vorstellung, zwei Meter über dem Boden auf einem schwankenden Pferderücken die Balance halten zu müssen. Dann folgte Trotz. Warum eigentlich nicht? Für die Argentinier war das Reiten so normal wie zu laufen oder zu atmen. Wenn ich vorhatte, hier länger zu bleiben, musste ich es wohl oder übel lernen. Warum nicht gleich damit anfangen, jetzt, wo ich noch voller Elan war? Außerdem würde es mich von den quälenden Gedanken an Ben ablenken. Genau, Herausforderung und Ablenkung, das war es, was ich brauchte.

»Klar, sehr gerne«, hörte ich mich zwitschern.

»Wunderbar, dann sage ich Gabriel Bescheid. Normalerweise übernimmt er die Anfänger. Geh morgen nach dem Frühstück einfach zum Stall rüber.«

Isabela blickte auf. »Hoffentlich hat Gabriel ein Trampolin dabei, damit sie aufs Pferd kommt. Und eine dicke Turnmatte, wenn sie runterfällt. Es passieren ja leider so schrecklich viele Unfälle, und gerade als Anfänger …«

»Keine Sorge. Amy hat das im Blut.« Tante Morena klopfte auf meine Schulter, was sich ein wenig so anfühlte, als wollte sie dort Schuppen entfernen. »Ihr werdet sehen, spätestens übermorgen will sie gar nicht mehr runter vom Pferd.«

Ich hatte den Verdacht, dass Isabelas Theorie die richtigere war, versuchte aber, den Gedanken schnell wieder beiseitezuschieben. Gabriel hatte ja recht nett gewirkt. Wenn ich ihm erklärte, dass ich prinzipiell eher nicht so sportlich war, würde er es sicher langsamer angehen lassen. Hoffentlich gehörte Geduld ebenfalls zu den Tugenden eines Gauchos, denn die würde er mit mir sicher brauchen. Geduld und einen Kran.

***

Nachdem Isabela mir eine erste Computereinweisung gegeben hatte – wobei sie besonderen Wert darauf gelegt hatte, alles möglichst unverständlich auszudrücken –, machte ich mich auf die Suche nach den Gästen. Ein frischvermähltes Ehepaar aus

Uruguay hielt sich offensichtlich in seinem Bungalow auf. Aus dem Raum drangen jedoch so unmissverständliche Geräusche, dass ich es unterließ zu klopfen. Lieber ging ich weiter zu den Franzosen, Monsieur und Madame Dubois.

Monsieur Dubois saß auf einem Hocker mitten in einer blühenden Wiese, vor sich eine Staffelei mit Leinwand, neben sich einen offen daliegenden Rollkoffer voller Malutensilien. Es war mittlerweile so warm, dass ich meinen Pulli auszog und um die Hüfte band. Als ich bei ihm angekommen war, umschwärmten mich Schmetterlinge und Bienen, gelbe Blütenpollen hatten sich auf meinen nackten Schienbeinen abgesetzt und schienen nun die halbe Wiesenbevölkerung anzulocken. Ich schüttelte den Staub ab und wollte den Maler gerade mit sorgfältig zurechtgelegten französischen Sätzen begrüßen, als er rief: »Einen Moment, Verzeihung, Mademoiselle, ich bin untröstlich, aber dieses Licht! Dieses Licht! Ich muss es einfangen, einen letzten Pinselstrich noch!«

Ich schloss meinen Mund wieder und nutzte die Zeit, um mein Gegenüber genau unter die Lupe zu nehmen. Er war klein und ziemlich schmächtig, weshalb sein zu großer hellgrauer Kittel ihm etwas Kindliches verlieh. Sein Kinn zierte ein weißer Spitzbart, seinen Hals eine Fliege aus feinem grün changierendem Stoff. Die Nase ragte unvermutet spitz und gebogen aus dem Gesicht heraus und warf einen Schatten bis zu seinem Kinn hinunter. Mit eifrigen Pinselstrichen fing er die Strahlen der Sonne zwischen zwei Wolkengebirgen ein. Ich verfolgte sein rasches Kolorieren, das mit dem Weiterziehen der Wolken um die Wette geschah. Der Wind trieb die Wolken nun rascher dahin, die Sonne verschwand zur Gänze hinter ihnen und ließ wohltuenden Schatten zurück.

Monsieur Dubois legte sein Malwerkzeug beiseite und machte einen komischen kleinen Knicks vor mir.

»Pardon, Mademoiselle, verzeihen Sie diese grobe Unhöflichkeit. Doch ein Maler gehört nie sich selbst, sondern ganz dem Augenblick, der oft so ungesehen vorüberhuscht.«

»Kein Problem«, wehrte ich ab. »Ich wollte Sie auch gar nicht beim Malen stören, sondern mich nur kurz vorstellen. Ich bin Amy, die Nichte von Señora Orgullo.«

»Ah, *évidemment*, dieser freche Funke in den Augen, das habe ich bei Ihrer ehrenwerten Tante auch sofort bemerkt, die Familienähnlichkeit ist da, durchaus, oh, là, là. Was für eine Freude, nein, was für ein Genuss, Sie kennenlernen zu dürfen!« Begeistert schüttelte Monsieur Dubois mir die Hand. »Und Sie beherrschen unsere Sprache, so eine Erleichterung in diesem wunderschönen, doch unzivilisierten Land, wo die Leute nur R- und Sch-Laute zu sprechen scheinen.«

»Mein Französisch ist auch nicht perfekt«, murmelte ich.

»Ah, davon kann keine Rede sein, verehrte Mademoiselle Amy, auch ein Wort, nur ein einziges Wort in seiner geliebten Muttersprache vermag einen wahren Franzosen sofort bis ins Herz zu rühren und seine Seele einzunehmen.«

Ich hätte diesem seltsamen kleinen Mann noch stundenlang zuhören können, wie er Satzkonstruktionen von überraschender Vielfalt entwarf und seine Worte ungebremst über mich hinwegrollen ließ. Kein Wunder, dass Tante Morena sich dem nicht gewachsen fühlte. Allerdings hatte ich ja einen Auftrag auszuführen.

»Meine Tante lässt fragen, wie lange Sie zu bleiben gedenken und ob es Ihnen an etwas mangelt.« Gedenken? Mangelt? Anscheinend war seine altertümliche Ausdrucksweise ansteckend.

»Haben Sie herzlichsten Dank für Ihre überaus liebenswürdige Nachfrage. Madame Dubois und ich haben an diesem Ort ein Fleckchen des Paradieses vorgefunden. Wir benötigen nun nichts als die Muße, unserer Kunst nachzugehen. Meine

Frau streift gerade in der Pampa umher und macht Jagd auf Sätze, Wörter und Reime, die diesem Land auch nur annähernd gerecht werden können. Wenn es beliebt, würden wir noch drei oder vier Wochen hier verweilen.«

»Sehr schön, da wird sich meine Tante sicher freuen.«

»Die Physiognomie Ihrer Frau Tante und der anderen Individuen, die diesen Ort beseelen, sind faszinierende Studienobjekte. Erlauben Sie mir die bescheidene Frage, ob einer der Bewohner vielleicht bereit wäre, mir Modell zu sitzen?«

Isabela bestimmt. Dann konnte sie ein Bild von sich selbst an die Wand hängen. Dennoch antwortete ich wahrheitsgemäß: »Tut mir leid, das weiß ich nicht. Aber ich kann gerne für Sie fragen.«

»Wie zuvorkommend von Ihnen. Besonders interessiert bin ich an einem jungen Recken, der meist hoch zu Ross durch die Prärie streift und ein ungewöhnlich charakterstarkes Profil aufweist. Er ist zudem mit einem prächtigen Haarwuchs gesegnet.«

Meinte er etwa Nicolás, diesen ungehobelten Miesepeter? Den würde ich garantiert nicht fragen.

Der Ärger musste mir wohl ins Gesicht geschrieben gewesen sein, denn Monsieur Dubois zwirbelte amüsiert seinen Spitzbart. »Oh, là, là, bin ich da etwa auf ein kleines Geheimnis gestoßen?«

Ich schüttelte vehement den Kopf.

»Schade, schade, der Junge könnte Ablenkung vertragen, wenn Sie mich fragen. Irgendwas stimmt nicht mit ihm.«

Mit Nicolás stimmte meiner Meinung nach sogar so einiges nicht. Trotzdem war ich neugierig, was Monsieur Dubois auf diese Idee gebracht hatte. »Wie meinen Sie das?«

»Erklären kann ich es nicht, aber vielleicht zeigen.« Der Franzose bückte sich nach einer großformatigen Mappe, die im Gras zwischen Farbtuben, Pinseln, einer Wasserflasche und einem farbbefleckten Tuch lag.

Neugierig blickte ich ihm über die Schulter, als er sie öffnete und rasch durch die Zeichnungen blätterte. Es waren Karikaturen, die Witz, aber auch einen leicht boshaften Zug verrieten. Tante Morena als Piratin mit Holzbein und Papagei Messi auf der Schulter. Isabela, die verliebt in einen Spiegel blickte und lebendige Schlangenhaare hatte wie die Medusa in der griechischen Mythologie. Gabriel mit riesigen Brillengläsern, der auf einem Pony saß, wobei seine langen Beine auf dem Boden schleiften.

Monsieur Dubois hob den Finger an die Lippen. »Pssst! Nicht verraten! Die habe ich heimlich angefertigt.«

Dann zog er ein weiteres Blatt hervor und hielt es mir entgegen.

Das Bild von Nicolás hob sich von den anderen ab. Es war weniger comichaft gezeichnet, arbeitete mehr mit Struktur und Schattierungen. Der Franzose hatte ihn als Marmorstatue auf einem hohen Sockel dargestellt. Der Betrachter sah von unten zu ihm hinauf. Obwohl Haltung und Gesicht wie erstarrt wirkten, schien in seinen Augen ein Feuer zu brennen, das mir einen Schauder über den Rücken jagte. Um sein attraktives marmornes Gesicht kreisten Raben. Es erweckte den Anschein, als würden sie mit ihren bösartig spitzen Schnäbeln nach seinem Kopf hacken.

Betroffen starrte ich auf die Zeichnung. Nach einem Blick auf mein Gesicht nahm Monsieur Dubois sie mir sanft wieder aus der Hand und verstaute sie in der Mappe. »Sehen Sie, gleichgültig ist er Ihnen schon mal nicht. Eine verbissene Antipathie ziemt sich auch kaum für Ihr jugendliches Herz, es sei denn, es steckt eine heimliche Zuneigung dahinter.«

»Ich kann Ihnen versichern, dass das nicht der Fall ist.« Ich konnte dem kleinen Mann seine Frechheit nicht übel nehmen, wie er so spitzbübisch vor mir stand. Stattdessen musste ich lachen. »Da liegen Sie wirklich komplett daneben.«

»Ein so wohlgeratener junger Bursche kann dem weiblichen Auge durchaus nicht gleichgültig sein, es wird ihn zumindest mit Interesse bemerken. Und sei es auch bemühte Geringschätzung wie in Ihrem Fall. Aber wie ich immer zu sagen pflege – mit der Zeit kommt so manche Erkenntnis. Selbst eine Eisprinzessin gerät irgendwann in Tauwetter.«

Ich schüttelte nur den Kopf und streckte gleichzeitig die Hand zum Abschied aus. »Ihre Theorien sind unhaltbar, Monsieur Dubois, sie reizen mich dazu, genau das Gegenteil von dem zu empfinden, was Sie behaupten.«

»Kein Gentleman widerspricht einer Dame.« Monsieur Dubois deutete eine Verbeugung an. »Auf ein baldiges Wiedersehen, reizende Mademoiselle Amy.«

Ich trödelte bewusst und ließ mir Zeit, als ich durch die dicht gewachsene Wiese zurück Richtung Haupthaus schlenderte. Monsieur Dubois hatte mir einiges zum Nachdenken gegeben. Das Bild von Nicolás war tatsächlich verstörend gewesen. Allerdings hatte Monsieur Dubois es ja aus dem Bauch heraus gemalt, wie er behauptet hatte. Es gab also überhaupt keine vernünftige Grundlage dafür, irgendein düsteres Geheimnis zu wittern. Trotz dieses seltsamen Zwischenfalls fühlte ich mich zum ersten Mal seit langer Zeit wieder fröhlich und leicht. Was so ein paar Komplimente doch ausmachten. Auch wenn sie aus einer besonders redseligen Quelle stammten.

6 – Hopp, hopp, hopp, Pferdchen lauf Galopp

Handbuch für die gute Ehefrau
Zupfen Sie welke Blätter von den Topfpflanzen ab, kämmen Sie die Teppichfransen noch einmal gerade, lüften Sie die Toilette, falls Sie über kein separates Bad verfügen. Ihr Mann möchte ein wohlduftendes Zuhause vorfinden, statt Zeuge Ihrer Verdauungstätigkeit zu werden.

Am nächsten Morgen brachte ich beim Frühstück kaum etwas hinunter. Ich hatte durch die Zeitverschiebung geplagt bis tief in die Nacht an der verzwickten Übersetzung eines Sammelbands mit spanischen Kinderliedern gearbeitet und wenig geschlafen. Zusätzlich begann mein Magen bei dem Gedanken an meine unmittelbar bevorstehende Reitstunde unangenehm zu flattern und machte es mir unmöglich, mehr als ein paar Bissen mit Tee hinunterzuwürgen. Nun sah ich zwar nicht direkt unsportlich aus – laut meiner Mutter wiesen meine langen Beine darauf hin, dass ich eine gute Fitnessanlage hatte –, aber trotzdem schaffte ich es immer wieder, sportliche Betätigungen jeder Art in Horrortrips zu verwandeln.

Am schlimmsten waren Sportarten, bei denen sämtliche Zuschauer mein Versagen direkt mitverfolgen konnten. Wenn ich zum wiederholten Male die Hochsprungstange mit meinem Kopf niederriss – laut meiner Sportlehrerin ein eigentlich unmögliches Szenario. Wenn mein Hintern mit einem geräuschvollen »Pflatsch« mitten auf dem Bock landete, statt ihn geräuschlos und elegant wie alle anderen zu überspringen. Wenn die von mir unter größter Anstrengung gestoßene Kugel gar nicht erst im Sand ankam, sondern noch auf dem Beton landete, der die Kugelstoßfläche begrenzte. Wenn ich mich an eine glitschige Reckstange klammerte und mit den Beinen ruderte, statt die geforderten Klimmzüge vorzuführen. Wenn ich vor dem scharf geschossenen Ball einer Mitschülerin Reißaus nahm und mich erst danach daran erinnerte, dass ich gerade Torwartin war … Von diesen Beispielen konnte ich mühelos Tausende aufzählen. Der Sportunterricht hatte blamable Gelegenheiten in Hülle und Fülle geboten und ich hatte keine davon ausgelassen.

Aber heute war alles anders. Ich durfte mich nicht gleich von der kleinsten Herausforderung ins Bockshorn jagen lassen. Nein, ich musste positiv denken, meinen Humor zu Hilfe nehmen und das Ganze als großes Abenteuer betrachten. Ich war nicht um die halbe Welt geflogen, um vor so einem bisschen Pferd in Panik zu geraten. Außerdem hatte ich als Kind jede Menge Pferdebücher verschlungen. Ich wusste zumindest theoretisch bereits ziemlich viel übers Reiten, das war doch auch schon mal was. Diesmal würde ich allen zeigen, was in mir steckte. Ich würde dem Gaul in die Augen starren, bis er von selbst mit den Vorderbeinen einknickte, um mich auf seinem Rücken Platz nehmen zu lassen. Nach ein paar Wochen Unterricht würde ich meterhohe Hindernisse überspringen, statt wie die anderen Anfänger außenrum zu reiten. Ich würde mich mitten im Galopp aus dem Sattel schwingen, um nach einem Salto vorwärts im Spagat wieder auf dem Pferd zu landen.

Na ja, gut, den Spagat konnte ich eventuell weglassen, um nicht gar zu angeberisch dazustehen.

Bereits wenige Minuten später war von der Euphorie nichts mehr übrig als die Hoffnung, dass es wenigstens bald vorbei und das nächste Krankenhaus nicht allzu weit entfernt sein würde. Mit bleichem Gesicht schlich ich zurück zu meinem Zimmer, um mich umzuziehen. Was hatte mich da nur, pardon, geritten? Was für eine hirnverbrannte Idee, gleich am zweiten Tag eine neue und natürlich lebensgefährliche Sportart ausprobieren zu wollen! Widerwillig zog ich ein Paar ausgebeulte Jeans aus dem Schrank und schlüpfte in eine kurzärmlige, rot karierte Bluse. Näher würde ich mit meinem beschränkten Kleiderarsenal meinem Ideal einer Amazone nicht kommen. Gummistiefel mussten reichen. Hauptsache Stiefel, oder?

So langsam wie möglich trottete ich zu den Stallungen hinüber. Kein Gabriel. Überhaupt niemand weit und breit. Vielleicht hatte er unsere Verabredung ja vergessen? Ein Hoffnungsfunke glomm in mir auf. Vorsichtig näherte ich mich den Verschlägen und blickte hinein. Der wunderschöne schwarze Fuego stand dort neben einer Fuchsstute mit kurzer Mähne, wahrscheinlich, damit die armen Anfänger sich nicht in Panik daran festklammern konnten. Ich streckte eine Hand aus. Das dritte Pferdchen, ein süßes, kleines, moppeliges Pony, kam zu mir herüber und schnupperte daran. Ich hätte es gerne gestreichelt, aber es verlor schnell das Interesse, als es merkte, dass ich weder Äpfel noch andere Leckereien zu bieten hatte. Vergeblich suchte ich in meinen Taschen nach irgendetwas, das ein Pferdeherz höherschlagen lassen konnte.

Schritte hinter mir ließen mich herumfahren. Schwarze Stoffhosen, ein ebenso schwarzes T-Shirt darüber und ein rotes Halstuch. Er war es, Nicolás, der wütende Gaucho, der mich zornig angefunkelt hatte, als ich seinen Sturz mit angesehen hatte. Er führte ein geschecktes Pferd mit dunkler Stehmähne mit sich. Ich erkannte es von der Verfolgungsjagd wieder.

Für einen Moment lang kam mir Monsieur Dubois' Zeichnung in den Sinn. Nicolás versteinert aus Marmor. Ein solches Marmorface hatte er tatsächlich. Kalt und völlig unbewegt. Unfassbar, dass ich ihn einmal für attraktiv gehalten hatte.

Nicolás musterte mich eine ungnädige Minute lang, dann hielt er mir stumm die Zügel entgegen. Ich wagte nicht, danach zu greifen.

»Wo ist denn Gabriel?«, brachte ich schließlich hervor.

»Du reitest heute mit mir.« Aus seinem Mund klang das wie eine Drohung.

Ich kniff kurz die Augen zusammen und öffnete sie rasch wieder, um sicherzugehen, dass das kein Albtraum war. Dieser Mann wünschte sich ganz offensichtlich meinen Tod. Er wollte Vergeltung dafür, dass ich als ausländische Touristin es gewagt hatte, ihn in einer für einen Gaucho entwürdigenden Situation zu beobachten. Ich rührte mich nicht von der Stelle.

Nicolás hielt mir weiterhin die Zügel entgegen. »Ich nehme Fuego, du Evita.«

Ich hatte also eine Stute vor mir. Evita, kleine Eva. Benannt sicherlich nach der legendären Evita Perón, der jung an Krebs verstorbenen Wohltäterin und First Lady Argentiniens. Ich hatte alles über sie gelesen und mein Wissen mit dem Musical »Evita« mit Madonna in der Hauptrolle ergänzt. Sie hatte das Frauenwahlrecht in Argentinien durchgesetzt und für die Armen gekämpft. Mit »Don't cry for me, Argentina« hatte Andrew Lloyd Webber der Präsidentengattin ein unsterbliches Denkmal gesetzt. Der Personenkult um sie war seit ihrem Tod in den Fünfzigerjahren ungebrochen, trotz oder gerade wegen der politischen Wirren, die das Land in den Jahrzehnten nach der faschistischen Regierung Peróns beutelten.

Das Pferdchen war mir gleich sympathisch. Was man von Nicolás nicht behaupten konnte.

»Los jetzt!« Er warf mir einen verächtlichen Blick zu, hielt aber den Steigbügel fest, damit ich einen Fuß hineinstellen und mich hochstemmen konnte. Mir blieb nichts anderes übrig, als zu tun, was er befahl. Meine Knie zitterten, und so brauchte ich mehrere Versuche, bis ich sicheren Halt gefunden hatte. Ich schwang das andere Bein über das Hinterteil des Pferdes und saß plötzlich oben.

Der Erfolg überraschte mich so, dass ich weiterhin komplett stumm blieb.

Erst, als Nicolás mein Pferd losließ und in die Box trat, um Fuego für sich zu satteln, wurde ich wieder unruhig. Was sollte ich tun, wenn Evita plötzlich beschloss, einfach wegzulaufen? Ich hatte keine Ahnung, wie ich sie dazu bringen sollte, hier stehen zu bleiben.

Zu meiner Beruhigung wirkte das Pferd eher träge und schien überhaupt nicht daran zu denken, sich irgendeiner Form von Anstrengung zu unterziehen. Stattdessen senkte es seinen Kopf, um an einigen Strohhalmen am Boden herumzuknabbern.

»Du bist noch nie geritten.«

Das war eine Feststellung, keine Frage, trotzdem hatte ich das Gefühl, mich verteidigen zu müssen. »Also, nicht so richtig, aber das eine Mal im Zirkus, da durften die Kinder auf dem Pony sitzen und ich wollte gar nicht mehr runter und …«

»So, im Zirkus. Wo die Tiere dressiert und gequält werden, damit sie Kunststückchen für die Leute machen, die keine Lust haben, sich wirklich mit ihnen zu beschäftigen.« Mit Schwung hob Nicolás einen Sattel auf sein großes schwarzes Pferd und befestigte den Bauchgurt.

Hatte er wohl gelernt, dass es ohne Sattel nicht so gut lief. Schön für ihn. Natürlich sprach Mr Marmorface bloß dann mehrere Worte hintereinander, wenn es etwas zu meckern gab.

»Viele Zirkusfamilien gehen verantwortungsvoll mit ihren Tieren um – oder setzen inzwischen kaum noch welche ein«, antwortete ich. »Und woher willst du wissen, dass sich dein Pferd sonderlich darüber freut, wenn du ihm ein Eisenstück ins Maul schiebst, einen Ledersattel auf es draufwuchtest und selbst auch noch draufkletterst, um es dann zu reiten, wie und wohin es dir gerade passt?«

Das brachte mir einen finsteren Blick von Nicolás ein. »Zwischen Mensch und Pferd gibt es eine Symbiose. Hier auf dem Land leben wir seit Jahrhunderten eng mit ihnen zusammen. Wir Gauchos schützen und respektieren sie.«

Wir Gauchos … bla, bla, bla, das klang aber ordentlich eingebildet. »Wie schön für euch«, konterte ich kühl. Zickig konnte ich auch.

Nicolás antwortete nichts. Er schwang sich mit einem eleganten Sprung auf Fuego und trabte los.

Mein Pferd hob widerwillig den Kopf.

»Schenkel zusammenpressen«, rief er über die Schulter zurück. »Und dann vorsichtig mit dem Zügel lenken. Aber nicht dran ziehen! Wenn du dich festhalten willst, dann am Sattel!«

Nachdem ich mich redlich bemüht hatte – anscheinend besaß ich in meinen Oberschenkeln überhaupt keine nennenswerte Muskulatur –, fiel auch mein Reittier in eine Art holprigen Schritt. Ich bemühte mich, mit der Hüfte mitzugehen und mich an den Rhythmus der Stute anzupassen. Da fiel mir etwas ein. »Stopp! Ich habe noch keinen Helm auf!«

»Dann fall lieber nicht runter.«

Ich hatte keine Zeit, mir darüber Sorgen zu machen, denn ich war vollauf damit beschäftigt, auf dem schwankenden Pferderücken die Balance zu halten, Nicolás nicht aus den Augen zu verlieren und nicht am Zügel zu zerren. Zum Glück schien Evita einen eher stoischen Charakter zu haben. Sie achtete kaum darauf, welche Signale ich ihr zu geben versuchte. Sie trottete einfach hinter Nicolás' Hengst her.

Wir passierten das Haupthaus. Tante Morena stand neben dem Pick-up und winkte mir zu. Sofort begann ich, mich ein klein wenig stolz zu fühlen.

Nicolás machte das zunichte, indem er mir zurief: »Sitz aufrecht! Schultern nach hinten! Spreiz die Ellenbogen nicht so ab!«

Himmel, was sollte ich denn noch alles innerhalb weniger Minuten lernen? Wir ritten im Schritt an der Apfelbaumwiese vorbei und dann lag das weite, flache Land der Pampa vor mir, nur unterbrochen durch vereinzelte Bäume und Zaunpfosten. Unwillkürlich musste ich lächeln. Das war es also, das Land, aus dem ich stammte. Diese satten, kräftigen Farben gehörten zu mir wie der Duft nach Erde und Sumpfland. Die Gräser, die hüfthoch dem Himmel entgegenstrebten. Die Wolken, die am Horizont dahinzogen wie eine Herde Schafe. Dieses Blut floss auch in meinen Adern.

»Und jetzt?«, fragte ich, in der Bemühung, möglichst ungerührt zu wirken.

»Reicht dir das für den ersten Tag?«

»Nein.« Zwar wäre ich tausendmal lieber mit jemand anderem geritten als ausgerechnet mit Mr Marmorface, aber da wir nun mal zusammen unterwegs waren, würde ich die Reitstunde garantiert nicht abbrechen. Nicht gerade in diesem Moment, wo es mir Spaß zu machen begann.

»Okay. Dann hältst du dich jetzt besser am Sattelknauf fest, nimmst die Zügel locker in eine Hand und suchst guten Halt in den Steigbügeln. So ein kleiner Galopp dürfte ja kein Problem sein, oder?«

»Bestimmt nicht.« Ich würde ihm niemals den Gefallen tun und zugeben, dass ich Angst hatte. Genau das wollte er doch, die deutsche Touristin demütigen und sie für immer von der

Vorstellung heilen, jemals reiten zu lernen. Das Herz schlug mir bis zum Hals, als ich seine Anweisungen befolgte. Wenn ich den Halt verlor, wenn ich runterfiel … Ich trug keinen Reithelm und musste in diesen lächerlichen Gummistiefeln unentwegt darum kämpfen, nicht abzurutschen.

»Also los! Denk dran, das Gewicht hinten zu lassen. Die Hüfte schiebt mit.« Nicolás trieb sein Pferd an. Er saß aufrecht da, allerdings leicht nach vorne gebeugt. Sein dunkelblonder, nein, hellbrauner Pferdeschwanz hob sich gegen den gebräunten Nacken ab. War das der »prächtige Haarwuchs«, von dem Monsieur Dubois geschwärmt hatte? Ein charakterstarkes Profil besaß der Gaucho mit seinen kantigen Gesichtsformen auf jeden Fall. Wenn man etwas für Steingesichter übrig hatte.

»Warte, wie soll ich überhaupt …?« Meine Worte verklangen im Wind. Ohne dass ich Evita irgendwelche Hilfen geben hätte müssen, passte sie sich an die Geschwindigkeit von Fuego an. Ich spürte, wie sich die Bewegungen der Muskeln unter mir veränderten, wie die Schritte weiter und raumgreifender wurden. Unwillkürlich schloss ich meine Beine fester um den Pferdekörper, stemmte mich in die Steigbügel, bemühte mich weiterhin um eine aufrechte Haltung und hielt den Sattelknauf so fest umklammert, dass meine Finger weiß hervortraten. Nicolás blickte ein paar Mal zu mir zurück, doch ich beachtete ihn gar nicht. Ich spürte den Wind, der mir ins Gesicht schlug, und die kraftvollen Bewegungen des Pferdes. Ich wusste, dass ich sofort unten läge, wenn ich nur für einen kleinen Moment die Körperspannung aufgeben würde. Allein ein Gedanke hatte in meinem Kopf Platz: Oben bleiben, ich würde auf jeden Fall oben bleiben.

Nach einiger Zeit – ich weiß nicht, ob es Sekunden oder Minuten waren – galoppierten wir nebeneinander. Nicolás rief mir etwas zu, aber ich war zu sehr mit mir selbst beschäftigt, um es verstehen zu können. Sein rotes Halstuch flatterte im Wind.

»… langsamer …«, hörte ich seine Stimme, »… die Zügel.«

Okay, die Zügel. Was sollte ich mit den Zügeln machen? Vorsichtig löste ich eine Hand vom Sattel und versuchte, mit den Oberschenkeln den Rhythmus des Pferdes mitzugehen. Ich zog die Zügel etwas zu mir heran, Evita schüttelte unwillig den Kopf. Ich blickte zu Nicolás hinüber, der bestätigend nickte. Also zog ich noch einmal, diesmal etwas fester. Und tatsächlich, mein Pferd wurde langsamer, wechselte wieder die Gangart, sodass ich für einen Moment aus dem Gleichgewicht geriet. Hände, Rücken, Oberschenkel, Füße – ich musste erst einmal wieder alles koordinieren. Ich hüpfte auf dem Pferderücken hoch und runter wie ein Gummiball, was Nicolás ein Grinsen entlockte. O ja, ich konnte es genau erkennen, auch wenn mein Sichtfeld holperte wie ein Kinderwagen auf der Schotterpiste.

Da endlich fiel Fuego in Schritt und meine Stute war wohl auch der Meinung, heute genug Sportliches vollbracht zu haben. Nach wenigen Sekunden trotteten die beiden gemächlich nebeneinanderher und ich konnte den Zügel wieder sinken lassen. Ein tiefer, erleichterter Seufzer entfuhr mir und es war mir ganz egal, ob Nicolás das hörte oder nicht. Ich fühlte mich von der Umgebung und dem berauschenden Gefühl des Pferdekörpers unter mir so euphorisch, dass ich ihn strahlend anlächelte. Wahrscheinlich sah ich aus wie ein Wildfang. Einzelne Strähnen hatten sich aus dem Haargummi gelöst und klebten mir in der Stirn und mein Gesicht glühte sicher von der ungewohnten Anstrengung.

Nicolás bedachte mich jedenfalls mit einem spöttischen Blick, der mir einmal mehr klarmachte, dass ich einen Eindringling in seine Welt darstellte. Das ernüchterte mich etwas.

Den Rückweg legten wir schweigend zurück, was mir Gelegenheit gab, die nach Kräutern und Natur duftende Luft aufzusaugen und mich selbst zu beglückwünschen, dass ich im Sattel geblieben war. Nicolás fand das natürlich keiner Erwähnung wert. Er hielt seinen Blick auf den Horizont geheftet, wahrscheinlich gehörte das zu seinem Gaucho-Image dazu: harte, raubeinige Männer, die auf ihren Pferden dem Sonnenuntergang, barbusigen Frauen in Not und dem nächsten Abenteuer entgegenritten. Er hatte wohl zu viele Westernfilme gesehen. Dabei hätte Nicolás vermutlich in den entscheidenden Punkten versagt. Ich konnte mir nicht vorstellen, dass sich irgendjemand gerne von einem derart mürrischen Mann retten ließ, geschweige denn von einem, der ohne Sattel ritt, um cool zu wirken, und dabei vom Pferd fiel.

Ich betrachtete seine klassisch gerade Nase von der Seite und machte mir einen Spaß daraus, seine Gesichtszüge zu deuten. Die harte Kinnlinie deutete auf Durchsetzungsvermögen und Entschlossenheit hin, die fest aufeinandergepressten Lippen ließen nur ein Minimum an Wörtern durch. Seine längeren Haare waren der Grund, warum ich männliche Eitelkeit vermutete, auch wenn er das dadurch zu vertuschen versuchte, dass er sie bewusst nachlässig zusammenband.

Als Nicolás den Kopf wandte, ertappte er mich dabei, wie ich ihn anstarrte. Seine Augenbrauen zogen sich finster zusammen. Mein erster Impuls war, verlegen wegzuschauen, aber dann setzte ich stattdessen ein strahlendes Lächeln auf. »Diese Mütze ist wirklich sehr kleidsam. Ist das eine Sonderanfertigung?«

»Klar, gestern erst aus Paris angekommen«, versetzte er trocken.

»Das Modell ist ja entzückend. Gehört das zur traditionellen Gaucho-Ausstattung?«

»Allerdings. Wir haben auch immer einen Maulkorb dabei – für Leute, die zu viel reden.«

Ich zog die Augenbrauen auf möglichst verachtungsvolle Weise empor und wandte mich ab. Einen so unhöflichen Menschen hatte ich wirklich noch nie getroffen. Den Rest des

Weges ärgerte ich mich darüber, dass ich ihn überhaupt angesprochen und ihm die Möglichkeit zu einem Konter geboten hatte. Als wir wieder am Stall angekommen waren, schwang ich mich vom Pferd, während ich Nicolás helfend ausgestreckte Hand ignorierte.

»Du musst nicht bleiben und beim Absatteln helfen«, sagte er mit Betonung auf »musst«.

»Schön.« Fiel mir auch gar nicht ein, noch eine Sekunde länger mit diesem arroganten Widerling zu verbringen. Ich tätschelte meinem Pferdchen noch kurz die Nüstern und flüsterte ihm zu, dass mir das Reiten sehr gut gefallen hatte. »Danke, Evita, dass du mich nicht abgeworfen hast.«

Für einen kurzen Moment sah es so aus, als würde Nicolás ein Lächeln unterdrücken, doch stattdessen sagte er nur *»adiós«*. Kein *»hasta luego«*, wie es normal gewesen wäre. Ich grüßte ebenso kurz zurück und stapfte davon, ohne mich umzuschauen.

***

Zunächst marschierte ich ganz automatisch in Richtung meines Bungalows, dann fiel mir ein, dass ich Tante Morena versprochen hatte, nach der Reitstunde beim Formulieren für neue Werbetexte zu helfen. Das war gar nicht schlecht, so hatte ich wenigstens Ablenkung von meiner Enttäuschung. Das Reiten hätte so viel Spaß machen können, wenn nicht ein gewisser Jemand alles drangesetzt hätte, es mir zu verderben. Kurzzeitig hatte ich mich doch wirklich gut gefühlt. Ich versuchte vergebens, das Gefühl von Freiheit und Zufriedenheit in mir wachzurufen, das ich während des Galopps verspürt hatte.

Entsprechend missmutig stapfte ich die wenigen Stufen zur Haustür empor und schleuderte die Gummistiefel im Vorraum von mir. Auf türkisfarbenen Socken ging ich weiter und betrat nach kurzem Anklopfen das Büro. Tante Morena und Isabela sahen auf. Warme braune und kühle schlammgrüne Augen blickten zu mir empor.

»Wie war die Reitstunde?«, fragten beide wie aus einem Munde.

Ich verzog das Gesicht zu einer Grimasse, von der ich hoffte, dass sie einem Lächeln ähnelte. »Nicolás ist sehr, äh, witzig.«

Das brachte mir von Tante Morena einen überraschten und von Isabela einen argwöhnischen Blick ein.

»Witzich, witzich, iss deine Eier, *boludo*!« Nun entdeckte ich auch Messi in seinem Käfig auf dem Fenstersims. Er nagte an einer Hirsestange und hatte sich dazu senkrecht an den Gitterstäben festgekrallt. Ich warf ihm eine Kusshand zu, was er mit einem keckernden Lachen quittierte.

»Ich habe ihn hierher mitgenommen, damit er sich drüben nicht so einsam fühlt.« Tante Morena deutete auf die Papiere, die verstreut auf dem Tisch herumlagen. »Das wird ja leider noch eine Weile dauern.« Obwohl es anscheinend so viel zu tun gab, schien sie einem kleinen Plausch nicht abgeneigt. »Freut mich, dass Nicolás und du euch so gut vertragen habt!« Tante Morena ließ erfreut ihren Kugelschreiber klicken. Ich bemerkte, dass sie sich bereits versehentlich auf dem Handrücken und auf ihrem Jeanshemd angemalt hatte.

Ich öffnete den Mund, um ihren Irrtum zu korrigieren, doch gerade noch rechtzeitig fiel mir ein, dass Nicolás einer der Angestellten von Tante Morena war und es deshalb sicher nicht angebracht war, mich über ihn zu beschweren. Also lieber ein anderes Thema wählen.

»Evita war wirklich sehr brav. Sie hat nicht einmal beim Galopp versucht, mich abzuwerfen.«

»Galopp?« Tante Morena starrte mich verständnislos an. Langsam verdüsterte sich ihre Miene. »Du willst doch wohl nicht sagen, dass ihr galoppiert seid? Während deiner ersten Stunde? Mitten in der Pampa?«

Nun wusste ich nicht, was ich erwidern sollte.

»Das ist bestimmt ein Irrtum«, warf Isabela hastig ein. »Amy hat das sicher missverstanden. Wenn man noch nie auf einem Pferd gesessen hat, kommt einem alles recht schnell vor.«

Dieser Erklärungsversuch war dermaßen dämlich, dass Morena erst gar nicht darauf einging.

»Ich habe ihm gesagt, er soll mit dir ausreiten und dir ein bisschen das Gelände zeigen! Und was macht dieser Sohn eines trächtigen Alpakas? Galopp! Unglaublich! Galopp! Die Touristen lässt er doch auch nur im Schritt hinter sich hertrotten. Wenn du runtergefallen wärst! Santiago hätte mir den Kopf abgerissen – und nicht nur den, sämtliche Gliedmaßen! Einzeln!«

Messi wurde von Tante Morenas Wutausbruch angesteckt. Er schaukelte wild auf seiner Stange hin und her und warf wahllos Wörter dazwischen.

»Dieser Sturkopf! Warum kann er nicht einmal …«

»Wasch das Pferd.«

»… hören, was man ihm sagt? Immer muss er …«

»Alte Schlampe!«

»… seinen sturen Schädel durchsetzen, gerade er müsste doch …«

»Witzich, mein Schatz, witzich.« Messi schlug mit den Flügeln.

Tante Morena sprang auf, pfefferte den Kugelschreiber auf den Tisch und rief: »Ich habe ein Wörtchen mit Nicolás zu reden. Macht solange ohne mich weiter.« Mit diesen Worten stapfte sie aus dem Raum.

»Aber ich bin ja gar nicht runtergefallen«, rief ich ihr hinterher, doch genauso gut hätte ich versuchen können, einen Tornado mit einer Eisenbahnschranke zum Stehen zu bringen. Besorgt schaute ich aus dem Fenster, meine Tante war jedoch in die andere Richtung verschwunden.

»Na super.« Nun warf auch Isabela ihren Stift hin. »Das hast du ja bestens hingekriegt. Jetzt kriegt Nicolás Ärger mit Morena, bloß weil du deine Klappe nicht halten kannst. Was ist denn so schlimm an ein bisschen Galopp?«

»Ich habe mich doch gar nicht beschwert.«

»Wäre ja auch noch schöner.«

Wir schwiegen verbissen, während ich die verschiedenen Zettel zu mir herzog und so tat, als würde ich sie lesen. Isabela tippte nervös mit dem Fuß auf den Holzboden. Sie trug ein blaues Kleid mit Matrosenkragen und eine durchsichtige Strumpfhose dazu. Ihr langes Haar fiel bis auf den Tisch, wenn sie sich nach vorne beugte.

»Was meinte Tante Morena damit, dass gerade er es besser wissen sollte?«, fragte ich nach einigen Minuten.

Isabela setzte ein spöttisches Lächeln auf, das ihr Gesicht gleich viel weniger hübsch aussehen ließ. »Seid ihr Deutschen alle so neugierig?«

»Nur, wenn wir mit Leuten sprechen, bei denen es uns egal ist, was sie von uns denken.«

»Dann müsst ihr euch auch nicht wundern, wenn ihr keine Antwort bekommt.«

Sie wusste also, was Tante Morena gemeint hatte. Oder sie tat nur so, um mich zu ärgern. Aber nein, in dem Fall würde es sie nicht kümmern, ob Morena auf Nicolás sauer war oder nicht. Natürlich würde sie mir nichts davon erzählen, vor allem nicht, nachdem ich zugegeben hatte, dass es mich interessierte.

Ich schob die Papiere zur Seite und trat zu Messi ans Fenster. Er ließ es zu, dass ich einen Finger durch die Gitterstäbe streckte und ihm leicht über das blaue Gefieder fuhr. Dabei plapperte er leise vor sich hin. Als plötzlich Schritte im Gang laut wurden, rückte er von mir ab und spähte genauso erwartungsvoll zur Tür wie Isabela und ich.

Tante Morena kam herein, augenscheinlich entspannt und heiter. Nur die silbrig braunen Strähnen, die sich aus ihrem Dutt gelöst hatten, verrieten, dass sie vor wenigen Minuten noch zornig aus dem Zimmer gestürmt war.

»Alles in Ordnung, Kinder«, begrüßte sie uns. »Wir haben das geklärt.«

Ich konnte mir ein Grinsen nicht verkneifen. Sie war exakt so aufbrausend wie mein Vater. Und genau wie bei ihm verzog sich das Gewitter schnell wieder und alles war vergessen.

»Hast du mit Nicolás gesprochen?«, bohrte Isabela nach.

»Ich wusste ja, dass Amy das Reiten im Blut hat!« Tante Morena strahlte mich an. »Nicolás hat gesagt, sie saß felsenfest im Sattel. Deswegen hat er ihr auch das Galoppieren erlaubt. Sonst hätte er natürlich nicht – also, das hat er zumindest behauptet –, aber ich glaube ihm auch. Das Wenige, was er sagt, ist meist ernst gemeint – sonst hätte er es jedenfalls ruhiger angehen lassen.«

Felsenfest im Sattel? Entweder war Nicolás ein schamloser Lügner oder ein dreister Schmeichler. Oder er hatte das Kompliment ernst gemeint, war jedoch zu verbittert, als dass er mir gegenüber ein Wort des Lobes herausgebracht hätte, und musste erst von meiner wütenden Tante dazu gedrängt werden. So oder so, mir gefiel diese Wendung außerordentlich, denn sie machte meine Tante glücklich und sorgte dafür, dass Isabela unzufrieden an ihrem Matrosenkragen herumzupfte.

»Bevor ich es vergesse: Das Ehepaar Dubois möchte gerne noch drei oder vier Wochen auf der Estancia bleiben. Sie fühlen sich sehr inspiriert hier.« Ich ging zum Tisch hinüber, um mich zu Isabela und Morena zu setzen, die mir dankbar zunickte. Von mir aus konnten wir endlich mit der Arbeit beginnen.

7 – Aber bitte mit Sahne

Handbuch für die gute Ehefrau
Räumen Sie Schulbücher, Spielsachen, Papiere usw. zusammen und säubern Sie mit einem Staubtuch die Tische.

Muskelkater, Sonnenbrand und Mückenstiche. Neben dem Entwerfen von Werbetexten für die Estancia, den gelegentlichen Gesprächen mit den fremdsprachigen Gästen auf San Martín und meinem Übersetzungsprojekt war ich noch ein paarmal mit Gabriel ausgeritten. Er ließ es sehr viel langsamer angehen als Nicolás und verstand unter Reitstunde eher Schrittstunde. Das war nicht ganz so aufregend, jedoch war mir seine Gesellschaft tausendmal lieber und ich genoss es, die Pampa und Evita langsam immer besser kennenzulernen. Meine Arme und das Gesicht begannen, sich unter der argentinischen Sonne leicht zu röten und dann zu bräunen. Ich fand es fast schade, dass es hier schon Herbst war und in wenigen Wochen der Winter kommen würde. Die Moskitos schienen die Zeit, in der ich mit kurzen Ärmeln unterwegs war, unbedingt auch noch nutzen zu wollen. Ich zählte die Stiche inzwischen gar nicht mehr, trug jedoch jeden Abend vor dem Schlafengehen kühlende, entzündungshemmende Salbe auf und ignorierte das Jucken ansonsten so gut wie möglich. Es gab auch genug Ablenkung.

Heute war ein Job dran, auf den ich mich besonders gefreut hatte: Fotos von der Estancia und seinen Bewohnern machen. Zum Glück hatte ich meine Spiegelreflexkamera mitgebracht, denn die Digicam, die Tante Morena mir mit einem verlegenen Lächeln überreicht hatte, war alles andere als geeignet für ansprechende Werbefotos.

Meinen Bungalow hatte ich bereits fotografiert, nachdem Clara Luz ihn mit meiner Hilfe noch einmal auf Hochglanz poliert hatte. Als Nächstes wollte ich die wundervolle Umgebung, in der San Martín lag, dokumentieren. Sobald ich das Frühstück beendet hatte, beschloss ich, die Zeit zu nutzen, bis ich zu Tante Morena ins Büro kommen sollte, und etwas spazieren zu gehen. Diesmal wollte ich zur Straße wandern und die angrenzenden Felder erkunden. Nach einem Blick auf die Wolkenfront, die sich von Westen heranschob, band ich mir meine Regenjacke um die Hüfte, bevor ich losmarschierte. Ich war jedoch noch nicht weit gekommen, als ich Rufe hörte.

»Amy, Amy!« Gauchito lief auf mich zu. Er trug einen wild gemusterten Pulli, der vielleicht vor zwanzig Jahren einmal modern gewesen war und den er an den Ärmeln hochgerollt hatte, weil sie zu lang waren. Halstuch und Mütze saßen jedoch am gewohnten Ort.

»Du musst mitkommen, wir trinken gerade Mate, das ist richtig gemütlich!« Bevor ich ablehnen konnte, zog er mich an der Hand hinter sich her Richtung Pferdestall. Dort saßen Gabriel und Nicolás lässig an zwei Heuballen gelehnt auf dem Boden. Während Gabriel nur überrascht wirkte, begrüßte Nicolás mich mit einem eindeutig feindseligen Gesichtsausdruck. Es war offensichtlich, dass ich hier unerwünscht war. Seine ablehnende Haltung hatte paradoxerweise etwas Herausforderndes für mich. Irgendwie hatte seine Grimmigkeit ja etwas sehr Männliches.

Ich spürte, wie ich rot wurde. »Entschuldigung, ich wusste nicht … Gauchito, äh, ich meine … Santino hat mich hergeschleift. Ich wollte sowieso gerade spazieren gehen, bitte entschuldigt die Störung.«

»Neeein, du musst bleiben.« Gauchito hüpfte auf und ab. Anscheinend hatte er sein Müsli heute Morgen mit Cola statt Milch gegessen.

»Natürlich bleibt sie.« Gabriel sagte es so ruhig, dass sowohl meine Entschuldigungen als auch Gauchokinds Quengelei verstummten. »Das ist ein altes Ritual, dass man sich eine Mate teilt, wenn man als Freunde zusammenkommt.«

Ich wagte es nicht, Nicolás nach dieser Aussage anzusehen. Nun konnte ich wohl nicht anders. Ich breitete meine Jacke so weit wie möglich von Nicolás entfernt auf dem Boden aus und setzte mich mit gekreuzten Beinen darauf. Die Kamera legte ich griffbereit daneben. Vielleicht konnte ich die Zubereitung der Mate fotografieren. Das war doch das Symbol für argentinisches Brauchtum schlechthin.

Gabriel lächelte mich durch seine nicht ganz sauberen Brillengläser hindurch an. »Amy, hast du dich denn hier schon etwas eingewöhnt?«

»Klar. Ich habe meine ersten Reitstunden ohne nennenswerte Schäden überlebt.« Den fürchterlichen Muskelkater in den Beinen nach dem Galopp mit Nicolás verschwieg ich wohlweislich. Am nächsten Morgen war ich kaum aus dem Bett gekommen, hatte mich steifbeinig gefühlt und hätte bei jedem Schritt in Jammern ausbrechen können. Aber diese Genugtuung würde ich Nicolás nicht gönnen. »Ich habe jede Menge Medialunas gegessen«, fuhr ich fort. »Und ich fange so langsam an, meiner Tante nützlich zu sein.« Zumindest hoffte ich das. Bisher hatte sie zu meinen verschiedenen Marketingideen noch nicht besonders viel gesagt. Ich war mir nicht sicher, ob sie sich selbst keine allzu großen Hoffnungen machen wollte oder ob sie zu höflich war, mir direkt zu erklären, dass sie meine Vorschläge für unbrauchbar hielt. »Außerdem habe ich bereits ausgiebig die argentinische Fauna studiert und mit einer Menge Kriechtieren und Krabbelzeug Freundschaft geschlossen.«

Tatsächlich hatte ich hier zum ersten Mal in meinem Leben Kakerlaken gesehen. Wenn man Tante Morena Glauben schenken durfte, waren unsere Exemplare aber klein und kuschelig im Vergleich zu dem, was oben im Norden, wo das Klima tropischer war, herumlief. Nach ihrer Beschreibung stellte ich mir Insekten in der Größe eines mittleren Rauhaardackels vor. Seitdem fand ich die schwarzen Schaben, die in meinem Zimmer ab und zu über Wände und Boden krabbelten, nicht mehr ganz so eklig. Ich hatte ein besonders imposantes Exemplar davon sogar Kafka getauft, nach dessen berühmter Erzählung, die damit beginnt, dass der Protagonist sich eines Morgens in einen ungeheuren Käfer verwandelt vorfindet.

»Du weißt aber, dass du Kakerlaken nicht mit dem Fuß zertreten darfst, oder?«

Ähm, nein. »Warum nicht?« Ich war eh nicht schnell genug dafür. Die Schaben legten im Gefahrenfall ein Tempo vor, das mich jedes Mal verblüffte.

Gabriel schmunzelte. »Weil die Weibchen ihre Eier am Bauch mit sich herumtragen. Und wenn du draufsteigst, bleiben die Eier an deinem Schuh hängen und du schleppst sie durch das ganze Haus. Damit machst du es ihnen noch einfacher, neue Lebensräume zu besiedeln. Einer der Gründe, warum wir im Herrenhaus am Eingang immer unsere Schuhe ausziehen.«

Na super, genau das, was ich hören wollte. Ich warf einen heimlichen Blick auf die Sohlen meiner allgegenwärtigen Gummistiefel. Ich konnte nichts entdecken außer etwas Erde und einer Spur von Pferdemist, wenn mich nicht alles täuschte. Womöglich waren die Dinger unsichtbar.

»Woher wisst ihr dann, ob es ein Weibchen ist, bevor ihr zuschlagt?«

»Zu diesem Zweck tragen wir eine Lupe bei uns und untersuchen damit das Hinterteil des Zielobjekts«, kam es trocken von Nicolás.

Ich öffnete den Mund, um meiner Überraschung Ausdruck zu verleihen, sagte nach einer Sekunde aber nur: »Du machst Witze.«

»Wie käme ich denn dazu. Bei so intelligenten Fragen doch nicht. Wenn du es wirklich wissen willst: Die Männchen haben Flügel, die Weibchen nicht.«

Ich warf ihm einen kühlen Blick zu. Sollte er sich ruhig über mich lustig machen. Wahrscheinlich hielt er sich selbst für einen Meister der Ironie. Dabei war er doch bloß verbittert und unleidlich. Nicht zum ersten Mal fragte ich mich, warum Tante Morena ihn eigentlich auf ihrer Estancia duldete. Aber mit ihrer Menschenkenntnis schien es nicht weit her zu sein. Schließlich hatte sie auch Isabela eingestellt.

Nicolás räusperte sich. »Und genau genommen tragen die Weibchen die Eier nicht am Bauch, sondern schleppen sie in Eipaketen, Ootheken genannt, herum und legen sie dann an einem feuchten, warmen Ort ab. Die Larven schlüpfen erst nach über fünfzig Tagen.«

Misstrauisch musterte ich ihn. Hatte er das gerade erfunden? Woher sollte er das wissen? Ich musste sofort Onkel Google befragen, wenn ich zurück in meinem Häuschen war. »Und wie sehen diese Ootheken aus?«

»Sie haben tatsächlich einige Ähnlichkeit mit einer Handtasche. Die *Blatta orientalis* ist eben eine stilbewusste Schabe.«

»Ah, wahrscheinlich treffe ich deshalb immer welche in Nähe meines Kleiderschranks an.«

»Ich habe ›stilbewusst‹ gesagt. Nicht ›wilde Farbkombinationen sind besser als gar keine eigene Note‹-bewusst.«

»Oh, dann müsstest du ja rasenden Schabenzulauf haben. Jeden Tag das Gleiche anzuziehen ist natürlich viel stilvoller.«

Nicolás und ich warfen uns grimmige Blicke zu.

Gabriel lächelte derweil entspannt. Unser kleines Geplänkel schien ihn nicht aus der Ruhe bringen zu können, so wie auch sonst nichts. Ich bewunderte ihn für seine Geduld. Er musste ja jeden Tag mit Nicolás zusammenarbeiten, das war sicher kein Vergnügen. Und ein Kind wie Gauchito verlangte den Eltern bestimmt auch so einiges ab. Wobei ich fand, dass es für Kinder mit viel Bewegungsdrang eigentlich optimal war, auf einer Estancia aufzuwachsen. Gauchito durfte nach der Schule den ganzen Tag draußen spielen, jeder Erwachsene hatte abwechselnd ein Auge auf ihn. Wie überdreht er in einer kleinen Wohnung in der Stadt wäre, wagte ich mir erst gar nicht auszumalen.

»Reitest du demnächst mal mit mir aus? Bitte, Amy, das wäre so cool!« Gauchokind hüpfte aufgeregt auf und ab. »Keine Sorge, ich kann auf dich aufpassen! Wenn dein Pferd durchgeht, dann fangen ich und Batman es wieder ein.«

»Wer ist denn Batman?«

»Das ist sein Pony.«

Ah, das kleine moppelige Pferdchen, das ich schon öfter im Stall gesehen hatte. Der Name reizte mich ein klein wenig zum Lachen, doch als ich in die ernsten Gesichter der drei Männer blickte, ließ ich das lieber bleiben. Über Pferde und ihre Namen spottete man hier offensichtlich nicht.

»Mit Vergnügen, allerdings erst, wenn ich etwas sicherer im Sattel sitze.« Gauchito würde bestimmt auch galoppieren wollen. Bis dahin musste ich noch ein bisschen üben.

Nicolás schüttete während unseres Gesprächs die Matemischung in einen länglichen, ausgehöhlten Kürbis, der mit einer Art Metallbeinchen ausgestattet war, damit man das Teebehältnis hinstellen konnte, ohne dass es umkippte. Ich beobachtete seine routinierten Handgriffe und registrierte, dass er zuerst nur ungefähr die Hälfte der Kalebasse füllte, dann innehielt, nachzudenken schien und das Gefäß schließlich noch weiter füllte. Als Nächstes goss er etwas Wasser aus einer schwarzen Thermoskanne hinein – natürlich, eine andersfarbige Kanne wäre sicher unter seiner Würde gewesen – und schwenkte den Kürbis hin und her. »Es muss etwas quellen«, erklärte er unaufgefordert.

Automatisch zückte ich die Kamera, um ein Foto zu schießen.

»Lass das!« Nicolás streckte die Hand aus und schob meine Kamera zur Seite.

»Sorry, ich hätte vorher fragen sollen. Es ist für die Homepage. Tante Morena hat mich gebeten, Fotos von San Martín und den Bewohnern zu machen.«

»Da gehöre ich nicht dazu.«

Irritiert zog ich die Augenbrauen zusammen. Was sollte das nun wieder? Klar, viele Leute wollten nicht gerne fotografiert werden, wenn sie anschließend im Internet landeten. Aber deswegen musste Nicolás doch nicht behaupten, dass er nicht zur Estancia gehörte.

Gabriel sprang ein. »Wie wäre es, wenn du erst mal den Kleinen und mich fotografierst?« Erleichtert knipste ich, wie Gabriel Gauchito auf den Strohballen hob, ihn kitzelte und sie danach nebeneinander auf der Erde saßen und sich das Mategefäß teilten. Das waren richtig süße Fotos mit Gauchito als Miniaturausgabe seines Vaters. Tante Morena würde begeistert sein. Vielleicht besser, dass Mr Marmorface nicht mit drauf war und die Bilder mit seinem griesgrämigen Gesicht verschandelte.

»Hast du schon mal Mate getrunken, Amy?«, erkundigte sich Gabriel.

»Bisher nicht. Aber ich bin sehr gespannt darauf. Danke, dass ihr mich mitmachen lasst.«

Überraschenderweise schaltete Nicolás sich erneut ein. »Jaaa, am Matetrinken erkennt man gleich, ob man einen echten Argentinier vor sich hat. Den Gringos ist es immer zu stark oder zu bitter.«

Also ein Test. Zur Abwechslung mal wieder. Sofort nahm ich mir vor, das Gebräu ganz köstlich zu finden, egal, wie es schmeckte.

Nach einigen Minuten des stummen Wartens füllte Nicolás den Kürbis mit heißem Wasser auf. Danach reichte er das Gefäß an Gauchito weiter und der gab es mir.

»Willst du denn nicht trinken?«, fragte ich überrascht.

»Für Kinder bereiten wir die Mate anders zu. Da kommt Honig zum Süßen rein und sie wird mit Milch aufgegossen statt mit Wasser«, erklärte Gabriel. »Santino könnte mit seiner Mutter Mate trinken, er will jedoch immer bei uns mit dabeisitzen.«

Milch und Honig klangen irgendwie verlockender als tonnenweise Matekraut mit nichts als heißem Wasser zur Geschmacksverbesserung. Aber Millionen Argentinier konnten sich wahrscheinlich nicht irren. Ich nahm das Gefäß vorsichtig entgegen und musterte den Metallstrohhalm, der aus dem Gebräu herausragte. Benutzten alle dieselbe Bombilla? Ein seltsamer Gedanke, dass dieses Ding zuletzt zwischen Nicolás' Lippen gesteckt hatte. Als ich die erwartungsvollen Blicke der drei Männer auf mir ruhen fühlte, überwand ich meine Abneigung und führte den Strohhalm zum Mund. Ich saugte daran, heißes Wasser schoss mir über die Zunge. Es schmeckte dermaßen bitter und stark, dass ich fast ausgespuckt hätte.

»Und?« Das kam von Nicolás.

»Le-lecker«, brachte ich hervor. Meine Stimme klang vielleicht etwas höher als sonst, aber das war das Einzige, woran man merken konnte, dass ich nicht komplett hingerissen war. Schnell reichte ich die Kalebasse an Gabriel weiter. Er nahm einen Schluck, hielt inne und zog die Augenbrauen hoch. Sein schneller Blick in Nicolás' Richtung, der zufrieden lächelte, machte mir klar, dass er das Getränk absichtlich extrem stark zubereitet hatte.

Das Mategefäß ging weiter im Kreis herum. Ich sah, dass Nicolás und Gabriel sich Zeit ließen und die Mate zum Mund führten wie ein Genussmittel. In Europa ließ man auf Festivals Joints am Lagerfeuer im Kreis herumgehen. Hier ein besonderes Getränk. Eigentlich eine schöne Tradition. Mit Freunden hätte das direkt Spaß machen können – oder mit Leuten, die zumindest ein Mindestmaß an Höflichkeit aufwiesen. Gabriel war doch ganz in Ordnung, warum konnte sein Kollege nicht so sein wie er?

Ich fragte mich abermals, warum meine Eltern keine Mate tranken. Hatten sie diese Angewohnheit nach einigen Jahren in Deutschland einfach abgelegt wie ihren argentinischen Pass? Wir waren auch nie zusammen hier gewesen, obwohl ich als Kind öfter danach gefragt hatte, sobald ich erkannt hatte, dass unsere Sprache nicht die unserer Umgebung war. Meine Mamá schätzte ich so ein, dass sie sich einfach weigerte zurückzublicken und ihr vorheriges Leben als vergangen und vergessen einstufte. Aber Papá war doch an diesem Ort verwurzelt gewesen. Hatte eine Familie hier gehabt, Besitz, den er aufgegeben und seinen Verwandten überlassen hatte.

Ich war so tief in Gedanken versunken, dass ich ganz automatisch immer wieder nach dem Matebehältnis griff, trank und es weiterreichte. Als Nicolás sich vorbeugte, um die Kalebasse von Gabriel entgegenzunehmen, fiel ein dunkles Lederband vorne aus seinem Hemd. Ich bemerkte, dass ein altmodischer, verschnörkelter Schlüssel daran hing. Er sah aus, als würde er zu einer wirklich alten Tür gehören, zu einem herrschaftlichen Anwesen oder einem Landschlösschen. Das Messing war angelaufen und hatte im Lauf der Zeit seine ursprünglich wohl hellere Farbe verloren. Einen derartigen Schlüssel hatte ich noch nie gesehen, er wirkte wie aus einem Märchen.

Sofort entstanden Bilder in meinem Kopf: von einer bösen Zauberin, die ein junges Mädchen mit langem Haar in einem halb verfallenen Turm einschloss. Von einem in Samt und Seide gewandeten Prinz, der Dornröschens Kammer betrat. Und von einer kostbar gekleideten Frau, die in einem Kellergewölbe zögerte, eine Tür aufzusperren, die ihr Mann ihr verboten hatte. Wenn ich mich richtig erinnerte, hatte der Schlüssel im Märchen sich blutrot verfärbt, nachdem Blaubarts junge Frau die Kammer aufgeschlossen und die toten Frauen darin entdeckt hatte. Unwillkürlich schauderte ich. Warum fiel mir gerade diese grausame Geschichte ein? Ein französisches Märchen aus dem 17. Jahrhundert über einen Frauenmörder, bei dem ein verbotener Schlüssel eine entscheidende Rolle spielte? Aber genau so sah dieser Schlüssel aus, den Nicolás bei sich trug. Direkt an der Brust, sorgsam verborgen unter seinem Hemd. Für einen Moment hob ich den Blick. Nicolás' Augen bohrten sich in meine. Die Iris war von einem ungewöhnlich warmen Karamellton, das war mir bisher gar nicht aufgefallen. Karamell war eine sympathische Farbe, es passte überhaupt nicht zu ihm.

Mit einer ruckartigen Bewegung stopfte Nicolás die Kette zurück unter sein Hemd und brach den Bann. Ich wandte den Blick ab und tat so, als hätte ich ihn nicht gerade fasziniert angestarrt.

»Ich muss dann mal weiter. Wollte heute noch ein wenig mit Fuego trainieren.« Nicolás sprang unvermittelt auf.

War es ihm unangenehm, dass ich den Schlüssel bemerkt hatte? Er blickte bewusst über mich hinweg, als er sich von Gabriel und Gauchito verabschiedete. Mit langen, schnellen Schritten eilte er davon. Die Schultern waren gestrafft, sodass er mit seiner schwarzen Kleidung und dem feuerroten Halstuch eine eindrucksvolle Figur abgab. Der Pferdeschwanz wippte über dem Hemdkragen. Wir sahen ihm nach. Gauchokind bewundernd, Gabriel besorgt und ich nachdenklich.

Nach meinem Spaziergang, der deutlich kürzer ausfiel als geplant, was einerseits auf die Fotostopps und andererseits auf die ungeplante Matezusammenkunft zurückzuführen war, zog ich mich schnell um und ging zum Büro hinüber. Ich hatte es mir zur Angewohnheit gemacht, zu den Arbeitszeiten halbwegs anständige Sachen anzuziehen. Gegen Isabela kam ich zwar sowieso nicht an, aber so fühlte ich mich zumindest nicht ganz wie Aschenputtel neben der aufgetakelten Stiefschwester. Heute hatte ich mich für meine Lieblingsjeans und eine hellgrüne Seidenbluse entschieden, die ich normalerweise in Kombination mit einem orangeroten Schal trug. Da der Tag aber langsam aufklarte, entschied ich mich stattdessen für die türkisfarbenen Tropfenohrringe, um zumindest ein kleines Farbstatement zu setzen.

Langsamen Schrittes und wegen des noch immer anhaltenden Muskelkaters leicht o-beinig stiefelte ich zum Herrenhaus hinüber. Im Vorzimmer streifte ich meine Mokassins ab, die ich für kurze Wege gerne überzog, und näherte mich der Tür zum Arbeitszimmer mit dem festen Vorsatz, mich diesmal nicht von Isabela ärgern zu lassen. Leise Stimmen drangen von drinnen in den Gang hinaus. Die Tür war nur angelehnt. Ich wollte nicht lauschen, wirklich nicht, aber als ich plötzlich meinen Namen hörte, blieb ich doch stehen.

»… Amalia. Weiß sie, wie ernst es steht?« Das war Isabelas Stimme. Niemand sonst hier nannte mich Amalia.

»Nein, und das soll auch so bleiben. Ich habe das Mädchen nicht hierhergeholt, um dann meine Sorgen auf ihr abzuladen.«

Als Isabela antwortete, klang sie zornig. »Und warum, bitte schön, soll sie nicht mal mit der Realität konfrontiert werden? Für sie ist das doch alles nur ein Witz. Sie denkt, sie macht hier Urlaub. Gibt sich mal ein bisschen mit den Primitivlingen ab.«

»Das glaube ich nicht. So, wie ich sie bisher kennengelernt habe, ist sie überhaupt nicht hochnäsig.«

Ich war froh zu hören, dass Tante Morena mich verteidigte. Auch wenn sie offensichtlich etwas vor mir verheimlichte. Etwas, das sowohl Isabela als auch Tante Morena große Sorgen zu bereiten schien.

»Schön, das ist deine Entscheidung.«

»Allerdings.« Der leicht warnende Unterton signalisierte, dass Isabela nun weit genug gegangen war.

»Es ist nur so schade, wenn ich mir vorstelle … Du weißt, dass es eine Möglichkeit gäbe … wir haben schon einmal davon gesprochen. Du bräuchtest ihn nur zu fragen, oder ich könnte es tun.«

»Nein, auf keinen Fall. Er muss von selbst zurückkehren, wenn er so weit ist. Bestimmt nicht, um mir einen Gefallen zu tun, den ich niemals vergelten könnte. Er muss für sich selbst entscheiden.«

»Aber dann könnte es zu spät sein!«

»Ich werde mich nicht in sein Leben einmischen! Und schon gar nicht aus egoistischen Motiven.« Tante Morena klang nun einerseits ärgerlich, andererseits resigniert. Es bekümmerte mich, sie so zu hören. Meine Tante strahlte sonst immer so viel

Energie und Tatkraft aus, dass ich sie für eine unbezwingbare Optimistin gehalten hatte.

»Hmmm.« Ich konnte den Zweifel aus Isabelas Stimme heraushören.

»Es liegt nicht in meiner Hand. Und in deiner auch nicht. Wage bloß nicht, ihn hinter meinem Rücken zu irgendetwas zu überreden.« Also war Tante Morena doch nicht so blauäugig. Sie schätzte Isabela ähnlich ein, wie ich das tat. Dass sie nämlich für ihr Leben gerne manipulierte. Trotzdem teilten die beiden ein Geheimnis, und mich ließ Tante Morena bewusst außen vor. Es tat weh, das auf diese Weise erfahren zu müssen.

Nun schien keiner mehr Lust zu haben, das Gespräch fortzusetzen. Ich wartete noch einen Moment ab, dann klopfte ich forsch an und trat ein. Tante Morena verzog ihr Gesicht zu einem Lächeln, das nicht darüber hinwegtäuschen konnte, dass ihre Augen traurig blickten. Isabela sammelte hastig einige Papiere vom Tisch auf und schob sie unter einen Stapel Aktenordner, der auf einem kleinen hölzernen Beistelltischchen neben dem Fenster lag. Ich tat, als hätte ich nichts bemerkt, und begrüßte beide betont fröhlich.

Messi saß im Vogelbauer auf seiner Lieblingsstange. Er hatte sein farbenprächtiges Köpfchen unter den rechten Flügel gesteckt und schien zu schlafen. Ohne sein lustiges Geplauder lastete die Stille, die im Raum stand, viel schwerer auf mir. Was konnte ich Unverfängliches sagen? Tante Morena kritzelte gedankenverloren auf einem Briefumschlag herum, während Isabela mit durchgestrecktem Rücken auf ihrem Stuhl thronte und ihre übliche kühle Miene zur Schau trug. In dem Gespräch gerade eben hatte sie allerdings alles andere als unbeteiligt gewirkt. Im Gegenteil, sie hatte Tante Morena dringend von etwas überzeugen wollen. Davon, jemanden um Hilfe zu bitten. Jemand, der aus irgendeinem Grund »zurückkehren« sollte, es aber offensichtlich nicht wollte.

»Und? Was machen wir heute?«, fragte ich schließlich.

Tante Morena zog den Stuhl neben sich unter dem Tisch hervor und klopfte darauf. »Ich dachte, wir gehen heute mal die Texte für unsere Homepage an. Sie sollen mögliche Besucher ansprechen und die Estancia so anziehend schildern, dass alle unbedingt bei uns übernachten wollen. Und wir brauchen sie natürlich am besten gleich in verschiedenen Sprachen.«

Isabela verdrehte die Augen. Ich ignorierte sie. Wenn sie der Meinung war, dass ich meinen Aufenthalt und die Arbeit hier nicht ernst nahm, dann würde ich sie eines Besseren belehren. »Klar, da kriegen wir bestimmt was Schönes hin.« Eifrig zog ich Papier und Kuli zu mir herüber. »Ich schreibe mit.«

Nach fast zwei Stunden angeregten Diskutierens, in dessen Verlauf wir immerhin ein Drittel der geplanten Texte für die Website entworfen hatten und ich auch bereits mit den Übersetzungen begonnen hatte, öffnete sich die Tür erneut und eine der Zwillinge schaute herein. Da ich die beiden nicht auseinanderhalten konnte, wusste ich nicht, ob es sich um Rosa Linda oder Clara Luz handelte. Das lag vor allem daran, dass die beiden sich gleich kleideten und auch die Frisuren täglich wechselten, je nachdem, ob sie gerade auf geflochtene, hochgesteckte oder mit dem Lockenstab behandelte Haare Lust hatten.

»Das Essen wäre dann so weit. Ihr solltet kommen, bevor es kalt wird, die anderen sind auch schon da«, verkündete das Mädchen und kicherte. Es trug wieder eine kleine weiße Schürze und hatte die Ärmel seiner Bluse hochgerollt. Die kräftigen Arme erweckten den Anschein, als könnte sie ordentlich zupacken.

»In Ordnung, Mädchen. Ja, nun, lasst uns gehen, wer zu spät kommt … also, das wäre ja unhöflich unseren Gästen gegenüber.« Ich griff noch schnell nach meiner Kamera, während Tante Morena sich vom Tisch emporstemmte. Ich hatte inzwischen öfter beobachtet, dass ihr Bein mehr zu schmerzen schien, wenn sie lange gesessen hatte, und auch jetzt bewegte sie es nur vorsichtig. Ich überlegte, ob ich ihr einen Arm als Stütze anbieten sollte. Womöglich fasste sie das aber als Beleidigung auf, so, als hielte ich sie für eine alte Frau. Es war wirklich verflixt schwierig mit den Argentiniern und ihrem Stolz! Ich beobachtete Isabela, die so tat, als bemerkte sie Tante Morenas zögernde Schritte nicht, ihrerseits aber bewusst langsam ging. War das die gebräuchliche Form unauffälliger Rücksichtnahme? Aber ich war schließlich nicht hier aufgewachsen, von mir konnte niemand erwarten, dass ich die unausgesprochene Höflichkeitsetikette einhielt. Ich stellte mich neben Tante Morena und hielt ihr meinen linken Arm hin. Sie zögerte kurz, hakte sich dann aber unter und stützte sich beim Gehen auf mich.

»Danke, mein Kind«, sagte Tante Morena sehr leise.

Isabelas Gesichtsausdruck verriet nichts über ihr Empfinden, nur ihre schlammfarbenen Augen blickten noch kühler als sonst.

Langsam schritten wir durch den dunklen Gang. Kurz bevor wir das Speisezimmer erreichten, ließ Morena meinen Arm los. Natürlich – sie wollte sich vor den anderen nicht die Blöße geben, dass sie Hilfe brauchte. Isabela und ich traten hinter ihr ein. Das große Speisezimmer lag am Südende des Hauses. Es war ein heller Raum mit großen, vielfach unterteilten Fenstern, die in die dicken Mauern eingelassen waren. Entsprechend breit war der Fenstersims, auf dem bunte Steine und besonders geformte Wurzeln angeordnet lagen. Ich liebte es, mit den Fingerspitzen über die mal raue, mal ganz glatte Oberfläche der Steine zu fahren oder die Wurzeln zu betrachten und mich zu fragen, von welchem hundertjährigen Baum sie wohl stammten und was dieser alles mit angesehen hatte. Wahrscheinlich hatte sich gar nicht so viel verändert, seit die Estancia errichtet worden war. Sicher, die Gauchos hatten gewechselt und mit ihnen die Pferde, auf denen sie ritten. In der Landwirtschaft kamen nun Maschinen zum Einsatz und neben der Pferdekutsche gab es hier auch Autos. Außerdem hatte Tante Morena einige der Gebäude umbauen lassen. Aber im Großen und Ganzen herrschte hier wohl immer noch derselbe »Spirit«, dieselbe naturverbundene Atmosphäre, dieses Gefühl, an einem besonderen Ort zu sein, wo das Gras vielleicht ein wenig grüner, der Horizont ein wenig unendlicher aussah als woanders.

Ich zückte meine Kamera und machte Fotos von der Sammlung auf dem Fensterbrett, vom Speisezimmer und dem Ausblick aus dem Fenster.

Erst der Geruch nach starkem, nahrhaftem Eintopf lenkte meine Gedanken zurück zum Esstisch. Auf der lang gezogenen Tafel lagen weiße Tischdecken. Nur die leicht vergilbten Ränder und einige verblasste Flecken, die wohl viele Wäschen überlebt hatten, zeugten davon, dass das Leinen schon bessere Tage gesehen hatte. Dagegen schienen die Stoffservietten und Suppenteller aus gebranntem und glasiertem Ton ganz neu zu sein. Altes Silberbesteck und ein Kerzenleuchter, den verschiedenfarbiges, fest gewordenes Wachs zierte, vervollständigten das Ensemble. Auch hiervon machte ich einige Fotos. Wenn die Zwillinge schon so liebevoll deckten, wollte ich das entsprechend honorieren. Um den Tisch herum saß eine bunt zusammengewürfelte Gesellschaft, einige unbesetzte Stühle zeugten jedoch davon, dass noch Leute fehlten. Bisher hatten wir immer im kleinen Kreis gegessen. Die Hausgäste waren mittags oft unterwegs und bekamen dann ein Essenspaket von den Zwillingen mit. Doch heute tafelten wir anscheinend in größerer Runde. Mein Blick wanderte zum Kopf der Tafel, wo ein schmächtiger Mann mit grauem Kittel und rot gepunkteter

Fliege saß. Die kleine Gestalt mit dem markanten Spitzbart erkannte ich sofort wieder.

Vor meinem inneren Auge sah ich die Karikaturen, die er mir gezeigt hatte. Morena als Piratin, Isabela als Medusa – wie sie wohl reagieren würden, wenn er sie ihnen zeigte? Das Bild von Nicolás als von Raben bedrohte Statue war mir besonders eindrücklich im Gedächtnis geblieben, obwohl es alles andere als lustig war.

Monsieur Dubois sprang auf und überschüttete mich mit einem französischen Wortschwall, wobei er an den Tisch stieß und die Wasserkaraffe zum Überschwappen brachte. Während er mit dem Ärmel seines Malerkittels in der Pfütze herumwischte und Tante Morena einem der bolivianischen Mädchen den knappen Befehl gab, ein Küchentuch zu holen, flutete sein – durch das Sprachhindernis unterdrücktes – Redebedürfnis über mich hinweg. Es musste entsetzlich langweilig für so einen eloquenten Mann sein, sich nur mit seiner eigenen Frau unterhalten zu können.

»Mademoiselle Amy, *quel honneur*, *quelle chance*! Wie überaus entzückend, Sie im Kreise Ihrer Lieben wiederzusehen! Setzen Sie sich doch, setzen Sie sich hier zu mir.« Er klopfte auf die Lehne des Stuhles neben sich und schien dabei ganz zu übersehen, dass dort bereits eine stromlinienförmig gebaute Dame in den Sechzigern saß, die ihn befremdet musterte.

»Monsieur Dubois, ich glaube nicht …«

»Ah, Ihre natürliche Höflichkeit, welch charmanter Zug, *n'est-ce pas*?« Er gestikulierte wild, um der Dame begreiflich zu machen, dass sie auf den nächsten freien Stuhl weiterrutschen solle. »Aber das haben wir gleich, so, schauen Sie, gar kein Problem.«

Die Dame wedelte empört mit ihrer dreireihigen Perlenkette, stand dann aber auf und bequemte sich auf den anderen Stuhl. Mir blieb nichts anderes übrig, als mich zu dem

Franzosen zu setzen, vor allem, da Tante Morena mir ins Ohr raunte: »Halt ihn nur schön bei Laune. Vielleicht bleiben die beiden Franzmänner dann noch eine Woche länger.«

»Endlich kommt mir die unverdiente Ehre zu, Ihnen meine liebreizende Camille, meine Gattin, vorzustellen. Seit Jahr und Tag erträgt sie tapfer meine kleinen Eigenheiten. Ihr natürlicher Sinn für Humor kommt ihr dabei sehr zupass.«

Eine hübsche ältere Frau mit kurz geschnittenen grauen Haaren, beerenfarbenem Lippenstift und einem weißen Blazer beugte sich von Monsieur Dubois' anderer Seite zu mir herüber, um mir die Hand zu geben. Sie sah so kultiviert und gepflegt aus wie Monsieur Dubois chaotisch.

»*Bonjour*, es freut mich, Sie kennenzulernen.« Das Lächeln vertiefte die Lachfältchen um ihre dunklen Augen.

Ich lächelte spontan zurück. »Sind Sie auch Künstlerin?«

»Camille huldigt einer ganz anderen Muse, sie bannt den Zauber der Sprache auf das Papier, so wie ich die Menschen und Gegenstände dieser pittoresken Welt.«

»Ich schreibe. Hauptsächlich Gedichte, ab und zu ein Drama«, erläuterte Camille die umständliche Antwort ihres Gatten.

»Wie schön.« Viel mehr fiel mir dazu nicht ein. Sollte ich fragen, ob ihre Texte sich reimten? Aber soweit ich wusste, war das bei moderner Lyrik nicht mehr sehr gefragt. Wahrscheinlich hätte ich damit nur mein Unwissen offenbart.

Camille fuhr sich durchs Haar. »Ich versuche, mit meinen Worten die Seele der Dinge in Worte zu fassen. Das gelingt mir hier besonders gut. Die Argentinier haben so einen Hang dazu, das Grundlegende ihrer eigenen Existenz zu durchleuchten.«

Ich nickte eifrig und hoffte, dass es aussah, als wüsste ich, wovon sie sprach. An ihrem Lächeln erkannte ich, dass es mir nicht gelungen war, sie zu täuschen.

»Argentinien ist das Land der Psychoanalyse«, erläuterte sie. »Wenn eine Argentinierin sich entschließt abzunehmen, dann beginnt sie keine Diät, sondern vereinbart einen Therapietermin, um der Frage auf den Grund zu gehen, warum sie so viel isst.«

Keine Diät! Das musste ich mal meiner Mutter erzählen. »Wie kam es denn dazu? Psychoanalyse ist doch von Freud in Österreich erfunden worden, oder?«

»In den Dreißigerjahren wanderten viele europäische Psychoanalytiker nach Argentinien ein, dadurch war die Denkrichtung vorgegeben. Manchmal hat man das Gefühl, dass Schwermut für die Argentinier geradezu eine Lebenseinstellung ist. Da passt das gut dazu. Wobei sie, soweit ich mitbekommen habe, die Therapie wirklich auch viel nutzen, wenn es Alltagsprobleme gibt oder eine größere Entscheidung ansteht. Durch die Wirtschaftskrise Ende der Neunziger hat sich der Bedarf anscheinend noch mal um einiges erhöht.«

Es war erschreckend, was ich alles über mein Heimatland nicht wusste. Eine Französin musste mir die Grundlagen der argentinischen Lebensweise erklären. Peinlich war das! Ich musste zugeben, dass es mich in Deutschland kaum interessiert hatte, was hier so los war. Meine Mutter hatte meinen Vater jedes Mal ausgeschimpft, wenn er beim Essen über Geld, Geschichte oder Politik sprechen wollte, und da ich mich sehr viel mehr deutsch als argentinisch fühlte, war mir das ganz recht gewesen. Anscheinend hatte ich dadurch einiges verpasst.

Camille Dubois schien mir anzumerken, dass ich grübelte. Taktvoll wechselte sie das Thema. »Sagen Sie Ihrer Tante doch bitte, dass wir uns hier sehr wohlfühlen und sehr froh sind, ihre Gäste sein zu können.«

Brav übersetzte ich Madame Dubois' Kompliment.

Tante Morena trommelte mit ihrer Gabel auf dem Tisch herum. »Gut, ähm, sehr schön. Sag ihr … wir freuen uns sehr.

Sie soll Bescheid geben, wenn sie noch einen Nachttopf braucht. Genau. Und jetzt wird gegessen. Du kannst den Franzosen erzählen, dass das eine Spezialität des Hauses ist. Natürlich habe nicht ich das gekocht – Gott sei Dank, das wäre was geworden … jedenfalls hoffe ich, es schmeckt ihnen.«

Tante Morena konnte also auch nicht kochen. Vielleicht hatte ich das ja von ihrer Seite geerbt. Ich übersetzte, wobei ich die diversen Satzbrüche wegließ. Mir war aufgefallen, dass Tante Morena sich vor allem bei sozialer Interaktion, bei der Höflichkeit gefragt war, verhaspelte. Wenn sie von Themen sprach, die sie interessierten, passierte das so gut wie nie. Vielleicht sollte sie auch mal zur Psychoanalyse gehen. Ich gewöhnte mich beim Übersetzen aber so langsam daran. Dankbar wandte ich mich endlich meinem Teller zu, in den Clara Luz oder ihre Schwester bereits einen ordentlichen Schwung Eintopf gefüllt hatte. Er hatte eine gelbliche Farbe und war sehr dickflüssig. Probehalber rührte ich mit einem Löffel darin herum, stutzte und zog kurz darauf einen kleinen Knochen heraus. O Gott, was war das? Aus was bestand dieses Gericht?

»Wo ist denn Nicolás?«, fragte Isabela in diesem Moment. »Sollten wir nicht mit dem Essen auf ihn warten?«

Ich blickte mich am Tisch um. Tante Morena saß neben Clara Luz und Rosa Linda. Daneben hatte die alte Dame mit der Perlenkette ihren Platz gefunden, die eine der fünf Gäste sein musste. Im Anschluss ich und die beiden Dubois. Neben Camille Dubois kam Isabela und dann war da noch ein weiterer freier Stuhl. Ich war ursprünglich davon ausgegangen, dass die beiden Gauchos selbst für ihr Essen sorgten, aber zumindest Nicolás tauchte meistens zum Mittagessen auf. Gabriel dagegen aß immer mit seiner Frau und seinem Sohn.

»Er wollte zu seinem Pferd.« Ich war froh, aus meinen Überlegungen gerissen zu werden, welche Tierüberreste in diesem Suppentopf gelandet waren.

»Wie schön, dass du dich darum kümmerst, wo die Leute sich aufhalten. Deine Nasenform scheint besonders geeignet zum Schnüffeln zu sein«, zwitscherte Isabela.

»Ich habe nur berichtet, was er vorhin beim Matetrinken gesagt hat.«

»Matetrinken? Ich wusste gar nicht, dass ihr euch so gut versteht.« Meine Tante runzelte die Stirn.

»Nein, nein, es war nur …« Ich spürte, wie meine Ohren heiß wurden. Wie sollte ich das bloß wieder richtigstellen? Möglichst kurz und sachlich erklärte ich, wie es dazu gekommen war, dass ich mit Gabriel, Gauchito und Nicolás Mate getrunken hatte.

»Wenn er nicht rechtzeitig da ist, hat er Pech gehabt. Ich lasse bestimmt nicht mein Locro kalt werden, nur weil der Herr mal wieder nur seine Pferde im Kopf hat«, entschied Tante Morena.

Schweigend wandten wir uns wieder dem Eintopf zu. Ich musste mich überwinden weiterzuessen. Womöglich warteten noch mehr eklige Überraschungen auf mich. Ich versuchte, meinen Teller unauffällig mit der Gabel zu durchpflügen. Vielleicht konnte ich zumindest weitere Knochen entfernen oder eine Speckschwarte oder irgendwelche Innereien.

»Das ist Locro, ein typisch argentinischer Eintopf, der hier schon gegessen wurde, bevor die Spanier Argentinien erobert haben.« Madame Dubois sprach mit leiser Stimme. Als ich aufsah, zwinkerte sie mir zu. »Er besteht vor allem aus Mais und Gemüse und dazu geben die Argentinier alles, was sie an Fleisch gerade dahaben. Manchmal schneiden sie auch Wurst hinein. Wenn ich mir diesen Knochen so ansehe, nehme ich an, dass diesmal Hühnchen mit drinnen ist.«

Hühnchen, zum Glück. Ich atmete auf. Das war ja harmlos.

»Camille interessiert sich sehr für die Eigenheiten der regionalen Küche.« Ich hatte mich gerade gefragt, wann Monsieur Dubois sich einmischen würde. In diesem Moment schien sein erster Hunger gestillt zu sein, denn er gab leise Schmatzlaute von sich und fuchtelte erneut mit seinem Löffel herum. »Ich muss schon sagen, dieses einfache und doch so raffinierte Mahl schmeckt vorzüglich. *Délicieux.*« Er deutete eine Verbeugung in die Richtung der beiden Hausmädchen an, die unisono zu kichern begannen.

Daraufhin aß ich mit viel mehr Appetit. Der Eintopf schmeckte würzig, leicht nach Kürbis, was auch die gelbe Farbe erklären würde.

Auf den Fliesen des Flures ertönten feste Schritte. Nicolás trat mit seiner schwarzen Mütze in der Hand ins Zimmer. Ohne Schuhe und stattdessen in Socken mit schottischem Karomuster wirkte er gleich viel weniger grimmig. Die Stirn war ausnahmsweise einmal nicht gerunzelt, wodurch er jünger aussah. Jünger und freundlicher. Er setzte sich mit einer gemurmelten Entschuldigung zwischen Tante Morena und Isabela, die bereitwillig mit ihrem Stuhl etwas zur Seite rutschte.

»Alles in Ordnung mit Fuego?«, erkundigte sich Tante Morena.

»Ja.« Mit normalen Gesprächen schien er sich nach wie vor schwerzutun.

»Was hast du gemacht?«

»Bei den Rindern vorbeigeschaut, Wasser nachgefüllt.«

»Gut.«

»*Pourriez-vous me passer le poivre, s'il vous plaît?*«, bat Monsieur Dubois.

Bevor ich reagieren konnte, hatte Nicolás bereits nach dem Pfeffer gegriffen und reichte ihn über den Tisch hinweg dem Franzosen. Ich saß da und starrte auf einen verblichenen Fleck auf der Tischdecke. Nicolás hatte verstanden, worum Monsieur Dubois mich gebeten hatte. Das bedeutete, dass er Französisch beherrschte. Etwas ungewöhnlich für einen Viehhirten, der auf einer Estancia mitten in der argentinischen Pampa lebte. Als ich hochsah, begegnete ich Nicolás' undurchdringlichem Blick. Der Mann hatte ein Geheimnis, so viel war klar. Um einen einfachen Gaucho handelte es sich bei ihm ganz sicher nicht.

8 – Fuchs, du hast die Gans gestohlen

Handbuch für die gute Ehefrau
Während der kälteren Monate sollten Sie für ihn ein Kaminfeuer zum Entspannen vorbereiten. Ihr Mann wird fühlen, dass er in seinem Zuhause eine Insel der Ruhe und Ordnung hat, was auch Sie beflügeln wird.

Den zweiten Sonntagnachmittag seit meiner Ankunft verbrachte ich größtenteils lesend in meinem Bett. Ich hatte es bereits als Kind geliebt, mich in die Bettdecke einzumummeln, eine Tasse Tee und ein Tellerchen mit Keksen oder Pralinen auf den Nachttisch zu stellen und mich dann in eine Geschichte zu vertiefen. Während meiner Kindheit hatte ich ganze Tage auf diese Weise verbracht, vollkommen gefesselt von Harry Potters Kampf gegen Lord Voldemort oder den Erlebnissen von Ritter Tiuri im wilden Wald. Im Nachhinein fragte ich mich, ob die Bücher mir nicht einen Zufluchtsort geboten hatten vor den Kommentaren meiner Mitschüler, wenn das Styling meiner Mutter mal wieder für Aufsehen gesorgt hatte, oder vor den teilweise doch recht lautstark geführten Diskussionen meiner

Eltern. Erst als ich älter und nach und nach selbstbewusster geworden war, hatten Spielenachmittage mit Freunden langsam die zahlreichen Lesestunden zu ersetzen begonnen.

Trotzdem überkam mich sofort wieder das vertraute und heimelige Gefühl der Geborgenheit, als ich meinen E-Book-Reader zur Hand nahm und die vielen Kissen meines riesigen Bettes zurechtrückte, bis sie perfekt lagen, um mich stundenlang ohne störende Ecken und Falten in ihnen zu vergraben. Statt Keksen hatte ich eine kleine Auswahl an Alfajores neben meinem Bett ausgelegt. Die Minikuchenstückchen in verschiedenen Schichten, meist mit Schokolade überzogen und gefüllt mit allerlei hochkalorischen Leckereien, waren einfach verboten lecker. Definitiv eine argentinische Spezialität, die süchtig machte.

Tante Morena hatte mir zur Begrüßung eine ganze Schüssel davon in mein Zimmer gestellt und ich probierte mich so nach und nach durch die verschiedenen Sorten. Mein Favorit war die Sorte, die mit Dulce de leche gefüllt, mit Halbbitterschokolade überzogen und zusätzlich mit Kokosraspeln bestreut war.

Ich klickte mich durch einige Werbeanzeigen neuer E-Books und blieb schließlich bei einer bekannten Jugendroman-Trilogie hängen. Ich hatte alle drei Bände zwar schon gelesen, aber ich las Bücher sowieso gerne zweimal, dreimal, oder bei besonderen Lieblingen sogar fünf- bis zehnmal. Es hatte etwas merkwürdig Beruhigendes, dass man wusste, wie es weiterging, und manche Sätze sogar im Kopf ergänzen konnte. Ben hatte es nie verstanden, warum ich das tat. Für ihn war ein Buch primär dafür da, dass man etwas Neues daraus lernte. Danach hatte es seinen Zweck getan und konnte weiterverschenkt oder verkauft werden. Ich hatte in unseren Diskussionen stets dagegengehalten, dass ich beim wiederholten Lesen in einem guten Buch immer wieder neue Aspekte entdeckte oder Zusammenhänge anders interpretierte. Außerdem fand ich, dass die Sicht auf ein Buch sich mit dem Alter verändern konnte. Es gab Bücher, die ich als Jugendliche frustriert aus der Hand gelegt hatte und erst zehn Jahre später plötzlich interessant fand.

Hundertfünfzig Seiten später beschloss ich, eine Pause zu machen. Die Alfajores waren längst verspeist und meine Hände froren vom langen Stillliegen. Ein heißer Tee oder Kaffee und etwas frische Luft würden mir jetzt guttun. Und etwas zu essen konnte ich auch vertragen, bevor ich mich später noch an einige Übersetzungen machte. Mit knurrendem Magen ging ich zum Frühstücksbungalow hinüber.

Wie meine Tante gesagt hatte, stand dort alles für die Teezeit vorbereitet: eine Kanne voll mit heißem Wasser, mehrere Tassen und Untertassen, eine Box mit unterschiedlichsten Teesorten und einem großen Beutel Matekraut und ein Teller mit Medialunas, den leckeren kleinen Hörnchen, die hier auch zum Frühstück gereicht wurden. Nur nach dem Kaffeepulver musste ich eine Weile suchen. Ich fand es schließlich in der hintersten Ecke des Tisches versteckt. Wahrscheinlich trank hier nie jemand Kaffee.

Ich löffelte mir eine großzügige Portion in mein Becherglas, goss heißes Wasser darüber, rührte kräftig um und gab noch einen Schuss Milch aus dem unter der Theke eingebauten Kühlschrank dazu. Dann schnappte ich mir zwei Medialunas und ließ mich auf dem ausladenden Sofa nieder, dessen Polsterung schon bessere Tage erlebt hatte. Ich kaute vergnügt vor mich hin und nippte zwischendurch an meinem Kaffee. Dabei genoss ich die Rundumsicht aus den verglasten Wänden. Im Norden und Westen standen Laubbäume, Kastanien, wenn mich meine geringen botanischen Kenntnisse nicht täuschten. Das Laub färbte sich langsam gelb, doch noch dominierten verschiedene Grüntöne das Bild. Gestern hatte es den ganzen Tag geregnet und nun hing seit dem Mittag kniehoher Nebel über den Wiesen, wo die Feuchtigkeit in der mittlerweile wieder sehr warmen Sonne verdampfte. Es sah wunderschön aus und ich ertappte mich bei dem Gedanken, wie gerne ich Ben dieses Schauspiel gezeigt hätte.

Nach Süden hin konnte ich weit über die Felder schauen. Zäune, Tiere und vereinzelte Bäume wurden stetig kleiner, je entfernter sie standen, und irgendwann schien das Grasland in den Horizont überzugehen. Ich seufzte tief auf. Es hatte mich wirklich an ein schönes Fleckchen Erde verschlagen.

Ich war gerade bei meinem zweiten Gebäckstück angekommen, als die friedliche Idylle gestört wurde. Nicolás bog in seinem üblichen schwarz-roten Outfit um die Ecke und führte sein ebenso schwarzes Pferd hinter sich her. Groß und muskulös waren sie beide, aber das Fell des Hengstes glänzte wunderschön, was ihn mir gleich sympathischer machte als seinen Besitzer. Außerdem hatte Fuego Nicolás damals in die Irre geleitet, um seine Freiheit zu behalten, und dafür gesorgt, dass sein Herr vom Pferd gefallen war. Er war wirklich ein herrliches Tier, kräftig, elegant, und wenn man Gauchito Glauben schenken durfte, der schnellste Hengst weit und breit. Eigentlich merkwürdig, dass sich ein Gaucho ein so teures Pferd leisten konnte. Ich hatte keine Ahnung, wie viel ein solcher Hengst kosten mochte, aber wahrscheinlich nicht gerade wenig. Allerdings lebte Nicolás sonst sehr spartanisch. Er schien kein Auto zu besitzen und seine Kleidung war ja ständig die gleiche. Da reichten ihm auch zwei oder drei Garnituren zum Wechseln.

In meiner Neugierde war ich immer dichter ans Fenster herangerückt. Zu meinem Glück blickte Nicolás kein einziges Mal in meine Richtung, also hatte er mich vermutlich nicht bemerkt. An der Scheune blieb er stehen, holte ein merkwürdig aussehendes Werkzeug aus seiner Hosentasche, band das Pferd fest und redete ruhig auf es ein. Nach und nach hörte Fuego auf, den Kopf hin und her zu werfen und am Halfter zu zerren.

Nicolás klopfte ihm leicht an die Flanke, bis er den Vorderfuß anhob. Er bückte sich und begann, den Huf zu untersuchen.

In diesem Moment schlenderte Isabela heran. Ich erwartete, dass sie Nicolás nun anpflaumen würde, dass er mit seinem Gaul den Weg versperrte, aber weit gefehlt. Stattdessen blieb sie stehen, als sie die beiden schwarzen Gestalten bemerkte, prüfte, ob ihr Jeansrock richtig saß, zog den Ausschnitt ihres einfachen weißen T-Shirts noch etwas herunter und ließ eine Locke ihres langen Haares neckisch vorne über die Schulter fallen. Dann stolzierte sie mit wiegenden Hüften weiter und rief etwas, woraufhin Nicolás aufblickte und sie anlächelte.

Dieses Lächeln überraschte mich komplett. Es ließ ihn fast normal wirken, menschlich und nett. Dass er mich noch nie angelächelt hatte, war ja kein Wunder. Aber auch in anderer Gesellschaft wirkte er unentwegt schlecht gelaunt und verbissen. Zusammen mit Isabelas übertriebenen Schönheitsvorkehrungen ließ dieses Lächeln mich ahnen, dass da mehr war zwischen den beiden. Plötzlich fiel mir ein, dass Isabela Nicolás verteidigt hatte, als Tante Morena wegen des Galopps sauer gewesen war, und dass sie neulich angemahnt hatte, mit dem Essen doch auf ihn zu warten. Unglaublich, da hatte ich wohl ein kleines Geheimnis entdeckt. Ausgerechnet die beiden Menschen, die ich für ausgemachte Egozentriker hielt, fühlten sich zueinander hingezogen. Das passte ja bestens. Ich wünschte Isabela schon jetzt viel Spaß damit, sich mit Nicolás' unberechenbaren Launen herumzuschlagen. Ha! Sie hatte nichts anderes verdient!

Isabela wirkte, als wäre sie einem kleinen Schwätzchen nicht abgeneigt, doch Nicolás wandte sich abrupt wieder dem Pferdehuf zu. Aber so schnell gab Isabela natürlich nicht auf. Sie trat neben ihn und ging sogar in die Hocke, um den Pferdefuß ebenfalls unter die Lupe nehmen zu können. Das Pferd begann wieder nervös zu tänzeln und Nicolás schob Isabela hinter sich, was sie ihm nicht etwa übel zu nehmen schien, sondern sie im

Gegenteil noch dazu bewog, neckisch an seinem ausgestreckten Unterarm entlang zu streichen.

Wahnsinn, das war ja wie im Kino! Ein Stummfilm der Extraklasse. Mit angehaltenem Atem wartete ich darauf, dass Isabela die Gunst der Stunde nutzen und ihn in eine Umarmung ziehen würde. Gespannt stand ich vom Sofa auf und bewegte mich näher zum Fenster hin. Wie würde er darauf reagieren? Doch Isabela schien sich noch nicht so recht zu trauen. Während Nicolás die Streichelattacke ignorierte und lieber weiter mit seinem Hengst sprach, kaute Isabela auf ihrer Haarsträhne herum, die sie vorher noch so kunstvoll über ihrer Schulter drapiert hatte. Irrte ich mich, oder war sie enttäuscht?

Noch gab sie allerdings nicht auf. Sie stellte sich neben Nicolás und hielt Fuego ihre Hand zum Beschnuppern hin. Wahrscheinlich war ihr klar, dass man das Herz eines Gauchos am ehesten über sein Pferd gewann. So wie daheim in Deutschland die Frauen die Autos der Männer lobten, die sie attraktiv fanden. Aber ein Auto schlug wenigstens nicht aus, wenn man es streichelte.

Nicolás legte seine Hand um ihre und führte sie zum Hals des Tieres, doch der Hengst schüttelte sie ab. Schaum tropfte von seiner Trense auf den Boden. Anscheinend war er nicht besonders gut gelaunt. Isabela hielt nun vorsichtigen Abstand zu ihm, was ich an ihrer Stelle bereits viel eher getan hätte. Entweder war sie sehr tierfreundlich, was ich ihr nicht recht abnehmen konnte, vor allem, da ich jeden Tag beobachtete, wie genervt sie von Messi war – oder das Ziel lohnte den Einsatz. Trotz des Gefühls, bei den beiden ein Geheimnis aufgespürt zu haben, wunderte mich dieser Punkt jedoch am meisten. Von Isabela hätte ich erwartet, dass sie sich gesellschaftlich nach oben orientierte. Mit ihrem Aussehen und der Intelligenz, die sie zweifellos besaß, obwohl ich das nur ungern zugab, hätte sie in einer größeren Stadt bestimmt schnell einen Mann gefunden, der für teure Kleider und Friseurbehandlungen zahlte und Madame den Lebensstil ermöglichte, den sie sich vermutlich erträumte. Stattdessen arbeitete sie freiwillig auf einer Estancia, weit weg von jedem Luxus und auch von jedem vermögenden Junggesellen.

Noch dazu verschwendete sie ihre Energie an einen Mann, der außer einem Pferd offensichtlich nichts besaß und zudem eine äußerst harte Schale hatte. Ich vermutete sogar, dass der Kern ebenso hart und ungenießbar war, wenn man sich erst einmal durch die Schale gekämpft hatte. Die einzige Erklärung, die mir dazu einfiel, bestand darin, dass Isabela Nicolás tatsächlich mochte. Ich musste wieder daran denken, dass Tante Morena ihr offensichtlich irgendein Geheimnis mitgeteilt hatte, von dem sie mir nichts erzählt hatte. Und dass Isabela Stillschweigen darüber bewahrte, obwohl sie selbst der Meinung war, das Problem lösen zu können.

Ich wurde das Gefühl nicht los, dass dieses Geheimnis irgendetwas mit Nicolás zu tun hatte. Auch wenn der Satz »Er muss von selbst zurückkehren, wenn er so weit ist« eher darauf schließen ließ, dass sie auf die Ankunft eines weiteren Mannes warteten.

Tief in Gedanken versunken beobachtete ich, wie Isabela sich verabschiedete und sich entfernte, wobei sie die Füße direkt voreinander setzte wie auf einem Laufsteg. Kurz darauf fand auch Nicolás' Hufbeschau ein Ende und er band den Hengst los, um in Richtung Koppel zu verschwinden. Ich machte mich möglichst dünn hinter dem Fensterrahmen, aber glücklicherweise sah auch er nicht in meine Richtung. Aufatmend sank ich zurück in die Sofakissen. Mein Kaffee war inzwischen kalt geworden und ich nahm nur wenige Schlucke, bevor ich alles in den Ausguss schüttete.

In dieser Nacht wälzte ich mich lange in meinem übergroßen Bett hin und her. Mein Kopf fühlte sich zum Platzen voll an mit Gedanken. Zuhause, die fehlenden Gäste auf der Estancia, meine Eltern, Ben. Meine Social-Media-Accounts hatte ich deaktiviert. Ich wollte gar nicht erst in Versuchung kommen nachzusehen, was Ben so postete. Jetzt, wo ich überhaupt keine Ruhe fand, war der Gedanke daran doch verlockend. Schließlich gab ich auf und schlängelte mich unter dem festgesteckten Bettlaken hervor. Ich musste den Kopf irgendwie frei kriegen, sonst würde ich die ganze Nacht wach liegen. Ich schlüpfte in meine Jogginghose und zog mir einen Pulli über mein Nachthemd mit den zwei knutschenden Eisbären darauf.

Mit den nackten Füßen in meinen ausgelatschten Turnschuhen schlich ich mich zur Tür hinaus, obwohl sowieso niemand da war, den es gestört hätte. Trotzdem hatte es etwas Verstohlenes, nachts aufzustehen und hinauszugehen. Mit meinem Handy leuchtete ich mir den Weg, denn ich wollte nicht zum Haupthaus laufen, sondern einen Platz aufsuchen, wo ich wirklich für mich sein konnte. Ich überquerte die Obstbaumwiese und ließ mich neben der Scheune ins Gras fallen. Der Boden war leicht feucht und ich unterdrückte einen Schauder, vergaß das aber sofort, als ich den Kopf in den Nacken legte und zum ersten Mal bewusst in den argentinischen Nachthimmel hinaufblickte.

Die Sterne strahlten in einer Intensität, wie ich es in Deutschland noch nie wahrgenommen hatte. Gleichzeitig waren mir ihre Muster gänzlich unvertraut. Sie sahen so ganz anders aus, als ich es gewohnt war. Ich brauchte einen Moment, um zu verstehen, weshalb. Natürlich – ich befand mich ja auf der Südhalbkugel. Den Großen Wagen suchte ich hier vergebens.

In München hatte ständig irgendwo Licht gebrannt, dauernd hatte irgendetwas geblinkt und geleuchtet und den Mond um seine Strahlkraft betrogen. Doch hier herrschte

Dunkelheit, echte, tiefe nachtschwarze Dunkelheit. Eine perfekte Leinwand für die Wunder der Nacht. Ich staunte über die vielen kleinen und großen Sterne, die sich rings um mich her entfalteten. Je länger ich schaute, desto mehr entdeckte ich. Unwillkürlich ordnete ich sie in Gruppen, erfand eigene Sternbilder wie den kleinen Maulwurf oder den Bücherwurm.

Es war schön, einmalig schön, aber gleichzeitig zog sich etwas schmerzlich in mir zusammen. Warum saß ich alleine hier? Wie klein war ich doch und wie unbedeutend gegen die Unendlichkeit des Alls. Der Teil meines Herzens, den ich in den letzten Tagen so gut wie möglich weggeschlossen und ignoriert hatte, begann wieder zu schmerzen.

Ich hatte es bisher tunlichst vermieden, an Ben zu denken. Es hatte genug Ablenkung gegeben, so viel Aufregendes und Neues, und ein Teil von mir war froh darüber – ein Teil, der vernünftig sein wollte und fand, dass ich mich nicht in meinem Unglück suhlen, sondern nach vorne blicken sollte.

Doch ein anderer Teil in mir sehnte sich nach dem Vergangenen zurück. Nach der Zeit, als ich noch völlig davon überzeugt gewesen war, dass Ben und ich zusammengehörten, bevor er sich als mieser Stinkstiefel erwiesen hatte.

Die Einsamkeit schlug wie eine Woge über mir zusammen. Ich schaute in den argentinischen Nachthimmel, während mir heiße Tränen über die Wangen strömten und ich das ganze furchtbare Gefühl der Verlorenheit aus mir herausweinte.

Plötzlich drang ein dumpfer Laut durch die Nacht, der mich erschreckt zusammenzucken ließ. Ich lauschte. Hundegebell. Es schien aus verschiedenen Richtungen zu kommen. Durch die Stille, die mich zuvor umgeben hatte, drang es nun scharf zu mir herüber. Was war das, mitten in der Nacht? Das Gebell klang wie ein Warnsignal, aus verschiedenen Kehlen ausgestoßen, und ging in ein lang gezogenes Heulen über. Ohne nachzudenken, sprang ich auf und lief los. Im Rennen versuchte ich, mich zu orientieren. Es kam nicht aus der Richtung des Haupthauses, wie ich zunächst vermutet hatte, nein, eher von den weiter entfernten Weiden. Um nicht zu stolpern, schaltete ich meine Handytaschenlampe wieder ein und sah, wie der schwankende Strahl Erdkrumen und Grasbüschel vor mir erhellte.

Mein Atem wurde schnell zu einem Keuchen. Ich war einfach losgerannt und das beklemmende Gefühl in mir schien meine Lunge zusätzlich zusammenzudrücken. Aber es konnte nicht mehr weit sein. Das Bellen klang inzwischen so laut in meinen Ohren, dass ich den Hunden ganz nahe sein musste. Ich versuchte, im schwachen Schein des Handys etwas zu erkennen. Zuerst nahm ich nur dunkle Schemen wahr, die sich schnell bewegten. Ständig huschten Hunde in mein Gesichtsfeld und wieder hinaus. Ich hatte keine Ahnung, wie viele es waren. Von meiner Taschenlampe angeleuchtet warfen ihre drahtigen Körper lange Schatten.

Da waren auch Alpakas, zusammengedrängt zu einem Haufen. Sie flohen vor den Hunden, wechselten unentwegt die Richtung, wurden von dem Rudel hierhin und dorthin getrieben. Der Kreis zog sich enger. Ich rannte weiter, hinter den Alpakas her, genau auf die Hunde zu. In diesem Augenblick beobachtete ich, wie ein weiterer Hund ein kleines Alpaka anfiel, das bei der hektischen Flucht seiner Herde an den Rand gedrängt worden war und nicht mehr von den Körpern und Hufen der ausgewachsenen Alpakas beschützt wurde. Der Hund verbiss sich im Bein des Fohlens und rollte durch den Schwung des Sprunges mit ihm zusammen über den Boden. Im Schrei des kleinen Tieres lag so viel Schmerz und Angst, dass die Gänsehaut mir über den ganzen Körper lief.

Ohne nachzudenken, schrie ich die Hunde an. Ich brüllte, so laut ich konnte, und hoffte gleichzeitig, dass es sie erschrecken und von dem Alpakafohlen fernhalten würde. »Haut ab! Haut ab, ihr Mistviecher! Haut ab!«

Das Rudel hielt tatsächlich für einen Moment inne. Dann sprangen zwei besonders große Exemplare in meinen Weg. Ihr Knurren drang tief aus der Kehle. Sie duckten sich im Schein der Handytaschenlampe flach auf den Boden, die Lefzen zuckten. Gleich würden sie mich angreifen, gleich …

In diesem Moment hallte ein lauter Knall durch die Luft. Ich erschrak so, dass ich zusammenzuckte und fast das Handy fallen gelassen hätte. Da schoss jemand, wer? Wo? Ich fuhr herum und registrierte den Schein einer weiteren Laterne ganz in meiner Nähe. Wieder ein Knallen. Fassungslos starrte ich die Gestalt an, die ganz in Schwarz auf mich zuhielt. Sie schwang eine lange Peitsche in der Hand. Ein weiteres Knallen, die Peitsche sauste über die Hunde hinweg, die dicht bei mir standen. Sie jaulten auf, der erste verschwand geduckt in der Nacht. Der zweite bekam einen heftigen Hieb quer über den Kopf, dann rannte auch er davon, das Rudel folgte. Im zitternden Licht meines Handys sah ich sie davonpreschen.

»Was soll das? Bist du verrückt?« Der Mann packte mich hart am Arm.

Ich schrie auf. Nicolás. Erschrocken riss ich mich los. »Ich wollte nur …«

»Diese Hunde sind gefährlich! Sie sind wild, sie jagen im Rudel. Und du hast dich zwischen sie und ihre Beute gestellt. Wenn ich nicht da gewesen wäre, hätten sie dich jede Sekunde angreifen können!«

»Es ist ja nichts passiert«, murmelte ich, während meine Beine zunehmend weich wurden und ich das Gefühl hatte, die Welt drehte sich zu schnell um mich herum.

Nicolás hielt die Lampe neben mein Gesicht. »Nicht umkippen«, befahl er scharf. »Setz dich langsam hin, den Kopf zwischen die Beine. Langsam atmen, ganz langsam.«

Ich konnte seine Hand spüren, die meine Schulter drückte und nicht zuließ, dass ich schwankte. Das Gras unter meinen

Knien war nach wie vor feucht. Die Kühle machte mich wieder etwas wacher und ich versuchte, Ordnung in meine Gedanken zu bringen.

Ich war dem Bellen der Hunde durch die Nacht gefolgt. Sie waren auf der Jagd gewesen. Ich hatte sie gestört, deshalb hatten sie sich gegen mich gewandt. Und dann war Nicolás gekommen und sie hatten von mir abgelassen und von ihrem Opfer …

»Das Alpaka!«, rief ich laut aus. »Wir müssen uns um das Alpaka kümmern!«

Ich stützte mich mit den Fingerknöcheln ab, um hochzukommen.

Mit einem Fluch zog Nicolás mich ganz empor. »Was meinst du?«

Ich hielt mein Handy weiterhin fest umklammert und richtete den Strahl nun auf die etwas weiter entfernten Tiere, die im Kreis um etwas herumstanden. Nicolás war mit wenigen Schritten bei ihnen und die Alpakas machten ihm sofort Platz. Da lag das Kleine, auf dem Boden, die Flanken zuckten, aber sonst verriet nichts, dass es noch am Leben war. Eine dunkle Flüssigkeit, von der ich nur erahnen konnte, dass es Blut war, bedeckte sein weißes Fell.

Nicolás kniete sich neben das Kleine.

Ich stolperte neben ihn. »Ist es – wird es …?« Meine Stimme zitterte.

Nicolás befahl mir leise, seine Laterne zu nehmen und ihm mit beiden Lampen zu leuchten. Behutsam strich er über den schlaffen Körper, seine Hände tasteten das Fell ab und hielten an einer tiefroten Stelle am rechten Hinterlauf inne. Das Fleisch dort klaffte auseinander, aus der Wunde strömte weiter Blut und hinterließ eine schmierige Spur im Gras.

Nicolás riss sich mit einem Ruck sein Halstuch herunter, band es fest um das Bein des Alpakafohlens und presste die Hand auf die Stelle.

Ich stellte die Laterne ab, um auch mithelfen zu können, wusste allerdings nicht, wie.

»Hier, an dem Zipfel ziehen.« Nicolás deutete mit dem Kinn auf die frei hängende Seite seines Halstuches. »Wir müssen die Blutung stoppen, sonst wird es zu schwach.«

Gehorsam griff ich nach dem Tuch. Bestimmt fügten wir dem Kleinen gerade schlimme Schmerzen zu. Aber Nicolás hatte recht. Wir konnten es nur retten, wenn wir die Blutung in den Griff bekamen. Erst danach war es möglich, uns um die anderen Verletzungen zu kümmern. Wir arbeiteten eine Weile schweigend. Meine Finger streichelten automatisch über den Bauch des Alpakas. Es war beruhigend, die Wärme und den viel zu schnellen, aber zumindest vorhandenen Herzschlag zu spüren.

»Es muss genäht werden«, stellte Nicolás fest.

»Aber wie?« Ich war ratlos. Wir saßen hier mitten in der Pampa. Bestimmt gab es keinen Tierarzt im Umkreis der nächsten fünfzig Kilometer. Außerdem war es mitten in der Nacht.

»Wir müssen das machen.«

Ich konnte keine Ironie aus seinen Worten heraushören. Trotzdem, das konnte er ja wohl nicht ernst meinen, oder? »Hier? Auf der Wiese?«

»Hier geht das nicht. Ich brauche Nadel und Faden, eine Schere und etwas zum Desinfizieren.« Er zögerte. »Außerdem könnten die Hunde zurückkommen.«

Bei seinen Worten fröstelte ich. Ich wollte mir jedoch nichts anmerken lassen. »Gut«, antwortete ich möglichst forsch. »Dann sollten wir uns sofort auf den Weg machen. Du musst mir sagen, wie ich es anfassen soll, ich kann dir beim Tragen helfen.«

»Das ist nicht nötig.«

So, wie er es sagte, war es nicht wie eine Zurückweisung gemeint, nur wie eine einfache Feststellung. Unsere gegenseitige Abneigung war Nebensache.

»Aber wir müssen das Kleine vor Unterkühlung schützen«, fuhr er fort. »Sein Körper hat gerade genug damit zu tun, den Kreislauf aufrecht zu erhalten. Um Wärme kann es sich jetzt nicht kümmern.«

»In Ordnung.« Ich war selbst überrascht, als ich wie selbstverständlich meinen Pullover auszog und mich daranmachte, ihm dem Fohlen über den Kopf zu stülpen. Ich hatte allerdings vergessen, dass ich darunter nur das Nachthemd trug. Nicolás' Blick streifte die Eisbären kurz und ich glaubte, ein leichtes Grinsen über seine Lippen huschen zu sehen. Es verschwand jedoch sofort wieder, als er mir half, das Alpaka einzupacken, und es dann auf seine Arme hob. Er hatte anscheinend nicht daran gedacht, seine Haare wie sonst in einem Pferdeschwanz zurückzubinden. Sie reichten ihm in leichten Wellen bis auf die Schulter hinab und ließen sein Gesicht weicher wirken.

Die übrigen Tiere, darunter vermutlich die Mutter, trotteten beunruhigt hinter uns her, als wir uns auf den Weg Richtung Wohngebäude machten. Ich musste schnell laufen, um bei Nicolás' großen Schritten nicht zurückzubleiben. Und das war das Letzte, was ich in diesem Augenblick gewollt hätte. Er hielt den Körper des Alpakafohlens dicht an seine Brust gepresst. Die langen staksigen Beinchen ragten zwischen den Armen hervor.

»Kommt so was … öfter vor?«, fragte ich nach einer Weile. Ich wollte gerne ein Gespräch in Gang bringen, da ich dauernd das Gefühl hatte, außerhalb der Reichweite der Laterne schlichen noch weitere Hunde herum. Und ich war leider nicht so geschickt mit der Peitsche wie Nicolás. Wenn ich versucht hätte, damit zu knallen, hätte ich sie dabei vermutlich um meinen eigenen Hals gewickelt und mich selbst erwürgt.

»Ich habe Berichte gehört … von anderen Farmern aus der Gegend. Da haben sie Rinder und Schafe angegriffen. Ich habe Morena gesagt, dass wir Wachhunde brauchen. Am besten eine große, starke Rasse, aber sie wollte es nicht, wegen der Touristen.«

»Jetzt wird wohl nichts anderes übrig bleiben.«

»Vielleicht.« Nicolás keuchte leise unter dem Gewicht des kleinen Alpakas, lehnte mein Angebot, es auch einmal ein Stück zu tragen, aber rundheraus ab. Ich hatte es eh mehr der Form halber angeboten. Das Kleine sah zwar sehr dünn und schwach aus, aber ich war mir fast sicher, dass wir nicht besonders weit kommen würden.

»Wo bringen wir es hin?«

»Zu mir. In den Stall.«

Zu ihm in den Stall? Aha. Das war ja wie bei Maria und Josef.

An den knirschenden Kieselsteinen unter meinen Füßen erkannte ich, dass wir auf dem Platz vor dem Herrenhaus angekommen waren. Nicolás ging weiter geradeaus, tatsächlich genau auf den Pferdestall zu. Er legte das Alpaka sachte auf den Boden und entriegelte die Stalltür. Ich bemühte mich, ihm zu leuchten. Als wir durch den dunklen Gang kamen – nachdem ich die Tür sorgfältig wieder hinter uns zugezogen hatte, nicht, dass noch ein Hund hereingelangte –, hörte ich die Pferde in ihren Boxen schnaufen und sich bewegen. Wahrscheinlich rochen sie das Blut und wurden nervös.

Nicolás stieß mit dem Fuß eine Tür auf und schritt vorsichtig hindurch, bemüht, kein Körperteil des Alpakas irgendwo anzuschlagen. Ich folgte ihm und tastete die Wand ab, bis ich den Lichtschalter fand. Eine nackt von der Decke hängende Glühbirne flammte auf. Wir standen in einem mittelgroßen Raum. Dunkle Holzbalken sorgten für die Stabilität der Wände, dazwischen waren Ziegelsteine gemauert und anschließend weiß gekalkt worden. Das Muster der Steine war unter der Farbe noch schwach zu erkennen. Es roch nach Pferd und nach Leder; ich konnte mir gut vorstellen, dass das vielleicht einmal die Sattelkammer gewesen war. Dicht an der Wand unter einem Fenster, das teilweise außen von wildem Wein bewachsen war, stand ein einfaches, schmales Bett. Die hastig zurückgeschlagene Decke zeugte davon, dass Nicolás plötzlich geweckt worden war.

Außer dem Bett gab es noch einen Holzstuhl, über dessen Lehne ein rotes Halstuch und die typische Gaucho-Mütze hingen, einen spindähnlichen Schrank und einen Tisch, auf den Nicolás das Alpaka nun bettete. Zum Glück war die Tischplatte groß genug. Hastig räumte ich Teller und Besteck, die noch darauf lagen, zur Seite und brachte sie zu einem Waschbecken in der Ecke des Raumes. Hier stand auch eine hellgrüne Zahnbürste in einem Becherglas und Rasierzeug.

Ich schaute schnell wieder weg, da ich das Gefühl hatte, gerade viel zu tief in Nicolás' Privatsphäre einzudringen. Er wollte ganz bestimmt nicht, dass ich seine persönlichen Sachen anstarrte, wenn er mich gezwungenermaßen schon mit zu sich genommen hatte. Gerade wollte ich zum Tisch zurückkehren, als mein Blick auf eine Reihe Bücher fiel, die an der Wand entlang gestapelt standen. Meine Neugier triumphierte über mein Anstandsgefühl. Wegen des schwachen Lichtes der Glühbirne musste ich ein paar Schritte näher herangehen, damit ich die Titel lesen konnte. Die »Reise zum Mittelpunkt der Erde« von Jules Verne stand da neben Sherlock Holmes' gesammelten Fällen in einer wunderschönen weinroten Sammelausgabe. Dass Nicolás Französisch verstand, hatte ich ja bereits herausgefunden. Von der Vorliebe für europäische Literatur hatte ich keine Ahnung gehabt. »Die drei Musketiere« von Alexandre Dumas wurden eingerahmt von den Märchen und Erzählungen von Oscar Wilde und Charles Dickens' »Oliver Twist«. Dass Nicolás »Sturmhöhe« gelesen hatte, passte hingegen perfekt zu ihm. Die Ähnlichkeit zwischen ihm und dem Antihelden Heathcliff war definitiv vorhanden. Nicht nur die langen

Haare, sondern auch, was den Charakter betraf. Mürrisch, verschlossen … tja, und irgendwie geheimnisvoll.

Dostojewski fehlte ebenso wenig wie García Marquez. Beim hastigen Überfliegen entdeckte ich sogar eine spanische Ausgabe von Goethes »Faust« und die gruseligen Erzählungen von Edgar Allan Poe. Lauter Klassiker der Weltliteratur, schön gebunden und sorgfältig aufgereiht – in einem Pferdestall.

»Wenn du dein Erstaunen darüber überwunden hast, dass ein primitiver Gaucho wie ich tatsächlich Bücher besitzt, dann könntest du vielleicht wieder herkommen und mir leuchten. Ich muss die Wunde genauer untersuchen.«

»Sorry, ich war nur … überrascht. Tut mir leid.« Schnell trat ich an den Tisch. Das Alpaka schien aus seinem Schock erwacht zu sein und wehrte sich nun gegen Nicolás' Griff. Ich hoffte, dass das ein gutes Zeichen war, und hielt die Laterne derart, dass das Alpakafohlen sie mit seinen zuckenden Beinen nicht wegschlagen konnte, aber genug Licht auf die Verletzung fiel. Ich war ganz froh, dass die Glühbirne, die über uns baumelte, so schwach leuchtete. Vielleicht übersah Nicolás dadurch, dass ich nach seinem scharfen Kommentar knallrot geworden war. Er bat mich, das Alpaka festzuhalten, während er Nähzeug und Desinfektionsmittel holte. Ich fasste das Kleine an, so sanft ich konnte, und sprach ganz leise mit ihm. Seine Beinchen ruderten hilflos in der Luft und die wolligen kleinen Ohren zuckten hin und her. Mir graute davor, dass Nicolás ihm gleich mit einer Nadel durch die Haut stechen würde, doch das Blut, das bereits auf den Tisch geflossen war, zeigte nur zu deutlich, dass es höchste Zeit war.

Schneller, als ich gedacht hatte, war er zurück. »Okay. Ich habe bloß Schnaps zum Desinfizieren. Das andere Zeug finde ich gerade nicht. Aber das müsste genauso gehen.«

Das fing ja gut an. Bisher hatte ich das Gefühl gehabt, er wüsste, was er da tat, nun wirkte es allerdings eher so, als würde er einfach improvisieren. Ich beugte mich tiefer zu dem kleinen Alpaka hinab, wickelte meinen Kuschelpulli fester um seinen zarten Körper. »Soll ich nicht vielleicht noch irgendjemanden holen?«

»Zum Beispiel wen?« Nicolás blickte mich mit ironisch hochgezogenen Augenbrauen an.

»Tante Morena?«

»Sie wird sich früh genug Sorgen machen. Lass sie wenigstens noch heute Nacht gut schlafen.«

»Okay, aber ich könnte Gabriel aufwecken. Er würde bestimmt kommen und er könnte dir vielleicht besser helfen als ich.«

»Gabriel kann kein Blut sehen. Er würde nach ein paar Sekunden direkt neben dem Alpaka auf dem Tisch liegen. Nein, wir müssen das alleine hinkriegen. Oder ist dir die Arbeit zu schmutzig?« Wieder klang Zorn aus seiner Stimme. Er schien wirklich eine unglaublich schlechte Meinung von mir zu haben.

»Natürlich nicht!« Meine Stimme klang schrill. »Könntest du deine Vorurteile gegen mich vielleicht mal beiseitelassen? Das nervt nämlich. Ich will einfach nur, dass es dem kleinen Alpaka so gut wie möglich geht. Und es hätte ja sein können, dass wir woanders noch kompetentere Hilfe bekommen. Ich habe nämlich noch nie eine stark blutende Bisswunde genäht, du vielleicht?«

Nicolás betrachtete mich stumm. Dann seufzte er und bedeutete mir mit einem Kopfnicken, näher zu kommen. »Na gut. Wir probieren das einfach. Wir sind die beste Chance, die dieses Kleine hat. Also werden wir es auch so gut machen wie möglich.« Er hielt die Nadel dicht vor das Licht, um einen schwarzen Faden einzufädeln. Dann kippte er einen ordentlichen Schuss Schnaps darüber. Der Geruch nach Alkohol verbreitete sich schnell in der Luft und machte mich ganz benebelt.

Währenddessen versuchte ich mit einem Spülschwamm und einem Geschirrtuch, die Wunde etwas auszuwaschen und das Blut abzutupfen, damit die verletzte Haut sichtbar wurde.

Als er den ersten Stich setzte, schaute ich weg, bemühte mich aber, die Lampe möglichst ruhig zu halten. Nicolás arbeitete ruhig und methodisch, während ich das Alpaka mit Anstrengung auf dem Tisch festhielt. Als Nicolás sich noch etwas weiter nach vorne beugte, sah ich wieder die Kette um seinen Hals, an der sich der merkwürdige Schlüssel befand. Er schien sie auch nachts zu tragen. Vielleicht war es irgendein Talisman. Ich konnte mir gut vorstellen, dass die Leute hier auf dem Land noch abergläubisch waren. Alter tradierter Aberglaube der Ureinwohner hielt sich oft hartnäckig, obwohl der Katholizismus in Argentinien weit verbreitet war – in diesen Zeiten, wo sogar ein argentinischer Papst auf dem Stuhl Petri saß.

Das Alpakakind gab ein wimmerndes Geräusch von sich. Ich streichelte über das weiche, warme, wollige Fell. Das Kleine war fast ganz weiß, nur ein kleiner schwarzer Fleck am linken Schulterblatt und ein schwarz gefärbtes Ohr unterschieden sein Fell von einem Lämmchen. Es lag nun wieder still, die Augenlider waren halb geschlossen, doch ich konnte sehen, dass die Augen nach oben verdreht waren. Anscheinend war es bewusstlos geworden. Das war vermutlich kein gutes Zeichen. Mit leiser Stimme berichtete ich Nicolás davon.

Er warf mir einen kurzen Blick zu. »Das ist jetzt alles viel zu viel für das Fohlen. Der Schock, die Schmerzen, der Blutverlust … irgendwann zieht der Körper die Notbremse.«

»Wird es denn … überhaupt noch mal aufwachen?«

»Ich habe keine Ahnung. Wir müssen es irgendwie durch die Nacht bringen und morgen früh kann ich Doktor Hereira anrufen. Er wird besser wissen, was zu tun ist, und auch, wie wir es ernähren sollen, solange es so schwer verletzt ist. Es braucht ja eigentlich noch die Milch seiner Mamá.«

»Kann ich noch irgendwie helfen?«

»Ich bin gleich fertig, dann können wir die Naht desinfizieren und es danach möglichst warm einpacken.«

»In Ordnung.«

Eine Weile schwiegen wir. Dann schnitt Nicolás den Faden ab. »Ich habe keine Ahnung, ob das hält. Ich hatte leider nur gewöhnlichen Faden, nicht die Nylon- oder Polyesterfäden, mit denen Ärzte normalerweise arbeiten.«

Ich inspizierte die Wunde. »Es sieht auf jeden Fall ordentlich aus. Und es blutet fast nicht mehr.«

Nicolás nickte mir zu. »Wir müssen ihm ein Lager auf dem Boden bereiten. Wenn es aufwacht, könnte es sonst vom Tisch fallen.«

Ratlos blickte ich auf den gekachelten Boden. Er sah kalt aus. Das war sicher nicht das Richtige für das Kleine. »Wir können meinen Pullover wieder dafür nehmen, aber das wird nicht reichen. Eigentlich bräuchte es eine Wärmflasche oder so was.«

Wortlos ging Nicolás aus dem Raum und kam nach zwei Minuten mit den Armen voll Stroh zurück. Er legte es direkt neben seinem Bett ab und schichtete es so auf, dass in der Mitte eine Kuhle entstand. Dann breitete er meinen Pullover, der zum Glück nur einige wenige Blutspritzer abbekommen hatte, darüber aus. Gemeinsam hoben wir das Fohlen hoch und legten es vorsichtig auf sein improvisiertes Bettchen. Nicolás schien noch nicht zufrieden zu sein. Er zog die Decke von seinem Bett, schob sie halb unter den kleinen, matten Körper und deckte das Alpaka mit dem Rest der Decke zu.

»Du hast ihm deine Decke gegeben«, stellte ich fest.

»Ja.«

»Wie willst du dann heute schlafen?«

»Ich habe noch einen Poncho für die kalten Tage. Das genügt.«

»Ach so.« Es gab vieles, was ich an Nicolás auszusetzen hatte, aber dass er Tiere liebte, konnte wirklich niemand bestreiten. Es gab sicher nicht viele Männer, die ihre Bettdecke hergegeben hätten, um es einem verletzten Alpaka so gemütlich wie möglich zu machen. Vor allem, da diese Behausung sowieso schon weit von Luxus entfernt war.

Nicolás sah mich aus ruhigen braunen Augen an. Zum zweiten Mal fiel mir auf, dass sie einen warmen Karamellton hatten. »Wir haben getan, was wir können. Jetzt bleibt uns nur noch übrig abzuwarten.«

»Hoffen und beten«, ergänzte ich leise.

Er nickte nur.

»Okay ... dann gehe ich jetzt mal wieder. Schauen, dass ich noch etwas Schlaf bekomme.«

»Klar.« Er hob halbherzig die Hand zu einem Gruß. Wahrscheinlich war er froh, mich endlich los zu sein. Aber ich hatte mich trotzdem in seiner Nähe überraschend wohlgefühlt. Fast musste ich mich dazu überwinden, mich umzudrehen und zu gehen.

»Ach, Amy ...«

»Ja?«

Er hatte seine Gaucho-Mütze von der Stuhllehne genommen und zerknüllte sie zwischen den Händen. Wenn ich nicht gewusst hätte, dass er immer und überall die Nerven behielt, hätte ich fast angenommen, er wäre nervös. »Das war mutig von dir heute, dass du dazwischengegangen bist. Ohne dich hätte das Alpaka wohl keine Chance gehabt.«

»Danke«, begann ich nach einer Überraschungssekunde, »ich ...«

Er unterbrach mich sofort wieder. »Nur damit das klar ist: Es war mutig, aber dumm. Sehr dumm sogar.« Damit drehte er mir den Rücken zu und machte somit deutlich, dass das Gespräch beendet war.

Ich streckte ihm heimlich die Zunge heraus und ging festen Schrittes hinaus. Mochte er noch so wild seine Peitsche schwingen und Notoperationen an verblutenden Alpakafohlen durchführen: Er war und blieb doch ein alter Stinkstiefel.

9 – Ich geh mit meiner Laterne

Handbuch für die gute Ehefrau
Letztendlich wird es Sie unglaublich zufriedenstellen, für sein Wohlergehen zu sorgen.

Als ich am nächsten Morgen erwachte, war es schon nach zehn Uhr. Ich brauchte eine Weile, bis mir die Ereignisse der gestrigen Nacht wieder einfielen, dann aber war ich sofort hellwach. Ich schlüpfte in Jeans, Bluse und meine Gummistiefel, putzte schnell die Zähne und machte mich auf den Weg hinüber zum Pferdestall. Männerstimmen drangen mir entgegen. Als ich den Gang durchquerte und an die Tür von Nicolás' Zimmer klopfte, sahen mir Nicolás, Gabriel und ein muskulöser Mann mit Backenbart, der in einer Arzttasche auf dem Tisch herumkramte, entgegen.

»Guten Morgen, Amy«, begrüßte Gabriel mich. Er hielt ein Milchfläschchen in der Hand, das noch zur Hälfte gefüllt war. Nicolás nickte mir nur zu und der Tierarzt schüttelte meine Hand. Ich konnte die Schwielen an seinen Handflächen spüren.

»Ich wollte nur kurz nach dem kleinen Patienten schauen«, sagte ich verlegen.

»Es geht ihm – oder besser ihr, denn es handelt sich um ein kleines Alpakafräulein – den Umständen entsprechend recht gut. Zum Glück waren Sie beide gestern gleich zur Stelle, denn die Nacht draußen hätte sie vermutlich nicht überlebt.«

Das hatte ich mir schon fast gedacht, aber trotzdem war es ein Schock, das zu hören. Was wäre passiert, wenn ich nicht schlaflos im Bett gelegen und die Idee gehabt hätte, den argentinischen Sternenhimmel bewundern zu wollen? Ob Nicolás ähnliche Gedanken hegte, konnte ich nicht feststellen. Sein gestriges menschliches Ich war wieder der typisch unergründlichen Miene gewichen. Die Haare waren am Hinterkopf zusammengebunden und das Halstuch fiel mit einem perfekten Knoten auf die Brust. Die schlaflose Nacht hatte keine Spuren in seinem Gesicht hinterlassen, während ich leichte Kopfschmerzen verspürte und mich fühlte, als könnte ich meine Augenlider nur mit Mühe am Zuklappen hindern.

»Wir könnten sie Alma nennen«, sagte Nicolás unvermittelt. »Findest du, das passt?«

Ich war so überrascht, nach meiner Meinung gefragt zu werden, dass ich bloß stumm nickte. *Alma*, Seele auf Spanisch. Ein schöner Gedanke.

»Doktor Hereira hat gerade gesagt, dass sie noch eine Weile hier drinnen bleiben soll und ihre Mutter vielleicht auch ein paar Tage neben den Pferden einquartiert werden kann, damit Alma regelmäßig trinkt. Den Rest füttern wir mit der Flasche zu oder probieren, ob sie bereits Heu und Mineralfutter verträgt. Deswegen werden wir weitere Decken für die kleine Alma brauchen«, informierte Gabriel mich. »Könntest du vielleicht Morena fragen, ob sie welche übrig hat?«

»Klar.« Ich war froh, etwas zu tun zu haben. Nach einem kurzen Streicheln des Alpakas, das mich ängstlich anblickte, verabschiedete ich mich. Bei den drei Männern fühlte ich mich irgendwie fehl am Platze. Alleine mit Nicolás war es mir weniger peinlich gewesen, in seinem Zimmer zu stehen, eigentlich hatte ich es sogar genossen, mit ihm zusammenzuarbeiten.

Auf der Suche nach meiner Tante schaute ich im Frühstücksbungalow vorbei. Jemand saß dort einsam an einem der Tische und hielt eine Tasse mit beiden Händen umklammert. Erst beim zweiten Blick auf die hüftlange Haarpracht bemerkte ich, dass es Isabela war. Diese Haltung passte sonst überhaupt nicht zu ihr.

»Verzeihung, weißt du, ob es hier irgendwo noch eine wärmere Decke gibt?«, fragte ich vorsichtig.

Isabela drehte sich mit einem bösen Lächeln zu mir um. Die silbernen Kreolen in ihren Ohrlöchern klirrten unheilverkündend. »Was für eine höfliche Begrüßung! Da hilft man doch gerne weiter. Hat das liebe kleine Luxusweibchen wohl mal wieder Extrawünsche?«

Ich verfluchte mich, dass ich mich nicht gegen einen miesen Spruch gewappnet hatte, bevor ich sie angesprochen hatte. Nun ärgerte ich mich darüber, ob ich wollte oder nicht. Ich hätte bei Isabelas Anblick einfach direkt wieder rückwärts aus der Tür gehen sollen. »Na klar, ich wünsche mir eine Politur für meine Luxusweibchen-Gummistiefel, danach ein Vollbad mit Alpakamilch und Champagner und dazu schwedisches Knäckebrot mit Beluga-Kaviar. Davon abgesehen ist die Decke aber nicht für mich bestimmt. Ich will nur helfen.«

»Du willst deiner Tante nach dem Bett auch noch die Decke wegnehmen?«

»Wovon redest du überhaupt?«

»Ach, hast du das nicht gewusst?« Isabela klang nun eindeutig spöttisch. »Dein Häuschen war noch nicht fertig ausgestattet, als du so übereilt hierhergekommen bist. Also hat Morena ihr Bett in dein Zimmer bringen lassen und es ein bisschen aufgemöbelt. Ein altes Erbstück, recht wertvoll, wenn ich mich recht erinnere.«

Ich war zu erschrocken, um auf die Provokation einzugehen. »Und wo schläft sie jetzt?«

»Sie hat ihre Matratze auf den Boden gelegt. Sicher sehr gemütlich dort.«

»Aber … ich wollte doch nicht … ich hätte doch niemals …!«

»Tja, hast du aber.« Isabela sah mich gespielt mitleidig an. »Armes, kleines, naives Lämmchen.«

Ich drehte mich auf dem Absatz um. Warum rückte Isabela ausgerechnet jetzt mit dieser Sache heraus? Aber wenn sie recht hatte, dann musste ich unbedingt etwas dagegen tun. Und warum hätte sie so eine Geschichte erfinden sollen? Schuldgefühle rumorten in meinem Magen. Ausgerechnet Tante Morena mit ihrem schlimmen Fuß beschloss, mir zuliebe auf ihr Bett zu verzichten. Für sie wäre bequemes Liegen doch sicher wichtig! Hätte man nicht einfach in die nächste Stadt fahren und irgendein billiges Bettgestell von Ikea holen können? Gab es Ikea überhaupt in Argentinien? Egal, irgendwelche Möbel konnte man ja wohl kaufen!

Ich stürmte in den Wintergarten, wo Tante Morena gerade dabei war, Messi zu füttern. Sie sprach leise mit ihm und lachte über seine Verrenkungen, die er vollführte, um an die Körner in ihrer Hand zu kommen.

Als ich so plötzlich zwischen den Palmwedeln auftauchte, drehte sie sich überrascht zu mir um. »Amy, was ist los?«

»Tante Morena! Warum hast du mir denn nichts gesagt? Das ist mir so peinlich, ich wusste ja gar nicht …«

»Wovon redest du, Kind?« Nun sah sie argwöhnisch aus.

»Davon, dass du mir dein Bett überlassen hast – und deswegen auf dem Boden schläfst!«

Tante Morena errötete. Wie bei mir färbte sich ihr Gesicht so weit, dass sogar die Ohrenspitzen glühten. Trotzdem antwortete sie bemüht ruhig. »Ach das. Wo ist das, ähm, Problem?«

»Das geht nicht! Ich kann dir doch nicht dein Bett wegnehmen!«

»Von wegnehmen kann ja wohl keine – also überhaupt gar keine – Rede sein. Ich mochte das alte Ding sowieso nie. All das dunkle Holz. Meine Großtante wollte es damals in geistiger Umnachtung schon zum Sarg umbauen lassen. Nein, in deinem Häuschen macht es sich viel besser.«

»Ich will es nicht. Lieber schlafe ich im Stall, als zuzulassen, dass du auf dem Boden schläfst!«

Im Stall mit Nicolás. Ha! Da wäre Isabela erst begeistert.

»Dann werden wir es in Zukunft wohl beide nicht besonders bequem haben. Denn ich wiederum lasse nicht zu, dass mein Gast irgendeinen Mangel leidet. Und wir haben nun mal ein Bett zu wenig. Wir könnten natürlich … aber das geht momentan nicht, leider. Jedenfalls nehme ich es nicht zurück. Das geht gegen meine Ehre. Wir sind stolze Leute, dass du das nur weißt! Sehr stolz, jawohl – und ich bin gekränkt, wenn du nicht endlich mit diesem Thema aufhörst! Es bleibt, wie es ist, basta!«

Wir standen uns mit verschränkten Armen gegenüber und funkelten uns an. Tante Morena sah in diesem Moment überhaupt nicht alt aus. Wenn die weißen Strähnen in ihrem Haar nicht gewesen wären, hätte ich sie auf Ende dreißig geschätzt. Die Empörung stand ihr gut, auch wenn sie daran keinen Gedanken zu verschwenden schien.

»Nun sei nicht so ein Sturkopf!«, rief sie nach einer Weile des stummen Kräftemessens.

»Sturkopf, Sturkopf, wasch den Dummkopf, iss das Pferd. Basta!« Messi beäugte uns neugierig, während er in seinem Käfig herumhüpfte und versuchte, Tante Morenas

Aufmerksamkeit wieder auf sich zu lenken, damit sie mit dem Füttern weitermachte.

»Ich glaube, das liegt in der Familie.« Warme Flüssigkeit stieg mir in Augen und Nase. Ich schniefte. »Ich will doch nur nicht, dass du Probleme meinetwegen hast.«

»Aber, Kind, davon kann doch keine Rede sein.« Tante Morena hob hilflos beide Arme. Auch in ihren Augen schimmerte es verdächtig. »Ich wollte einfach … na ja, dass es dir hier gefällt. Dass du nicht bereust – hm – dass du nicht bereust, hergekommen zu sein.«

»Aber es gefällt mir ja! Ich brauche keine Bevorzugung und kein eigenes Häuschen und das alles.« Meine Stimme klang verdächtig zittrig. »Ich will nicht, dass alle denken, dass ich mich für was Besseres halte.«

»Komm her, du Lämmchen.« Tante Morena machte einen großen Schritt auf mich zu und legte ihre warmen, überraschend weichen Arme um mich. Ihr Hemd roch nach Waschmittel und ein klein bisschen nach Pferd. Ich fand den Geruch wunderbar tröstlich und erwiderte nach ein paar Sekunden des Ringens mit mir selbst die Umarmung. Das hatte mir wirklich gefehlt, seit ich aus Deutschland weggefahren war. Eine tröstliche Umarmung, die Nähe zu Personen, die ich mochte und denen ich vertraute. Solange ich denken konnte, waren meine Eltern immer da gewesen, wenn ich traurig war oder Hilfe gebraucht hatte. Hier war ich bisher auf mich allein gestellt gewesen. Und erst durch das Nachlassen der Spannung in meinem Körper merkte ich, wie anstrengend die letzten Tage für mich gewesen waren. Körperlich, aber vor allem auch psychisch. Ich schloss die Augen und erlaubte mir für einen Moment lang, getröstet zu werden.

Als ich wieder aufsah, ließ Tante Morena mich los und tupfte mit ihrem Hemdzipfel über ihre Augen. Ich musste lachen. »Gut, dass du keine Wimperntusche trägst. Das wäre jetzt alles verschmiert.«

»Pah, meine Wimpern bleiben, wie sie sind. Sie sind so borstig, dass eine Wildsau drauf neidisch werden könnte! Da kommt keine Tusche der Welt dagegen an.«

»*Adiós* Wimpern, *bitches*! Brave Wildsau, böse Wildsau. Auf Wiedersehen!«

»Ist ja gut.« Tante Morena streckte den Zeigefinger durch das Käfiggitter, um Messi zu streicheln. Vertrauensvoll hüpfte er ans Ende seiner Stange und schmiegte das Köpfchen gegen ihren Finger.

»Eigentlich wollte ich fragen, ob du noch irgendwo eine alte Decke hast, damit wir es dem kleinen Alpaka noch ein wenig gemütlicher machen können.«

»Natürlich. Wir haben massenweise so Zeug. Auch wenn wahrscheinlich ein Großteil davon auf dem Dachboden verstaubt. Am besten, du fragst Rosa Linda oder Clara Luz. Die haben alle Schlüssel und können dich nach oben begleiten.«

»Mach ich, danke.«

»Wobei ich eigentlich ziemlich sauer auf Nicolás und dich sein sollte!« Plötzlich stemmte Tante Morena die Arme in die Hüften.

Ich seufzte lautlos. Gleich musste ich wahrscheinlich eine Strafpredigt wegen meiner waghalsigen Aktion gestern Nacht über mich ergehen lassen.

»Ich kann nicht glauben, dass ihr mich nicht geweckt habt!«, sagte Tante Morena empört.

»Das ist der Grund, warum du sauer bist?«, fragte ich vorsichtig.

»Ich mag eine betagte Frau sein, aber ich bin noch lange nicht alt. Man kann mir ruhig zumuten, dass ich aufstehe und mithelfe, wenn es um eines meiner Tiere geht!«

»Oh, aber das ging alles so schnell, Tante Morena, wir hatten überhaupt keine Zeit, jemandem Bescheid zu geben.«

»Na ja …« Sie schaute etwas besänftigt aus, »Wahrscheinlich sollte ich mich freuen, dass wenigstens du so einen leichten Schlaf hast und Nicolás zu Hilfe kommen konntest, als er das Alpaka zum Stall getragen hat.«

»Zu Hilfe kommen …? Ach ja, das ist nicht der Rede wert, ist doch selbstverständlich.« Vor Erleichterung sprach ich noch schneller als sonst. »Ich war sowieso fast noch wach.« Ich musste grinsen. Nicolás hatte meiner Tante die Geschichte der Alpakarettung also etwas anders erzählt. So klang sie tatsächlich recht harmlos. Zumindest, was meine Beteiligung anging. Das konnte meinetwegen ruhig auch so bleiben. Ich nahm mir vor, ihm zu danken, wenn wir uns das nächste Mal unter vier Augen sprachen, denn er hatte mir einiges an Ärger erspart.

»Ich hoffe wirklich, es kommt wieder in Ordnung.« Tante Morena fummelte nervös an ihrem Dutt herum und zog einige Strähnen heraus. »Nicolás hatte mich vor den Hunden gewarnt. Aber ich hätte nie gedacht … nun ja, aus Schaden wird man klug.«

Als ich den Wintergarten verließ, sprach Tante Morena ein wenig zu laut mit dem Ara, als dass ich ihr abgekauft hätte, dass sie nicht beunruhigt war. Sie schien sich große Sorgen um die Farm zu machen. Trotzdem lächelte sie mir herzlich zu, als ich sie mit Messi alleine ließ. Ich nahm mir noch mehr vor, ihr zu helfen, wo ich konnte. Es musste doch machbar sein, mehr Übernachtungsgäste anzulocken. Wenn das Geld so knapp war, dass Wachhunde und ein neues Bett unerschwinglich waren, dann musste eine Lösung her. So schnell wie möglich.

***

Auf der Suche nach den beiden bolivianischen Mädchen machte ich mich zum ersten Mal auf den Weg zur Küche. Von diesem Raum wusste ich zwar, wo er lag, und manchmal breiteten sich davon ausgehend verführerische Düfte im Haus aus, doch betreten hatte ich ihn noch nie. Seit meinem Fiasko mit dem Kuchenbacken hielt ich mich von Backofen und Co. lieber fern. Auch jetzt klopfte ich nur sehr leise an die geschlossene Tür. Als niemand reagierte, zog ich sie auf.

Ein großer Raum mit schulterhoch hellbraun gekachelten Wänden empfing mich. Einige der Kacheln waren gesprungen, doch alles sah sehr sauber und ordentlich aus. Auf einem wackeligen Tisch in der Mitte des Raumes standen Töpfe und Pfannen in den verschiedensten Größen, einige davon höchstens dafür geeignet, ein einziges Spiegelei darin zu braten, andere hätten Spaghetti für eine ganze Fußballmannschaft liefern können. Zwischen den beiden Bogenfenstern brummte ein moderner, knallroter Kühlschrank vor sich hin. Meine Mutter hatte mich mal mit der ungebetenen Info versorgt, dass rote Teller appetitanregend wirkten und blaue eher appetitzügelnd. Die Schlagzeile über Farbpsychologie in einer Frauenzeitschrift war Grund genug für sie gewesen, mir ein komplett neues Service zu schenken, natürlich ein blaues. So ein roter Kühlschrank konnte dann bestimmt die eine oder andere Fressattacke auslösen.

Ihm gegenüber stand ein alter Herd mit Backofen, durch dessen Scheibe seit Generationen sicher niemand hatte hindurchblicken können. Dazu ein großes Spülbecken mit grün gestrichenem Unterschrank und eine lange Anrichte, die selbst gezimmert aussah. Zwischen den Geräten und vielfältigen Kochutensilien erspähte ich die eher klein gewachsenen Zwillinge, wie sie gemeinsam einen riesigen Berg Kartoffeln schälten. Sie erinnerten mich an putzige Küchenwichtel. In Rosa Lindas Blusenärmel hatte sich eine spiralförmige Kartoffelschale verfangen und einige von Clara Luz' Haaren hatten sich aus dem Zopf gestohlen und standen durch den Wasserdampf nun seitlich vom Kopf ab. Die beiden summten eine traurig klingende Melodie.

Ich klopfte noch einmal an die Tür, diesmal etwas lauter, um auf mich aufmerksam zu machen. »Hallo, bitte entschuldigt die Störung, könntet ihr mir kurz helfen?«

Die Zwillinge sahen neugierig auf. Ich war noch nie mit ihnen alleine gewesen und fühlte mich etwas verlegen unter dem doppelten Blick der schwarzen Augen.

»Haben Sie Hunger? Das Mittagessen ist in zwei Stunden bereit, aber wir können Ihnen vorher ein Sandwich richten.«

»Nein, nein, danke. Ich wollte nur kurz fragen – Tante Morena hat gesagt, dass ihr mir zeigen könnt, wie ich auf den Dachboden komme. Dort sind alte Decken, die für das Alpakafohlen gebraucht werden.«

»Ich gehe mit.« Das eine Mädchen legte den Kartoffelschäler beiseite und wischte sich die Hände an ihrer Schürze ab, die inzwischen mehr grau als weiß aussah.

Als sie auf mich zukam, fragte ich: »Du bist Rosa Linda, oder?«

Sie nickte. Also war meine Beobachtung richtig gewesen, dass Rosa Linda einen Ring am Finger trug und Clara Luz dafür kleine Goldohrringe. »Ein schöner Ring ist das.«

»Meine Mutter hat ihn mir geschenkt, kurz bevor sie gestorben ist. Jedes von uns Kindern hat etwas bekommen, auch wenn sie nicht viel besaß. Ihren Schmuck hat sie nie verkauft, egal, wie schlecht es ihr ging.«

Die beiden waren also zumindest Halbwaisen. Vielleicht eine Erklärung dafür, warum sie so unzertrennlich schienen. War es unhöflich, nach dem Rest der Familie zu fragen? »Sind eure anderen Geschwister auch hier in Argentinien?«

»Nein, die drei Kleinen sind noch in Tarija bei meiner Tante. Wir wollen sie herholen, wenn wir genug Geld verdient haben. Und meine große Schwester arbeitet in La Quiaca, das liegt genau an der Grenze.«

Wir stiegen über eine verwinkelte Hintertreppe in den ersten Stock hinauf und kamen an einigen Zimmern vorbei, die verschlossen waren, und anderen, deren Türen offen standen. Ich wollte nicht allzu neugierig wirken, aber da ich noch nie hier oben gewesen war, interessierte es mich doch, was es zu sehen gab. Ungefragt erklärte Rosa Linda: »Hier links schläft Ihre Tante und am anderen Ende ist das Zimmer von meiner Schwester und mir. Außerdem gibt es hier oben einen großen Saal, den wir inzwischen aber nur noch nutzen, um im Winter Wäsche darin aufzuhängen.«

Sie siezte mich genauso konsequent, wie ich sie duzte. Natürlich war ich für sie die Verwandte der Chefin, niemand, mit dem man sprach wie mit einer Freundin oder auch nur einer guten Bekannten. Ein wenig traurig stimmte mich das durchaus. Ich hätte mir mehr Kontakt zu Frauen gewünscht, die wenigstens ungefähr in meinem Alter waren. Isabela zählte nicht.

Außerdem hätte ich den Saal ja zu gerne gesehen. Warum er wohl gebaut worden war? Für große Feste oder repräsentative Tanzvergnügen?

Wir bogen um eine Ecke und standen plötzlich am finsteren Ende des Ganges. Erst, als Rosa Linda nach oben an die Decke deutete, bemerkte ich, dass sich eine viereckige Falltür in der Tapete abzeichnete.

Rosa Linda griff nach einem langen Stock mit einem Eisenhaken und stocherte damit in der Öffnung der Dachbodenklappe herum. Schließlich schaffte sie es, den Stock in einen verrosteten Metallring einzuhaken. Ganz langsam und mit einem grässlichen Quietschen öffnete sich die Bodenluke. Sie stellte den Stock zurück an die Wand und griff nach einer mit Spinnweben bedeckten Leiter, die in der Ecke lehnte. Ich fragte nicht, wann der Dachboden zuletzt betreten worden war. Wahrscheinlich so um 1950 rum. Ein wunderbarer Tummelplatz für allerlei Getier, Staubberge und Dreckablagerungen. Traurig blickte ich auf meine Lieblingsjeans und die Bluse mit den mit bunten Wollknäueln spielenden Kätzchen darauf. Hätte ich doch etwas anderes angezogen.

Ohne meine zaghaften Versuche zu beachten, ihr zu helfen, wuchtete Rosa Linda die Leiter in die Luke. Sie rüttelte daran, um ihren Stand zu prüfen, und forderte mich auf: »Also los, hoch mit Ihnen.«

Misstrauisch betrachtete ich das Konstrukt, das mir doch recht wackelig erschien. Woher sollte ich wissen, ob nicht vielleicht einige dieser Leiterstufen morsch waren und unter meinem Gewicht nachgeben würden? Ich blickte an der Leiter entlang zum Dachboden empor. Außer schemenhaften Dachbalken konnte ich in der dunklen Luke nicht viel erkennen. Es waren zwölf Leitersprossen bis dahin.

Ich holte tief Luft und legte beide Hände an die Leiter, wobei ich mich bemühte, mich nicht in den ellenlangen Spinnweben zu verfangen. Vorsichtig setzte ich einen Fuß vor den anderen. Bevor ich auftrat, prüfte ich kurz die Stabilität der Leitersprosse. Überraschenderweise erschienen sie allesamt äußerst stabil zu sein. Wahrscheinlich waren sie aus dem Holz irgendeiner hundertjährigen Eiche bei Vollmond gefertigt, oder was die Handwerker früher sonst für Tricks angewendet hatten.

Es schien eine Ewigkeit zu dauern, doch irgendwann – nach einigen zunehmend ungeduldigen Seufzern Rosa Lindas – gelangte ich auf den Dachboden. Die Seitenwände liefen durch die Neigung des Daches schräg zu, doch in der Mitte war der Raum hoch genug, sodass ich stehen konnte.

»Suchen Sie sich raus, was Sie brauchen. Ich muss wieder runter und meiner Schwester helfen. Sonst lässt sie ihren Zorn an den Kartoffeln aus«, rief Rosa Linda mir von der Treppe aus zu.

»Na klar, ich komme zurecht«, antwortete ich und fügte im Stillen hinzu: Hoffe ich jedenfalls. Allerdings nicht, falls hier oben irgendwo ein irrer Axtmörder lauerte, ein sadistischer Kobold oder was sich eben sonst so auf verlassenen Dachböden herumtrieb. Vielleicht hatte man früher unliebsame Gäste auf den Dachboden gelockt, statt sie wie in anderen Gruselhäusern durch eine Falltür in den Keller zu befördern. Allerdings war es Tante Morena gewesen und nicht Isabela, die mich hier heraufgeschickt hatte. Also konnte mir wohl nichts allzu Schlimmes drohen.

Die Errungenschaft von Elektrizität und Glühbirnen war hier oben anscheinend noch nicht angekommen. Meine Augen brauchten eine Weile, um sich an das Dämmerlicht zu gewöhnen. Solange stand ich still und ließ den Raum auf mich wirken. Nach und nach traten Umrisse aus dem Dunkel hervor. Alte Sättel, staubig und mit nachgedunkeltem Leder. Ein Stapel Korbstühle, von denen zumindest der oberste ein großes Loch in der Sitzfläche aufwies. Und ein riesiger, mit reichem Schnitzwerk verzierter Schrank, von dem ich mich fragte, wie sie ihn überhaupt hier hoch transportiert hatten. Darin konnten sich die Decken befinden, die ich brauchte.

Als ich mich in Bewegung setzte, hinterließen meine Schuhe Fußabdrücke auf dem staubigen Boden. Ich ging leicht gebeugt, um nicht an die Decke zu stoßen oder in Spinnennetzen hängen zu bleiben. Womöglich gab es hier giftige, achtbeinige Exemplare, mit denen ich ungern Bekanntschaft schließen wollte. Unterwegs kam ich an einem Vogelbauer vorbei, auf dessen Boden ich etwas entdeckte, was den Eindruck erweckte, der Käfig sei einst mitsamt seinem fedrigen kleinen Bewohner hier oben abgestellt und vergessen worden. Vielleicht Messis Vorvorvorgänger? Es folgten eine kaputte Standuhr, deren

Zeiger ganz merkwürdig verbogen waren, eine Holzeisenbahn und einige Kartons, aus denen Stofffetzen heraushingen.

Ich öffnete sie, stieß dabei aber nur auf eine Anzahl fleckiger Schürzen, ein zerrissenes Moskitonetz und einige Vorhänge, die seltsam rochen. Notfalls konnte ich sie benutzen, um für das kleine Alpaka ein gemütliches Bettchen zu bauen, aber vielleicht fand sich ja noch etwas Besseres. Der Schrank, der mich so interessierte, versperrte den Blick auf einen gemauerten Kaminabzug, der wahrscheinlich von der Feuerstelle im Speiseraum oder von der Küche bis hier hoch führte. Ein Paar alte Schlittschuhe hingen daran. Wurde es hier im Winter tatsächlich dermaßen kalt, dass man eislaufen konnte?

Ich stellte mir vor, wie es wohl aussah, wenn diese endlosen Wiesen und Weiden mit Schnee bedeckt waren. Wie ich darüber hinwegspazieren würde und dabei eine lange Spur von Fußabdrücken hinterließe, die in Schleifen und Halbkreisen durch die Landschaft führten. Oder wie ich auf einem Pferd durch den Schnee traben und der Wind mir die Flocken ins Gesicht pusten würde. Wenn ich dann zurückkäme, würde mich in meinem Häuschen ein gemütliches Feuerchen erwarten, an dem ich Bratäpfel rösten könnte. Fast bedauerte ich es jetzt, dass es noch nicht Juli war. Da die Jahreszeiten genau umgekehrt waren wie in Deutschland, hätte ich dann die Wintermonate hier verlebt statt des Herbstes. Aber wahrscheinlich hatte der argentinische Winter, wie ich ihn mir gerade ausmalte, nichts mit der Realität gemein. Ich musste Tante Morena fragen, ob es hier überhaupt Schnee gab.

Nachdem ich mich davon überzeugt hatte, dass hinter dem Schrank weder ein mehräugiges Monster noch eine vielbeinige Spinne lauerte, drehte ich den kleinen, metallenen Schlüssel im Schloss und zog die Schranktür auf. Der Geruch nach Lavendelsäckchen umfing mich. Ich atmete tief ein und aus und fühlte mich durch den angenehmen Duft wie an einen anderen Ort versetzt. Vielleicht ins Paris der Dreißigerjahre, vielleicht nach Sankt Petersburg zum Neujahrsball, vielleicht zu Grace Kelly nach Monaco. An einer Stange hingen Kleider dicht an dicht. Ich sah glitzernde Pailletten, strich über eine Federboa und fühlte kühlen Samt zwischen meinen Fingern. Aufgeregt zog ich einzelne Kleiderbügel heraus. In dem schwachen Licht, das hier oben herrschte, konnte ich nicht viel erkennen. Aber meine Finger ertasteten feine Stoffe, Spitze und Knöpfe. Da hing ein dunkelblauer knöchellanger Faltenrock neben einem Morgenmantel aus zart schimmernder rosa Seide. Dann folgten ein mintfarbener Kostümblazer mit goldener Brosche, ein schwarzes Samtkleid und eine Bluse, deren Ärmel vom Ellenbogen abwärts in Spitze übergingen.

Wahnsinnig gerne hätte ich all diese Schätze vom Bügel genommen und anprobiert. Vielleicht passte mir ja das eine oder andere Teil, es wäre einfach ein Traum, diese kostbaren alten Kleider zu tragen. Aber sie gehörten mir nicht. Ich konnte mir nicht einfach schnappen, was mir gefiel, auch wenn vermutlich niemand mehr großes Interesse daran hatte, denn sonst ließe man sie doch kaum hier oben vergammeln. Aber anstandshalber musste ich erst mal Tante Morena fragen, ob sie erlaubte, dass ich ein paar der Kleider mit hinunterbrachte und schaute, ob sie noch zu gebrauchen waren.

Ich atmete ein paarmal tief ein und aus, um mich zu beruhigen. Okay, ich hatte diese wunderschönen Anziehsachen hier oben gefunden, deshalb war ich aber eigentlich nicht gekommen. Meine Augen hatten sich inzwischen recht gut an das Dämmerlicht gewöhnt. Ich spähte in die Fächer oberhalb der Kleiderstange. Parfümfläschchen, die mittlerweile bestimmt ganz gruselig rochen. Ein Korb voll gebrauchter Lockenwickler, an denen noch das eine oder andere lange hellbraune Haar hing. Und Bettwäsche, mit gesticktem Monogramm versehen, die konnte ich vielleicht gebrauchen.

Auf Zehenspitzen zog ich an einem der Stapel. Er glitt mir ohne Widerstand entgegen, sodass ich nach hinten stolperte und die Laken und Bettbezüge halb auf mir, halb auf dem Boden landeten. Gleichzeitig klirrte etwas zu meinen Füßen. Ich beeilte mich, die Bettwäsche von dem staubigen Boden aufzuheben und die zerknitterten Laken auszuschütteln. Ich stopfte die rauen Leinenstoffe wieder zurück und warf mir nur die Bettwäsche, die sich weich zwischen meinen Fingern anfühlte, über die Schulter. Das Alpakafohlen sollte es möglichst kuschelig und warm haben. Dann blickte ich mich um, was ich sonst noch heruntergeworfen hatte.

Zu meinen Füßen lag ein Bilderrahmen, etwa in der Größe eines Notizhefts. Der Rücken zeigte nach oben und ich hob ihn vorsichtig an dem vergoldeten Standbein auf. Als ich ihn herumdrehte, sah ich, dass das Glas durch den Sturz gesprungen war. Ich wischte mit den Fingern darüber. Ein Foto in Sepia, zwei Reiter, eine Frau und ein Mann, die Pferde dicht nebeneinander, sodass sich ihre Füße beinahe berührten. Beide lachten, doch der Mann blickte direkt in die Kamera, während die Frau zu ihm hinüberschaute. Das war doch … Aufgeregt ging ich mit meinem Fund ganz zum hinteren Ende des Dachbodens, wo Licht durch ein kleines Fenster fiel und die tanzenden Staubpartikel in der Luft sichtbar machte.

Ich hatte richtig gesehen. Die Frisur der jungen Frau hatte meine Aufmerksamkeit erregt – und überraschenderweise eine gewisse Ähnlichkeit zu mir. Sie trug ihr Haar genauso frisiert, wie ich es jeden Tag bei Tante Morena sah. Ich studierte ihr Gesicht näher. Sie war sehr hübsch, fröhlich und unglaublich jung. Die leichte Stupsnase, die auf irgendwelchen Umwegen auch in mein Gesicht gelangt war, verlieh ihr eine zarte, mädchenhafte Optik. Ohne die Falten, die sich inzwischen in ihr Gesicht gegraben hatten, und mit dem strahlenden Lächeln wirkte ihr Gesicht ganz verwandelt. Trotzdem musste es Tante

Morena in jungen Jahren sein, wahrscheinlich noch um einiges jünger, als ich es jetzt war. Ich schätzte sie auf siebzehn oder achtzehn Jahre.

Mit dem Daumen strich ich über den matten Goldrahmen, begutachtete, mit welcher Sorgfalt das Foto hinter dem Glas ausgerichtet worden war. Zarte Bleistiftstriche zeigten an, dass hier mit dem Lineal gearbeitet worden war. Aber wenn es einmal jemandem etwas bedeutet hatte, warum verstaubte es nun auf dem Dachboden?

Meine Eltern hatten alle Fotos, die sie gerne mochten, in ihrem Wohnzimmer an gut sichtbaren Orten deponiert, und so hatte ich es auch mit den Fotos von Ben und mir gemacht. Warum es also verstecken, regelrecht begraben in altem Krempel auf dem Dachboden, den nie jemand betrat? Die Vermutung lag nahe, dass keine angenehmen Erinnerungen damit verbunden waren. Und doch welche, die man nicht missen mochte, denn weggeworfen hatte der Besitzer es schließlich nicht. Oder die Besitzerin. Denn wem außer Tante Morena konnte es schon gehören? Tante Morena, die hier mit einem Mann im vertrauten Umgang fotografiert worden war, die ihn anschaute, mit diesem gewissen Blick …

Bisher hatte ich nur auf die Frau geachtet, doch je länger ich den Mann musterte, desto bekannter kam auch er mir vor. Die stolze Haltung auf seinem schwarzen Pferd, die geraden Augenbrauen … Sprachlos starrte ich auf das Foto. Die Kleidung war ungewohnt, er trug ein weißes Hemd und eine Art Gehrock, der damals in der Oberschicht vielleicht modern gewesen war. Die Stiefel verrieten jedoch den passionierten Reiter. Auch die kurz geschnittenen Haare unter dem schwarzen Hut passten nicht. Aber ich hätte schwören können, dass es Nicolás war, der mich so selbstbewusst aus dem Foto heraus anlachte.

Aber das war unmöglich. Dafür war das Bild viel zu alt. Vielleicht handelte es sich um einen nahen Verwandten, seinen Onkel oder seinen Vater? Der junge Mann sah wohlhabend aus, wie der Sprössling einer reichen Familie, zumindest ebenbürtig zu Morena und ihren Eltern. Wie konnte es dann sein, dass dessen Nachkomme nun als einfacher Gaucho für Tante Morena arbeitete und in einer Kammer neben dem Stall schlief?

Ich löste die Klammern von der Rückseite und zog das Foto aus dem Rahmen, um es ohne den störenden Sprung im Glas betrachten zu können. Dabei bemerkte ich, dass hinter dem Foto ein zweiter Abzug versteckt war, und dieser eine mit Bleistift gekrakelte Signatur trug. Ich hatte ein Datum und vielleicht die Namen der Abgebildeten erwartet, konnte jedoch keines der seltsamen Zeichen entziffern. Jetzt hätte ich eine Lupe gebraucht oder zumindest anständiges Licht.

Als ich mich endlich aus meinen Grübeleien losreißen konnte, und eilig die Leiter wieder hinunterstieg, wusste ich nicht, wie lange ich dort oben verbracht hatte. Ich nahm vier Bettbezüge mit hinunter, einige Wagen der Holzeisenbahn für Gauchito und das Foto. Wenn der richtige Zeitpunkt gekommen war, würde ich Tante Morena danach fragen. Ich wollte endlich erfahren, was hier eigentlich vor sich ging, was Tante Morena mir verheimlichte und warum sie Nicolás eingestellt hatte, damit er für sie arbeitete.

10 – Mein Hut, der hat drei Ecken

Handbuch für die gute Ehefrau
Machen Sie die Kinder schick. Nehmen Sie sich ein paar Minuten, um ihre Hände und Gesichter zu waschen (wenn sie noch klein sind). Kämmen Sie ihr Haar und wechseln Sie ggf. ihre Kleidung. Die Kinder sind Ihre »kleinen Schätze«, und so möchte er sie auch erleben.

Am nächsten Morgen kam ich schwer aus dem Bett. Wilde Träume von Nicolás als Geist auf dem Dachboden und Hunden, die sich auf mich stürzten, hatten mich zweimal aus dem Schlaf gerissen. Auch jetzt noch fühlte ich mich gefangen zwischen Träumen und Wachen und hatte außerdem wieder Gliederschmerzen. Dabei hatte ich es in den letzten Tagen wirklich langsam angehen lassen. Als ich es endlich schaffte aufzustehen, brummte mein Kopf, als hätte jemand einen Schwarm Hornissen darin losgelassen. Missmutig tappte ich zum Tisch und wühlte in meiner Reiseapotheke herum. Mit einer Aspirin in der Hand schlurfte ich ins Badezimmer, wo ich die Tablette in meinem Zahnputzbecher auflöste und mich derweil kritisch unter die Lupe nahm. Der Spiegel zeigte ein erbarmungsloses Bild. Meine Haare standen wild nach allen Seiten ab und knisterten elektrisch, als ich sie mit der Hand zu glätten versuchte. Das Kissen hatte einen Abdruck auf meiner linken Wange hinterlassen und das Gesicht war eindeutig bleicher, als es nach zwei Wochen in Argentinien eigentlich sein durfte.

Im Geiste sah ich meine Mutter die Hände über dem Kopf zusammenschlagen. »Ohne ein gepflegtes Äußeres ist eine Frau keine Frau, sondern ein Rhinozeros«, pflegte sie bei solchen Gelegenheiten zu verkünden. »Und ein Rhinozeros muss damit leben, dass ihm niemand die Tür aufhält oder in den Mantel hilft.«

Ich streckte meinem Spiegelbild die Zunge raus. Die Haut um meinen Mund herum verzog sich zu unschönen Falten, die Augen waren klein und blinzelten verschlafen. Eindeutig Rhinozeros. Ich kippte meine aufgelöste Aspirin hinunter und schlurfte zurück nach nebenan, um ein Bonbon für frischen Atem zu suchen. Als ich schließlich zum Frühstücksbungalow hinübertappte, fröstelte ich unter der frischen Brise und verkroch mich tiefer in meiner übergroßen Strickjacke. Ich hatte beschlossen, dass heute so ein Tag war, an dem ich aussehen konnte, wie ich wollte, und mich auch entsprechend anziehen durfte. Und wenn Isabela einen blöden Kommentar dazu losließ, würde ich sie niedertrampeln und auf ihren dürren Rippen Trampolin springen. Rhinozerosse waren gefährliche Tiere, leicht reizbar, jähzornig. Und sobald sie einmal in Wut gerieten, konnte niemand sie mehr stoppen. O ja, genauso fühlte ich mich in diesem Moment.

Als ich am Frühstückstisch saß – zum Glück waren alle anderen längst fertig und ich musste keine Konversation betreiben –, betrat Gabriel den Raum.

»Weißt du, wo deine Tante ist? Ich fahre gleich einkaufen und wollte fragen, ob sie noch was braucht. Die Bestellungen der Zwillinge habe ich schon aufgeschrieben.«

»Nein, keine Ahnung. Aber, Gabriel … kann ich vielleicht mitfahren?« Die Bitte war heraus, bevor ich überhaupt darüber nachgedacht hatte. Aber mehr als Nein sagen konnte er ja nicht.

»Du bist doch gerade beim Frühstücken«, kam es erstaunt zurück.

Ich blickte auf meine halb leere Tasse Tee und das Hörnchen, von dem ich sowieso nur einzelne Stückchen abgebrochen und sie zerbröselt hatte. »Nein, ich bin fertig.« Ich versuchte, ihn möglichst bittend anzusehen. Plötzlich hatte ich große Lust, mal rauszukommen und etwas anderes zu sehen als die immer gleichen Menschen. Selbst wenn es nur Supermarkt-Sightseeing war.

»Also gut.« Gabriel nickte mir zu. »Ich kann sowieso gut Hilfe gebrauchen, um den ganzen Kram zusammenzusuchen, den die Zwillinge für eine einzige Woche Kochen für nötig halten. Ernsthaft, man könnte glauben, sie müssten eine ganze Alpakaherde durchfüttern.«

»Ich helf dir gerne. Wir können uns aufteilen, dann geht es schneller«, bot ich an.

Gabriel blickte auf seine Armbanduhr mit dem verschlissenen Lederband. »In fünf Minuten am Wagen. Wenn ich Morena bis dahin nicht finde, hat sie eben Pech gehabt.«

Ich hatte nach zwei Minuten meinen fast unbenutzten Teller zur Seite geräumt und die Tasse in die Spülmaschine gestellt. Rasch holte ich noch meinen Geldbeutel aus meinem Zimmer und war abfahrtbereit. Gabriels Augenbrauen zuckten kurz in die Höhe, als er mich mit ausgebeulten Leggins und der riesigen Strickjacke neben dem Auto stehen sah, doch er sagte nichts und ich war ihm dankbar dafür.

Es war ungewohnt, in dem Pick-up von der Tür aus nach oben klettern zu müssen, um den Beifahrersitz zu erreichen, aber dafür bot mein Sitz eine gute Übersicht über die Straße. Wir holperten durch einige Schlaglöcher in der Auffahrt zur Estancia und bogen dann in die *Straße* ein, auf der Gabriel mich bei meiner Ankunft von der Bushaltestelle hergebracht hatte. Eine Weile saßen wir schweigend nebeneinander. Ich wusste, dass Gabriel kein großer Redner war, und störte mich nicht daran. Stattdessen sah ich aus dem Fenster und betrachtete die Pferde, die auf einer weit entfernten Weide um die Wette galoppierten, und die Alpakas, die friedlich grasten. Wie gut, dass Tiere sich nicht um die Zukunft sorgen konnten. Sonst hätten sie aus Angst vor den Straßenhunden bestimmt kein Hälmchen mehr angerührt.

Gabriel schien meine Gedanken gelesen zu haben. Ohne den Blick von der Straße zu nehmen, fing er an: »Nicolás hat mir erzählt, was neulich nachts passiert ist. Und dass du zufällig aufgewacht bist, als er das Alpaka zum Stall getragen hat.«

Ich sagte nichts dazu, beschäftigte mich nur damit, lose Fäden von meiner Strickjacke zu zupfen.

»Sagen wir mal … ich nehme ihm die Geschichte nicht so ganz ab. Aber das geht mich nichts an. Er wird seine Gründe haben, warum er sie so erzählt.« Ich atmete erleichtert aus und sah an Gabriels Grinsen, dass ich mich damit verraten hatte. »Ja, ein verdammt netter Bursche ist er, der Nicolás. Wenn man ihn ein bisschen besser kennt.«

»Ich habe eher den Eindruck, dass er immer unfreundlicher wird, je näher ich ihn kennenlerne«, protestierte ich. »Ich weiß, dass er mich nicht mag. Das hat er oft genug bewiesen.«

Gabriel wiegte den Kopf hin und her. »Weißt du, wir Männer sind manchmal seltsam, wenn es um unseren Stolz geht.«

»Als hätte ich ihm irgendwas getan!«

»Das hast du. Du hast gesehen, wie er vom Pferd gefallen ist.«

Also wusste Gabriel davon. Nicolás musste es ihm berichtet haben, denn nach Tante Morenas Ermahnung hatte ich sehr genau darauf geachtet, kein Sterbenswörtchen darüber zu verlieren. »Ich verstehe trotzdem nicht, was daran so schlimm ist, das kann doch jedem mal passieren.«

»Ich glaube, Nicolás hat es nur deshalb so schwer genommen, weil die Rolle als Gaucho für ihn noch ziemlich neu ist. Er bemüht sich ein bisschen zu sehr darum, so wie wir anderen zu sein. Ich bin am Anfang auch tausendmal vom Pferd gerutscht, wenn ich ohne Sattel geritten bin. Es dauert lange, bis man das richtig kann.«

Abrupt gab ich es auf, so zu tun, als interessierte ich mich für die Landschaft. »Nicolás ist also erst seit Kurzem hier? Und er hat früher nicht als Gaucho gearbeitet?«

Gabriel warf mir einen kurzen Blick zu. »Eigentlich sollte ich das gar nicht erzählen. Es wäre ihm bestimmt nicht recht.«

Ich gab mir Mühe, desinteressiert zu klingen. »Ach so. Ich wusste nicht, dass es ein Geheimnis ist.«

»Ist es auch nicht. Aber wir reden halt nicht darüber.«

Ein ungemütliches Schweigen breitete sich im Auto aus. Ich kaute auf meinen Fingernägeln herum. Der mitternachtslilafarbige Lack an der rechten Hand schmeckte überhaupt nicht. Aber ich musste mich irgendwie davon abhalten, die Stille mit Reden füllen zu wollen. Gabriel konnte mich jetzt nicht einfach mit diesen Minibröckchen an Information abspeisen!

Es verstrich eine Minute, die ich am Sekundenzeiger meiner Armbanduhr mitverfolgte. Dann zwei.

Schließlich seufzte Gabriel. »Also gut, also gut.« Er warf einen grimmigen Blick in meine Richtung. »Nicolás gehört eigentlich nicht auf unsere Estancia. Er ist erst seit vier Monaten bei uns und er ist auch kein Gaucho. Ich nehme an, das ist der

Grund, warum er ständig übt, ohne Sattel zu reiten, in einem Stall schläft und die Mate so bitter wie möglich zubereitet. Er versucht zu vergessen, als was er geboren wurde.«

Aha. Er hatte die Mate also nicht für mich so stark zubereitet, sondern um Gabriel zu beweisen, dass er ein harter Mann war. Oder so ähnlich. Überkompensation nannte man das wohl. Ich musste mich sehr zusammennehmen, um nicht die Augen zu verdrehen. Aber in dem Fall hätte Gabriel seinen Bericht sicherlich abgebrochen. Und das wollte ich absolut nicht.

»Als was wurde er denn dann geboren?«

»Seiner Familie gehört die Estancia ›Luz de la Luna‹. Einige Felder grenzen an unser Land an. Es ist der größte Besitz hier in der Gegend – mit sehr fruchtbarem Boden und einem riesigen Kasten von Herrenhaus, ein halbes Schloss haben die da stehen.«

Ein Schloss! Ich sah den Schlüssel vor mir, den Nicolás um den Hals trug. Alt hatte er ausgesehen, alt und angelaufen, aber reich verziert. Da hatte ich mit meinen Fantasien über verzauberte Märchenpaläste gar nicht so falschgelegen.

»Und die Familie hat das alles verloren? Hat Tante Morena ihn deswegen eingestellt?«

Gabriel wiegte den Kopf hin und her. Wir waren inzwischen auf einer größeren Straße herausgekommen, die schnurgerade durch die Landschaft führte, und er beschleunigte. Außer uns schien kein Auto unterwegs zu sein, sodass lediglich die vorbeiziehenden Fahrbahnbegrenzungen für Abwechslung sorgten.

»So genau weiß keiner, was vorgefallen ist. Der Vater ist auf jeden Fall schon länger tot, die Mutter hat den Besitz noch zwei oder drei Jahre weitergeführt, bis auch sie gestorben ist. Daraufhin ging alles auf Roberto über, den großen Bruder von Nicolás. Es heißt, dass es oft Streit gegeben hat zwischen den beiden. Und dann, plötzlich, ist auch Roberto gestorben. Und Nicolás kam zu uns.«

»Aber hätte er dann nicht alles erben müssen?«

»Das weiß ich eben nicht. Nicolás hat am Anfang kaum ein Wort gesprochen, als er bei uns als Gaucho angefangen hat. Irgendwas muss da vorgefallen sein, aber er wird einen Teufel tun, über seine Vergangenheit zu sprechen. Und ich denke, das ist sein gutes Recht. Ein Mann sollte die Chance haben, von vorne anzufangen, wenn er das möchte.«

Und eine Frau genauso. Eigentlich ging es mir ja ganz ähnlich. Ich wollte ganz sicher auch mit niemandem darüber reden, dass ich arbeitstechnisch gerade noch etwas im Vagen schwebte und Ben mich verlassen hatte. Das war ja eben das Angenehme hier, dass die Menschen nichts über meine Vorgeschichte wussten. Kein Wunder, dass Nicolás den Schlüssel unter sein Hemd geschoben hatte, als ich ihn so neugierig betrachtet hatte. Wahrscheinlich hatte er befürchtet, dass ich ihn gleich mit Fragen löchern würde. Kein Wunder auch, dass er sich allen gegenüber so abweisend verhielt. Er schien ein großes Päckchen mit sich herumzuschleppen.

Ich hätte fast Mitleid mit ihm haben können, wenn meine Neugier nicht größer gewesen wäre. Was war mit der Familie passiert? Warum hatte er sich mit seinem Bruder gestritten, wie war dieser gestorben und was machte Nicolás jetzt hier als einfacher Gaucho, wenn er stattdessen auch Farmbesitzer spielen könnte? Wenn ich es mir recht überlegte, passte diese Rolle viel besser zu ihm. Da konnte er Leute herumkommandieren und anschnauzen, wie es ihm gefiel.

»Er hat dann wohl eine gute Schule besucht?«, bemerkte ich beiläufig. Mir war eingefallen, dass ich ja schon herausgefunden hatte, dass Nicolás Französisch verstand. Neben der Straße tauchte ein gigantisches Schild auf, das für den nächsten Supermarkt warb. Mir blieb also nicht mehr viel Zeit.

Gabriel hielt die Augen konzentriert auf die Straße gerichtet, antwortete aber bereitwillig. »Soweit ich weiß, hat er studiert. Er war zumindest mal eine Zeit lang weg, irgendwo im Ausland an einer Universität. So viel habe ich damals von der Familie mitgekriegt. Der Vater war sehr traditionsbewusst. Hat seine Söhne zusammen mit einem Privatlehrer auf Kavaliersreise geschickt. Das hat man eigentlich nur früher im 19. Jahrhundert gemacht, wenn man es sich leisten konnte. Ein halbes Jahr durchs alte Europa, damit die Jungs die ganzen alten Tempel, staubigen Kirchen und so ein Zeugs sehen, bevor sie erwachsen sind. Weiß zwar nicht, wozu das gut sein soll, außer, um viel Geld aus dem Fenster rauszuwerfen, aber die Oberschicht hat eben ihre eigenen Regeln.«

»Anscheinend.« Ich hatte ihm fasziniert zugehört. Ich wusste, dass die argentinische Oberschicht vor allem von europäischen Einwanderern abstammte. Wahrscheinlich hatte man es einst für notwendig erachtet, dass die eigenen Nachkommen die Wiege der Kultur kennenlernten, die Orte, die in den Geschichtsbüchern beschrieben wurden, die Städte ihrer Vorfahren. Und Nicolás gehörte in eine dieser alten Familien, genauso wie Tante Morena und – in gewisser Weise – auch ich.

Schweigend nahm ich wahr, wie Gabriel abbog, an einigen wenigen kleinen Häuschen vorbeifuhr und auf dem Parkplatz eines viel größeren Supermarktes anhielt, als ich es mir vorgestellt hatte.

Ungefähr die Hälfte der Parkplätze war belegt und Gabriel erklärte mit einem Achselzucken: »Das Dorf hat zwar nur achtzig Einwohner, aber die Erwachsenen arbeiten fast alle hier. Und es ist die einzige größere Einkaufsmöglichkeit innerhalb von vielleicht fünfzig Kilometern.«

Wir besorgten uns zwei Einkaufswagen und Gabriel riss die Liste in der Mitte durch. »Du kannst das ganze Obst- und Gemüsezeug zusammensuchen. Ich hole die Getränke.« Pfeifend verschwand er um die nächste Ecke.

Langsam schob ich den Wagen zwischen den Ständen hindurch und studierte dabei den Zettel. Von den Minigürkchen nahm ich eine Handvoll, weil die so süß aussahen. Die Avocados prüfte ich mit den Fingerspitzen auf ihre Festigkeit, bevor ich sie in den Wagen legte. Selbst in dem künstlichen Licht glänzten die Auberginen, ich strich mit dem Finger über ihre glatte, kühle Haut, bevor ich einige einpackte. Neben diesen halb mechanischen Handgriffen summten die Gedanken durch meinen Kopf. Was Gabriel erzählt hatte, warf noch mehr Fragen auf, als es beantwortete. Ich hätte liebend gerne mit irgendjemandem meine Theorien durchgesprochen, aber mir fiel niemand ein, dem ich genug vertraute. Gabriel würde nicht herumtratschen wollen, Tante Morena wusste sicherlich mehr, hatte aber keine Anstalten gemacht, mir irgendetwas davon zu erzählen, die Zwillinge kannte ich nicht gut genug und mit Isabela redete ich sowieso nur das Nötigste.

»Na, du bist ja weit gekommen.« Gabriel tauchte mit einem voll beladenen Einkaufswagen neben mir auf. Er hatte Getränkesixpacks aufeinandergestapelt und hatte nun sichtlich Mühe, den Wagen zu manövrieren. In meinem lag dagegen nur etwas Gemüse. Es würde schwierig werden, ihn davon zu überzeugen, dass ich eben auf Klasse statt Masse setzte.

»Ich bin hier fast fertig, dann mache ich noch die Kühlprodukte.«

»Gut, zeig mal her, ich stürze mich auf die Süßigkeiten.« Er studierte meinen Zettel und verschwand wiederum im Laufschritt. Mit seiner Gaucho-Kluft, vor allem dem heute orange-bunt karierten Hemd, wirkte er hier im Supermarkt ziemlich fehl am Platz. Wahrscheinlich wollte er der fahlen Beleuchtung, den künstlichen Blumen rund um das Obstregal und dem quietschenden Boden möglichst schnell entkommen. Überraschenderweise fühlte auch ich mich nicht besonders wohl hier drinnen. Ich hatte eigentlich erwartet, dass die Chance auf

Konsum bei mir einen Kaufrausch auslösen würde. Stattdessen verglich ich das in Plastik abgepackte Gemüse mit dem, was die Zwillinge im Garten zogen, und war froh, nur einige wenige Sorten mitnehmen zu müssen. Schnell schob ich den Wagen zu den Kühlregalen hinüber und fröstelte unter dem kalten Windhauch, der mir aus den Regalen entgegenblies. Die große Supermarkthalle war sowieso schon stark klimatisiert, aber hier fühlte ich mich wie auf dem Kilimandscharo. Vermutlich bildeten sich bereits Eisklumpen an meinen Wimpern. Wie konnten die Argentinier es angenehm finden, in einem Eishaus einzukaufen?

Ich suchte Joghurt, Sahne, Fischaufstrich und Hefe zusammen. Kuhmilch, Butter und Käse brachte einmal in der Woche ein Nachbar mit seinem klapprigen Lieferwagen vorbei. Die Milch unserer Alpakas blieb den Jungtieren vorbehalten. Als ich mich den Tiefkühlfächern zuwenden wollte, stand Gabriel schon wieder mit einem Stapel Tiefkühlpizzen, mehreren Packungen Chips, gerösteten Sonnenblumenkernen und Alfajores hinter mir. Eine Großpackung Yerba Mate durfte natürlich auch nicht fehlen. Er ließ alles in meinen Wagen fallen und zog dann erneut seine Liste zurate.

Gemeinsam holten wir einige Packungen Toast und mehrere Baguettestangen aus den Regalen, echtes Brot, wie ich es gewohnt war, gab es hier ja leider nicht. Dazu kamen noch Mais- und Bohnenkonservendosen, passierte Tomaten, Nudeln, Reis, Marmelade, Schokoladenaufstrich, Medialunas zum Aufbacken und Backzutaten. Anscheinend hatten die Zwillinge für diese Woche tatsächlich einige kulinarische Neuheiten vor.

Während Gabriel Mehl und Zucker in den Wagen schaufelte, fiel mir wieder auf, wie viel teurer bestimmte Lebensmittel hier waren als in Deutschland. Als ich daraufhin die Menge an Waren überblickte, die sich in den beiden Einkaufswagen türmte, schwante mir Übles.

Auch Gabriel sah angespannt aus, als wir uns der Kasse näherten. Zum Glück war die Schlange nicht sehr lang. Vor uns standen nur eine Frau in Glitzerjeanshosen, die ein quengelndes Kleinkind an der Hand gepackt hatte und mit ihm über eine Packung Waldmeisterlutscher diskutierte, und ein Trupp Bauarbeiter, dessen Mitglieder ähnlich wie die Zwillinge eher bolivianisch als argentinisch aussahen. Danach legten wir unser buntes Warensammelsurium aufs Band. Ich war froh, in absehbarer Zeit der schrillen, sich mit Werbedurchsagen abwechselnden Musik und dem grellen Licht, von dem ich inzwischen wieder Kopfschmerzen gekriegt hatte, zu entkommen. Die Kassiererin seufzte beim Anblick unserer Kaufmenge. Sie hatte blond gefärbte Haare und künstliche Fingernägel, die immer wieder über das Band schabten, wenn sie die Waren über den Scanner zog. Jedes Mal fuhr mir ein Schauer über den Rücken.

Während Gabriel seinen Geldbeutel durchforstete, unterzog sie ihn einer kritischen Musterung, als wollte sie prüfen, ob es sich lohnte, für ihn mal kurz den Kaugummi aus dem Mund zu nehmen und deutlich zu sprechen, oder nicht. Nach einem kurzen Blick auf mich entschied sie sich dagegen. Derweil versuchte ich mich im Kopf an der Umrechnung. Meine Güte, im Verhältnis zu den Löhnen war das echt teuer. Tante Morena sollte über die Zimmer- oder wenigstens die Essenspreise nachdenken.

Während wir die Waren in den Kofferraum räumten – ich stopfte einfach alles wild durcheinander hinein, während Gabriel sich bemühte, die Sachen ordentlich gestapelt unterzubringen –, fiel mir wieder das Gespräch ein, das ich zwischen Isabela und Tante Morena belauscht hatte. Es war um jemanden gegangen, einen Mann, der freiwillig zurückkehren sollte. Nach dem, was ich heute erfahren hatte, lag es nahe, dass Nicolás damit gemeint war. Beabsichtigten sie, dass er auf seine eigene Estancia zurückging? Früher waren die beiden Familien doch offensichtlich eng befreundet gewesen, sofern der Mann auf dem Foto tatsächlich ein Verwandter von Nicolás war. Was war damals geschehen? Und warum hatte Tante Morena ihn überhaupt erst aufgenommen, wenn sie ihn nicht bei sich haben wollte? Konnte es sein, dass sie in irgendeiner Form in seiner Schuld stand? Oder – ich hielt den Atem an, als mir diese Möglichkeit einfiel – erpresste er sie womöglich?

Ich ließ eine Sprudelflasche auf Gabriels Fuß fallen, weil ich mit den Gedanken zu beschäftigt war, um zu bemerken, dass keine Getränkeflaschen mehr in den Kofferraum passten. Er fluchte und hüpfte einbeinig auf dem Parkplatz herum, während ich mich halbherzig entschuldigte. Er war aber auch selbst schuld. Warum trug er ständig bloß diese labbrigen Stoffschühchen? Die Espadrilles sahen zwar nett aus mit ihren Bastsohlen, waren aber alles andere als praktisch, wenn man körperlicher Arbeit nachging oder längere Strecken zurücklegen wollte.

»Was machst du, wenn dir ein Pferd drauftrampelt?«

Gabriel bemühte sich um einen verächtlichen Blick, was jedoch davon beeinträchtigt wurde, dass er gleichzeitig seinen Zeh knetete. »Unsere Pferde trampeln nicht, schon gar nicht auf meinen Fuß. Die Trampeltiere scheinen eher in ihrem eigenen Häuschen zu wohnen.«

Und schon wieder wurde ich als Rhinozeros bezeichnet. Ich schien dem heute einfach nicht entkommen zu können. Bevor ich noch mehr Unheil anrichten konnte, kletterte ich schnell auf den Beifahrersitz, während Gabriel mit einem seltsam hüpfenden Hopserlauf die Einkaufswagen zurückbrachte. Auf dem Rückweg war ich sehr still. Einerseits, weil meine Kopfschmerzen trotz des Wechsels von künstlichem zu natürlichem Licht nicht abgenommen hatten, andererseits, weil ich meine Theorien weiterspinnen wollte. Fest in meine Strickjacke gewickelt verwarf ich meine Erpresseridee wieder. Das traute ich Nicolás einfach nicht zu. Und womit sollte er Tante Morena auch erpressen? Sicher, es schien da einiges zu geben, was sie mir nicht erzählt hatte, aber sie war viel zu gutmütig, um irgendwelche größeren Leichen im Keller zu haben. Wobei mich in diesem Gemäuer eigentlich gar nichts mehr wundern würde. In welche Richtung ich auch dachte, ich scheiterte unentwegt daran, dass ich zu wenig Informationen hatte. Das musste sich ändern. Jetzt, wo ich mich so langsam eingewöhnt hatte, konnte ich den anderen ruhig mal mit ein paar Fragen auf die Nerven fallen. Mehr als die Antwort verweigern konnten sie schließlich nicht. Und ich würde mit Tante Morena anfangen. An Nicolás traute ich mich noch nicht so recht ran.

Im Geiste legte ich mir schon mal ein paar Einstiegsfragen zurecht. Diesmal schien die Fahrt nur halb so lange zu dauern und ich war fast etwas aufgeregt, als Gabriel auf den Weg zur Estancia einbog.

***

Nachdem wir auf den Hof gerollt waren, sah ich als Erstes einen fremden Mann im Nadelstreifenanzug vor dem Stall stehen. Der Anblick war derart ungewohnt, dass ich ihn überrascht anstarrte. Der Fremde trug nicht nur einen Anzug, sondern auch eine dunkelblaue Krawatte und eine schwarze Aktentasche. Er wirkte damit völlig fehl am Platz. Er hätte besser in die Londoner City gepasst als hier auf den Hof, wo er mit seinen Lederschuhen zwischen zwei Pfützen balancierte. Der teure Anzug konnte nicht darüber hinwegtäuschen, dass er dem guten Essen wohl etwas zu gerne zusprach und ihm die Haare auszugehen begannen. Dafür hatte er einige längere Strähnen quer über den kahl werdenden Kopf gepappt.

Vor ihm stand, breitbeinig und sichtlich wütend, Nicolás. Er trug wie immer schwarze Jeans, ein schwarzes Hemd und dazu sein rotes Halstuch. Da er den anderen Mann um mehr als einen Kopf überragte, wirkte die Szene für diesen ziemlich bedrohlich.

Gabriel und ich öffneten gleichzeitig die Autotüren. Er anscheinend, weil er eingreifen wollte, ich, damit ich mitbekam, was gesprochen wurde.

»Sie machen einen großen Fehler, Señor!«, hörte ich den fremden Mann sagen. Dabei wedelte er beschwichtigend mit seiner freien Hand.

»Hauen Sie ab!« Nicolás' Geste war unmissverständlich. Nun sah ich auch, dass er auf einen silbernen BMW mit frischen Dreckspritzern auf den Türen deutete. Das musste das Auto des Fremden sein. Hier hätte sich niemand einen BMW leisten können.

»Aber, aber … Ihre Frau Mutter hätte sicherlich gewollt …«

»Wagen Sie es bloß nicht, über meine Mutter zu sprechen!«

»Schon gut, schon gut, aber Sie müssen doch einsehen, dass Ihre Lage …«

»Gar nichts muss ich! Sie verschwenden hier Ihre Zeit!«

»Ich darf Sie darauf hinweisen, dass Fernando der Meinung ist, ein Rechtsbeistand wäre dringend nötig?«

»Als hätte es Fernando jemals gekümmert, wie es einem von uns geht!«

»Wenn Sie nur kurz über mein Angebot nachdenken würden! So eine Tat ist keine Lappalie. Wirklich, das könnte die einzige Möglichkeit für Sie …«

Nicolás ging einige Schritte auf den Mann zu, der hastig zurückwich. »Lassen Sie sich hier nie wieder blicken mit Ihren Unterstellungen! Niemals!« Sein Gesicht mutete beinahe wölfisch an, die Augen zu Schlitzen verengt, die Kiefer fest aufeinandergepresst.

Der Mann stolperte über den Hof auf sein Auto zu und drückte dabei mehrfach auf den automatischen Türöffner. »Das wird Ihnen noch leidtun!«, stammelte er beim Einsteigen. »Stolz und stur bis zum Letzten, die ganze Familie. Sie werden schon sehen, wohin Sie das bringen wird!« Damit knallte er die Tür zu und fuhr dermaßen schnell an, dass die Reifen durchdrehten.

Gabriel und ich blickten ihm bestürzt hinterher. Nicolás hatte sich umgedreht und marschierte am Stall vorbei auf die Pappelallee zu. Im Vorbeigehen donnerte er seine Faust gegen das Holztor, das unter dem Schlag erzitterte.

Ich zuckte bei dem lauten Geräusch zusammen. Es musste wehgetan haben, doch er verzog keine Miene. Als ich mich umdrehte, bemerkte ich, dass Isabela am Fenster stand und es halb geöffnet hatte. Ihr langer dunkler Zopf fiel ihr über die Schulter. Auch sie sah erschrocken aus. Als sie meinen Blick wahrnahm, schloss sie das Fenster mit einer brüsken Bewegung und verschwand im Zimmer. Nun standen Gabriel und ich alleine da. Er sah genauso ratlos aus, wie ich mich fühlte.

»Was war das denn?«, fragte ich nach einem Moment des Schweigens.

Gabriel zuckte die Schultern. »Keine Ahnung. Aber wenn ich du wäre, würde ich Nicolás erst mal für eine Weile aus dem Weg gehen.«

Ich linste zum Stall hinüber, hinter dem Nicolás verschwunden war. Wahrscheinlich war er auf dem Weg zu den Weiden, um sich durch die Bewegung abzureagieren. Gabriel schien geahnt zu haben, dass ich ihm gerne gefolgt wäre, doch er hatte recht. Wenn Nicolás schon ätzend sein konnte, wenn er ganz normal gelaunt war, dann würde ich jetzt einem zum Ausbruch bereiten Vulkan gegenüberstehen. Trotzdem wurde ich das Gefühl nicht los, ihn trösten zu müssen. Vielleicht hing es damit zusammen, dass ich ihn gerade nicht als Mr Marmorface erlebt hatte, sondern als Mensch mit sichtbaren Gefühlen. Auch wenn es Zorn gewesen war.

Was ich heute über Nicolás erfahren hatte, ließ ahnen, dass er einige Probleme mit sich herumtrug. Der letzte Spross einer reichen Familie, ein Bruder, der unter geheimnisvollen Umständen verstorben war, und wenn ich das eben Gehörte richtig interpretierte, drohte auch noch … ja, was eigentlich? Der Anzug-Heini hatte von einer Tat gesprochen, die keine Lappalie war. Das klang fast so, als hätte Nicolás etwas verbrochen. Der Meinung war offenbar auch ein gewisser Fernando, wer auch immer das war. Jedenfalls jemand, den Nicolás nicht mochte. Wieder musste ich an Monsieur Dubois' Zeichnung denken, die Vögel, die drohend Nicolás' Kopf umkreist hatten. Vielleicht war diese Bedrohung realer, als der Künstler geahnt hatte.

***

Als Gabriel und ich alle Einkäufe in die Küche getragen und verstaut hatten, überlegte ich, was ich nun tun konnte. Tante Morena war nirgends zu sehen, was meinen Plan, ihr mit elegant konstruierten Fragen ihr Geheimnis zu entlocken, fürs Erste undurchführbar machte. Ich konnte stattdessen zu meinem Bungalow hinübergehen und mit meinen Übersetzungen weitermachen, Isabela fragen, ob sie einen Auftrag für mich hatte, nach dem Alpaka schauen oder … endlich einmal meine Eltern anrufen. Bisher hatte ich das vermieden, weil ich nicht sicher war, ob meine Zweifel, die richtige Entscheidung getroffen zu haben, nicht sofort aus mir herausplatzen würden, sobald ich eine vertraute Stimme hörte. Ich hatte meine Eltern lediglich darüber informiert, dass ich gut angekommen war, und einige Fotos geschickt, um mein Häuschen und die Veränderungen am Haupthaus zu zeigen. Wie immer hatte meine Mutter mit einer Vielzahl an mehr oder weniger passenden Emojis geantwortet, die vom Daumen hoch über den kritisch durch die Lupe blickenden Smiley bis zu Munchs-»Der Schrei«-Smiley reichten. Ich hatte das so interpretiert, dass sie gleichzeitig angetan und entsetzt von den Umbauten war. Allerdings konnte ich mir nicht sicher sein, da sie einige Lieblingsemojis hatte, die sie einfach ständig verwendete, völlig egal, ob sie gerade passten oder nicht. Zumindest bei dem Küsschen werfenden Smiley war ich mir sicher, dass er für mich bestimmt war.

Mein Vater dagegen hatte ein System von Abkürzungen entwickelt, das nur er selbst verstand. »BGMVM« hatte ich noch relativ leicht entschlüsselt, das war die Aufforderung, Morena von ihm zu grüßen. Dagegen war mir »IFG« ein Rätsel geblieben, genauso wie »WVermDH«.

Ich blickte auf meine Uhr. Gerade Mittag, dann war daheim in Deutschland Abendbrotzeit. Als ich mir vorstellte, wie Mamá und Papá am Esszimmertisch saßen und sich darum kabbelten, ob nun Salat oder Brot mit Wurst gegessen werden sollte, hatte ich plötzlich große Sehnsucht nach ihnen. Schnell wählte ich die vertraute Nummer.

Meine Mutter nahm ab. Ihre kühle Stimme, die sie für förmliche Gespräche reserviert hatte, hätte auch gut zu einer Operndiva gepasst. »Hallo? Wer spricht dort?«

»Überraschung! Ich bin es, Amy.«

»Hallo, Honigschneckchen!« Nun klang sie ganz begeistert. »Gut, dass du anrufst. Ich versuche, deinen Vater gerade zu überzeugen, dass zu viele Kohlenhydrate am Abend schädlich sind. Aber der sture Bock weigert sich, etwas von meinem Grünkohl-Pampelmuse-Shake zu trinken.«

Bevor ich antworten konnte, rief sie meinem Vater zu: »Es ist Amalia!«

Ich hörte seine schnellen Schritte zum Telefon kommen. »Hallo?«

»Hallo, Papá!« Ich begann zu lächeln. Es war schön, die Stimmen meiner Eltern zu hören.

»Nun gib mir doch auch mal das Telefon, Mariela!«, sagte er zu meiner Mutter.

»Von wegen, ich habe noch überhaupt nicht mit ihr gesprochen!«

»Das kannst du ja später auch noch.«

»Ich war zuerst dran.«

»Warum hast du mich dann überhaupt gerufen, wenn du mich gar nicht mit ihr sprechen lässt?«

»Nun hör aber auf, davon kann ja gar keine Rede sein, ich …«

»Leute, ich bin noch dran! Will vielleicht jemand mit mir reden oder wollt ihr euch lieber weiterstreiten?«

»Natürlich wollen wir mit dir reden!« Mein Vater zischte meiner Mutter zu: »Halt das Telefon doch einfach in die Mitte und mach den Lautsprecher an.«

Es dauerte eine Weile, bis meine Mutter den richtigen Knopf gefunden hatte, doch nun konnte ich beide gleichzeitig verstehen. Was es nicht unbedingt besser machte.

»Wie geht es dir denn so, Kind? Isst du auch genug?«, äußerte mein Vater in besorgtem Ton. »Ich weiß, dass es auf der Estancia viel Fleisch gibt. Ich hoffe, du lässt das nicht alles auf dem Teller liegen, das ist nämlich gesund. Da sind ganz viele wichtige Vitamine drin.«

»Nun fordere sie doch nicht auch noch zum Essen auf. Du weißt, dass sie zur Moppeligkeit neigt.« Meine Mutter hatte es noch nie geschafft zu flüstern, ohne dass man sie klar und deutlich verstand.

»Ein bisschen Fleisch auf den Rippen ist doch sowieso viel besser, als wenn sie als Hungerhaken herumläuft.«

Ich konnte förmlich vor mir sehen, wie meine Mutter die Augen verdrehte.

»Oh, Santiago«, seufzte sie, »Du hast ja keine Ahnung vom heutigen Heiratsmarkt. Die Konkurrenz ist hart und sie ist immerhin bereits siebenundzwanzig.«

»La-la-la, ich kann euch hören, la-la-la«, sang ich ins Handy.

Das brachte meine Eltern zum Verstummen. Nach einer verlegenen Pause fragte mein Vater: »Wie geht es dir? Was macht Morena? Und die Estancia?«

Ich erzählte von meinen Reitstunden, wobei ich wohlweislich ausließ, dass ich ohne Helm geritten war, und berichtete etwas von den Projekten, die ich mit Tante Morena und Isabela gemeinsam durchführte.

»Gibt es denn inzwischen fließendes Wasser auf der Farm?«, wollte meine Mutter wissen.

»Nun erzähl doch nicht so einen Unsinn, natürlich gibt es das, das sind doch keine Buschmenschen dort«, protestierte mein Vater.

»Wirklich? Also mir kam es immer sehr primitiv vor.«

»Für dich ist alles primitiv, was nicht mit einem Fascinator auf dem Kopf herumspaziert.« Mein Vater sprach es »Fas-zieh-nah-tor« aus. Deutsch hatte er ziemlich gut gelernt, aber mit seinem Englisch war es nicht weit her.

»Ignorier diesen trotteligen alten Sack einfach, der sich dein Vater nennt, meine kleine Sonnenblume, er weiß nicht, wovon er da redet.«

Ich öffnete den Mund, um meinen Vater zu verteidigen, doch der war bereits geübt darin, meiner Mutter Paroli zu bieten. »Willst du etwa behaupten, ich sei senil?«

»Ich sage nur, dass die Erfordernisse der Mode für dich stets ein großes Geheimnis bleiben werden.«

Ich konnte förmlich vor mir sehen, wie meine Mutter ihre Hand theatralisch auf ihren wogenden Busen legte.

»Liebes, denk dir nichts dabei«, sagte sie plötzlich wieder zu mir. »Dein Vater versteht bloß nicht, warum ich für die

Beerdigung der lieben Emilia einen neuen Hut gebraucht habe. Wenn man ihm glaubt, könnte man sich ebenso gut ein Teesieb auf den Kopf setzen.«

»Das sähe wahrscheinlich deutlich besser aus, und kosten würde es wesentlich weniger«, brummte er.

Um ihn abzulenken, fragte ich ihn nach den kryptischen Messengernachrichten.

Er stutzte kurz. »Das war doch klar, oder nicht? ›IFG‹ steht für ›Iss fei gscheit‹. Unser Azubi im Büro hat mir erzählt, dass in der Jugendsprache heutzutage auch immer mehr Dialektwörter vorkommen, da wollte ich mich anpassen, damit du deinen alten Herrn nicht für einen völlig zurückgebliebenen Zausel hältst.«

Ich war so gerührt von seiner Erklärung, dass ich einige Tränchen unterdrücken musste. »Und ›WVermDH‹?«

»Wir vermissen dich hier! Du kennst doch deinen überemotionalen Vater«, verriet meine Mutter. »Wirklich, Amalia, du solltest darauf achten, auch dort in der Wildnis ab und zu deinen Verstand zu üben, vielleicht könntest du dir Kreuzworträtsel besorgen oder Sudoku, damit dein Gehirn durch die mangelnde Benutzung nicht so rasch abbaut.«

Anscheinend war sie der Meinung, dass man sich auf der Estancia mit Grunzlauten verständigte und sich gegenseitig die Keule auf den Schädel drosch, wenn es zu Meinungsverschiedenheiten kam.

»Vielleicht kann ich den Gauchos ja beibringen, ihren Namen korrekt zu schreiben.« Bei dem Gedanken an Nicolás und seine gut sortierte Minibibliothek musste ich lächeln. Was er mir wohl erzählen würde, wenn ich ihm vorschlagen würde, das Schreiben mit ihm zu üben?

Ironie war bei meiner Mutter wie eh und je völlig fehl am Platz. »Mach das, Liebes, eine sehr gute Idee. Es steht einer Lady gut zu Gesicht, sich ab und an auch mit den niedrigeren

Klassen zu beschäftigen. Solange es einen schicklichen Rahmen nicht überschreitet, natürlich!«

Ah, sie hatte Angst, dass ich mich während der Lehrstunden in einen der Gaucho-Neandertaler verliebte und ihr einen unerwünschten Schwiegersohn bescherte.

»Mariela, du redest so einen Mist!«, brummelte mein Vater. »Das ist ja kaum auszuhalten.«

»Trink du erst mal deinen Vitamin-Shake, Mr Fleisch-ist-mein-Gemüse!« Meine Mutter wechselte von ihrem Befehlston wieder in ihre hohe, zirpende Stimmlage, als sie sich an mich wandte: »Du redest so wenig, gefällt es dir nicht bei Morena?«

Ich wusste nicht, ob ich lachen oder weinen sollte. »Ihr lasst mich ja kaum zu Wort kommen, sonst hätte ich längst mehr gesagt.«

»Genau, nun lass sie doch mal!«, schnauzte mein Vater meine Mutter an.

»Bitte, wenn ihr mir das Sprechen verbietet, dann sage ich eben nichts mehr.« Sie grummelte beleidigt vor sich hin.

Endlich hatte ich die Möglichkeit, von meinen bisherigen Eindrücken hier zu erzählen, die wichtigsten Leute, mit denen ich zu tun hatte, zu beschreiben und mir von der Seele zu reden, dass mir ein guter Freund oder eine Freundin fehlte. Mein Vater hörte teilnahmsvoll zu und machte ab und zu beruhigende Geräusche.

Als ich fertig war, einerseits froh, meine Gefühle endlich mit jemandem teilen zu können, und gleichzeitig besorgt, ob ich nicht zu wehleidig geklungen hatte, sagte meine Mutter ungewohnt leise: »Du kannst jederzeit zurückkommen, das weißt du, oder, mein Schatz? Ein Rückflugticket ist schnell gebucht.«

»Aber das will ich nicht!« Plötzlich war ich mir ganz sicher. Allein die Möglichkeit, dass meine Argentinienreise innerhalb kürzester Zeit vorbei sein könnte, machte mir deutlich, wie unbedingt ich hierbleiben wollte. Es gab noch so viel zu entdecken, zu erforschen, herauszufinden. In gewisser Weise war es tatsächlich anstrengend, mich in dieses bereits bestehende soziale Gefüge hineinzuarbeiten, aber gleichzeitig hatte ich das Gefühl, dass es mich weiterbrachte. Dass ich hier mehr über mich selbst und das Leben lernte, als ich es in meiner behüteten Umgebung daheim jemals gekonnt hätte.

»Ich bleibe hier. Es tut mir leid, wenn ich euch durch mein Gejammere einen falschen Eindruck vermittelt habe. Tatsächlich gefällt es mir sehr gut. Es ist nur das erste Mal, dass ich so ein Abenteuer unternehme, und deswegen ist manches nicht immer so ganz leicht für mich, aber ich will auf jeden Fall weitermachen.«

»Das ist doch ganz klar, *cariño*. Wir sind immer für dich da, wenn du uns brauchst.« Mein Vater schnäuzte sich lautstark und ich fragte mich, ob er nicht auch mit den Tränen kämpfte. »Für uns ist das genauso ungewohnt. Verzeih deinen alten Eltern, wenn wir manchmal etwas anstrengend sind. Wir machen uns nur Sorgen um dich.«

»Ich hab euch lieb!«

»Wir dich auch«, sagten beide gleichzeitig. Als wir uns verabschiedeten, fühlte ich mich erleichtert, als hätte ich mir eine Last von der Seele geredet. Während die Absätze meiner Mutter auf dem Parkett klackerten, wahrscheinlich kehrte sie zu ihrem Smoothie zurück, flüsterte mein Vater ins Telefon: »Wenn Mariela es zu sehr übertreibt, komme ich auch mal bei euch vorbei. Dann machen wir zusammen einen drauf.«

Ich kicherte noch, als ich längst aufgelegt hatte. Dann setzten plötzlich die Kopfschmerzen wieder ein, nur pochender und stärker als heute Morgen. Als ich meine kalte Hand auf die Stirn legte, wurde mir bewusst, wie heiß mein Kopf war. Ich würde noch eine Tablette brauchen. Und vielleicht sollte ich mich hinlegen. Meine Knie fühlten sich an, als wären sie mit Dulce de leche gefüllt. Die Schultern und der Rücken schmerzten. Aber da konnte ich eigentlich keinen Muskelkater haben. Langsam wankte ich zu meinem Häuschen hinüber. Es war zwar erst Mittag, aber ich fühlte mich, als hätte ich bereits eine ganze Woche ohne Schlaf durchlebt. Es war so viel passiert, dass ich mich völlig überfordert davon fühlte, alles zu verarbeiten. Mein Bett, ich wollte einfach nur in mein Bett.

11 – Nicolás: Schwarz, schwarz, schwarz sind alle meine Kleider

Handbuch für die gute Ehefrau
Vermeiden Sie jeden Lärm. Wenn er nach Hause kommt, gehen Sie auf Zehenspitzen und klappern Sie nicht mit Geschirr, um seine Nerven nicht zu strapazieren. Ermahnen Sie die Kinder, leise zu sein.

Die Holzdielen unter seinen Reitstiefeln knarrten. Nicolás trat schnell einen Schritt zurück, als Morena herumfuhr und ihm einen erstaunten Blick zuwarf. Die Augenringe und das blasse Gesicht verrieten, dass sie die ganze Nacht am Bett ihrer Nichte gewacht hatte. Über ihre Schulter hinweg sah Nicolás zum Bett. Wenn Morena blass war, so ähnelte Amy einem Geist. Nur ihre unnatürlich roten Wangen hoben sich von der durchscheinenden Haut ab. Sie schlief. Das sonst so glänzende hellbraune Haar hing strähnig um das Gesicht, das ihm jetzt viel schmäler und jünger erschien als sonst.

»Ich wollte fragen, ob ich etwas tun kann. Medikamente holen, den Arzt zu euch bringen, mehr Decken oder noch etwas Wasser oder …« Er verstummte.

Morena schenkte ihm ein müdes Lächeln. »Der Doktor war schon zweimal da. Er hat Blut abgenommen und ruft an, wenn er die Laborergebnisse hat. Es besteht anscheinend die Gefahr, dass die Anzahl der Thorompo… Trombo… zyten, also dieser Blutplättchen, zu stark abnimmt, dann müsste Amalia ins Krankenhaus. Alle drei Stunden messe ich Fieber, und wenn sie wach ist, versuche ich, ihr so viel Flüssigkeit wie möglich einzuflößen. Immerhin ist der Schüttelfrost überstanden.«

»Hat sie denn etwas gegen die Schmerzen bekommen? Also, ich meine, man hört ja immer, dass …« Nicolás zögerte. Er wollte nicht taktlos sein und Morena noch mehr beunruhigen. Aber er war sich nicht sicher, wie viel sie über die Krankheit wusste.

Denguefieber, von tagaktiven Aedesmücken übertragen, wurde auch *fiebre rompehuesos* genannt, Knochenbrecherfieber. Die Erkrankten berichteten von heftigen Gliederschmerzen, die noch gefürchteter waren als das hohe Fieber und die Mattigkeit.

Morena nickte. »Ja, der Arzt hat Tabletten dagelassen. Gegen das Fieber und die Schmerzen. Er hat mir eingeschärft, dass ich ihr nur die geben darf, kein Aspirin, wegen der Blutungsgefahr.«

Brauchst du eine Pause, wollte Nicolás fragen, oder soll ich dich ablösen? Doch er schwieg, nickte nur. Es stand ihm nicht zu. Wer war er schon, was für ein Recht hatte er, sich um Amy zu kümmern?

Nur das Recht, dass er sie – trotz seiner zahlreichen Versuche, jede nähere Kontaktaufnahme zu blockieren – inzwischen erstaunlich gerne mochte. Dass er aus irgendeinem seltsamen Grund, den er selbst nicht verstand, den Drang spürte, in ihrer Nähe zu bleiben. Dass er bei ihr sein wollte, besonders jetzt, wo es ihr so schlecht ging. Er wollte ihre schmale, fieberheiße Hand halten und der Schlafenden mit leiser Stimme Worte zuflüstern. Die Legenden der Indios, argentinische Märchen, die Geschichten hinter den Sternbildern der Südhalbkugel. Damit sie in ihren Fieberträumen keine Schmerzen verspürte, sondern schöne Bilder sah.

Es war ihm bedeutend leichter gefallen, sich von ihr fernzuhalten, als er sich noch hatte einreden können, dass sie ihn verabscheute. Doch seit er immer wieder einen Funken von Interesse in ihren Augen bemerkt hatte, seitdem verspürte er den Wunsch, häufiger mit ihr zu sprechen. Außerdem fühlte er sich ein klein wenig geschmeichelt, dass sie ihn beobachtete, wenn sie dachte, er merkte es nicht. Sei es beim Mittagstisch oder aus dem Frühstücksbungalow heraus, wenn er Fuego direkt davor zum Striegeln anband. Zugegeben, er hätte Fuego auch überall sonst putzen können. Aber hier konnte sich die Möglichkeit zu einem kurzen Gespräch mit Amy ergeben.

Es hatte ihn auch sehr amüsiert, aus dem Augenwinkel mitzubekommen, wie sie sein Gespräch mit Isabela verfolgt und dabei versucht hatte, hinter den Fenstern des Bungalows möglichst unsichtbar zu wirken. Süß hatte er das gefunden und sehr liebenswert. Sie war so anders als die Frauen, die er bisher interessant gefunden hatte. Bei Amy wusste man stets, was sie dachte, weil sie entweder direkt damit herausplatzte oder man ihr die Stimmung am Gesicht ablesen konnte. Ihre intensive Mimik belustigte ihn, weil er es bisher eher für erstrebenswert gehalten hatte, ein Pokerface wahren zu können. Bei geschäftlichen Verhandlungen war das unabdingbar. Und seiner Erfahrung nach half ein kontrolliertes Auftreten auch im privaten Bereich weiter. Wenn man das Gegenüber nicht merken ließ, wann es einen Treffer gelandet hatte, dann waren die eigenen Schwächen vor Entdeckung geschützt.

Nur bei Amy fand er es lustig, wenn sie sich über ihn aufregte. Ihr Gesicht, als sie die extrabittere Mate getrunken hatte und vortäuschen wollte, dass es ihr schmeckte. Ihr Entsetzen, als er zur Reitstunde aufgetaucht war statt Gabriel. Ihre Enttäuschung, als sie eifrig versucht hatte, bei der Rettung des kleinen Alpakas seine Anweisungen zu befolgen, und er es nicht mit einem Wort honoriert hatte. Er mochte es, wenn sie ihn provozierte, und er provozierte auch gerne zurück. Sie brachte Abwechslung in seinen Alltag und schaffte es erstaunlich oft, ihn von seinen Sorgen abzulenken.

In seine Gedanken hinein schrillte ein Wecker, der auf dem Nachttisch stand. Amy stöhnte leise und drehte den Kopf zur Seite. Hastig stand Morena von ihrem Stuhl auf und schaltete das misstönende Geräusch ab.

»Nun muss ich wieder den Blutdruck messen«, flüsterte sie Nicolás zu. Aus einer Schublade entnahm sie eine altertümliche Blutdruckmanschette. Als sie vorsichtig Amys linken Arm unter der Bettdecke hervorzog, entdeckte Nicolás, dass die Haut rot gesprenkelt war. Es sah aus, als wäre der Unterarm von Flohstichen übersät, doch Nicolás wusste, dass es winzige Einblutungen sein mussten. Das Gefährliche am Denguefieber war der Rückgang der für die Blutgerinnung so wichtigen Thrombozyten. Neben dem typischen Denguefieber-Ausschlag konnte dies auch zu Schleimhautblutungen führen und im schlimmsten Fall zu inneren Blutungen. Fiel die Thrombozytenzahl zu stark ab, drohte ein Dengue-Schocksyndrom. Nicolás verbot sich selbst, weiter darüber nachzudenken. Amy war in guten Händen. Sollte sich ihr Zustand verschlechtern, würde der Arzt sicherlich nicht zögern, sie sogar in das weiter entfernte Krankenhaus bringen zu lassen.

Vielleicht wäre es besser gewesen, wenn er diese ganzen Informationen nicht recherchiert hätte. Isabela hatte sich allerdings gefreut, als er sie im Büro besucht und gefragt hatte, ob er kurz den Computer benutzen könne. Er hatte ihr nicht verraten, was er suchte. Unwissenheit, das hatte Nicolás am eigenen Leib erfahren müssen, konnte töten. So konnte er Amys Krankheit inzwischen wenigstens einordnen und wusste, welcher weitere Krankheitsverlauf zu erwarten war.

Morena verwickelte sich im Kabel des Stethoskops und fluchte leise vor sich hin. Als sie die Manschette an Amys Arm befestigt hatte, pumpte sie sie auf. Nicolás wandte den Blick ab. Der Vorgang kam ihm plötzlich intim vor, vielleicht, weil Amy nicht mitbekam, was um sie herum geschah?

Als Morena fertig war, nahm sie die Manschette ab, legte die Utensilien beiseite und holte ein Blatt Papier hervor, auf dem sie den Wert gewissenhaft notierte. Nicolás' Blick fiel auf Amys Arm, der wieder auf der Matratze ruhte. Wo die Manschette Druck auf die Haut ausgeübt hatte, waren weitere rote Pünktchen entstanden. Der sogenannte Tourniquet-Test, neben den Blutproben der letzte Beweis, dass es sich wirklich um Dengue handelte.

»Tja, du bist wohl die beste Pflegerin, die sich Amy nur wünschen kann.« Nicolás bemühte sich, Morena anzulächeln. »Dann kann ich hier nicht helfen. Oder?« Nicolás merkte, dass seine Frage hoffnungsvoll klang. Ganz anders, als er beabsichtigt hatte. Morena starrte ihn an. Konnte sie ihm vom Gesicht ablesen, was in ihm vorging? Schnell wandte er den Blick ab, ließ ihn über die Einrichtung wandern, den kleinen offenen Kamin, den Korbsessel mit Amys Reitjeans über der Lehne, das Körbchen mit Alfajores, das Amy neben den Wasserkocher gestellt hatte. All die kleinen Dinge hier trugen ihren Stempel, zeugten von ihrer Lebendigkeit.

Dagegen mitten im Raum das riesige Bett mit Amys nahezu reglosem Körper unter dem weißen Leintuch. Sie atmete flach, die Augenlider flatterten. Nicolás fuhr sich mit der Hand übers Gesicht. Ein anderes Bild schob sich mit Macht vor seine Augen.

Roberto. Auch er hatte zwischen zerwühlten Laken gelegen, das Gesicht ungewohnt bleich, die Augen riesig und von tiefen

Schatten umgeben. Die Haare hatten an seiner Stirn geklebt, ihm, der die langen Haare seines kleinen Bruders immer als unmännlich bezeichnet hatte und sie normalerweise raspelkurz trug. Da hatte die Sepsis bereits in seinem Körper gewütet und er war zu schwach gewesen, um Nicolás' Hand zu drücken, die dieser ihm gereicht hatte, in der verzweifelten Hoffnung, seinem Körper ein Zeichen der Besserung zu entlocken.

Nein, er konnte nicht bleiben, egal, wie sehr er es sich wünschte. Die Erinnerung war zu mächtig. Er hielt das nicht aus. Ohne auf Morenas Antwort zu warten, stürmte Nicolás mit einem kurzen, abrupten »*adiós*« zur Tür hinaus. Wie jedes Mal, wenn er nicht weiterwusste, suchte er Fuego auf. Er zäumte ihn in Windeseile auf, schwang sich in den Sattel und trabte vom Hof.

Schon nach wenigen Minuten öffnete sich die weite Pampa vor ihm. Nicolás ritt auf Fuego über die Felder. Weidezäune kontrollieren, Salzlecksteine erneuern, kurz die Kälbchen einfangen und überprüfen, ob alles in Ordnung war. Das zumindest hatte er sich vorgenommen, jetzt, nachdem er versuchte, einen Sinn aus seinem überstürzten Aufbruch zu ziehen. Er hatte gehofft, dass der Wind, der über das Getreide strich und Fuegos Fell wie mit tausend Fingern durchkämmte, auch seine Gedanken mit sich forttragen würde. Die Gedanken an Amy.

Nicolás wollte sie bei sich haben. Er wollte ihr all die Wunder zeigen, die die Pampa bereithielt. Eine einzigartige Steppenlandschaft breitete sich vor seinen Augen aus. Brütende Vögel, die kunstvolle Nester bauten. Grashalme in unterschiedlichsten Farbschattierungen wie aus einem expressionistischen Gemälde, und der Wind, der sie mit einer Böe niederdrückte und eine Welle kilometerweit durch die Pampa zu schicken schien. Die vielen versteckten Wasserläufe, wo der Boden plötzlich sumpfig wurde und das Pferd bis zum Bauch im Schlamm watete. Die schwarzen Rinder, die über die Pampa zogen, Wind und Wetter trotzten und sich nur von einem geübten Gaucho einfangen ließen.

Das Lasso mit einem Eisenring an eines der Hörner zu werfen hatte er unter Gabriels Aufsicht wochenlang geübt. Manchmal benutzte er auch die Bola, neben dem Messer eines der typischen Werkzeuge und zugleich Waffe eines Gauchos. Er hatte gelesen, dass die Wurfwaffe in ähnlicher Form von den sibirischen Tschuktschen eingesetzt wurde und bei Ausgrabungen in Mesopotamien sogar Schleuderkugeln gefunden worden waren, die ein geschätztes Alter von neuntausend Jahren hatten. Der Mechanismus war denkbar einfach. Die Bola bestand aus drei Schnüren, die zusammengeknotet waren. An jedem Ende befand sich ein Gewicht. Wenn er ein fliehendes Tier einfangen wollte, wirbelte er die Bola über dem Kopf und schleuderte sie dem Rind zwischen die Beine. Die durch die Gewichte rotierenden Schnüre wickelten sich um die Beine des Tieres und brachten es zu Fall. Idealerweise.

Der Bolawurf war wie so viele andere Gaucho-Fähigkeiten eine Kunstform, die er noch nicht besonders gut beherrschte. Lieber stieg er vom Pferd und lockte das betreffende Kälbchen oder die Kuh. Das ging zwar nicht ganz mit der Tradition konform, war aber für beide Seiten auch weniger kräftezehrend und mit geringerem Unfallrisiko behaftet. Zum Glück hatte er heute keine Zuschauer. Oder leider, denn so war er mit seinen Gedanken allein. Und die kreisten unentwegt um Amy.

Wenn sie bloß schnell wieder gesund wurde! Nicolás nahm sich vor, ihr dann mehr von der Pampa zu zeigen, die er so liebte. Er hätte Amy gerne das unglaubliche Gefühl vermittelt, wie es war, auf dem Rücken eines schnellen Pferdes über das Land zu fliegen. Nur den Horizont vor Augen, der in der Ferne flimmerte wie eine Fata Morgana. Der einzige Moment, in dem er sich jemals frei gefühlt hatte. Frei von den Erwartungen, die sein Vater bereits von klein auf an ihn gestellt hatte, frei von den Auseinandersetzungen mit seinem Bruder, frei von den Zwängen, die seine Erziehung mit sich gebracht hatte.

Manchmal glaubte er, in Amy eine ähnliche innere Unruhe zu spüren, wie er sie nun schon so lange mit sich herumtrug. Er fragte sich, wo bei ihr die Ursachen dafür liegen mochten. Ob er es jemals herausfinden würde? An diesem Punkt schaltete sich sein gedanklicher Schutzmechanismus ein und verbot weitere Überlegungen. Besser, er erfuhr überhaupt nichts weiter über sie! Besser nicht – zu seinem eigenen Schutz. Denn sich einem anderen Menschen zu offenbaren schuf eine ganz besondere Verbindung, und das war etwas, was er im Moment überhaupt nicht brauchen konnte. Vor allem zu keiner Frau, die intelligente Fragen zu stellen vermochte. Und sei sie auch noch so hübsch.

Am Anfang waren ihm nur Amys ungewöhnliche Augen aufgefallen, nicht richtig blau, nicht grau und nicht grün. Die Farbe der Iris schien sich an die Umgebung anzupassen wie bei einem Chamäleon. Und sie blickten ihn immer mit leichter Skepsis an. Danach konnte er nicht umhin, von ihrem Kleidungsstil Notiz zu nehmen, der, was die Farbigkeit anbelangte, eher zu einer Indiofrau zu passen schien als zu einer in Deutschland aufgewachsenen Argentinierin.

Und dann natürlich ihre spöttischen Bemerkungen, wie er sie von Frauen überhaupt nicht gewohnt war. Die Stimmen der meisten Damen bekamen in seiner Gegenwart einen ganz weichen Klang, sie lachten über seine Witze und warfen ihm heimliche Blicke zu – die er früher mit einem herausfordernden Lächeln erwidert hatte. Amy dagegen machte überhaupt keine Anstalten, zu ihm aufzublicken. Im Gegenteil, sie wehrte sich nach Kräften, irgendetwas Nettes zu sagen. Bei diesem Gedanken musste er lächeln. Hoffentlich wurde sie bald wieder gesund, dann durfte sie ihm nach Herzenslust Gemeinheiten an den Kopf werfen.

Er hatte bemerkt, dass sie begann, mehr in ihm zu sehen als nur den wortkargen, mürrischen Gaucho, der für ihn so etwas wie ein Schutzschild geworden war. Aber jedes Mal, wenn er nahe daran gewesen war, nett zu ihr zu sein, ihr zu zeigen, dass er auch ganz anders sein konnte, immer dann hatte ein Gedanke ihn zögern lassen. In seiner jetzigen Situation durfte er keinen Menschen an sich heranlassen. Er musste büßen für das, was geschehen war. Für das, was er falsch gemacht hatte. Für das Leben, das er auf dem Gewissen hatte.

Wie furchtbar wäre es, ihr jetzt nahezukommen und dann zusehen zu müssen, wie ihm alles zwischen den Fingern zerrann, wie er abermals alles verlor. Er musste versuchen, sich den Zorn und die Scham in Erinnerung zu rufen, die er empfunden hatte, als er vor ihren Augen vom Pferd gefallen war. Im Nachhinein musste er lächeln über sein eigenes Verhalten. So was von kindisch, aber das hatte an seiner Enttäuschung gelegen. Ein Ritt ohne Sattel war eben viel schwieriger, als er gedacht hatte. Und dann hatte er ausgerechnet vor einer Touristin, die es garantiert überall herumerzählen würde, den Halt verloren. Mehr als peinlich, nachdem er sich so sehr angestrengt hatte, die Fähigkeiten eines Gauchos zu erlernen. Mittlerweile fiel es ihm etwas leichter, aber sein Respekt vor Gabriel und dessen Kollegen auf den anderen Estancias wuchs mit jedem Tag. Ein besorgtes und übermäßig hilfsbereites Frauenzimmer passte definitiv nicht in seine Vorstellung vom Gaucho-Leben. Diese anfängliche Antipathie gegenüber Amy hatte er sich dauernd ins Gedächtnis gerufen. Es gelang ihm manchmal besser, manchmal schlechter.

Aber dann war sie krank geworden. Eigentlich kein Wunder. Er sah wieder Amys hellhäutige, nackte Arme vor sich, nach dem Angriff der Hunde noch zu sehr von Adrenalin geflutet, um die Kühle der argentinischen Nachtluft zu spüren. Er hätte nie zulassen dürfen, dass sie ihren Pullover auszog, er hätte daran denken müssen, dass sie nur zu leicht ein Opfer der Moskitos werden konnte. Sein Verstand sagte Nicolás, es sei viel wahrscheinlicher, dass Amy tagsüber von der Aedesmücke gestochen worden war und es gar keinen Zusammenhang zu ihm gab, aber die Schuldgefühle wollten und wollten nicht verschwinden.

Hätte er es verhindern können, wenn er nicht so völlig davon in Anspruch genommen gewesen wäre, zornig zu sein, weil sie sich so einer Gefahr ausgesetzt und tatsächlich versucht hatte, ein Rudel wilder Hunde zu vertreiben?

Im Nachhinein machte sich Erstaunen über ihren Mut breit, doch nach wie vor dominierte die Wut. Denguefieber war schon schlimm, die wilden Hunde hätten allerdings viel Schlimmeres anrichten können. Wahrscheinlich hatte er deshalb kaum ein Wort des Dankes herausgebracht. Als sie nebeneinander vor dem Tisch mit dem verletzten Alpakakind gestanden hatten, beide unsicher, aber fest entschlossen, das Tierchen zu retten, da hatte er eine Verbindung zu ihr gespürt wie schon lange zu keinem Menschen mehr. Und wie immer, wenn er überfordert von seinen eigenen Gefühlen war, hatte er es nicht geschafft, sich richtig zu verhalten.

Nicolás lehnte seinen Kopf an Fuegos Hals. Der Hengst war von selbst langsamer geworden, als spürte er, dass sein Herr nicht bei der Sache war, und schritt nun ruhig über die grünbraunen Grasbüschel und niedrigen Sträucher hinweg. Nicolás spürte Fuegos lange, seidige Mähne an seiner Wange. Er hätte zu gerne sein Gesicht darin vergraben, wie er es als kleiner Junge bei seiner Lieblingsstute getan hatte, wenn er wieder einmal vor dem Streit seiner Eltern weggerannt war. Anfangs hatte er noch versucht, seine Mutter zu verteidigen, aber bald hatte er gemerkt, dass dies seinen Vater nur wütender und unberechenbarer gemacht hatte. Er schien es als fürchterliche Beleidigung anzusehen, dass einer seiner Söhne es wagte, ihm entgegenzutreten. Seine Mutter dagegen kannte ihren Mann gut genug, um zu wissen, wie weit sie gehen konnte, welche Forderungen sie stellen durfte, ohne ihn so wütend zu machen, dass er zuschlug. Sie hatte sich ihr Wissen hart erkämpft, in endlosen Diskussionen, in unzähligen erbärmlichen Situationen, und sie setzte es stets zum Wohl ihrer Kinder ein.

Nicolás hatte gewusst, dass es ihre Idee gewesen war, ihn auf ein Internat zu schicken, und dass sie den Vater hatte glauben lassen, es wäre seine eigene, damit er dafür bezahlte, ohne zu murren. Er hatte gewusst, dass sie das Beste für ihn gewollt hatte, dass sie ihn lieber weit weg an einem sicheren Ort untergebracht haben wollte als auf der Estancia bei seiner eigenen Familie. Und dennoch hatte er sich verraten gefühlt. Von dem einzigen Menschen, den er wirklich geliebt und dem er vertraut hatte. Seiner Mutter. Die Frau mit den Augen von der Farbe moosbewachsener Kieselsteine, die ein leichter Duft nach Margeriten umgeben hatte, wenn sie einen Raum betreten hatte. Die Frau, die ihm das Schachspielen beigebracht und ihm aus den drei Musketieren vorgelesen hatte, bis er einschlief. Die Frau, die längst alles auf dem Hof entschieden hatte, während die Angestellten nur noch der Form halber auch zu ihrem Mann gegangen waren, der ihnen wirre Befehle erteilte, die er meist am nächsten Tag bereits wieder vergessen hatte. Die Frau, der er hatte Perlen schenken wollen, für jede einzelne Träne, die sie während ihrer Ehe geweint hatte.

Und ausgerechnet sie hatte ihn weggeschickt. An einen Ort, wo er sie nicht mehr hatte beschützen können, wo es keine Pferde gegeben hatte, bei denen er selbst hatte Zuflucht suchen können. Einen Ort, wo er alleine war und es auch geblieben war. Ein kleiner, ernster Junge, dessen nachdenkliche Augen jedem Erwachsenen nur mit Skepsis begegnet waren und der mit sich selbst Schach gespielt hatte, statt mit seinen Schulkameraden an stibitzten Zigaretten zu ziehen. Viele Gauchos rauchten, aber er hatte bis heute eine Abneigung dagegen. Nicolás blinzelte und rief sich ins Gedächtnis, weshalb er losgeritten war. Lecksteine austauschen, die Kälbchen auf Verletzungen untersuchen, schauen, ob mit den Tieren alles in Ordnung war.

Wenn es Amy besser ging, würde er sein unhöfliches Verhalten wiedergutmachen. Bis dahin konnte er Morena vielleicht doch noch mal fragen, ob er helfen durfte. Er hasste es, untätig zu sein.

12 – Armes Häschen, bist du krank

Handbuch für die gute Ehefrau
Seien Sie glücklich, ihn zu sehen.

Tante Morena saß im Sessel, den sie neben mein Bett gewuchtet hatte, und strickte an etwas, das sie als Pulli bezeichnete. Die Proportionen ließen mich jedoch zweifeln, ob er für einen Menschen oder doch für ein Tier gedacht war. Die Alpakahaarwolle mit Regenbogenfarbverlauf war allerdings spektakulär!

»Ich hätte dir gleich bei deiner Ankunft einen stricken sollen, dann wärst du sicher nicht krank geworden!«

»Ähm, Tante Morena, das war Anfang April, da bin ich im T-Shirt rumgerannt.«

»Da haben wir das Problem!«

»Kann die Aedesmücke denn nicht durch die Maschen durchstechen?«, fragte ich vorsichtig.

Tante Morena ließ ihre Stricknadeln sinken und warf mir einen empörten Blick zu. »Ich habe noch keinen einzigen Stich abbekommen, mein ganzes Leben lang nicht, wenn ich einen selbst gestrickten Pulli getragen habe!«

»Wirst du denn ansonsten häufig gestochen?«

»Nein, nie! Die Viecher mögen mich nicht, die wissen, dass mein Blut höchstens nach Knoblauch und Hochprozentigem schmeckt.«

Ich zog mir die Decke bis zur Nasenspitze, um mein Lächeln zu verbergen. Inzwischen war ich seit zehn Tagen krank. Die erste Woche war furchtbar gewesen, mit hohem Fieber und Gliederschmerzen, wie ich sie noch nie erlebt hatte. Seit drei Tagen war die akute Phase nun vorbei. Geblieben waren Schwäche und Müdigkeit. Und der Ausschlag. Ich betrachtete die kleinen roten Punkte auf meinen Unterarmen. Auf dem Rücken hatte ich sie auch. Es waren keine Pusteln, sondern winzige Einblutungen. Der Arzt hatte mich aber beruhigt. Anscheinend trat der Ausschlag in der Heilungsphase oft noch mal auf. Meine Blutwerte hatten sich erholt, die Thrombozytenzahl war stabil und bald würde ich wieder ganz gesund sein. Wenn ich nur nicht so unfassbar müde wäre.

An den guten Tagen langweilte ich mich entsetzlich, an den schlechten war ich dankbar, wenn Tante Morena mich einfach bloß schlafen ließ und zwischendurch mein Wasserglas auffüllte und mir frische Wäsche brachte. Ich genoss die manchmal recht absurden Gespräche mit meiner Tante. So hatte ich etwas, das mich aufmunterte, und zudem das Gefühl, wenigstens etwas vom normalen Leben mitzubekommen. Und da ich mein Bett mit zahlreichen Kissen, Decken und Fellen teilte, hatte ich stets etwas parat, hinter dem ich mein Grinsen verstecken konnte.

Tante Morena stemmte sich aus dem Sessel empor. »Ist dir kalt? Himmel, das Fieber wird doch nicht schon wieder steigen? Warte, ich hole noch ein Fell, wo habe ich das denn hingeräumt, ach, hier …«

Bevor ich protestieren konnte, hatte sie den Kleiderschrank geöffnet und ein Schaffell herausgezogen. Dabei landete auch ein Großteil meiner Kleider auf dem Boden und …

»*La puta madre!* Entschuldigung, oh, hier ist irgendein Bild mit runtergefallen.« Sie hob es auf, drehte es herum und erstarrte. Sie hielt das alte Foto in der Hand, das ich auf dem Dachboden gefunden hatte. Erschrocken zuckte ich zusammen. Verdammter Mist! Ich hatte überhaupt nicht mehr daran gedacht! Warum hatte ich es nicht sorgfältiger verstaut?

Tante Morena sagte nach wie vor kein Wort. Ungläubig starrte sie auf das Foto. Irrte ich mich, oder zitterte ihre Hand?

Ich räusperte mich. »Na so was, das habe ich ja ganz vergessen. Das … also das habe ich auf dem Dachboden gefunden. Ich wollte dich fragen, ob du die junge Frau auf dem Bild bist? Sie sieht dir irgendwie ähnlich.«

»So, du wolltest nur fragen, ob ich das bin. Deshalb versteckst du es in deinem Kleiderschrank?« Tante Morena musterte mich mit hochgezogenen Augenbrauen.

Ich wünschte mir, in meinem Decken- und Fellberg unsichtbar werden zu können. »Also, ehrlich gesagt … Es tut mir wahnsinnig leid, ich wollte nicht spionieren oder so! Mir ist aufgefallen, dass der Mann auf dem Foto ausschaut wie Nicolás. Und dass ihr so vertraut wirkt …« Verlegen verstummte ich.

Tante Morena wandte hastig den Blick ab, brummte etwas Unverständliches und legte das Foto zurück in den Kleiderschrank. Mit einem Knall schloss sie die Schranktür. Sie humpelte zum Bett zurück und breitete das Schaffell über meiner Decke aus, natürlich mit der Fellseite nach unten. »Jetzt wird dir bestimmt gleich wieder warm.« Sie vermied den Augenkontakt.

Offensichtlich ging Tante Morena diese Fotografie verdammt nahe. Ständig zupfte sie an dem Fell herum und schien Zuflucht in dieser belanglosen Handlung zu suchen.

Ich holte tief Luft und sprach zu meinem Kissen: »Ich kann gut verstehen, wenn du sagst, dass mich das alles nichts angeht und ich gefälligst meine Nase in meine eigenen Angelegenheiten stecken soll. Aber ich habe den Eindruck, dass dich irgendwas beschäftigt, und falls du darüber reden möchtest, will ich nur anbieten, dass ich zuhöre. Mehr nicht.«

Die Hand hielt inne. Für einen Moment herrschte Schweigen zwischen uns. Ich wagte kaum zu atmen.

Dann sagte Tante Morena leise: »Auf dem Foto, das sind Benicio und ich. Er war der Vater von Nicolás. Sie sehen sich wirklich ähnlich, unfassbar ähnlich.«

»Was ist mit ihm passiert?«

»Er ist tot.«

»Oh, das tut mir leid!«

»Mir nicht. Er war ein Mistkerl.« Sie zog ein Stofftaschentuch, groß wie ein Kissenbezug, aus ihrer Jeanstasche und drehte es unschlüssig in der Hand.

»Aber … ihr habt euch gut verstanden?«, wagte ich den Vorstoß.

»Tja, schwierig zu sagen. Wir haben Jahrzehnte nicht miteinander geredet. *Es tan corto el amor y es tan largo el olvido.* – Die Liebe ist so kurz und das Vergessen so lange.«

Ich starrte sie an. Dass meine Tante stur war, wusste ich. Doch was musste Benicio Unverzeihliches getan haben, dass sie so lange beleidigt war? Oder war das Ganze von ihm ausgegangen? In meinem Kopf bauten sich in Sekundenschnelle Dutzende von Hypothesen auf. Benicio, der Morena um viel Geld betrog. Benicio, der sie schwängerte und dann sitzen ließ, sodass sie ihr Kind zur Adoption freigeben musste. Benicio, der ihr ein besonders schönes Pferd vor der Nase weggeschnappt hatte … So, wie ich die Argentinier kannte, war die letzte These die plausibelste.

Ich konnte keine Tränen entdecken, doch Tante Morena nutzte das Taschentuch trotzdem, um sich einmal lauthals prustend die Nase zu putzen. »Er ist tot. Ich lebe noch. Mehr gibt es nicht zu sagen.«

Ich war mir sicher, dass es noch eine ganze Menge mehr zu sagen gab. Doch ich wollte meine Tante nicht drängen. Wenn die Erinnerung sie noch heute so aufwühlte, dann war es ein absoluter Fehlgriff von mir gewesen, dieses Bild vom Dachboden zu holen. Ich konnte froh sein, wenn sie nicht sauer auf mich war. Vor allem jetzt, wo sie auch noch als meine Krankenpflegerin fungierte und kaum von meiner Seite wich, obwohl ich wusste, dass sie mit dem Tagesgeschäft auf der Estancia genug zu tun hätte. Aber alle meine diesbezüglichen Einwände hatte sie rundheraus abgeschmettert.

Trotzdem hätte ich zu gerne erfahren, welche Geschichte hinter diesem Bild steckte. Morena und Nicolás' Vater, den sie damals ganz offensichtlich angehimmelt hatte. Dann war etwas geschehen, sodass die beiden Jahrzehnte nicht mehr miteinander gesprochen hatten. Inzwischen war Benicio tot, dafür hatte sein Sohn den Familiensitz verlassen und arbeitete nun auf San Martín. Wie es wohl für Tante Morena war, Nicolás jeden Tag zu sehen? Wurde sie durch ihn ständig an Benicio erinnert? Was war da vorgefallen?

Ich traute mich nicht, weiterzubohren. Ein unbehagliches Schweigen stand zwischen uns. Hoffentlich nahm sie es mir nicht übel, dass ich durch mein Herumschnüffeln dieses schwierige Thema aufgewirbelt hatte. Es war meine Schuld, dass Tante Morena nun plötzlich traurig war. Ein rascher Themenwechsel musste her. »Tante Morena, was mir gerade noch einfällt: In einem Schrank auf dem Dachboden habe ich alte Kleider entdeckt, wunderschöne Sachen und bestimmt wertvolle Stoffe. Ich wollte fragen, ob ich ein paar davon mal herunterholen darf? Vielleicht kann man sie ja wieder herrichten!«

Tante Morena blinzelte mich überrascht an. Nach einer Weile nickte sie gnädig. »Natürlich, Kind. Das sind wahrscheinlich noch die Sachen von meiner Mutter. Sie war eine richtige Dame, wie man so schön sagt. Davon abgesehen war sie aber zu nicht viel nütze.«

Ich musste lachen und nach einem kurzen Moment stimmte Tante Morena mit ihrer rauchigen Stimme in mein Lachen ein.

»Es freut mich, dass du schon wieder Pläne schmiedest. Bei uns hier gibt es ein Sprichwort, eine alte Bauernweisheit: Nur ein gesundes Lama ist ein neugieriges Lama!«

»Cool, ich bin gespannt, welche Schätze sich da verbergen. Vielleicht findet sich das eine oder andere Stück für deine Garderobe?«

Tante Morena winkte entsetzt ab. »Sehe ich etwa so aus, als würde ich in ein Ballkleid passen? Oder in einen seidenen Morgenmantel? Und dann damit das Gemüsebeet umgraben? O nein, nein, nein, das ist nichts für mich. Ich bleibe lieber bei meinen bequemen Männerhemden und meinen Jeanshosen. So, und nun ist es Zeit für deinen Mittagsschlaf.« Sie knuffte meine Kissen zurecht, rückte das Wasserglas in greifbare Nähe und streichelte ganz kurz über meine Hand. Anschließend wandte sie sich zur Tür, wo sie kurz innehielt. »Ich werde es mitnehmen.« Sie eilte zum Kleiderschrank zurück. Mir fiel auf, wie behutsam sie mit dem Bild umging. Sie streichelte über das gesprungene Glas, als wäre es teures Kristall.

Ich fragte mich, ob ich ihr verraten sollte, dass ich hinter dem Foto im Rahmen einen zweiten, zusammengefalteten Abzug entdeckt und ihn in meinem Geldbeutel verstaut hatte. Sicher wäre es ihr nicht recht. Lieber beließ ich es dabei und brachte ihn auf den Speicher zurück, wenn ich die Kleider holen ging.

»Schlaf jetzt, junge Dame.«

Ich blickte ihr nach, wie sie hinaushumpelte, das Foto an sich gedrückt. Wie etwas sehr Wertvolles.

***

Langsam, fast zögerlich ging die Tür auf. Ich richtete mich in der Erwartung in den Kissen auf, Tante Morena mit der Suppe zurückkommen zu sehen. Doch der sofort einsetzende leichte Schwindel ließ mich für einen kurzen Moment die Augen schließen. Als ich sie wieder öffnete, streckte ein kleines wolliges Geschöpf sein Köpfchen zur Tür herein.

»Alma! Was machst du denn hier?«

Hinter dem Tierchen tauchte eine männliche Silhouette auf. »Sie will dir einen Krankenbesuch abstatten – falls du etwas zum Streicheln brauchst«, antwortete Nicolás mit einem schiefen Grinsen.

Bei seinem Anblick schwirrten so viele Gedanken in meinem Kopf herum, dass ich einen Moment brauchte, um ein Begrüßungslächeln auf meinen Lippen erscheinen zu lassen. Nicolás, der verlorene Sohn, der verschollene Erbe, Sohn des geheimnisvollen Benicio und was er sonst noch alles sein mochte. Als ich ihn zuletzt gesehen hatte, hatte er den Anzugträger quer über den Hof angeschrien, dass er abhauen solle. Und das war noch höflich ausgedrückt. Momentan wirkte er zum Glück wieder ganz normal. Die Wut, die sein ganzer Körper bei dem Streit ausgestrahlt hatte, war verschwunden und hatte einem ruhigeren Auftreten Platz gemacht. Ich fand es sogar beruhigend verlässlich, dass er wieder seine schwarze Jeans trug, diesmal kombiniert mit einem einfachen schwarzen T-Shirt, das die kräftigen Armmuskeln erahnen ließ. Das rote Halstuch hob sich flammend davon ab. Wenn Isabela ihn in dieser Aufmachung zu sehen bekäme, würde sie vermutlich sofort eine neue Charmeoffensive starten. Aber stattdessen war Nicolás zu mir gekommen. Ha!

Alma schob sich zentimeterweise in mein Zimmer hinein. Auf mein aufgeregtes Quietschen hin – schließlich brachte nicht jeden Tag jemand ein lebendiges Kuscheltier vorbei, das war tausendmal besser als Morena mit ihrem scheußlichen Fiebertee – schob Nicolás die Tür weiter auf und führte das Alpaka an einem hellblauen Halsband zu meinem Bett. Sehnsüchtig streckte ich die Hände aus. Das Alpaka machte den Hals lang, um die Schokoladenkrümel von meinem Kissen aufzuschlecken, die die letzten Alfajores hinterlassen hatten. Ich begann, zärtlich seinen wolligen Haarschopf zu kraulen.

»Du bist ja richtig groß geworden«, flüsterte ich ihm in die langen, neugierig aufgerichteten Ohren und kam mir dabei vor Nicolás merkwürdigerweise überhaupt nicht blöd vor.

»Es ist ja gar nicht so einfach, dich mal in einem unbeobachteten Moment zu erwischen«, stellte er fest. Er lehnte mit verschränkten Armen am Türpfosten und beobachtete die Szene mit einem amüsierten Funkeln in den braunen Augen.

Ich verschlief zwar nach wie vor einen Großteil des Tages, aber inzwischen nahm ich wieder mehr an meiner Umgebung teil und Tante Morena wich kaum von meiner Seite. Sie stopfte mich mit nahrhaftem Essen, Suppen und Süßigkeiten voll, las mir aus der Tageszeitung vor oder saß einfach im Lehnstuhl neben meinem Bett. Mit ihrer Lesebrille auf der Nase, die sie mir verschämt präsentiert hatte, strickte sie weiter an dem monströsen Ungetüm von Pullover. Allerdings trennte sie abends meist ebenso viel wieder auf, wie sie den Tag über gestrickt hatte, und fluchte dabei so fantasievoll, dass ich an meinen Papi daheim denken musste.

Unter so viel liebevoller Fürsorge ging es mir von Tag zu Tag besser, und selbst wenn es nicht so gewesen wäre, hätte ich alles darangesetzt, schnell gesund zu werden, um endlich wieder selbst darüber entscheiden zu dürfen, was ich essen wollte und was nicht.

»Ihr hättet ruhig schon viel früher kommen können! Mir ist seit Tagen langweilig«, stöhnte ich vorwurfsvoll.

»Ich glaube kaum, dass Morena es so gerne sähe, dass hier ein vierbeiniger Besucher aufkreuzt. Wir mussten warten, bis sie ihren Wachposten einmal für ein paar Minuten verlässt.«

Leider musste ich ihm da recht geben. Seit ich krank geworden war, hatte Tante Morena sich in einen Krankenpflegedrachen verwandelt, der seine Patientin argwöhnisch bewachte und stetige Schonung und Rücksicht predigte. Am Tag zuvor hatte sie Gabriel zur Schnecke gemacht, weil er mit seinem Pferd zu laut an meinem Bungalow vorbeigaloppiert war.

Wahrscheinlich hatte Nicolás davon gehört und sich deshalb wohlweislich von mir ferngehalten. »Dann müsst ihr wenigstens versprechen, in den nächsten Tagen noch ganz oft vorbeizukommen.« Ich war inzwischen dazu übergegangen, Alma unter dem Kinn zu kraulen, wo das Fell unfassbarerweise noch weicher war als zwischen den Ohren. »Oder noch besser: Du schläfst heute Nacht bei mir im Bett, ganz egal, was Tante Morena sagt, eine bessere Wärmflasche kann ich mir doch überhaupt nicht wünschen.«

»Ich muss zugeben, mit so einem Angebot hätte ich jetzt nicht gerechnet.« Nicolás grinste mich an.

Er sah viel jünger aus, wenn er einmal nicht seine ernste Gaucho-Miene zur Schau trug. Sogar sein Pferdeschwanz war heute nicht so straff zusammengebunden wie sonst. Einige hellbraune Strähnen fielen ihm in die Stirn und er wischte sie immer wieder mit der Hand beiseite. Eigentlich sah er ziemlich gut aus, sehr gut sogar, wenn ich ehrlich war.

Ich spürte, wie ich rot wurde, und hoffte, dass er es dem Fieber zuschrieb. »Ich habe mit dem Alpaka gesprochen«, stellte ich würdevoll richtig.

»Schade.« Nicolás beobachtete mich lächelnd.

Flirtete er gerade mit mir? Obwohl ich ungewaschene Haare hatte und in einem von Tante Morenas alten Nachthemden steckte, da meine eigenen voller Fieberschweiß waren? Besorgt zog ich die Bettdecke nach oben, um zumindest die großen, bunten Mohnblüten über den Brüsten zu verstecken. Wie kam es, dass er mich weder herablassend behandelte, noch provozierte, noch sauer wirkte? Was war in den letzten zwei Wochen bloß geschehen, die ich abgeschottet in meinem Häuschen verbracht hatte? Ich traute dem unerwarteten Frieden noch nicht wirklich. Schnell suchte ich nach einem unverfänglicheren Thema. »Wie kommt es, dass das Kleine bereits so fit ist? Es kann ja sogar wieder laufen.« Ich betrachtete den dicken weißen Verband, der auf dem weißen Fell des Alpakas wie ein seltsamer Auswuchs aussah. Trotzdem schien er das Tierchen nicht weiter zu stören.

»Ein weniger zurückhaltender Mann als ich würde behaupten: Ich habe heilende Hände, soll ich es bei dir auch mal versuchen?«

»Aber du bist ja sehr zurückhaltend.«

»Natürlich. Und gut erzogen.«

»Deshalb sagst du es nicht.«

»Leider.« Er seufzte.

Ich musste lachen. »Männer!« Definitiv war irgendwas anders! Nicolás war heute mal keine Statue, sondern ein echter, überraschend witziger Mann! Kaum zu fassen!

»Ich bekenne mich schuldig.« Er ging in die Hocke, als Alma zu ihm zurückkehrte und sich vertrauensvoll an sein schwarzes Hosenbein schmiegte. Er stupste sie auf die Nase. »Aber im Ernst. Der Doktor sagt, dass die Wunde gut verheilt. Der Verband ist eigentlich nur noch dran, damit sie sich die Naht nicht selbst wieder aufbeißt.«

»Hast du sie denn schon wieder zur Herde zurückgebracht?«

»Bisher nicht. Die Kälte und die Feuchtigkeit nachts wären zu anstrengend und nicht gut für den Heilungsprozess. Deshalb schläft sie noch für eine Weile bei mir. Und dann müssen wir die anderen Tiere wieder nach und nach an das Kleine gewöhnen. Es wird für sie erst mal fremd und ungewohnt riechen. Da müssen wir langsam vorgehen.«

Als ich beobachtete, wie sanft er dem Alpaka über die Flanke strich, fragte ich mich, ob er die Rückkehr zur Herde nicht vielleicht absichtlich ein wenig hinauszögerte. Anscheinend hatte er das Fohlen inzwischen ziemlich lieb gewonnen. Eine Gesprächspause entstand, doch keine unangenehme. Stattdessen fühlte ich mich sehr wohl, wie ich da als Prinzessin auf der Erbse in meinen hundert Kissen thronte und Nicolás dabei beobachtete, wie er eine kleine Alpakadame mit Streicheleinheiten verwöhnte.

»Brauchst du vielleicht Lesestoff?«, fragte er nach einer Weile. »Ich könnte mir vorstellen, dass du deine Bücher inzwischen vorwärts und rückwärts durchhast.«

»Eigentlich lese ich momentan gar nicht sooo viel.« Wenn ich ehrlich war, strengte mich das Lesen noch sehr an. Nach wenigen Zeilen verschwammen die Buchstaben vor meinen Augen und der Kopfschmerz meldete sich zurück. Andererseits war das vielleicht eine Möglichkeit, mehr über Nicolás herauszubekommen. Was war unverfänglicher, als beim Gespräch über ein Buch auf sein Studium zu sprechen zu kommen? »Aber ich würde gerne mal wieder was Neues anfangen. Kannst du mir was ausleihen?«

»Klar. Wenn du magst, bringe ich dir morgen eine Auswahl vorbei.«

Morgen! Er wollte morgen wiederkommen! Ich merkte, wie mich das freute, und rief mich sofort zur Ordnung. Was sollte das? Wieso wollte ich plötzlich gerne Zeit mit ihm verbringen? Mit demselben Mann, der nachweislich die meisten Stunden am Tag schlecht gelaunt und unfreundlich war und ein entschieden schlechtes Bild von mir zu haben schien? Aber warum war er dann heute erschienen? Und er war plötzlich so nett. Eine hartnäckige Stimme – die entfernte Ähnlichkeit mit meiner Mutter aufwies – wollte mich dazu anhalten, meine Frisur zu richten, mir in die Wange zu kneifen, wenn er gerade nicht hinschaute, und mir über die Lippen zu lecken, um einen verführerischen Glanz zu zaubern.

Nur der Gedanke an Isabelas übertriebene Flirtversuche hielt mich davon ab. Auf so ein Niveau würde ich mich nicht herablassen. Nein, ganz entschieden nicht! Außerdem war es eine höchst unsichere Sache, ohne Spiegel irgendwelche kosmetischen Handlungen zu vollziehen. Wahrscheinlich würde ich sowieso bloß mit seltsamen roten Punkten auf den Wangen und einem Speichelfleck am Kragen enden.

»Das wäre wirklich sehr nett von dir.« Pause. Achtung, Erkundungsfrage: »Hast du denn schon immer so gerne gelesen?«

»Ja.«

Mist, ich musste offene Fragen stellen, die er nicht mit Ja oder Nein beantworten konnte. Beiläufig fügte ich hinzu: »Wie war das dann in deiner Jugend? Die meisten haben da ja andere, äh, Interessen.«

Er blickte mich mit nachdenklicher Miene an und ich meinte, einen Funken Belustigung in seinen Augen tanzen zu sehen. »Ich war in einem Internat. Da hat man nicht viel Privatsphäre. Ich habe gelesen, um eine Welt ganz für mich alleine zu erschaffen. Bunte Welten, faszinierende Welten – das ist die beste Art, um gegen das Heimweh zu kämpfen.«

»Hast du deine Eltern sehr vermisst?«

»Meine Mutter«, berichtigte er mich. »Und das weite Land. Die Pampa, die Pferde, den Horizont, der ewig gleich weit entfernt bleibt, egal, wie lange man auf ihn zu galoppiert.«

»Es ist wirklich wunderschön hier«, stimmte ich zu. »Du hast Glück, dass du hier aufgewachsen bist … also, bis auf die Internatszeit.«

»Glück!« Nicolás klang nun barsch. Seine Augenbrauen zogen sich zusammen wie Gewitterwolken. »O ja, sehr viel Glück«, wiederholte er sarkastisch.

»Wieso? Ich dachte …« Ich schwieg verwirrt.

»Ja? Was dachtest du?«

»Du sprichst Französisch, du warst auf einem Internat, hast im Ausland studiert … Das klingt doch alles gut, oder nicht? Empfindest du das nicht als Glücksfall?« Ich schoss die Frage ins Blaue hinein, ohne zu wissen, ob ich damit wieder eine Abfuhr riskierte, mit Schweigen bestraft werden würde oder eine andere Reaktion ernten würde, die ich nicht vorhersehen konnte. In letzter Zeit schien ich ein Talent dafür zu haben, Leute durch meine Neugier gegen mich aufzubringen. Außerdem offenbarte ich damit, dass ich einiges über Nicolás wusste. Auch das konnte ihm gegen den Strich gehen. Trotzdem fragte ich, weil ich das ehrliche Bedürfnis hatte, mehr davon zu erfahren, was ihn beschäftigte. Wir hatten gestritten, diskutiert, waren zusammen ausgeritten, hatten eine Mate geteilt und heute zum ersten Mal auch miteinander gelacht. Über uns gesprochen hatten wir nie. Ich stellte mit Überraschung fest, dass Nicolás mit seiner widersprüchlichen Art immer interessanter für mich wurde. Und zwar nicht nur, weil ich ein Geheimnis witterte. Sondern auch, weil ich ihn mochte.

Er setzte zum Sprechen an, schwieg dann doch, sah auf das Alpaka hinunter, wuschelte liebevoll durch sein Fell. Dann blickte er auf und ich registrierte einen neuen Ausdruck in seinen Augen. Unruhe, Trauer, Resignation – Verzweiflung. Unwillkürlich hielt ich den Atem an. Was geschah da gerade? Was war los mit Nicolás? Er wirkte wie ein Mensch, der von Dämonen verfolgt wurde, die ihn unaufhörlich hetzten. Wie jemand, der nachts keinen Schlaf fand. Wie ein Schiffbrüchiger alleine auf einer kargen Insel. Wie der letzte Überlebende nach einer Zombieapokalypse. Na gut, Letzteres war vielleicht etwas weit hergeholt. Jedenfalls war sein Blick dermaßen intensiv, dass mir lauter poetische Beschreibungen in den Sinn kamen.

Verwirrt setzte ich zum Sprechen an, unterbrach mich aber selbst wieder. Den Blick aushalten, nicht wegsehen, das musste in diesem Moment genügen.

»Was weißt du über mich, Amy?«, fragte er.

Seine Stimme jagte mir einen Schauder über den Rücken. Die Gänsehaut zog sich bis über meine Arme und ich versteckte sie fröstelnd unter der Decke. »Ich … nichts, fast nichts. Es ist nur …« Ich konnte nicht weitersprechen. Es war, als kratzte ich Schorf von einer offenen Wunde.

Nicolás seufzte. »Ich habe einen Fehler gemacht, einen riesengroßen Fehler. Aber ich habe das Gefühl, du bist der letzte Mensch auf der Welt, der das nachvollziehen kann.« Er hatte sich erhoben und tigerte mit aufgeregten Schritten durchs Zimmer. »Du läufst mit deinen bunten Wuschelpullis im Gepäck durch die Welt und denkst, alle seien lieb und gut. Du denkst, wenn die Eltern Geld haben und dich auf eine gute Schule schicken können, dann hat man auch eine glückliche Kindheit. Du bist nett und freundlich, also müssen es deiner Meinung nach auch die anderen sein.«

»Überhaupt nicht!«, protestierte ich. »Es gibt genug Leute, die ich nicht leiden kann und zu denen ich garantiert nicht nett bin.« Isabela zum Beispiel. »Außerdem warst *du* bis vor Kurzem das Gegenteil von freundlich. Du warst sogar ein ziemlicher Stinkstiefel!« Ich übersetzte den deutschen Begriff einfach ins Spanische. Dass das Wort in Argentinien unbekannt war, bemerkte ich an Nicolás' irritiertem Blick.

»Stinke-Stiefel«, wiederholte er langsam.

»Äh ja, das ist ein besonders garstiger Mensch, jemand, den man so wenig mag wie stinkende Schuhe. Da hält man auch lieber Abstand.«

»Das ist ein gutes Stichwort.« Nicolás blieb am Fußende meines Bettes stehen und schlug mit der Faust auf die Holzumrahmung. »Ich kann dir nur empfehlen, mich weiter als Stinke-Stiefel zu sehen. Denn wenn du wüsstest, was mit meinem Bruder passiert ist, was ich getan habe … dann würdest du nicht mehr wollen, dass ich dich besuchen komme.«

»Sag es mir doch einfach und lass mich selbst entscheiden!« Meine Stimme klang schrill. Hastig sprach ich leiser. »Nicolás, ich habe keine Ahnung, was hier los ist. Ich habe das Gefühl, jeder trägt Geheimnisse mit sich herum und schweigt sie tot. Tante Morena, Isabela, du – und ich stochere im Nebel herum und trete von einem Fettnäpfchen ins nächste.«

»Wie recht du hast«, antwortete er bitter. »So sind wir Argentinier, schweigsam wie unser Land und die Rinderherden, die darüber ziehen. Nur der Wind erzählt Geschichten und du musst aufmerksam lauschen, um sie zu verstehen.«

Das klang zwar schön, brachte mich aber absolut nicht weiter. Ich musterte ihn sehr direkt, begegnete seinem dunklen Blick, ohne zu blinzeln. Ich sah Nicolás an, dass er es bereute, das Thema überhaupt zugelassen zu haben. Er würde sicher nichts mehr sagen, das mich weiterbrachte. In diesem Moment fasste ich einen Entschluss. Ich würde herausbekommen, was Nicolás so bedrückte, was Tante Morena vor mir verbarg und was sie alle gemeinsam vor mir geheim zu halten suchten. Ich würde nicht eher aufgeben, bis ich verstand, was auf der Estancia vor sich ging. Wenn ich dafür jede Zurückhaltung aufgeben musste, dann würde ich es versuchen. Wenn ich dafür allen auf die Nerven fallen musste, dann würde ich es tun. Wenn ich dafür erbarmungslos neugierig sein musste, dann würde ich es sein. Ich hatte viel Zeit und Muße, den Dingen auf den Grund zu gehen. Denn alles war besser als die Ungewissheit. Ein Mensch, der nicht wusste, wogegen oder wofür er kämpfte, war orientierungslos, stolperte blind durch die Nacht. So wollte ich nicht sein, nicht bleiben.

Vielleicht erkannte Nicolás die Zuversicht in meinen Augen, vielleicht bemerkte er, dass ich einen Entschluss gefasst hatte. Denn seine Pupillen weiteten sich in plötzlichem Verstehen. Er war es, der zuerst den Blick abwandte und mir das Gefühl gab, soeben einen kleinen Sieg errungen zu haben. Ich überlegte gerade, wie ich ihn am besten aus der Reserve locken konnte, als stampfende Schritte auf dem Hof von Tante Morenas Rückkehr kündeten.

Einen Augenblick lang lauschten wir beide, dann zog Nicolás sich zurück.

Ich merkte förmlich, wie er darum kämpfte, sein übliches ungerührt scheinendes Selbst wiederzuerlangen.

Er sah sich mit komischer Verzweiflung in der Miene um. »O je, wo sollen wir uns jetzt bloß verstecken?«

»Im Schrank?« Ich stellte mir vor, wie er das Alpaka in den Schrank stopfte, sich selbst als Wache davor postierte und die Tür immer wieder zudrücken musste, weil das Kleine seine Nase herausstreckte. Dann schon lieber … »Unter dem Bett?« Ich lächelte ihn an.

»Klar, und Morena bekommt dann einen Herzinfarkt, wenn sie dich mit Suppe füttert und das Alpaka derweil ihren Knöchel abschleckt.«

»Ich bin durchaus fähig, mein Essen selbst zu mir zu nehmen!«

»Unglaublich, welche Wunder du mit Ende zwanzig vollbringst. Warte mal, hatte Mozart in deinem Alter nicht schon mehrere Opern komponiert?«

Die Türklinke senkte sich. Wir starrten beide darauf.

»Siehst du? Wenn du mich nicht ständig aufziehen würdest, hättest du noch eine reelle Chance gehabt zu entkommen«, zischte ich. »Jetzt ist es zu spät.«

»Manchmal muss ein Mann tun, was ein Mann tun muss.« Nicolás seufzte und stellte sich sehr aufrecht hin. Das Alpaka äugte zwischen seinen Beinen hindurch.

Morena schob die Tür mit dem Ellenbogen auf und schlängelte sich seitlich durch den Türspalt, da das Tablett sonst nicht mit hindurchgepasst hätte.

Ich erspähte einen dampfenden blau-gelb-geringelten Keramikteller und ein Glas. Hoffentlich nicht wieder dieser scheußliche Fiebertee. Sie blickte erst auf, als Nicolás sich unentschlossen räusperte.

»Nanu, das ist ja eine Überraschung!«, rief sie aus. Sie sah durchaus erfreut aus, bis ihr Blick auf das kleine Alpaka fiel. »Also, das ist doch! Ihr spinnt wohl! Ein Alpaka! Tsss … so was! Da sind doch lauter Keime dran und Dings… ähm, Bakterien.«

»Aber, Morena, wir sind beide ganz frisch geduscht«, wandte Nicolás ein und zwinkerte mir zu.

»Amalia braucht ihre Ruhe, sie ist noch ganz schwach, genau, schwach und erholungsbedürftig!«

Ich protestierte sofort. »Mir geht es viel besser, wahrscheinlich könnte ich schon längst aufstehen. Siehst du …« Ich schwang die Beine aus dem Bett. Merkwürdigerweise fühlten sie sich an wie seekranker Wackelpudding. Viel zu schnell sackte ich aufs Bett zurück.

»Da haben wir die Bescherung!« Tante Morena eilte herbei, um die zahlreichen Decken so um meine Beine zu schlagen, dass ich sie kaum noch bewegen konnte. »Das Kind ist krank. Ja, will das denn hier keiner verstehen?«

Ich murmelte widerstrebend vor mich hin, merkte aber gleichzeitig, wie müde mich das Gespräch mit Nicolás gemacht hatte. So ein bisschen Schlaf wäre vielleicht tatsächlich nicht das Schlechteste.

Morena wandte sich an Nicolás: »Gerade von dir hätte ich gedacht, dass du vernünftiger bist!«

Ein Schatten zog über sein Gesicht, so schnell, dass ich fast meinte, es mir nur eingebildet zu haben. Als er zu mir schaute, um sich zu verabschieden, war sein Gesicht wieder ungerührt. Steinern. Hart. So, wie ich ihn am wenigsten gerne sah. So, wie er nicht sein sollte. Vielleicht auch gar nicht wollte. Ich wollte ihn dazu bringen, wieder so lebendig zu sein wie vorhin.

»Nicolás?«

Er drehte sich um und sah mich aufmerksam an. »Ja?«

»Wenn ich gesund bin, reiten wir dann mal wieder zusammen aus?«

»Natürlich.« Sein warmer Blick umfing mich wie Kakao mit einer dicken Schicht Schlagsahne. Beruhigt sank ich in meine Kissen zurück und ergab mich dem Schlaf, der seine weichen Hände nach mir ausstreckte.

***

Zwei Tage später fühlte ich mich imstande, endlich das Gespräch mit meinen Eltern zu führen, zu dem Tante Morena mich unablässig gedrängt hatte. Sie war seit Tagen mit meinem Handy in der Hand um mein Bett herumgetigert und hatte beiläufig gefragt, ob sie es nicht vielleicht noch ans Ladekabel anhängen sollte, damit ich dann in Ruhe ein längeres Gespräch nach Deutschland führen konnte. Als ich schließlich zugestimmt hatte, hatte sie das Handy allerdings fast komplett auseinandergebaut, da sie davon überzeugt war, man müsste den Akku herausnehmen, um ihn ordentlich zu laden.

Sie sah mir dabei zu, wie ich die Teile wieder zusammensteckte, und sagte schließlich: »Übrigens – es könnte sein, dass deine Eltern ein bisschen, ähm, beunruhigt sind.«

»Beunruhigt, warum?«

»Nun ja, wir haben letzte Woche mal telefoniert, also, ich habe Santiago angerufen, und es könnte sein, dass ich dabei erwähnt habe, dass du nicht so ganz gesund bist …«

»Bist du verrückt? Warum hast du es ihnen erzählt?« Ich wusste sofort, warum Tante Morena so herumdruckste. Meine Mutter hatte bestimmt einen riesigen Aufstand gemacht und verlangt, dass ich mit dem Hubschrauber zurück nach Deutschland transportiert wurde, wenn sie nicht gar schon herumtelefoniert und meine Aufnahme in eine Rehaklinik organisiert hatte.

Morena zuckte unbehaglich mit den Schultern. »Es sind ja immerhin deine Eltern«, murmelte sie. »Wenn nun etwas Schlimmeres passiert wäre – ich kann so was doch nicht geheim halten.«

»O Gott.« Ich seufzte aus tiefstem Herzen.

»Tja, deine Mutter ist, ähm, eben recht temperamentvoll. Ich fürchte, es ist mir nicht ganz gelungen … hm, du wirst ja sehen. Am besten, du rufst einfach mal dort an.«

Mit einem misstrauischen Blick auf Morena wählte ich die Handynummer meines Vaters. Wenn ich das schon durchstehen musste, wollte ich zumindest erst mit ihm reden.

»Amy, Kind! Du bist es wirklich! Seit wann kannst du denn wieder sprechen?«

»Sprechen? Wieso sollte ich nicht sprechen können?«

»Bei unserem letzten Anruf hat Morena gesagt, dass du nicht mit uns sprechen kannst.«

»Weil du geschlafen hast!« Tante Morena rollte mit den Augen.

»Papá! Das war ein Missverständnis!«

»Wir dachten schon … das Schlimmste …« Ein lautes Trompeten verriet mir, dass er sich in eines seiner großen Stofftaschentücher schnäuzte, die ich mir als Kind immer als Umhang um den Hals gebunden hatte.

»Mariela hat einen ganzen Stapel Bücher über Dengue, Gelbfieber und Malaria gekauft und mir jeden Morgen beim Frühstück daraus vorgelesen. Ich wusste ja gar nicht, wie viele Menschen an diesen Krankheiten schon gestorben sind! Vor allem Kinder, meine arme kleine *princesita* … Kinder sind bei Dengue besonders gefährdet!«

»Papá, du weißt, wie alt ich bin, oder?«

»… und die Spätfolgen! Die Spätfolgen sind nicht zu unterschätzen. Ich halte es wirklich für das Vernünftigste, wenn du nach Hause kommst, sobald du dich wieder gesund genug fühlst. Oder, wenn du es nicht schaffst, komme ich und nehme dich mit heim.«

»Papá! Ich will hierbleiben. Das ist doch lächerlich, ihr übertreibt total.«

»Mariela hat prophezeit, dass du so etwas sagen würdest. Aber glaub mir, *mija*, du musst uns nichts vormachen. Du hast doch sicher Heimweh, oder?«

»Nein, ganz bestimmt nicht. Und wenn ich es mal einen Moment lang hatte, dann ist dieser Moment spätestens nach diesem irrwitzigen Telefonat hier vorbei! Wirklich, Papá, von Mamá hätte ich so was erwartet, aber von dir?«

»Wir machen uns einfach Sorgen um unser kleines Mädchen.« Seine Stimme klang belegt.

»Du weinst doch jetzt nicht, oder?«

»Weinen? Pah! Mir ist was ins Auge geflogen. Das ist alles.«

Ich konnte mir lebhaft vorstellen, wie er heimliche Tränen vergoss und den Rest des Tages seine dicke Hornbrille aufsetzen musste, damit meine Mutter die verdächtig roten Augen nicht bemerkte. Das hatte er in meiner Kindheit jedes Mal getan, wenn ich ihn angebettelt hatte, Disneyfilme mit mir zu schauen. Tierbabys und Waisenkinder ließen den stolzen Argentinier dahinschmelzen wie Schokoladeneis im Solarium.

»Ich muss gleich zum Mittagessen, gib mir doch mal kurz Mamá.«

»Deine Mutter ist gerade unterwegs.« Mein Vater zögerte merklich. »Ich kann ihr ja Grüße sagen und berichten, dass du auf dem Wege der Besserung bist.«

»Wo ist sie denn? Shoppen oder Kaffeeklatsch?«

»Nicht ganz. Na ja, sie trifft sich mit Ben.«

»Mit Ben!«

»Ich fürchte, sie hat sich da in was hineingesteigert. Dass er der Grund ist, warum du unbedingt nach Argentinien gehen wolltest, und dass du wieder zurückkommen würdest, sobald du dich wieder mit Ben versöhnt hast.«

»Ihr seid keine Helikoptereltern, ihr seid eine ganze Fliegerstaffel!«, stöhnte ich.

»Ich weiß zwar nicht, was das bedeutet, aber es ist kein Kompliment, oder?«

»Nein!«

»Oh.«

Es folgte eine verlegene Stille, in der ich fieberhaft nachdachte. Klar, es war extrem peinlich, dass meine Mutter meinen Ex-Freund aufsuchte, um ihn dazu zu überreden, wieder mit mir zusammenzukommen. Aber ich kannte Ben gut genug, um zu wissen, dass er sie sowieso eiskalt abblitzen lassen würde. Er war schon während unserer Beziehung genervt von meiner Mutter gewesen, nun musste er sich ja keinen Zwang mehr auferlegen. Eigentlich konnte mir die ganze Sache herzlich egal sein. Meine Mutter würde die Abfuhr kassieren, die sie verdient hatte, und was Ben von mir und meiner Familie dachte, sollte mich auch nicht mehr kümmern. Trotzdem hätte ich bei der Vorstellung, wie meine Mutter gegenüber Ben meine Vorzüge aufzählte und sicherlich auch den einen oder anderen Familienschnappschuss aus ihrer übergroßen Handtasche zog, am liebsten meinen Kopf gegen die Wand geschlagen. Amy auf dem Zirkuspony. Amy bei der Abifeier in einem unsäglich orangefarbenen Kleid, von dem meine Mutter behauptet hatte, dass es meinen Teint zur Geltung brächte, in dem ich aber aussah wie ein Abkömmling von Donald Trump. Amy in einem großen Knäuel aus Armen und Beinen im Schnee liegend, nachdem sie sämtliche Skischüler und den Skilehrer zu Fall gebracht hatte …

Na, Ben würde seinen Spaß haben. Und meine Mutter hatte eine Beschäftigung. Alles halb so wild.

»*Princesa*, bist du noch sauer auf deinen alten Herrn?«

»Nein, ich weiß ja, dass das nicht deine Idee war.«

»Allerdings nicht. Und ich schwöre, ich habe alles Mögliche unternommen, um Mariela davon abzuhalten! Leider ist sie ein sturer alter Maulesel. *Mula de mierda!*«

»Sag dem Maultierchen trotzdem einen Gruß und gib ihr einen Kuss auf die Nase.«

»Mach ich. Und jetzt ab zum Mittagessen mit dir! Schön viel essen! Und danach ein Schläfchen. Du musst dich erst mal erholen, das ist das Wichtigste!«

Als ich aufgelegt hatte, blickte Morena mich erwartungsvoll an. »Das ist doch gut gelaufen, oder?«

Humor hatten meine Landsleute jedenfalls, das musste ich ihnen lassen.

13 – Der Mond ist aufgegangen

Handbuch für die gute Ehefrau
Begrüßen Sie ihn mit einem warmen Lächeln und zeigen Sie ihm, wie aufrichtig Sie sich wünschen, ihm eine Freude zu bereiten.

»Wir schüren heute Abend ein Lagerfeuer. Magst du vielleicht auch kommen?« Es klang beiläufig, doch ich bemerkte, dass Nicolás sich dabei besonders große Mühe gab, mich nicht anzusehen. Wir hatten die Reitstunde nachgeholt, die er mir am Krankenlager versprochen hatte. Beim Ausreiten waren mir gleich zweierlei Dinge aufgefallen: Erstens, ich war zwar wieder gesund, meine Kondition hatte aber ganz schön nachgelassen. Zweitens: Nicolás machte sich nicht darüber lustig, sondern schlug von sich aus ein langsameres Tempo an und blickte hin und wieder forschend in mein Gesicht, als suchte er nach Zeichen der Erschöpfung. Ich nahm an, dass Tante Morena ihn ins Gebet genommen und ihm sein Gaucho-Ehrenwort abverlangt hatte, mich nicht zu sehr anzustrengen.

Auch mit der Büroarbeit musste ich es auf Tante Morenas Geheiß langsam angehen lassen. Ich hatte mir eine Liste gemacht, was ich in nächster Zeit erledigen wollte. Heute Nachmittag hatte ich vor, mit dem Tourismusbüro von San Antonio de Areco Kontakt aufzunehmen und zu fragen, ob sie San Martín Übernachtungsgästen empfehlen könnten, wenn es Anfragen gab. Leider war die Homepage nicht so schön geworden, wie wir es uns erhofft hatten. Mit dem Anbieter, den ich ursprünglich herausgesucht hatte, war ich nicht zufrieden. Ich musste noch mal Angebote vergleichen. Doch ich hatte einige Fotos ausgewählt, die ich dem Tourismusbüro mailen wollte. So würden sie zumindest einen ersten Eindruck bekommen, wie komfortabel die Bungalows waren und was die Besucher hier bei uns erwartete. Außerdem hatte ich San Martín auf den großen Hotelbuchungsseiten gelistet und verschiedene Reiseblogger angeschrieben, ob sie nicht vorbeikommen wollten, um eine Weile kostenlos bei uns zu wohnen und dafür als Gegenleistung Werbung zu machen. Wenn sowieso meist Zimmer leer blieben, konnten wir die ja nutzen. Ich war gespannt, wer mir antworten würde.

Meine eigenen Übersetzungen mussten erst mal hintanstehen. Ich hatte dem Auftraggeber einer Serie von kurzen Vorlesegeschichten gemailt und von meiner Krankheit erzählt und um eine Verlängerung der Abgabefrist gebeten. Mit der Öffentlichkeitsarbeit für die Estancia voranzukommen hatte jetzt Priorität.

Ich fühlte mich zunehmend wohl auf der Estancia. Seit Nicolás so unerwartet nett zu mir war, kam mir alles gleich viel freundlicher vor. Außerdem genoss ich es, endlich wieder herumlaufen zu dürfen und die immer noch milde Herbstluft einzuatmen. Der Arzt hatte sich sehr zufrieden darüber geäußert, wie gut ich mich erholt hatte, und Tante Morena war von seinem Lob sichtlich geschmeichelt gewesen. Endlich konnte ich auch wieder die Pferde im Stall besuchen, Evita Leckerbissen vorbeibringen und mit Alma, dem goldigen Alpakafohlen, herumtoben. Und natürlich aus dem Augenwinkel beobachten, wie Nicolás mit Fuego sprach oder mit einer Mate vor dem Stall saß und seine Stiefel putzte.

Und nun diese unerwartete Frage. Nicolás' lange, schlanke Finger zupften Kletten aus Fuegos schwarzer Mähne. Der Hengst ließ es sich gerne gefallen und stupste nur mit seinen Nüstern an Nicolás' Arm, wenn dieser aufhören wollte. Wenn ich es nicht besser gewusst hätte, hätte ich vermutet, sein Herr wäre nervös.

War das ein Versuch, sich mit mir zu verabreden? Ein Date im Gaucho-Style?

»Na klar, sehr gerne! Ich liebe Lagerfeuer! Lagerfeuer sind immer so schön …« Eigentlich fiel mir als Erstes »romantisch« ein, aber das wollte ich nicht aussprechen. »… warm«, endete ich deshalb lahm.

Nicolás zog die Augenbrauen auf seine unnachahmlich spöttische Art hoch. »In Deutschland sind sie vielleicht warm. Wir Argentinier mögen es eigentlich lieber heiß.«

»Tatsächlich?«

»O ja.« Sein Blick wanderte nun doch zu meinem Gesicht und blieb provozierend lange an meinen Lippen hängen. »Manchmal sogar sehr heiß.« Er lächelte.

»So ein Feuer ist ja auch schnell entfacht.« Ich klang ein wenig atemlos. Das war seine Schuld. Er stand einfach viel zu nahe bei mir. Irgendwie wirkte sich das negativ auf mein Lungenvolumen aus. Und auf mein Gehirn. Es schien irgendwelche Botenstoffe durch meinen Körper zu jagen, die eine enorme Hitze zwischen uns erzeugten.

»Allerdings. Manchmal genügt schon ein kleiner Funke …« Seine Augen glitzerten, als spiegelten sich bereits die lodernden Flammen darin.

»Habt ihr dann überhaupt das Bedürfnis … die Flammen weiter anzufachen?«

»Wir Gauchos leben gerne gefährlich.« Ein Grinsen stahl sich auf seine Lippen. »Aber du hast recht. Wenn das Feuer erst einmal richtig in Brand ist, kann es schnell außer Kontrolle geraten.«

Er genoss es ganz offensichtlich, mich aus der Fassung zu bringen. Aber das konnte ich auch. Wie beiläufig strich ich mein Haar nach hinten und ließ den Finger dann an meinem Hals hinabgleiten. Zufrieden registrierte ich, wie er meiner Hand mit den Augen folgte. »Ich könnte mir vorstellen, dass man sich vor den Flammenzungen in Acht nehmen muss«, raunte ich.

»O ja. Sie sind gierig.« Auch er senkte verschwörerisch die Stimme. »Und gar nicht so leicht zu befriedigen.«

»Ach, dann ist es vielleicht gut, wenn man zu zweit ist?«

»Das hilft ungemein, um das Feuer unter Kontrolle zu halten. Wenn man es darauf anlegt.«

»… und es ist immer gut, wenn jemand einen Eimer Wasser bereithält, um das Schlimmste zu verhindern.« Isabelas kühle Stimme durchschnitt das Gespräch. »So eine Abkühlung ist manchmal dringend nötig, bevor man etwas tut, das man später bereut.«

Ich zuckte zusammen. Wie hatte sie sich so an uns heranschleichen können? Und wie lange hörte sie schon zu?

»Isabela.« Auch Nicolás Stimme klang wenig herzlich.

»Morena schickt mich, um euch Turteltäubchen zum Essen zu holen. Gebt nur acht, dass eure Flügelchen am abendlichen Lagerfeuer nicht verbrennen.« Sie warf ihre dunkle Haarpracht über die Schulter und stolzierte davon.

Fuego schnaubte. Ich sah zu Nicolás hinüber. Er grinste wieder und zwinkerte mir zu. Lagerfeuer also, und ob das ein Date war!

***

Leider fragte Isabela Nicolás beim Mittagessen absichtlich lautstark über das geplante Lagerfeuer aus. Mit dem Effekt, dass plötzlich alle teilnehmen wollten.

Madame und Monsieur Dubois zeigten sich begeistert, dass sie ein solch »urwüchsiges Brauchtum« kennenlernen würden.

Rosa Linda und Clara Luz versprachen, eine Ladung Empanadas zu backen, damit wir etwas zum Knabbern hatten.

Tante Morena schwelgte in Erinnerungen. »Wie hat mich die Mutter geschimpft, als sie mich morgens weckte und mein Nachthemd ganz rußig war und nach Rauch roch, weil ich mich nachts aus dem Bett geschlichen hatte, um den Gauchos zuzuhören, wie sie am Lagerfeuer ihre wildesten Geschichten zum Besten gaben.«

So kam es, dass aus dem abendlichen Treffen mit Nicolás, das ich mir ruhig und irgendwie intim vorgestellt hatte, ein Großevent wurde, an dem die gesamte Belegschaft der Estancia teilnahm. Sogar Isabela hatte angekündigt, dass sie ihren Feierabend ausnahmsweise mit uns verbringen würde. Ich spielte mit dem Gedanken, gar nicht erst hinzugehen, und Nicolás schien zu spüren, was ich empfand. Als die Teller leer geputzt waren und sich wie üblich alle bei den Zwillingen für das gute Mahl bedankt hatten, erhob sich Tante Morena, um zu signalisieren, dass das Essen beendet war.

Im allgemeinen Stühlerücken schlich Nicolás sich an mich heran, berührte wie zufällig meinen Arm und flüsterte: »*Hasta luego, pequeña madre del Alpaka.* – Bis später, kleine Alpakamama.«

Mit einem warmen Gefühl im Bauch blickte ich ihm nach, wie er den Raum verließ. Sein schwarzes Hemd spannte leicht an den Schultern und betonte die Muskeln an den Oberarmen. Muskeln, die er von seiner täglichen Arbeit auf der Estancia hatte. Ben war ebenfalls gut in Form gewesen. Allerdings lag das an seiner teuren Mitgliedschaft im Fitnessstudio. Ich wusste, was ich attraktiver fand.

Auch ich ging nach draußen. Ohne darüber nachzudenken, schlug ich den Weg zur Alpakaweide ein. Ein friedlicheres Bild als grasende Alpakas mit ihren Jungtieren war kaum vorstellbar. Ich schlüpfte durch das Gatter und setzte mich mitten in die sonnenwarme Wiese. Alma hoppelte zu mir, stöberte in meiner Jeanstasche herum und kehrte mit einem beleidigten Schnaufen zu ihrer Mama zurück, als ich ihr versicherte, dass ich keine Leckerbissen dabeihatte. Eine Hummel schwirrte um mich herum und landete auf einem Grashalm, der sich prompt unter ihrem Gewicht zu Boden neigte. Ich musste lachen. Die Alpakas drehten sich neugierig zu mir um, Alma sauste erneut zu mir und dann zurück an den am weitest entfernten Zaun.

Ich musste daran denken, dass die Weide noch immer nicht gegen die wilden Hunde abgesichert war. Ach, meine süße Alma. Auf sie warteten so viele Gefahren. Dabei hatte ich das kleine Fellknäuel sehr lieb gewonnen. Ich lachte über ihre niedlichen Bocksprünge und genoss es, wenn sie sich an mich kuschelte. Bestimmt war sie auch eine wunderbare Trösterin. Wenn ich einen Grund zur Traurigkeit hatte, konnte ich mich furchtbar hineinsteigern. Das lag wahrscheinlich am schwermütigen argentinischen Blut, das da in meinen Adern pulsierte. Camille Dubois hatte ja erzählt, wie groß die Begeisterung für Psychotherapie hierzulande war, oder besser: der Bedarf dafür.

Wahrscheinlich brauchten die Menschen auf dem Land weniger Therapie, weil sie den tagtäglichen Umgang mit den Tieren hatten und der entschleunigte und aufmunterte. Eigentlich schade, dass die Leute in der Stadt das nicht so erleben konnten wie ich. Kein Wunder, dass halb Buenos Aires zur Psychoanalyse ging, wenn dort die Alpakahaltung … na ja, irgendwie schwierig war. Aber wenn man die Alpakas nicht zu den Städtern bringen konnte, dann vielleicht die Städter zu den Alpakas?

Nachdenklich betrachtete ich die Herde, ein Alpaka goldiger als das andere. Es gab wuschelige schokobraune Alpakas, wollige weiße, die aussahen wie große Schafe, und zwei fast schwarze mit einem witzigen Haarschopf. Ohne dass ich es eigentlich geplant hatte, nahm eine Idee in meinem Kopf Gestalt an. Eine Möglichkeit, leer stehende Bungalows auf einer Estancia mit Gästen zu füllen, und damit auch eine Möglichkeit, Geld zu verdienen. Geld, das dringend benötigt wurde.

***

An diesem Tag schien der Abend nur sehr langsam heranzuziehen.

Seit ich in Argentinien lebte, nahm ich die Tageszeiten ganz anders wahr, viel intensiver. Das lag vielleicht daran, dass der Himmel hier so viel größer und weiter schien und ich mich viel mehr im Freien aufhielt. Es gab ja kaum etwas, das die Sicht in die Weite einschränkte. Natürlich wuchsen auch hier Bäume, aber sie schienen so unendlich klein gegen die Himmelssphäre, die sich über mir spannte und ganz weit weg schließlich mit dem Horizont verschmolz. Außer den zur Estancia gehörenden Häusern gab es kaum etwas, das dem Auge Halt und Orientierung bot. Mir war schon mehrmals aufgefallen, dass ich mich hier sehr schwertat, Entfernungen zutreffend einzuschätzen. Entdeckte ich einen Reiter am Horizont, den ich als kilometerweit entfernt einstufte, passierte es nicht selten, dass die Hufschläge zwei Minuten später in der Allee erklangen. Umgekehrt hatte ich aber auch schon versucht, zu einem Baum zu spazieren, den ich von meiner Veranda aus deutlich erkennen konnte, und war nach einer Stunde ratlos umgekehrt.

Ich konnte erstaunlich viel Zeit damit zubringen, vor meiner Hütte zu sitzen und in die Ferne zu schauen. Zu sehen gab es genug. Vor allem bei Sonnenuntergang verwandelte das schwindende Licht den Himmel jede Sekunde in ein neues Kunstwerk. Es malte ungewöhnlichste Farbschattierungen in die Wolken und wich schließlich einem so intensiven Blau, das mittelalterliche Künstler ein Vermögen darum gegeben hätten, den Mantel der Muttergottes damit kolorieren zu können.

So saß ich auch an diesem Abend im Korbstuhl unter dem Vordach, das an strahlenden Tagen vor Sonne und an unbeständigen vor dem Regen schützte. Ein Buch lag aufgeschlagen auf meinem Schoß, doch ich hatte noch keine Zeile gelesen. Stattdessen beobachtete ich die Schwalben, die durch die Luft sausten und Mücken den Garaus machten. Hoffentlich den Moskitos, die mit ihren gierigen Rüsseln die Dengue-Viren in mein Blut abgegeben hatten. Seit ich die Krankheit überstanden hatte, achtete ich darauf, zumindest abends das Insektenspray aufzutragen, das Tante Morena mir aus dem Supermarkt mitgebracht hatte. Das noch in Deutschland gekaufte hatte sie kopfschüttelnd in den Müll befördert. »Ah, man kann Produkten nicht trauen, die in Ländern verkauft werden, die das Problem gar nicht kennen. Einen guten Kühlschrank würde ich ja auch nicht in Grönland kaufen, sondern in Kenia.«

Gemütlich in meinen Sessel gekuschelt überlegte ich, wie sehr sich mein Leben hier doch von dem in München unterschied. Daheim in Deutschland wäre ich jetzt bereits nervös in meinem Zimmer herumgetappt, hätte zum wiederholten Mal überprüft, ob ich alles Wichtige in meine Handtasche gepackt hatte, und hätte unentwegt auf die Uhr geschaut. Hier dagegen brauchte ich so gut wie gar nichts. Weder einen Schlüssel noch eine Geldbörse, kein Puderdöschen, Zahnseide, Kaugummi, Handy, Blasenpflaster, Ticket für den Nahverkehr oder Parfüm. Einzig eine Jacke oder ein warmer Pulli waren sinnvoll. Dazu kam, dass Verabredungen in Argentinien sehr vage getroffen wurden. Eine genaue Uhrzeit wurde nur bei Geschäftsterminen abgesprochen und eingehalten. Und gerade hier auf San Martín richtete man sich eh nicht nach Zeitangaben. Kaum jemand trug eine Armbanduhr und es war eine geradezu lachhafte Vorstellung, dass Tante Morena, Gabriel oder Nicolás ständig ein Handy mit sich herumschleppen würden. Zum Mittagessen wurde man von den Zwillingen gerufen, wenn es fertig war. Und ich ging stark davon aus, dass es mit dem heutigen Lagerfeuer ähnlich laufen würde.

Meine Überlegungen wurden unterbrochen, als Gauchito über die Wiese auf mich zu rannte. Atemlos und mit geröteten Wangen blieb er vor mir stehen und verfiel in eine Art schiefe Verbeugung. »Fräulein Amy, würden Sie uns die Güte erweisen, an unserem bescheidenen Lagerfeuer teilzunehmen?«

»Aber natürlich, sehr gerne! Wenn ich so charmant dazu eingeladen werde!«

»Nicolás hat gesagt, dass Sie eine Dame sind und ich sehr höflich sein muss. Und ich weiß aus dem Fernsehen von den Muskel-Tieren, wie man mit Damen spricht.«

Für einen Moment war ich verwirrt. »Von wem?«

»Von den drei Muskel-Tieren!«, wiederholte er ungeduldig. »Die musst du doch kennen, die leben im Land von Misjö Dübwa. Und sie kämpfen für die Ehre und den König!«

»Ah, die drei Musketiere! Da hast du dir gute Vorbilder ausgesucht.« Ich legte meine Hand auf Gauchokinds Unterarm und ließ mich würdevoll zum Lagerfeuer geleiten. »Aber wir bleiben bei ›Du‹ und ›Amy‹, in Ordnung? Seine Freunde darf man duzen, auch wenn es ganz ehrenwerte Damen und Herren sind.«

Gauchito führte mich über die Wiese zu der Hütte, in der er mit seinen Eltern lebte. Gabriel und Nicolás hatten das Feuer in einem mit Ziegelsteinen ausgelegten Halbkreis entfacht. Die improvisierten Sitzgelegenheiten rundherum verrieten mir, dass sie normalerweise nicht so viele Zuschauer hatten. Es gab nur wenige Baumstammscheiben, die wettergegerbt und häufig benutzt aussahen. Dazwischen standen Hocker und Stühle, und Gabriels junge Frau kniete auf einem verschlissenen Teppich und lächelte mir zu. Gauchokind machte es sich sofort neben seiner Mutter gemütlich und fragte sie, ob der französische Gast vielleicht mit den Musketieren verwandt sei.

Tante Morena thronte in einem Schaukelstuhl und strickte an meinem Pullover. Sie brummte zwar vor sich hin, dass die Wolle später fürchterlich nach Rauch stinken würde, sah dabei aber äußerst zufrieden aus.

Nicolás stocherte mit einem Schürhaken in der Glut herum. Er hatte sein schwarzes Hemd an den Ärmeln hochgekrempelt, sodass ich seine sonnengebräunten Arme betrachten konnte. Und die hellere Innenseite, die überraschend verletzlich aussah. Ich spürte den Drang, mit dem Finger darüber zu streichen, seine Wärme zu spüren, näher bei ihm zu sein. Als hätte er meine Gedanken gelesen, blickte er hoch und schenkte mir ein seltenes Lächeln. Plötzlich fühlte ich mich viel ruhiger. Ich begegnete seinem Blick ebenfalls mit einem leichten Lächeln auf den Lippen. Dann ließ ich mich im Schneidersitz auf einem der Baumstämme nieder.

Nach und nach trudelten auch die übrigen Bewohner der Estancia ein. Das Ehepaar Dubois setzte sich direkt neben Gauchokind und seine Mutter, was Santino in einige Aufregung stürzte. Er spähte fortwährend unter dem Arm seiner Mutter hervor und musterte Monsieur Dubois. Vermutlich suchte er nach Ähnlichkeiten zwischen dem Franzosen und seinen berühmten Landsleuten.

Das Feuer loderte noch nicht einmal besonders hoch, doch zusammen mit der hereinbrechenden Dunkelheit hatten die Flammen eine beinahe hypnotische Wirkung auf mich. Ich saß einfach nur da und nahm das stete Flackern in mich auf. Das Knistern und Prasseln der Flammen vermischte sich mit meinen Atemzügen. Sie wurden langsamer und gleichmäßiger. Eine tiefe Ruhe überkam mich.

Erst als mir ein Mategefäß gereicht wurde, bemerkte ich, dass Nicolás direkt neben mir stand.

»Du spürst es auch, oder? Das gemeinsame Lagerfeuer hat eine besondere Bedeutung für die Gauchos. Nirgends sonst kommen sich die Geister so nahe.«

Ich nickte nur, da ich den Zauber durch den Klang meiner Stimme nicht brechen wollte. Er hatte »die Gauchos« gesagt, nicht »wir Gauchos«. Also fühlte er sich nicht wie einer von ihnen. Schmerzte ihn das? Was mochte es für ein Gefühl sein, nirgends richtig dazuzugehören? Vor der eigenen Identität geflohen zu sein, den eigenen Besitz zu verleugnen? Vielleicht konnte ich in diesem Moment besser verstehen, warum er der Welt so oft die kalte Schulter zeigte. Oft, aber nicht heute Abend. Denn er hielt mir noch immer die Mate hin.

Misstrauisch beäugte ich das Kürbisgefäß, in dem eine silberne Bombilla steckte. »Hast du die Mate etwa selbst aufgegossen?«

»Extra schwache Mischung für dich.« Er grinste frech. »Weil du ein Mädchen bist.«

Vorsichtig sog ich an dem Metallstrohhalm. Der aromatische Geschmack des Matetees erfüllte meinen Mund und prickelte auf der Zunge. Doch die Bitterkeit hielt sich diesmal im Hintergrund. Vielmehr spürte ich heute viel deutlicher die belebende Wirkung des heißen Getränks.

»Das schmeckt … wirklich gut. Flüssige Energie.«

»Man erzählt sich, in den Adern von uns Argentiniern fließe kein Blut, sondern Mate.«

»Das erklärt einiges!« Ich nahm noch einen Schluck. »Warum ihr so aufbrausend seid und so wechselhaft in euren Stimmungen.«

»… und so ehrlich und beständig, wenn es um etwas geht, das uns wichtig ist.«

Ich hatte es scherzhaft gemeint, doch Nicolás sah mich sehr ernst an.

»Oder vielleicht ist das auch nur bei mir so. Vielleicht bin nur ich aufbrausend und wechselhaft in meinen Stimmungen, weil es vieles gibt, das mir wichtig ist, und ausgerechnet all diese Dinge so zerbrechlich erscheinen.«

»Gegenstände sind vielleicht zerbrechlich. Erinnerungen an gemeinsame Erlebnisse, Werte, Humor, Gefühle sind es zum Glück nicht.«

»Du sprichst von Gegenständen, ich von Menschen. Ich habe es erlebt. Ich habe gesehen, wie ein Mensch stirbt. Wie er innerhalb von wenigen Stunden so krank wird, dass du ihn nicht mehr wiedererkennst. Und plötzlich hört er auf zu atmen. Glaub mir, das Entsetzen, das ich dabei gefühlt habe, werde ich nicht mehr los. Es deckt mich zu, wenn ich mich nachts zum Schlafen hinlege, und lugt mit den ersten Sonnenstrahlen durchs Fenster, wenn ich frühmorgens aufstehe. Noch nicht mal auf Fuego kann ich es abschütteln. Es hält locker Schritt.«

Sprachlos starrte ich ihn an. Ein solch intimes Geständnis hatte ich nie und nimmer erwartet – und ein so trauriges. Das Feuer schien auch bei Nicolás etwas auszulösen. Ich fragte mich, was ihn dazu bewogen hatte, mir das zu erzählen. Ausgerechnet mir und so unvermittelt, während wir in dieser ungeplant großen Runde saßen und Mate tranken. Wir hatten leise gesprochen und ich ging davon aus, dass über das Prasseln des Feuers hinweg niemand unsere Unterhaltung verstanden hatte. Trotzdem konnte ich die Blicke der anderen auf mir fühlen, ohne den Kopf zu heben. Doch in diesem Moment war es mir komplett egal, was irgendjemand davon hielt, uns so vertraut zu sehen. Viel wichtiger war mir, Nicolás zu zeigen, dass ich mit ihm fühlte. Auch wenn ich nur raten konnte, wovon er sprach. Von Gabriel hatte ich ja erfahren, dass sein Bruder unter seltsamen Umständen verstorben war. Anscheinend war Nicolás dabei gewesen. Und er schleppte ungeheure Schuldgefühle mit sich herum. Ich blendete alles um mich herum aus und blickte ihm direkt in die karamellbraunen Augen. In seinen Pupillen spiegelten sich die Flammen. Mir schien es wie ein Spiegelbild des Aufruhrs in seiner Seele.

»Nicolás –«, sagte ich leise. »Du …«

»Warum trinkst du denn gar nicht? Schmeckt es dir doch nicht?«, unterbrach er mich.

Für einen Moment schwiegen wir beide. Ich musterte ihn und fragte mich, wie ich reagieren sollte. Auf dem Thema beharren und die Gefahr einer Abfuhr in Kauf nehmen? Den Themenwechsel akzeptieren und ihm aus der Verlegenheit helfen, indem ich so tat, als hätten wir über Belanglosigkeiten geredet?

Seine Augen sprachen eine deutliche Sprache. Das Letzte, was er von mir wollte, war Mitleid. Dazu war er viel zu stolz. Wahrscheinlich bereute er es bereits, so viel preisgegeben zu haben. Wenn ich in den letzten Wochen etwas über ihn gelernt hatte, dann war das, dass er seine Privatsphäre mit Zähnen und Klauen verteidigte. Trotzdem hatte er sich mir geöffnet und ich wollte ihm zumindest zu verstehen geben, dass ich erkannt hatte, wie schwierig das für ihn sein musste.

»Mit der Mate ist es schon was Besonderes. Man muss mehrmals davon probieren. Anfangs schmeckt sie hauptsächlich bitter. Aber dann probiert man noch mal und noch mal, und plötzlich merkt man, dass man den Geschmack eigentlich mag.«

Nicolás sagte nichts. Er beobachtete mich ganz genau.

»Ich könnte mir vorstellen, dass das mit manchen Menschen ähnlich ist. Am Anfang findet man sie arrogant und absolut ätzend.«

Ein winziges Lächeln stahl sich auf seine Lippen.

»Aber dann, wenn man sie besser kennenlernt …«, fuhr ich fort. »Dann entdeckt man ganz neue Seiten an ihnen. Seiten, die man vielleicht sogar sympathisch findet …« Fast hätte ich »liebenswert« gesagt, beschloss dann aber, dass ich mich weit genug vorgewagt hatte.

»Dann besteht noch ein klein wenig Hoffnung für die arroganten und absolut ätzenden Argentinier?«

Statt einer Antwort hielt ich ihm die Kalebasse hin. »Wenn bei euch Mate das Blut ersetzt, dann trinken wir jetzt sozusagen Blutsbrüderschaft, oder?«

»Du hast zu viel in deinem Karl May gelesen, kleine Deutsche.« Wie zufällig legte er seine Hand um meine, als er den Matebecher annahm.

Die erstaunliche Wärme seiner Finger schien in meinen ganzen Körper abzustrahlen. Wir hielten einen Moment inne. Als wir gleichzeitig unsere Hände zurückzogen, prickelte meine Haut, als hätte ich ein Bad in perlendem Sekt genommen.

Ich fühlte mich wie berauscht. Dieses Mate-Zeug war um Längen besser als gedacht. Oder lag es gar nicht an der Mate?

»Zu einem richtigen Lagerfeuer gehört eigentlich noch Musik.« Nicolás lächelte mich an. »Was meinst du, soll ich ein Liedchen anstimmen? Von Martín Fierro, dem unbeugsamen Gaucho?«

»Nie gehört, aber klingt nach einem echten Schlager.«

Nicolás starrte mich ungläubig an. »Im Ernst, du kennst Martín Fierro nicht? Es ist das argentinische Nationalepos! Ein ellenlanges episches Gedicht über das Schicksal eines Gauchos. Manche Interpreten sehen heute darin eine Abrechnung mit den Veränderungen, die den Niedergang der freien Gaucho-Kultur einleiteten. Andere lesen ein Plädoyer für Solidarität und Gerechtigkeit heraus. Fest steht auf jeden Fall, dass hier jedes Kind den guten alten Martín kennt.«

»Ist nach ihm etwa auch die Estancia benannt?«

»Nein, der Name eurer Estancia kommt von José de San Martín, einem argentinischen Unabhängigkeitskämpfer.« Er hatte »eure Estancia« gesagt. Irgendwie fand ich das ziemlich nett von ihm.

»Du kennst dich ja super aus!«

Nicolás grinste. »Eine meiner unzähligen Begabungen. Ich kann auch das Alphabet rückwärts aufsagen. Willst du hören?«

»Geh singen!« Lachend schubste ich ihn weg.

Nicolás stand auf, zwinkerte mir zu und verschwand in der Dunkelheit. Ich machte es mir wieder auf meinem Baumstumpf bequem und spähte in die Runde. Isabela saß mit anmutig überschlagenen Beinen auf einem Holzstuhl. Ihre Haltung sah entspannt aus, doch der Blick, den sie mir über die Flammen hinweg zuwarf, war von einer Kälte, die selbst das Höllenfeuer eingefroren hätte.

Nach wenigen Minuten kehrte Nicolás mit einer Gitarre zurück. Er ließ sich im Schneidersitz auf seinem Baumstamm nieder und begann, sie zu stimmen.

»Es ist üblich, dass die Gauchos am Lagerfeuer Gesangsduelle austragen«, flüsterte Gabriels Frau Sofia mir zu. »Bei uns singt allerdings nur Nicolás. Gabriel kann so laut auf den Fingern pfeifen, dass man es noch im Städtchen hört, aber mit dem Singen hat er es gar nicht. Die Pferde scheuen immer, wenn er es versucht.« Sie lachte verschmitzt.

»Ich kann mir gar nicht vorstellen, dass er so unmusikalisch ist«, raunte ich zurück.

»Doch, wirklich! So hat er mich auch dazu gebracht, ihn zu heiraten. Er stellte sich nachts vor unser Haus und hat mit einem selbst gedichteten Lied um meine Hand angehalten. Unser Hund hat von dem Gesang Durchfall bekommen. Nach der fünften Strophe hat meine Familie mich angefleht, ihn endlich zu erhören, damit wir nicht die guten Teppiche wegwerfen müssen. Da konnte ich nicht Nein sagen.«

Ich prustete in die Kalebasse.

»Frau, was erzählst du da für Storys?« Gabriel blickte misstrauisch zu uns herüber. »Ist das auch alles jugendfrei?«

»Och, nur so ein paar alte Geschichten, ganz uninteressant, *cariño*.« Sie warf ihm übers Feuer hinweg eine Kusshand zu.

»Mamá hat Amy verraten, dass du keinen einzigen Ton halten kannst!«, krähte Gauchito. »Aber sie hat vergessen zu erwähnen, dass sogar unsere Kaktusse eingehen, wenn du für sie singst.«

»*La puta que te parió!* Womit habe ich bloß so ein vorlautes Weib verdient! Und so ein freches Gör noch dazu!« Gabriel nahm Anlauf und sprang mit einem weiten Satz über das Feuer, wobei er die Zipfel seines Ponchos nach oben hielt, damit er den Flammen nicht zu nahe kam. Gauchito quietschte begeistert. Gabriel fiel kitzelnd über seinen Sohn her und ließ nur von ihm ab, um seiner Frau einen schmatzenden Kuss zu verpassen.

»Hier, damit dir nicht kalt wird.« Er streifte seinen Poncho ab und legte ihn Gauchito fürsorglich über die Schultern. Dessen kleiner Kopf schaute unter dem Berg von Wolle hervor.

Gabriel zwinkerte seiner Frau zu. »Na, was ist jetzt, Nicolás? So viele Saiten hat die Gitarre auch wieder nicht, dass du sie stundenlang stimmen müsstest.«

Gabriels gutmütiger Spott brachte Nicolás zum Lächeln. Dann setzte er sich aufrechter hin und begann mit leiser, tiefer Stimme zu singen.

Aquí me pongo a cantar
al compás de la vigüela,
que el hombre que lo desvela
una pena estraordinaria,
como la ave solitaria
Con el cantar se consuela.

Ich übersetzte in Gedanken mit.

Hier will ich singen
zum Rhythmus der Gitarre,
damit all jene,
die großes Leid erfahren,
sich wie der einsame Vogel
mit dem Gesang trösten.

Gauchito schlürfte seine mit Milch aufgegossene Mate und kuschelte sich in den viel zu großen Poncho seines Vaters.

Ein Gaucho bin ich, versteht mich recht: Für mich ist die Erde klein und könnte größer sein. Mich beißt weder eine Schlange, noch verbrennt die Sonne meine Stirn! Wurde wie der Fisch auf dem Meeresgrund geboren. Keiner kann mir nehmen, was Gott mir gegeben hat. Was ich in dieser Welt vollbrachte, wird mit mir vergehen.

Kein Wunder, dass das Lied in Argentinien der Renner war. Es strotzte nur so von Stolz, Liebe zur Natur und zur Einsamkeit. Nicolás sang es mit einer hübschen kleinen Melodie, die im Hintergrund blieb und nicht vom Text ablenkte. So hatten die Argentinier bestimmt schon vor zweihundert Jahren ihre Geschichten weitererzählt, nachts beim Lagerfeuer, mit einer Kalebasse in der Hand, an ihre Pferde angelehnt.

Es erfüllt mich mit Stolz, in Freiheit zu leben wie die Vögel im Himmel. Ich bau mir kein Nest auf dieser Erde, wo man so viel erdulden muss. Niemand holt mich ein, wenn ich mich zum Flug erhebe! Auch in der Liebe hat sich nie jemand über mich beklagt: Wie die Vögel, die behände von Zweig zu Zweig hüpfen, mach ich mein Bett im Klee und decke mich mit den Sternen zu.

Das war ja direkt poetisch! Eine wunderschöne Beschreibung, sich mit den Sternen zuzudecken.

Ihr, die ihr die Geschichte meines Leids hört, sollt wissen, dass ich nie streite oder jemanden töte …

An dieser Stelle brach Nicolás' Stimme plötzlich. Er räusperte sich und versuchte, wieder zurück in den Fluss zu kommen, doch der Zauber war verflogen. Jeder Zuhörer hatte seine innere Bewegung registriert und jeder schien sich ganz eigene Gedanken darüber zu machen.

… nie streite oder jemanden töte, es sei denn, die äußeren Umstände zwingen mich dazu. Da man mich schlecht behandelte, geriet ich in großes Unglück. So hört also, was ein verfolgter Gaucho macht, der ein rechtschaffener Vater und Ehemann gewesen ist, aber von den Leuten für einen Räuber gehalten wurde.

Nicolás legte die Gitarre zur Seite. »Ich glaube, das genügt für heute. Es ist auch schon spät.«

»Was? Aber jetzt wird es doch erst spannend!« Gauchito klang enttäuscht.

Seine Mutter wuschelte ihm durchs Haar. »Martín Fierro hat mir ins Ohr geflüstert, dass er dich heute Nacht im Traum besuchen möchte und dir seine Geschichte dann selbst erzählt.«

»… aber nur, wenn du deine Zähne ganz gründlich geputzt hast! Martín Fierro hatte sein ganzes Leben lang keine Karies«, mahnte Gabriel.

»Wie hat er denn seine Zähne geputzt, wenn er draußen in der Pampa geschlafen hat?«

»Das kannst du ihn heute Nacht dann ja fragen.«

Während Nicolás und Gabriel sich daranmachten, Sand auf das Feuer zu schaufeln, um es zum Erlöschen zu bringen, löste sich die Runde auf. Gedankenverloren schlenderte ich zu meinem Bungalow zurück. Ich hätte ebenfalls nichts dagegen gehabt, heute von einem Gaucho zu träumen. Allerdings nicht unbedingt von Martín Fierro.

14 – Brüderlein, komm, tanz mit mir

Handbuch für die gute Ehefrau
Hören Sie ihm zu. Sie mögen ein Dutzend wichtiger Dinge auf dem Herzen haben, aber wenn er heimkommt, ist nicht der geeignete Augenblick, darüber zu sprechen. Lassen Sie ihn zuerst erzählen – und vergessen Sie nicht, dass seine Gesprächsthemen wichtiger sind als Ihre.

Nachdem ich den Großteil der Nacht damit verbracht hatte, mir Szenerien auszumalen, in denen Nicolás' Einladung zum Lagerfeuer mehr zu bedeuten hatte als bloße Freundlichkeit, fasste ich einen weitreichenden Entschluss. Zumindest hoffte ich, dass er weitreichend sein würde. Ich würde nun meinerseits Nicolás um ein Date bitten. Ich galt hier schließlich als deutsche *turista* und musste mich nicht an überkommene Geschlechtervorgaben halten. Er hatte ja bereits den ersten Schritt getan, und dass er extra zu mir gekommen war, um seine Mate mit mir zu teilen, wertete ich als Zeichen der Zuneigung. Das gab mir genug Sicherheit, um nun meinerseits auf ihn zuzugehen. Und was konnte schon Katastrophales passieren? Schlimmstenfalls würde er sich wieder in den früheren, grantigen Nicolás zurückverwandeln und mich anblaffen. Mr Marmorface spielen. Oder mich verspotten. Oder einfach stehen lassen. Oder …

Na gut, vielleicht war ich doch nicht so besonders mutig. Aber durchziehen würde ich das trotzdem. Morgen vielleicht. Nein, besser übermorgen. Wenn ich ehrlich war, dann am besten heute noch. Dann hatte ich es hinter mir und konnte in Ruhe mein verletztes Ego pflegen, falls er mir einen Korb gab. Vorsichtshalber bat ich Gabriel darum, bei seiner nächsten Einkaufstour in den Supermarkt eine Extraladung Alfajores mit Dulce de leche für mich mitzubringen. Schokolade war schließlich der beste Trost bei Liebeskummer. Ich wollte gewappnet sein.

Den Vormittag verbrachte ich damit, möglichst viele Buchungsseiten von Reiseportalen zu durchforsten, San Martín als Gastgeber zu registrieren und eine Auswahl der Fotos, die ich gemacht hatte, hochzuladen. Dazu eine Beschreibung der Zimmerausstattung und der möglichen Aktivitäten. Von den Alpakas waren mir besonders süße Bilder gelungen. Ich hob im Text hervor, wie kinderlieb und geduldig die Tiere waren und wie entschleunigend der Kontakt mit ihnen war. Das musste doch reiche, gestresste Großstädter auf den Plan rufen!

Isabela hatte sich dazu herabgelassen, mir das System der Buchungen genauer als beim ersten Mal zu erklären. Ich stutzte kurz, als ich las, dass das Ehepaar Dubois heute abreisen würde. Dann stand ihr Bungalow erst mal leer. Erst zwei Wochen später wurden neue Gäste erwartet. Wirklich schade, dass es so zögerlich voranging! Ich überlegte, ob ich meine Idee, einen Blog über meinen Aufenthalt hier ins Leben zu rufen, zeitnah verwirklichen konnte. Ich wollte ihn auf den Portalen verlinken und auf diese Weise vielleicht Interessierte anziehen. Reiselustige junge Leute lasen doch gerne Blogs, um Land und

Leute kennenzulernen, oder? Ich hatte vor, Artikel über meine erste Reitstunde (natürlich ohne die ganze Nicolás-Story), über das typisch argentinische Essen, die vorbildliche Tierhaltung und die Umbauten an der Estancia zu schreiben. Ich würde Tante Morena fragen, was sie davon hielt.

Und dann gab es ja noch meine andere Idee … Ich entschuldigte mich kurz bei Isabela und ging zu dem Bungalow hinüber, in dem Gabriel mit seiner Familie wohnte. Gummistiefel in unterschiedlichsten Größen und Farben lagen vor der Haustür verstreut. Ich musste grinsen, als ich ein rotes Paar mit Spiderman-Motiv sah – und die Schuhe eindeutig nur Gabriel passen konnten.

Auf mein Klopfen hin streckte er kauend den Kopf zur Tür heraus. »Was ist los? Ist was passiert?« Er schluckte schnell.

»Nein, nein, sorry! Ich wollte nicht stören! Ich hatte eine Idee, na ja, eine möglicherweise ziemlich verrückte Idee. Aber ich wollte gerne kurz mit dir darüber reden.« Tatsächlich sah ich bei Gabriel die Chance am höchsten, dass er mich nicht auslachen würde. Und ich brauchte seine Hilfe.

»Gut.« Gabriel verschwand kurz im Häuschen und kam mit einer Mate in der Hand zurück. Er schloss die Tür hinter sich und zog zwei Korbstühle heran. Er bot mir einen an, wartete, bis ich mich hingesetzt hatte, und ließ sich erst dann ebenfalls nieder. Unruhig rutschte er hin und her, als suchte er vergebens nach einer bequemen Haltung.

»Das ist das erste Mal, dass ich dich auf einem Stuhl sitzen sehe«, platzte ich heraus.

»Wirklich? Tja, irgendwie fühlt es sich auch verkehrt an.« Gabriel lachte und ließ sich stattdessen mit gekreuzten Beinen auf dem Boden nieder. Ich machte es ihm nach.

Er sog den ersten, bitteren Schluck Mate ein und reichte das Gefäß dann an mich weiter.

Als er mich erwartungsvoll anschaute, platzte ich heraus: »Wir brauchen mehr Gäste auf der Estancia. Ich habe hin und her überlegt, wie man Leute anlocken kann. Und bin zu dem Entschluss gekommen, dass wir nichts großartig Neues anschaffen können, sondern besser das, was wir haben, gewinnbringend einsetzen.«

»*Sí, claro.*« Gabriel nickte sinnend.

»Und was bisher kaum genutzt wird, sind die Alpakas. Klar, sie liefern Wolle. Aber schau sie dir an. Sie sind unglaublich goldig, friedlich und haben den schönsten Wimpernaufschlag der Welt. Sie bringen jedem Besucher eine neugierige Offenheit entgegen, ganz egal, wie er aussieht oder sich verhält. Wenn man in seinem Leben viel Ablehnung erfahren hat, tut so eine vorurteilsfreie Zugewandtheit sehr gut. Leute könnten dafür zahlen, sich mit ihnen zu beschäftigen.«

»Aber man kann nicht darauf reiten …«

Anscheinend disqualifizierte dieser Umstand die Alpakas für eine sinnvolle Beschäftigung. Klar, ich sprach hier mit einem Gaucho. Ich verbarg mein Lächeln hinter dem Matebecher und nahm einen tiefen Schluck. »Ich habe gedacht, dass wir uns mal über tiergestützte Therapie informieren könnten. Buenos Aires ist nicht weit. Dort leben Millionen von Menschen, die eine Auszeit von der Großstadthektik gebrauchen könnten. Und bestimmt immer noch mehrere Hunderttausend, die sich das auch leisten können. Und ein Bruchteil davon ist besonders tierlieb. Das ist unsere Zielgruppe.«

»Ich merke, worauf du hinauswillst. Und es klingt logisch. Nur gibt es hier weit und breit keinen Therapeuten, mit dem wir zusammenarbeiten könnten.«

Jetzt kam der schwierigste Teil. Ich holte tief Luft.

»Soweit ich weiß, gibt es keine vorgeschriebene Ausbildung dafür. Wenn man sich mit Tieren gut auskennt, kann man Fortbildungen machen und dabei lernen, wie man Menschen mit psychischer oder körperlicher Beeinträchtigung an die Arbeit mit Tieren heranführt. Also, du könntest das machen.«

Gabriel nahm seine Brille ab, rieb sie an seinem Hemd und setzte sie wieder auf, verschmierter als vorher. »Soso.«

»Ich kann mir das sehr gut bei dir vorstellen. Du hast so eine ruhige, entspannte Art …« Im Gegensatz zu den meisten anderen Bewohnern dieser Estancia, fügte ich im Stillen hinzu.

Gabriel schien mich auch so zu verstehen. Er nickte zögernd. »Das Geld für den Lehrgang muss natürlich irgendwoher kommen. Und wir müssen herausfinden, wo so eine Fortbildung angeboten wird und wie lange das geht. Ich kann nicht wochenlang irgendwo in Argentinien herumgondeln.«

»Das findet sich!«

»Morena muss einverstanden sein.«

»Ich rede mit ihr.« Beschwingt ging ich zurück zum Haupthaus. Das war viel besser gelaufen, als ich gedacht hatte. In meiner Fantasie nahm mein Vorhaben immer deutlichere Züge an.

Ich war so euphorisch, dass ich beschloss, auch in einer anderen Beziehung in die Offensive zu gehen. Nach dem Mittagessen behielt ich Nicolás genau im Auge. Irgendwo hatte ich mal gelesen, dass Männer nach dem Essen signifikant besser gelaunt seien und eine kluge Ehefrau Bitten und Wünsche deshalb immer erst dann vorbringen solle. Allerdings galt das nur, wenn das Essen nicht ungenießbar gewesen war. Zum Glück war ich hierbei nicht auf meine eigenen Kochkünste angewiesen. Rosa Linda und Clara Luz hatten uns ein leckeres Mahl aus Hühnchen und Reis gezaubert, und ich hatte beim Essen lauthals alle aufgefordert, sich doch noch Nachschlag zu nehmen.

Als Nicolás mit zwei Wassereimern zur Alpakaweide aufbrach, folgte ich ihm unauffällig.

Ohne sich umzudrehen, rief er: »Übst du dich im Beschatten? Oder warum schleichst du hinter mir her?«

Pfff. Von wegen unauffällig. Ich krabbelte hinter dem Busch hervor, den ich als Sichtschutz auserkoren hatte, und schloss zu Nicolás auf.

Er warf mir einen kurzen Seitenblick zu und klaubte einen Zweig aus meinem Haar.

»Habe gehört, morgen Abend findet in San Antonio ein Asado-Ritual statt. Magst du vielleicht hingehen? Mit mir … hingehen?«, präzisierte ich.

Nicolás sog seine Unterlippe ein. Ich hatte das schon ein paar Mal bei ihm gesehen und wertete es als Zeichen der Unentschlossenheit. Er öffnete das Gatter der Alpakawiese und wir schlüpften hindurch. Alma kam sofort mit einigen niedlichen Bocksprüngen zu uns gehüpft und ließ sich ausgiebig streicheln und bewundern. Ich fragte mich gerade, ob ich meine Frage wiederholen sollte oder ob keine Antwort auch eine Antwort war.

Da sagte er endlich: »Ich gehe nicht oft in die Stadt.«

Was sollte das heißen? War das ein verklausuliertes Nein? Eine typisch argentinische Abfuhrfloskel, die ich nicht erkannte? Oder ein Zitat? Hätte ich doch bloß mehr Weltliteratur gelesen! *Ich gehe nicht oft in die Stadt.* Hmpf. Ich hätte jetzt gerne das Gespräch unterbrochen, um seine Äußerung in Ruhe zu analysieren und eine möglichst schlagfertige sowie gleichzeitig sympathische Erwiderung zu finden. Leider gab es hier keinen Pausenknopf. Ich musste improvisieren.

»Ich auch nicht. Trotzdem könnte es ein lustiger Abend werden.« Ich gab mich betont cool.

»Ja, vielleicht.« Seine Zweifel waren deutlich zu hören. Nicolás starrte auf Almas lockiges Fell und kraulte sie zwischen den Ohren, woraufhin sie sich noch enger an ihn drückte. Alpaka müsste man sein.

»Wenn du keine Lust hast, dann eben nicht. Ich dachte nur, dass ihr Gauchos auf diese Grillfeiern steht.« Ich versuchte, die Enttäuschung aus meiner Stimme herauszuhalten. Es sollte nach einer sachlichen Feststellung klingen. Da Nicolás aber plötzlich grinste, schien mir das nicht allzu gut gelungen zu sein.

»Was machst du, wenn ich nicht mitkomme?«

»Ach, da findet sich sicher eine mindestens ebenso spannende Beschäftigung. Ich könnte meine Zehennägel rechteckig feilen. Oder Alma das Apportieren beibringen. Ich könnte die heruntergefallenen Blätter auf meiner Veranda nach Größe sortieren. Ich könnte einen alten Kaugummi aus dem Papierkorb holen und eine wissenschaftliche Studie beginnen, ob die Kaueigenschaften sich in den letzten drei Wochen verändert haben. Ich könnte Schloss Neuschwanstein aus benutzten Ohrenstäbchen bauen …«

»Schon gut, schon gut!«

»Hey, ich war noch nicht fertig!«

»Ich komme gerne. Ich gehe gerne dorthin … mit dir. Aber nur, wenn deine Zehennägel oval bleiben.«

»Lässt sich einrichten.«

»Gut.«

»Nicht mal ein klitzekleines bisschen eckig?«

Er warf mir einen feurigen Gaucho-Blick zu, dem ich grinsend standhielt. »So jung und schon so frech.«

»Brave Menschen kommen in den Himmel, freche überallhin.«

»Offensichtlich sogar mitten in die argentinische Pampa.«

»Und morgen zum Asado! Mit dir. Ha! Bis dann!« Ich schnappte mir die Eimer und lief mit der fröhlich neben mir hüpfenden Alma zur Tränke. Das Apportieren konnten wir ja trotzdem üben. Heimlich.

***

San Antonio de Areco strahlte im Abendsonnenschein. Die Häuschen in niedlichen Pastellfarben reihten sich wie Kinderbauklötzchen nebeneinander, und das sanfte Licht schmeichelte so manchem abblätterndem Putz oder gesprungenem Straßenstein. Ich genoss es, neben Nicolás durch die Gassen zu schlendern. Zur Feier des Tages trug er Jeans und Lederschuhe und dazu eines seiner schwarzen Hemden, allerdings ohne das rote Gaucho-Halstuch. Wenn man genau hinschaute, konnte man das Lederband mit seinem geheimnisvollen Schlüssel unter dem Hemd erahnen. Fesch sah er aus und ich ertappte mich bei dem einen oder anderen verstohlenen Seitenblick.

Kurz überlegte ich, ob ich ihm von meinen Alpaka-Plänen erzählen sollte. Aber ich wollte erst sicher sein, ob ich Tante Morena überzeugen konnte. Sie hatte sich einverstanden erklärt, die Unterlagen, die ich zusammengesucht hatte, mit mir durchzugehen. Einen Zeitplan und eine Kostenaufstellung hatte ich auch angefertigt. Heute hatte ich mir den Feierabend wirklich verdient.

Auf dem Weg zeigte Nicolás mir einige Gewächse, die ganz typisch für die Pampa waren. Ein kleiner Ombubaum in einem Vorgarten, die verblühenden, leuchtend roten Blüten des Ceibo oder Korallenbaums und eine Akazie mit ihren Dornen.

»Du bist der perfekte Fremdenführer!«, lobte ich.

Nicolás grinste. »Hätte ich auch Chancen als Fremdenverführer?«

Unsere Blicke begegneten sich und wir mussten beide lachen. Ein kribbelndes, euphorisches Gefühl stieg in mir auf. Da war etwas zwischen uns, etwas Spannendes. Beschwingt ging ich neben ihm weiter.

Als Nicolás und ich auf dem Platz vor der Kirche ankamen, entdeckte ich zuallererst die alten Männer, die bei meiner Ankunft an der Bushaltestelle gesessen hatten. Es erweckte den Anschein, als hätte jemand die ganze, nahezu regungslose Truppe einfach auf seinen Transporter geladen und hierhergekarrt. Ein Wunder, dass sie nicht mit Moos überwachsen waren. Neben ihnen lagen einige dürre Hunde auf dem staubigen Boden und zuckten nur träge mit den Pfoten, wenn ihnen die Fliegen zu lästig wurden.

Auf der gepflasterten Straße, direkt am Saum des angrenzenden Parks entlang, waren Reihen glühender Kohle aufgeschichtet. Auf dem festgetretenen Boden daneben hatten die Gauchos große Fleischstücke auf kreuzförmigen Metallspießen befestigt und diese schräg in den Boden gerammt, sodass die Steaks und der eine oder andere Schafsbrustkorb über der Hitze garten.

»Das Fleisch wird bei einem Asado ganz sanft über Stunden hinweg geröstet. Die Gauchos haben bestimmt bereits heute Mittag damit angefangen. Fertig ist es, wenn es so zart ist, dass du es mit dem Löffel zerteilen kannst.« Nicolás nickte den Männern zu, die mit Kalebassen in der Hand um den improvisierten Grill standen und ihre Mate schlürften.

»Hm, das riecht gut!« So viel Fleisch auf einen Haufen fand ich normalerweise eher weniger appetitlich. Aber wenn man bedachte, dass die Tiere ihr Leben lang über die Weiten der Pampa gezogen waren und nie einen quälenden Tiertransport über sich hatten ergehen lassen müssen, dann war diese Art des Fleischessens tatsächlich die, mit der ich am ehesten übereinstimmte.

Wir schlenderten die Straße entlang, sogen den würzigen Holzrauch ein und Nicolás grüßte den einen oder anderen Bekannten. Mir fiel auf, dass er dabei nie stehen blieb, um sich länger mit jemandem zu unterhalten, und dass uns einige überraschte Blicke streiften. Konnte es sein, dass die Leute über uns redeten, wenn sie sich wieder ihren Gesprächspartnern zuwandten?

Zwei Musiker, geradezu förmlich mit Anzughosen, Sakko und blank polierten Lederschuhen bekleidet, saßen auf alten Autoreifen und klimperten auf ihren Instrumenten herum. Die Gitarre konnte ich unschwer identifizieren. Das andere Instrument gab mir mehr Rätsel auf. Der ältere, sehr sorgfältig rasierte Mann hielt es auf den Knien und drückte mit einer Hand seitlich angebrachte Tasten, während er es gleichzeitig auseinanderzog und wieder zusammendrückte. Am ehesten ähnelte es einer Ziehharmonika. Allerdings hätte ich die eher in einem bayerischen Biergarten verortet als in der argentinischen Pampa.

Nicolás hatte meinen irritierten Blick bemerkt. »Das kennst du nicht? Das ist ein Bandoneón. Die beste deutsche Erfindung, wenn man einen Südamerikaner fragt. Ein deutscher Musiker, Heinrich Band, hat es Mitte des 19. Jahrhunderts gebaut. Über die vielen europäischen Einwanderer gelangte es um 1900 in die Hafenspelunken und Bordelle von Montevideo und Buenos Aires. Es prägt bis heute unseren typischen Tango-Sound.«

Was er unter einem typischen Tango-Sound verstand, musste ich nicht fragen, da die beiden Herren nun ein Lied anstimmten. Die Melodie war von einer traurigen Süße, die mir unweigerlich den Kopf mit Sehnsucht füllte. Sehnsucht nach Deutschland, nach meinen Eltern, nach der Freiheit eines Rittes in den Sonnenuntergang hinein. Auch die Zeit mit Ben war plötzlich wieder präsent. Nicht er selbst, sondern das Wohlbehagen, wenn ich mich morgens nach dem Aufwachen noch für ein paar Minuten in seine warmen Arme gekuschelt und er seine Bartstoppeln an meinem Hals gerieben hatte. Vorbei. Alles vorbei. Ich stand ganz still mitten auf dem Platz, lauschte den unbekannten und doch so eingängigen Tönen. Ich fühlte die Melancholie wie ein schweres Gewicht auf meinen Schultern. Eine einzelne Träne löste sich und rann meine Wange hinab.

Nicolás hatte mich aufmerksam betrachtet und hob die Hand an mein Gesicht. Sanft folgte er der Tränenspur mit seinem Finger. »Dein Herz schlägt einen argentinischen Rhythmus, kleine Deutsche«, wisperte er.

Ich hob den Blick und sah meine Sehnsucht in seinen Augen gespiegelt. So nah waren wir uns noch nie gewesen. Ich spürte die Hitze, die von ihm ausging. Seine starke Präsenz. Ein leicht würzig-herber Duft, der mich an Mate denken ließ, der Duft, den der Wind mit sich brachte, wenn er über die Felder und Wiesen strich, der Geruch nach Leder. Eine Mischung, die mich schwindelig machte. War er das, der Moment, den ich mir ersehnte? Ob er mich küssen würde? Hier, vor all den fremden Menschen? Wollte ich das überhaupt?

Hinter mir wurde ein Raunen laut und pflanzte sich zwischen den einzelnen Menschengrüppchen fort. Wir konnten doch nicht die Ursache sein, oder? Mit einem unguten Gefühl im Bauch drehte ich mich um.

Isabela war atemberaubend schön. Das lange Haar fiel schwarz, glänzend und hüftlang über ihren Rücken. Ihr Kleid leuchtete in unterschiedlichen Rottönen und endete auf der rechten Seite bereits kurz über dem Knie, während es links in leichten Wellen fast bis zum Knöchel ging. Der Stoff schmiegte sich an sie wie eine zweite Haut. Speckröllchen besaß sie jedenfalls keine. Unterwäsche anscheinend auch nicht. Ich hatte Mühe, sie nicht anzustarren, und so schien es auch allen anderen Besuchern des kleinen Festes zu gehen. Mit wiegenden Hüften schritt sie zu den Musikern hinüber, flüsterte dem Bandoneón-Spieler etwas ins Ohr, wobei ihr Haar seine Wange streifte, und schaute sich dann wie zufällig um. Ihr Blick fiel auf uns und ein Strahlen erschien auf ihrem Gesicht.

»Huhu, Nicolás!« Ihre zirpende Stimme rief uns zu sich. Mit jedem Schritt in ihre Richtung wurden mir meine leicht staubige Jeans und das einfache grüne T-Shirt bewusster. Da wir ausgemacht hatten, den Weg zu Fuß zurückzulegen, hatte ich vorsichtshalber etwas Praktisches und bequeme Schuhe angezogen. Mit Isabelas Show-Outfit konnte ich jedenfalls nicht konkurrieren.

»Nicolás. Du bist gekommen!«

Klar, nur für sie. Und ich war ein lästiges Sauerstoffmolekül. Wie gut, dass Sauerstoffmoleküle keinen Mund besaßen. Also musste ich nichts sagen.

Die beiden Musiker setzten kurz ihre Instrumente ab, wurden mit kräftigem Applaus belohnt, woraufhin sie auf den Hut deuteten, der vor ihnen im Staub lag, und gingen dann direkt zum nächsten Lied über. Diesmal hörte ich stärker einen drängenden Rhythmus heraus. Dazwischen herzzerreißende, schleifende Töne.

Isabela neigte den hübschen Kopf. »Na so was, dein Lieblingslied! Da werden Erinnerungen wach …«

Ach ja, wurden sie das? War da wohl doch mal was gelaufen zwischen Nicolás und Isabela? Wahrscheinlich sollte ich gar nicht darüber nachdenken. Keine schlafenden Alpakas wecken.

»Ich würde sehr gerne mit dir tanzen.« Sie zwinkerte in meine Richtung. »Wenn Amy nicht dagegen hat, natürlich.«

O doch, das hatte ich. Auch ich setzte nun ein strahlendes Lächeln auf. Immer noch die eleganteste Möglichkeit, einem Gegner die Zähne zu zeigen. Der teure Kieferorthopäde musste ja auch mal für was gut sein.

Nicolás zögerte merklich. »Ich glaube nicht, dass …«

»Ach, komm schon, nur der eine Tanz. Du hast es doch nicht verlernt, da in deinem einsamen Schuppen?«

Nicolás warf mir einen fragenden Blick zu, den ich mit einem Schulterzucken quittierte. Meine Gesichtsmuskeln schmerzten von der ungewohnten Dauergrimasse. Ich ärgerte mich maßlos, dass ich nicht mit Isabelas Auftauchen gerechnet hatte. Schließlich wohnte sie ja hier im Städtchen.

»Ich bin gleich zurück«, versprach Nicolás an mich gewandt. Ich nickte und lächelte.

Daraufhin neigte er nur kurz den Kopf in Isabelas Richtung und sie breitete die Arme aus. Nicolás umfasste sie, ließ seine rechte Hand zwischen ihren Schulterblättern ruhen und führte sie mit harschen, beinahe brutalen Bewegungen über den sauber gefegten Vorplatz der Kirche.

Vor, seit, rück, rück, kreuz – Pause – rück, seit, Schluss – Pause – vor, zählte ich im Geiste mit, um mich auf etwas anderes zu konzentrieren als auf Isabelas Kleid, das sich zunehmend emporschob und freien Blick auf ihren straffen Oberschenkel gewährte.

Die beiden setzten ihre Schritte so, dass die Schuhe über das Pflaster schleiften und zusammen mit der Bandoneón-Musik einen einzigartigen Sound ergaben. Ich konnte mich der hypnotischen Wirkung nicht ganz entziehen, obwohl ich innerlich die unflätigsten Schimpfwörter meines Vaters repetierte. Und mich schämte, weil ich wie das fünfte Rad am Wagen vor aller Augen hier herumstand.

Nicolás führte Isabela in schier endlose Kehren, die die beiden mit zackigen Kicks beschlossen. Ich hatte ja nicht viel Ahnung vom Tango, aber mir erschien es, als hätten sie schon öfter miteinander getanzt. Sehr oft, um genau zu sein. Gerade bog Isabela ihren Rücken nach hinten durch. Das schwarze Haar ergoss sich wie ein Wasserfall, auf dem Lichtreflexe schimmerten, über ihr Hinterteil. Es wirkte wie in einem Shampoo-Werbespot. Ich wandte den Blick ab und studierte stattdessen intensiv die Fassade der Ortskirche. Diese Demonstration verführerischer Weiblichkeit wollte ich mir nicht länger antun.

Plötzlich stellte sich ein Mann neben mich und reichte mir einen Becher. »Hier, für dich. Ich bin Hector.«

»Äh, danke, eigentlich wollte ich gar nicht …«

»Mädchen, nimm es mir nicht übel, ich glaube, du kannst einen kräftigen Schluck gebrauchen.«

Ich warf ihm einen Seitenblick zu. Sein wettergegerbtes Gesicht zeugte von täglicher Arbeit im Freien. Den schwarzen Hut mit einem lose herabhängenden Lederbändel im Nacken hatte er aus der Stirn geschoben. Dazu trug er ein ausgeblichenes blaues Hemd und lederne Hosen, die an den Innenseiten abgerieben waren. Das kam sicherlich vom Reiten. Ein Gaucho also.

»Was ist das?« Ich lugte in den Plastikbecher, aus dem mir ein würzig-süßlicher Geruch entgegenstieg, der mich vage an Hustensaft erinnerte. Hustensaft oder Jägermeister. Aber da war noch eine andere Komponente.

»Fernet mit Cola.«

Ich hatte von dem argentinischen Kultgetränk gehört, bei dem ein eigentlich italienischer Kräuterschnaps mit Coca-Cola vermischt und mit Eis geflutet wurde. Der Becher sah nicht übermäßig sauber aus, aber schließlich desinfizierte Alkohol ja. Ein Blick auf Nicolás und Isabela, die gerade mit ihrem nackten Unterschenkel an Nicolás' Bein entlangstrich, genügte. Hector hatte recht, ich konnte wirklich einen Schluck vertragen.

Ich nippte an dem Gebräu und schaffte es, dabei nicht das Gesicht zu verziehen. Es schmeckte nach in Cola aufgelösten scharfen Kräuterbonbons, aber durch das Eis gar nicht so schlecht wie angenommen.

»*Salud!*« Hector ließ sich seinen Fernet schmecken. »Also? Du wohnst bei Morena auf San Martín?«

»Ja, sie ist meine Tante. Kennst du sie?«

»Kennen ist zu viel gesagt. Man hört so das eine oder das andere ...«

»Was denn zum Beispiel?«

»Dass dein Freund hier jetzt für sie arbeitet.« Er wies mit dem Kinn in Richtung Nicolás. »Er taucht nicht oft hier im

Städtchen auf. Euer San Martín gefällt ihm anscheinend ganz gut.«

Ich blickte hin und rasch wieder weg. Die Oberkörper der beiden Tanzenden klebten förmlich aneinander. Es hätte kein Kaugummipapier dazwischen gepasst.

»Das hat die Leute ja schon überrascht, wenn man bedenkt, was zwischen den beiden Familien vorgefallen ist …«

Sofort wurde ich hellhörig. Hatte ich endlich eine Quelle gefunden, um mehr über Morenas Vergangenheit herauszubekommen? Und über die von Nicolás gleich dazu? Hector schien auf jeden Fall in Plauderlaune zu sein. Das musste ich nutzen. Ich prostete ihm gleich noch mal zu. »Es ist echt schade, dass ich so gar nichts über meine Familiengeschichte weiß. Ich würde gerne mehr erfahren. Lebst du denn schon lange hier?«

»Ich bin hier geboren. Bin nie besonders weit weg gewesen. Aber wozu auch? Hier passieren die gleichen Sachen wie überall. Liebe. Hass. Geld. Tod. Ich habe die ganze Geschichte mit Morena selbst gar nicht mitgekriegt, damals war ich noch nicht einmal geboren. Aber mein Vater hat mir davon erzählt. Er hat sonst nicht viel gesprochen, war eher der schweigsame Typ, ewig mit den Pferden draußen bei den Rindern. Aber wenn er da war, wollte ich gar nicht runter von seinen Knien. Und manchmal, während er genüsslich seine letzte Zigarette vor dem Einschlafen geraucht hat, manchmal hat er dann gesprochen. Ich habe nie rausgekriegt, ob er wirklich mir etwas erzählen wollte oder nur mit sich selbst geredet hat. Das gewöhnt man sich leicht an, wenn man oft alleine ist.«

Er verstummte und drückte mir seinen Becher in die Hand, während er sich ebenfalls eine Zigarette anzündete. Vielleicht dieselbe Marke wie damals sein Vater. Ich sah die Glut aufleuchten und wartete stumm, bis er einen tiefen Zug genommen hatte. Als Hector den Arm hob, bemerkte ich den Teil eines großformatigen Tattoos auf seinem Unterarm. Eine leicht bekleidete Dame rekelte sich auf einer Sanddüne. Die Träger ihres Kleides waren seitlich nach unten gerutscht, doch man sah keine Brust, da überraschenderweise ein Baby daran saugte. War das irgendein seltsamer Fetisch? Ich fragte lieber gar nicht erst nach. Momentan galt meine Aufmerksamkeit sowieso wieder Hector, der in seiner besonderen Erzählweise fortfuhr.

»Jedenfalls hat mein Vater von Morena erzählt. Ein verflucht hübsches Mädel muss sie gewesen sein. Eine, nach der die Männer sich umdrehten. Und geritten ist sie wie der Teufel. Das war damals noch nicht üblich, dass die Frauen auch so viel mit den Tieren zu tun hatten. Die sollten daheimbleiben und sich um den Haushalt kümmern und die Kinder großziehen. Aber mit solchen Vorstellungen konnte man Morena nicht kommen. Gelacht hat sie über die Vorhaltungen ihrer Mutter. Sie hat nicht daheimsitzen wollen, während die Jungs ihren Spaß hatten. Die Mutter war eine ganz feine Dame. Ganz weiße Haut hat sie gehabt und immer feine Kleidung getragen und einen Schirm gegen die Sonne. Die Morena hat die Sonne nicht gestört, der war das ganz egal, die wollte nur rennen und reiten und ihre Freiheit haben.«

Ich musste an die alten Kleider denken, die ich noch nicht vom Dachboden geholt hatte. Tante Morena hatte ja auch gemeint, ihre Mutter sei eine echte Dame gewesen. Wer sonst hätte so edle Stoffe getragen, wenn nicht die Herrin der Estancia?

»Die Söhne und Töchter der Gutsbesitzer kannten sich alle untereinander. Damals wurden sie miteinander unterrichtet, also die Jungs mit den Jungs und die Mädchen mit den Mädchen. Und wenn es eine Teeparty gab oder einen Ball – immer waren dieselben da. Mein Vater hat natürlich nicht dazugehört. Er war bloß ein Gaucho, der für die Herrschaften gearbeitet hat. Viele Angestellte haben die damals gehabt. Und gefühlt haben sie sich, als wären sie was Besseres. Haben die Kinder nach Europa geschickt, damit sie eine ordentliche Bildung kriegen. Was nützt das hier auf dem Land, frage ich mich, wenn man Latein kann und Griechisch?«

Hector ließ den letzten Rest Fernet Cola in seinem Becher kreisen und starrte in den Strudel, als könnte er Morena darin tanzen sehen.

»Auf jeden Fall haben die sich verliebt, die Morena und der Benicio, dem Nicolás sein Vater. Gewusst haben es alle, aber gesagt hat keiner was, weil der Vater vom Benicio das nicht gern gesehen hat. Und der war der reichste Mann in der Gegend. Hat ein richtiges Schloss gebaut auf seinen Gütern. Er hat seinen Sohn mit einem Mädel aus der Stadt verheiraten wollen. Eine, wo mehr Geld da war. Aber der Benicio, der hat nur die Morena im Kopf gehabt und sie ihn. Manche haben sogar gesagt, sie hat mit ihm … aber das ist alles Klatsch. Die Leute reden einfach zu viel.«

Ein Schloss. Ich blickte zu Nicolás hinüber, der Jeans und ein einfaches, aufgekrempeltes Hemd trug, aber darin Haltung zeigte wie ein König. Für die Leute hier war sein Großvater anscheinend etwas Vergleichbares gewesen. Viel Geld und viel Arroganz. Nicht unbedingt beliebt, sicherlich. Ob das ebenfalls auf den Enkel zutraf?

»Wie ging es dann weiter mit Morena und Benicio?«

Hector warf seine Kippe auf den Boden und trat sie mit dem Stiefelabsatz aus. »Ach, das ist noch eine längere Geschichte. Ich muss dann mal los. Morgen geht's zu den weiter entfernten Viehweiden. Das wird ein langer Tag.«

»Du gehst schon?« Ich konnte nicht verhindern, dass ich enttäuscht klang. Jetzt, wo es gerade spannend wurde! Außerdem hatte ich keine Lust, wieder alleine herumzustehen, während mein Begleiter seine Tanzkünste demonstrierte.

»Komm doch ein Stück mit, dann erzähle ich dir den Rest.«

»Ich sollte hier auf Nicolás warten.« Verstohlen lugte ich auf meine Armbanduhr. Dieses Lied hörte wohl nie auf.

»Das wird noch dauern, bis dein Freund zu dir zurückkehrt«, bemerkte Hector beiläufig. »Isabela hat den Musikern gesagt, sie sollen eine extra lange Improvisation zu dem Song spielen. Raffiniertes kleines Biest. Und der feine Herr wird es natürlich nicht auf sich nehmen, eine Dame zu brüskieren, indem er sie auf der Tanzfläche stehen lässt. Da musst du jetzt wohl durch.«

Mein Ärger, kurzzeitig durch Hector abgelenkt, nahm wieder überhand. Für einen Moment beobachtete ich Nicolás und Isabela. Mit den knappen, zackigen Bewegungen und den abrupten Richtungswechseln erinnerte der Tanz an einen stummen Zweikampf. Es sah gefährlich aus – und verdammt sexy. Versuchsweise hob ich die Hand, um Nicolás auf mich aufmerksam zu machen, und deutete auf Hector und dann die Straße hinunter. Er schien durch mich hindurchzuschauen und gab kein Zeichen, dass er mich verstanden hatte. Wahrscheinlich waren Isabela und er so in ihrer Tango-Trance versunken, dass er gar nichts mehr um sich herum wahrnahm. Warum auch. Es wartete ja nur eine unscheinbare deutsche Touristin auf ihn. Da konnte man schon mal die guten Manieren vergessen.

»Gut, dann los«, sagte ich knapp und wandte mich ab.

Hector grinste, trank den letzten Schluck Fernet und schleuderte den Plastikbecher in eine Mülltonne. Dann lotste er mich in eine schmale Gasse, die ich zuvor gar nicht registriert hatte.

»Tante Morena war nie verheiratet. Es muss also etwas schiefgelaufen sein zwischen den beiden, oder?«, überlegte ich laut. Von dem Foto würde ich Hector nichts berichten. Ich wollte Tante Morena nicht vor einem Fremden bloßstellen. Auch wenn ich es wahnsinnig spannend fand, endlich mehr über diesen geheimnisvollen Benicio zu erfahren. Es klang so, als wüsste Hector, weshalb sich die beiden so furchtbar zerstritten hatten, dass Tante Morena jahrzehntelang kein Wort mit ihm gesprochen hatte.

»Der Vater von Benicio hat ihn vor die Wahl gestellt. Entweder nimmt er das Fräulein aus der Stadt, oder er kann gehen und braucht sich nie wieder blicken lassen. Der Alte war ein jähzorniger Mann, geflucht hat der und gewütet, wenn ihm was nicht gepasst hat. Und der Benicio hat sich zum Bleiben entschieden. Er hat wohl das viele Land und die Viecher und das Haus nicht aufgeben wollen. Das ist ihm wichtiger gewesen als die Morena.

Dann hat die Morena davon erfahren und sie hat es nicht glauben wollen. Ist aus dem Haus gerannt, mitten in der Nacht, und hat zu ihm reiten wollen. Sie hat eine brave Stute gehabt, eine Braune mit einer weißen Blesse. Es war dunkel, viel zu dunkel zum Reiten. Querfeldein ist sie losgeprescht. Aber das Pferd ist hängen geblieben, mit dem Huf, und ist gestürzt und sie ist runtergefallen. Die ganze Nacht hat sie dort gelegen.«

»Mein Gott!« Ich sah die Szenerie förmlich vor mir. Eine fahle Mondsichel hoch über der Pampa. Wolken, die sich davor auftürmen. Tante Morena, so jung, wie ich sie auf dem Foto gesehen hatte, die aus dem Haus stürmt, im Laufen noch einen Mantel überwirft. Aber die Nächte sind kalt hier draußen. Und vor allem verzweifelt lang, wenn man alleine mit seinen Gedanken auf der blanken Erde liegt. Sie muss um ihr Leben gefürchtet haben. Betroffen schüttelte ich den Kopf. Dass Tante Morena einst alles für ihre Liebe riskiert hatte, konnte ich mir heute kaum noch vorstellen. Die Morena, die unförmige, kratzige Pullis strickte und ihre Sätze selten im ersten Anlauf zu Ende führte? Andererseits war sie ein sturer Hund, und dass sie um das kämpfte, woran ihr Herz hing, hatte ich an ihren Anstrengungen für die Estancia bemerkt. Ihre volle Konzentration galt dem Überleben der Farm. Und ich hatte bisher kaum einen Gedanken daran verschwendet, wie ich ihr helfen konnte. Zu sehr war ich mit meinen eigenen Problemen, Träumen und Wünschen beschäftigt gewesen. Eigentlich extrem undankbar von mir. Prompt stolperte ich über eine Wurzel, die den Asphalt aufgewölbt und gesprengt hatte. Ich suchte nach Halt und griff automatisch nach Hectors Hemdsärmel.

»Ups, 'tschuldigung.« Verlegen ließ ich los und schenkte der Straße, oder besser gesagt, dem vernachlässigten Weg, nun mehr Aufmerksamkeit.

Er hob seinen Hut auf, der zu Boden gefallen war, und grinste mich an. »Hectors starke Arme stehen dir jederzeit offen, meine Hübsche.«

Ich brachte lediglich ein gequältes Lächeln zustande. Zum Glück vertiefte er den unbeholfenen Flirtversuch nicht, sondern erzählte nach einem Moment des Schweigens weiter.

»Da lag die Morena also, die ganze Nacht. Erst am Morgen hat mein Vater sie gefunden, er hat gesagt, sie sei so blass wie eine Leiche gewesen. Das Pferd hat man später einschläfern müssen. Und die Morena hatte sich den Fuß gebrochen, so richtig hat der Arzt das nicht wieder hingekriegt. Sie hat was zurückbehalten, und wenn sie humpelt, behauptet sie, das wäre, weil ein Stier sie angegriffen hat, aber in Wahrheit ist es von dieser alten Geschichte.

Sie hat danach den Benicio nie wieder sehen wollen. Und geheiratet hat sie auch nie. Die Leute sagen, das wäre, weil sie ihn so sehr geliebt hat. Dass er die andere gefreit hat, das hat sie nie verwunden. Deswegen haben sich auch alle ziemlich gewundert, dass sie den Nicolás aufgenommen hat.«

»Und was ist mit Benicio passiert?«

»Der ist nicht mehr glücklich geworden in seinem Leben. Die andere Frau, die ist immer schwanger gewesen und hat die Kinder dann verloren. Die Leute haben damals gesagt, dass die Morena sie verflucht hätte. Aber die Morena hat ihren Mund gehalten und stur geradeaus geguckt, wenn die Leute über sie geredet haben. Die hat ihre Sache schon recht gemacht. Der Benicio hat angefangen zu trinken. Als dann nach sieben Jahren endlich ein Kind, Roberto, überlebt hat, war es schon zu spät, da hat er nicht mehr aufhören können. Totgesoffen hat der sich.

Deswegen rührt der Nicolás auch keinen Tropfen an. Weil er gesehen hat, wie sein Vater beieinander war, wenn er gesoffen hat. So was vergisst man nicht, auch wenn er da noch klein war. Seine Mutter hat den Besitz zusammengehalten. Das war eine kluge Frau, obwohl sie aus der Stadt kam und so viel durchgemacht hatte. Hat das Geld angelegt und die Weiden verpachtet, damit ihr Ältester alles erbt und Benicio nichts verschleudern kann. Wegen ihr ist noch alles da. Das große Haus und das Land. Aber sie ist auch schon tot, das Auto ist mit einem Lastwagen zusammengestoßen, da war nichts zu machen. Der Fluch, haben die Leute gesagt, aber die Leute reden immer, das muss nichts heißen.«

Nicolás' Eltern waren also früh verstorben. Und dann auch noch sein großer Bruder, der Erbe. Alles andere als eine heile Familie, wenn ich Hector Glauben schenkte. Ob ich Nicolás danach fragen konnte? Oder Tante Morena? Vermutlich wären beide nicht gerade begeistert, dass ich in ihrer Vergangenheit herumschnüffelte. Trotzdem, vielleicht ergab sich ja eine Gelegenheit, wenn ich später mit Nicolás den Heimweg antrat. Apropos Heimweg …

Die Dunkelheit war hereingebrochen und ich bemerkte, dass es mehr erloschene Straßenlaternen gab als solche, die tatsächlich Licht spendeten. Über Hectors Erzählung hatte ich gar nicht darauf geachtet, wo wir hingingen. Erst jetzt stellte ich fest, dass um uns herum nur noch wenige, deutlich heruntergekommene Hütten zu sehen waren. Unbehaglich blieb ich stehen. »Ich glaube, ich sollte besser zurückgehen. Bevor ich den Weg nicht mehr finde.«

»Schade, gerade, wo wir uns ein bisschen besser kennengelernt haben …«

Ich brachte so etwas wie ein Lächeln zustande. »Danke, dass du mir das alles erzählt hast. Das war wirklich interessant.«

»Du willst mich einfach so hier stehen lassen?« Sein unbewegtes Gesicht ließ mich im Unklaren, ob er gerade einen Scherz machte oder es ernst meinte. Plötzlich nahm ich den Geruch nach Alkohol und Zigaretten an ihm deutlicher wahr. Groß war er nicht, aber stämmig und bei der harten Arbeit mit den Tieren sicherlich nicht zimperlich.

»Wieso, du wolltest doch nach Hause und ich muss zurück. Nicolás macht sich bestimmt schon Sorgen.«

»Oder er findet gerade Trost zwischen den Schenkeln dieser schwarzhaarigen Hure.«

Ich presste die Lippen zusammen. Seine Wortwahl machte mir Angst. Sie ließ einen ganz anderen Hector erkennen als denjenigen, der mir von seinen Kindheitserinnerungen erzählt hatte. Einen Hector, den ich sehr unangenehm fand. Ich ging einen Schritt zurück. Er starrte mich an. Bloß weg! Ich sollte rennen.

Plötzlich schoss sein Arm nach vorne und packte meinen, als hätte er meine Gedanken gelesen. »Mädchen, wie naiv bist du eigentlich? Eine Touristin, die nachts ganz alleine mit einem fremden Mann herumspaziert. Da weiß doch jeder, was sie sich erhofft. Ein kleines Abenteuer mit einem ungewaschenen Cowboy. Es darf gerne auch ein bisschen härter zugehen, oder? Dann hast du später was zu erzählen. Deine Freundinnen werden vor Aufregung quietschen.«

Mit einem plötzlichen Ruck wollte ich mein Handgelenk befreien, doch er hielt mich eisern fest und lachte dabei.

Ich versuchte, ruhig zu bleiben. »Lass mich los! Sofort!«

»Sonst was?« Er drückte derart fest zu, dass meine Hand langsam taub wurde. Dabei verdrehte er mir nach und nach den

Arm, was die Schmerzen verstärkte und mich immer näher an ihn heranzwang.

»Ich schreie!« Schon, als ich die Worte aussprach, kamen sie mir lächerlich vor.

»Was glaubst du, wo wir hier sind?« Mit seiner freien Hand wies er auf die umliegenden Hütten. »Die Leute, die hier leben, haben längst gelernt, sich um ihren eigenen Kram zu kümmern.«

Warum war ich ihm bloß so weit gefolgt? Warum hatte ich nicht früher bemerkt, dass da etwas nicht stimmte? Warum? Ich fuhr mit der freien Hand in Hectors Gesicht und versuchte, ihm meine Finger in die Augen zu bohren, kratzte aber nur über seine Haut. Statt einer Antwort verstärkte Hector die Hebelwirkung. Ein glühender Pfeil schoss mein Schultergelenk hinauf. Ich schrie auf.

»Hector ist dir wohl nicht gut genug? Aber für den kleinen del Castillo machst du die Beine breit, weil er Münzen scheißt, das feine Goldeselchen? Und Morena? Die hat ihn doch auch bloß aufgenommen, weil sie hofft, dass er ihre marode Farm rettet, bevor die Bank sie ihr wegnimmt.«

Mein Kopf schien plötzlich nicht mehr fähig, einen klaren Gedanken zu fassen. Seine Redeweise klang nun nicht mehr unterhaltsam skurril, sondern gefährlich verrückt. Angst nahm mich gefangen. Ich versuchte, dem Schmerz in meiner Schulter zu entkommen, und drehte mich unweigerlich noch näher zu Hector hin, was er mit einem höhnischen Lachen quittierte.

Der Mond schob sich durch die Wolken und in seinem bleichen Licht hatte ich das seltsame Tattoo auf Hectors Arm deutlich vor Augen. Die Frau mit dem Kind schien mich höhnisch anzugrinsen. Wenn mich Hectors Erscheinung doch bloß schon vorher so abgestoßen hätte!

»Das tut weh, hm? Macht dich das zahmer, du kleines Wildkätzchen?« Wie beiläufig presste er sich eng an meinen Körper. Seine Hand lag auf meinem Po.

Wildkätzchen hatte er mich genannt. Das erinnerte mich an irgendetwas. Die wilden Hunde. Ich war hier schon einmal in einer gefährlichen Situation gewesen und hatte diese überstanden. Irgendwie. Ich musste mich auch diesmal wehren. Nicht aufgeben und ihm damit in die Hände spielen. Womit rechnete er überhaupt nicht? Wie konnte ich ihn überraschen und mir einen Vorteil verschaffen?

»O ja, das fühlt sich gut an!«, stöhnte ich, obwohl es mich vor Ekel beinahe schüttelte.

»Na, so was.« Er fingerte an meinem Hosenbund herum. »Glaub bloß nicht, Hector lässt dich gehen, wenn du ihm Honig ums Maul schmierst.«

»Hector, du musst mich doch nicht zwingen …« Während ich schnell weitersprach, taxierte ich seinen Körper. Wo hatte ich die größte Chance, mit einem überraschenden Schlag größtmöglichen Schaden anzurichten, sodass er mich losließ und ich zumindest einen kleinen Vorsprung gewann? Gesicht, Magen, Unterleib? Er stand so nah bei mir, dass ich kaum ausholen konnte. Aber er hatte einiges getrunken. Vielleicht hatte ich Glück und seine Reflexe waren verlangsamt.

Ich verzog das Gesicht. »Aber so kann ich nicht, du tust …!«

»… mir weh!« Mitten im Jammern zog ich mein Knie nach oben und rammte es in seine Leistengegend. Er zuckte zusammen und ließ endlich mein Handgelenk los. Ich wartete nicht ab, wie er reagierte, sondern drehte mich herum und rannte. Rannte blind, bis ich gegen etwas Großes, Dunkles stieß und zu Boden ging.

Mein Kopf dröhnte, sodass die Umgebung verschwamm. Das machte es mir unmöglich aufzustehen, obwohl ich wusste, dass ich sofort hier wegmusste. Als ich eine Hand an meinem Arm fühlte, biss ich hinein, so fest ich konnte.

»Autsch, Amy, lass das!«

Amy? Hector nannte mich doch nicht Amy. Ich kniff die Augen zusammen und versuchte, etwas zu erkennen. Warum war es hier auch so dunkel, das störte zusätzlich.

»Bleib liegen. Ich komme gleich zurück.« Schritte, die sich entfernten. Nicolás? Konnte das Nicolás' Stimme gewesen sein? Ich schloss die Augen für einen Moment und öffnete sie wieder. Langsam wurde die Sicht klarer. Vorsichtig bewegte ich meine Arme und Beine. Alles noch dran.

Wenige Meter von mir entfernt vernahm ich ein eindringliches Flüstern. »Ich schlage keine Männer, die bereits am Boden liegen. Aber ich schwöre bei Gott, wenn du dich noch jemals so an eine Frau heranmachst und ihr wehtust, werde ich es erfahren und dann finde ich dich! Also reiß dich zusammen, wenn dir deine Kronjuwelen lieb sind. Oder dein erbärmliches Leben.« Etwas blitzte im Mondlicht auf, dicht an Hectors Kehle. »Haben wir uns verstanden?«

Kein Laut, nur schneller Atem.

»Ob wir uns verstanden haben?«

Da, endlich ein gepresstes »Ja«.

»Und jetzt hau ab!«

Hector richtete sich unter Stöhnen auf und humpelte mit gebeugtem Rücken davon.

15 – Sah ein Knab ein Röslein stehn

Handbuch für die gute Ehefrau
Der Abend gehört ihm. Beklagen Sie sich nicht, wenn er spät heimkommt oder ohne Sie zum Abendessen oder zu irgendeiner Veranstaltung ausgeht. Versuchen Sie stattdessen, seine Welt voll Druck und Belastungen zu verstehen. Er braucht es wirklich, sich zu Hause zu erholen.

Nicolás steckte sein Gaucho-Messer zurück in die Scheide am Gürtel. Schweigend kam er zu mir zurück und half mir hoch. »Geht's? Was macht dein Kopf?«

»Alles in Ordnung.« Nur meine Schulter schmerzte noch und eine Schürfwunde am Knie, die ich mir anscheinend bei dem Zusammenstoß geholt hatte.

Nicolás blickte sich um. »Keine besonders nette Gegend. Ich bin nicht sicher, ob wir hier Hilfe bekommen.«

»Das braucht es auch gar nicht.«

»Wir sollten dich zumindest etwas säubern und das Blut abwischen, bevor wir uns auf den Heimweg machen. Nicht, dass wir unglücklicherweise noch Morena treffen.«

Dagegen konnte ich nichts sagen. Da ich die übermäßige Fürsorge meiner Tante in Bezug auf Krankheiten oder Verletzungen meinerseits bereits am eigenen Leib erfahren hatte, würde ich diese ganze Geschichte am liebsten vor ihr geheim halten. Nicolás überlegte einen Moment, dann dirigierte er mich in eine Seitenstraße, die ähnlich verwahrlost wirkte. Wir kamen an einem ausgeschlachteten Autowrack vorbei, das im spärlichen Mondschein besonders unheimlich wirkte. Etwas raschelte darin herum. Ein Hund? Eine Ratte? Ich wollte es lieber nicht so genau wissen und beschleunigte meinen Schritt unwillkürlich.

Lange hielt ich das Schweigen, das sich irgendwie vorwurfsvoll anfühlte, nicht aus. »Was ist denn eigentlich passiert?«

»Du hast mich umgerannt, als ich dir zu Hilfe eilen wollte. Wir sind beide hingefallen, und als ich dir aufhelfen wollte, hast du mich gebissen.«

»Ich dachte, Hector wäre mir gefolgt.«

»Nein, keine Sorge, den hattest du bereits gründlich außer Gefecht gesetzt.«

»Aber wo bist du hergekommen? Woher wusstest du …?«

»Als das Lied vorbei war und du mit Hector verschwunden warst, habe ich zuerst eine Weile gewartet, weil ich fest davon ausging, dass du zurückkehren würdest. Als das nicht geschah, bin ich euch gefolgt. Ich bin davon ausgegangen, dass er den dunkelsten und abgeschiedensten Weg zu seiner Hütte nehmen würde. Hätte er den schnellsten und belebtesten Weg gewählt, hätte es keinen Grund zur Beunruhigung gegeben. Das war ja leider nicht der Fall.«

»Woher wusstest du, wo er wohnt?«

»Hector hat eine Weile für uns gearbeitet.«

»Auf deiner Estancia?«

»Korrekt.«

Seine Antworten waren so knapp und kühl vorgebracht, dass ich mich nicht traute, weiter nachzubohren. War er sauer auf mich? Konnte ich ihn das einfach fragen, oder riskierte ich damit, dass er komplett dichtmachte?

»Nicolás, ich …«

»So, wir sind da«, unterbrach er mich, bog zu einer Hütte ab, deren winziger Vorplatz aus festgetretenem Lehm bestand, und klopfte an eine Holztür.

Dort, wo einst ein Klingelknopf gewesen war, hingen nutzlose Drähte aus der Wand. Lichtschein drang hervor, da zwischen Tür und Boden ein breiter Spalt klaffte. Ich überlegte, ob so nicht sämtliche Insekten und Schädlinge ins Haus gelangten. Aber vielleicht war die Hütte gar nicht dauerhaft bewohnt. Gerade, als ich Nicolás fragen wollte, wo er mich hingebracht hatte, erklangen leise Schritte von drinnen. Nicolás pochte erneut, diesmal drängender.

»Wer ist da?« Eine leise, zögernde Frauenstimme drang unter der Tür hindurch.

»Nicolás del Castillo.«

Ich hörte, wie mehrere Schlösser entriegelt wurden. Langsam öffnete sich die Tür einen Spaltbreit. Eine Frau lugte hindurch. Sie war so klein, dass ich sie zuerst für ein Kind hielt.

»Nicolás! Tatsächlich, du bist es! Was ist los, ist ihr etwas geschehen?«

Ihr? Sprach sie von mir? Aber sie kannte mich doch gar nicht.

»Nein, alles in Ordnung. Es gab nur einen kleinen … Zwischenfall. Amalia hier könnte etwas Wasser gebrauchen, um sich abzuwaschen.«

»Natürlich, kommt herein!«

»Ich muss mich darum kümmern, dass wir abgeholt werden. Ein Telefon habt ihr momentan nicht, oder?«

»Leider nein.« Die Frau verzog kummervoll das Gesicht. »Der Anschluss ist einfach zu teuer. Aber du kannst es bei den Nachbarn probieren. Der Sohn hat ein Handy. Ich kümmere mich solange um die Señorita.«

Sie bat mich herein und schloss die Tür hinter mir, diesmal allerdings, ohne die zahlreichen Schlösser zu verriegeln. Ich stand in einem karg möblierten Raum, der Küche, Esszimmer und Wohnzimmer zugleich zu sein schien. Auf einem wackligen Tisch lagen Nähzeug und eine Lesebrille. Der rote Stoff kam mir bekannt vor, ich wusste jedoch nicht, woher. Vielleicht von einer Tischdecke auf San Martín? In der Ecke summte ein Kühlschrank, daneben standen zwei mobile Herdplatten auf dem Boden. Da es nur eine Steckdose gab, nahm ich an, dass der Kühlschrank zum Kochen ausgesteckt werden musste. Ein Eimer Wasser und mehrere Gemüsekisten, die Geschirr und Besteck enthielten, vervollständigten das Küchenensemble. Der Raum war gemauert, jedoch nur nachlässig verputzt, sodass man die Ziegelsteine erkennen konnte. Gegenüber der Tür zog sich ein langer Riss durch die Wand. Jemand hatte eine Argentinienflagge und ein Poster von zwei Tänzern vor dem Eiffelturm notdürftig davor befestigt.

Die kleine Frau rückte einen der beiden Stühle vom Tisch ab und bat mich, darauf Platz zu nehmen. Geschäftig wuselte sie durch die Küche und stellte sich auf die Zehenspitzen, um eine Packung Kekse zu erhaschen, die auf dem Kühlschrank lag, goss mir ein Glas kalten Tee ein und stellte beides mit einem schüchternen Lächeln vor mich hin. In ihrem überwiegend grauen Haar zeigten sich nur noch wenige schwarze Strähnen. Sie trug einen bodenlangen, geblümten Rock und ein T-Shirt mit dem Coca-Cola-Schriftzug.

»Erst mal eine kleine Stärkung. Leider kann ich Ihnen nicht viel anbieten.«

»Bitte einfach Amy. Ich brauche gar nichts, danke! Nicolás übertreibt total.«

»Amy, stimmt, dieser englische Kurzname, das hatte ich ganz vergessen.« Gedankenverloren klaubte sie einige Krümel vom Tischtuch. »Der junge del Castillo ist ein Gentleman. Er weiß, was sich gehört. Ihm kann man selbst die einzige Tochter überlassen. Wenn er sagt, Sie brauchen eine Pause, dann stimmt das.«

Ich dachte an das Messer, mit dem Nicolás Hector bedroht hatte. Den Moment, als ich Isabela und ihm beim Tanzen zugeschaut und ich alleine dagestanden hatte. Meine Überraschung, als er mit Alma an meinem Krankenbett aufgetaucht war. Widersprüchlich. Das war er. Gentleman? Davon hatte ich bisher eher weniger mitbekommen.

»Es ist nicht so schön bei uns.« Sie machte eine verlegene Geste mit der Hand, die den Raum umschloss. »Wir hatten es in den letzten Jahren nicht leicht, seit mein Mann verstorben ist. Und ich habe meine Stellung verloren. Während der Wirtschaftskrise haben ja viele Geschäfte zugemacht. Und ich habe nur noch wenige Aufträge zum Nähen. Deine Tante bestellt manchmal etwas. So eine gute Frau.«

»Oh, das tut mir leid.« Vor Verlegenheit biss ich in einen weiteren Keks und hinterließ noch mehr Krümelspuren. Mit vollem Mund suchte ich nach etwas Positivem. »Aber Sie haben es hübsch dekoriert hier!« Ich deutete auf das Paris-Poster.

»Ja, nicht wahr, meine Tochter wünscht sich so sehr, einmal den Eiffelturm zu sehen. Sie sagt immer zu mir: ›Mamá, wenn wir erst reich sind, dann fliege ich mit dir nach Paris, um mein Hochzeitskleid zu kaufen, und lade dich in den schönsten Cafés zu Croissants und Cappuccino ein, bis du ganz kugelig bist!‹«

Ich öffnete den Mund, um meiner Hoffnung Ausdruck zu verleihen, dass dieser schöne Traum bald Realität werden würde, als die Tür hinter mir abermals geöffnet wurde.

»Mamá, ich bin wieder da, das Kleid hat gehalten, die Leute haben vielleicht geguckt, zum Tanzen einfach grandios, warum hast du denn nicht abgesperrt?« Zuallererst sah ich schwarze Haare, dann ein Kleid im gleichen Rotton wie der Stoff, der auf dem Tisch lag. Isabela stand mit ihren Sandalen in der Hand in der Tür und starrte mich an.

»Mein Schatz, Nicolás hat deine Freundin Amy zu uns gebracht. Sie hatte einen kleinen Unfall und muss sich kurz ausruhen und säubern.«

Isabela antwortete nicht. Einen Moment lang war ich überzeugt davon, dass sie sich einfach umdrehen und gehen würde. Im matten Schein der Glühbirne hob sich ihr Gesicht bleich vor den dunklen Haarsträhnen ab. Schweigend schloss sie die Tür hinter sich und blieb davor stehen, als wäre sie die Fremde hier.

Ich hob die Hand zu einem halbherzigen Winken und murmelte eine Begrüßung.

Isabela antwortete nicht. Sie pfefferte ihre Handtasche auf den Tisch, wo sie sofort von ihrer Mutter aufgehoben und ordentlich verstaut wurde. »Das fehlt gerade noch, dass die Sachen hier herumliegen, jetzt, wo wir so einen vornehmen Gast hier begrüßen dürfen und ich gar nichts anzubieten habe, nur diese paar trockenen Kekse, wenn ich doch bloß vorher gewusst hätte …«

»Mutter, hör auf, dich zu entschuldigen!«

»Aber Isabela, deine Freundin ist sicher anderes gewohnt. Du hast doch erzählt, von dem schönen Bungalow, den edlen Armaturen im Bad, den Büchern und …«

Nun wurde Isabela rot statt blass. Schnell unterbrach ich den Redestrom ihrer Mutter, indem ich mich überschwänglich für die leckeren Kekse bedankte und fragte, ob ich wohl einmal die Toilette benutzen könnte, um mich zu säubern.

»Natürlich, selbstverständlich!« Die kleine Frau zögerte und blickte entschuldigend zu ihrer Tochter hin. Sie schien verstanden zu haben, dass Isabela sich schämte. Nun tat sie mir noch mehr leid. Wie konnte ich bloß aus dieser peinlichen Situation entkommen? »Die Toilettenspülung funktioniert nur gerade nicht. Wir schütten immer einen Eimer Wasser hinterher, der steht gleich nebendran.«

»Kein Problem, das war bei meinen Eltern in Deutschland letztes Jahr auch mal der Fall«, versicherte ich hastig. »Es ist ja auch nicht gerade leicht, einen guten Klempner zu bekommen.«

»Und einen bezahlbaren«, sagte Isabelas Mutter leise und bemühte sich um ein Lächeln.

Ich floh ins Badezimmer, drehte sofort den Wasserhahn auf, um ein mögliches Gespräch zwischen Mutter und Tochter nicht aus Versehen mitzuhören, und machte mich daran, die Schürfwunde am Bein zu säubern.

Auch hier gab es nur eine nackte Glühbirne zur Beleuchtung, die den kleinen Raum unzureichend erhellte. Aber ich sah genug, um die Wunde auszuwaschen. Es brannte, wirkte aber nicht allzu schlimm. Falls Fragen aufkamen, konnte ich Tante Morena erzählen, ich sei gestolpert. Das war ja nicht mal gelogen.

Neben dem Waschbecken hing ein ausgeblichenes, mehrfach geflicktes Handtuch. Einen Massageduschkopf, Duftkerzen oder kuschelige Bademäntel suchte man hier vergebens. Dafür hatte jemand verschiedenfarbige Muscheln und Steine an der Fußbodenleiste entlang gelegt. Es war alles sehr sauber. Der erwähnte Eimer stand mit abgebrochenem Henkel neben der Kloschüssel. Dahinter in der Wand klaffte ein Loch statt des Spüldeckels.

Isabelas kleine Schönheitshelfer lagen in einem ehemaligen Schuhkarton bereit. Ich erspähte Mascara, etwas Puder, Hautcreme mit Whitening-Effekt, ein einzelnes Fläschchen Nagellack und einen Lippenstift. Dazu hatte sie mehrere Rezepte aus Illustrierten ausgeschnitten, die beispielsweise verrieten, wie man sich mithilfe einer Avocado ein Pflegeserum für die Haare zubereiten konnte.

Schuldbewusst dachte ich an meine eigene Batterie an Kosmetika, die in Deutschland auf mich wartete. Meist völlig überteuertes Zeug, das mir meine Mutter aufgedrängt hatte, wenn sie in einem Anfall von stellvertretender Torschlusspanik einer Parfümerieverkäuferin das Leid ihrer unverheirateten Tochter geklagt und anschließend den halben Laden leer gekauft hatte. Isabela besaß nichts dergleichen und sah trotzdem aus wie ein Topmodel.

Ich musterte mein Gesicht im Spiegel, der gesprungen, aber blank geputzt war. Ich war mindestens ebenso bleich wie Isabela, ganz ohne Whitening-Creme. Meine Augen blinzelten müde im matten Lichtschein. Von der linken Wange klaubte ich mir ein Steinchen, das ich anscheinend beim Kuscheln mit der Straße mitgenommen hatte. Die Unterlippe war etwas angeschwollen, aber ich ging davon aus, dass morgen nichts mehr davon zu sehen sein würde, wenn ich heute Nacht noch etwas Balsam darauf gab. Wirklich weh taten mir nur mein Handgelenk und die Schulter, an der Hector so sadistisch den Hebel angewandt hatte. Nach kurzer Überlegung zog ich mir das T-Shirt über den Kopf und ließ kaltes Wasser über den Ärmel laufen. Dann schlüpfte ich wieder hinein, obwohl ich am liebsten heiß geduscht und die Klamotten gewechselt hätte. Aber ich konnte auf keinen Fall Isabela fragen, ob sie mir etwas auslieh. Der nasse Ärmel umschloss die schmerzende Schulter. So, das musste vorerst zur Kühlung genügen.

Erst in diesem Moment merkte ich, wie erschöpft ich war. Die ausgestandene Angst, der Kampf mit Hector, das Adrenalin, das meinen Körper geflutet hatte und erst allmählich nachließ, und nun auch noch die überraschende Begegnung mit Isabela waren definitiv zu viel für einen Abend. Ich wollte mich nur noch in meinem Bett zusammenrollen und all das ausblenden.

Aber bis nach Hause, bis zu meinem gemütlichen kleinen Bungalow, war es noch ein weiter Weg.

Bevor ich zurück in die gute Stube trat, schloss ich kurz die Augen und atmete einmal tief ein und aus.

Als ich die Tür aufzog, sah ich Nicolás mit hinter dem Rücken verschränkten Armen neben der Tür stehen. Isabelas Mutter versuchte, ihn zu überreden, noch auf eine Mate zu bleiben, und ihre Tochter hatte sich das lange Haar vorne über die Schulter gelegt und flocht mit schnellen, wütenden Bewegungen schmale Zöpfe. Alle drei schauten erleichtert zu mir, als ich zurückkehrte.

»Gabriel holt uns ab«, informierte Nicolás mich knapp. »Wir warten draußen auf ihn.«

»Habt Dank für eure Hilfe! Vielen, vielen Dank!« Ich schüttelte die Hand von Isabelas Mutter, die mir unbedingt noch Kekse als Wegzehrung mitgeben wollte, und versuchte es auch bei Isabela mit einem Lächeln, das nur mit einem Zucken der stolzen Augenbraue beantwortet wurde. Dann standen wir draußen. Aufatmend sog ich die kühle Nachtluft ein und hoffte, dass der Abend nicht noch mehr solcher Überraschungen für mich bereithielt.

***

Gabriel holte uns mit seinem klapprigen Pick-up ab und stellte nach einem Blick auf Nicolás' düsteres Gesicht keine Fragen. Er setzte uns vor dem Haupthaus ab und fuhr selbst weiter zu seinem Häuschen.

Gerade, als ich mich verabschieden wollte, um endlich in mein Bett schlüpfen zu können, öffnete Nicolás das Tor zum Pferdestall und warf mir ein barsches »Hier rein!« hin.

Ich überlegte kurz, ob ich mich weigern sollte. Einen Streit mit Mr Marmorface konnte ich in dieser Situation überhaupt nicht brauchen. Andererseits war eine Aussprache wohl unvermeidlich und vielleicht würde ich besser schlafen, wenn ich nicht von einem schlechten Gewissen belastet war.

Seufzend humpelte ich hinter ihm her, betrat den Stall, der angenehm warm war und nach Heu und Pferden roch, und folgte Nicolás in sein Zimmer. Dort ließ ich mich auf einen der wackeligen Stühle sinken. Lieber hätte ich das Bett genommen, aber das konnte man leider falsch interpretieren.

Nicolás rieb ein Streichholz über seinen Schuhabsatz, bis es aufflammte, und entzündete damit eine Petroleumlampe. Es hätte gemütlich, vielleicht sogar romantisch wirken können, hätte nicht ein eisiges Schweigen zwischen uns geherrscht, mit dem die *Titanic* garantiert kollidiert wäre.

Ich räusperte mich. »Es tut mir leid, wie das heute alles gelaufen ist, dass ich mit Hector mitgegangen bin, statt auf dich zu warten. Ich dachte wirklich, dass wir nur kurz weg sein würden, und du hast so vertieft gewirkt.«

»Was stimmt eigentlich nicht mit dir? Bist du lebensmüde? Erst die Hunde und jetzt das! Oder ein kleines trotziges Mädchen, das mit dem erstbesten Kerl davonläuft, weil es keine fünf Minuten warten kann?«

Nun übertrieb er aber wirklich. Beleidigt öffnete ich den Mund, doch Nicolás war noch nicht fertig.

»Was bringen sie euch in Deutschland eigentlich bei? Dass man allen Leuten trauen kann? Fremden Männern, nachts, die vorschlagen, an einen abgelegenen Ort zu spazieren? So naiv bist du doch nicht! Das ist nicht mal mehr naiv, das ist einfach nur dumm!«

Mir reichte es endgültig. »Schön! Nenn mich dumm oder naiv oder sonst was. Aber halte mir bloß nicht vor, dass ich nicht weiß, wie man sich benimmt. Ich war es nämlich nicht, die dich einfach hat stehen lassen, um mal kurz das Tanzbein zu schwingen, so eine halbe Stunde ungefähr!«

»Ernsthaft? Du findest, ich habe mich falsch verhalten, weil ich die Einladung zum Tanzen mit einer guten Freundin nicht ausgeschlagen habe?«

»Gute Freundin? Hier bist du ja wohl der Naive!« Ich dachte an Isabelas Traum von Paris, an das Hochzeitskleid, das sie sich dort kaufen wollte. Nicolás als reicher Großgrundbesitzer, der er augenscheinlich war, spielte in ihren Plänen sicherlich eine nicht ganz unwesentliche Rolle. Ich konnte es ihr nicht einmal verübeln. Es musste frustrierend sein, jeden Tag mit den Unterschieden zwischen Arm und Reich konfrontiert zu sein und dann zum Abendessen in eine Hütte zurückzukehren, in der man die Toilette mit einem Eimer Wasser nachspülte. Ich konnte inzwischen sogar ein wenig besser nachvollziehen, was sie gegen mich hatte. Ich brachte ihren Traum in Gefahr. Aber das alles würde ich Nicolás garantiert nicht verraten. Da musste er schon selbst darauf kommen. Wobei er weit davon entfernt zu sein schien, wie seine Empörung bewies.

»Korrekt. Isabela ist eine gute Freundin, sonst nichts. Und ich wüsste nicht, dass ich dir Rechenschaft darüber schuldig bin, mit wem ich befreundet bin.«

»Natürlich nicht. Du bist mir gar nichts schuldig, daran erinnerst du mich ja ständig. Es gibt bloß dich und deine große schwarze Wolke, die du andauernd mit dir herumschleppst. Deswegen darfst du auch jederzeit abweisend sein und unfreundlich und verletzend. Weil es ja niemandem so schlecht geht wie dir! Und wir anderen Normalsterblichen sollen uns dann freuen, wenn du uns mal ein Bröckchen Freundlichkeit hinwirfst oder mal ein paar kryptische Andeutungen fallen lässt, was dich denn so Furchtbares beschäftigt. Das muss genügen, und wehe, man fragt nach, oder erwartet, dass du dich wie ein normaler Mensch verhältst. Zack ist die schlechte Laune wieder da und man wird angepampt oder mit Sarkasmus übergossen.« Ich hatte mich in Rage geredet. Ich war nicht mehr zu bremsen.

Schließlich war ich die Tochter meiner Eltern und auch in meinen Adern floss Mate statt profanem Blut.

Nicolás' grimmiger Gesichtsausdruck war mir lieber als sein Steingesicht. Allerdings zeigte mir das ungewohnte Mienenspiel, dass er mittlerweile wirklich sauer war. »Auf jeden Fall zeugt es von keiner guten Kinderstube, wenn man ein Fest einfach verlässt, ohne seinem Begleiter Bescheid zu sagen. Vor allem, wenn man das trotzig und aus Eifersucht macht, um dem anderen eins auszuwischen.«

»Du denkst, ich wollte dich bestrafen, weil du mit Isabela getanzt hast?«

»Klar, welchen Grund hättest du denn sonst, dich ausgerechnet mit Hector aus dem Staub zu machen? Ihr werdet euch ja wohl kaum über französische Literatur des 18. Jahrhunderts ausgetauscht haben!«

»Hauptsache, du kannst dich über andere lustig machen, oder? Klar, es geht mal wieder nur um dich! Und weißt du was, diesmal hast du sogar recht damit. Wir haben uns über dich unterhalten, oder besser gesagt über deine Vorfahren und wie dein Vater Tante Morenas Leben zerstört hat!«

»Wovon sprichst du eigentlich?«

»Willst du etwa leugnen, dass Benicio del Castillo mit meiner Tante angebandelt hat, um sie dann für eine reichere Partie sitzen zu lassen? Und an ihrem Fuß, der seit Jahrzehnten schmerzt, ist er auch noch schuld!«

Nicolás starrte mich an. »Ein Stier hat doch …«

»Von wegen! Als Morena versucht hat, eine Aussprache mit Benicio zu erreichen, ist sie so unglücklich vom Pferd gestürzt, dass der Bruch nie wieder richtig verheilt ist.«

»Woher kennst du die ganzen Hintergründe?«

Ich schwieg. Sollte ich zugeben, dass ich nicht nur in Morenas Vergangenheit herumgewühlt hatte, sondern auch in Nicolás' Familiengeheimnissen? Natürlich lediglich, weil beides verknüpft zu sein schien. Da fiel mir etwas ein. Ich zog meine Geldbörse aus der Tasche und reichte Nicolás das Foto von Morena und Benicio.

Er hielt es näher in den Schein der Petroleumlampe. Ihn im direkten Vergleich mit dem Mann auf dem Foto zu sehen, ließ die Familienähnlichkeit noch deutlicher hervortreten. Sogar die Haltung war gleich. Nicolás musterte das Foto stumm. »Papá«, sagte er leise. Er strich mit dem Finger über dessen Pferd.

Ich dachte daran, dass er durch Benicios Trinkerei eine schwierige Kindheit gehabt haben musste, wenn Hector mich nicht angelogen hatte. Mehrere Minuten lang schien Nicolás komplett in Gedanken versunken. Ich wusste, dass ich ihm Zeit lassen musste.

Dann sagte er langsam: »Hector hat bei uns auf der Estancia gearbeitet. Aber soweit ich weiß, hat sein Vater eine Zeit lang hier auf San Martín gelebt. Er muss das ganze Drama mitbekommen haben.«

Ich nickte.

Nicolás stützte den Kopf in die Hände. »Morena hat es mich nie merken lassen, nie! Was für eine Zumutung, dass ich ausgerechnet bei ihr Zuflucht gesucht habe. Sie muss unsere Familie doch hassen. Ich sollte gehen, ich sollte …«

»Was? Nein!« Warum hatte ich nicht eher daran gedacht, dass er sich nun noch stärker in Tante Morenas Schuld fühlen würde? Das widersprach natürlich fundamental seinem argentinischen Ehrgefühl. Ach, wenn dieser Mann doch nicht so kompliziert wäre!

»Das Problem ist, dass ich gar nicht wüsste, wohin ich gehen sollte.« Nicolás blickte sich in seinem Kämmerchen um, als sähe er es plötzlich mit ganz neuen Augen. Den Bücherstapel an der Wand, die Liege mit seinem bunten Poncho darüber, das kleine Fensterchen in dem dicken Mauerwerk, das tagsüber wie in einer Mönchsklause gebündelten Sonnenstrahlen

Einlass gewährte. »Ich fühle mich wohl hier. Kein überflüssiger Schnickschnack. Keine Beschäftigung mit Getreidepreisen und Aktienkursen, keine Mitarbeiter, denen ich auf die Finger sehen muss, und keine Köchin, die den Wochenplan mit mir durchsprechen will. Nur das Land, die Tiere und das, was gerade ansteht. Manchmal genieße ich die Arbeit richtig, wenn meine Gedanken mal zur Ruhe kommen. Ja, ich fühle mich tatsächlich wohl hier.« Er bekräftigte es nochmals. »Vor allem, seit du da bist.«

Ich war in Gedanken noch bei seiner Köchin und den Mitarbeitern – von wie vielen Bediensteten sprachen wir hier? Was hatte er bitte schön bisher für ein Leben geführt? – und reagierte auf die unerwartete Freundlichkeit daher erst mit einiger Verzögerung. »Wirklich?«

Zum ersten Mal an diesem Abend lächelte er. »Du wirst es nicht glauben, aber du besitzt ein gewisses Potenzial, mich beschäftigt zu halten.«

»Ist das in deinen Kreisen etwa ein angemessenes Kompliment für eine Dame?«

»Vielleicht nicht. Aber in meinen Kreisen, wie du es nennst, haben Komplimente selten etwas mit Ehrlichkeit zu tun. Das möchte ich anders machen.«

»Also bist du nicht mehr sauer wegen des Asado-Desasters?«

Nicolás seufzte schwer. »Ich bin immer noch wütend, dass du einfach gegangen bist, ohne mir Bescheid zu sagen, aber inzwischen verstehe ich zumindest die Hintergründe. Hector hat dich wahrscheinlich mit seinen Insiderinformationen geködert und dich überredet, ihn ein Stück zu begleiten, oder?«

»Ja, er war gerade an der spannenden Stelle angelangt und meinte dann, dass er jetzt gehen müsse.« Was er über Isabelas Trick mit den Musikern gesagt hatte, verschwieg ich lieber. Wenn Nicolás davon überzeugt war, dass Isabela und er beste Freunde wären, dann sollte er doch. Er schien uns tatsächlich nicht als Konkurrentinnen wahrzunehmen. Sonst hätte er mich heute Nacht bestimmt nicht in Isabelas Elternhaus geschleppt. Dass er Isabela damit in eine peinliche Situation mir gegenüber gebracht hatte, hatte er überhaupt nicht bedacht. Ich fragte mich, wie wir in Zukunft miteinander umgehen würden. Würde Isabela weiterhin so gehässig sein oder sogar noch aggressiver mir gegenüber? Oder würde sie das eisige Schweigen beibehalten, das sie heute in Anwesenheit ihrer Mutter an den Tag gelegt hatte? Vielleicht sollte ich ihr einfach deutlich sagen, dass es mir völlig egal war, über wie viel Geld eine Familie verfügte und unter welchen Umständen man wohnte. Aber das wäre für den argentinischen Stolz dann wahrscheinlich zu direkt. Auf keinen Fall wollte ich unhöflich oder taktlos sein.

Ich blickte zu Nicolás hinüber, der gedankenverloren mit einem Streichholz an dem Docht der Petroleumlampe herumspielte. Dass dieser Abend, dem ich mich mit einer Mischung aus Aufregung und freudiger Erwartung entgegengesehnt hatte, nun so ausklang, hätte ich mir nicht träumen lassen. Höchstens in einem Albtraum. Weder hatten wir uns mit Cerveza zugeprostet und dabei tief in die Augen geschaut, noch hatten wir uns eines der köstlich duftenden Steaks geteilt oder waren händchenhaltend unter dem Sternenhimmel heim spaziert. Stattdessen hatten wir uns geprügelt und gestritten.

Und irgendetwas war da noch gewesen. Etwas, das Hector zu mir gesagt hatte und das im Nachhinein ein vage bedrohliches Gefühl in mir auslöste. Ich versuchte, mich darauf zu besinnen, was er genau erzählt hatte, doch die Erinnerung war von der empfundenen Panik überlagert. Wahrscheinlich speicherte das Gehirn in solch gefährlichen Situationen Informationen einfach anders ab. Ob es mir wieder einfallen würde, wenn ich mit mehr Distanz auf das Geschehene zurückblicken konnte? Eigentlich wollte ich ja überhaupt nicht mehr daran denken.

Hectors aufdringliche Hände, das Lachen, der Geruch nach zu viel Fernet. Eine derartige Hilflosigkeit hatte ich nie zuvor empfunden. Mich schauderte.

Nicolás sah es und legte mir seine Decke um die Schultern, als wäre diesmal ich das verletzte Alpakafohlen. Dankbar kuschelte ich mich hinein.

»Du bist bestimmt todmüde und willst schlafen gehen?«

Schwang da eine leise Hoffnung in seiner Stimme mit? »Todmüde, ja.« Aber wenn ich mir vorstellte, zu meinem Bungalow hinüberzulaufen und dort ganz alleine in die Dunkelheit zu starren, bis ich vor Erschöpfung irgendwann einschlief, blieb ich lieber noch etwas wach. »Schlafen möchte ich gerade aber noch nicht.«

Nicolás schaute mich an, als wüsste er genau, was in mir vorging. Behutsam zog er die Decke, die mir etwas von der Schulter gerutscht war, wieder nach oben. »Dann habe ich genau das Richtige für dich. Nicht gerade das gebräuchlichste Einschlaflied. Aber eins meiner liebsten.«

Nicolás stand auf und ging zum Plattenspieler. »Das Einzige hier drinnen, wofür ich Strom brauche – selbst auf das elektrische Licht verzichte ich meist.« Sanft schob er den Arm auf die Platte. Es knisterte, dann begann eine tiefe, traurige Stimme zu singen.

Por una cabeza
De un noble potrillo
Que justo en la raya
Afloja al llegar
Y que al regresar
Parece decir
»No olvides, hermano
Vos sabés, no hay que jugar«

Wieder ein Tango. Davon hatte ich heute eigentlich genug. Allerdings merkte ich schnell, was Nicolás daran so gut gefiel. Die Stimme strahlte eine Kraft aus, die mich sofort gefangen nahm.

Um den Kopf eines Pferdes ging es hier. Besser gesagt, um eine Kopflänge Vorsprung beim Pferderennen. Ein Wettsüchtiger, der den Reiz des Spielens mit der Anziehungskraft einer betörenden Frau gleichsetzte. Mittlerweile wunderte es mich nicht mehr, dass das bei den Argentiniern gut ankam. Schnelle Pferde, schöne Frauen und unglückliche Männer. Das verstand man hier unter Romantik.

»Carlos Gardel ist unser berühmtester Komponist und Tangosänger.« Nicolás strich liebevoll über das Plattencover. »Seine Lieder kennt hier jedes Kind. ›*Por una cabeza*‹ ist besonders berühmt. Er hat einen Teil der Melodie aus einem Stück von Mozart entlehnt.«

Carlos klagte, dass er sich tausendmal vorgenommen hatte, nicht wieder schwach zu werden. Doch dieser feurige Mund wollte geküsst werden. In der Tat, ein seltsames Schlaflied. Aber ein echt argentinisches. Die Platte drehte sich, das leise Schleifen bildete ein beruhigendes Hintergrundgeräusch. Carlos sang. Die Platte drehte sich und drehte sich …

Ich musste auf meinem Stuhl eingeschlummert sein, denn plötzlich fühlte ich mich von starken Gaucho-Armen hochgehoben und einige Schritte getragen. Das war schön. Ich beschloss, mich schlafend zu stellen, um den Moment auszukosten. Warum hatte mir meine Mutter eigentlich nie beigebracht, wie man möglichst anmutig aussah, wenn man von einem Mann getragen wurde? Sie hatte doch sonst allerlei abwegige Lektionen in puncto Männerfang für mich parat gehabt. Nicolás' Arme waren nicht nur stark, sondern auch warm, und er roch so, wie ein Mann riechen sollte. Nach Holzofen und sauberer Kleidung und dem Wind über der Pampa.

Nicolás legte mich sanft ab und ächzte dabei kein bisschen. Ich gab ein leises, niedliches Seufzen von mir und überlegte, ob ich der Realitätsnähe wegen ein wenig schnarchen oder sabbern sollte, entschied mich dann aber aus ästhetischen Gründen dagegen.

Wo hatte er mich abgelegt? Etwa auf seinem Bett? Ich bewegte die linke Hand etwas, um den Untergrund zu ertasten. Tatsächlich. Leinenes Bettlaken, Marke Tante Morenas nie gebrauchte Aussteuer. Leider war die Liege sehr schmal. Die Abmessungen hatte ich schon bei meinem ersten überraschenden Besuch hier in Nicolás Kämmerchen mit Kennerblick abgeschätzt. Wenig wahrscheinlich, dass er sich mit reinquetschte. Sollte ich trotzdem mal vorsichtshalber eine halbe Drehung Richtung Wand rollen? Wo war Nicolás? Warum hörte ich nichts mehr?

Da spürte ich, wie er die Decke sorgsam über meine Füße breitete und feststeckte. Mir wurde augenblicklich warm ums Herz, was wahrscheinlich durch die bessere Isolierung an meinen Extremitäten kam. Oder davon, dass er sich so unglaublich liebevoll um mich kümmerte. Er setzte sich auf die Bettkante – die Liege quietschte qualvoll, hielt aber stand – und begann, mit sanften, kaum wahrnehmbaren Berührungen über mein Haar zu streichen. Am liebsten hätte ich geschnurrt, so ein Wohlbehagen löste die Zärtlichkeit bei mir aus. Aber das hätte mich nur verraten, also blieb ich still liegen und kuschelte mich einfach einen winzigen Zentimeter näher an sein Bein heran.

Plötzlich begann Nicolás zu flüstern. »Als ich dich zuletzt schlafend gesehen habe, da warst du krank. Da hatte dich das Denguefieber erwischt. Da kam plötzlich alles wieder hoch … mit Roberto.«

Roberto? Er sprach von seinem Bruder … fast hielt ich die Luft an.

»Ich stecke in der Klemme, Amy. Niemand weiß etwas davon, aber ich habe einen Haufen Probleme mit hierhergebracht. Ich bin noch nicht mal wirklich freiwillig hier. Ich habe es auf Luz de la Luna einfach nicht mehr ausgehalten. Roberto ist dort gestorben. Ich konnte nicht mehr schlafen, weil ich mir ständig eingebildet habe, ihn rufen zu hören. *Nicolás! Nicolááás!* Erst herrisch wie früher und dann am Ende nur noch flehend.«

Am Lagerfeuer hatte er mir ja bereits offenbart, dass der Schock über den plötzlichen Tod ihn bis heute nicht losließ. Aber es schien noch mehr dahinterzustecken. Was hatte Gabriel erzählt? War Roberto nicht unter ungeklärten Umständen umgekommen? Ich hoffte, man konnte mir meine gespannte Aufmerksamkeit nicht ansehen. Am liebsten hätte ich mich aufgesetzt und Nicolás zum Weitersprechen ermuntert. Aber wahrscheinlich bekam ich dann kein Wort mehr aus ihm heraus. Also weiter schlafend stellen.

»Der Arzt hat mir später gesagt, dass das Sterberisiko bei einer Sepsis pro Stunde um ein Prozent steigt. Und da wusste ich, dass genug Zeit gewesen wäre, mehr als genug Zeit, lebenswichtige Zeit. Zwei Tage habe ich gewartet, zwei volle Tage, in denen ich mich um das Geschäft, um die Ernte, um die Tiere gekümmert habe, während mein Bruder im Bett lag. Ich habe seine Rufe ignoriert, genervt von dessen Ansprüchen, noch vom Krankenbett aus alles bestimmen zu wollen. Ich habe der Köchin sogar zunächst verboten, einen Arzt zu holen, als diese beunruhigt zu mir gekommen war.«

Ich vergaß fast, gleichmäßig zu atmen, als Nicolás so unerwartet seine Schuld an dem Geschehen offenbarte. Aber ich wusste, dass er das nie im Leben einer wachen Amy erzählt hätte. Und vielleicht tat es ihm ja gut, sich diese Last endlich von der Seele zu reden?

»Ich war so blind. Eine Erkältung, nichts weiter, mit einigen ungewöhnlichen Symptomen, das habe ich gedacht.

Mein Bruder war kein Weichei, einige Tage Bettruhe mussten doch reichen, um ihn völlig wiederherzustellen. Wie hätte ich ahnen können, dass einige Bakterien auf einem winzigen Splitter im Daumen eine tödliche Reise durch Robertos Körper antreten würden? Dass die Fremdstoffe eine körperweite Entzündungsreaktion auslösen würden? Und dann war das Sterben nicht mehr aufzuhalten, nicht durch den Anruf beim Arzt, nachdem ich mich endlich dazu durchgerungen hatte, erschrocken vom schnellen Verfall meines Bruders, nicht durch Flüche und panisches Flehen, nicht durch das hoch dosierte Antibiotikum, das der Arzt durch Robertos Körper gejagt hatte, in der Hoffnung, eine Reaktion aufzuhalten, die längst unumkehrbar geworden war.«

Jetzt musste ich mich nicht mehr bewegungslos stellen. Ich war vor Schreck und Mitleid wie erstarrt. Was für eine entsetzliche Erfahrung!

Nicolás sprach schnell, so als könnte er nun nicht mehr aufhören. »Ich habe zusehen können, wie mein Bruder innerhalb weniger Stunden von einem gesunden Mann mit einer Erkältung, leichter Übelkeit und Kopfschmerzen zu einem Wrack wurde, den ich zum Klo tragen musste, weil er selbst nicht mehr imstande war, einen Fuß vor den anderen zu setzen. Zu dem Zeitpunkt hat Roberto wenigstens noch geredet, wenn auch schon etwas wirr. Er hat immer wieder gefragt, was denn bloß los sei, was mit ihm passierte. Die Erklärungen des Arztes hat er wohl gar nicht mehr verstanden. Und ich habe keine Antwort gewusst, war zu feige, um die Worte des Arztes zu wiederholen und ihm zu sagen, dass er sterben würde. Er hat es nicht gewusst und ich … ich habe Roberto dadurch die Möglichkeit genommen, in Frieden zu gehen, sich zu verabschieden. Er ist gestorben, nur begleitet von meinem Schweigen und meinen Tränen.«

Den letzten Satz verstand ich kaum noch, weil mir seit geraumer Zeit ebenfalls Tränen schräg über die Wangen rannen und auf Nicolás' Bettlaken tropften. Ich öffnete die Augen, ohne einen Gedanken daran zu verschwenden, mein Schauspiel fortzuführen, und streckte die Hand nach Nicolás aus. Wortlos ergriff er sie, drückte einen Kuss auf die Innenseite des Handgelenks und ließ sich in eine Umarmung ziehen. Ich hielt ihn fest, so fest ich nur konnte, und murmelte Worte ohne Bedeutung, strich ihm mit ruhigen Bewegungen über den Rücken und ließ ihn weinen. Ich selbst weinte auch ein bisschen mit, aber bloß ein bisschen, weil ich mich darauf konzentrierte, Nicolás das zu bieten, was er seit dem Tod seines Bruders nicht gehabt hatte. Eine Schulter zum Anlehnen, einen Menschen, der zuhörte und verstand, eine Hand, die Tränen trocknete.

»Furchtbar, was du durchmachen musstest! Es tut mir so wahnsinnig leid!«, murmelte ich in sein Haar, als Minuten vergangen waren, vielleicht auch Stunden.

»Es war meine Schuld, verstehst du? Die Köchin hatte mich dringend darum gebeten, einen Arzt holen zu dürfen. Aber Roberto wollte erst keinen und ich hatte keine Lust, mich mit ihm herumzustreiten. Er war immer der große Bruder gewesen, derjenige, der bestimmte. Wir waren oft unterschiedlicher Meinung und ich habe es genossen, einmal selbst das Sagen zu haben, als er krank war. Aber da wusste ich doch nicht, da ahnte ich nicht, wie krank er wirklich war!«

»Das hätte niemand wissen können. Du bist schließlich kein Mediziner!« Ich suchte nach Worten, um ihm die Last der Schuld etwas leichter zu machen.

»Vielleicht doch, in dem Moment war ich verantwortlich für sein Wohlergehen. Wenn man um die Gesundheit eines Familienmitglieds besorgt ist, dann handelt man anders. So sieht das auch die Justiz. Ich habe mich unterlassener Hilfeleistung schuldig gemacht. Das Verfahren gegen mich läuft, auch davor bin ich geflohen, vor der Untätigkeit des Abwartens.«

Ich starrte ihn an. »Die Polizei ermittelt gegen dich? Aber … weiß Tante Morena das, wissen das die anderen?«

Nicolás schüttelte den Kopf. »Nein, ich habe bisher mit niemandem darüber geredet. Morena hat mich aufgenommen, ohne viele Fragen zu stellen. Natürlich gibt es Gerüchte im Städtchen. Ich hatte gehofft, hier meine Ruhe davor zu haben. Aber dann ist dieser schäbige Anwalt aufgetaucht, und als wir heute zusammen beim Asado waren, habe ich die Blicke der Leute nur zu deutlich gespürt. Du doch auch, oder?«

Und ich hatte mich noch gefragt, warum wir so angestarrt wurden. Jetzt wusste ich, dass es weder an Nicolás' Attraktivität lag, noch an der Tatsache, dass er mit einer Deutschen ausging. Was für eine üble Situation! Kein Wunder, dass Nicolás mit niemandem sprechen wollte, dass er zu seinem eigenen Schutz seinen steinernen Gesichtsausdruck beibehielt, hinter den niemand blicken durfte, und dass er mir zuerst derart mürrisch erschienen war. »Weißt du denn, wie lange das noch dauern wird, bis du etwas erfährst?«, erkundigte ich mich vorsichtig.

»Keine Ahnung. Einerseits wünsche ich mir eine Entscheidung herbei, andererseits fürchte ich mich davor.« Er verbarg das Gesicht in den Händen. Seine Schultern bebten vor unterdrücktem Schluchzen.

Wortlos legte ich die Hand darauf und ließ sie einfach liegen, bis seine Atemzüge ruhiger wurden und er sich mit der Hand über das Gesicht und durch die Haare fuhr.

»Ich fürchte, ich werde nie ein richtiger Gaucho. Gauchos weinen nicht«, sagte Nicolás schließlich mit einem schiefen Grinsen.

Er sah süß aus, mit verstrubbeltem Haar und dem nassen Hemdsärmel, wo er sich die Tränen abgewischt hatte. In meinem Bauch schien ein Schwarm Schmetterlinge aufzufliegen. »Dann sind die anderen Gauchos eben nicht authentisch!«

»Seltsamerweise bist du der einzige Mensch, bei dem es mir nichts ausmacht, dass du mich so gesehen hast. Ich habe als Kind nicht einmal vor meiner Mutter geweint. Nur bei meinem Lieblingspferd.«

»Heißt das, ich habe den Status deines Lieblingspferds erreicht? Oder sogar überholt?«

»Sagen wir, ihr seid gleichauf.«

»An deinen Komplimenten musst du wirklich noch feilen!«

»Du weißt, wie wir Gauchos vorlaute Frauen am liebsten zum Schweigen bringen?« Nicolás legte seine Hände um mein Gesicht und drehte es, sodass ich ihn direkt anschaute.

Die Schmetterlinge in meinem Bauch hatten gerade noch Zeit, in den Sturzflug zu gehen. Dann küsste er mich.

16 – Auf der Mauer, auf der Lauer

Handbuch für die gute Ehefrau
Ihr Ziel sollte sein: Sorgen Sie dafür, dass Ihr Zuhause ein Ort voller Frieden, Ordnung und Behaglichkeit ist, wo Ihr Mann Körper und Geist erfrischen kann.

Es waren einige Tage vergangen seit unserem ersten Kuss. Wunderschöne Tage, Tage voller Lachen und verstohlener Blicke. Es machte überraschend viel Spaß, Nicolás beim Mittagessen heimlich unter dem Tisch anzustupsen und dabei so zu tun, als würde ich ganz normal essen, während er wiederholt seine Serviette fallen ließ, um mich ins Bein zu zwicken. So albern das war, die kleinen Gesten der Zuneigung erfüllten mich mit Freude und sorgten für Abwechslung. Wir hatten beschlossen, erst mal niemandem von *uns* zu erzählen. Isabelas Blick wurde dennoch zunehmend eisiger und ihr T-Shirt-Ausschnitt tiefer. Tante Morena sah manchmal mit einer ausgeprägten Sorgenfalte zwischen Nicolás und mir hin und her, wenn er mir die Tür aufhielt oder wir gemeinsam vor dem Pferdestall in der

Sonne saßen und eine Mate teilten. Sie sagte jedoch nichts und ich hütete mich, das Thema anzuschneiden.

Zum ersten Mal seit Langem fühlte ich mich wieder glücklich, freute mich beim Einschlafen auf den nächsten Tag und beim Aufwachen auf die nächste Nacht. Ich war so gut gelaunt, dass ich sogar eine Aufgabe anging, die ich lange vor mir hergeschoben hatte: Ich erstellte eine Liste der einschlägigen Reiseführer über Argentinien und telefonierte die Herausgeber nacheinander ab, ob sie uns in die nächste Auflage ihres Buches aufnehmen würden. Ich hatte es vereinzelt schon per Mail probiert, aber kaum Reaktionen darauf erhalten. Ein Anruf war persönlicher und brachte damit mehr, ich musste jedoch erst meine Hemmungen davor überwinden, als Bittstellerin aufzutreten.

Nachdem ich mehrere Telefonate geführt hatte, die sich vielversprechend anließen, schaute ich noch die neuen Mails durch. Zwei der Blogger, die ich eingeladen hatte, hatten sich gemeldet und würden gerne kommen, allerdings erst in den Sommermonaten. Also vorerst wieder nichts Greifbares. Missmutig schloss ich das Mailprogramm und öffnete stattdessen die Datei, in der ich die Informationen über tiergestützte Therapie zusammengetragen hatte. Hier standen auch die konkreten Möglichkeiten aufgelistet, die mir für San Martín im Kopf herumschwirrten.

Stress lass nach, zurück zur Natur – Seminare für Menschen in Führungspositionen
Mit dem Alpaka auf Du und Du – ein Wochenende mit den flauschigsten Tieren der Welt
Angst überwinden – wie Tiere helfen können
Durch Alpakawanderungen Achtsamkeit erleben

Am liebsten wollte ich an diesem Projekt weiterarbeiten. Ich hatte so viele Ideen! Selbsterfahrung, Körpersprache, Achtsamkeit, je mehr ich darüber las, welche Lebensbereiche der Kontakt mit Alpakas und Lamas nachhaltig verbessern konnte, desto überzeugter war ich, dass ich das Richtige für uns gefunden hatte. Wir konnten Teamtage für Firmen organisieren und in Kontakt mit den Psychotherapieschulen in Buenos Aires treten. Auch Kindern und Jugendlichen mit Verhaltensauffälligkeiten konnte die sanfte Art der Alpakas eine Chance bieten, zur Ruhe zu kommen und Vertrauen zu fassen. Eigentlich tat der Kontakt zu Tieren jedem Kind gut. Ich malte mir aus, wie begeistert die Zwerge in meiner Kitagruppe gewesen wären, und musste lächeln. Vielleicht, nur vielleicht, sollte ich den Kurs mit Gabriel gemeinsam absolvieren.

Leider war Tante Morena lediglich verhalten optimistisch gewesen. »Das dauert zu lange«, hatte sie gemurmelt, als ich ihr gezeigt hatte, wo und wann Gabriel sich als Coach für alpakagestützte Aktivitäten zertifizieren lassen konnte. Ich verstand nicht ganz, was sie meinte. Bis man etwas Neues etabliert hatte, dauerte es immer einige Zeit, das war logisch. Aber wenn wir sofort loslegten, konnten wir in zwei, drei Monaten die ersten Events anbieten. Ich konnte mein Visum verlängern und mit anpacken. Sie hatte versprochen, darüber nachzudenken. Vielleicht sollte ich sie heute noch einmal daran erinnern.

Mit einem Seufzen beschloss ich, dass mir eine kurze Pause guttun würde. Ich schlenderte zu Nicolás hinüber. Er begutachtete gerade alte Zaunlatten, die er zusammen mit Gabriel ausgetauscht hatte, weil sie morsch waren. Ich streichelte ihm kurz über den Arm und er lächelte mich an.

»Gut, dass du kommst, kleine *alemana*! Ich habe einen Anschlag auf dich vor.«

»Hui, was gibt's?«

»Willst du mit mir ausreiten?«

Wenn ich Nicolás' feierliche Miene betrachtete, hätte er mir gerade auch die Frage aller Fragen stellen können. Ausreiten war vorerst aber auch nicht schlecht. »Klar, gerne, während der Siesta oder lieber am späten Nachmittag?«

»Letzteres. Nimm dir eine Jacke mit. Wir werden eine Weile unterwegs sein.« Zusammen mit diesen geheimnisvollen Worten drückte er mir einen Kuss aufs Haar und verschwand im Stall.

Das Zaumzeug musste gefettet werden, wie ich erfahren hatte. Schon irgendwie süß, wie eifrig Nicolás all diese Aufgaben übernahm, die seine Familie sonst stets den Angestellten überlassen hatte. Erstaunlich, wie schnell er sich an das einfache Leben als Gaucho gewöhnt hatte. Zwar konnte ich ihn mir durchaus als Herr über ein großes Landgut vorstellen, doch zufrieden wirkte er hier vor allem bei den einfachen Tätigkeiten.

Aber zuvor hatte ich noch etwas zu erledigen. Ich eilte zu meinem Bungalow zurück und holte den Geschenkkorb, den ich mit besonderen Präsenten bestückt hatte. Eine Packung Matekraut, ein eingeschweißter französischer Camembert, eine Flasche Obstsaft, eine Kokosnuss, Sesamkräcker, eine Dose Muscheln in Weißweinsoße und eingelegte Lupinenkerne. Ein paar Alfajores – mit weißer, zartherber und Vollmilchschokolade – vervollständigten das Ensemble. Ich hatte Gabriel zu einer Fahrt zum Supermarkt überredet und extra Sachen zusammengesucht, die besonders lecker oder exotisch waren. Ich hoffte, Isabelas Mutter damit eine Freude bereiten zu können.

Beschwingt ging ich zum Büro hinüber. Isabela hob den Kopf, als ich nach einem leisen Klopfen die Tür öffnete. Nichts ließ erahnen, dass wir uns kürzlich unter so seltsamen Umständen getroffen hatten. Vielleicht war ihr Blick noch etwas kühler als sonst und ihre Miene distanzierter. Heute trug sie Jeans und einen roten Pulli über einer schlichten Bluse. In diesem Augenblick wurde mir erst bewusst, wie bedacht sie sich kleidete. Sie betonte ihre Vorzüge, wählte aber so neutrale Farben und Schnitte, dass sie dasselbe Stück immer wieder anziehen konnte, ohne dass besonders auffiel, dass ihre Garderobe beschränkt war.

»Hallo, Isabela. Ich habe hier eine Kleinigkeit für deine Mutter. Als Dankeschön, dass sie mich neulich nachts so herzlich aufgenommen hat.« Ich hielt ihr den Geschenkkorb entgegen.

Isabela machte keine Anstalten, ihn entgegenzunehmen. »Dein Almosen kannst du dir sparen.«

Ich spürte, dass ich rot wurde. »Das ist kein Almosen. Das ist ein Geschenk. Für deine Mutter.«

»Du tust echt alles, um Aufmerksamkeit zu bekommen, oder?«

»Mit Aufmerksamkeit hat das nichts zu tun. Du kannst ja einfach sagen, dass du das Ding auf der Straße gefunden hast, wenn du mich nicht erwähnen willst.« Jetzt wurde auch ich langsam sauer. Was stellte sie sich bloß so an?

»Weißt du was? Du kotzt mich an mit deiner scheinbaren Großzügigkeit. Kommst hier an, wahrscheinlich erste Klasse gereist, lässt Gabriel dein Louis-Vuitton-Rucksackset schleppen, spielst die große Dame und schaust dabei seelenruhig zu, wie hier alles den Bach runtergeht. Deine ach so liebe Tante, die dir ja so sehr am Herzen liegt, wird vielleicht die Estancia an die Bank verlieren. Die Zwillinge, Gabriel, ich, wir stehen dann ohne Job da. Und was wirst du tun? Lass mich raten, vielleicht steigst du wieder in dein Flugzeug und fliegst zu deinen deutschen Freunden zurück und erzählst denen, wie schade es doch ist, dass hier alle so arm sind?«

Da war er wieder, der Hinweis auf Tante Morenas prekäre finanzielle Lage. Endlich fiel mir wieder ein, was mich im Nachhinein an Hectors Äußerungen beunruhigt hatte.

Auch er hatte davon gesprochen, dass Tante Morena Nicolás wohl aufgenommen hätte, um ihren Besitz zu retten. Das war natürlich Quatsch. Aber anscheinend gab es ein viel größeres Geldproblem, als ich bisher geahnt hatte. In meinen Schock hinein fielen mir nun immer mehr Begebenheiten ein, die ich bisher nicht hatte deuten können. Tante Morena und Isabela, die im Büro über etwas stritten. Damals hatte ich vor der Tür gestanden, gelauscht und mich gefragt, worüber sie sprachen. Erst viel später war mir klar geworden, worum es sich damals gedreht hatte. Isabela hatte anscheinend vorgeschlagen, Nicolás zu bitten, auf seine Estancia zurückzukehren. Denn nur, wenn er sein Erbe antrat, konnten sie ihn um finanzielle Hilfe bitten.

Sicherlich wussten beide nicht, was es mit Nicolás' Flucht nach San Martín wirklich auf sich hatte. Dass er nicht einfach vor den bösen Erinnerungen davongelaufen war, sondern dass ihm eine Verurteilung drohte. Tante Morena hatte sich damals geweigert, auf Nicolás einzuwirken, und Isabela verboten, etwas in diese Richtung zu unternehmen. Nun, da ich wusste, dass die Lage so prekär war, dass Isabela um ihre Anstellung fürchten musste, konnte ich ihre Bemühungen, Nicolás für sich zu gewinnen, noch besser verstehen. Er musste ihr wie ein Rettungsanker erschienen sein und ich war die Krake, die sich an ihn klammerte und der Schiffbrüchigen ihre Hoffnung nahm.

Wie naiv war ich eigentlich gewesen? Es hatte schließlich genug Begebenheiten gegeben, die ich seltsam gefunden hatte. Tante Morena, die ihr eigenes Bett in meinen Bungalow gestellt hatte und selbst auf dem Boden schlief, weil sie sich kein neues Bett leisten konnte. Dann waren da noch die wilden Hunde, die auf die Ländereien der Estancia eingedrungen waren. Nicolás hatte mir erzählt, dass er wiederholt vorgeschlagen hatte, Schutzhunde abzurichten oder die Umzäunung zu verstärken. Nichts davon hatte Tante Morena umgesetzt.

Inzwischen ahnte ich auch, warum. Es war schlicht und einfach kein Geld dafür da. Ich war vollkommen blind gewesen! Mein Vater hatte noch gemeint, dass er es höchst ungewöhnlich fand, dass Morena überhaupt auf die Idee verfiel, Touristen beherbergen zu wollen. Sie hatte bestimmt keine andere Wahl gehabt. Mittlerweile waren zwar einige Gäste da, doch ich hatte ja schon vor einiger Zeit festgestellt, dass die Einnahmen dadurch kaum ausreichen konnten. Wenn ich so im Kopf überschlug, was es alles an laufenden Ausgaben gab, reichten die wenigen Übernachtungen nie und nimmer. Gut, ich wusste andererseits nicht, was die Rinderzucht und die Alpakas zusätzlich einbrachten. Aber offensichtlich war das nicht viel. Wie schlimm war es wohl? Konnte ich Isabela fragen? Würde sie mir überhaupt die Wahrheit sagen?

»Von welcher Summe reden wir hier?«

»Frag sie doch selbst. Oder besser gleich den Gutachter von der Bank, der gerade bei ihr im Wintergarten ist.«

»Gutachter? Was will der hier?«

»Na, was wird der wohl wollen? Zu den Intelligenten zählst du ja nicht gerade. Er sichtet schon mal, was es hier zu verkaufen gibt, was San Martín wert ist.«

Erschrocken starrte ich Isabela an. »Aber das klingt ja schon endgültig.«

»Das Leben ist eben kein Alpakahof.«

Normalerweise hätte ich über diesen Spruch gelacht. Doch in dieser Situation blieb mir das Lachen im Hals stecken. »Ich wusste nicht, dass es so ernst ist.«

»Wusstest du es nicht, oder wolltest du es nicht so genau wissen? Hast du auch nur ein einziges Mal nachgefragt?«

Ich schwieg. Nein, hatte ich nicht. Aber das hatte nicht an mangelndem Interesse gelegen, sondern eher daran, dass ich mich nicht in Dinge einmischen wollte, die mich nichts angingen. Dass ich nicht neugierig hatte erscheinen wollen.

»Das habe ich mir gedacht.« Isabela schnaubte verächtlich durch die Nase. »Du bist wie ein kleines, verwöhntes Mädchen, das durchs Leben stolpert, Probleme ignoriert oder einen Erwachsenen zu Hilfe holt und immer nur die Spielsachen der anderen Kinder haben will. Bis du aufgetaucht bist, war hier alles in Ordnung. Nicolás und ich – wir waren … auf einem guten Weg.«

Bei diesen Worten wurde Isabela rot. Ich wusste nicht, ob aus Zorn oder aus Verlegenheit. Natürlich machte sie mich dafür verantwortlich, dass ihr Märchenprinz das ersehnte Pariser Hochzeitskleid nun nicht bezahlen würde. Das war ihr anscheinend klar geworden, als Nicolás mich nachts zu ihrer Mutter gebracht hatte. Aber dafür würde ich mich ganz sicher nicht entschuldigen. Mit ihrem verletzten Stolz und ihrer Eifersucht musste sie selbst fertig werden. Ich hatte nur im Kopf, dass Tante Morena sich gerade mit einem Bankmenschen herumstritt und vermutlich völlig aufgelöst war. Ohne weiter zu diskutieren, donnerte ich den Geschenkkorb auf den Schreibtisch und drehte mich zur Tür.

»Du wirst dich noch umschauen, kleine Deutsche.« Gehässig imitierte sie Nicolás' Kosenamen für mich. »Wenn du denkst, du hast gewonnen, dann hast du dich getäuscht.«

»Soweit ich weiß, ist Nicolás kein Lotteriegewinn. Er kann selbst entscheiden, was gut für ihn ist«, antwortete ich kühl.

»Und das bist garantiert nicht du!« Isabelas Stimme klang schrill. Ihre außergewöhnlich grünen Augen waren zu Schlitzen verengt. »Du bist für alle bloß ein Klotz am Bein. Für Morena, für Nicolás, sogar für deine Eltern, sonst hätten sie dich wohl kaum hergeschickt. Du hast sogar die ganze Stadt gegen dich aufgebracht durch die Sache mit Hector.«

»Wenn du damit meinst, dass ich mich nicht einfach habe vergewaltigen lassen, bloß weil es ein Einheimischer war, der das versucht hat, dann können die Leute mich mal kreuzweise!«

»Schön hast du dir das alles ausgedacht. Und Nicolás auch noch mit reingezogen in deine Ich-bin-ein-armes-hilfloses-Mädchen-Show. Dabei braucht er Rückhalt von den Leuten momentan am dringlichsten. Vielleicht sogar noch dringender als Morena.«

Für einen kurzen Moment lang tauchte der Gedanke auf, ob etwas Wahres daran war, ob ich Tante Morena oder Nicolás vielleicht wirklich geschadet hatte. Doch ich schob ihn energisch beiseite. Isabela war wütend und enttäuscht und eine fiese Giftspritze. Wenn sie ihren Zorn unbedingt an mir auslassen wollte, dann sollte sie doch. Ich würde mich stattdessen Wichtigerem widmen. Nämlich meiner Tante. Ohne mich noch einmal umzudrehen, verließ ich den Raum und warf die Tür hinter mir zu, dass es durch den Gang hallte. Dann lief ich zum Wintergarten. Vielleicht konnte ich das Schlimmste noch verhindern.

***

Nicolás hatte Evita für mich gesattelt und blickte mir entgegen, als ich atemlos und nur mit einem Arm in meiner Regenjacke angehetzt kam.

»Was ist los, kleine Deutsche?«

Ich mochte es, wenn er mich so nannte. Diesmal jedoch klang mir Isabelas gehässige Stimme im Ohr und ich konnte mich nicht wie sonst darüber freuen.

»Tante Morena braucht Geld. Viel Geld«, platzte ich heraus.

Nicolás runzelte die Stirn. »Ich hatte gehofft, dass an den Gerüchten nichts dran ist. Gabriel hat mir kürzlich anvertraut, dass er sich Sorgen um seinen Job macht. Falls Morena die Estancia aufgeben muss …«

»Das wäre furchtbar. Aber sie wollte überhaupt nicht mit mir darüber reden.« Ich war nach wie vor zutiefst beunruhigt.

Als ich den Wintergarten betreten hatte, saß Tante Morena still auf der Bank, die Hände gefaltet, den Blick ins Leere gerichtet. Messi wütete in seinem Käfig und gab schlimmere Schimpftiraden von sich denn je, aber Tante Morena schien es gar nicht wahrzunehmen. Ich setzte mich neben sie und fragte nach einer Weile, ob der Banker schon gegangen sei und ich irgendwie helfen könne. Tante Morena winkte nur wortlos ab. Ich holte ihr ein Glas Wasser aus der Küche, von dem sie einen Schluck nahm und den Rest dann in den nächsten Blumenkübel goss. In der Annahme, dass ihre Lebensgeister zurückgekehrt seien, fragte ich noch einmal vorsichtig nach den finanziellen Problemen.

Diesmal schenkte Tante Morena mir ein schmallippiges Lächeln, das ihre Augen nicht erreichte. »Wir geben doch nicht so einfach auf, wir nicht, oder?«

Mehr hatte ich nicht aus ihr herausbekommen. Auch meine Frage, ob die Bank die Aussichten auf die Alpakatherapie nicht vielleicht als Grund für etwas mehr Entgegenkommen auffasste, hatte sie nur mit einem müden Achselzucken beantwortet.

Aber eins war klar. »Wir müssen etwas tun, um ihr zu helfen!«

Nicolás schüttelte den Kopf. »Ich unterstütze sie natürlich in jeder Hinsicht, aber wenn der Betrieb einfach nicht rentabel ist, bräuchte es schon eine kräftige Finanzspritze.«

»Könntest du ihr nicht etwas leihen?« Die Worte waren heraus, bevor ich darüber nachdenken konnte. Sonst hätte ich mich garantiert nicht getraut, danach zu fragen. Ich wusste, wie ungern selbst meine eigenen Eltern über Geld sprachen, und musste aus Tante Morenas Heimlichtuerei schließen, dass es hier in Argentinien ein sehr sensibles Thema war. Außerdem wusste ich es streng genommen gar nicht sicher. Ich hatte nur aus meinen bisherigen Recherchen geschlossen, dass Nicolás'

Familie sehr wohlhabend war. Wahrscheinlich warteten durch die seltsamen Todesumstände von Roberto aber auch in finanzieller Hinsicht Probleme auf Nicolás.

Nicolás wandte den Kopf ab und strich gedankenverloren durch Fuegos wilde Mähne. »Rein theoretisch bin ich tatsächlich reich oder könnte reich sein. Es wäre mehr als genug Geld da, um Morenas Estancia zu retten. Aber durch das Ermittlungsverfahren, das wegen des Todes meines Bruders gegen mich läuft, ist die Erbschaft vorerst eingefroren. Mir gehört nur, was schon immer mir gehört hat. Das große Geld und der Besitz der del Castillos ist momentan für mich so unerreichbar wie das Rettungsboot für Jack Dawson. Nach argentinischem Recht darf man nicht von einem Verbrechen, das man begangen hat, profitieren.«

Ich starrte ihn an. »Aber du hast kein Verbrechen begangen! Du hast Roberto schließlich nicht mit Absicht sterben lassen!« Sofort, nachdem ich sie ausgesprochen hatte, kamen mir die Worte zu hart vor und ich hätte sie gerne zurückgenommen. Auf Nicolás' Gesicht machte sich der steinerne Ausdruck breit, den ich gut kannte und von dem ich so sehr wünschte, dass er eines Tages verschwinden würde.

»Tut mir leid, ich habe das nicht so gemeint. Das war unsensibel und unnötig.« Ich legte meine Hand dicht neben die von Nicolás und wickelte eine von Fuegos Haarsträhnen um meinen Finger. Nicolás direkt zu berühren, traute ich mich nicht. Wenn er zurückgewichen wäre, hätte mich das zu sehr verletzt.

»Nein, du hast es ausgesprochen, wie es ist. Aber genau das wird mir vorgeworfen.«

Ich wollte ihm versichern, dass die Polizei sicher schnell herausfinden würde, dass Nicolás unschuldig war, und sich dann alles klären würde. Aber wie konnte ich das, wenn ich weder von den Ermittlungen noch vom hiesigen Rechtssystem

Ahnung hatte und zudem erst vor wenigen Tagen überhaupt von den Zusammenhängen erfahren hatte? Alle Versicherungen meinerseits, dass alles gut werden würde, würden gekünstelt klingen. Nicolás war nun wirklich kein Mann, der sich mit Oberflächlichkeiten zufriedengab. Allerdings hatte er sich selbst mit Jack Dawson verglichen, dem Frauenschwarm aus »Titanic«. Vielleicht konnte ich ihn hiermit von seinen düsteren Gedanken ablenken.

Ich stupste ihn an. »›Titanic‹ also, hm?«

Nicolás' Mundwinkel hoben sich ein winziges bisschen, was ich als Erfolg wertete.

»›Titanic‹ war der erste Film, den ich im Kino gesehen habe, kurz bevor ich in die Schule gekommen bin. Roberto hat mich reingeschmuggelt. Es war unfassbar spannend, in dem dunklen Kinosaal neben meinem Bruder zu sitzen und dieses riesige Schiff auf der Leinwand zu erleben. Das hat mich sehr viel mehr interessiert als Jack und Rose und dieser mickrige Edelstein.«

»Ich glaube dir kein Wort. Wenn dich die Romanze kaltgelassen hätte, wüsstest du nach all den Jahren bestimmt nicht mehr den Namen der männlichen Hauptfigur.«

»Das liegt daran, dass Roberto ein Filmposter in seinem Zimmer hatte und immer über diesen ›dahergelaufenen Dawson‹ geschimpft hat. Er fand Rose wunderschön und meinte, sie hätte etwas Besseres verdient als einen pokerspielenden Milchbubi.«

Wieder wurde mir bewusst, wie unterschiedlich wir aufgewachsen waren. Nicolás' Bruder hatte sich offenbar mehr mit Cal, dem wohlhabenden Verlobten von Rose, identifiziert. Wahrscheinlich logisch, wenn man als Erstgeborener eines argentinischen Großgrundbesitzers aufwuchs, Bedienstete hatte und zur obersten Gesellschaftsschicht gehörte. Meine Mutter hatte auch oft den Anschein erweckt, sich für etwas Besseres zu halten. Aber das war eher auf ihren Charakter und ihre

Ambitionen zurückzuführen. Eine vergleichbar noble Herkunft konnten wir nicht vorweisen. Im Unterschied zu Isabela wusste ich auch, dass meine Eltern so gut wie kein Erspartes besaßen. Sie lebten zwar gut und leisteten sich so einiges, verfügten allerdings nicht über ein Vermögen, das in einer Notsituation herhalten konnte – oder das sie Tante Morena leihen konnten. Meine Mutter war ein großer Fan des deutschen Sprichworts »Das letzte Hemd hat keine Taschen«, weshalb sie Geld immer gerne zeitnah in Kleidung, Wellnessbehandlungen und Feinkostsnacks umsetzte. Mein Vater mochte sowieso am liebsten die einfachen Dinge des Lebens. Butterbrot mit Salz, was er als seine erste deutsche Liebe bezeichnete, ein alter Mafiafilm im Fernsehen, Alpakastricksocken, die angeblich schon sein Opa beim Militärdienst getragen hatte …

Plötzlich kam mir der Gedanke, dass Papá sich wahrscheinlich gut mit Nicolás verstehen würde, und ich hoffte, dass sie sich irgendwann kennenlernen konnten. Wie lächerlich, dass ich nach so kurzer Zeit bereits davon träumte, ihn meinen Eltern vorzustellen. Als wären die nicht gerade am anderen Ende der Welt. Als wäre Nicolás nicht in ein kompliziertes Ermittlungsverfahren verwickelt. Als wäre Isabela, die Schönste hier, nicht hinter ihm her. Ich seufzte laut und unvermittelt.

Nicolás legte die Hand an mein Kinn und fuhr sanft mit seinem Finger über meine Unterlippe. »Tut mir leid, kleine Deutsche, dass du hier so viele unschöne Dinge mitbekommst. Du bist ein Mensch, den man eigentlich in einen kuscheligen Sessel in einem unzugänglichen, aber wunderschönen Wintergarten setzen möchte, eine Tasse heißen Kakao mit Schlagsahne daneben und ein Buch dazu. Wie eine Puppe in ihrem Häuschen. Sicher und beschützt vor allen Schwierigkeiten. So sollte dein Leben aussehen.«

Ich war insgeheim gerührt, gab aber einen weiteren Seufzer von mir. Den Kopf wollte ich nicht schütteln, damit

Nicolás seine Hand nicht zurückzog. »Klingt irgendwie nach zuckerkranker alter Jungfer mit Vorliebe für selbst gehäkelte Klorollenhauben. Das wäre der Albtraum meiner Mutter.«

»Was schwebt dann deiner werten Frau Mutter für deine Zukunft vor?« Nicolás sprach im Scherz, hielt meinen Blick jedoch so intensiv fest, dass ich nicht anders konnte, als mich in dem warmen Karamellton zu verlieren. Wie hypnotisiert starrte ich ihn an.

»Am liebsten würde sie mich auf einer Jacht vor Monaco kreuzen sehen, mit einem der Grimaldisprösslinge als Verlobten am einen Arm und einer Birkin Bag am anderen.«

»Und dir selbst? Falls die Grimaldis alle vergriffen sind?«

»Kürzlich kam mir der Gedanke, dass ich als erfolgreiche Alpaka-Dompteurin um die Welt touren möchte und meine Herde schneeweißer Babyalpakas über Hindernisse in Form von Zuckertorten springen lasse.«

Ein unverschämtes Grinsen erschien auf Nicolás' Gesicht. »Nackt?«

Ich verstand ihn absichtlich falsch. »Nun, ich könnte ihnen natürlich rosafarbene Rüschenkleidchen nähen, aber ich bin nicht sicher, ob sie die ganz lassen.«

Er schüttelte lachend den Kopf. »In puncto Schlagfertigkeit kann dir jedenfalls keiner was vormachen. Du hast recht, in einem friedlichen Wintergarten wäre dein Talent zur Spitzzüngigkeit eindeutig vergeudet.«

Ich freute mich über sein Kompliment, war aber auch überrascht davon. Nie hatte mich jemand als schlagfertig bezeichnet. Ich dachte an den Tag meiner Ankunft auf San Martín zurück. Waren seitdem wirklich erst sechs Wochen vergangen? Ich erinnerte mich, wie Isabela mich aufs Korn genommen und ich nichts zu entgegnen gewusst hatte. Wann hatte sich das geändert? Wann hatte ich mich geändert?

Nicolás blickte von mir zu Fuego. »Sollen wir dann losreiten? Ich weiß, dass das gerade kein günstiger Zeitpunkt ist. Du machst dir sicherlich große Sorgen um Morena, aber wie ich das einschätze, können wir im Moment nichts daran ändern. Sollen wir versuchen, uns eine Weile abzulenken?«

Ich nickte zögernd. Einerseits hatte ich ein schlechtes Gewissen, wenn ich mich vergnügte, statt an einem Schlachtplan für Tante Morenas finanzielle Probleme zu arbeiten. Andererseits tat mir die frische Luft sicher gut und Nicolás hatte in gewisser Weise recht. Heute Abend konnte ich so oder so nichts mehr erreichen, aber morgen würde ich Tante Morena so lange zusetzen, bis sie mir die genaue Situation schilderte. Und vielleicht konnten wir dann alle zusammen nach Lösungen suchen: Morena, Gabriel, Nicolás, die Zwillinge, Isabela und ich. Möglicherweise kannte Nicolás ja jemanden, den wir als Investor gewinnen konnten, oder wir konnten ein Crowdfunding-Projekt starten. Ich würde mich heute Nacht mal in die Thematik einlesen.

»Gut, dann los.« Nicolás wartete, bis ich Evita sicher erklommen hatte, und saß dann selbst auf.

Unsere Pferde trabten nebeneinander los. Fuego war größer und hatte längere Beine, doch meine kleine Stute ließ sich ungern abhängen und hielt eifrig Schritt.

»Verrätst du mir endlich, wo es hingeht?«

»Es ist ein besonderer Ort, das kann ich dir versprechen. Allerdings ist es etwas weiter, als du zu reiten gewohnt bist. Deshalb habe ich einen kleinen Snack eingepackt, falls du hungrig sein solltest und eine Pause brauchst.« Er deutete auf den Beutel, der an meinem Sattel befestigt war. Ich zog ihn auseinander und lugte hinein. Mehrere Empanadas, deren Duft mir durch den kleinen Spalt entgegenstieg und mir sofort Appetit machte, eine Flasche Wasser und zwei Avocados. Ein perfektes

Gaucho-Picknick. Sehr romantisch. Ich glaubte ihm kein bisschen, dass ihn bei »Titanic« nur das Schiff interessiert hatte.

***

»Was du da neulich Nacht gesagt hast, wegen meines Vaters und Morena …«

»Ja?«

»Mir ist etwas eingefallen, das ich nie so richtig verstanden habe. Eine Art Familiengeheimnis sozusagen.«

Oh, das klang spannend! Ich ritt dichter an Fuego heran, um ja keines von Nicolás' Worten zu verpassen. Er sprach jedoch eine ganze Weile nicht weiter, sondern blickte nachdenklich über die Weite der Pampa hinweg.

»Willst du testen, ob ich vor Spannung platzen kann, oder was?«

Nicolás blickte überrascht auf und lachte. »Schon Sokrates hat die Neugier seiner Frau verflucht. Aber nein, ich wollte dich nicht absichtlich auf die Folter spannen. Ich habe nur versucht, mich auf den genauen Wortlaut zu besinnen. Ganz bekomme ich es aber nicht mehr zusammen.«

»Was denn?«

»Die Formulierungen in Benicios Testament natürlich«, erklärte Nicolás wie selbstverständlich. »Oder besser gesagt in dem Brief, der dem Testament beilag.«

»Er hat Tante Morena darin erwähnt?«

»Nicht so richtig, also nicht namentlich. Ich nehme an, zur damaligen Zeit konnte er nicht so einfach zugeben, dass sein Herz einer anderen gehört hat als seiner angetrauten Ehefrau. Damit hätte er seiner Familie Schande bereitet. Aber er hat es verklausuliert. So sehr, dass ich erst jetzt draufgekommen bin, was dahinterstecken könnte.«

»Nämlich was?«

»Also, wenn ich mich recht erinnere, steht da, dass es für einen Gentleman eine Zierde ist, denen zu helfen, die ihm einst Gutes erwiesen haben. Und dass er nie die Gelegenheit dazu hatte, dass er aber wünscht, dass seine Kinder und Kindeskinder diese Schuld einst begleichen oder zumindest etwas davon abtragen werden. Selbst gegen den ausdrücklichen Willen eines stolzen Charakters.«

»Und du meinst, mit dem ›stolzen Charakter‹ ist Tante Morena gemeint?«

»Sie trägt denselben Nachnamen wie du. Orgullo, der Stolz.«

»Oh.« Das klang plausibel. Ziemlich romantisch, solch eine Andeutung in ein Testament zu verpacken. Das hätte Benicio doch sicher nicht getan, wenn Tante Morena ihm gleichgültig gewesen wäre!

»Und dann gibt es da noch diese Geheimschrift. Eine Reihe seltsamer Zeichen ganz am Ende des Briefs, mit denen wir bisher überhaupt nichts anfangen konnten. Ich habe im Internat sogar mal ein Buch über Verschlüsselung aus der Bibliothek ausgeliehen, aber auch das hat mich nicht weitergebracht. Vermutlich war es etwas selbst Erfundenes.«

Sofort fiel mir das mit Bleistift geschriebene Gekrakel auf der Rückseite des Fotos ein. Bisher war ich davon ausgegangen, dass es sich dabei um eine besonders unleserliche Schrift handelte, aber vielleicht stimmte das gar nicht. Früher war in der Schule ja noch viel größeren Wert auf ein elegantes Schriftbild gelegt worden als heute. Vielleicht war der Text absichtlich verschlüsselt, damit niemand ihn lesen konnte. Außer Benicio und Morena natürlich. Das brachte mich auf einen anderen Gedanken. »Irgendjemand, der das Testament gelesen hat, muss doch gewusst haben, dass da mal was war zwischen Benicio und Tante Morena!«

Nicolás zuckte mit den Schultern. »Vielleicht, vielleicht auch nicht. Aber selbst wenn der Anwalt oder meine Mutter einen Verdacht hatten, konnten sie ja immer noch so tun, als wüssten sie von nichts. Schließlich sind in dem Brief keine konkreten Handlungen genannt, die jemand durchführen sollte. Es ist ja alles sehr allgemein gehalten.«

»Was Benicio sich wohl dabei gedacht hat?«, überlegte ich laut. »Welche Art Hilfe hat ihm als Wiedergutmachung vorgeschwebt? Wie kann man es überhaupt jemals wiedergutmachen, wenn man jemandem wissentlich das Herz gebrochen hat?«

Nicolás sah mich bedrückt an. »Ich wünschte, ich hätte früher von dieser Geschichte erfahren. Dann wäre ich niemals auf die Idee gekommen, Morena mit meiner Anwesenheit zu belasten. Allerdings hätten wir uns in dem Fall wahrscheinlich nie kennengelernt.«

»So garstig wie du dich anfangs mir gegenüber verhalten hast, habt ihr del Castillos jetzt noch viel mehr an uns Orgullos wiedergutzumachen!«

»Ach ja? Habe ich etwa zugelassen, dass die wilden Hunde dich beißen? Oder dass Hector dir so nah kommt, wie er sich das vorgestellt hat?«

»Pfff, Hector habe ich ganz alleine erledigt«, behauptete ich. Ich wollte nicht an das beängstigende Erlebnis denken müssen. Dazu saß der Schreck noch zu tief. Es fiel mir schwer, das Ganze mit Humor zu nehmen, und Nicolás' finsterem Gesicht sah ich an, dass es ihm ähnlich ging. Zum Glück ließ er das Thema fallen und lächelte mich gleich wieder an. »Reiten habe ich dir beigebracht und köstliche Mate serviert und …«

»Köstliche Mate? Dieses scheußliche Gebräu, in dem die Bombilla stecken geblieben ist, weil es so stark war? Dieser Trunk, der selbst Martín Fierro aus seinem Poncho gehauen hätte? Dieses Gesöff, mit dem du mich vergraulen wolltest?«

Nicolás murmelte etwas von einem kleinen Ausrutscher mit der Matemenge, was ja jedem mal passieren könne. Ich ließ das nicht gelten. Da konnte ja Gauchito noch besser Mate brauen als er. Dann kam ich jedoch rasch wieder auf das eigentliche Thema zu sprechen. »Und dieses geheimnisvolle Dokument, wo bewahrt ihr das auf?«

»Das Testament meines Vaters und den Brief? Da müsste zumindest eine Abschrift im Familiensafe liegen.«

»Du hättest nicht zufällig Lust, mal einen Blick darauf zu werfen? Also, wenn es sich ergibt?«

Nicolás zwinkerte mir amüsiert zu. »Was für ein Glück, dass ich gerade eine deutsche Spürnase an meiner Seite habe, die mir helfen kann, den Brief zu enträtseln. Und dass wir zufälligerweise sowieso auf dem Weg nach Luz de la Luna sind.«

»Echt? Du willst mir deine Estancia zeigen?«

»Ja.«

Seine wortkarge Antwort ließ mich zweifeln, ob Nicolás wirklich bereit dafür war, den Ort aufzusuchen, den er vor einigen Monaten zutiefst verbittert verlassen hatte. Aber er hatte sich aus freien Stücken dafür entschieden. Und er wollte mich dabeihaben. Das machte mich glücklich. Und etwas aufgeregt.

17 – Ich hab ein Haus, ein kunterbuntes Haus

Handbuch für die gute Ehefrau
Bei Müdigkeit oder kleineren Wehwehchen Ihrerseits denken Sie daran: Vor Ihrem Mann zu gähnen oder zu husten macht Sie unattraktiv!

Wir ritten durch eine Allee dicht belaubter Bäume, bis das Haus in Sicht kam. Wobei »Haus« irgendwie nicht der richtige Begriff hierfür war.

»Unser Familienname lautet ›del Castillo‹, also ›vom Schloss‹, da hat sich mein Vorfahr anscheinend gedacht, er baut eine Behausung, die zum Namen passt.«

Lässig lenkte Nicolás Fuego über den englischen Rasen, den ich in dieser Dichte, Gleichmäßigkeit und Farbintensität noch nirgends in Argentinien gesehen hatte. In Deutschland wurde ein solcher Rasen meist von argwöhnisch schielenden Gartenzwergen bewacht und hier ritt Nicolás einfach so darüber. Gut, er war auch der Hausherr. Das musste ich mir erst wieder ins Gedächtnis rufen.

Als ich den Rasen genug bewundert hatte, wandte ich mich dem Herrenhaus zu. Das Erste, was mir dazu einfiel, war, dass Nicolás' Großvater eine Vorliebe für europäische Architektur gehabt haben musste. Wenn auch aus unterschiedlichsten Epochen. Vor uns erhob sich ein lang gestrecktes Gebäude mit einem Säulengang davor. An den Säulen rankte malerisch der Efeu empor. Zur Eingangstür, besser gesagt, zum Eingangstor führte eine Treppe mit nach oben hin schmaler werdenden Stufen hinauf.

Ein steinerner Giebel über dem Tor zeigte zwei stilisierte Pferdeköpfe, deren Mähnen so herausgearbeitet waren, dass es aussah, als würde der Wind hindurchwehen. Über ihnen leuchteten ein zunehmender Mond und einige Sterne. Fuego begrüßte seine steinernen Artgenossen mit einem leisen Wiehern.

»Der Mond weist auf den Namen des Anwesens hin«, erklärte Nicolás. »›Luz de la Luna‹, Licht des Mondes. Der Sage nach war mein Großvater sehr abergläubisch und hat eine uralte Indianerin befragt, bevor er sich für ein Stück Land entschieden hat. Sie hat ihm gesagt, er solle die Landschaft beim Licht des Mondes betrachten und erst dann wählen.«

Ziemlich gruselig, nachts alleine in der Pampa herumzureiten und Ausschau nach einem Bauplatz zu halten. Aber ganz offensichtlich hatte es Glück gebracht. Schließlich stand Luz de la Luna immer noch. Das ganze Haus war elfenbeinfarben, hatte jedoch aufgemalte blassrote Verzierungen um die Fenster herum. Es sah aus wie eine Mischung aus griechischem Tempel, Südstaatenfarmhaus und verwunschenem Märchenschloss.

»Etwas gewöhnungsbedürftig, oder?« Nicolás blickte mich fragend an. »Der Stilmix ist nicht jedermanns Geschmack und die Säulen wirken vielleicht etwas protzig, aber …«

»Bist du verrückt? Das ist ein absoluter Traum!«

Ein Leuchten ging über sein Gesicht. »Ich bin froh, dass du das sagst. Mir hat es auch immer gefallen, obwohl hier eine Menge unschöner Erinnerungen hausen.«

»So wie das aussieht, kann jede Erinnerung getrost ein eigenes Zimmer beziehen und sich darin verbarrikadieren, und es bleiben trotzdem noch genug Räume frei, um eine ganze Großfamilie unterzubringen.«

»So, du planst also bereits den Einzug mit deinen Kindern und Kindeskindern?« Grübchen erschienen, als Nicolás lächelte. Seit wann hatte er Grübchen? Oder lächelte er einfach nur so selten, dass sie mir noch nie aufgefallen waren?

»Ich spreche natürlich von einer Alpaka-Großfamilie«, ergänzte ich hastig. »Alma würde es hier gefallen, wenn ihre kleinen Hufe über den Marmorboden klappern und in der Küche eine Karotte für sie bereitliegt …«

»Muss es Marmor sein oder nimmt sie auch mit Eichenholzparkett vorlieb?«

»Kein Marmor? Was ist denn das bitte für ein Schloss! Parkett könnte unter Umständen auch akzeptiert werden, wenn es schön poliert ist.« Ich gab mich großzügig.

»Vielleicht könnte ich mir so einen Haushaltsroboter zulegen. Nur dass er nicht staubsaugt, sondern den Boden wienert.«

»Faulpelz!«

»Was soll das denn heißen? Ist das ein deutsches Schimpfwort?« Nicolás lachte laut. »Keine Sorge, Fuego, sie hat mich gemeint, dein Pelz ist absolut unbescholten.« Er saß ab, band Fuegos Zügel um eine der Säulen und wandte sich zu mir, um mir beim Absteigen behilflich zu sein. Ich hätte es auch alleine geschafft, hatte jedoch nichts dagegen, Nicolás' warme Hände an meiner Hüfte zu spüren. Etwas atemlos landete ich direkt vor ihm und wollte auch mein Pferd zu einer der Säulen führen, doch Nicolás blieb einfach stehen, sodass ich nicht vorbeikam. Er legte seinen Zeigefinger unter mein Kinn und drückte es sanft empor, bis ich ihm direkt in die Augen schaute. Sein Blick war dermaßen intensiv, dass mein Atem stockte und ich direkt froh war, eingeklemmt zwischen Nicolás und der Stute zu stehen und nicht umkippen zu können.

Er hauchte mir einen Kuss auf den Mund und grinste dann. »Du hast riesengroße Pupillen! Als wärst du auf Drogen.«

»Bin ich doch auch! Dopamin und Oxytocin. Mein Lieblingshormoncocktail!«

Nicolás fuhr fort, meine Lippen mit seinen zu liebkosen. »Heißt das – das gefällt dir?«

Ich antwortete nicht, schloss jedoch die Augen, um die Zärtlichkeiten ganz auskosten zu können. Er zögerte absichtlich einen Moment lang, bevor der nächste Kuss kam, diesmal fordernder. Ein Schauer überrieselte mich. Ich lehnte mich gegen ihn und griff in sein Haar, um ihn dichter an mich heranzuziehen. Meine Finger streiften das Lederband, mit dem er sein Haar zusammengebunden hatte, und gruben sich in seine Kopfhaut. Überrascht hielt er für einen Moment inne, dann erwiderte er den Druck meines Körpers gegen seinen.

Plötzlich schnaubte Evita und machte einen Schritt nach vorne. Sie hatte anscheinend genug von dem sinnlosen Herumgestehe. Ich wäre beinahe hingefallen, wenn Nicolás mich nicht aufgefangen hätte. »Hoppla. Zu viel Hormoncocktail?«

»Nicht genug!«

»Wahrscheinlich sollten wir das auf heute Abend verschieben.« Seine Stimme klang rau. »Auch wenn mir das gerade sehr schwerfällt.«

Heute Abend? Hieß das, er ging davon aus, dass wir den Abend wieder zusammen verbringen würden? Oder sogar die Nacht? Ein glückliches Grinsen stahl sich auf mein Gesicht.

Nicolás blickte mich an und lachte. »Amy, du kannst deine Gedanken wirklich nicht verbergen. Das liebe ich an dir.«

Ich erstarrte. Wenn meine Pupillen vor diesem Satz schon riesengroß gewesen waren, so hatten sie jetzt sicherlich Kutschradgröße angenommen. Nicolás hatte das L-Wort gesagt. Ich hatte keine Ahnung, wie ich darauf reagieren sollte. »Ich dich auch«, das passte nicht in den Kontext. Außerdem wusste ich nicht, wie schnell man in Argentinien mit solchen Bezeichnungen war. War ihm das vielleicht einfach rausgerutscht, ohne dass er es wirklich meinte? Oder durfte ich mir Hoffnungen machen? Nein, sicher war nur die Wortwahl doppeldeutig gewesen. Andererseits sagte Nicolás normalerweise nichts, was er nicht auch so meinte. Seine tägliche Wortanzahl war ja sowieso ziemlich begrenzt. Mist, nun hatte ich zu lange nachgedacht, um noch schlagfertig darauf reagieren zu können. Vorsichtig stellte ich mich wieder aufrecht hin. Als wäre nichts geschehen, führte Nicolás meine Stute neben Fuego und band sie fest. Dann machte er eine kleine Verbeugung vor mir. »Darf ich Mylady nunmehr das Schloss von innen präsentieren?«

Ich legte die Hand auf seinen dargebotenen Unterarm und ließ mich die Treppe nach oben geleiten, wo ich überrascht stehen blieb. Die zweiflügelige Eingangstür war auf Augenhöhe mit Messing beschlagen. Ich erkannte Darstellungen von Menschen, Rindern und noch mehr Pferden.

»Das sind Szenen aus dem Leben der argentinischen Nationalheiligen. Der Mann, der kopfüber an dem Pfahl hängt, ist Gaucho Gil, unsere Version von Robin Hood. Er hat Rinder von den Reichen gestohlen, um das Fleisch an die Armen zu verteilen«, erklärte Nicolás.

Ich erinnerte mich, dass Gauchito die Story schon an meinem ersten Tag angebracht hatte, als er mich mit Gabriel vom Busbahnhof abgeholt hatte. Die Gauchos trugen ihm zu Ehren rote Halstücher, da während der Folterung Gils Blut kopfüber in sein Halstuch geflossen war und es rot gefärbt hatte. Gruselige Geschichte.

»Und hier haben wir die Difunta Correa.« Nicolás deutete auf eine kleine weibliche Figur, die auf dem Boden zwischen Hügeln zu liegen schien. Ich beugte mich näher heran und sah, dass die eine Brust der Frau entblößt war und ein Säugling daran hing. Eine Erinnerung blitzte auf.

»Die Difunta Correa hat während des Bürgerkriegs 1841 ihr Kind bekommen. Kurz darauf wurde ihr Mann von spanischen Soldaten verschleppt und sie folgte ihnen durch die Wüste. Eine Gruppe Gauchos fand sie nach einigen Tagen tot, doch das Kind hatte überlebt, da es wie durch ein Wunder durch die Muttermilch nicht verdurstet war. Die Gauchos haben sie in Vallecito begraben. Jeder Argentinier, der etwas auf sich hält, versucht, wenigstens einmal im Leben dorthin zu pilgern und der Verdursteten eine Flasche Wasser zu bringen.«

Ich sah Hectors Tattoo vor mir. Er hatte den Unterarm um meinen Hals gelegt und im Mondlicht hatte ich die Zeichnung genau erkennen können. Die stillende Frau mit dem Baby. Ein Schauer lief mir über den Rücken. Anscheinend war das kein seltsamer Fetisch, sondern eine Hommage an eine Heilige. Die Geschichte mit der wundertätigen Muttermilch kam mir etwas weit hergeholt vor. Aber die Verehrung ihrer bedingungslosen Mutterliebe hatte etwas Rührendes. Im Herzen waren die Argentinier doch alle Romantiker.

»Die Difunta gilt hierzulande noch immer als perfekte Ehefrau. Sie folgt ihrem Mann treu bis in den Tod und opfert sich für ihr Kind auf.« Nicolás grinste, als er meinen kritischen Gesichtsausdruck bemerkte.

»E-man-zi-pa-tion, Herr del Castillo, hat man dieses Wort hierzulande auch schon mal vernommen?«

»Die argentinischen Frauen sind sogar sehr emanzipiert. Sie machen meist genau das Gegenteil von dem, was ihre Männer ihnen sagen. Die Difunta hätte bestimmt auch daheimbleiben sollen, nachdem sie ihr Baby bekommen hat. Stattdessen ist sie losmarschiert, das sture Weib. So gesehen passt du eigentlich ganz gut hierher.«

Im Hinblick darauf, dass Hector die Difunta offenbar so toll fand, dass er sie sich hatte tätowieren lassen, behagte mir dieses Kompliment nicht besonders. Wobei Nicolás das natürlich nicht wissen konnte. Es war sicher nicht allzu schlecht, mit einer Nationalheiligen verglichen zu werden. Ich gab mich damit zufrieden und beobachtete gespannt, wie Nicolás das Lederband mit dem Schlüssel daran aus seinem Hemd zog, über den Kopf streifte und damit die Tür aufschloss. Ich hatte ein tiefes, schauriges Knarzen erwartet, kalte Luft, die uns mit Modergeruch wie aus einer Gruft entgegenschlug, und verdunkelte Fenster, an denen Spinnen klebrige Vorhänge webten. Stattdessen glänzte mir ein steinerner Mosaikboden frisch geschrubbt entgegen und die Strahlen der Abendsonne erleuchteten eine Sofakombination, Typ Wohnlandschaft für den anspruchsvollen Genießer, und fingen sich in einem riesigen Fernseher.

Ich konnte mir Nicolás hier überhaupt nicht vorstellen. Weder, wie er vor dem großen Fernseher saß, noch, wie er sich auf dem Sofa fläzte. Er war doch eher der asketische Typ, der auch einfach mal ein Stück Brot mit gutem Olivenöl genießen konnte und zur Not in seinen Poncho eingerollt auf dem Fußboden schlief. Oder war das nur seine Vorstellung vom Verhalten eines echten Gauchos und damit ein Lebensstil, den er erst vor Kurzem aufgenommen hatte?

Nicolás bemerkte meine Verwirrung und deutete auf den Fernseher. »Roberto hat gerne Fußball geschaut. Die Boca Juniors waren sein Verein. Manchmal habe ich ihm Gesellschaft geleistet, aber eher selten. Meine Freizeit habe ich meist draußen verbracht, mit Fuego oder mit den Hunden. Oder in meinem Lieblingszimmer. Hier entlang.« Er führte mich durch das Esszimmer, von dem ein kunstvoll gemauerter Durchbruch zur Küche abging. Ich erspähte eine Kochinsel, wie ich sie bisher nur in Einrichtungskatalogen bewundert hatte, und einen zweiflügligen glänzenden Kühlschrank mit extra Eisspender in der Tür. Das sah zwar toll aus und war sicher praktisch, aber insgeheim fand ich die leicht chaotische und bunt zusammengewürfelte Kücheneinrichtung bei Tante Morena gemütlicher. Eine Party war meist dann ein voller Erfolg, wenn sich die Leute irgendwann in der Küche drängten und dort fröhlich feierten. So etwas konnte ich mir in einer derart geschniegelten Küche überhaupt nicht vorstellen. Etwas traurig dachte ich, dass diese Küche eher zu Ben passen würde als zu Nicolás.

»Roberto hat auch gerne gekocht. Oder was er für Kochen hielt. Sich überbackene Nachos zum Fußballschauen zu machen zum Beispiel. Der Rest ist Deko.« Er wies auf die Kräutertöpfe am Fenster. »Wobei, manchmal holt sich die Köchin etwas davon für ihre Gerichte. Sie regiert in der alten Küche im Hinterhaus. Mit der modernen Ausstattung hier wollte sie nichts zu tun haben.« Nicolás grinste. »Vielleicht hatte sie aber auch einfach keine Lust darauf, dass wir ihr ständig auf die Finger schauen und ihre argwöhnisch gehüteten, streng geheimen Rezepte ausspionieren.«

»Aber was machen deine Angestellten jetzt, wo du nicht da bist?«

»Streng genommen waren es ja Robertos Angestellte. Sie werden erst mal weiterbezahlt, bis klar ist, ob ich das Erbe antreten darf. Ein gerichtlich bestimmter Verwalter kümmert sich solange um alle Belange der Estancia. Die Felder müssen ja trotzdem bestellt werden, die Tiere versorgt und die Maschinen gewartet. Ich habe nur Fuego mitgenommen, weil er wirklich mir gehört, seit seiner Geburt.«

Ich sah den Schmerz in Nicolás' Augen, als er die getroffene Regelung für mich zusammenfasste. Konnte ich etwas tun, um ihn zu trösten? Was musste das für ein furchtbares Gefühl sein, hierherzukommen und zu wissen, dass der Besitz, auf dem Nicolás aufgewachsen war, von einem völlig Fremden geführt wurde, der die Menschen und Tiere nicht kannte und vom Schreibtisch aus seine Entscheidungen traf?

Mittlerweile war mir auch klar, warum Nicolás zuvor nie darüber gesprochen und die Abgeschiedenheit auf San Martín vorgezogen hatte. Vielleicht war das sogar der Grund, warum er so zögerlich zum Asado mitgekommen war und mit kaum jemandem geredet hatte. An seiner Stelle hätte ich auch alles vermieden, um nicht an den Tod des Bruders und die drohende Anklage denken zu müssen.

Ich beschloss, mein Möglichstes zu tun, um ihn abzulenken. »Also? War das dein Lieblingszimmer, das du mir zeigen wolltest?«

»Die Küche? Traust du mir das zu?« Nicolás schüttelte den Kopf. »Da muss ich dich enttäuschen. Ich bin ein miserabler Koch. Wenn es nach mir geht, gibt es jeden Tag Pasta oder Käsebrot.«

»Dann ist es dir auch nicht so übermäßig wichtig, ob jemand backen kann oder nicht, oder?« Ich dachte an mein Kuchendesaster. Eigentlich hatte ich Glück im Unglück gehabt, dass nichts Schlimmeres passiert war mit diesem lebensgefährlich unzuverlässigen Backofen. Ein Gasherd kam mir jedenfalls nicht noch mal ins Haus. Wobei es ja durchaus Leute gab, die damit backen konnten, ohne sich selbst in die Luft zu sprengen. Bloß ich gehörte nicht dazu.

»Wenn dieser Jemand ansonsten ein netter Kerl ist, kann ich großzügig über mangelnde Backkünste hinwegsehen.«

Ich räusperte mich. »Sehr nett!«

»Und hübsch?«

»Bezaubernd hübsch!«

»Und humorvoll?«

»Zum Totlachen.«

»Und bescheiden?«

»Idiot!« Ich boxte Nicolás in die Seite, bis auch er lachen musste.

»Los, komm, ich wollte dir ja noch was zeigen.« Er schob mich einen langen, düsteren Gang entlang, an dessen Wänden Porträts streng blickender Ahnen hingen. Ich hätte gerne angehalten, um zu schauen, ob sich vielleicht ein Gemälde von Benicio darunter befand, doch Nicolás drängte weiter. »Das sind bloß Zufallsbilder. Mein Großvater war der Meinung, dass auf einen herrschaftlichen Landsitz eine Ahnengalerie gehört, das hat er über irgendwelche französischen Schlösser gelesen. Und da es keine Porträts im Familienbesitz gab, hat er einfach welche in Auftrag gegeben. Wer darauf abgebildet war, war ihm egal. Nur alt und wichtig sollten sie aussehen.«

Ich musste bei dem Gedanken lachen, dass der Maler vielleicht seine Putzfrau oder den Kakerlakenbeseitiger porträtiert hatte. Herkunft und Vermögen sah man einem Gesicht schließlich nicht an. Da mich das wieder an Isabela denken ließ, folgte ich Nicolás lieber schnell weiter und fragte nur noch: »Und der Safe ist nicht hinter einem der Gemälde versteckt? Hinter dem grimmigen Zwerg mit der Knollennase vielleicht?«

»O nein, mein Großvater hat sich ein ungemein kreatives Versteck dafür ausgedacht, vielleicht lasse ich dich später noch danach suchen, aber jetzt erst mal …« Nicolás blieb vor einer schmalen, niedrigen Tür stehen, die ich beinahe übersehen hätte.

»Hier.« Mehr sagte Nicolás nicht, doch das Lächeln auf seinem attraktiven Gesicht machte mir deutlich, dass er mir nun sein Lieblingszimmer zeigen wollte.

Ich hätte ihn küssen mögen, während er so lächelte. Warum tat ich es eigentlich nicht? Vielleicht, weil es mir bei Tageslicht so unwirklich schien, was die letzten Nächte zwischen uns vorgefallen war? Weil ich gerade erst den anderen Nicolás kennenlernte, den, der er fast sein ganzes Leben lang gewesen war?

»Bereit?« Mit feierlicher Miene drehte Nicolás den Türknauf und schob die Tür Zentimeter für Zentimeter auf.

Ich versuchte, einen Blick über seine Schulter zu erhaschen. Das Erste, was ich durch den schmalen Spalt erkannte, waren Bücher. Dann noch mehr Bücher. Vom Boden bis zur Decke. Von Wand zu Wand, an allen vier Seiten des Raumes. Eine Bibliothek, aber was für eine! Nur die zwei Fenster blieben ausgespart. Dafür waren es jedoch keine gewöhnlichen Fenster, sondern welche, in die neben den durchsichtigen auch grüne, rote, blaue und orangefarbene Glasscheiben eingesetzt waren. Die Sonne, die hindurchschien, malte bunte Lichtflecke auf den hellen Parkettboden. Ich trat einen Schritt vor, streckte die Hand aus und bewunderte die Farbtupfer, die nun auch auf meiner Haut erschienen. Nicolás krempelte sein Hemd hoch und schloss sich meinem Spiel an. Kurz blitzte in mir der Gedanke auf, wie ungewöhnlich es wohl aussähe, wenn wir hier nackt voreinander stünden. Aber so weit waren wir nicht. Noch nicht. Hier in diesem Zimmer, das wie verzaubert wirkte, schien plötzlich so vieles möglich zu sein. Ich ließ meine Fingerspitzen über karmesinrote und kornblumenblaue Flecken auf Nicolás' Armen wandern. Spürte die Wärme seiner Haut, fühlte sein Lächeln, ohne ihn dabei anzusehen.

»Es ist wunderschön hier.«

»Wenn meine Mutter mich gesucht hat, gab es immer nur zwei Orte, an denen sie nachgeschaut hat. Hier und im Pferdestall.«

Ich konnte mir Nicolás als kleinen Jungen lebhaft vorstellen. Wie er leicht verschwitzt vom Draußenspielen hier hereinrannte, mit einiger Mühe einen großen Atlas aus dem Regal zog, seine unbändigen dunklen Locken aus dem Gesicht strich und sich in den Sessel kuschelte, um die Inseln der Ägäis auswendig zu lernen. Vielleicht war es sogar noch derselbe Drehsessel, der hier mit dunkelrotem Leder von uns abgewandt in der Mitte des Raumes stand. Ich wollte mich hineinsetzen und probieren, ob sich die Zeit nicht zwanzig Jahre zurückdrehen ließ, wenn ich mich kräftig abstieß.

Beim Näherkommen fiel mir auf, dass der Sessel irgendwie unerwartet roch. Nach einem Männerparfüm vielleicht und leicht alkoholisch. So, wie ich mir den Geruch in einem Gentlemen's Club vorstellte. Einem Duft jedenfalls, den ich noch nie bei Nicolás wahrgenommen hatte. Ich wollte Nicolás gerade danach fragen, als der Sessel plötzlich herumgeschwenkt wurde. Ein Mann saß darin, im anthrazitgrauen Anzug, einen Kognakschwenker mit bernsteinfarbener Flüssigkeit in der Hand. Er lächelte uns an.

Ich erschrak furchtbar und zuckte zusammen, sodass ich gegen das niedrige Tischchen stieß und eine Blumenvase umfiel. Einige langstielige gelbe Rosen landeten auf dem Boden, Wasser tropfte hinterher.

»Hoppla.« Der fremde Mann machte eine Handbewegung, als wollte er einen Dienstboten herbeirufen, um das Chaos zu beseitigen. Stattdessen sammelte ich die Rosen wieder auf und suchte in meiner Hosentasche nach einem Taschentuch. Wer wusste schon, ob das gute Parkett durch die Wasserflecken nicht irreparablen Schaden nahm.

»Willst du deiner Freundin nicht helfen, Nicolás?«

Nicolás hatte sich nicht von der Stelle gerührt. Seine Augen fixierten den Mann. »Was tust du hier, Fernando?«

»Dasselbe könnte ich dich fragen. Zuletzt wurde mir berichtet, du wärst abgetaucht, um etwas Cowboy zu spielen. Oder sollten wir besser sagen, Räuber und Gendarm?«

»Das ist immer noch mein Besitz. Wo ich lebe und was ich arbeite, hat damit überhaupt nichts zu tun.«

»Sicher, sicher.« Scheinbar gelangweilt ließ Fernando die Flüssigkeit in seinem Glas kreisen. »Ich bin auch nur zufällig hier. Mein greiser Vater meinte, ich sollte mal nach dem Rechten schauen. Und diesem Wunsch bin ich zur Abwechslung mal gerne nachgekommen.«

»Ach ja? Dann ist ihm vielleicht entgangen, dass Luz de la Luna momentan durch einen staatlich eingesetzten Verwalter betrieben wird. Es ist nicht gerade so, als würde hier alles verfallen.«

»Nun ja, man möchte doch wissen, was hier so vor sich geht. Jetzt, da die Frage nach dem Erbe ja sozusagen wieder offen ist. Der Verwalter sieht das offenbar ähnlich und hat mir äußerst zuvorkommend den Schlüssel ausgeliehen.«

Ich konnte die Wut, die Nicolás ausstrahlte, beinahe körperlich spüren. Doch sein Gesicht war undurchdringlich wie eh und je. »Ihr werdet Luz de la Luna nicht bekommen.« Seine Stimme klang gefährlich leise.

»Das, mein Lieber, lassen wir doch besser die Justitia entscheiden. Du scheinst ja der Meinung zu sein, dass du keinen Anwalt nötig hast. Der Gute war recht erbost, das muss ich dir sagen.«

Ich erinnerte mich gut an die Szene, als ich mit Gabriel vom Einkaufen zurückgekommen war und Nicolás mit dem unsympathischen Anzugträger gestritten hatte. Damals war auch Fernandos Name gefallen, wenn ich mich nicht irrte. Zum Glück hatte Nicolás sich heute besser im Griff.

»Gehst du freiwillig oder muss ich dich rausschmeißen?«

»Aber, aber.« Fernando zog spöttisch seine Augenbrauen nach oben. Ich hatte diese Mimik inzwischen so oft bei Nicolás beobachtet, dass mir dadurch die Verwandtschaft zwischen den beiden bestätigt wurde. Auch wenn er viel kleiner und hagerer war. Kein Wunder, dass wir nichts von ihm gesehen hatten, als der Sessel zu den Fenstern ausgerichtet stand. »Wo bleiben deine guten Manieren? Färbt das Leben unter den Gauchos wohl schon ab?«

Provozierend langsam stand er aus dem Schwenksessel auf, strich die Hosenbeine seines Anzugs glatt, schloss den Knopf am Jackett und hob den Kognakschwenker, um sich die bernsteinfarbene Flüssigkeit in den Mund zu gießen, ohne mit den Lippen das Glas zu berühren. »Auf dein Wohl!« Er hob das leere Glas in Nicolás' Richtung. »Auf das von Roberto können wir ja leider nicht mehr trinken.«

»Raus!«

Ich drehte mich um, weil ich mich vergewissern wollte, dass Fernando tatsächlich zur Tür ging. Er war sogar kleiner als ich, schaffte es aber trotzdem, herablassend zu lächeln. Dabei strich er wie beiläufig mit den Fingern über einige Buchrücken, als wollte er seinen Besitzanspruch nochmals verdeutlichen. Ich hörte das Geräusch seiner Lederschuhe auf dem polierten Steinboden noch eine ganze Weile. Die leichten Absätze trug er bestimmt aus Eitelkeit, um größer zu wirken.

»Nicolás ...« Zögernd streckte ich die Hand aus, um ihn zu berühren, entschied mich dann aber, nur ganz leicht seine Schulter zu streifen.

»Jetzt kennst du auch den verkommensten Spross meiner ruhmreichen Familie. Meinen Cousin Fernando.«

»Ich fand ihn irgendwie ... unheimlich. Er strahlt etwas Böses aus.« Mir lief ein Schauer über den Rücken, wenn ich daran dachte, dass er bewegungslos im Sessel verharrt hatte, um unser Gespräch zu belauschen.

»Er ist zwar kein besonders angenehmer Zeitgenosse, aber auch kein Meuchelmörder. Er hat sein Geld mit der Anlageberatung von Schneeballsystemen gemacht, immer so eben haarscharf an der Illegalität vorbei. Dass gutgläubige Leute dabei ihr Erspartes verlieren, ist ihm völlig egal. Aber natürlich hätte er gerne einen Besitz wie diesen. Wahrscheinlich würde er Luz de la Luna sofort in einen Country Club umwandeln, wenn er es in seine Finger bekäme. Oder den noblen Gutsherrn herauskehren, um potenzielle Anleger von seiner Zahlungskraft zu überzeugen.«

»Findest du es nicht beunruhigend, dass der Verwalter ihm den Schlüssel ausgehändigt hat?«

»Leider hat er recht mit dem, was er sagt. Wenn mir das Erbe abgesprochen wird, ist sein Vater, mein Onkel, als nächster Verwandter an der Reihe. Und Onkel Tito ist mittlerweile in einem Altersheim. Wer weiß, wie sein gesundheitlicher Zustand sich verändert? Dann wäre Fernando dran.«

Während Nicolás mir die Zusammenhänge erklärte, gingen wir zurück zur Eingangstür. Ich konnte es ihm nicht verdenken, dass er nach dieser Begegnung keine große Lust mehr auf die Fortsetzung der Hausbesichtigung hatte. Ich wollte ihn nicht dazu drängen, obwohl ich gerne die übrigen Räume und vielleicht sogar Nicolás' Schlafzimmer gesehen hätte. Sein früheres Leben kam mir nach wie vor dermaßen fremd vor, dass ich das Bedürfnis hatte, mehr darüber zu erfahren. Sorgfältig sperrte Nicolás die Tür ab und versteckte den Schlüssel nach einem kurzen, wehmütigen Blick wieder unter seinem Hemd.

Eine dichte Wolke hatte sich vor die Sonne geschoben und warf ihren Schatten über das Haus und uns. Plötzlich wollte ich so schnell wie möglich hier weg. Ich saß mit Nicolás' Hilfe auf und trieb meine Stute zum Galopp. Nicolás und Fuego würden uns problemlos einholen. Erst unterwegs fiel mir auf, dass wir ganz vergessen hatten, Benicios Brief aus dem Safe zu holen. Ich tröstete mich damit, dass es ja nicht eilte. Nach mehreren Jahrzehnten seit Benicios Tod kam es auf einen Tag mehr oder weniger nicht an. Außerdem hatte ich so einen guten Grund, Nicolás zu fragen, ob er noch einmal mit mir hierherreiten wollte. Für heute hatte ich genug erlebt. Daheim wartete eine schöne belebende Mate oder vielleicht sogar eine heiße Schokolade, wenn ich die Zwillinge ganz lieb danach fragte.

***

Als wir uns dem Hauptgebäude von San Martín näherten, sah ich zwei Gestalten aus der Tür treten. Zuerst erkannte ich Isabela an ihrem langen dunklen Haar und stöhnte innerlich auf. Wartete hier die nächste Auseinandersetzung? Bestimmt war sie alles andere als begeistert davon, dass Nicolás mich auf einen Ausritt mitgenommen hatte. Diesmal würde ich gar nicht reagieren und sie ihr Gift verspritzen lassen. Wobei sie in Nicolás' Anwesenheit ja eigentlich meistens recht zahm war. Offenen Streit wollte ich gerade jedenfalls auf gar keinen Fall.

Isabela blieb stehen und deutete auf uns. Daraufhin blickte auch der Mann neben ihr in unsere Richtung. Irgendetwas an ihm kam mir bekannt vor.

Mein Körper reagierte mit schnellerem Herzschlag. Mein Mund wurde trocken, ich fühlte mich plötzlich nervös. Erst die körperliche Reaktion überzeugte mich davon, dass ich wusste, wer dort neben Isabela stand. Die Größe, die Haltung, die Haare, sogar die Kombi aus beiger Hose und Polohemd kannte ich. Aber das konnte doch nicht wahr sein. Mein Gehirn sagte mir, dass das ganz unmöglich war!

Evita wieherte leise, als spürte sie meine Verwirrung. Vielleicht freute sie sich aber auch nur auf ihren Stall und eine Extraportion Hafer. Vergebens versuchte ich, meine Gedanken zu sortieren oder meinen Gesichtsausdruck zu beherrschen. Mein Kopf fühlte sich an, als hätte man einen Bienenschwarm darin ausgesetzt. Die Gedanken schwirrten umher und sammelten sich zu einer drängenden Frage, die mit dem Rhythmus der

Hufe auf dem staubigen Weg in meinem Kopf pulsierte. Was um alles in der Welt wollte er hier?

Fuego und Evita schritten über den Platz und hielten von selbst vor Isabela und dem Besucher an. Ich konnte nicht anders, als ihn anzustarren. Er lächelte und winkte mir zu. »*Bu-e-nos dí-as*, Amy«, sagte Ben in gebrochenem Spanisch.

18 – Horch, was kommt von draussen rein

Handbuch für die gute Ehefrau
Begrüßen Sie ihn nicht mit Beschwerden und Problemen.

Am liebsten wäre ich auf Evita sitzen geblieben oder fluchtartig zurück in die Pampa galoppiert. Stattdessen schwang ich mich hinunter und wunderte mich im selben Moment, dass ich weder mit dem Fuß im Steigbügel hängen blieb, noch unten in einer Pfütze landete. Ben wirkte auch angemessen beeindruckt. Er trat auf mich zu, zog mich in eine Umarmung und hauchte mir Küsschen auf beide Wangen. Ich blieb stocksteif stehen, was ihn nicht sonderlich zu stören schien.

»Na? Ist die Überraschung gelungen?« Er befand sich noch immer so dicht vor mir, dass ich mich eingeengt fühlte und einen Schritt zurücktrat. Der vertraute Duft seines Rasierwassers löste eine Flut von Erinnerungen in mir aus.

Ben, wie er in der Buchhandlung zum ersten Mal vor mir gestanden hatte. Ben und ich auf der Hochzeit eines befreundeten Paares. Ich war um Mitternacht in ein Handgemenge um den

Brautstrauß geraten und hatte mir eine Gehirnerschütterung geholt. Ben warf mehrere Münzrollen Kleingeld in den Süßigkeitenautomaten im Krankenhaus, um an den Nussriegel ranzukommen, den ich besonders mochte. Wir beide an Halloween auf dem Sofa, während wir über einen schwarz-weißen Vampirfilm aus den Zwanzigern diskutierten und geröstete Kürbiskerne futterten. Ben, wie er mir einen Stadtplan von München zum Geburtstag schenkte und alle Orte, an denen wir schon gemeinsam gewesen waren, rot markiert hatte, und die, die er mit mir besuchen wollte, grün. Der Stadtplan lag vermutlich noch immer im Handschuhfach in meinem Auto.

Ben. Mein Ben. Oder besser: der Früher-mal-mein-Ben. Kurz rechnete ich nach, wann wir uns zuletzt gesehen hatten. Als er mit mir Schluss gemacht hatte, hatte ich die sieben Wochen bis zur Auflösung meines Arbeitsvertrages mit dem Kindergarten noch in Deutschland verbracht. Hier in Argentinien war ich seit ungefähr sechs Wochen. Über dreizehn Wochen war unsere letzte Begegnung also her, ein Vierteljahr! Gut sah er aus. Ich fragte mich, wie er es geschafft hatte, frisch rasiert und mit sauberen, knitterfreien Klamotten hier aufzutauchen. Allerdings trug er nicht seine besten Sachen, sondern welche, die er nicht ins Büro anziehen würde. Das dunkelblaue Polohemd, das so gut zu seinen Augen passte, hatte ich mehrmals beim Frühstück angehabt, wenn ich bei ihm übernachtet hatte. Ob das Zufall war? Oder hatte er es bewusst deshalb ausgewählt?

»So was!« Mehr brachte ich nicht heraus. Ich hatte keine Ahnung, wie ich mich verhalten sollte. Eine Stimme in meinem Kopf, die verdächtig nach meiner Mutter klang, forderte mich hartnäckig auf, mich begeistert zu geben. Also zwang ich ein Lächeln auf mein Gesicht, das sich wie einzementiert anfühlte, und wiederholte: »Na, so was!«

Nicolás saß ebenfalls ab und sah mit unergründlichem Blick zwischen Ben und mir hin und her. Ich spürte, wie ich rot wurde. Sollte ich sie einander vorstellen? Aber was sollte ich da sagen? Nicolás, das ist Ben, der Typ, der mich hat sitzen lassen, nachdem ich meinen Job gekündigt und meinen Ofen gesprengt habe. Und Ben, das ist Nicolás, mein neuer Liebhaber. Die Polizei ermittelt momentan gegen ihn, aber eigentlich ist er ganz nett und vor allem reich. Haha. In mir wollte ein hysterisches Lachen aufsteigen, das ich zurückzudrängen suchte.

Ben tätschelte Evitas Nüstern und zog nervös die Hand zurück, als sie schnaubte und mit dem Kopf ruckte. »Weekendtrip auf einen argentinischen Bauernhof – meine Kollegen werden ausflippen, wenn ich das poste.«

Lächeln und nicken, nicken und lächeln. »Ich muss Evita noch absatteln.« Gut, dass mir das eingefallen war. So gewann ich vielleicht ein paar Minuten, um mich zu sammeln. Ich griff nach dem Halfter und machte Anstalten, sie zum Stall zu führen.

»Unsinn, dafür ist doch wohl dieser Stallbursche da. Ich bin schließlich nicht um die halbe Welt geflogen, um dir dann beim Ausmisten zuzusehen.« Ben wedelte mit der Hand vor Nicolás' Gesicht herum und deutete auf meine Stute und zum Stall. Als Nicolás nicht reagierte, zog er sein Lederportemonnaie aus der Hosentasche, musterte die ungewohnten argentinischen Scheine und hielt Nicolás schließlich einen hin. »*You – go – with – both – horses.*«

Bevor ich eingreifen konnte, hatte Nicolás den Geldschein ergriffen, eine Blume daraus gefaltet und mir ins Haar gesteckt. Dann sagte er in perfektem Oxford-Englisch: »*I'd prefer to take the two girls. But we'll see who will be happier with his possessions.*« Er pfiff nach Fuego, nahm beide Pferde am Zügel und führte sie weg.

Ben starrte ihm hinterher. »Also, der nimmt sich ja allerhand heraus. Dass deine Tante ihren Angestellten so ein Benehmen erlaubt!«

»Nicolás ist kein richtiger Angestellter. Er ist …« Ich wusste nicht, was ich weiter erklären sollte, doch Ben schien Nicolás' Auftreten nicht weiter zu hinterfragen. Er lächelte Isabela an, die vorgeblich schüchtern neben uns stand und mit großen Augen zu Ben hochblinzelte. »Die hier dagegen ist ganz nett.«

So nett wie eine Tarantel, Hyäne oder ein blutsaugender Moskito.

»Na, da hast du ja einen feinen Freund mit ausgezeichneten Manieren. Jetzt ist mir klar, warum du nach Argentinien abgehauen bist«, zwitscherte Isabela auf Spanisch. Ganz entgegen ihren Worten, die Ben nicht verstand, strahlte sie ihn an und ließ dabei ihre blendend weißen Zähne blitzen. Vermutlich schmierte sie da auch Whitening-Creme drauf. »Dann lasse ich euch beide mal alleine. Ihr habt bestimmt viel nachzuholen nach der langen Trennung. Morena hat schon gesagt, dass leider kein anderer Bungalow frei ist – aber das kommt euch ja sicher entgegen.« Sie winkte Ben neckisch zu und stolzierte mit wiegenden Hüften davon.

Wieso war kein anderer Bungalow frei? Waren plötzlich neue Gäste angekommen oder was? Gedankenverloren starrte ich ihr hinterher. Gut gelaunt schwenkte sie ihre Handtasche, während sie auf die Allee zuging. Anscheinend hatte sie Feierabend. Das Haar fiel wie eine Wasserfallkaskade über die Jeansjacke, es sah aus wie bei einem Filmstar. Plötzlich bemerkte ich, dass ein Auto zwischen den Bäumen stand und Isabela darauf zusteuerte. Ein sehr gepflegter, sicherlich teurer Wagen. So viel konnte ich von hier aus erkennen. Im Licht der untergehenden Sonne glänzte der schwarze Lack mit Isabelas Haar um die Wette. Wie der Fahrer es wohl schaffte, dieses Luxusgefährt heil durch all die Schlaglöcher, Schlammpfützen und über die Schotterpisten zu steuern? Isabela öffnete die Beifahrertür, beugte sich kurz hinunter, um ins Auto zu schauen, und stieg dann ein. Mit wem hatte sie sich da verabredet? So ein Auto konnte sich doch keiner in San Antonio leisten, oder? Neugierig schaute ich dem Wagen hinterher, als er wendete und zwischen den Pappeln verschwand. Hatte Isabela etwa einen reichen Verehrer? Aber wieso war er dann zwischen den Bäumen stehen geblieben, statt bis zum Hof zu fahren und Isabela direkt hier einsteigen zu lassen? Traf sie sich vielleicht mit einem verheirateten Mann, der nicht mit ihr gesehen werden wollte?

Ein Räuspern unterbrach meine wilden Spekulationen. Ich seufzte. Zwar war mir Isabelas Gegenwart alles andere als lieb, aber alleine mit Ben auf dem Hof herumzustehen fühlte sich auch nicht besonders gut an.

Ben streckte die Hand nach mir aus und ich erstarrte. Doch er pflückte nur die Geldscheinblume aus meinem Haar, faltete sie auseinander und verstaute den Schein wieder in seinem Geldbeutel. Dann sah er mich an.

Er versuchte sich an einem Lächeln. »Freust du dich eigentlich gar nicht, dass ich hier bin? Du verhältst dich so kühl, dass man das Gefühl hat, neben dem Backteigweihnachtsmann aus dem Tiefkühlregal zu stehen.«

»Das ist wirklich eine Überraschung, dass du hier bist.« *Aber keine besonders gelungene. Denn mein letzter Stand ist, dass wir nicht mehr zusammen sind. Dass du mich als unreif wie eine Dreizehnjährige bezeichnet hast und lieber nicht mehr mit einem so unfähigen Menschen dein Leben teilen wolltest.* Das hätte ich gerne gesagt. Stattdessen beließ ich es bei dem ersten Satz und fügte ein entschuldigendes »Es war ein langer Tag« hinzu.

»Tja, das kann ich mit Fug und Recht ebenfalls behaupten. Aber müssen wir das wirklich hier auf einem staubigen Vorplatz erörtern? Sollen wir es uns nicht lieber irgendwo gemütlich machen?« Er fragte es mit einem verschmitzten Grinsen, das ich früher süß und draufgängerisch gefunden hatte.

Jetzt wollte und wollte dieses Gefühl nicht in mir aufkommen. Stattdessen fühlte ich eine zunehmende Gereiztheit. Ich nickte, lächelte und nahm ihn mit zu meinem Bungalow. Irgendetwas Essbares würde ich dort bestimmt auch auftreiben. Ich hatte überhaupt keine Lust, in die Küche zu gehen und dort den Zwillingen oder Tante Morena zu begegnen. Das unerwartete Wiedersehen musste ich erst einmal verarbeiten und überlegen, was ich nun tun sollte. Oder wollte.

***

In meinem Bungalow räumte ich einen Stapel frisch gewaschener Kleidung, den mir Clara Luz gebracht haben musste, vom Sessel. »Setz dich doch.« Mein Zahnputzglas spülte ich aus und goss Mineralwasser hinein, dann suchte ich einige Cracker, eine Banane und mehrere Alfajores zusammen und bot sie Ben an. Süßigkeiten gab es bei mir immer genug. Er bedankte sich überraschend höflich. Ich ließ mich ihm gegenüber mit gekreuzten Beinen auf dem Bett nieder.

Eine Pause trat ein, in der wir uns gegenseitig musterten. Die wenigen Monate, in denen wir uns nicht gesehen hatten, hatten Veränderungen mit sich gebracht. Bei mir, aber sicher auch bei Ben.

Schließlich nickte er. »Gut siehst du aus. Die frische Luft bekommt dir anscheinend. Und der Sport.«

Ich hörte ein unausgesprochenes »Ich habe es dir ja schon immer gesagt« heraus. Das hatte er, in der Tat. Und ich hatte einen sündhaft teuren Fitnessstudiovertrag abgeschlossen, um mich dann zweimal im Monat alibihalber auf einem Crosstrainer herumzudrücken. Ich hatte mich so albern gefühlt zwischen all den durchtrainierten Damen und Herren in atmungsaktiven

Leggins, die mit Vorliebe vor dem Spiegel trainierten, um das Spiel ihrer Muskeln zu beobachten. Reiten war etwas ganz anderes. Um Welten besser. Dabei kam nie dieses »Ich muss mich jetzt überwinden, um Sport zu machen«-Gefühl auf. Aber wollte ich ihm das alles erzählen? Sicher nicht. Eigentlich hatte ich überhaupt keine Lust auf Small Talk. Erst mussten die wesentlichen Dinge geklärt werden.

Entschlossen beugte ich mich ihm entgegen. »Ben, was willst du hier?«

Wir sahen uns an. Endlich brachte ich es über mich, das falsche Lächeln von meinen Lippen zu verbannen. Ich war von seinem überfallartigen Auftauchen geschockt und noch immer verletzt, wie er unsere Beziehung beendet hatte. Ich hatte jedes Recht der Welt, nicht begeistert von diesem Besuch zu sein. Und das durfte man mir auch ansehen. Obwohl ich den inneren Zwang spürte, mich lieb und anschmiegsam zu zeigen, hatte ich das nicht nötig. Auch wenn es Ben war, in den ich so lange verliebt gewesen war.

Er wandte zuerst den Blick ab. »Tja. Ich will dich zurückholen. Nach München. In meine Wohnung, wenn du willst.«

»Du bist einfach mal so spontan hierhergeflogen, um abzuchecken, ob deine Ex-Freundin zufällig Lust hat, bei dir einzuziehen?«

Er holte tief Luft. »So habe ich mir die Begrüßung nicht vorgestellt, wenn ich ehrlich sein will. Wieso bist du so schnippisch?«

»Ich bin nicht schnippisch, einfach nur überrascht, ich …« Wieso rechtfertigte ich mich eigentlich? Wie war es möglich, dass Ben kaum eine halbe Stunde hier war und ich direkt in alte Verhaltensmuster zurückfiel? Ein Spruch von Hildegard Knef kam mir in den Sinn, der besagte, dass brüllende Frauen als hysterisch wahrgenommen würden, brüllende Männer dagegen als dynamisch.

»Komm, Amy, sei nicht sauer.« Zerknirscht blickte Ben mich an. »Ich weiß, dass ich dir gegenüber nicht fair war. Ich hätte nie so mit dir reden sollen, wie ich es getan habe, und der Zeitpunkt war natürlich auch denkbar ungünstig.«

»Ungünstig? Du hast mich an unserem Jahrestag abserviert, als ich mit verbranntem Gesicht von einer Gasexplosion vor deiner Tür stand!«

Ben sah betreten drein. »Ja, und das war wirklich nicht in Ordnung. Seit du weg bist, habe ich mich die ganze Zeit dafür geschämt und es bereut.«

»Zu Recht.« Ich verschränkte die Arme vor der Brust. Mein linker Fuß wippte nervös auf und ab. Ben legte sachte seine Hand darauf. »Nachdem mir deine Mutter berichtet hatte, wie schlecht es dir hier geht, habe ich beschlossen, dich zurückzuholen. Ich wäre auch gekommen, wenn mir deine Eltern den Flug nicht bezahlt hätten!«

Ich sprang auf, wobei Bens Hand von meinem Knie rutschte, und starrte ihn an. »Wie bitte! Sie haben was getan?« Heiße Wut packte mich. Am liebsten hätte ich meinen Eltern meine Empörung ins Gesicht gebrüllt. Wie spät war es, konnte ich dort anrufen? Deutschland war uns fünf Stunden voraus, also war es dort gerade mitten in der Nacht. Völlig egal, und wenn ich sie zehnmal aufweckte!

Ich wählte die deutsche Vorwahl und die Festnetznummer. Es klingelte und klingelte. Schließlich meldete sich meine Mutter mit einem knappen: »*Diga?*« Nur sie brachte es fertig, gleichzeitig verschlafen und alarmiert zu klingen. Ich vergeudete keine Zeit damit, überhaupt zu sagen, wer anrief, sondern legte sofort los. Was ihnen einfiele, Ben irgendwelche Storys zu erzählen, damit er mich überredete heimzukehren. Dass sie intrigant und manipulativ seien. Dass ich niemals gedacht hätte, dass sie sich auf so ein Niveau begeben würden. Meine Mutter setzte unentwegt an, etwas zu entgegnen, doch diesmal übertönte ich sie einfach. Im Hintergrund hörte ich die erschrockene Stimme meines Vaters, die ich ebenso ignorierte. »Kümmert euch gefälligst um euer eigenes Leben!«, brüllte ich auf Spanisch. Leider konnte man mit der modernen Technologie nicht so effektvoll den Hörer auf die Gabel knallen, wie es früher mal möglich gewesen war, aber zumindest konnte ich auflegen, ohne ihnen eine Chance auf Erwiderung zu geben. Zudem schaltete ich mein Handy direkt aus, sodass sie nicht zurückrufen konnten.

Ben saß sichtlich geschockt bewegungslos in seinem Sessel. Bestimmt fragte er sich, ob ich gleich eine ebensolche Schimpftirade auf ihn loslassen würde. Aber erstaunlicherweise war mein Zorn durch den Ausbruch am Telefon nahezu verraucht. Statt wütend fühlte ich mich nun traurig und müde. Ich ließ mich zurück auf die Bettkante sinken und musterte Ben. Kam es mir nur so vor oder sah er ebenso müde aus, wie ich mich fühlte? Weniger dynamisch, weniger zielstrebig als zu der Zeit unserer Beziehung? Oder war das dem Jetlag geschuldet?

»Und du kommst dir nicht blöd vor, das Geld meiner Eltern anzunehmen, um dir deinen Weekendtrip, wie du es nanntest, zu finanzieren?«, wollte ich leise wissen.

Ben konnte mir nicht in die Augen blicken. »War eine schlechte Idee.«

Ich nickte stumm.

»Ich habe es vermasselt, oder?«

Darauf wusste ich keine Antwort. Früher hätte ich selbst diese faule Aktion noch nachsichtig als nette Geste begrüßt und hätte das ungute Gefühl in mir zu ignorieren versucht. Wenn man von einem romantischen Wiedersehen ausging, das ich mir bis vor ein paar Wochen vielleicht sogar noch insgeheim ausgemalt hatte, dann hatte er das allerdings definitiv verbockt. Aber Ben war längst nicht mehr der Mann meiner Träume. Wie konnte ich da überhaupt Erwartungen an ihn haben?

Ich konnte ihm gerade beim besten Willen keine Antwort auf seine Frage geben. Vielleicht tat es uns beiden gut, erst mal die praktische Seite anzugehen. »Hat Tante Morena dir erklärt, warum kein anderer Bungalow zum Übernachten frei ist?«

»Erklärt? Ich habe ja nicht mal ihr Begrüßungsgemurmel verstanden. Mann, hat die einen starken Akzent. Ein bisschen Englisch zu sprechen wäre ja vielleicht nicht verkehrt, wenn sie hier Touristen beherbergen will.« Als er merkte, dass ich die Stirn runzelte, ruderte Ben schnell zurück. »Ganz charmant natürlich. So stellt man es sich ja auch vor, wenn man herfliegt. Etwas chaotisch, aber herzlich.«

Ich nickte gnädig.

»Na ja, um ehrlich zu sein, bin ich davon ausgegangen, dass ich hier schlafen kann.« Er blickte von mir zum Bett und wieder zurück.

Natürlich hatte ich mir das schon gedacht, aber gehofft, dass ich um die peinliche Situation herumkam. Ich strich über die sorgfältig gefaltete Decke, das frisch aufgeschüttelte Kopfkissen. Rosa Linda kam jeden Tag, um mein Bett zu machen, abzustauben und etwas aufzuräumen. Ich hatte ihr immer wieder gesagt, dass das nicht nötig sei und ich mein Zimmer selbst in Schuss halten konnte, doch jedes Mal hatte sie nur tadelnd mit der Zunge geschnalzt und war davongewuselt. Das Bett sah einladend und gemütlich aus und war sicherlich groß genug, um Ben und mir ausreichend Platz zu bieten. Sogar so groß, dass wir uns gar nicht berühren würden. Trotzdem wollte ich absolut nicht mit ihm darin schlafen.

Schnell begann ich damit, die Decken aus dem Schrank zu kramen, die Tante Morena während meiner Dengue-Erkrankung angeschleppt hatte.

»Ich mache dir ein Lager hier auf dem Teppich, einverstanden?«

Ben nickte stumm. Ich war froh, dass er nicht anfing, mit mir zu diskutieren. Er half mir, die Decken auszulegen, und schnappte sich das kleine Kissen aus dem Lesesessel. Ich suchte noch weitere Kissen zusammen. Als ich mich zu ihm umdrehte, streifte er gerade sein Polohemd von den Schultern.

»Ben, ist es wirklich nötig, dass du hier oberkörperfrei …« Meine Augen weiteten sich, als ich auf seine nackte Brust schaute. Dann sprang ich vor und klatschte die Hand auf die Haut dicht unterhalb des linken Schlüsselbeins.

»Autsch, was soll das?«

»Ein Moskito. Gibt um die Jahreszeit immer noch einige hartgesottene.« Ich zeigte ihm die zerdrückte Mücke auf meiner Handfläche. »Übertragen Denguefieber, wenn du Pech hast. Deshalb würde ich dir dringend raten, dir wieder was anzuziehen.«

»Du hast mich gekratzt!« Ben inspizierte seinen Oberkörper im Spiegel. »Hm, sieht eigentlich ganz draufgängerisch aus. Ich bin es bloß noch nicht gewohnt, dass du deine Zuneigung auf diese Weise zeigst.« Sein Spiegelbild zwinkerte mir zu.

»Nächstes Mal bitte ich den Moskito höflich, doch woandershin zu fliegen.«

»Auf Spanisch bitte, sonst versteht er dich ja nicht. Und mit Brumm-Lauten untermalt. So: Summmmm, summ summ sssssstttttt summm!«

Wider Willen musste ich lachen. »Du bist so ein Quatschkopf.«

Ben lächelte mich liebevoll an. »Du hast schon immer die Gabe besessen, das bisschen Humor, das ich besitze, aus mir herauszukitzeln. Das ist mir aufgefallen, als du weg warst. Ich habe viel weniger gelacht.«

Wir sahen uns in die Augen. Plötzlich war nichts mehr übrig von dem überheblichen Gebaren bei seiner Ankunft. Er wirkte unsicher wie ein kleiner Junge. Die Businessanzüge, die teuren Handys und Uhren, die Verabredungen mit Kollegen und deren Freundinnen auf einen Drink im neuesten Szenelokal – das alles täuschte darüber hinweg, dass Ben ein eher zurückhaltender Mensch war, der sich schwer damit tat, andere Leute kennenzulernen. Der abends zur Entspannung Kochrezepte studierte und zärtlich die beiden Kakteen hegte, die er geschenkt bekommen hatte. Mehr Pflanzen wurden nicht angeschafft, da er es als unpraktisch empfand, sich darum kümmern zu müssen, wenn er auf Geschäftsreise war oder im Urlaub. Sein Leben war auf Funktionalität und Wettbewerb ausgerichtet. Und doch schien er genau das vermisst zu haben, was ihm zuletzt wie ein Hemmschuh erschienen war: Mich.

Da war sie, die altvertraute Wärme zwischen uns. Ich musste mehrmals schlucken und mich räuspern, um den Kloß in meinem Hals wegzubekommen. Wenn wir so stehen blieben, so gefährlich dicht beieinander, dann würde eins zum anderen führen. Und das war nicht richtig, nicht, wo so viele Dinge ungeklärt waren.

Nach einem Moment schaffte ich es, den Blick abzuwenden. »Ich gehe erst mal duschen, in Ordnung? Nach dem langen Ausritt möchte ich mich gerne frisch machen.«

»Okay. Kann ich eine deiner Jogginghosen anziehen? Ich bin bloß mit Handgepäck gereist.«

»Tu dir keinen Zwang an.« Irgendetwas hatte sich definitiv verändert. Früher hatte Ben es furchtbar gefunden, wenn ich nach dem Sex oder zum Schlafen in eins seiner T-Shirts geschlüpft war. Von mir hätte er schon gleich gar nichts angezogen, obwohl ich meine Chill-Outfits der Bequemlichkeit halber sowieso immer in Übergröße kaufte. Moment, hatte er Handgepäck gesagt? Das hieß, dass er nicht vorhatte, lange zu bleiben. Ich bemerkte, wie mich dieser Gedanke erleichterte, und fragte mich, welche Schlüsse ich daraus ziehen sollte. Gedankenverloren verschwand ich im Badezimmer, stellte die Temperatur auf so heiß wie möglich und hüpfte unter die Dusche.

Eigentlich müsste ich doch überglücklich sein, dass Ben nach Argentinien geflogen war, um mich zu bitten, mit ihm zurückzukehren. So etwas Romantisches hatte er während unserer ganzen Beziehung nicht gemacht. Es war das, wovon ich geträumt hatte. Eine Versöhnung. Er liebte mich noch immer, wollte wieder mit mir zusammen sein. Plötzlich waren meine früheren Träume zum Greifen nah. Wir würden nach Deutschland zurückfliegen, ich konnte mich auf meine Übersetzungen konzentrieren, in Ruhe Fuß fassen und solange bei ihm wohnen. In seinem allerheiligsten Penthouse! Wenn das kein Liebesbeweis war. Und doch gab es diesen inneren Widerstand in mir, der vor Bens Berührungen zurückschreckte und einen Fluchtreflex auslöste, sobald er davon sprach, dass wir wieder ein Paar sein könnten. Wenn ich mir gegenüber ehrlich war, konnte ich mir inzwischen gar nicht mehr vorstellen, mit Ben zusammenzuziehen. Meine chaotische Teesammlung in seiner blitzsauberen Küche neben den Fitnessdrinks und Proteinriegeln? Wäre er nicht genervt von meiner Angewohnheit, meine Strickjacken überall in der Wohnung zu verteilen, damit immer eine griffbereit war, wenn ich fror? Und wo sollten meine Jane-Austen-Gesamtausgabe und die Harry-Potter-Bücher in drei verschiedenen Sprachen hin? Er hatte bloß ein einziges Bücherregal und würde mich sicher für verrückt erklären, wenn ich welche bei Ikea bestellte. Selbst meine pinken Einwegrasierer hatte er nur sehr widerwillig in seinem Badezimmerschrank geduldet. Die Freundinnen seiner Kollegen gingen in Waxing-Studios. Bloß ich war so hinterwäldlerisch und rasierte meine Stoppeln. Im Sommer. Wenn ich vorhatte, einen Rock oder kurze Hosen zu tragen.

Warum nur fielen mir plötzlich so viele Punkte ein, die schiefgehen konnten? Ob das die zeitliche und räumliche

Trennung machte? Wie hatte ich jemals glauben können, dass wir bestens zusammenpassten und uns wunderbar ergänzten, ja, dass wir wie füreinander geschaffen waren? Oder hielt ich mich mit Kleinigkeiten auf, damit ich nicht über den eigentlichen Grund für meine mangelnde Wiedersehensfreude nachdenken musste?

Denn natürlich war das Nicolás. Wenn mir vor einem Jahr eine Wahrsagerin erzählt hätte, ich würde zwischen zwei gut aussehenden Männern wählen können, hätte ich sie schlichtweg für verrückt erklärt und das hinausgeworfene Geld bedauert. Das Problem war nur, dass ich nichts Konkretes in der Hand hatte, was Nicolás betraf. Weder waren wir offiziell zusammen, noch konnte es überhaupt irgendwelche Planungen in diese Richtung geben. Im Gegenteil, er hatte mehr als einmal deutlich gemacht, dass er momentan nicht bereit für eine Beziehung war. Schließlich hatten wir uns erst vor ein paar Tagen zum ersten Mal geküsst. Und heute war er zwar ungewöhnlich aufmerksam und zärtlich mir gegenüber gewesen, doch ich wusste ja, wie wechselhaft seine Launen waren. Ich fühlte mich einfach unsicher, was seine Zuneigung zu mir betraf. Unsere Gespräche waren eher verbale Duelle als Liebesgeflüster, unsere Berührungen lösten ein erotisches Knistern aus statt verlässlicher Wärme. Und hatte ich nicht immer einen Mann gesucht, der mir ein zuverlässiger Partner war, mit dem ich durch dick und dünn gehen konnte und der eine starke Schulter zum Anlehnen bot? Nicolás war tief in seine eigenen Probleme verstrickt. Ich konnte kaum erwarten, dass er zudem auch noch meine für mich löste.

Als ich das Shampoo ausspülte, hatte ich eine Entscheidung getroffen. Ganz unabhängig davon, wie die Sache mit Nicolás weitergehen oder nicht weitergehen würde, mit Ben wollte ich nicht mehr zusammen sein. Er hatte damals recht gehabt, auch wenn ich es nicht hatte hören wollen. Wir passten einfach nicht zusammen. Oder, was vielleicht mehr der Wahrheit entsprach: Wir passten nicht besonders gut zusammen und liebten uns nicht genug, um das auf Dauer überbrücken zu können.

Ich würde mir keine Schuldgefühle dafür einreden lassen, dass er für mich um die halbe Welt geflogen war und ich ihn nun so bitter enttäuschte. Und ich würde auch nicht versuchen, den Hoffnungen meiner Mutter in Bezug auf einen präsentablen Schwiegersohn gerecht zu werden. Denn dies war mein Leben. Meins!

19 – Schornsteinfeger ging spazieren

Handbuch für die gute Ehefrau
Beklagen Sie sich nicht, wenn er spät heimkommt, oder selbst wenn er die ganze Nacht ausbleibt. Nehmen Sie dies als kleineres Übel, verglichen mit dem, was er vermutlich tagsüber durchgemacht hat.

Es war dunkel geworden, ohne dass Nicolás es gemerkt hätte. Seit einer gefühlten Ewigkeit tigerte er in seinem kleinen Zimmer herum, pausenlos die wenigen Schritte von der Pritsche zur Tür und wieder zurück. Alma, die er mit ihrer Sonderzulage Kraftfutter versorgt hatte und später zur Herde zurückbringen würde, trottete mit hängendem Kopf neben ihm her und stupste ihn zwischendurch in die Kniekehlen. Das war sicherlich als Aufmunterung gedacht, doch gerade hatte Nicolás überhaupt keine Lust, mit ihr zu spielen oder die weichen Alpakaohren zu kraulen. In seinem Kopf war nur Platz für Amy.

Wenn ihm noch vor wenigen Wochen ein Hellseher prophezeit hätte, dass er hier die Liebe finden würde, er hätte schallend gelacht und ihm extra Trinkgeld für diesen gelungenen Witz gegeben. Eigentlich war die Aussage so auch gar nicht korrekt. Nicht er hatte die Liebe gefunden, denn er hatte sie nicht gesucht. Sie hatte ihn gefunden. Gegen seinen Willen und mit reichlich Abwehr.

Nicolás war auf Morenas Estancia gekommen, weil er nirgendwo anders hinkonnte. Eine spontane Flucht, keine reiflich überlegte Entscheidung. Er hatte genug von dem Getuschel im Städtchen, den zahllosen Gegenständen auf Luz de la Luna, die ihn an Roberto und an seinen nicht wiedergutzumachenden Fehler erinnerten. Vom Alkohol, den er in den ersten Tagen nach Robertos Tod Nacht für Nacht in sich hineingekippt hatte, um die Hand seines Bruders, die sich in seine gekrallt hatte, vergessen zu können. Der Schlaf, den der Schnaps mit sich brachte, war bleiern und das Erwachen die Hölle. Er ekelte sich vor sich selbst, und als er eines Morgens im Spiegel seinen Vater zu erkennen glaubte, zerschlug er die übrigen Flaschen. Er sattelte Fuego und ritt mit schmerzendem Schädel hinüber nach San Martín, um Morena anzubieten, als Gaucho für sie zu arbeiten.

Sie stellte keine Fragen. Sie wies Nicolás die ehemalige Sattelkammer im Stall als Schlafplatz zu, kramte einen alten Poncho hervor und drückte ihm einen Besen in die Hand. Beim Mittagessen stellte sie ihn Gabriel und den anderen vor. Einfach als Nicolás. Natürlich wusste jeder, wer er war. Seine Familie zählte zu den bekanntesten in der Gegend, wenn auch nicht zu den beliebtesten. Aber niemand sprach ihn darauf an. Das Gespräch bei Tisch drehte sich um Pferde und notwendige Ausbesserungsarbeiten. Nicolás hörte zu, und obwohl er sich unter diesen normalen, zufriedenen Menschen wie ein Fremdkörper fühlte und kein Wort sagte, hielten die Stimmen der anderen die Verzweiflung in Schach. Gabriels ruhiger Bass, Isabelas spitze Kommentare, Morenas chaotischer Satzbau – sein Gehirn folgte dem Gespräch unwillkürlich. Endlich eine

Ruhepause für die Schuldgefühle, die ihn unermüdlich wie Rachegöttinnen verfolgt hatten.

Nach und nach erarbeitete er sich so etwas wie Normalität, einen Alltag. Und es war wirklich Arbeit, harte, körperliche Arbeit, die ihm am meisten half. Er grub vermoderte Zaunpfähle aus und rammte neue in den Boden, trieb die Kühe zusammen, spaltete und stapelte Holz, mistete den Stall aus, mähte die Wiesen, grub das Gemüsebeet für Rosa Linda und Clara Luz um, trug Möbelstücke herum, wenn ein neuer Bungalow bezugsfertig war, striegelte die Pferde und besserte ein Loch im Dach des Haupthauses aus.

Isabela, deren Eltern Nicolás seit seiner Kindheit kannte, setzte sich nach der Arbeit manchmal zu ihm vor den Pferdestall. Dann zog sie ein Modemagazin aus ihrer Handtasche, befeuchtete ihre Fingerspitzen und blätterte durch die Seiten, während sie Farben und Schnitte kommentierte. Gefiel ihr etwas besonders, dann markierte sie die Seite mit einem Strohhalm, davon lagen genug herum. Beide wussten, dass sie sich keins dieser Kleider leisten konnte, aber das schien ihrer Freude daran keinen Abbruch zu tun.

Währenddessen hielt Nicolás seine Hände beschäftigt, lernte Knotentechniken, putzte das Lederzeug oder flickte seine Kleidung. Er hatte nur drei Garnituren und während der Arbeit ging häufig etwas kaputt. Vor allem, seit er damit begonnen hatte, ohne Sattel zu reiten. Er fiel immer wieder vom Pferd und merkte meist erst beim Einschlafen, welche Körperteile gerade besonders wehtaten. Gabriel begleitete seine verbissenen Versuche, ein möglichst guter Gaucho zu sein, mit Humor und Geduld. Wie man ein Kälbchen mit der Bola einfing, übte Nicolás unter seiner Aufsicht zuerst an einem Baumstamm, der zumindest nicht wegrennen konnte, dann an einer alten, lahmen Kuh. Zwischendurch breiteten sie ihre Ponchos auf dem Boden aus, setzten sich darauf und tranken Mate. Gesprochen wurde selten etwas, und wenn, dann über die Arbeit, über die Tiere oder über Gabriels Familie. Nicolás' eigene Geschichte blendete er aus, so gut es ging.

Und dann war Amy aufgetaucht.

Amy. Wie sie das Gesicht verzog, wenn ihr etwas nicht schmeckte. Wie in ihren Augen der Schalk glänzte, wenn sie einen humorvollen Schlagabtausch führten. Wie sie die Haare hinter die Ohren strich und die Hände faltete, wenn sie konzentriert zuhörte und etwas Neues lernte. Wie sie Evita nach jedem Ritt über die Mähne strich und sich bedankte, dass sie sie nicht abgeworfen hatte. Wie sie roch, nach Maracuja und dem Sommerwind. Und ganz und gar vertraut. In Nicolás' Augen war sie jeden Tag schöner geworden. Plötzlich war ihm immer öfter bewusst geworden, dass er ihr hinterherschaute, wenn sie in der Nähe war. Plötzlich fiel ihm der Schwung ihrer Hüften auf, obwohl sie dieselbe Jeans bestimmt schon oft getragen hatte. Er registrierte den Glanz ihres Haares, wenn die Sonne hinter den Wolken hervorkam. In ihren Augen, die er bis dahin als unscheinbar wahrgenommen hatte, entdeckte er braune und sogar smaragdgrüne Sprengsel. Wenn sie mit ihm sprach, starrte er auf ihre Lippen und fragte sich, wie es sich wohl anfühlen mochte, von ihnen geküsst zu werden. Jetzt wusste er es. Und statt damit zufrieden zu sein, wollte er mehr, viel mehr. Alles!

Nun bebte in seinen Fingern die Sehnsucht nach ihrer weichen Haut. Er wollte über ihre Augenbrauen streichen, geschwungen wie die Flügel eines kleinen Vogels, über die Nase mit den kaum sichtbaren Sommersprossen darauf, hinunter zu den Lippen, zum Kinn mit dem Grübchen, das sich zeigte, wenn sie lachte. Er wollte sie in den Armen halten. Ihren Herzschlag bewachen. Ihr beim Schlafen zusehen.

Aber das tat heute Nacht wohl ein anderer.

Er fragte sich, was er unternehmen sollte. Der Fremde, der heute so überraschend aufgetaucht war, war ganz offensichtlich

Amys Freund. Oder früherer Freund. Auf jeden Fall jemand, der ihr nicht gleichgültig war. Gleichzeitig jemand, mit dem sie überhaupt nicht gerechnet hatte. Ihre Überraschung war sicher nicht gespielt gewesen. Für einen kurzen Moment lang hatte sie fast panisch ausgesehen und Nicolás hatte das dringende Verlangen gespürt, sie in Schutz zu nehmen. Oder hätte er einfach nur gerne seine Ansprüche markiert? Hände weg, das ist mein Mädchen! Dabei gab es keinerlei Absprache zwischen ihnen. Nichts, was aus den wenigen Tagen und Nächten etwas Ernstes machte. Probleme hatte er bloß auf seiner Seite gesehen. Man konnte doch nicht guten Gewissens eine Beziehung eingehen, solange die Polizei gegen einen ermittelte und man als mittelloser Gaucho in einem Pferdestall lebte? Aber nun war ein weiteres Hindernis aufgetaucht, ein gut aussehendes, arrogantes Hindernis mit spießigem Kleidungsstil und zu viel Kleingeld in der Tasche. Plötzlich wünschte Nicolás, sie hätten heute weniger über die Probleme anderer Leute gesprochen und mehr über sich. Ihren Beziehungsstatus geklärt. Auch absolut spießig. Aber dann stünde er jetzt nicht da wie ein Eichhörnchen, das nach einem besonders schönen Fleckchen Erde suchte, um seine Nuss zu verbuddeln, und feststellen musste, dass die Nuss sich in Luft auflöste. Warum war Amy bloß nicht bei ihm? Sie hätte gelacht über seinen verkorksten Vergleich und ihn in die Rippen geboxt und dann hätten sie Mate getrunken und im Stall einen Hindernisparcours für Alma aufgebaut.

Wenn doch dieser Kerl nicht hier aufgetaucht wäre! Nicolás wünschte, er könnte ihn wie vor hundertfünfzig Jahren zum Duell fordern. Er oder ich? Tod oder Leben!

Warum hatte sie nie von ihm erzählt? Es musste ja wohl was Ernstes sein, wenn er sogar nach Argentinien flog, um sie zu sehen.

Nicolás musste das auf der Stelle klären. Er musste wissen, woran er war. Die Untätigkeit war noch nie sein Freund gewesen. Ein Gaucho trat für klare Verhältnisse ein, auch wenn es schmerzhaft wurde. Und Nicolás war ein Gaucho.

Sorgfältig band er das rote Halstuch um, strich das schwarze Hemd glatt. Die Tätigkeit gab ihm etwas Sicherheit. Einen Spiegel besaß er nicht. Doch er wusste auch so, wie er aussah. Ernst, unbewegt, unnahbar. Die Maske des Großgrundbesitzers, der für Bitten taub und gegen Schmeichelei immun ist. Wenigstens etwas, das er von seinem Vater gelernt hatte. Amy würde es zu deuten wissen. Ihr Freund nicht. Besser so.

In Amys Häuschen brannte Licht. Sie war also da. Ohne auf die hartnäckige Stimme zu hören, die ihm einflüsterte, dass er vielleicht stören würde und lieber umkehren sollte, marschierte er festen Schrittes auf das Häuschen zu. Er klopfte vielleicht etwas nachdrücklicher, als nötig gewesen wäre. Egal, höflich konnte er nachher immer noch sein. Was für eine beschissene Situation!

Statt einer Antwort erklangen Schritte. Eindeutig nicht die von Amy, die stets etwas Leichtes, Tänzelndes hatten. Wenn Nicolás bis dahin noch gehofft hatte, der Fremde wäre nicht in Amys Zimmer untergebracht, so musste er in diesem Augenblick erkennen, dass er sich geirrt hatte. Das bestätigte nur seine Befürchtung. Sie kannten sich nicht einfach bloß, sie kannten sich gut. So gut, dass sie ein Zimmer teilten, in dem nur ein einziges Bett stand. Was das bedeutete, von diesem Gedanken versuchte er sich krampfhaft fernzuhalten. Lieber hätte er Amy direkt gefragt. Sie war kein Mensch, der sich verstellte. Wenn es etwas zu sagen gab, dann würde sie ihm nichts vorlügen. Wobei sie ja immerhin verschwiegen hatte, dass dieser arrogante Kerl existierte.

Er konnte immer noch Spanisch mit ihr sprechen. Das wäre in Anwesenheit des Deutschen zwar unhöflich, aber nachdem dieser ihm Geld angeboten hatte, damit er die Pferde wegbrachte, spürte Nicolás kein großes Verlangen danach, sonderlich höflich zu ihm zu sein. Im Gegenteil. Er wollte ihn herausfordern, ihn wissen lassen, mit wem er es zu tun hatte.

Die Tür öffnete sich einen Spaltbreit. Amys Freund blickte ihm misstrauisch entgegen. Er hielt die Tür absichtlich zu, soweit es möglich war, doch Nicolás sah genug, um zu erkennen, was los war. Ein nackter, durchtrainierter Oberkörper über einer stramm sitzenden, deutlich zu kurzen Jogginghose, die er als eine von Amys erkannte. Nicolás zuckte nicht mit der Wimper. Selbstbeherrschung. Ob man nun Herr einer Estancia war oder als Gaucho die Pferde zuritt. Man musste sich im Griff haben. Auch wenn der Zorn innerlich wütete, die Eifersucht tobte.

Nicolás fragte, ob er Amy für einen Moment sprechen könne.

Der Fremde machte eine vage Geste hinter sich. »*In the shower.*«

Der Klumpen Eis, der seit der Ankunft des Fremden in Nicolás' Magen zu liegen schien, schmolz und schickte Eiseskälte durch seine Adern. Amy war also in der Dusche. Ihr Freund lief derweil oberkörperfrei durch ihr Zimmer und hatte sich offensichtlich schnell eine ihrer Hosen übergestreift, als es klopfte. Was war mit seiner geschehen? Im Überschwang der Wiedersehensfreude zerrissen? Mit Körperflüssigkeiten durchtränkt? Unter dem staubigen Bett verschollen? Nach dem Wiedersehenssex, wonach sonst.

Nicolás verzog keine Miene. »Okay.«

Bevor der Fremde die Tür schließen konnte, hielt Nicolás sie mit einer Hand fest. »*And you are …*«

Überrascht sah der Mann Nicolás an. Warum fragte er eigentlich? Er wollte es doch gar nicht wissen.

»*I'm Ben. Amy's fiance.*«

Ihr Verlobter also. Nicolás nickte mechanisch. Zu einem Lächeln reichte es nicht.

»*I'll tell her, that you were here. I think she will come to say goodbye before we leave tomorrow.*«

Amy wollte also die Estancia verlassen. Morgen. Mit ihrem Verlobten. *Time to say goodbye.* Am liebsten hätte Nicolás den Kopf in den Händen vergraben und seinen Schmerz in die Pampa hinausgebrüllt. Doch das musste warten, bis er auf Fuego saß und so weit von San Martín entfernt war, dass ihn niemand hören konnte. Gerade, als er sich abwenden wollte, fiel sein Blick auf Bens nackte Brust. Zwei frische Kratzspuren zeichneten sich auf der europäisch hellen Haut ab. Da war die Wiedersehensfreude ja besonders groß gewesen. Für einen Moment schloss Nicolás die Augen. Amy, die sich auf dem Bett rekelte, Ben an sich zog, ihm ins Ohr wisperte und sich stöhnend an ihm festkrallte. Er ertrug es nicht länger. Er ging, ohne sich verabschiedet zu haben. Nur das Wissen um Bens Blick, der ihm folgte, hielt ihn davon ab wegzurennen.

***

Fest in meinen Flauschbademantel gewickelt, das Handtuch wie einen Turban um die nassen Haare geschlungen, trat ich aus dem Badezimmer.

»Hast du vorhin mit jemandem gesprochen? Ich habe Gemurmel durch die Tür gehört.«

»Nichts Wichtiges.«

»Okay.« Wahrscheinlich war es nur irgendein Business-Telefonat gewesen. Ben hatte sich auch während unserer Beziehung manchmal nachts den Wecker gestellt, um jemanden in Singapur zu erreichen, den er dringend sprechen wollte. Ich dachte nicht weiter darüber nach und suchte nach meinem Schlafanzug. Ben hatte es sich bereits gemütlich gemacht. In einem frischen T-Shirt und mit meiner Jogginghose bekleidet saß er auf seinem Deckenlager und wärmte die Hände an einer

Tasse Tee. Anscheinend hatte er meinen kleinen Wasserkocher gefunden und gleich in Betrieb genommen. Er drückte auch mir eine Tasse in die Hand. Ich zog den Bademantelgürtel noch einmal fester, ließ mich im Schneidersitz neben ihm nieder und lehnte den Rücken an die Bettkante. Wir pusteten synchron in unsere Tassen und mussten dabei lachen.

»Und, wie ist es dir in den letzten Monaten ergangen?« Nachdem die erste Anspannung verflogen war, war ich neugierig, was er zu berichten hatte. Beförderung? Neues Auto? Umzugspläne?

»Eine Kollegin hat mich kurz nach unserer Trennung überredet, einen Snowboardkurs in der Schweiz mit ihr zu machen. Du weißt bestimmt, dass Snowboardfahren sehr viel angesagter ist als Skifahren.«

»Selbstverständlich. Skifahren ist so was von Neunziger«, erwiderte ich todernst.

Ben sah mich misstrauisch an. »Na, jedenfalls hat sich herausgestellt, dass ich dafür keinerlei Begabung besitze. Am zweiten Tag habe ich mir das Steißbein gebrochen, hatte höllische Schmerzen und musste auf einem aufblasbaren Schwimmring sitzen – und da fand die besagte Kollegin mich anscheinend nicht mehr so attraktiv.«

»Wie der weise Konfuzius so schön sagt: Auch auf dem tollsten Schwimmring sitzt man auf seinem eigenen Hintern.«

»Das hast du dir ausgedacht!«

»Stimmt, aber weise ist es trotzdem.« Ein klein wenig Schadenfreude verspürte ich ja schon, wenn ich mir vorstellte, wie Ben vergeblich versucht hatte, seine Kollegin zu beeindrucken. Bestimmt trug sie im Büro Miniröcke in XS und riesige Sonnenbrillen, wenn sie sich in der Mittagspause einen Espresso vom Barista holte. Und ihr Social-Media-Feed war voll von ihren gebräunten Beinen am Strand, lackierten Nägeln, die ein Cocktailglas umklammerten, und Sushiplatten mit dem

Hashtag #healthybuttasty. Genau das Gleiche, was Bens übrige Freunde und Freundinnen halt so posteten. Eigentlich ziemlich öde, wenn ich so drüber nachdachte. Warum nur hatte ich mich ihnen früher immer so unterlegen gefühlt?

»Und du? Das alles hier …«, Ben machte eine raumgreifende Handbewegung, »… ist es das, was du willst?«

»Das ist es. Genau das ist es.«

»Dann …« Er zögerte erneut. Auch das war ich von ihm nicht gewohnt. Beim Managertraining war ihm geraten worden, kurze Sätze und klare Aufträge zu äußern. Einen Sprachstil, den er sich mit der Zeit angewöhnt und dann zu meinem Leidwesen auch im Privatleben angewandt hatte. »Dann gibt es wohl keine Chance, dass du mit mir zurückfliegst?« Das winzige Heben der Stimme beim letzten Wort machte aus der Aussage eine Frage und signalisierte mir, dass er noch hoffte.

»Nein, die gibt es nicht. Wenn ich zurückkehre, dann aus meiner eigenen freien Entscheidung heraus. Nicht dir oder meinen Eltern zuliebe.«

Ben sah mich lange an. Irgendwann nickte er langsam. »Der Cowboy?«

Ich ließ mir Zeit mit der Antwort. »Das auch, ja. Aber diese Entscheidung hätte ich so oder so getroffen. Unsere Zeit ist vorbei, Ben. Das hast du so entschieden und es hat mich hart getroffen. Aber mittlerweile ist mir klar geworden, dass du recht hattest. Ich passe nicht in dein Leben. Auf Dauer kann es mich nur unglücklich machen, wenn ich versuche, deinen Ansprüchen zu genügen, statt so zu sein, wie ich wirklich bin.«

»Mein Leben kann ich ändern. Ich habe es bereits getan.«

»Das genügt nicht.«

Schmerz malte sich in seinen Zügen. »Es tut unerwartet weh, das zu hören.«

»Es tut mir leid.« Ich strich ihm sanft über den Handrücken. Er hatte seine Smartwatch abgelegt und ich sah den hellen

Abdruck am Handgelenk. Unerwarteterweise rührte mich das. Oder stammte die Rührung aus dem Bewusstsein, dass ich gerade eine Tür endgültig hinter mir zuschlug, einem Lebensabschnitt ein Ende setzte? Das da vor mir war Ben, mein Ben!

Bevor mir die Tränen kamen, versuchte ich, der Situation etwas Humorvolles abzugewinnen. »Du musst das so sehen: So einen Weekendtrip wie du hat noch niemand erlebt! Ich mache morgen ein Foto von dir mit einem Pferd. Vielleicht findet sich auch noch irgendwo ein alter Poncho mit Kuhmist drauf, da werden deine Kollegen vor Neid erblassen.«

Bens Mundwinkel hoben sich ein klein wenig. »Gerne, solange ich nicht draufsitzen muss. Du weißt, mein Steißbein …«

»Deinem Steißbein wird kein Leid geschehen.«

»Pferde sind ja nicht Neunziger, oder?«

»Jetzt verarschst du mich aber!«

»Ich kann nicht anders. Liegt an der Verletzung.«

Ich brach in lautes Lachen aus. So schlagfertig hatte ich Ben lange nicht erlebt. »Ich gehe jetzt ins Bett. Und dir würde ich das auch empfehlen. Espresso wirst du hier nämlich morgen keinen bekommen. Wir trinken Mate.«

Ben wälzte sich auf seinem Deckenlager herum und klopfte einige Kissen zurecht. »Barbarisches Land«, grummelte er.

Ich legte mich ebenfalls hin und knipste die Nachttischlampe aus. Dunkelheit umfing uns. Nach einem Moment hörte ich ein Räuspern. »Ich sollte dir vielleicht noch sagen, dass vorhin dein Cowboyfreund da war und nach dir gefragt hat.«

»Nicolás?«

»Genau der. Er sah ziemlich schlecht gelaunt aus.«

»So sieht er meistens aus. Das heißt nichts bei ihm.«

»Eventuell könnte mir aus Versehen die eine oder andere Übertreibung herausgerutscht sein.«

Ich seufzte. »Aus Versehen, ja?«

»Natürlich aus Versehen.«

»Und in Bezug auf was?«

»Ach, so dieses und jenes.«

Also war es vermutlich um Geld gegangen. Oder um mich. Oder um beides. Sollte ich noch mal aufstehen, mich anziehen, zu Nicolás rüberrennen und fragen, ob alles in Ordnung war? Nein, das war übertrieben. Morgen würden wir gemeinsam darüber lachen. Er hatte sich bestimmt innerlich über Bens Aufschneiderei amüsiert. Nicolás gehörte garantiert nicht zu der Sorte Mann, die es toll fanden, nachts für ein überflüssiges Gespräch geweckt zu werden. »Okay, ich stelle das morgen richtig.«

»Schlaf gut, Amy.«

»Gute Nacht, Ben.«

20 – Messer, Gabel, Schere, Licht

Handbuch für die gute Ehefrau
Machen Sie es ihm bequem. Lassen Sie ihn in einem gemütlichen Sessel zurücklehnen oder im Schlafzimmer hinlegen. Halten Sie ein kaltes oder warmes Getränk für ihn bereit.

Ich wachte davon auf, dass jemand an meiner Schulter rüttelte.

»Amy, wach auf!« Ben stand neben meinem Bett. Ich konnte ihn nur schemenhaft erkennen. »Was ist das?«, fragte er nervös.

Ich brauchte nicht nachzuhaken, was er meinte, denn in diesem Moment hörte ich es auch. Ein vielstimmiges Heulen, unterbrochen von scharfem, abgehacktem Bellen.

»Die wilden Hunde sind zurück!« Ich sprang aus dem Bett, warf mir den Morgenmantel über, griff nach der Taschenlampe, die seit dem letzten Stromausfall neben der Tür hing, und angelte nach meinen Gummistiefeln. »Zieh dir was an! Und nimm was mit, das wir als Waffe verwenden können!« Ohne mir die Zeit zu nehmen, ihm mehr zu erklären, rannte ich nach draußen. Wo war Alma? War sie heute Nacht auf der Weide bei den anderen Alpakas? Hatte ich die Zeit, Nicolás zu Hilfe zu holen? Oder zu Gabriels Hütte hinüberzulaufen?

Nein, wenn die Hunde die Jagd schon aufgenommen hatten, durfte ich keine Sekunde verlieren. Ich verfluchte den Impuls, ausgerechnet Gummistiefel angezogen zu haben. In meinen Turnschuhen hätte ich schneller rennen können. Der Lichtschein meiner Taschenlampe flackerte über die Wiese. Ich versuchte, mich zu orientieren, hörte jedoch nichts mehr. Hatten die Hunde etwa aufgegeben? Oder waren sie schon über ein Alpaka hergefallen und labten sich gerade an frischem Fleisch?

Im Geiste sah ich meine kleine Alma schutzlos von wilden Hunden eingekreist und beschleunigte meinen Schritt nochmals. Trotzdem blöd, dass ich nicht auf Ben hatte warten können. Er kannte sich auf dem Gelände nicht aus und hatte keine Chance, mich zu finden. Hoffentlich kam er auf die Idee, stattdessen jemanden im Haupthaus zu wecken. Ich hatte keine Ahnung, wie ich es alleine mit dem Rudel aufnehmen sollte. Das war ja bereits beim ersten Mal gründlich schiefgegangen. Plötzlich wünschte ich mir nichts sehnlicher, als Nicolás an meiner Seite zu haben. Bei ihm hätte ich mich sicher und geborgen gefühlt, selbst angesichts eines hungrigen Säbelzahntigers. Stattdessen war ich mal wieder auf mich allein gestellt.

Stolpernd kam ich am Gatter der Weide zum Stehen. Der völlig unzureichende Strahl meiner Taschenlampe erfasste die Herde, die sich ganz am Rand der Wiese dicht zusammengedrängt hatte. Gabriel hatte mir erklärt, dass in Gefahrensituationen die erwachsenen, wehrhaften Tiere einen Ring um die Gruppe bilden und die Angreifer mit Huftritten zu verscheuchen versuchen. War es diesmal gelungen? Wohin ich auch leuchtete, Hunde entdeckte ich keine. Ich zwängte mich zwischen den Holzbalken des Tors hindurch und ging mit beruhigenden, leisen Worten auf die Herde zu. Die Tiere waren unruhig und ständig in Bewegung, ich sah aber keine Verletzungen und vor allem keins auf dem Boden liegen. Als ich leise pfiff, schob ein flauschiges Alpakafohlen sein Köpfchen unter dem zotteligen Bauch einer Alpakastute hervor. Alma trippelte zu mir und drückte sich an meine Seite. Vor Erleichterung vergaß ich ganz, weiter die Umgebung im Blick zu behalten. Gott sei Dank, ihr war nichts passiert. Noch nicht. Wer wusste schon, wo die wilden Hunde abgeblieben waren? Für heute Nacht würde ich Alma mit in meinen Bungalow nehmen und morgen dann mit Tante Morena sprechen. Wir brauchten dringend einen stabilen Zaun, der der Herde wirklichen Schutz bot, oder einen abgerichteten Schäferhund, der Alarm schlagen konnte. Das musste finanziell doch drin sein. Notfalls würde ich schauen, wie viel auf meinem Konto noch lag.

Alma trabte vertrauensvoll neben mir her. Ich klemmte die Taschenlampe zwischen die Zähne und wollte gerade das Gatter öffnen, als mich ein lauter Knall zusammenzucken ließ. Alma hoppelte sofort zurück zu ihrer Mutter. Verwirrt blieb ich stehen. Es hatte fast wie eine Explosion geklungen. Was konnte das sein, hier draußen, mitten in der Nacht? Schoss da jemand? Machten die Hunde woanders Ärger?

Plötzlich fiel mir auf, dass es vom Hof her heller wurde. Unmöglich. Es war doch mitten in der Nacht. Aber da war eindeutig ein Lichtschein, flackerndes, unheimliches Licht. Ein Knistern und Prasseln lag in der Luft. Für einen Moment starrte ich nur fassungslos auf das Leuchten. Dann rannte ich wieder los, knallte das Tor hinter mir zu und betete, dass ich mich irrte. Nachts war die Orientierung schwieriger, ich irrte mich, sicher irrte ich mich!

Nun drangen Rufe und Schreie zu mir. Von Angst getrieben lief ich darauf zu, bog um die Ecke. Feuer! Der Pferdestall brannte. Ein Ring aus Flammen schloss ihn ein. Panisches

Wiehern erinnerte mich daran, dass die Pferde eingeschlossen waren. Aber nicht nur sie. Nicolás!

In einiger Entfernung sah ich jemanden zu Gabriels Hütte hinüberrennen. Die Tür des Haupthauses flog auf. Ich hatte keine Zeit, auf Hilfe zu warten. Ich riss mir den Morgenmantel herunter, stülpte ihn mir über Haare und Gesicht, sodass ich nur durch einen Schlitz sehen konnte, und stürmte zur Stalltür. Flammen leckten am Holz empor. Ich trat mehrmals dagegen, doch die Bretter gaben nicht nach. Also zog ich mir den Ärmel des Morgenmantels über die Hand und zerrte am Riegel. Das Gesicht hielt ich möglichst abgewandt. Diese Hitze! Endlich sprang die Tür auf. Ein Wiehern erklang, dann galoppierte Fuego an mir vorbei ins Freie, ein brennender Strick schleifte hinter ihm auf dem Boden. Hinter ihm folgten die Fuchsstute und Gauchitos Pony. Sie mussten sich losgerissen haben. Was war mit Evita? Hatte ich sie übersehen oder war sie in ihrer Box gefangen? Der Qualm ließ meine Augen tränen und stach in der Kehle, sodass ich zu husten begann. Halb blind tastete ich mich voran.

»Nicolás! Nicolááás!« Ich versuchte, nach ihm zu rufen, doch jeder Atemzug löste einen weiteren Hustenreiz aus. Da, endlich, die Tür zu seiner Schlafkammer. Sie stand offen. Im Flackern der Flammen hinter mir konnte ich erkennen, dass das Bett leer war. Erleichtert wollte ich umkehren, raus aus diesem Inferno! Da fiel mein Blick auf eine Gestalt, die am Boden lag. Mit einem Satz war ich bei ihm und kniete mich neben ihn. Nicolás trug nur ein T-Shirt und eine Jogginghose. Zum zweiten Mal sah ich sein Haar offen. Mein Gehirn nahm alles nur noch in blitzartigen Schnappschüssen wahr. Die zunehmende Hitze, der Rauch, der uns einhüllte, das Prasseln, die Funken, die immer wieder gefährlich nahe an meinem Gesicht vorbeiflogen. Verzweifeltes Wiehern.

Meine Bemühung, ihn an den Beinen über den Boden zu ziehen. Zu schwer. Meine Hand, die ihn ohrfeigte. »Wach auf, du musst aufwachen.« Keine Ahnung, ob ich es herausschrie oder nur in Gedanken wiederholte. Immer und immer wieder. Flatternde Augenlider. Eine Dachschindel, die herunterfiel, mich am Arm streifte und auf dem Boden zerbarst. Raus, bloß raus! Nicolás versuchte, sich aufzurichten. Ich schlüpfte unter seinem Arm hindurch, lud ihn mir halb auf den Rücken. Wo war die Tür? Ein paar Schritte, ich stützte ihn, so gut ich konnte. Aber ich bekam keine Luft. Ich schwankte. Dann plötzlich ein weißer Schatten vor uns. Der Druck fiel von mir ab. Eine Hand, die mich mitzog, den richtigen Weg zeigte. Flammen, die an meinen Gummistiefeln emporleckten. Und dann waren wir draußen. Ich fiel auf den Kies, barg mein Gesicht in den kalten, feuchten Steinen. Holte Luft. Atmete. Kroch ein Stück weiter weg, bis die Hitze allmählich abnahm. Dort blieb ich liegen, bis der Schwindel zurückging.

Als ich den Kopf drehte, sah ich Ben neben mir knien. Sein Gesicht war voller Ruß. Seltsamerweise war er in ein nasses Bettlaken und mehrere ehemals weiße Handtücher gewickelt.

»Du hast uns da rausgeholt?«, keuchte ich.

»Die Überraschung in deiner Stimme überhöre ich jetzt mal.«

»Ben, das war … also, ich …«

»Gern geschehen. Du stehst ewig in meiner Schuld und so weiter. Dich kann man echt keine Sekunde lang alleine lassen!«

»Was ist mit Nicolás, was hat er?«

»Ich weiß nicht, aber er ist wieder bei Bewusstsein. Deine Tante hat ihm irgendein übel riechendes Gebräu eingeflößt und sie haben einen Arzt gerufen. Mehr habe ich aber nicht verstanden.«

»Gott sei Dank!« Ich holte zitternd Luft. Mein Hals schmerzte mit meiner Schulter um die Wette. »Ich muss zu ihm! Wo ist er?«

»Keine Ahnung, vielleicht im Haupthaus?«

»Ich muss ihn finden, mit eigenen Augen sehen, dass es ihm besser geht. Als er da lag … Ich dachte, ich dachte wirklich …«

»*Madre de Dios!*« Rosa Linda tauchte neben uns auf und überschüttete mich mit einem Schwall besorgter Ausrufe. Ohne auf meine Proteste zu achten, wickelte sie mich in eine Decke und legte mir einen nassen Waschlappen auf den Kopf.

»Das hat doch Zeit, wirklich, ich muss zu Nicolás!« Wasser tropfte mir in den Nacken. Ich versuchte, mich wieder aus der Decke auszuwickeln.

»Der läuft nicht weg!« Rosa Linda schnalzte drohend mit der Zunge. »Außerdem würdest du bei der Untersuchung nur stören.« Sie hielt mich fest, bis ich mich erschöpft zurücksinken ließ. Dann stand sie auf. »Wenn ich was erfahre, bist du die Erste, der ich es erzähle«, versprach sie und ging davon.

Ben sah mich an, weiterhin kopfschüttelnd. »Verrückt. Einfach so in eine brennende Scheune zu rennen.«

»Du hast es doch auch gemacht.«

»Ja, weil du drin warst.«

Ich sah ihn an. Seine Augen strahlten eine Zärtlichkeit aus, die ich so noch nie an ihm wahrgenommen hatte. Plötzlich hatte ich einen dicken Kloß im Hals, der gar nichts mit dem Rauch zu tun hatte.

Ben räusperte sich. »Keine Sorge, das war keine Aktion, um dich doch noch umzustimmen, mit mir zu kommen. Aber als ich dich zwischen den Flammen verschwinden sah, konnte ich mir plötzlich eine Welt ohne Amy nicht vorstellen. Also musste ich dich irgendwie zurückholen.«

»Und hast dir noch schnell ein passendes Outfit zusammengestellt …«

»Als Schutz vor Feuer jedenfalls besser als dein labbriger Morgenmantel!«

»Da hast du recht.« Ich blickte an den bunt bedruckten Fetzen hinunter, die mich unter der Decke einhüllten. Einige Brandlöcher prangten darin, doch aus irgendeinem Grund hatte der Stoff nicht richtig Feuer gefangen. Sonst wäre er verbrannt. Und ich wahrscheinlich auch.

»Als der Brand entstand, war ich gerade losgelaufen, um dich zu suchen, übrigens mit einem Besen bewaffnet, da du mir ja aufgetragen hattest, eine Waffe mitzunehmen. Es knallte, die Flammen loderten auf und ich bin direkt zurück in dein Häuschen, habe mir Handtücher und das Bettlaken geschnappt und mit Wasser getränkt. Ich wollte eigentlich nur schnell die Pferde befreien. Du hast mir ja ein Foto mit ihnen versprochen, darauf verzichte ich garantiert nicht.« Als Ben mich angrinste, hoben sich seine Zähne weiß gegen die rußige Haut ab. Er sah aus wie Lukas, der Lokomotivführer, nachdem er an seiner Lok herumgeschraubt hatte. »Und als ich zurückkam, habe ich gerade noch gesehen, wie eine kleine Gestalt in Gummistiefeln gegen die brennende Tür trat.« Ben schüttelte den Kopf. »Da hatte ich keine andere Wahl mehr, als den Helden zu spielen.«

»Ich weiß nicht, was ich sagen soll«, krächzte ich.

Ben strich mir vorsichtig die angekokelten Haarsträhnen aus dem Gesicht. »Ich freue mich, dass mein spontaner Weekendtrip doch noch zu was gut war.«

Wieder waren wir uns ganz nah. Und nicht nur körperlich. Ich fühlte mich ihm auch geistig verbunden, sehr viel enger als zur Zeit unserer Beziehung. »Ben, es tut mir leid, ich …«

In diesem Moment räusperte sich jemand. Schuldbewusst rückte ich ein Stück von Ben ab und strich meine Haare zurück.

Nicolás stand vor uns, ebenfalls in eine Decke gehüllt und einen Arm wie zufällig auf Tante Morenas Schulter. Ich merkte, dass es ihn sehr anstrengte, so zu stehen, und er die Stütze brauchte. »Ich wollte mich bedanken.« Seine Stimme war nicht mehr als ein heiseres Wispern. »Ihr habt mir das Leben gerettet.« Er schaute auf mein Gesicht, doch so, dass unsere Blicke sich nicht trafen.

»Wie geht es dir?« Ich wollte aufspringen und ihn umarmen, sichergehen, dass ihm nichts Schlimmes passiert war, ihn festhalten und heute Nacht mit dem Kopf auf seiner Brust einschlafen. Doch seine stolze, abweisende Haltung, die ihn sichtlich Kraft kostete, hielt mich davon ab. Ich kannte diesen Ausdruck in seinen Augen, und heute Nacht hatte ich keine Kraft, gegen sein Widerstreben anzukämpfen. Eine Zurückweisung hätte ich zu diesem Zeitpunkt nicht ertragen.

»Seien Sie gewiss, dass ich weiß, wie sehr ich in Ihrer Schuld stehe«, wandte Nicolás sich auf Englisch an Ben, der verlegen lachte und den Kopf schüttelte.

»Ich habe ihm gesagt, er soll liegen bleiben, aber natürlich hält einen del Castillo nichts auf, wenn es um die Ehre geht.« Tante Morena schaute Nicolás fast liebevoll an. Bestimmt sah sie in diesem Moment Benicio vor sich. Ich konnte daran nichts Erfreuliches finden. Ehre, wie ich diesen Begriff mittlerweile verabscheute. Diese Situation hier hatte nicht das Geringste mit Ehre zu tun. Es ging nicht darum, wer wen gerettet hatte und wie man sich dafür bedanken musste. Es war eine Katastrophe und wir alle mussten zusammenhalten, um die Geschehnisse zu verarbeiten.

Bevor ich meine Gedanken aussprechen konnte, wandte Nicolás sich mit einem Kopfnicken, das einer Verbeugung gleichkam, ab und ging leicht wackelig und unsicher auf den Beinen, aber mit hoch erhobenem Haupt davon.

»Nicolás! Warte doch!«

»Lass ihm Zeit bis morgen, *cariño*.« Tante Morena hielt mich zurück.

»Warum hat es denn überhaupt gebrannt? Wie konnte das passieren?«

»Nicolás hat gesagt, dass er aufgewacht ist, weil die Pferde unruhig waren. Anscheinend haben sich wieder Hunde hier herumgetrieben. Er wollte nachsehen, was los war, und wurde von einem Mann niedergeschlagen.« Tante Morena schüttelte den Kopf. »Ich muss die Polizei informieren. Gabriel versucht, die Pferde einzufangen. Die Zwillinge warten auf die Feuerwehr.« Tante Morena drehte sich zum Stall um, der mittlerweile lichterloh brannte. Die Hitze war selbst hier in sicherer Entfernung kaum auszuhalten. Ich sah, wie sich die Flammen in ihren Pupillen spiegelten. Sie stand völlig reglos da. »Das Ende kommt mit Feuer und Rauch.«

Ich war mir nicht sicher, ob es Tränen waren, die ihre Augen zum Glänzen brachten, oder die ungewohnten Lichtverhältnisse. Doch sie sagte nichts mehr und eilte stattdessen hinter Nicolás her, wahrscheinlich, um ihn zum Arzt zurückzubringen.

In diesem Moment erklang ein schrilles Wiehern, das sich zu einem fast menschlich klingenden Schreien steigerte. Evita.

»Mein Gott, sie ist noch da drinnen!« Ich wollte aufspringen, doch Ben hielt mich fest. Er sagte nichts, als ich versuchte, mich aus seinem Griff zu befreien, und gegen ihn ankämpfte, doch er ließ nicht los. Plötzlich ein lautes Krachen, der Dachstuhl gab nach, Balken krachten zu Boden, eine Funkenwolke stieg auf.

Von meiner Stute kein Laut mehr.

Ich sackte zusammen. Als ich zu schluchzen begann, legte Ben den Arm noch fester um mich. Ich weinte in sein feuchtes, versengtes Betttuch hinein. So saßen wir noch da, als Rosa Linda und Clara Luz in geschäftiger Eile Decken um uns legten und uns ins Haupthaus brachten, wo der Arzt sich um Nicolás gekümmert hatte und nun auch uns untersuchen wollte. Meine Haare waren angesengt, der Ellbogen vom herabgefallenen

Ziegel geprellt, einige Brandblasen wurden versorgt. Schweigend ließ ich alles geschehen.

Der Arzt, den ich von meiner Denguefieber-Phase schon gut kannte, erklärte, dass er mich wegen der leichten Rauchvergiftung normalerweise in ein Krankenhaus zur Beobachtung schicken würde. Aber da die nächste Klinik weit entfernt war, wollte er davon absehen, wenn ich versprach, heute Nacht nicht alleine zu schlafen. Dabei zwinkerte er Ben verschwörerisch zu. Ich war zu erschöpft, um ihn zu korrigieren, und Ben verstand sowieso nicht, was er sagte.

In meinem Kopf wieherte Evita unaufhörlich ihr letztes Wiehern.

21 – Ach, du lieber Augustin, alles ist hin

Handbuch für die gute Ehefrau
Schieben Sie ihm sein Kissen zurecht und bieten Sie ihm an, seine Schuhe auszuziehen. Sprechen Sie mit leiser, sanfter und freundlicher Stimme.

Als ich am nächsten Morgen die Augen aufschlug und helles Sonnenlicht in mein Häuschen fiel, fühlte ich mich für einen Moment lang glücklich. Für einen sehr kurzen Moment, denn dann bemerkte ich meinen schmerzenden Hals, ein Brennen an Armen und Beinen und dass der warme Körper neben mir keinesfalls Nicolás sein konnte.

Ben schlief noch. Er hatte den linken Arm über sein Gesicht gelegt, wie es typisch für ihn war. Er kam mir vertraut und doch gleichzeitig fremd vor. Gestern Nacht hatte ich es nicht übers Herz gebracht, ihn wieder auf den Boden zu verbannen, nachdem er Nicolás und mich so selbstlos gerettet hatte. Dermaßen todmüde und zerschlagen hatten wir noch nie nebeneinander geschlafen, mit schmerzenden Gliedmaßen, die es schwierig machten, überhaupt eine bequeme Lage im Bett zu finden.

Wie spät mochte es sein? Warum hatte uns niemand geweckt? Ein unangenehmer Geruch nach Qualm hing im Raum. Vorsichtig stand ich auf, um das Fenster zu öffnen. Doch dadurch verstärkte sich der Gestank bloß noch. Der Wind trug eine Rauchwolke bis zu uns und ich schlug das Fenster schnell wieder zu. Wahrscheinlich schwelte der Brand noch immer.

Ich stellte mich unter die Dusche und versuchte, durch mehrmaliges Einseifen den Brandgeruch aus meinem Haar zu bekommen. Die Spitzen waren angesengt, da musste irgendwann mal ein Friseur ran. Oder ich fragte die Zwillinge, die konnten das bestimmt auch. Vorsichtig schlüpfte ich in Jogginghose, T-Shirt und Strickjacke. Hauptsache weit, damit der Stoff nicht an den Verbrennungen scheuerte. Als ich ins Zimmer zurückkam, stand Ben neben dem Bett und streckte sich. Mein Schlaf-T-Shirt, das ihm viel zu kurz war, hob sich und gab den Blick auf seinen Sixpack frei. Hatte ich das mal attraktiv gefunden? Ja, vermutlich. Ich sah immer noch gerne hin. Aber mehr war da nicht. Im Gegenteil: Die Sehnsucht nach meinem mürrischen Gaucho wurde nur stärker. Ich musste dringend mit Nicolás sprechen.

»Ich gehe rüber zu den anderen«, informierte ich Ben und hoffte, dass er nicht mitkommen wollte.

Er verstand sofort. »Dann schaue ich mal, ob ich irgendwo so was wie ein Frühstück auftreiben kann. Und danach melde ich mich bei deinen Eltern. Sie sollten vielleicht auch erfahren, was passiert ist.«

»Danke, das ist lieb.« Schuldbewusst dachte ich daran, wie ich gestern ins Handy gebrüllt hatte. »Sag ihnen, es tut mir leid. Wegen gestern.«

»Lass mich mal machen. Der ehemals perfekte Schwiegersohn hat da so seine Tricks auf Lager.« Ben scheuchte mich mit einer Handbewegung hinaus.

Ganz automatisch schlug ich den Weg zum Pferdestall ein, stockte dann aber. Wo sollte ich Nicolás suchen? Ob er wohl noch bei Tante Morena im Haupthaus war? Oder hatte vielleicht Gabriels Familie ihn vorläufig aufgenommen?

Ich beschloss, es zuerst im Haupthaus zu versuchen. Dort konnte ich auch erfahren, was es Neues gab, ob Tante Morena bereits wusste, wer der Brandstifter war, und was die Feuerwehr gesagt hatte. Ich war so in Gedanken versunken, dass ich Isabela erst bemerkte, als ich fast mit ihr zusammenstieß. Sie stand vor der Haustür, machte jedoch keine Anstalten, einzutreten, sondern knabberte an ihren Fingernägeln herum.

»Hoppla!«

Isabela zuckte zusammen. Als sie mich erkannte, stieß sie ein verächtliches Schnaufen aus. Sie war wie üblich für die Büroarbeit gekleidet, mit einer gebügelten Jeans und einer schlichten weißen Bluse, die Haare zu einem Pferdeschwanz zurückgebunden. Sie ballte die Faust, sodass die abgekauten Nägel nicht mehr sichtbar waren.

Ich tat, als hätte ich nichts bemerkt. »Ich denke, heute wird es eher nichts mit der Arbeit. Weißt du Bescheid, was passiert ist?«

»Ich habe es in der Stadt gehört«, erwiderte sie vage. »Ich dachte, ich komme trotzdem mal. Falls ich Morena irgendwie helfen kann.«

»Klar.« Sollte sie doch zu Morena gehen. Vielleicht hatte ich dann die Möglichkeit, alleine mit Nicolás zu sprechen.

»Es geht doch allen gut, oder? Ich meine, es war ja nur ein kleines Feuer.«

Ich erstarrte und drehte mich um. »So würde ich es jetzt nicht unbedingt nennen.«

»Wie denn dann?« Plötzlich sah sie trotzig aus.

»Na ja, ein Gebäude ist komplett abgebrannt, ein Pferd wurde dabei getötet und Nicolás wäre auch fast draufgegangen. Aber klar, das passiert schon mal. War ja nur ein kleines Feuer.«

»Nicolás?« Sie starrte mich an. »Er ist … er war doch nicht … noch da drin?«

»Ähm, doch, er hat ja schließlich im Stall gewohnt.«

»Aber ich dachte …« Isabela verstummte.

»Er war noch drin, dafür hat der Brandstifter gesorgt, der ihn erst mal niedergeschlagen und dann das Feuer gelegt hat.«

Daran, wie das Blut aus ihrem sowieso schon blassen Gesicht wich, erkannte ich, dass sie wirklich geschockt war. Sie hob die Hand vor den Mund und murmelte etwas.

»Sorry, aber ich muss …« Ich erwartete, dass sie hinter mir eintreten würde, um Tante Morena zu suchen, doch stattdessen drehte sie sich um und hielt im Laufschritt zurück auf die Allee zu. Vielleicht besser so, Tante Morena konnte aktuell Aufmunterung vertragen und die bot Miss Schnippisch bestimmt nicht.

Ich durchquerte den Gang, lugte kurz ins Büro, in dem natürlich niemand war, und stieg dann direkt die Treppen zum ersten Stockwerk empor. Hier war ich erst einmal gewesen, aber wenn ich mich richtig erinnerte, hatte Rosa Linda mir damals erzählt, dass es einige freie Zimmer gab. Wahrscheinlich hatten sie Nicolás am ehesten dort untergebracht.

Ich schlich von Raum zu Raum und fühlte mich dabei wie ein Eindringling. Fast alle Türen standen offen. In einem Zimmer lagen zwei Matratzen mit bunten Bettüberwürfen und in der Ecke stand ein kleiner Schrein mit einem Bildnis der Jungfrau Maria, die wie eine Indiofrau gekleidet war. Die Argentinier waren gläubig und verehrten ihre Heiligen, das hatte ich häufig mitbekommen. Bei manchen waren sie fast so etwas wie besonders geschätzte, verstorbene Familienmitglieder. Aber als Indiofrau hatte ich Maria noch nicht zu Gesicht gekriegt. Vermutlich wohnten hier die Zwillinge. Auf einem Tischchen lag ein moderner Laptop, das Ladekabel reichte knapp bis zur Steckdose. Ich wunderte mich kurz darüber, wem er gehören mochte. Rosa Linda und Clara Luz waren in meiner Vorstellung so fest mit Küche und Haushalt verankert, dass ich gar nicht auf die Idee gekommen wäre, sie könnten sich mit Computern auskennen. Andererseits – die Zwillinge waren junge Frauen. Wieso traute ich es ihnen nicht zu, dass sie sich mit technischen Geräten beschäftigten? Ich musste sie einmal danach fragen.

Bevor ich zur nächsten Tür gelangte, wusste ich, dass ich richtig war. Eine Stimme erklang: »Suchst du was, kleine Deutsche?«

Ich blieb im Türrahmen stehen. Nicolás saß in einem altersschwachen Sessel mit abgewetztem Lederbezug. Der Verband um seinen Kopf ließ mich innerlich erschauern. Es war knapp gewesen, so knapp! Er hielt ein Heftchen in der Hand und sah mir ruhig entgegen.

»Was liest du da?«

»Morena hat mir eine alte Zeitschrift von 1955 geliehen. Ungewohnte Lektüre. Meine Bücher sind alle verbrannt.«

Mit Schaudern erkannte ich beim Nähertreten das »Handbuch für die gute Ehefrau«. Wenn das aus den Fünfzigern war, erklärte das so einiges. Für Nicolás bestimmt unterhaltsamer Lesestoff – bloß im Vergleich mit seinen Klassikern der Weltliteratur ein schwacher Ersatz.

»Das tut mir sehr leid.« Ich erinnerte mich noch genau daran, wie ich seine kleine, aber offensichtlich sehr sorgfältig getroffene Bücherauswahl zum ersten Mal gesehen hatte. Im Antihelden der »Sturmhöhe« hatte ich damals geglaubt, Nicolás wiederzuerkennen. Langhaarig, mürrisch und von einem aufbrausenden Temperament, das ihn zu einem äußerst unbeliebten Zeitgenossen gemacht hatte. Wie sehr hatte sich mein Blick auf ihn seither verändert.

»Tja, wer weiß. Vielleicht sind die Worte im Funkenregen davongeflogen und setzen sich irgendwo in den Sätzen eines inspirierten Autors wieder zusammen wie ein Phönix aus der Asche.«

Ich musste lächeln. Auf so einen Gedanken konnte wirklich nur Nicolás kommen. Ich beugte mich dichter zu ihm hinunter. Der gestrige Tag, der Schock, Ben so unvermutet zu sehen, der Streit mit meinen Eltern, die Angst um Nicolás, das alles war einfach zu viel. Ich wollte endlich an Nicolás gekuschelt dasitzen, den Kopf an seiner Brust, seinen Herzschlag hören und nichts denken, einfach gar nichts! Höchstens ein Gespräch über Bücher, die ohne Verbrechen, Tragödien und finanziellen Ruin auskamen. Nach einem kurzen Moment des Zögerns setzte ich mich auf Nicolás' Knie. Nicolás regte sich nicht, den Finger starr als Lesezeichen zwischen die Seiten geklemmt.

Bitte, leg doch wenigstens den Arm um mich, flehte ich in Gedanken.

Aber er blieb stumm und bewegungslos. Ich spürte, wie ich rot wurde. Er wollte mich nicht. Deutlicher konnte eine Abfuhr kaum sein. Gedemütigt stand ich auf. »Was ist los? Was hast du? Lässt du dich wenigstens dazu herab, mit mir zu reden, wenn ich dir schon nicht zu nahe kommen darf?«

»Also gut, reden wir.«

Sehr ermutigend, wirklich. Aber ich war es ja mittlerweile gewöhnt, dass er mir die kalte Schulter zeigte. Ich hatte gehofft, wir wären über dieses Stadium hinaus. Ich fand es unheimlich anstrengend, nie zu wissen, woran ich war, ob er mich mit einem Ausritt und Picknick überraschte oder ich ihm jedes Wort abringen und dazu mit der Mimik einer Marmorstatue vorliebnehmen musste. Bis gestern hatte ich das noch spannend gefunden. Doch heute, wo ich selbst Trost bedurfte und von all den Ereignissen noch komplett fertig war, ließ es mich zweifeln, ob wir überhaupt gut füreinander waren. Oder ich gut genug für ihn. Andererseits war er von Bens Auftauchen wahrscheinlich noch negativer überrascht worden als ich. Vielleicht war

Nicolás ja eifersüchtig? Der Gedanke gefiel mir ganz außerordentlich. Fast musste ich lächeln. »Es tut mir leid, wenn das gestern alles sehr überraschend für dich kam. Ich habe dir nie von Ben erzählt, weil ich ihn möglichst vergessen wollte. Er hat Schluss gemacht, bevor ich nach Argentinien gegangen bin. Ich wollte hier neu anfangen, ohne den Ballast aus meinem früheren Leben.«

»Völlig verständlich.«

»Ben hat mich gestern gefragt, ob ich mit ihm nach Deutschland zurückkehren will und ich habe …«

»Du musst das nicht weiter ausführen oder irgendwas erklären. Ich weiß Bescheid. Erspar uns bitte noch so eine peinliche Szene.«

Ich starrte ihn an. Woher wusste er von unserem Gespräch? Dass ich zu Ben gesagt hatte, ich wollte wegen Nicolás hierbleiben, empfand er als peinlich? Damit hatte ich nicht gerechnet. »Und? Was hältst du davon?«

»Du bist ein freier Mensch und kannst tun und lassen, was du möchtest. Was ich davon halte, ist ja wohl unerheblich.«

Autsch, das saß.

»Also denkst du, das mit uns, das hat keine … Zukunft?«

»Zukunft? Wie könnte es eine Zukunft haben? Ein ›Uns‹ hat es doch sowieso nie gegeben. Wir sind zwei Individuen, die das Schicksal dazu bestimmt hat, andauernd übereinander zu stolpern. Wir haben gestritten und uns gegenseitig aus der Patsche geholfen. Irgendwann haben wir das wohl mal mit echten Gefühlen verwechselt.«

»Das kann nicht dein Ernst sein!«

»Was erwartest du von mir? Was kann ich mehr, als dir zu sagen, dass wir ohneeinander vielleicht besser dran sind?«

»Unsere Ausritte, unsere Gespräche und Diskussionen, die gemeinsamen Nächte! Hat dir das denn gar nichts bedeutet?« Ich flüsterte es, da ich meiner Stimme nicht traute. Weil da dieser Kloß im Hals saß und die Tränen unmittelbar hinter meinen Lidern lauerten.

Nicolás Blick bohrte sich in meinen.

»Geh – das ist das Einzige, was ich dir raten kann –, flieg nach Hause, vergiss San Martín, vergiss diese Nächte, vergiss mich!«

Erschrocken schaute ich ihn an. Ich suchte nach einer Erwiderung, doch bevor ich mich dazu durchgerungen hatte, etwas zu sagen, erklangen Schritte auf dem Flur. Mühelos hörte ich Tante Morenas leicht schlurfenden Gang heraus. Doch das Trampeln ihrer Begleiter konnte ich nicht zuordnen. Völlig egal, wer da kam, Gesellschaft konnten wir hier überhaupt nicht gebrauchen! Tante Morena erschien leicht schnaufend im Türrahmen. Messi krallte sich an ihrer Schulter fest und schimpfte leise vor sich hin. Überflüssigerweise klopfte sie gegen das Holz. »Hallo, dürfen wir kurz stören?«

Hinter ihr bauten sich eine Polizistin und ein älterer Polizist in Uniform auf. Ich hatte noch keine argentinischen Gesetzeshüter gesehen und musterte sie daher neugierig. Sie trugen eine dunkelblaue Uniform mit langärmeligem Hemd, schwarze Lederstiefel und einen schweren Gürtel. Auf dem Kopf eine ebenfalls dunkelblaue Mütze mit kleinem Schirm und dem Polizeiabzeichen. Die Frau hatte ihr Haar zu einem Zopf geflochten, trug kleine Silberstecker in den Ohrläppchen und war dezent geschminkt. Sie hielt einen Brief in den Händen.

»Nicolás del Castillo?« Bestimmt wollten die beiden Nicolás' Aussage aufnehmen, wie er niedergeschlagen worden war.

»Ja.«

Die beiden stellten sich namentlich vor und erklärten, von welcher Dienststelle sie kämen. Ich hörte nicht richtig zu. Meine Gedanken weilten noch bei dem Gespräch, das so abrupt unterbrochen worden war. Gespräch? Oder ein Streit? Jedenfalls konnte ich das Gesagte so nicht stehen lassen. Ich hatte das

Gefühl, dass wir uns in Missverständnissen verstrickt hatten. Wie kam Nicolás dazu, mich entschieden zu drängen, mit Ben nach Deutschland zurückzukehren?

»Uns liegt ein Haftbefehl gegen Sie vor. Die Unterlagen sind hier.«

Moment, was?

»Unterlagen, putz das Pferd, *boludo*, gib Küsschen«, warf der Ara ein.

Der Polizist trat mit einem ungnädigen Blick auf Messi ins Zimmer und reichte Nicolás die Unterlagen, der sie schweigend entgegennahm. Sein Blick glitt über das Papier, doch ich war mir nicht sicher, ob er überhaupt ein einziges Wort wahrnahm.

Tante Morena baute sich vor den Polizisten auf. Sie hatte die Arme in die Hüften gestemmt. Auf ihrer Wange prangte ein Rußfleck, die Jeans war schmutzig. Wie wir alle roch sie durchdringend nach Rauch. »Was soll das? Ich dachte, Sie kommen wegen der Brandstiftung.«

»Wir haben die Brandruine draußen gesehen. Aber nein, das ist ein Missverständnis.« Der Polizist runzelte die Stirn. »Die Kollegen, die Sie informiert haben, treffen bestimmt auch bald ein. War der Sachverständige für Brandstiftung schon da?«

Tante Morena knurrte etwas Zustimmendes. Anscheinend hatte ich ihn verpasst.

Die Polizistin wandte sich wieder direkt an Nicolás. Ihre Stimme klang freundlich, was einen seltsamen Kontrast zu den erschreckenden Worten bildete. »Wir sind erst mal nur hier, um den Untersuchungshaftbefehl zu vollstrecken.«

Dieser schwieg. Stattdessen meldete sich Tante Morena erneut zu Wort: »Sie sehen doch, dass er verletzt ist! Er braucht Schonung, der Arzt hat Bettruhe verordnet!«

»Bettruhe *adiós*! Wasch deine Eier!« Messi schlug wild mit den Flügeln.

»Wenn Sie Medikamente benötigen oder ärztlicher Behandlung bedürfen, dann werden wir das in die Wege leiten. Sie können eine Untersuchung durch einen Arzt oder eine Ärztin Ihrer Wahl verlangen.«

Das alles klang so furchtbar nüchtern und offiziell. Und gerade dadurch erschreckte es mich. Ich fühlte mich wie in einem Film, in einem Thriller, den ich niemals freiwillig angeschaut hätte.

Nicolás besah sich weiterhin die Unterlagen. »Was wird mir vorgeworfen?«

»Sie sind einer Straftat dringend verdächtig, nämlich der unterlassenen Hilfeleistung gegenüber Ihrem Bruder Roberto del Castillo, sodass dieser verstarb.«

»Aber die Ermittlungen dazu laufen doch schon eine Weile. Weshalb habe ich keine Vorladung erhalten?«

An diesem Punkt mischte sich der ältere Polizist ein. »Es liegt eine neue Zeugenaussage vor. Zudem besteht der Einschätzung nach Fluchtgefahr.«

Messi krächzte empört. Er drehte den Kopf in dessen Richtung und hackte mit dem Schnabel nach ihm. Der Polizist zog schnell seinen Arm außer Reichweite. Die Polizistin räusperte sich. »Über Ihren aktuellen Aufenthaltsort hatten Sie uns ja auch nicht informiert.«

Tante Morena starrte Nicolás an. Nun erst fiel mir ein, dass er mir erzählt hatte, Morena wisse gar nicht alle Details über die Vorwürfe gegen ihn. Vermutlich war ihr nicht klar gewesen, dass er tatsächlich von Luz de la Luna geflohen war. Das sah nicht gut aus für ihn. Obwohl Nicolás natürlich kein Geheimnis um seine Anwesenheit auf San Martín gemacht hatte. Aber zumindest die Polizei schien davon nicht direkt von ihm erfahren zu haben.

In Nicolás' Marmorgesicht konnte man unmöglich lesen. Doch ich bemerkte die Unruhe, die unter seiner scheinbaren

Gelassenheit brodelte. An seiner Stelle hätte ich nie und nimmer noch derart vernünftig mit den Polizisten sprechen können. Ich war voller Angst und Sorge. Was für eine Zeugenaussage konnte das sein, die so plötzlich aufgetaucht war? Es klang ernst, verdammt ernst.

Nicolás schloss für einen kurzen Moment die Augen. »Darf ich erfahren, was es mit dieser Aussage auf sich hat?«

»Sie werden spätestens nach vierundzwanzig Stunden dem Richter vorgeführt, zu dem Zeitpunkt können Sie sich auch noch mal äußern. Da wird dann über alles Weitere entschieden. Jetzt haben Sie keine andere Wahl, als mit uns zu kommen.«

»Küsschen, komm, Schlampe! Komm!«

»Nicolás geht nirgendwohin!« Tante Morena schnaubte vor Empörung. In diesem Moment traute ich ihr durchaus zu, sich der Verhaftung eigenhändig zu widersetzen. Messi schaukelte wild auf ihrer Schulter vor und zurück. Den Polizisten gefiel die Situation wohl immer weniger, denn sie tauschten einen Blick und veränderten fast unmerklich ihre Haltung, woraufhin sie plötzlich kampfbereit aussahen.

Nicolás schüttelte den Kopf. »Selbstverständlich gehe ich mit der Dame und dem Herrn. Sie tun ihre Pflicht, das würde ich auch von jedem anderen Argentinier erwarten.« Seine Miene war völlig unbewegt.

»Gut, dann haben Sie jetzt die Möglichkeit, noch jemanden anzurufen oder einen rechtlichen Beistand zu konsultieren.«

»Das wird nicht nötig sein, danke.«

Hilflos schaute ich Tante Morena an. Sie musste doch etwas tun, wir konnten nicht einfach zusehen, wie Nicolás abgeführt wurde! Zu meiner Bestürzung wandte sie den Blick ab und begann, an ihrem Hemdsaum herumzufummeln.

Die Polizisten schienen erleichtert, dass sie auf keine Gegenwehr stießen.

Der Mann versuchte sich sogar an einem Lächeln. »In Ordnung, dann empfehlen wir Ihnen, ein paar Sachen zusammenzupacken. Wir fahren direkt zur Haftanstalt.«

Nicolás begann zu lachen. »Ich kann leider nichts mitnehmen.«

»Wieso nicht?«

»Es ist alles verbrannt heute Nacht, das Wenige, was ich noch besessen habe.« Sein Gelächter klang so verzweifelt, so nahe am Wahnsinn, dass es seine beiläufigen Worte Lügen strafte und mir einen Schauer über den Rücken jagte.

Erneut tauschten die Polizisten Blicke. Die Beamtin trat vor. Ihre Stimme klang einfühlsam. »Sie müssen sich keine Sorgen machen. Sie werden mit allem Nötigen versorgt. In der Haftanstalt gibt es sogar Bücher und Zeitungen. Sie scheinen ja gerne zu lesen.«

Nicolás bedachte sie mit einem schwachen Lächeln und nickte. »Also gut.« Er stand auf. »Gehen wir.«

Ich hatte das Gefühl, dass jegliches Blut aus meinem Kopf wich, Schwindel erfasste mich. Das konnte, durfte einfach nicht wahr sein. Bilder zogen impressionsartig an mir vorbei. Nicolás verhaftet, in einem Streifenwagen, vor einem Haftrichter, in Sträflingskleidung, auf einer Pritsche liegend, ein Buch in der Hand. Nicolás, der zu einem vergitterten Fenster emporblickte, der Fuegos Silhouette zwischen Kritzeleien früherer Insassen an die graue Wand zeichnete.

»Du hast doch nichts getan!«

Nicolás schüttelte den Kopf. »Eben das werfen sie mir vor. Aber es hat alles seine Richtigkeit. Niemand kann mich annähernd genauso grausam dafür bestrafen, wie es mein Gewissen jeden Tag tut. Es ist fast eine Erleichterung, dass es endlich so weit ist.«

Da kamen die Tränen. Sie strömten mir in einer lautlosen Flut über das Gesicht. Ich machte keine Anstalten, sie wegzuwischen. Nicolás streckte die Hand nach mir aus. »Amy …« Er brach ab, schüttelte den Kopf, drehte sich zur Tür und ging raschen Schrittes hinaus, eskortiert von den beiden Polizeibeamten.

»*Adiós, amigo*«, krächzte Messi, erhob sich von Tante Morenas Schulter und flatterte hinter dem Trio her.

Die junge Beamtin warf mir noch einen mitfühlenden Blick zu. Nach einer Weile verklangen die Schritte auf dem Gang. Statt hinterherzurennen, kauerte ich mich in den Sessel, in dem ich noch einen letzten Rest von Nicolás' Wärme wahrzunehmen glaubte. Ich weinte.

Einige Minuten später streichelte jemand meine Schulter. Der schier unaufhörliche Tränenstrom ließ mich alles verschwommen sehen. Tante Morena tätschelte unbeholfen meinen Oberarm und machte »Ssssch, ssssch«. Wahrscheinlich würde sie so auch zu einem kranken Alpaka sprechen. Aber das war mir egal. Zumindest war ich nicht ganz alleine.

»So ist das mit den Männern. Der Papagei kommt wieder, aber Nicolás … Treulose Kreaturen, allesamt.« Tante Morena seufzte. »Gut, dass du noch den anderen hast und er dich mit nach Hause nehmen kann.«

Voller Empörung fuhr ich auf. Die Tränen tropften nun ungehindert auf den Fußboden. Schleim aus meiner Nase hintendrein. »Aber ich liebe Nicolás. Mit Ben habe ich Schluss gemacht, ich will ja gar nicht zurück nach Deutschland!«

»Ach, Kindchen, sei nicht so stur. Nutze die Chance, wenn sie sich dir bietet. Ich habe das ja schon befürchtet und dir deswegen nichts davon gesagt.«

»Du wusstest Bescheid, dass Ben herkommt und mich überreden will, mit ihm heimzufliegen?!«

»Natürlich. Deine Eltern haben mich vorgewarnt. Total vernarrt, wie du ganz offensichtlich in den jungen del Castillo warst, wusste ich, dass du dich sträuben würdest, wenn du vorher vom Plan deiner Eltern erfährst. Deshalb habe ich nichts verraten und darauf vertraut, dass die überraschende Wiedersehensfreude überwiegen würde. Ich habe sogar so getan, als wären alle Zimmer belegt, damit er ganz sicher bei dir schläft.«

»Das ist so was von …« Mir fehlten die Worte. Intrigant, hinterhältig, manipulativ. Das hätte gepasst. Aber ich brachte diese Beschreibungen beim besten Willen nicht mit meiner gutherzigen Tante in Einklang.

»Ich hatte dein Bestes im Sinn. Und es hätte wohl auch funktioniert, wenn nicht diese Verhaftung dazwischengekommen wäre. Jetzt ist Nicolás in deinen Augen vermutlich für alle Zeiten der unschuldige Märtyrer und du willst hierbleiben, auf ihn warten und dir selbst einreden, dass ihr glücklich miteinander geworden wärt.«

»Er ist wirklich unschuldig!«

»Das mag ja sein, das Leben ist jedoch nun einmal ungerecht. Du hast ihn gehört. Ein paar Jahre Gefängnis sind hart, aber ein ganzes Leben lang von Schuld gequält zu sein ist härter. Er wird es überleben und sich was Neues aufbauen, wenn er rauskommt.«

»Ich fasse es nicht, dass du so unbeteiligt davon sprechen kannst!«

»Meine Liebe, ich habe eigene Probleme. Nach diesem Brand ist San Martín endgültig am Ende und ich auch. Die Banker werden mir das Land unter dem Hintern wegziehen. Und was mache ich dann? Ich bin alt. Ich habe nichts gelernt. Ich habe keine Rücklagen, die Estancia war mein Leben. Die nächsten Jahre werde ich damit verbringen, Messi anzubetteln, dass er Passanten in der U-Bahn ein Ständchen singt und sie dafür ein paar Pesos geben. Und da erwartest du ernsthaft, dass ich in dieser Situation wegen einer anderen Tragödie in Tränen ausbreche oder wütend werde, so wie du? Ich bin müde, ich habe zu viel gekämpft in all diesen Jahrzehnten. Und was hat es mir gebracht? Nichts, gar nichts.«

Ich starrte Tante Morena mit offenem Mund an. Das war die längste zusammenhängende Rede, die ich je von ihr gehört hatte. Ganz ohne Satzbrüche. Dafür voller Bitterkeit. Und ich konnte plötzlich absolut nachvollziehen, warum sie außer Empörung keinerlei Engagement gegen Nicolás' Verhaftung gezeigt hatte. Ich hatte nie darüber nachgedacht, wie es war, in einem Land zu leben, das nicht dermaßen umfassend für seine Bürger sorgte, wie Deutschland das tat. Was es hier bedeutete, alt und arm zu sein und keine Familie zu haben, bei der man notfalls unterkommen konnte. Tante Morena musste furchtbare Angst haben.

Ich konnte es nicht ertragen, sie so verzweifelt zu erleben. »Messis Flüche und Beschimpfungen wären wahrscheinlich aussichtsreicher – das bringt die Leute zum Lachen, da sitzt das Geld lockerer.« Vielleicht konnte ich sie ja dazu bringen, Zuflucht in ihrem Humor zu suchen. Wenigstens das.

»Super, da ist mein Lebensunterhalt ja gesichert.« Tante Morena klang matt. Sie wischte sich ein paarmal über die Augen, wie um die Tränen zu verscheuchen, die nicht kamen.

In mir keimte ein furchtbar schlechtes Gewissen. Tante Morena hatte mich in der Hoffnung nach Argentinien geholt, ich würde ihr helfen. Sie hatte fest damit gerechnet, dass ich das Ruder des sinkenden Schiffes herumreißen konnte. Was hatte ich anfangs nicht alles Tolles überlegt: Werbekampagnen, Absprache mit Verlagen für Reiseführer, ein eigener Blog mit Berichten über das urtümliche Leben auf einer Estancia, verfasst auf Deutsch und Spanisch. Noch hatte ich nichts davon so richtig umgesetzt, und das, was ich bereits erledigt hatte, brauchte mehr Zeit als gedacht, bis es bei möglichen Kunden fruchtete.

»Können wir nicht noch einen letzten Versuch starten? Mehr Touristen anlocken? Und dann die Alpakatherapie in Angriff nehmen? Ich helfe dir, wo ich kann. Ich arbeite auch vierundzwanzig Stunden am Tag, wenn es nötig ist; ich stelle mich an den Flughafen in Buenos Aires und überrede die Ankommenden, dass sie nach San Martín fahren müssen!«

Tante Morena hatte nicht einmal mehr ein Lächeln übrig. »Warum kommen die Übernachtungsgäste? Um typische argentinische Ländlichkeit mit Gaucho-Romantik und Pferden zu erleben. Und was können wir davon vorweisen? Nichts. Nicolás ist verhaftet, Evita ist verbrannt und Fuego eignet sich überhaupt nicht als Pferd für Reitanfänger. Dann bleiben nur noch die Stute von Gabriel und das Pony. Aber wir können ja kaum die Touristen alleine mit einem Pferd losschicken, denn worauf sollte Gabriel reiten? Gauchitos kleiner Batman kann nur ein Kind tragen. Ein neues Reitpferd zu kaufen kann ich mir nicht leisten. Und wo soll ich die Pferde eigentlich unterstellen? Einen neuen Stall zu bauen ist schon gar nicht drin. Da können die Alpakas noch so putzig sein. Bis Gabriel gelernt hat, was er da tun soll, oder das Ganze überhaupt ins Rollen gekommen ist, sodass es Gewinn abwirft, dauert es zu lange. Bis dahin ist San Martín längst nicht mehr in meinem Besitz.«

»Was ist mit der Versicherung? Die müssen doch zahlen bei so einem Brand!« Im selben Moment fiel mir ein, dass ich keine Ahnung hatte, ob solche Versicherungen in Argentinien überhaupt üblich waren.

Tante Morena beantwortete meine Frage mit einem Kopfschütteln. »Ich habe alle Versicherungen vor einiger Zeit gekündigt, um die laufenden Kosten zu drücken.«

Darauf wusste ich nichts zu entgegnen. Wir schwiegen. Wenn es keine Hoffnung mehr gab, machten auch Worte keinen Sinn.

Schließlich flüsterte ich: »Ich könnte … Papá fragen, ob er … also, er ist nicht reich, aber vielleicht …«

Tante Morena zog eine Augenbraue hoch. »So gut müsstest du mich doch mittlerweile kennen, Kind.«

»Ja, aber ich dachte, ich versuche es trotzdem mal.«

»Der Stolz, das ist bei einem Argentinier immer das Letzte, das er aufgibt. Das war wahrscheinlich auch das Problem zwischen Nicolás und dir, oder?«

Ich zögerte mit der Antwort. Die Frage kam unerwartet. Ich hatte nicht erwartet, dass Tante Morena doch noch mal das Thema Nicolás anreißen würde, geschweige denn, dass sie unsere Beziehung analysieren wollte. »Eigentlich dachte ich, dass das kein großes Thema zwischen uns sei. Ich wüsste nicht, inwiefern das eine Rolle spielt.«

Tante Morena seufzte. »Das denkst du, ja? Dann ist dieses ganze Liebesdrama also kein Wunder, du Lämmchen. Und was war das dann gestern Nacht? Versetz dich mal in Nicolás' Lage.«

»Wovon redest du?«

»Er wacht auf, merkt, dass er verletzt ist und bewusstlos war, weil er sich von einem Unbekannten hat niederschlagen lassen, und erfährt danach auch noch, dass du ihn unter Einsatz deines Lebens retten wolltest. Und als wäre das nicht schon eine große Schande, die er nie vergessen wird, greift auch noch sein Nebenbuhler, dein Ex-Freund, ein, um dich und ihn sicher aus dem brennenden Stall zu befreien. Verstehst du nun, wie Nicolás sich fühlen muss?«

»Nein, das glaube ich nicht, das kann doch nicht stimmen!«

»Du glaubst mir nicht? Dann überleg mal, seit wann verhält Nicolás sich dir gegenüber denn abweisend? Nicht zufällig seit gestern Nacht, oder?«

»Nein, auf keinen Fall!« Diese Theorie war so was von lächerlich! Nicolás war ein erwachsener Mann, ein sehr männlicher Mann außerdem, dem es nicht an Selbstbewusstsein fehlte. Garantiert dachte er nichts Derartiges, wie Tante Morena es ihm unterstellte. Ich suchte nach Beweisen dafür, dass ich recht hatte. Wenn ich die Situationen, die wir zusammen erlebt hatten, analysierte, kam ich auf zwei Überkategorien. Die, in denen Nicolás mir geholfen hatte, etwa beim Reitenlernen, gegen die wilden Hunde, als ich Denguefieber gehabt hatte und gegen Hector. Da war er zwar jeweils nicht besonders freundlich gewesen, jedoch hatte sich unsere Beziehung nach diesen Ereignissen jeweils verbessert und vertieft. Und die, in denen ich ihm geholfen hatte oder helfen wollte, wofür ich nur zwei Beispiele hatte. Als er nämlich ohne Sattel vom Pferd gefallen war und als ich ihn mit Bens Hilfe aus dem brennenden Stall geschleppt hatte. Ersteres hatte überhaupt erst dazu geführt, dass Nicolás mich anfangs nicht leiden konnte. Und nach dem Brand hatte er mit mir Schluss gemacht.

Es passte besser zu Tante Morenas Theorie, als ich wahrhaben wollte. Plötzlich war ich wütend, so unfassbar wütend auf diesen eitlen Möchtegern-Gaucho. »Was hätte ich eurer Meinung nach tun sollen? Ihn da drinnen verbrennen lassen, so wie Evita, ja?«

Tante Morena sah mich schweigend an. »Wir Frauen müssen darauf achten, dass die Männer ihr Gesicht wahren können. Sind wir zu vorschnell, verlassen wir die Rollen, die uns von der Gesellschaft zugewiesen sind, gibt es Streit. Erledigen wir etwas vielleicht sogar besser als ein Mann, dann ist der Ehekrach vorprogrammiert. Und das kostet Kraft. Eine Frau kann das einmal, zweimal, dreimal machen. Vielleicht hat sie einen netten Mann daheim, einen, der Verständnis zeigt. Eventuell wird er es eine Zeit lang mittragen. Aber spätestens, wenn die Jugend über ihn zu spotten beginnt, dann will er wieder die Hosen anhaben.«

»Nein, das glaube ich nicht. Das war vielleicht früher mal so. Heute haben Frauen schließlich alle Möglichkeiten. Auch hier in Argentinien. Schau dich doch mal an, du besitzt eine Estancia, hast Angestellte, packst mindestens genauso hart an wie ein Mann.«

»Erstens gehört San Martín längst nicht mehr mir, sondern der Bank«, korrigierte Tante Morena mich. »Die Angestellten, von denen du da sprichst, sind wie eine Familie für mich. Und sie stehen schlussendlich genauso im Regen wie ich. Die Zwillinge, Isabela, Gabriel. Glaubst du etwa, sie haben ein bequemes finanzielles Polster, sodass sie sich zurücklehnen können und auf bessere Zeiten warten? Nicht, dass ich den Familienbesitz verliere, ist das Schlimmste für mich, sondern dass ich die Menschen enttäusche, die auf mich angewiesen sind.«

Sie hatte natürlich recht. Aber in diesem Moment wollte ich nicht auch noch darüber nachdenken müssen. Ich angelte in meiner Jogginghose nach einem Taschentuch und schnäuzte mich vernehmlich.

Tante Morena fuhr ungerührt fort. »Und zweitens: Was denkst du, warum ich alleine lebe? Ich habe mir das nicht ausgesucht, nie zu heiraten, keine Kinder und Enkelkinder zu bekommen. O nein, so einfach war das nicht. Ich war zu störrisch, um eine ansprechende Heiratskandidatin zu sein, und an Geld hat es auch immer gefehlt.«

Ich wagte nicht, nach Benicio zu fragen.

»Männer mögen keine allzu emanzipierten Frauen. Sie wollen eine Partnerin, die zu ihnen aufblickt. Das hast du außer Acht gelassen, meine Liebe.«

Das klang endgültig, so nach fügsam sein und nachgeben. »In solch einer Welt will ich nicht leben.«

»Das wirst du ja auch nicht.« Tante Morena stand mühsam auf und humpelte ans Fenster. Sie wandte mir den Rücken zu. Wahrscheinlich überblickte sie ihre Ländereien. Jeder Grashalm hier musste ihr etwas bedeuten, jedes Mauseloch eine Geschichte haben, jeder Baum ein guter Bekannter sein.

»Du wirst nach Deutschland zurückkehren. Ein emanzipiertes Leben leben. Oder es zumindest versuchen.«

»Nein, ich will nicht einfach aufgeben. Ich kann nicht glauben, dass Nicolás so ein Macho ist.«

»Nicolás ist ein typischer del Castillo, seinem Vater wie aus dem Gesicht geschnitten. Die Männer dieser Familie haben von jeher nur Unglück über uns gebracht. Deswegen habe ich eure Annäherung von Anfang an mit Sorge verfolgt. Und natürlich war auch der Zeitpunkt alles andere als günstig. Immerhin steckt der Junge anscheinend seit dem Tod seines Bruders in irgendeinem Schlamassel. Ich wollte nicht, dass du da mit hineingezogen wirst und darunter leidest. Ich habe überlegt, ob ich dich warnen soll. Aber es ist nun mal eine Eigenheit der Jugend, dass sie nie auf das Alter hören will, schon gar nicht, wenn das stürmische Herz zu einem unpassenden Partner drängt. Und tatsächlich ist es so gekommen wie befürchtet.«

Erneut flossen die Tränen. Ich zerknüllte das Taschentuch in der Faust. »Ich habe alles falsch gemacht!«

Tante Morena schnaubte durch die Nase. *»El amor es como la salsa mayonesa: cuando se corta, hay que tirarlo y empezar otro nuevo.* – Die Liebe ist wie Mayonnaise: Wenn sie schlecht wird, muss man sie wegschmeißen und eine neue anfangen.«

***

Obwohl ich wusste, dass ich mir selbst damit nur Schmerz zufügen würde, bog ich um die Ecke und stand vor dem, was gestern noch der Stall gewesen war. Eine rauchende Ruine, ein Trümmerfeld aus verkohlten Balken, die in den Himmel ragten. Irgendwo unter diesen Trümmern lag Evita begraben. Meine Stute, die mich als unbeholfene Anfängerin auf ihrem Rücken geduldet hatte. Wahrscheinlich war ich ihr wie ein Mehlsack mit zwei linken Füßen und Händen vorgekommen. Trotzdem hatte sie sich streicheln und liebkosen lassen, war begeistert hinter Fuego her galoppiert, als hätte sie ebenso lange Beine wie der Hengst. Ihr Fell war schön weich gewesen und ihre Mähne wunderbar strubbelig. Was für eine Angst, was für eine Panik musste sie ausgestanden haben, als der Stall brannte. Die anderen Pferde hatten sich retten können. Sie war alleine zurückgeblieben. Der Gedanke an ihre letzten, furchtbaren Minuten war zu viel. Ich fiel auf die Knie und weinte um mein Pferdchen.

Irgendwann versiegte der Tränenfluss, wahrscheinlich war mein Körper längst komplett dehydriert und versagte mir weiteres Geheule, um nicht die Gehirnflüssigkeit opfern zu müssen. Ich starrte auf die verkohlten Überreste des Stalls. Sätze spukten in meinem Kopf herum, Worte, die Menschen über mich gesagt hatten.

»Du bist doch für alle bloß ein Klotz am Bein«, hatte Isabela mir an den Kopf geworfen. So fühlte ich mich momentan auch. Nutzlos und ohne irgendwelche sinnvollen Fähigkeiten. Ich hatte weder eine Möglichkeit gefunden, die Estancia zu retten, noch Nicolás im Hinblick auf seine drohende Verhaftung beistehen zu können. Im Gegenteil. Nicolás saß nun in U-Haft und Tante Morena musste San Martín aufgeben. Kein Wunder, dass Tante Morena heimlich den Plan gefasst hatte, mich mit Ben zurück nach Deutschland zu schicken.

Ben war der nächste wunde Punkt. Ich konnte mich nur zu gut an unser Gespräch erinnern, als er mit mir Schluss gemacht hatte. Harte Worte waren gefallen. »Du hast doch immer Schwierigkeiten damit, Entscheidungen zu treffen, dich mal wirklich für etwas einzusetzen und mit den Konsequenzen zu leben, ohne dass jemand anderes die Kartoffeln für dich aus dem Feuer holt.«

Mit meiner Entscheidung, erst im Kindergarten zu kündigen, mich selbstständig zu machen und nach Argentinien zu gehen, um Tante Morena zu helfen, hatte ich mir und ihm beweisen wollen, wie stark ich eigentlich war. Doch in den Wochen, seit ich hier war, hatte ich nicht alles umsetzen können, hatte viel zu wenig geschafft und Tante Morena enttäuscht. Und dass Ben hier war, war hauptsächlich der Hartnäckigkeit meiner Mutter und Bens Einsamkeit geschuldet, weniger der Tatsache, dass er der Meinung war, ich könnte mich geändert haben.

Er hatte mir vorgeworfen, ich wäre nie erwachsen geworden. Warum fühlte ich mich dann plötzlich so alt? Und so unfassbar müde?

Die Sehnsucht nach Nicolás wurde übermächtig. Wo war er jetzt? Schon in der Haftanstalt angekommen? Ich würde nie erfahren, wie es ihm dort ging. Sicher, ich konnte versuchen, trotz seiner entschiedenen Abfuhr einen Besuchstermin zu erwirken. Aber kannte ich ihn mittlerweile nicht gut genug, um zu wissen, dass er sich einfach weigern würde, mich zu sehen? Welche Ironie, dass ausgerechnet er einst zu mir gesagt hatte, er würde mich am liebsten beschützen und mit schönen Dingen umgeben, einem Lesesessel und einer Tasse Kakao, einem guten Buch, aber eingesperrt wie eine Puppe in ihrem Häuschen, damit mir nichts zustoßen konnte. Nun war er derjenige, der hinter Gittern saß. Ich machte mir keine Illusionen. Schön hatte er es dort ganz sicher nicht. Aber zumindest war er mich los, die Frau, die ihn blamiert und seine Ehre verletzt hatte. Nach seiner eiskalten Abfuhr heute war klar, dass er mich nie geliebt haben konnte. Ich hatte mir das eingeredet. »Dumme Amy, strohdumme Amy«, würde Messi zu Recht krächzen. Verblendet, das war ich gewesen. Anscheinend hatte meine Weltsicht denkbar wenig mit der Realität zu tun gehabt. Nicolás und Tante Morena hatten mir heute endgültig die Regenbogenbrille heruntergerissen. Jetzt konnte ich sehen, wie grau alles war, wie hässlich und vergeblich. Genau wie diese verbrannte Ruine vor mir.

Tante Morena hatte recht. Was wollte ich noch hier? Es gab nichts mehr für mich zu tun. Die Schlacht war geschlagen und wir hatten in jeglicher Hinsicht verloren. Ich stand auf und wischte mir zerstreut die Asche von den Hosenbeinen. Dann ging ich los, um Ben zu suchen und nach seiner Flugnummer zu fragen. Bei ihm einziehen würde ich zwar auf gar keinen Fall, aber hier konnte ich auch nicht mehr bleiben. Vielleicht gab es für mich ja doch noch einen Platz im Flugzeug.

22 – Maikäfer flieg

Handbuch für die gute Ehefrau
Wenn Sie seine Pantoffeln rechtzeitig auf der Heizung anwärmen, bevor er nach Hause kommt, vermitteln Sie ihm gleich das behagliche Gefühl von Nestwärme, das er nach einem langen Arbeitstag wirklich verdient hat.

Der Abschied war kurz. Alle kamen vor dem Haupthaus zusammen und stellten sich in einer Reihe auf. Gabriel, seine Frau und der kleine Gauchito, der mir ein Pferdchen aus Holz überreichte, das er selbst geschnitzt hatte. Es sah verdächtig nach Fuego aus und ich schaffte es nicht, mich richtig zu bedanken, strich ihm nur durch die Haare, rückte die kleine Gaucho-Mütze zurück und klopfte ihm auf die Schulter, wobei ich versuchte, die Tränen zu unterdrücken. So langsam verwandelte ich mich in eine Salzwasserpfütze. Oder einen Springbrunnen.

Die Zwillinge kicherten diesmal nicht. Aber sie steckten mir ein Carepaket mit selbst gemachten Köstlichkeiten zu. Ich hatte keine Ahnung, wo sie die so spontan hergezaubert hatten, aber so war ich jedenfalls nicht auf das Essen im Flugzeug angewiesen.

Isabela fehlte. Ich hatte sie seit dem seltsamen Gespräch heute Morgen nicht mehr gesehen, war aber alles andere als traurig darüber.

Blieb nur noch Tante Morena. Sie beugte sich nach vorne, nahm mich fest in die Arme und drückte mich. Sie roch nach Erde, Stall und Lavendel. Für einen Moment schloss ich die Augen und erwiderte die Umarmung, so fest ich konnte.

Sie gab mir ein Küsschen auf die Wange und flüsterte mir zu: »Du bist jung, mach es besser als ich.« Dann drückte sie mir etwas Weiches, Flauschiges in die Arme. Der regenbogenfarbene Pulli aus Alpakawolle, den sie für mich gestrickt hatte! Als ich hineinschlüpfte, bemerkte ich, dass der eine Ärmel etwas kürzer als der andere war. Anscheinend hatte Tante Morena in der Hektik der letzten Zeit ein paar Zentimeter eingespart. Das rührte mich so, dass meine Unterlippe verdächtig zu zittern begann und ich mich schnell abwandte.

Gabriel fuhr mit dem Pick-up vor. Ben half mir auf die Ladefläche, lud meinen Rucksack und sein Handgepäck auf und setzte sich neben mich. Gabriel fuhr vorsichtig an. Wir hielten uns an der Seitenbegrenzung fest und winkten, bis Tante Morena und die anderen immer kleiner wurden, das Haupthaus von den ersten Bäumen der Allee verdeckt und der Brandgeruch in der Luft schwächer wurde. Ben legte zaghaft den Arm um meine Schulter. Wie sollte es anders sein: Ich weinte.

***

Wir polterten durch die Gassen von San Antonio de Areco. Die halbe Ladefläche des Pick-ups war mit vollgeschnieften Taschentüchern übersät. Ben übersah es ritterlich. Er klopfte mir nur ab und an auf die Schulter und brummte »Na, na«. Schließlich ebbte mein Schluchzen wieder ab und verwandelte sich in einen Schluckauf. Düster starrte ich auf die Erdbrocken und Taschentücher um uns herum. Ich hatte mich nicht mal richtig von Alma verabschiedet. Mein kleines Alpakamädchen fehlte mir jetzt schon. Wie gerne hätte ich stundenlang ihr weiches Fell gekrault, ihre Ohren zerzaust und sie mit Pferdekeksen gefüttert. Stattdessen hatte ich nur kurz über ihre kleine Stupsnase gestreichelt und ihr zugeflüstert, dass sie gut auf sich aufpassen sollte. Dabei wusste ich überhaupt nicht, was zukünftig mit ihr geschehen würde, wenn Tante Morena die Estancia verlor. Die Banker würden sicherlich alles höchstbietend verkaufen. Auch die Tiere. Doch an wen und wohin? Hoffentlich kam die ganze Herde zu lieben Menschen, die sie gut beschützten. Und einen so stabilen Zaun bauten, dass sich kein noch so wildes Hunderudel Zutritt verschaffen konnte.

»Hicks!«

Ben tätschelte wieder meine Schulter.

Ich fand es furchtbar schade, dass Gabriel und ich unsere Pläne zur tiergestützten Therapie nicht hatten ausführen können. Es wäre gut geworden, das wusste ich ganz sicher.

Ben hob die Hand und winkte jemandem zu. Mehr aus Automatismus als aus Neugierde reckte ich den Hals.

»Hicks. Wem winkst du denn?« Er kannte doch niemanden hier.

Er errötete leicht. »Ach, da drüben steht diese nette Brünette, die mich gestern auf San Martín herumgeführt hat. Heute war sie ja leider nicht da. Hm, sieht irgendwie nicht sehr glücklich aus, das Mädel. Hat sie Streit mit dem Kerl?«

In dem Moment entdeckte ich, wen Ben meinte. Isabela stand an einer Straßenkreuzung und redete wild gestikulierend auf einen nicht allzu großen, dafür aber recht kräftigen Mann ein. Sie trug noch das Outfit, in dem ich sie heute Morgen gesehen hatte, und warf immer wieder wütend ihr Haar nach hinten. In der Haut des armen Kerls, der da zur Schnecke gemacht wurde, wollte ich definitiv nicht stecken. Er hob den Arm, schob

Isabela von sich und drehte sich weg. In dem Moment erkannte ich Hector. Mein Herzschlag setzte für einen Moment aus. Er, ausgerechnet er! Ich hatte gehofft, diesen Fiesling nie wiedersehen zu müssen. Wie betäubt lehnte ich mich zurück, wobei mein Hinterkopf gegen das Führerhäuschen schlug. Hector. Was wollte er von Isabela? Oder besser, was wollte Isabela von ihm? Worüber hatte sie sich eben so aufgeregt? Denn nach einem freundschaftlichen Gespräch hatte das keinesfalls ausgeschaut, da musste ich Ben zustimmen. Ich blickte noch einmal auf, doch natürlich waren wir längst abgebogen und die beiden nicht mehr zu sehen.

Ich musste daran denken, wie seltsam Isabela sich heute Morgen verhalten hatte. Sie hatte behauptet, schon in der Stadt vom Feuer gehört zu haben, war aber erkennbar erschrocken gewesen, als ich von Nicolás berichtet hatte. Und dann war sie einfach abgehauen. Etwa, um Hector zu suchen? So sah es fast aus. Aber was hatte er damit zu tun? Außer … In mir zog sich alles zusammen. Das konnte doch nicht sein, oder? Nicolás hätte Hector sicher erkannt, wenn er es gewesen wäre, der ihn niedergeschlagen hatte. Gesagt hatte er nichts davon. Aber gut, es war dunkel gewesen und Nicolás war aus dem Schlaf geschreckt. Wahrscheinlich hatte er gar nicht viel von seinem Angreifer gesehen.

Hatte Hector sich rächen wollen, weil Nicolás mich gegen ihn verteidigt hatte? Er war sicher wütend gewesen und ich hatte ihn ja als jähzornig und gewalttätig kennengelernt. Sicherlich war er dazu fähig, einen Stall niederzubrennen. Ob er dabei absichtlich ein Menschenleben in Gefahr bringen würde? Das konnte ich nicht einschätzen. Ich nahm an, dass er mit so einer feigen Tat empfindlich gegen den Ehrenkodex der Gauchos verstieß. Gegen das Gesetz natürlich sowieso. Aber ich hatte irgendwie das Gefühl, dass die Staatsmacht hier auf dem Land nicht viel zählte. Es wurde möglichst viel unter sich ausgemacht, die Polizei zu rufen war äußerst ungewöhnlich.

Selbst wenn Hector seinen persönlichen Rachefeldzug austrug, hing das ja nicht mit Isabela zusammen. Er war sicher nicht so blöd gewesen, in San Antonio herumzuerzählen, was er plante. Nein, das war Unsinn. Ich spann mir irgendwelche Intrigen zusammen, um nicht über Nicolás nachdenken zu müssen.

Ich blickte um mich, um herauszufinden, wo wir waren. Gabriel bog gerade auf einen staubigen Platz vor einem Tante-Emma-Laden ein. Ich erkannte den Laden von meiner Ankunft wieder und erinnerte mich, wie ich hier von den alten Mate-Männern beäugt in der Sonne gestanden hatte. Müde und zerschlagen vom langen Flug, unsicher, was mich erwartete, und insgeheim noch voller Liebeskummer wegen Ben. Dann war ich von einer Pferdekutsche abgeholt worden, Gauchito war zu mir nach hinten geklettert, hatte sich gleich mit mir angefreundet und mir Fuego auf seiner Koppel gezeigt und von den Bewohnern von San Martín erzählt.

Jetzt reiste ich wieder ab und meine emotionale Verfassung hatte sich keineswegs gebessert, eher im Gegenteil. Liebeskummer hatte ich auch wieder. Mich begleitete zwar nun der Mann, den ich damals vermisst hatte, aber inzwischen wollte ich ihn nicht mehr. Ich seufzte tief.

Gabriel hielt an. Er kam nach hinten gelaufen und half uns beim Absteigen. Ben reckte sich und bewegte vorsichtig seine Hüfte. Wahrscheinlich tat ihm der Steiß weh. Tja, zu eitel, um sein Popokissen mitzunehmen. Wir lagerten unser Gepäck am Straßenrand und Gabriel ging in den Laden, um zu fragen, wann der Überlandbus zum Flughafen erwartet wurde.

»Kannst du hier noch ein Foto von mir machen? Mit diesen schiefen Strommasten mit den durchhängenden Leitungen im

Hintergrund? Da sieht man gleich, dass das nicht in Deutschland sein kann.« Ben hielt mir sein Smartphone entgegen.

Seufzend entfernte ich mich einige Schritte und schüttelte das Handy, um die Kamera zu öffnen. Ben verschränkte die Arme, um seinen Bizeps möglichst gut zur Geltung zu bringen. Wie albern ich sein Gepose und das aufgesetzte Kameralächeln fand! Ich scannte den Hintergrund nach möglichen störenden Mülleimern, Passanten oder Autos. Solche ungewollten Features auf seinen Fotos mochte Ben gar nicht. Wobei, vielleicht fand er einen argentinischen Mülleimer ja fresh. O Mann, kaum war ich wieder ein paar Tage mit Ben zusammen, verfiel ich schon in seine Möchtegern-coolen-Anglizismen.

Ich drückte ein paarmal auf den Auslöser und gab dabei Kommandos. »Kinn etwas höher, Kopf leicht nach links – das andere Links!« Ein Auto fuhr in überhöhter Geschwindigkeit vorbei, sodass die kleinen Steinchen, die auf der Straße lagen, zur Seite flogen. Ich blickte hoch und hatte zum zweiten Mal an diesem Tag das Gefühl, eine Szene wiederzuerkennen. Dieses Auto, eine schicke Limousine, schwarz glänzend und mit poliertem Mercedesstern … Wo hatte ich das schon mal gesehen? Hastig öffnete ich die Galerie, um die Fotos zu betrachten. Zum Glück hatte Ben in ein Handy mit besonders guter Kamera investiert, um seine Influencerkarriere zu pushen. Es war kein Problem, in das Foto hineinzuzoomen.

»Und? Ist was Gutes dabei?« Ben kam auf mich zu.

»Moment, ich prüfe die Ausbeute«, behauptete ich. Dieses Auto. So eines hatte ich doch erst kürzlich gesehen und mich gefragt, wie der Halter es schaffte, trotz der ungepflegten Landstraßen in der Pampa einen derart makellosen Lack zu bewahren. In der Sonne hatte es noch intensiver geglänzt als Isabelas Haar. Das war es! Das Auto hatte vor San Martín gewartet und Isabela war eingestiegen.

»Was schaust du dir denn da an?« Ben klang beleidigt.

»Ich glaube, ich kenne den Fahrer, bin mir nur nicht sicher.«

»Du kannst es doch noch weiter vergrößern.«

Ben fummelte an seinem Handy herum und hielt mir dann den Bildschirm entgegen. Durch den starken Zoom war das Bild des Mannes am Steuer verschwommen und die Gesichtszüge nicht zu erkennen. Doch eins war auffällig. Es sah so aus, als würde ein Kind am Steuer sitzen. Ein Kind, das einen Anzug trug. »Das ist doch …«

»Stimmt was nicht? Du wirst ganz blass!«

»Fernando! Das ist Fernandos Auto. Er ist wirklich sehr klein für einen Mann und hier auf dem Foto sieht man es. Der Kopf ist direkt über dem Lenkrad.« Ich verstummte. Was hatte es zu bedeuten, wenn Isabela zu Fernando ins Auto stieg? In diesem Moment trat Gabriel aus dem Laden und kam auf uns zu. Ich reichte Ben sein Handy zurück und er ließ es in die Hosentasche gleiten.

»Der Bus müsste jeden Augenblick kommen. Tickets könnt ihr direkt beim Fahrer kaufen. Und bitte dazusagen, dass ihr zum Flughafen wollt. Das kostet extra.«

Ben sah mich fragend an und ich übersetzte ihm mechanisch, was Gabriel gesagt hatte. In meinem Kopf galoppierten die Gedanken durcheinander wie eine Herde übermütiger Alpakas. Hector, der eine Rechnung mit Nicolás offen hatte. Fernando, der Luz de la Luna in seine Hände bekommen wollte. Isabela, die von Nicolás enttäuscht war und Geldprobleme hatte. Ein Mann, der Nicolás niederschlägt. Ein Stall, der abbrennt. Irgendwie schien das alles zusammenzuhängen.

Der Bus tauchte in der Ferne auf. Im Gegensatz zu den normalen Bussen, die überwiegend von Argentiniern genutzt wurden, war dies ein komfortabler Reisebus mit Klimaanlage und verstellbaren Sitzen. San Antonio de Areco war als Gaucho-Stadt bekannt und dementsprechend häufig wollten Touristen einen Tagesausflug von Buenos Aires hierher unternehmen. Da lohnte sich ein besseres Vehikel. Wieso kam der Bus ausgerechnet in dem Augenblick, wo ich erst mal meine Gedanken sortieren wollte?

Ich dachte fieberhaft nach. Was sollte ich tun? Gabriel informieren, was ich beobachtet hatte, und ihn bitten, damit zur Polizei zu gehen? Aber es waren ja nur Vermutungen, kein einziger handfester Beweis. Davon abgesehen, dass Gabriel bestimmt keine Lust hatte, sich mit Isabela schlecht zu stellen, indem er irgendwelche Geschichten über sie verbreitete. Nein, das konnte ich kaum von ihm verlangen. Ben marschierte zu unserem Gepäck und zog mich neben sich, als der Bus auf den Platz einbog. Der Fahrer stieg aus, grüßte Gabriel und warf uns einen Blick zu, den man nicht unbedingt freundlich nennen konnte. Als ich nicht reagierte, stupste Ben mich an und ich stolperte zum Fahrer hin, um unsere Fahrkarten zu kaufen.

Irgendetwas war hier faul. Was, wenn Fernando tatsächlich etwas ausgeheckt hatte, um Nicolás um seinen Besitz zu bringen? Vielleicht hatte Isabela ihm beim Schäferstündchen die nötigen Infos geliefert. Aber Nicolás saß gerade in Untersuchungshaft, er konnte nichts unternehmen. Tante Morena war vollauf mit der Brandkatastrophe beschäftigt und hatte bereits anklingen lassen, dass sie nicht geneigt war, das Thema Nicolás weiterzuverfolgen, geschweige denn, sich einzumischen. Außerdem wusste sie nichts von der Verbindung zwischen Isabela und Fernando – und Hector und Isabela. Gut möglich, dass ich die Einzige war, die ahnte, dass etwas nicht stimmte. Auch wenn ich leider keinen Schimmer hatte, wie die Dinge zusammenhingen.

Der Fahrer steckte das Geld ein, reichte mir zwei zerknitterte Fahrscheine und winkte Ben zu sich. Ben schulterte meinen zentnerschweren Rucksack, ohne eine Miene zu verziehen, wie ich ihm zugutehalten musste, und folgte dem Fahrer zum

Gepäckabteil. Vermutlich wollte er das Trinkgeld sparen, indem er unser Gepäck selbst einlud.

Nicolás wollte mich nicht, das hatte er mehr als deutlich gemacht. Unsere Beziehung – so konnte man es ja kaum nennen – war für ihn anscheinend nur eine kurze Romanze gewesen, was zur Ablenkung. Ein Abenteuer, wie es zum Gaucho-Leben eben dazugehörte. Es tat wahnsinnig weh, daran zu denken. Ich war verletzt und erschöpft und fühlte mich benutzt. Aber rechtfertigte das, dass ich einfach in den Flieger stieg, allen Problemen hier den Rücken kehrte und nichts unternahm?

Ben klopfte Gabriel zum Abschied auf die Schulter und machte Anstalten, in den Bus zu klettern. Er blickte sich suchend nach mir um. Langsam folgte ich ihm. Ich kam mir vor wie eine Schlafwandlerin. Geistig ganz woanders schien ich mir selbst zuzusehen, wie ich einen Schritt auf den Bus zu machte, dann noch einen. Gabriel betrachtete mich stirnrunzelnd. Nicolás war bereits verhaftet, ich konnte nichts mehr tun. Bestimmt gab es für die seltsamen Beobachtungen, die ich heute gemacht hatte, eine schlüssige Erklärung, die überhaupt nichts mit Nicolás oder dem Brand zu tun hatte. Ich hatte mir das bloß eingebildet. Ich sollte nach Hause fliegen, aufhören, mir über Sachen Gedanken zu machen, die mich nichts angingen. Ben stand auf der Treppe, die in den Bus hinaufführte. Er streckte die Hand nach mir aus. Ich ergriff sie – und zog sie wieder zurück.

»Nein, ich kann nicht.«

Schock malte sich in Bens Zügen. Er hielt die Hand ausgestreckt in der Luft.

»Es tut mir leid. Ich muss hier noch was erledigen. Ich kann es nicht erklären.«

Ben ließ langsam die Hand sinken, er seufzte. »Im nächsten Leben werde ich auch ein krimineller Gaucho.«

Ich hüpfte zu ihm und umarmte ihn stürmisch. Seine Wange roch nach meinem Lieblingsaftershave, ich drückte einen Kuss darauf. »Guten Flug! Grüß mir die Gringos.«

Kopfschüttelnd verschwand er im Bus und drückte wenig später sein Gesicht gegen die Scheibe, um mir zu winken. Gabriel hatte derweil gemeinsam mit dem Fahrer meinen Rucksack wieder aus dem Gepäckabteil geholt. Anscheinend hatte er unsere Körpersprache richtig gedeutet. Ich stellte mich neben ihn. Der Fahrer stieg wieder ein, der Bus fuhr los. Ich winkte Ben noch einmal, warf ihm eine Kusshand zu. Als der Bus in der Ferne nur noch die Größe eines Spielzeugautos hatte, packte ich meinen Rucksack, wuchtete ihn auf meine Schulter, wandte mich an Gabriel und fragte: »Weißt du, wo Hector wohnt?«

23 – Ein Männlein steht im Walde

Handbuch für die gute Ehefrau
Fragen Sie ihn nicht darüber aus, was er tagsüber gemacht hat. Zweifeln Sie nicht an seinem Urteilsvermögen oder seiner Rechtschaffenheit.

Eine Hütte, mehr war es nicht, am äußersten Rand von San Antonio. In einem der Fenster hing ein Weihnachtsstern, der wahrscheinlich noch von der Deko von letztem Jahr übrig geblieben war. Oder auch vom vorvorletzten Jahr. Im Vorgarten lagen alte Autoreifen, dazwischen pickten einige erstaunlich rundliche Hühner nach Grashalmen. An der Hauswand aufgereiht standen Bierdosen, es sah fast dekorativ aus. Gabriel stieg mit mir zusammen aus, hielt mir die Gartentür auf und sagte beiläufig: »Ich nehme an, du willst alleine mit ihm sprechen. Aber ich bleibe in der Nähe der Tür. Ein lautes Geräusch von drinnen, und ich haue dem Kerl seinen Dekokram um die Ohren.« Er wies auf einen Gartenzwerg, der eine Schubkarre mit einem kleinen hölzernen Bierfass schob.

Ich blieb vor der Tür stehen. Von drinnen erklangen die Geräusche eines Fernsehers: künstliches Publikumsgelächter und ein überdrehter Moderator. Auch hier gab es keine Klingel, ähnlich wie bei Isabelas Familie. Dafür entdeckte ich eine Zeichnung, die in einer schmutzigen Klarsichthülle steckte und mit Reißnägeln an der Tür befestigt war. Eine Frau in einer Wüstenlandschaft mit einem Säugling an der Brust. Die Difunta Correa, diesmal etwas weniger verführerisch dargestellt als auf Hectors Tattoo. Ich erinnerte mich, was Nicolás von der Verehrung mancher Argentinier für diese Volksheilige berichtet hatte. Und dass vor den kleinen selbst gebastelten Schreinen am Straßenrand häufig Plastikflaschen mit Wasser als Gabe abgestellt wurden, da die Difunta in der Wüste verdurstet war. Na ja, immer noch besser als Kaffeebecher oder Bierdosen.

Moment. Ich drehte mich um und musterte die lange Reihe Bierdosen um Hectors Haus herum. Prüfend hob ich eine hoch. Sie war zur Hälfte mit Wasser gefüllt, wenn es auch nach schalem Bier roch. Mein Blick folgte der Dosenparade bis zur Hausecke. Dort stand eine Art Puppenhaus, das zuerst von den alten Autoreifen verdeckt gewesen war. Mit ein paar Schritten war ich dort und kniete mich hin. Die winzige Hütte war aus Brettern selbst zusammengezimmert. Anscheinend hatte Hector Obstkisten dafür benutzt, denn an manchen Latten konnte man noch die Aufschrift lesen, die für saftige Naranjas, also Orangen, warb. In dem Häuschen stand die Figur einer blonden Frau. Man hätte sie für die Mutter Maria halten können, wäre nicht die entblößte Brust gewesen, aus der ein angedeuteter Milchstrahl in den Mund eines äußerst wohlgenährten Kindes floss. Die Bierdosen waren anscheinend Hectors persönliche Art, seine Verehrung für die Heilige zu zeigen.

Geistesabwesend nahm ich die Figur in die Hand und drehte sie hin und her. Eine Idee nahm in meinem Kopf Gestalt an. Es gab da etwas, bei dem die Difunta mir helfen konnte.

Ich stellte sie zurück in ihr Häuschen, rückte eine Bierdose in greifbare Nähe und ging wieder zur Tür. Gabriel lehnte am Gartenzaun und drehte einen Grashalm zwischen den Zähnen. Er schien keinerlei Ungeduld zu kennen. Das war gut, denn er würde noch etwas warten müssen.

Ich pochte laut und vernehmlich gegen die Tür, um den Fernseher zu übertönen. Drinnen wurde leiser gestellt, dann erklangen Schritte. »Ich hab dir doch gesagt, du sollst es nicht wagen, hier aufzutauchen, vermaledeites Frauenzimmer! *Ándate a la mierda!*« Hector riss die Tür auf. Zum Glück war ich darauf gefasst gewesen und vorsichtshalber einen Schritt zurückgetreten.

Seine geröteten Augen brauchten einen Moment, um die Situation einzuordnen. »Du!«

»Ja, schöne Überraschung, oder? Ich dachte, wir reden mal kurz.« Ich zwang mich zu einem Lächeln, obwohl alles in mir nach Flucht schrie. Er stand einen guten Meter entfernt, doch ich konnte Alkohol in seinem Atem riechen. Die Zähne geputzt hatte er heute wohl auch noch nicht. Immerhin trug er so etwas wie eine Hose.

»Such dir einen Pfaffen, wenn du reden willst, Prinzesschen. Bei mir kriegst du was anderes.«

Gabriel begann, ein Liedchen zu pfeifen. Hectors Blick wanderte über meine Schulter zu Gabriel hinüber, dann wieder zu mir zurück. Er schien einen Moment zu überlegen. »Traust dich nicht her ohne Beschützer, hm? Hast ja schnell einen Ersatz gefunden, jetzt, wo der andere weg ist.«

Hector wusste also bereits von Nicolás' Verhaftung. Mein Verdacht verfestigte sich. »Genau darüber möchte ich mit dir reden.«

»Ich aber nicht mit dir.«

»Gib mir fünf Minuten.«

»›Gib's mir in fünf Minuten‹ ist eher mein Spezialgebiet.« Er lachte dreckig und spuckte aus, dicht neben meine Füße.

Gabriels Pfeifen wurde lauter und klang plötzlich drohend. Ich erkannte die Mundharmonikamelodie von »Spiel mir das Lied vom Tod«. Hector schien den Hinweis zu verstehen. Er zog die Augenbrauen zusammen. Dann trat er einen Schritt zurück und machte eine übertriebene Verbeugung. »Treten Sie ein, Prinzesschen Neunmalklug.«

Ich zögerte einen winzigen Moment. Die Erinnerung war zu frisch. Die dunkle Straße, Hector, der mich festhielt, meine panische Angst. Wie konnte ich ihm freiwillig in seine Höhle folgen? Hector bemerkte es und brach in spöttisches Gelächter aus.

»Was jetzt? Rein oder raus? Zum Reden bekommst du mich hier jedenfalls nicht. Ich muss doch meine Kehle etwas ölen, wenn du verstehst, was ich meine.«

Hilfesuchend wandte ich mich zu Gabriel um. Er schlenderte zu uns und positionierte sich neben der Tür, ohne sein Pfeifen zu unterbrechen. Aufmunternd nickte er mir zu. Ich verstand. Die Töne würde ich gewiss auch von drinnen hören und mir sicher sein können, dass ich nicht allein war und Gabriel mir sofort beispringen würde, falls es nötig werden sollte.

Also gut. Mit einer knappen Geste bedeutete ich Hector voranzugehen. Er verschwand im dämmrigen Flur. Ich setzte meine Schritte vorsichtig, um nirgendwo anzustoßen. Die Haustür ließ ich absichtlich ein Stück offen. Im Flur gab es keine Fenster und meine Augen brauchten einen Moment, um sich an das schummrige Licht zu gewöhnen. Außerdem war der ohnehin schmale Flur vollgestellt mit Müllsäcken und müffelnden Konservendosen. Und riesigen weißen Kartons. Ich folgte dem Flackern und Gemurmel des Fernsehers in die Wohnstube. Anscheinend lief gerade eine Talkshow mit mir unbekannten argentinischen Promis, die allesamt von zu vielen

Schönheitsoperationen gezeichnet waren. Der Fernseher war riesig und das einzige moderne Stück im Raum. Ein Stück davon entfernt lag eine Matratze auf dem Boden. Ein kleiner metallener Ofen bullerte in der Ecke vor sich hin. Hector hatte Handtücher über das Ofenrohr gehängt. Ich konnte nicht erkennen, ob sie gewaschen waren und dort trocknen sollten, oder ob er einfach keine andere Ablagefläche für sie hatte. Regale und Schränke suchte man hier vergeblich. Der Kühlschrank stand alleine an der Wand, daneben nur zwei elektrische Kochplatten, wie ich es schon bei Isabelas Mutter gesehen hatte. Das Prinzip Einbauküche schien es in Argentinien nur für die wirklich vermögenden Familien zu geben.

Allerdings nahmen auch hier mehrere große Kartons eine ganze Wandseite ein. Dem Aufdruck nach Elektrogeräte, nagelneu und bestimmt nicht billig. Hector folgte meinem Blick, eilte mit raschen Schritten zum Ofen, riss die Handtücher vom Ofenrohr und warf sie über die Kartons, sodass ich sie nicht näher betrachten konnte. Mein Verdacht, dass es sich hier um eine illegale Einnahmequelle handelte, vertiefte sich.

Hector marschierte zurück zum Kühlschrank und wühlte darin herum. Zu meiner Überraschung waren die oberen Fächer mit Obst und Gemüse gefüllt. Fast Food hätte besser zu ihm gepasst. Er zog zwei Dosen Bier heraus und hielt mir eine davon entgegen. Ich nahm sie, behielt sie jedoch einfach in der Hand, ohne sie zu öffnen. Die Kälte auf der Haut zu spüren tat gut. Am liebsten hätte ich sie gegen meine Stirn gedrückt. Durch den Ofen lag ein leichter Räuchergeruch in der Luft, zusätzlich waren die Fenster mit Vorhängen eher verhängt als dekoriert, sodass Hectors Reich an eine Höhle erinnerte. Das schummrige Licht schlug mir aufs Gemüt. Ich hatte das Gefühl, schlecht Luft zu bekommen. Vielleicht war es auch nur meine Nervosität, die mich zum schnellen und flachen Atmen zwang und mir das Gefühl gab, dass zu wenig Sauerstoff vorhanden war.

»Also, warum störst du mich mitten während der Siesta?« Hector betrachtete die Dose in seiner Hand, ließ sie jedoch ebenfalls ungeöffnet.

»Du hast Isabela erwartet, nehme ich an?«

Er kniff die Augen zusammen. Plötzlich schien er auf der Hut zu sein. »Ich hab gar niemanden erwartet, ich will nur meine Ruhe!«

»Du hast Isabela erwartet, weil ihr euch vorhin gestritten habt.«

Hector fuhr mich wütend an: »Spionierst du mir also hinterher, ja?« Seine Augenbrauen waren drohend zusammengezogen. Er erinnerte mich an einen der wilden Hunde. Jetzt war Vorsicht geboten. Schließlich wusste ich nur zu gut, wozu er fähig war.

»Ich habe also recht mit dem Streit. Da fragt man sich natürlich, worüber ihr gestritten haben könntet. So kurz, nachdem Isabela von mir erfahren hatte, dass nicht nur Morenas Stall abgebrannt ist, sondern dass Nicolás bewusstlos darin lag. Was für sie offenbar ein ziemlicher Schock war.«

»Verdammte Weiber! Euch sollte man das Maul zunageln. Immer nur Vorwürfe, immer nur Ärger, *putas del diablo*.«

Ich ignorierte seinen Fluch. Teuflische Hündin, Schlampe des Teufels, von mir aus. »Kaum weiß Isabela Bescheid, rennt sie zu dir und macht auf offener Straße eine Szene. Einerseits peinlich, andererseits liegt die These nahe, dass Isabela aus irgendeinem Grund dachte, du hättest etwas mit dem Brand zu tun.«

Hector starrte mich böse an. Sein Gesicht war zunehmend röter geworden, während ich sprach. Der Zorn ließ seine Halsschlagader wild pochen, das erkannte ich sogar in diesem Dämmerlicht. »Ihr wollt mich verhaften, verpfeifen, einsperren, ihr wollt mir was anhängen! Ihr Satansweiber, ihr grässlichen. Hector hat nichts damit zu tun. Hector will seine Ruhe!« Seine Stimme überschlug sich.

Ich erkannte seinen Tick, von sich in der dritten Person zu sprechen, von unserem nächtlichen Kampf auf der Straße wieder. Angst überkam mich. Ich trat einen Schritt zurück. Sollte ich nach Gabriel rufen?

»Der eine sagt das, der andere jenes. Aber Hector lässt sich nicht drohen! Nicht von so einer dahergelaufenen *turista.*«

»In Ordnung. Wir reden ja bloß.« Ich hob die Hände. Es sollte eine beschwichtigende Geste werden, die mir enorm schwerfiel. Instinktiv hätte ich eher die Fäuste geballt und wäre zurückgewichen.

»Reden, reden. Das dreckige Maul stopfen muss man dir!«

»Am liebsten mit Alfajores mit Dulce de leche, wenn du dahast.«

Hector stutzte einen Augenblick. Kurz sah es aus, als würde er weiterwüten, doch dann schüttelte er den Kopf und fauchte. »Das kleine Biest hält sich für besonders schlau, stimmt's, Prinzesschen?«

»Schlau nicht unbedingt. Aber wenn mir was komisch erscheint, frage ich eben nach. Das ist ja keine Sünde.«

Hector schnaubte und rieb über sein Heiligen-Tattoo. In diesem Moment fiel mir meine ursprüngliche Strategie wieder ein.

»Weißt du was? Ich glaube, ich habe mich geirrt. Das Feuer gestern, ich habe kaum geschlafen, das alles spukt mir noch im Kopf herum. Ich kann gar keinen klaren Gedanken fassen. Wahrscheinlich habe ich mich da in irgendwas reingesteigert. Ich muss mich bei dir entschuldigen, ich gehe einfach wieder …« Ich wandte mich halb zur Tür und versuchte, meine Augen möglichst groß und rund und mein Lächeln schüchtern wirken zu lassen. So ein kleines *turista*-Rehchen war doch keine Gefahr für einen Gaucho-Wolf.

Hector grinste siegesgewiss.

» … wenn du mir schwörst, dass du nichts mit der Brandstiftung zu tun hast.«

Hectors Grinsen erlosch.

»Schwöre es auf die Difunta Correa und ich lass dich sofort in Ruhe, nehme den nächsten Flieger und du siehst mich nie wieder.« Das war hoch gepokert. Ich hielt den Atem an. Was sollte Hector daran hindern, einen Meineid zu schwören? Bloß mein diffuses Gefühl, dass hinter den Bierdosenopfergaben vor dem Altar mehr steckte als ein schräger Humor. Aber ich konnte mich irren, mit meiner Menschenkenntnis war es offensichtlich nicht weit her, schließlich hatte ich zuerst Ben für die große Liebe gehalten und dann Nicolás – und beide hatten das ganz anders gesehen.

Hector stierte mich verdrossen an. »Dass so eine wie du überhaupt ihren Namen in den Mund nimmt.«

»Die Difunta hat alles dafür getan, um ihrem Mann treu zur Seite zu stehen, sie hat sogar ihr Leben gegeben für ihn und das gemeinsame Kind. Und ich halte es zumindest für meine Pflicht, Nicolás zu helfen, so gut ich kann. Auch, wenn er im Gefängnis sitzt. Denn ich bin fest davon überzeugt, dass ihm Unrecht geschieht, dass ihm jemand Böses will.« Das war dick aufgetragen, aber so was von dick. Mich mit einer Nationalheldin zu vergleichen und Nicolás zum Opfer zu erklären, würde Hectors Zorn wahrscheinlich erneut hervorrufen. Allerdings konnte ich meine Worte nicht mehr zurücknehmen. Nur vielleicht den Druck noch etwas erhöhen. Ich rückte näher an die Kartons heran und tat so, als würde ich einen Blick unter die Handtücher werfen wollen.

Sofort war Hector wieder neben mir und gab mir einen scharfen Klaps auf die Finger. »*La concha de tu madre!*«

Na so was, ein Fluch, den ich noch gar nicht kannte. Ich ahnte jedoch, was er mit der »Muschel meiner Mutter« meinte. Vielleicht war das ein gutes Zeichen. Bellende Hunde beißen schließlich nicht, hieß es immer. Nur Wildhunde leider doch. Ich ließ vorerst von den Kartons ab und blickte Hector erwartungsvoll an. Doch er schwieg. Gedankenverloren klopfte er mit der Bierdose gegen seine Schneidezähne.

»Du wusstest bestimmt nicht, worauf du dich da einlässt, oder?« Ich fragte einfach ins Blaue hinein. Hauptsache, das Gespräch ging weiter.

»Vielleicht hat Hector einen Fehler gemacht.«

Aha, aber eine Frau im Dunkeln zu verschleppen und dann unter Gewaltanwendung aufdringlich zu werden, bereitete ihm offensichtlich keine Gewissensbisse. Ganz toll. Aber jetzt hatte er anscheinend was ausgefressen, das selbst er schlimm fand. »Also noch mal von vorne. Isabela hat nach dir gesucht und war sauer. Sie hat dir Vorwürfe gemacht, dass du dich nicht an die Abmachung gehalten hast.«

Hector murmelte etwas. »Hector hat sich schon an die Abmachung gehalten. Bloß nicht an ihre.«

Ich horchte auf. Es hatte also tatsächlich eine Absprache zwischen Hector und Isabela gegeben, doch es hatte noch jemand anders mitgemischt. Ich hatte einen dringenden Verdacht, um wen es sich da handeln konnte. »Also hat dich nicht Isabela geschickt, nicht direkt. Sie hat bloß den Kontakt zu dir vermittelt.«

»Weiber sind alle gleich. Nur Intrigen, nur Vorwürfe, nur Gier. Immer hintenrum. Bloß die Difunta, die war anders.« Er tätschelte den Kopf der Difunta auf seinem Arm.

»Du hast nicht zufällig im Auftrag von Fernando gehandelt, oder?«

»Fernando was, Fernando wer? Hector kennt keine Namen, ist besser für ihn.«

»Lassen wir das. Sagen wir einfach: Jemand hat dir Geld geboten, dafür, dass du ihm einen Gefallen tust. Ein auffällig kleiner Mann mit einem teuren Auto.«

Hector antwortete nicht, was ich als Zustimmung wertete.

»Okay, er hat dich bezahlt oder dir über Isabela Geld zukommen lassen. Wahrscheinlich hat sie dich empfohlen, weil sie wusste, dass du noch eine Rechnung mit Nicolás offen hast. Das traf sich ja ganz wunderbar. Du bekommst deine Rache und noch ein gutes Gehalt dazu. Aber wofür? Dass du den Stall niederbrennst? Was sollte der Auftraggeber davon haben?«

»Er hat angedeutet, dass es Nicolás recht geschieht, mal einen kleinen Schrecken zu bekommen. Dass er ruhig eine Weile da drinnen schmoren soll. Er wollte dann der Brillenschlange Bescheid sagen, damit der ihn rausholt.« Hector wies mit dem Daumen auf die Tür. Ich brauchte einen Moment, um zu verstehen, dass von Gabriel die Rede war. Langsam wurde mir der Tathergang klarer. Fernando hatte Hector dafür bezahlt, dass dieser Nicolás niederschlug und das Feuer legte. Er hatte ihn mit dem Versprechen beruhigt, dafür zu sorgen, dass Nicolás rechtzeitig außer Gefahr gebracht würde. Aber natürlich hatte er Gabriel nicht Bescheid gesagt. Stattdessen hatte er sich sofort davongemacht, nachdem Hector die Drecksarbeit erledigt hatte und abzusehen war, dass Nicolás das Inferno nicht überleben würde. Denn wenn Nicolás verstarb, erbte Fernandos Familienzweig Luz de la Luna, ohne den unsicheren Ausgang des Verfahrens gegen Nicolás abwarten zu müssen.

Aber wieso hatte Isabela sich dazu hergegeben? War es ihr auch ums Geld gegangen? Hasste sie Nicolás inzwischen so sehr, dass sie ihm den Tod wünschte? Die Hölle kennt keine Wut wie die einer verschmähten Frau, hieß es nicht so bei Shakespeare? Aber nein, dann wäre sie heute Morgen nicht so erschrocken gewesen. Es konnte ja auch nicht in ihrem Interesse liegen, dass

Tante Morena pleiteging. Die Brandstiftung passte nicht ins Bild.

»Und wieso war Isabela so sauer auf dich?«

»Ein kleines Luder ist die. Brüllt heute Mittag rum, dass einem die Ohren abfallen. Vor ein paar Tagen klang das noch ganz anders: ›Oh, Hector, du bist genau der Mann, den ich suche.‹« Er riss seine Augen künstlich auf und klimperte mit den Wimpern, um mir Isabelas Vorgehen zu demonstrieren. »›Tu mir doch den Gefallen. Triff dich mit dem Herrn, der hat Geld, der bezahlt dich gut. Du musst nur eine Aussage machen bei der Polizei, dass du was gesehen hast, damals auf Luz de la Luna.‹«

Ich starrte Hector an. Langsam griffen die Zahnräder in meinem Kopf ineinander. Es passte! Das erklärte alles! »Fernando hat dich nicht nur für den Anschlag auf Nicolás bezahlt, sondern auch dafür, dass du gegen ihn aussagst! Du bist der Zeuge, der sich plötzlich gemeldet hat und wegen dem Nicolás heute verhaftet worden ist. Was hast du denen erzählt?«

Was für ein perfider Plan. Fernando hatte doppelt vorgesorgt. Falls Nicolás das Feuer überlebte, kam er hinter Gitter.

»Ich habe früher mal für die del Castillos gearbeitet. Habe gesagt, ich war noch mal dort, um nach Arbeit zu fragen.«

»Was aber nicht stimmt, oder?«

»Und ob das stimmt!«

»Du warst zufällig an dem Tag dort, als Roberto gestorben ist?«

Hector nickte energisch. »Ich bin zum Dienstboteneingang. Wenn die Köchin gute Laune hatte, hat man manchmal was zum Probieren bekommen von ihr. Tolle Empanadas macht die – die mit Kürbis sind die besten. Aber diesmal hat sie gesagt, dass ich gleich wieder gehen soll, es ist kein guter Tag. Der Chef ist sehr krank. Da ist der junge del Castillo in die Küche gerauscht und hat sie gebeten zu schauen, ob sie irgendwo ein Fieberthermometer auftreiben kann.« Hector verstummte.

»Und? Was war dann?«

»Sie ist gleich losgerannt in den Keller und hat mich stehen lassen. Aber die Tür war ja offen. Hector war neugierig. Ich wollte mal das Haus sehen, ob es wirklich ein Schloss ist von innen. Dann hab ich die Stimmen von den beiden Brüdern gehört.«

Am liebsten hätte ich Hector gedrängt und »Weiter, weiter!« gerufen, aber ich konnte mir vorstellen, dass er das nicht besonders schätzen würde. Ich musste ihn in seinem eigenen Tempo erzählen lassen. So wie vor einiger Zeit die Geschichte von Tante Morena. An diesen Abend wollte ich überhaupt nicht zurückdenken. Eigentlich unfassbar, dass ich mich hier gerade mit ihm unterhielt wie mit einem relativ zivilisierten Menschen.

Hector blickte sich suchend um und griff dann nach der Bierdose, die er ungeöffnet neben dem Kühlschrank abgestellt hatte. Anscheinend brauchte seine Kehle nun die angekündigte Ölung. »Ja, die Stimme, ich hab sie gleich als die vom Chef erkannt. ›Bloß nicht! Keinen Arzt!‹, hat er gerufen. Er hatte immer eine ganz laute Stimme, es hat über den ganzen Hof gedröhnt, wenn er seine Befehle gegeben hat. Aber diesmal klang er anders, fast wie ein Mädchen. Da wusste ich, dass es ernst war.«

»Er hat ausdrücklich gesagt, dass er keinen Arzt möchte? Aber dann wäre Nicolás doch jetzt nicht verhaftet worden, das beweist ja eher, dass es nicht in seiner Verantwortung lag.«

Hector kratzte sich am Kopf. Ein paar Schuppen trudelten durch die Luft und verschwanden in der Öffnung seiner Bierdose. Mahlzeit! »Das hat Hector der Polizei ja auch nicht gesagt. Der feine Pinkel hat sich meine Geschichte angehört und mir erklärt, dass ich nur ein paar Wörter ändern muss: ›Einen Arzt, bitte, einen Arzt!‹«

Es war unfassbar, welches Glück Fernando gehabt hatte. Ausgerechnet der einzige Zeuge hegte einen Groll gegen Nicolás und ließ sich dazu überreden, seine Aussage so abzuwandeln, dass sie belastend wurde. An der ganzen Geschichte war tatsächlich nur eine minimale Änderung nötig gewesen. Eine derart einfache Lüge kriegte selbst Hector hin. Und das ganze Drumherum ließ sich ja beweisen. Die Köchin hatte sicher bestätigt, dass er zum betreffenden Zeitpunkt da gewesen war. Armer Nicolás. Wehren konnte er sich gegen diese Anschuldigung kaum. Selbst wenn er mittlerweile erfahren hatte, von wem die Aussage stammte, und er sich denken konnte, dass diese falsch war, blieb ihm nicht viel Handlungsspielraum. Jeder Versuch, seinerseits zu erklären, warum Hector ihm feindlich gesinnt war, würde nur als Versuch gewertet werden, den Belastungszeugen als unglaubwürdig hinzustellen. Ich war die Einzige, die die Zusammenhänge durchschaut hatte. Niemand außer mir konnte Nicolás vor dem Gefängnis bewahren.

Mir blieb keine Wahl. Ich musste handeln. Im Idealfall konnte ich so weit unsichtbar bleiben, dass Nicolás von meiner Beteiligung an der ganzen Sache überhaupt nichts erfuhr. Sonst fühlte er sich am Ende wieder verpflichtet, mir zu danken. Oder er kam auf die Idee, dass ich das nur machte, um ihn zurückzugewinnen. Zuzutrauen war es ihm. Nein, so eine peinliche Szene musste ich uns ersparen.

Mir war klar, dass ich nicht heimfliegen konnte, ohne diese Sache geregelt zu haben – oder zumindest mein Möglichstes versucht zu haben. Letzten Endes ging es darum, dass ich meinem Spiegelbild auch in Zukunft in die Augen schauen konnte. Dass ich nicht das Gefühl hatte, einen Feigling vor mir zu sehen. Tante Morenas Worte fielen mir ein. Frauen sollten nicht die Starken herauskehren, wenn sie von Männern gemocht werden wollten. Je länger ich darüber nachdachte, desto verkehrter fand ich diesen Ansatz. Die Schulter zum Anlehnen musste nicht immer die muskulöse, männliche sein. Es konnte ebenso die mit Glitzerpuder bestäubte sein. Die Schulter zum Anlehnen konnte auch in einem Chanelkostüm oder in einem rosa Flauschpullover stecken, tätowiert oder sogar die im weißen Kleid sein.

Ich war aus dem diffusen Gefühl heraus nach Argentinien geflogen, dass ich in meinem Leben etwas ändern musste. Inzwischen wusste ich, was falsch gelaufen war. Ich hatte mich in zu vielen Situationen angepasst, obwohl ich innerlich damit unzufrieden gewesen war. Als Ben mich abserviert hatte, fand ich das unfair, denn ich hatte ja alles für ihn getan. Doch jetzt hatte ich Ben nicht zurückgenommen, obwohl er und meine Eltern fest davon ausgegangen waren. Seit meiner Abreise aus Deutschland hatte sich viel geändert. Ich suchte nicht mehr primär eine Schulter zum Anlehnen, sondern konnte selbst eine bieten. Und ich war stolz darauf.

Sofern Nicolás das nicht so empfand, dann war er von Anfang an der Falsche für mich gewesen. Und wenn es noch so wehtat! Deshalb konnte es mir auch völlig egal sein, was er von mir dachte, wenn ich die Initiative ergriff, um ihn vor dem Gefängnis zu bewahren. Es musste mir nicht peinlich sein, dass ich das Richtige tat!

Mit diesem Gedanken kehrte die Zuversicht zurück. Ich atmete tief ein, straffte die Schultern. »Okay, dann mal los.«

Hector verschluckte sich an seinem Bier. Er hustete und nahm die Dose vom Gesicht herunter. »Was?«

»Wir fahren zur Polizei. Jetzt. Du musst ja nicht zugeben, dass du den Stall angezündet hast, aber zumindest deine Falschaussage gegen Nicolás musst du zurückziehen.«

»Ich gehe nirgendwohin!«

»Das schuldest du nicht nur der Difunta, sondern in gewisser Weise auch mir. Wenn du nicht freiwillig mitkommst, dann bestelle ich die Bullen notfalls auch hierher. Und du willst sicher nicht, dass sie sich hier genauer umsehen.« Ich winkte freundlich in Richtung Kartons.

»Weiber. Verdammte, vermaledeite Weiber!«

24 – Summ, summ, summ

Handbuch für die gute Ehefrau
Denken Sie daran: Er ist der Hausherr und als dieser wird er seinen Willen stets mit Fairness und Aufrichtigkeit durchsetzen. Sie haben kein Recht, ihn infrage zu stellen.

Ich war zurückgekommen, ohne viel zu sagen, hatte die Einkäufe, die ich diesmal aus eigener Tasche bezahlt hatte, in die Küche getragen – ich musste dreimal laufen – und keine Fragen beantwortet. Wenn schon alles den Bach runterging, sollten wir zumindest etwas Leckeres dazu zu essen haben. Tante Morena empfing mich mit hochgezogener Augenbraue und den Worten: »Ach, Kind, ich hätte dich für klüger gehalten. *Sufre más aquél que espera siempre que aquél que nunca esperó a nadie?* – Leidet derjenige, der wartet, mehr als derjenige, der nie auf jemanden gewartet hat?« Dann übergab sie mir erneut den Schlüssel für meinen Bungalow. »Du kannst so lange bleiben, bis die Bank alles räumen lässt. Vielleicht – wir hoffen es nicht, aber sicher ist es nicht – kann das schon morgen der Fall sein, also mach es dir nicht allzu … tja … gemütlich.«

Nun lag ich nach einer unruhigen Nacht auf meinem Bett und hörte meine Wut-Playlist in ohrenbetäubender Lautstärke, um erst gar nicht in Versuchung zu kommen, darauf zu lauschen, ob Nicolás zurückkehrte. Egal, was Tante Morena auch denken mochte, das Kapitel war abgeschlossen. Wahrscheinlich ließ er sich gleich nach Luz de la Luna bringen, wenn er freigelassen wurde. Und falls er doch hier auftauchte, würde ich ihm aus dem Weg gehen. Ich brauchte wenigstens mal ein paar Stunden Ruhe. Danach konnte ich mich darum kümmern, wie es weiterging. Pink sang mir »I wanna start a fight« in die Ohren, dann kam wieder das Rammsteinlied, das mich jedes Mal an die Gasexplosion denken ließ. Schnell weiterschalten.

Ein Klopfen holte mich aus meinen Gedanken, nein, ein Pochen und Hämmern, als würde jemand versuchen, die Tür aus den Angeln zu hauen. Genervt riss ich die Tür auf. »Ich wäre dir dankbar, wenn du die Tür ganz lassen könntest. Sonst zieht's hier wie Hechtsuppe.«

Nicolás sah mich verblüfft an. Der Verband um seinen Kopf ließ ihn jünger, verletzlicher wirken. Doch seine Lippen verzogen sich zu einem Grinsen. »Ich habe zuerst ganz zart geklopft, aber das hast du wahrscheinlich nicht gehört in deiner Rammstein-Party. Willst du den Argentiniern traditionelles deutsches Liedgut nahebringen? Du weißt, dass die Band hier eh schon sehr bekannt ist, oder?«

Nein, ich war nicht aufgeregt. Nein, ich spürte gar nichts, als er so plötzlich vor mir stand. Mein Herz klopfte nicht besonders stürmisch, es waren die Rammsteinbässe, die mich zum Zittern brachten.

»Was willst du hier?« Ich griff nach dem Türpfosten, um mich an irgendetwas festhalten zu können.

»Kann ich vielleicht reinkommen?«

»Ich halte das für keine gute Idee.«

»Komm schon, Amy, hier draußen zieht's wie Hechtsuppe!«

Er griff meine schönen deutschen Sprichwörter auf, wie früher. Heute ärgerte es mich. Ungern gab ich meine Stütze auf. Der Türpfosten war so angenehm stabil gewesen, hatte mich daran erinnert, hart zu bleiben, mich nicht auf irgendein Gespräch einzulassen, das die Gefahr einer erneuten Tränenflut barg. Über die Tränen war ich hinweg, inzwischen war ich wütend. Demonstrativ wandte ich mich ab und schlenderte zur Musikbox. Mir doch egal, ob er reinkam oder draußen blieb oder dahin ging, wo der Pfeffer wächst.

Dummerweise stimmte der Sänger gerade »Ohne dich« an. Ich drückte schnell auf den »Aus«-Knopf. Die plötzliche Stille sorgte für einen Moment der Verlegenheit. Wieso sah er mich so an? Sein Blick ruhte auf meinen Leggins, den geringelten Socken und Tante Morenas Riesenpulli, in den ich mich gekuschelt hatte. Hätte ich es nicht besser gewusst, hätte ich gedacht, sein Blick wäre zärtlich. Schnell schaute ich weg.

Nicolás kniete sich neben den Kamin. »Etwas kühl hier drinnen. Soll ich anschüren?«

Es ärgerte mich, dass er sich so selbstverständlich in meinem Bungalow bewegte. Schroff sagte ich: »Von Feuer habe ich erst mal genug. Da friere ich lieber.«

»Klar, kann ich verstehen.« Er stand wieder auf. Sah mich erwartungsvoll an.

Konnte er sicher nicht. Ich wusste, dass ich mich kindisch und zickig benahm, aber in mir schrie alles danach, meine Stacheln auszufahren und Nicolás' Charme abzuwehren. Er durfte auf keinen Fall mein Herz erreichen, was auch immer er sagte oder tat. Ich merkte, dass ich nervös an meinen Fingernägeln herumkaute und nahm die Hände vom Gesicht weg. Ich brauchte eine Beschäftigung. Vielleicht doch ein Feuer anschüren? Den Temperaturen merkte man mittlerweile an, dass Argentinien auf den Winter zusteuerte.

»Jetzt kommt es mir doch ein klein wenig kalt vor.« Ich öffnete die Luke, packte einige Holzscheite hinein, die bereitlagen, und schichtete sie dekorativ übereinander. So sah das im

Fernsehen doch auch immer aus, oder? Noch etwas Zeitung darüberlegen. So, das musste genügen.

»Soll ich …«

»Danke, das schaffe ich gerade noch. Habe ich schon oft gemacht.« Hatte ich natürlich nicht. Aber das würde ich jetzt garantiert nicht zugeben. Ich schaffte es zu meiner Befriedigung, ein Streichholz gleich beim ersten Versuch anzuzünden, und hielt es an das dickste Scheit. Es passierte nicht viel. Als die kleine Flamme meinen Fingern gefährlich nahe kam, ließ ich das Streichholz in den Kamin fallen. Die Flamme erlosch augenblicklich. Hm, das war schon mal nichts. Ich konnte Nicolás' Blick im Rücken spüren und begann aufs Geratewohl, vor mich hin zu plappern.

»Glückwunsch, dass du freigelassen worden bist. Das ging ja wirklich schnell. Super, dass alles geklärt ist.«

»Danke, es kam sehr überraschend. Wie mir gesagt wurde, hat sich ein Entlastungszeuge gefunden.«

»Echt? So ein Glücksfall.« Ich war froh, dass ich ihm den Rücken zuwandte. So konnte ich unbeteiligt klingen.

»Ja. Wirklich viel Glück …« Er schwieg und ich riss ein neues Streichholz an. Dann sprach er weiter und ich war froh, dass er mir nicht ins Gesicht sehen konnte. »Hector hat seine Aussage geändert, aus mir unerfindlichen Gründen. Er behauptet, dass sein Gewissen ihm keine Ruhe gelassen habe, bis er mit der Wahrheit herausgerückt ist.«

»Tatsächlich?« Diesmal hielt ich das Streichholz an das Zeitungspapier, das sofort aufflammte. Na also, war doch gar nicht so schwierig. Ich schloss die Glastür und lehnte mich zurück. Als ich einen Schuh an meinem Po spürte, fuhr ich herum. Mist, ich hatte nicht daran gedacht, dass Nicolás mir so nahe war. Oder hatte er sich an mich herangeschlichen, während ich mit dem Kamin beschäftigt gewesen war? Mit einem nervösen Lachen rückte ich von ihm ab. Er tat, als hätte er es nicht bemerkt, lächelte mich nur an. »Und da habe ich mich gefragt, ob Hectors Gewissen zufälligerweise zwei besonders wohlgeformte Beine und einen leichten deutschen Akzent hat und einen bunten Alpakapulli trägt.«

Ich fühlte mich wie ein kleiner Igel, auf den ein überaus attraktiver und wortgewandter Lkw zuraste. Da halfen die Stacheln auch nicht viel.

»Und wenn?« Ich sagte es so trotzig wie möglich.

»Dann verdanke ich dir nicht nur mein Leben, sondern auch meine Freiheit.«

Ich schluckte. Gleich würde er wieder den zynischen Nicolás herauskehren, der es nicht ertragen konnte, wenn er in jemandes Schuld stand. Ich musste mich innerlich wappnen, ich durfte nicht darauf hereinfallen, dass er gerade so nett wirkte. Um Zeit zu gewinnen, mich zu sammeln, wandte ich mich hastig dem Kamin zu. Ein verkohltes Stück Papier lag darin, kein Feuer.

»Also, das ist doch …« Erbost öffnete ich die Klappe. »Bestimmt ist das Holz nicht richtig trocken.« Ha, dagegen sollte er erst mal ein Argument finden. Das klang doch sehr plausibel.

Nicolás bewahrte seinen undurchdringlichen Gesichtsausdruck. Nur sein Mundwinkel zuckte ganz leicht. »Das muss es sein. Diese Scheite haben höchstens drei Jahre Zeit zum Trocknen gehabt. Die triefen bestimmt vor Nässe.«

»Siehst du? Ich habe es doch gewusst. Ich schüre immer nur mit Scheiten an, die mindestens sieben Jahre gelegen haben!«

»Und die brennen dann, wenn du ein Stück Papier obendrauf legst und das anzündest?«

Mist, er hatte mich beobachtet. Inzwischen hatte das Lachen auch seine Augen erreicht. Ich liebte diese feinen Lachfältchen, die Wärme, die von seiner karamellfarbenen Iris ausging. Der Drang, ihn zu berühren, wurde übermächtig. Schnell schaute ich weg. Ich sollte aufstehen, mich auf die andere Seite des Zimmers bewegen, mich aus der Gefahrenzone bringen, irgendwohin, wo seine Anwesenheit nicht so starke Auswirkungen auf mich haben konnte.

»Amy, du frierst. Bitte, lass es mich kurz versuchen.«

Gott sei Dank, er ging davon aus, dass ich vor Kälte zitterte. »Na gut«, sagte ich und machte den Platz vor dem Kamin frei.

Nicolás nahm einen Großteil der Scheite wieder aus dem Ofen. Er suchte im Holzkorb herum, bis er etwas Rinde und mehrere dünne Äste gefunden hatte, und schichtete sie wie ein Indianertipi. Dann zerknüllte er etwas Zeitung und schob sie zwischen das Holz. Er entzündete ein Streichholz, hielt es an die Zeitung und blies sachte, bis die Flamme größer wurde, auf die Zweige übergriff und über das Holz tanzte. »So, jetzt müssen wir kurz warten. Erst dann kommen die großen Scheite, sonst erstickt das Feuer daran.«

Verdrossen betrachtete ich seine Bemühungen. »Das ist ja eine eigene Kunstform.«

Nicolás lächelte schon wieder. »Glaub mir, ich hatte auch keine Ahnung. Ich habe es letzten Monat von Gabriel gelernt. Ich bin mit Heizung aufgewachsen, die musste man nur aufdrehen.«

Wieso war er so offen und ehrlich? Schwächen zuzugeben war bisher definitiv keins seiner Hobbys gewesen. Was war denn bitte im Gefängnis mit ihm passiert?

»Jetzt wird es gleich wärmer hier drin.«

»Toll, danke, dann kann *ich* es mir ja schön gemütlich machen.« Ich entfernte mich ein paar Schritte von ihm und tat so, als untersuchte ich die Teebeutel auf der Anrichte nach einer Sorte, die mich reizte. Sollte ich vielleicht gleich Wasser kochen? Aber dann fühlte Nicolás sich womöglich eingeladen. Nein, besser nicht.

Er ignorierte den Wink mit dem Zaunpfahl. Stattdessen räusperte er sich. »Es hat mich gewundert zu hören, dass du noch hier bist.«

»Nicht mehr lange wahrscheinlich. Tante Morena hat mich schon davor gewarnt, dass die Auflösung der Estancia sehr bald vorgenommen werden wird.«

»Nein, ich meine, du bist alleine hier, du bist nicht mit deinem Verlobten zurückgeflogen.«

»Tja, also …« Ich hatte überhaupt keine Lust, ihm die näheren Umstände zu erläutern. Moment, hatte er »Verlobter« gesagt? Ich runzelte die Stirn. Was war das jetzt für eine Geschichte?

Nicolás musste die Fragezeichen in meinem Gesicht bemerkt haben, denn er hakte sofort nach: »Dein Verlobter, Ben?«

»Mein Ex-Freund …« Ich betonte das Wort. »… war hier nur zu einem Weekendtrip.«

»Aber ihr wolltet doch …« Mit zwei schnellen Schritten war er bei mir. »Wieso weißt du nicht, wovon ich rede? Er hat doch gesagt, er hat gesagt …« Er starrte mich an. »Du warst in der Dusche und er ist halb nackt hier herumgerannt und diese frische Kratzspur und …«

Langsam ging mir ein Licht auf. Ben hatte mir ja mit schlechtem Gewissen noch berichtet, dass er Nicolás gegenüber einige Übertreibungen geäußert hatte. Aber das war am Abend vor dem Brand gewesen. Durch das ganze Durcheinander hatte ich nicht mehr daran gedacht.

Langsam schüttelte ich den Kopf. »Ich weiß nicht, was du dir da zusammengereimt hast, aber zwischen Ben und mir war überhaupt nichts, als er hier war. Ich habe einen Moskito zerquetscht und ihn dabei versehentlich gekratzt. Mit atemloser Leidenschaft bis aufs Blut hatte das gar nichts zu tun. Und verlobt waren wir nie. Da hat er dir einen Bären aufgebunden, mindestens einen ausgewachsenen Grizzly.«

»Einen Bären … Es ist nicht wahr. Es ist nicht wahr.« Nicolás flüsterte es, dann, lauter: »Es ist nicht wahr! Mein Gott, ich bin so ein Idiot! Die schlimmste Nacht meines Lebens habe ich erlebt, weil ich zu stolz war, dich noch mal zu sprechen, die Sache zu klären. Ich fasse es nicht, ich …« Er schlug sich an die Stirn.

So aufgewühlt hatte ich ihn erst ein einziges Mal erlebt, als er mir von Roberto erzählt hatte. Ich wusste nicht, wie ich reagieren sollte. Das Gespräch lief in eine ganz andere Richtung, als ich es erwartet hatte. Sah ich da gerade wirklich einen Nicolás vor mir, der Gefühle zeigte? Der sich selbst Vorwürfe machte, der zugab, etwas falsch interpretiert zu haben? Was war mit Mr Marmorface passiert, mit Mr Abweisend-wie-eine-Burgmauer? Gestern Vormittag hatte er mich eiskalt abserviert, mir gelangweilt mitgeteilt, dass wir ohneeinander besser dran seien und es ein »Uns« doch sowieso nie gegeben hätte. Und gerade regte ihn dieses Missverständnis sichtbar auf.

»Was genau war denn so schlimm?«, warf ich vorsichtig ein.

»Das fragst du noch?« Nicolás streckte die Hand nach mir aus, wie um den Abstand zwischen uns zu überbrücken, den ich streng einhielt. »Ich dachte, dass du nur einen kurzen Zeitvertreib in mir gesehen hast und dass nun alles vorbei sei, jetzt, wo dein Verlobter wiederaufgetaucht ist.«

Moment, ungefähr dasselbe hatte ich im Umkehrschluss auch von ihm gedacht. Allerdings hatte ich einen sehr viel handfesteren Grund dafür gehabt. Schließlich war er es gewesen, der mit mir Schluss gemacht hatte. Seine harten Worte würde ich niemals vergessen, sein abweisendes Verhalten, seinen Blick, der nichts als Kälte ausgestrahlt hatte. Nein, ich glaubte ihm kein Wort.

»Was ist mit ›Irgendwann haben wir das wohl mal mit echten Gefühlen verwechselt‹?« Ich ahmte seine Stimme nach. In diesem Augenblick war Sarkasmus meine Zuflucht. Ich brauchte ihn, und zwar dringend. Ich brauchte alles, was mir half, mich zu wehren. Ich durfte Nicolás nicht noch einmal vertrauen, ich durfte ihm überhaupt nicht zuhören!

Nicolás' Schultern sanken herab, er ließ auch den ausgestreckten Arm sinken. »Das werde ich mir nie verzeihen.« Seine Stimme klang rau. »Aber du musst mir glauben, ich habe verbal blind um mich gebissen wie ein tollwütiger Hund. Ich wollte dir wehtun, so, wie du mir wehgetan hattest. Ich wollte dich dafür bestrafen, dass du mich allein ließest, nachdem du auch noch gönnerhaft mein Leben gerettet hattest, sodass ich in deiner Schuld stand.«

»Du bist so ein …!« Ich wusste nicht, was ich sagen sollte. Der Zorn überkam mich aufs Neue. Aber er war viel besser als die Trauer und die Hilflosigkeit. Die Lieblingsschimpfwörter meines Papas rasten durch mein Gehirn, keins schien mir angemessen genug für diesen arroganten Mistkerl. Ich schrie ihn an, was ihm einfiele, wie er nur dermaßen bescheuert sein konnte, wieso ich ihn überhaupt jemals gemocht hatte und was er sich anmaßte.

»Amy. Amy!« Er hielt mich fest und ich wehrte mich nach Kräften.

Ich trommelte mit den Fäusten auf seine Brust.

»Was bildest du dir ein? Wie kannst du derart mit Menschen umgehen? Oh, ich wünschte, sie hätten dich eingesperrt. Lebenslänglich!« Nun kamen doch wieder die Tränen. Schluchzend sank ich auf den Boden. »Du hast mir so wehgetan.«

Sofort war er bei mir, streichelte über mein Haar, wiegte mich hin und her. »Verzeih mir, verzeih mir, meine kleine *alemana*. Ich liebe dich!«

»Ich glaube dir kein Wort! Halt bloß deine vorlaute Gaucho-Klappe!«

»Wenn du mir nicht verzeihst, muss ich bis zum Äußersten gehen.«

»Du kannst mir mal den Buckel runterrutschen!«

»Auch das würde ich liebend gerne tun, wenn das ein deutscher Brauch ist! Aber du hast es nicht anders gewollt: Du kennst doch die Geschichte, wie Gabriel seine Frau dazu gebracht hat, seinen Antrag anzunehmen? Er hat vor ihrem Haus gesungen, und zwar so schlecht, dass ihre Familie sie angefleht hat, ihn endlich zu erhören. Mein Gesang ist garantiert noch viel misstönender, wenn ich will, aber ich setze ihn als letzte Waffe ein. Denn wenn ich das hier vermassele, dann kann ich mir selbst nie mehr verzeihen.«

Ungläubig starrte ich ihn an.

Nicolás holte tief Luft. Mit einem niedlichen spanischen Akzent begann er, »Ohne dich« von Rammstein zu singen:

»Ohne dich kann ich nict sein
Ohne dich
Mit dirrrr bin ich auch allein
Ohne dich
Ohne dich sehl' ich die S-tunden
Ohne dich

Immer derselbe Text? Diese Rammsteins sind wirklich nicht sehr einfallsreich.

Oooohne dich!
Ich berde in die Tannen geen
Daïn bo ich sie sulets geseen

Hier kommen noch zwei Zeilen, die ich nicht kenne, la, la, la –

Und derrr Bald errr s-teht so schwars und leerrr
Beh mirrr, oh beh
Und die Vegel singen nicht mehr

La, la, la, ich kann den Text nicht weiter, la, la, la –

Ohne dich! Ooooohne dich!«

»Hilfe, das ist ja grauenhaft!« Weinend und gleichzeitig lachend versuchte ich, ihm den Mund zuzuhalten.

Nicolás wand sich heraus und wiederholte stur noch einmal den Refrain. »Oooohne dich!« Ich hielt ihn am Arm fest und warf mich auf ihn. Wir kugelten zusammen über den Fußboden, Nicolás versuchte, mir währenddessen ins Ohr zu singen.

»Stopp! Hilfe! Folter!«

»Ich singe, bis du mir vergibst, denn – *ohne dich kann ich nicht sein, ohne dich!*«

»In Ordnung, in Ordnung! Ich vergebe dir!«

»Dabei war ich gerade so schön in Fahrt – *und die Vegel singen nicht mehr!* –, ein Kuss, nur ein Kuss kann mich zum Schweigen bringen und meine Lippen versiegeln!«

Und dann drückte ich meine Lippen auf seine, die unfassbar warm waren und genau zu meinen passten. Tatsächlich verstummte er, nahm mein Gesicht zwischen seine Hände und küsste mich zurück. Und dann taten wir eine Weile nicht viel anderes. Eine lange Weile.

Nicolás hatte eine Tasse Tee für mich gemacht und sich dann auch gleich an meinem Vorrat bedient. Wir saßen in einem Haufen zerknüllter Alfajores-Packungen und nippten an unseren Tassen. So langsam taten die Wärme des Kaminfeuers, das tatsächlich schön gleichmäßig brannte, der Teeduft und die Schokolade in meinem Bauch ihr Übriges und ein angenehmes Gefühl der Entspannung setzte ein. Vielleicht war es auch die Läuterung der Affekte durch meinen Wutanfall. Schon Aristoteles hatte das Durchleben starker Gefühle als reinigend beschrieben.

»Glaub ja nicht, dass ich dir auch nur ansatzweise verzeihe«, sagte ich zu Nicolás und kuschelte mein Gesicht enger an seinen überaus ansehnlichen Oberkörper. »Du bist immer noch der Mensch auf der Welt, den ich am allerwenigsten leiden kann.«

»Verständlich. Mir ist klar, dass ich nur als Kuschelobjekt diene, bis Sauron, Voldemort, Captain Hook oder andere sympathischere Zeitgenossen verfügbar sind.«

»An Selbstbewusstsein mangelt es dir ja definitiv nicht. Ich habe eher an Umbridge, Gollum und das Krokodil gedacht.«

Nicolás stöhnte. »Das war jetzt aber wirklich ein Tiefschlag für mein Ego.«

»Um ehrlich zu sein, ich dachte tatsächlich, dass dein völlig absurdes Verhalten auf ein Egoproblem zurückzuführen ist. Tante Morena hat mir den Erklärungsansatz geliefert, dass man als Frau in Argentinien niemals einen Mann retten soll, außer man möchte verlassen werden. Sie hat es so dargestellt, als sei es ein peinlicher Fehler von mir gewesen, dich aus dem brennenden Stall zu holen. Ich habe mich mit ziemlichem Ärger daran erinnert, wie sauer du bei unserer ersten Begegnung warst, als ich beobachtet habe, wie du vom Pferd fielst. Und da schien diese Theorie plötzlich gar nicht mehr so unplausibel.«

Zu meiner Überraschung lachte Nicolás. »Nimm es mir nicht übel, aber Morena gehört einer anderen Generation an. Sie hat sicher das eine oder andere erlebt, was in ihr dieses Männerbild verfestigt hat. Aber schau dir zum Beispiel mal Gabriel und Sofia an. Jeder in San Antonio weiß, dass seine Frau die Hosen anhat. Bei meiner Mutter und meinem Vater war das ähnlich, auch wenn da nach außen hin stets der Schein gewahrt blieb, dass der Estanciero bestimmt hat.«

Das klang tatsächlich ganz anders als vermutet. Erleichtert pickte ich einen Krümel Alfajores auf und steckte ihn in den Mund.

Nicolás küsste mich auf den Scheitel. »Es war höchstens ein ganz kurzer peinlicher Moment, als mir gesagt wurde, dass du mich aus dem brennenden Stall geholt hast. Für einen Angehörigen der argentinischen Oberschicht ist das peinlich, für einen Gaucho ist das peinlich, für mich persönlich … ist es eine Heldentat der Frau, die ich liebe. Der Stolz hat eindeutig überwogen.« Ganz sachte strich er über die Brandblasen auf meinem Unterarm.

Ich hörte ihm zu wie in wohliger Trance. Wäre ich eine Katze gewesen, hätte ich laut geschnurrt.

»Der verletzte Stolz zwickt vielleicht, man muss sich von den anderen Gauchos ein paar Kommentare gefallen lassen, damit habe ich gerechnet. Aber ich verdanke dir mein Leben! Wie könnte ich da beleidigt sein? Außerdem habe ich sehr schnell gemerkt, dass etwas anderes sehr viel schlimmer für mich war. Dass Ben dabei war, ihr als Team gehandelt habt. Als ich darauf bestanden habe, dass Morena mich zu dir bringt, damit ich mich bedanken kann, habe ich euch ja zusammen gesehen.«

Ich erinnerte mich an den Moment. Bereits zu dem Zeitpunkt war Nicolás mir distanziert vorgekommen. Ich hatte sofort gespürt, dass etwas nicht in Ordnung war, aber nicht die Energie gehabt, dem nachzugehen. Seine stolze Haltung trotz der offensichtlichen körperlichen Schwäche nach dem gefährlichen Zwischenfall hatte mich abgehalten.

Nicolás strich mir das Haar zurück und ich erinnerte mich daran, dass auch Ben das in dieser Nacht getan hatte, gerade als

Nicolás dazukam. Wobei man diese verbrannten Flusen kaum noch Haar nennen konnte.

»Es hat mich unendlich traurig gemacht zu sehen, wie du bei einem anderen Mann bist, neben ihm sitzt, er dich berühren darf. Mein verletzter Stolz war plötzlich absolute Nebensache. Bis dahin schlummerte da noch ein klitzekleiner Rest Hoffnung, dass es vielleicht doch nicht wahr ist, dass du mit ihm nach Deutschland zurückkehrst. Dann allerdings habe ich euch gesehen, beide erschöpft, verletzt, schmutzig, aber ihr habt so vertraut gewirkt, als er dir den Ruß von der Wange gewischt hat. Das hat mir klargemacht, dass ich das zwischen uns so schnell wie möglich beenden muss, um nicht in der Trauer unterzugehen.«

Hätte ich nur geahnt, welcher Film in seinem Kopf abgelaufen war! Ich hätte ihn niemals gehen lassen, ohne das richtigzustellen.

»Ich habe Zuflucht gesucht in meinem Stolz. Ich, Nicolás del Castillo, ich brauche doch niemanden, ich komme wunderbar alleine klar, schon gar nicht eine Frau. Und so habe ich dich auch behandelt, als du zu mir gekommen bist, damit wir uns aussprechen. Du musst mir glauben, ich war davon überzeugt, dass du mir nur behutsam mitteilen wolltest, dass es vorbei war, dass du weggehen würdest. Und das konnte ich nicht ertragen. Ich wollte dir zuvorkommen, um zumindest einen kleinen Funken Stolz bewahren zu können, den, dass ich es war, der es ausgesprochen hat. Dass ich mich nicht so einfach abservieren lasse. Damit habe ich jedoch – nach der Sache mit Roberto – sicher den zweitgrößten Fehler meines Lebens gemacht. Beinahe hätte ich dich dadurch verloren. Beinahe, denn meine kleine *alemana* ist hartnäckig und klug und viel mutiger, als ich es jemals gewesen bin. Mein Gott, Amy, verzeih mir, bitte verzeih mir meine Dummheit und Verbohrtheit. Du darfst mich gerne jede Woche einmal retten oder zweimal, so oft du willst! Von Fuego werde ich hoffentlich so schnell nicht mehr runterfallen und garantiert schlafe ich nie wieder in einem Raum ohne Rauchmelder, aber glaub mir, ich bin ein miserabler Koch und Heimwerker. Da ergibt sich bestimmt die eine oder andere Katastrophe. Du darfst mich jederzeit retten und alle dürfen es erfahren. Wenn du nur hierbleibst! Hier oder bei mir auf Luz de la Luna.« Er hob sanft mein Kinn an, woraufhin ich ihm direkt in die Augen blickte. »Ich lasse dich nicht mehr gehen. Undenkbar, ein Leben ohne dich.«

Er streifte sich das Lederband über den Kopf und legte den Schlüssel zu Luz de la Luna in meine Hand. Ich ergriff ihn und verflocht meine Finger mit seinen. *Siempre que haya un hueco en tu vida, llénalo con amor.* – Immer wenn es in deinem Leben eine Lücke gibt, fülle sie mit Liebe.

Epilog: Alle Jahre wieder

Handbuch für die gute Ehefrau
Eine gute Ehefrau weiß stets, wo ihr Platz ist.

»Denkst du, er ist schon fertig?« Gespannt kauerte ich vor dem Backofen. Die Haushälterin auf Luz de la Luna hatte mir dringend ans Herz gelegt, doch ihre Küche zu benutzen, nachdem ich ihr von meinem Backprojekt erzählt hatte. Nicolás' hypermoderne Küchengeräte waren ihr wohl suspekt. Ich hatte mich überzeugen lassen, war jedoch ein klein wenig nervös geworden, als ich festgestellt hatte, dass in der hinteren Küche lediglich ein alter Gasherd stand. Aber vielleicht war es an der Zeit, mein Trauma zu überwinden.

Nicolás kniete sich neben mich und lugte ebenfalls hinein. »Hmm, er ist vielleicht ein klein wenig braun geraten.«

»Idiot!« Ich boxte Nicolás in die Seite. »Das ist ein Schokokuchen. Mit echtem Kakao und Milchschokostücken drin. Ich frage mich nur, ob er innen wirklich bereits durch ist. Oder ob er vielleicht zu durch ist und langsam trocken wird. Oder ob …«

»Deine Eltern sind bestimmt nicht nur den weiten Weg von Deutschland hergekommen, um hier verköstigt zu werden. Es könnte durchaus was damit zu tun haben, dass sie ihre Tochter sehen wollen.«

»Wie kannst du so entspannt sein? Das sind schließlich deine zukünftigen Schwiegereltern!«

»Mit deinem Vater verstehe ich mich schon mal blendend, da hat ein Telefonat ausgereicht.«

»Ich will gar nicht wissen, was ihr da für einen Kuhhandel betrieben habt.«

»Wieso? Dein Vater hat nur gesagt: ›Verlobt? Herzlichen Glückwunsch, dann liegt sie jetzt dir auf der Tasche!‹«

Wider Willen musste ich grinsen. Schade, dass ich den Rest nicht mitbekommen hatte, da meine Mutter meinem Vater sofort das Telefon abgerungen hatte, um atemlos aufzuzählen, worauf ich beim Brautkleidkauf auf jeden Fall achten müsste, welche Passform gut kaschierte und welcher Weißton ihrer Meinung nach am ehesten mit meinem Teint harmonierte. Endlich konnte sie sich ganz ausleben, wenn auch nur – wie sie wortreich bedauerte – aus der Ferne.

Natürlich hatte Nicolás sie daraufhin sofort nach Luz de la Luna eingeladen und die Aufenthaltsdauer trotz meiner gezischten Warnungen nicht beschränkt. »Wir haben doch genug Platz. Wenn wir wollen, können wir uns im Haus tagelang nicht begegnen«, hatte er begütigend gesagt. Da kannte er meine Mutter schlecht. Aber nett war es trotzdem.

Ich wandte meinen Blick vom Kuchen ab und Nicolás zu. Was ich sah, war mindestens ebenso lecker. Er hatte sich sehr sorgfältig angezogen, anscheinend war er doch nervöser, als er zugeben wollte. Dunkelblaue Jeans und ein weißes Hemd, bei dem ich sofort den obersten Knopf öffnete, damit es nicht so förmlich aussah. Er war frisch rasiert und duftete leicht nach Aftershave. Mein Nicolás. Seine leicht gelockten Haare waren wie immer im Pferdeschwanz zurückgebunden. Übermütig packte ich sie und zog ihn zu mir hinunter.

»Wenn meine Eltern da sind, ist Schluss mit den Intimitäten, jetzt oder nie, letzte Chance.«

»Das hättest du mir sagen sollen, bevor ich mein Hemd gebügelt habe, kleine Deutsche.« Zärtlich strich er mir über die Nase.

»Wer sagt denn, dass ich es zerknittern werde?« Ich öffnete einen weiteren Knopf.

Nicolás schaute mir belustigt zu, wie meine Finger über den Stoff wanderten. So ein schönes Hemd, so wenig Zeit. Eine Herausforderung.

An normalen Tagen sah ich ihn nach wie vor am liebsten in seiner Gaucho-Tracht. Das rote Halstuch leuchtete mir entgegen, wenn er auf Fuego von seinem morgendlichen Ritt über die Besitzungen zurückkehrte, und ebenso, wenn er es abends im Schlafzimmer über die Türklinke hängte.

Auch an meinem Kleidungsstil hatte sich wenig geändert. Ich bevorzugte nach wie vor bunt und kreativ. Bei den Touristen kam das gut an. Mehrmals die Woche fuhr ich nach San Martín hinüber, um dort mit Gabriel zusammen erholungsbedürftige Städter aus Buenos Aires zu empfangen. Meine Idee, eine Alpaka-Tiertherapie auf San Martín anzubieten, war eingeschlagen wie eine Bombe. Nachdem in einem Eilverfahren Nicolás' Erbe freigegeben worden war, hatte er als erste Handlung Tante Morena ein zinsloses Darlehen angeboten, damit sie ihre Schulden bezahlen konnte und noch ein kleines Startkapital zur Verfügung hatte, um in die Alpakatherapie zu investieren.

Natürlich hatte sie es nicht annehmen wollen. Sie hatte nach langem Kampf San Martín für verloren gehalten und der plötzliche Geldsegen war ihr mehr als suspekt gewesen. Doch auch Nicolás war stur geblieben. »Von Benicio«, hatte er gesagt und sie damit letztendlich überzeugt.

Er hatte außerdem den geheimnisvollen Brief aus dem Nachlass von Benicio an Tante Morena übergeben. Nach all den

Jahren las ihn nun endlich die Frau, für die die verschlüsselten Zeilen geschrieben worden waren. Wir hatten uns direkt nach der Übergabe verabschiedet, um Tante Morena die Möglichkeit zu geben, ihn ganz in Ruhe zu studieren. Sie verlor nie ein Wort darüber, doch uns fiel auf, dass sie die Geschicke von San Martín mit neuer Tatkraft leitete. Jeden Monat überreichte sie mir ein Kuvert mit Geld, um nach und nach abzubezahlen, was Nicolás ihr ausgelegt hatte. Von Überweisungen hielt sie nicht viel.

Ich fragte sie niemals, was Benicio ihr in der Geheimschrift mitgeteilt hatte, aber es musste etwas sehr Schönes gewesen sein. Denn bei meinem letzten Besuch hatte ich gesehen, dass sie das Foto von Benicio im Speisezimmer aufgehängt hatte. Mit einem Strauß Blumen davor. Dann und wann streifte sie es mit einem zärtlichen Blick. Selbst Messi gab weniger Flüche von sich und hatte stattdessen »*mi amor*« in seinen Wortschatz aufgenommen.

Die Bungalows in San Martín waren nun regelmäßig ausgebucht. Die Begegnung mit den Alpakas, eine gemeinsame Wanderung über die Felder, das Streicheln und Füttern der Tiere und abends ein Lagerfeuer mit Mate, die im Kreis herumging. Dazu Gauchito, der Schauergeschichten erzählte. Schnell hatte sich herumgesprochen, wie gut so ein Aufenthalt auf San Martín tat, und Tante Morena konnte sich vor Buchungsanfragen kaum retten. Sie hatte den Pferdestall mittlerweile wiederaufbauen und vergrößern lassen, zwei brave Stuten dazugekauft und noch in zwei weitere Bungalows investiert, da die verfügbaren Betten jedes Wochenende belegt waren.

Alma war ein ganzes Stück gewachsen und eindeutig das frechste Alpaka der Herde. Mit ihren übermütigen Bocksprüngen war sie der Star bei den Besuchern. Ich liebte es, dabei zuzusehen, wie die Städter nach und nach ihre Scheu vor den Tieren überwanden und selbst verschlossene und sehr gestresste Menschen etwas Ruhe und Frieden bei den Tieren fanden. Gabriel war der geborene Anleiter für tiergestützte Therapie. Sein ruhiges Auftreten tat das Seine, um den Gästen Vertrauen einzuflößen. Wir arbeiteten mittlerweile mit mehreren Therapiezentren in Buenos Aires zusammen und hatten uns einen guten Ruf erworben.

Nebenbei fertigte ich weiterhin Übersetzungen für Kinderbuchverlage an und hatte auf einer Buchmesse kürzlich zu Gauchitos Freude eine Version von »Die drei Musketiere« für Leseanfänger aufgetrieben. Wenn er nicht gerade in der Schule war oder in seinem neuen Buch las, wuselte Gauchito überall herum und gab den Gästen mit überlegener Stimme Tipps zum richtigen Umgang mit den Tieren. Mit seiner Gaucho-Tracht auf seinem Pony war er ein beliebtes Fotomotiv und strich dafür den einen oder anderen Peso ein. Im Herbst würde er ein Geschwisterchen bekommen und plante bereits, ihm das Reiten beizubringen, bevor es laufen konnte.

Nachdem Isabela nicht mehr für Tante Morena arbeitete, hatte Clara Luz die Büroarbeit übernommen. Es zeigte sich, dass sie eine geschickte Programmiererin war, die uns innerhalb von ein paar Tagen die Homepage aufpeppte und mit dem Alpaka-Angebot ergänzte. Wir waren mehr als überrascht, auch wenn ich mich daran erinnerte, in ihrem Zimmer einen Laptop entdeckt zu haben.

»Warum hast du denn nie gesagt, dass du so was kannst?«

Clara Luz hatte mit den Achseln gezuckt und gekichert. »Sie haben ja nicht danach gefragt!«

In der alten Küche war es doch gemütlicher als gedacht. Nicolás trug mittlerweile nicht mehr besonders viel Kleidung am Körper. Mein Herz klopfte noch immer lauthals, wenn ich ihn so sah. Es gab Momente, da kam es mir vor wie ein Traum, dass wir zusammen waren, sogar zusammenwohnten. Dass er tatsächlich mich ausgewählt hatte.

Von Isabela war letzten Monat eine Karte eingetrudelt. Aus Paris. Sie besuchte eine Hotelfachschule und lernte eifrig Französisch. Nicolás, ganz der Gentleman, hatte darüber hinweggesehen, dass sie aus Rache und des Geldes wegen, das Fernando ihr versprochen und das sie ihrer Mutter hatte geben wollen, gegen ihn intrigiert hatte. Er hatte ihr geholfen, in einem Stipendienprogramm für sozial benachteiligte junge Erwachsene unterzukommen, und sie hatte diese Chance sofort ergriffen. Ihre Mutter besuchte uns ab und zu, wenn ich neue Nähprojekte für sie hatte. Nicolás hatte mir freie Hand gelassen, einige Veränderungen in der Villa vorzunehmen, und zum Glück teilte Isabelas Mutter meine Begeisterung für bunte Stoffe. Wenn sie kam, tranken wir eine Mate zusammen und sie zeigte mir stolz Fotos ihrer wunderschönen Tochter mit einem Baguette im Arm oder beim Tangotanzen vor dem Eiffelturm. Ich hatte festgestellt, dass ich mit Isabela gut zurechtkam, solange sie sich auf einem anderen Kontinent aufhielt. Wahrscheinlich würde ihre Mutter sogar mein Brautkleid schneidern. Ich hatte da so eine Idee: Die Roben von Tante Morenas Mutter hingen noch immer auf dem Dachboden in San Martín und ich wollte prüfen, ob ich Spitze und Verzierungen nicht vielleicht wiederverwenden konnte. Irgendwie fühlte es sich richtig an, die Zukunft mit der Vergangenheit zu verbinden.

Hector betrieb nach wie vor einen Handel mit gestohlenen Elektrogeräten – zumindest, was man so hörte –, und hatte in seinem Garten einen neuen Schrein für die Difunta Correa errichtet. Dort blinkten das ganze Jahr über Weihnachtslichterketten mit im Sockel eingelassenen Strasssteinchen um die Wette, und wenn die Sonne herauskam, glänzte auch Hectors ständiger Nachschub an Bierdosen. So langsam entwickelte sich der Schrein zum Pilgerhotspot. Auch ich stellte ab und zu eine Flasche Wasser vor dem Gartenzaun ab, wenn ich daran vorbeikam, und dankte der Difunta für ihre Hilfe.

Von Fernando hatten wir lange nichts gehört. Nachdem Nicolás von allen Vorwürfen freigesprochen worden war und endlich sein Erbe antreten konnte, war Fernando eines Tages auf Luz de la Luna aufgetaucht. Nicolás hatte ihn mit der Peitsche in der Hand empfangen und ihm verboten, jemals wieder einen Fuß auf das Land zu setzen. Da Hector sich nach wie vor weigerte, seine Beteiligung am Brandanschlag auf Nicolás zu gestehen, und somit auch nicht gegen Fernando aussagte, hatten wir keine Möglichkeit, ihn juristisch zu belangen. Aber Nicolás hatte den ganzen Familienzweig zumindest ein für alle Mal aus dem Testament gestrichen und das Fernando auch wissen lassen. Ganz egal, was in Zukunft geschah, Fernando würde nicht davon profitieren.

»Hmm, riecht hier was komisch?«

»Der Kuchen!« Ich stürzte zum Ofen.

Nicolás folgte mir, während er sein Hemd wieder zuknöpfte, und lugte durch die Glasscheibe. »Nein, damit passt alles, der Kuchen sieht genauso aus wie vorher. Moment, die Flamme ist ausgegangen. Vielleicht hat der Gasdruck nachgelassen. Ich drücke noch mal auf den Zündfunken.« Nicolás streckte die Hand nach dem Regler aus. In diesem Moment rammte ich ihn mit der Schulter, schlug seinen Arm weg und wir prallten zusammen gegen den Herd.

»Bist du verrückt?«, keuchte ich, »wenn die Flamme nicht an ist, hat sich Gas im Ofen gesammelt. Sobald du es anzündest, fliegt uns hier alles um die Ohren! Los, erst mal Gas aus und lüften!«

Nicolás sah mich betroffen an und rappelte sich auf, um die Tür nach draußen zu öffnen. Wir warteten, bis sich das Gas verflüchtigt hatte. Ich inspizierte derweil meinen Kuchen. Gar nicht so schlecht. Vorsichtig stach ich mit einem Holzspießchen hinein. Als ich es herauszog, klebte nahezu cremiger Teig daran.

Ich seufzte. Innen also noch nicht durch. Den Herd noch mal in Betrieb zu nehmen, darauf hatte ich wirklich keine Lust. Wir konnten ja die äußeren Teile essen. Oder auch nicht. »Haben wir noch Alfajores?«

»Immer doch. Improvisationsessen?«

»Improvisationsessen!«

Nicolás rieb sich die Rippen und grinste. »Du hättest Footballprofi werden sollen! Das Tackling war nicht von schlechten Eltern, mit dem du mich gerade umgehauen hast.«

»Du darfst mir danken, dass du noch deine Augenbrauen hast. Und wieder habe ich dich gerettet.«

»Da hast du recht. Was habe ich doch für eine kluge und reaktionsschnelle Verlobte!«

Ich gab ihm einen Kuss. »Mein Liebster, unterschätze niemals eine Frau.«

Nicolás lächelte. »Vor allem nicht meine eigene.«

Literatur und Quellen

Es ist gar nicht so einfach, vom heimischen Schreibtisch aus über ein anderes Land zu schreiben. Neben den Erinnerungen an meinen Argentinienaufenthalt und den Hinweisen meiner Reisegefährten war mir der wunderschöne Bildband von Christian Heeb und Karin Hanta: »Reise durch Argentinien« (Stürtz, 2016) eine hilfreiche Inspiration. Ich danke Eva und Andreas, die mich damit zu Weihnachten überrascht haben!

Auf die Geschichte des Gauchos Martín Fierro (im Original von José Hernández, 1872) bin ich durch die Erzählung eines befreundeten Argentiniers gestoßen. Den Text habe ich dann folgenden Seiten entnommen:

Deutsche Nachdichtung: Gerhard Giesa
https://www.gerhard-giesa.com/textfierro.htm
Originaltext:
https://www.biblioteca.org.ar/libros/131056.pdf

Für authentisches argentinisches Fluchen habe ich den Blog »Deutsch in Buenos Aires – Leben und leben lassen in Buenos Aires – *que buena onda*!« konsultiert.

http://deutsch-in-buenosaires.blogspot.com/2011/12/fluchen-auf-argentinisch-mierda-puta.html

Über die Schwierigkeiten der modernen Rinderhaltung in Argentinien habe ich mich auf Travelbook eingelesen. Der Artikel »Masse statt Klasse. Die bittere Wahrheit über argentinisches Rindfleisch« (11. Februar 2021) war hierfür sehr aufschlussreich.

https://www.travelbook.de/weltspeisen/masse-statt-klasse-die-bittere-wahrheit-ueber-argentinisches-rindfleisch

Tante Morena verdankt ihren Schatz an spanischen Liebeszitaten der Website donquijote.org:

https://www.donquijote.org/de/spanische-sprache/liebeszitate/

Die Legenden um den Ombubaum habe ich nachgelesen auf:

https://www.projekt-gutenberg.org/zech/rotemess/chap008.html

https://edukalife.blogspot.com/2014/06/the-legend-of-el-ombu.html

Das Ombú-Zitat ist einem Gedicht von Ricardo Güiraldes entnommen, zu finden auf:

https://www.cervantesvirtual.com/obra-visor/poemas-solitarios--0/html/ff2a48b4-82b1-11df-acc7-002185ce6064_3.html/marca/Me+he+acostumbrado+a+estar+solo%2C+como+el+omb%C3%BA+se+ha+acostumbrado+a+la+pampa#89

Um Amys Erkrankung an Denguefieber schildern zu können, hat mir vor allem der Reisebericht von Matthias Winkelmann geholfen:

https://www.packlisten.org/denguefieber-in-thailand/

Der Song, mit dessen Vortrag Nicholas Amy unnachahmlich bezaubert, ist »Ohne dich« von Rammstein, erschienen auf deren Album »Reise, Reise« (2004).

Die Ratschläge für die gute Ehefrau sind angeblich 1955 in dem britischen Magazin Housekeeping Monthly erschienen. Mittlerweile gibt es jedoch einige Zweifel an der Authentizität dieser Quelle. Es kursieren Gerüchte, dass der Text eher aus den Achtzigerjahren stammt und dann per Fax verbreitet wurde. Die deutsche Übersetzung habe ich auf

https://www.wissen.de/das-handbuch-fuer-die-gute-ehefrau

gefunden und passend zu meinen Kapiteln unterteilt. Dreieinhalb der Tipps stammen aus meiner eigenen Feder – ich verrate allerdings nicht, welche!

Wer auch immer wann auch immer und warum auch immer den Originaltext verfasst haben mag: Mir hat er viel Inspiration beschert!

Danksagungen

Zunächst geht ein großes Dankeschön an all meine Recherchehelfer und Testleser. Jede*r von euch hat auf ganz unterschiedliche Art und Weise mitgeholfen, das Buch besser zu machen! Zum Beispiel …

Julia, die mich daran erinnert hat, welch Zauber in ersten Begegnungen liegt … Rike, die die Vision eines einsam reitenden Gauchos heraufbeschwor … Jana, die ich über das Vorgehen bei einer Verhaftung befragen durfte … Katharina, die Amy eine Malariaerkrankung erspart hat. Sein Wissen über Kakerlaken hat Nicolás von ihr … Franz und Annabella, denen Nicolás es zu verdanken hat, dass er in die Kunst des Bolawurfs eingewiesen wurde … Melissa, die auf die wunderbare Dramatik eines Besuchs am Krankenbett hinwies … Julia, die einen Rammstein-Ohrwurm in Kauf genommen hat, um Nicolás seinen niedlichen Akzent während seiner Gesangseinlage zu verschaffen … Barbara, die Partei für Alma ergriff und gerne mehr von Nicolás lesen wollte … Eva, durch die Amy ein wenig erwachsener geworden ist … und Katha, die den perfekten Titel für meinen Roman gefunden hat.

***

Wahrscheinlich hätte ich diesen Roman niemals begonnen, wenn nicht so viele wunderbare Menschen meine Zeit in Argentinien zu etwas ganz Besonderem gemacht und mir in den unterschiedlichsten Situationen geholfen hätten:

Lena, die beste und lustigste Mitbewohnerin und Lieblingsboluda, ohne die Argentinien nicht Argentinien gewesen wäre,
Faisal, der hilfsbereiteste Reisefreund, der meinen Rucksack verteidigte, den besten Coca-Tee für eine Touristin mit Höhenkrankheit kochte und einfach immer die Ruhe bewahrte,
Ruth, die da war und mich aufnahm, als ich nicht wusste, wohin,
Mercedes, die warmherzigste Gastgeberin und Sonnenbrand-Behandlerin,
Estela, die belesenste Friedhofsführerin, durch die ich meinen Lieblingsplatz in Buenos Aires fand,
Diego, der mich auf die Mate-Tradition vorbereitete und mir von Martín Fierro erzählte,
Casandra und **Pablo**, die mit mir tanzten, bis mir der Tango in den Ohren klingelte,
Denise, die mir ihre Ohrringe schenkte und mir einen Einblick in die argentinische Seele gewährte,
Christian, der vor den Augen einer deutschen Touristin vom Pferd fiel und dennoch seine Mate mit ihr teilte.

Folge der Autorin auf Amazon

Wenn dir dieses Buch gefallen hat, folge Jana Portas auf Amazon. Dann erhältst du eine Benachrichtigung, wenn die Autorin ihr nächstes Buch veröffentlicht. Um der Autorin zu folgen, gehe bitte folgendermaßen vor:

Desktop:

1) Suche auf Amazon.de oder in der Amazon App nach dem Namen der Autorin.
2) Klicke auf den Namen der Autorin, um auf die Autorenseite zu gelangen.
3) Klicke auf den »Folgen«-Button.

Smartphone und Tablet:

1) Suche auf Amazon.de oder in der Amazon App nach dem Namen der Autorin.
2) Klicke auf einen Titel der Autorin.
3) Klicke auf den Namen der Autorin, um auf die Autorenseite zu gelangen.
4) Klicke auf den »Folgen«-Button.

Kindle eReader und Kindle App:

Wenn du dieses Buch auf einem Kindle eReader oder in der Kindle App liest, wird dir automatisch angeboten, der Autorin zu folgen, nachdem du die letzte Seite des Buches gelesen hast.

Printed in Poland
by Amazon Fulfillment
Poland Sp. z o.o., Wrocław

21118329R00251